The Landlords (房东的故事，上)

A novel

By: Yuan Dong and Jin Qin (董源．金沁 著)

This work is a fiction. Names, places, incidents *etc.* are derived from authors' imagination and fictitious usage. Any resemblance to actual events, locales and persons is entirely coincidental.

Printed in the United States of America

The Landlords/Yuan Dong and Jin Qin ------- 1st ed

ISBN: 978-0-9904835-0-2

上个世纪九十年代初的大陆出现了一个出国潮。大多数出国留学、工作的选择了美国。本文源自一部房东日记的启迪。这是一帮大陆人在美国中南部留学、生活的故事。

中美文化的碰撞和磨擦不但给他们的旅美生涯不时地泼洒着那没完没了的酸甜苦辣，而且还赋予了他们这个群体独有的印记。

十多年后的回国热潮又给这群已经准备在美国安居乐业的华人带来了始料不及的冲击和震撼。

请注意，文中那些貌似笔误的不妥之处实为这群华人旅美生活的真实写照。

There was a surge of going abroad from the mainland China around the early 1990s. The majority of them chose the United States of America as their destination for study and work. This story was initially inspired by the diary of a landlord. It depicts the life of a group of Chinese people from the mainland who came to mid-continental USA. The cultural collisions and frictions generated seemingly endless vicissitudes of their life, endowing them particular imprints. Eventually they managed to live and work in peace and contentment in the United States until disturbed unexpectedly by the rush to move back to China about ten years later. Just a reminder, there are places in the story appearing as a seemingly slip of the pen, but they are faithful depictions of their way of life in the United States.

房东的故事

(The Landlords)

（上）

董源 . 金沁 著

(By: Dong Yuan and Jin Qin)

第一章

1，毕业买房

一九九五年四月十九日上午九点左右。美国俄克拉何马州（Oklahoma）首府俄克拉何马城（Oklahoma City）的市中心附近，正在和平时一样地车流滚滚地繁忙着，还有很多人正在上班的路上。

突然，空中传来一声沉闷的巨响和随之而来的地面的颤动。大多数人应该都感觉到了，但有可能会以为是小地震而已，因为去年发生过两次，好象是由于挖油过度引发的。可随后升起的那一大股黑色的浓烟提醒着人们这次可决非那么简单。

原来是在这市中心东面、半英里左右的那幢联邦政府大楼不知道被什么东西给炸塌了一半。现场一片狼藉，黑色的硝烟腾飞上了半空中。本来还在周围的步行的人们，现在在那漫天的烟尘和碎纸片中有的惊叫狂奔，有的呆望着眼前的这一切、有的用手机打电话报警或者是告诉熟人。周围的路上有一些司机也被这突发事件给震撼住了，很多车子随即撞到了一起，喇叭声和汽车的警报声响成了一片。即时新闻报道和紧急救援行动也马上开始了。

在从俄克拉何马城城郊的那个国际机场出来的路上，突然从机场里冲出来一大串呼啸着、鸣叫着的警车、救护车和消防车，朝着出事的那个方向急驶着。正在那条路上行驶的其它车辆都陆续地、自觉地慢慢停在路边的路肩（Shoulder）上给它们让路。

在这路边停下来的那一大溜车辆中有一辆深兰色的、八八年的宝马轿车。在里面开车的是位从台湾来的美籍华人，她的中文名字叫朱丽智，英文名字是 Nancy Chu（南希朱）。她今天一大早来送两位亲戚上飞机回台湾。刚刚出了机场，正在往回开，她就得和周围的车一起缓缓地停了下来，给那些急救车辆让路。

坐在车里的人们都下意识地侧着头、看着这些呼啸着的、奔驰而过的车辆。这时，她的丈夫打电话来，焦急地问道："你现在在哪里？没事吧？怎么这么吵呀？"

"我没事啊。怎么啦？我刚从机场出来，"她无所谓地问道。

他丈夫在电话那边喊道："怎么这么吵？你没事吧？"

"我没事。就是些警车在路过了啦，"南希说。

"好好，"她的丈夫关切地在电话里喊着、叮嘱着："OK City（俄克拉何马城）不 OK（好）啦，出大事啦！现在还不知道是什么事，你赶快小心点开回来吧。"

南希看着外面正在急驶而过的那些车辆和丈夫说："我说怎么会有这么多警车、ambulance（救护车）和 fire truck（消防车）呢，可能是什么地方出车祸了，可能还满大的耶。"

不一会儿，那些车子就冲过去了。南希随着车流重新上路，继续开车回家。

南希现在住在俄克拉何马州（Oklahoma）中北部的，一座山清水秀的，叫静水城（Quietwater）的小城市。那儿离俄克拉何马城只有开车一个多小时的路程。这座小城市有一百多年悠久的历史了。这年的人口大概是三万多人。只有一所和这个城市一样古老的州立大学，学生就占了当地人口的三分之二。

和所有美国的公立大学一样，这里有来自几乎全世界各个角落的留学生。当然，近年来是以来自印度和中国大陆的留学生为大多数。这年，这所大学里一共有约三百多位来自两岸三地的华人留学生，还有一些陪读、探亲的家属。

华人就只有这么多，所以在这座小城里的很多和华人有关的服务业常常是唯一的，比如说：唯一的中餐自助餐馆和唯一的房地产推销员，就是这位朱南希。

南希是从高雄来，她祖籍烟台，打扮考究、发型时髦而蓬松、有张丰满的圆脸和圆润的大眼，还有那正在步入更年期早期的、谁都无法控制的身材。他们全家早在七十年代末就来美国了。她的丈夫在这所大学里做研究工作。

南希做房地产推销员也已经有三年多了。虽然目前她这个工作赚钱还不算多，有时也只能勉强维持相应的开销，但基本上这个城市里华人房地产的生意她都能揽到。况且近年来这里

6

的华人人口在逐年增多，所以，她的研判是她在这个行当里的前景是光明的。她只需要在更多的华人挤进这个行当之前，把自己位置建立好就行了。南希的梦想是有朝一日能拥有一个属于自己的房地产事务所。

南希开回静水城的时候，已经感觉不到俄克拉何马城那边带来的任何涟漪了。这座城市正在按部就班、沉稳地运转着。她开回家后，先稍事休息，把晚饭要吃的鸡肉从冻箱里拿出来放到水池里化着，然后去卧室更衣、化妆，出来拿上中饭和水就直奔她的办公室了。

她的办公室就在这所学校旁边的一排平房里。她停车、走进去、不停地和对面碰到的人打着招呼。走到她自己的那个小桌子前，她先打开计算机，然后就马不停蹄地劳作了起来，一直到晚上六点。

这时，她办公室外面那条街上，五点半左右的那个例行而短暂的交通阻塞已经消失了。路上已经没有几辆车了，但仍然是灯火通明的。干劲儿十足的南希还在打电话。这几周来，她在忙着帮一位叫秦舒花的，从大陆来的中年妇女找房子和带着她到处去看房子。

同样是园脸、大眼、体态丰满的秦舒花，是位来自北京、祖籍合肥的中年妇女。如果她和南希站在一起的话，多数人肯定会误以为她们是姐妹俩，只是那姐姐在穿着和打扮上比那妹妹稍微地讲究了那么一点儿。

在北京那五年多的工作和生活，让秦舒花养成了一口的京腔儿和做事的京派。常常让人误以为她是地道的、土生土长的北京人。

和那个年代的大多数人一样，她的家是个一个典型的三口之家的小家庭。丈夫鹿群是来自石家庄，祖籍宁波的一位典型的书生。他中等偏高的个头，有张南方人的、消瘦的脸庞，戴副深度的近视眼镜。他正在这所学校攻读物理学博士学位。

他们那正在满脸出青春痘的儿子鹿丹已经十八岁了，长得很像秦舒花，英文名字叫 Dan（丹）。因为他在高中的时候就修了几门大学的课，所以已经在这所学校上大学二年级了。自从上大学以后，他就住在校园里的学生宿舍，不常回家。

鹿太太秦舒花带着儿子来美陪读，先是在各种地方打工、体验生活。最近，她才找到这所大学里的一个实验室的工作。这种工作比较稳定、轻松，而且还有基本的保险和福利。更重要的是，有了这个工作经验，以后就更容易找到类似的工作了。这种工作虽然挣得不多，但是，是属于那种工作压力相对小、细水长流的生计，一旦能熬到退休年龄，退休也还是会有一定的保障的。

　　时光飞逝，来美国后他们全家都很忙，一转眼在这座小城里已经生活了快七年了。鹿群从来美初期的访问学者转成攻读博士学位的研究生也已经是第五个年头了。

　　他们现在住的公寓座落在一个学校经营的公寓群（Apartment complex）的中央。这个公寓群和那个校园就隔着一条街，上下班和上下学都很方便。鹿群家那一套的面积约九百平方英尺，里面有两个卧室、两个卫生间、一个客厅、餐厅、厨房、洗衣房。

　　最初，这个公寓群是为照顾从越战归来的退伍军人就学而起建的。经过多年的扩建，已经象个度假村了，里面还有各种运动设施和洗衣房。这年，这个公寓群的占地面积已经很大了，至少有五十多英亩，都是清一色的红砖黑顶的小二楼。

　　这个公寓群的主要服务对象是在这所大学就读的学生，包括研究生。因为这儿的房租和水电等费用比其它商业公寓便宜了至少百分之二十，还包括免费有线电视，所以近年来，这里几乎被从印度和大陆来的留学生逐步而完全地占领了。

　　这里的白天，到处是休闲、转悠着的印度人和华人的祖孙们。傍晚和周末则象是中印大联欢。这阵势可能让其他人种的房客觉得不太方便和舒适，所以逐渐地都搬出去了。再加上管理这公寓群的，只是早八晚五才来这里进进出出的那几位白人，人们说不定会误以为，这里是联合国搞的一个中印和睦相处的试点呢。

　　最近两个月以来，鹿群总是沉思寡语、低头进低头出的。他不是去图书馆，就是回来把自己关在个屋子里面壁。他正在忙着准备他的博士论文答辩。那屋子里到处都是摆着一摞一摞的复印的文章和论文，鹿群经常关着门，一遍一遍地大声练习着他的答辩演讲。他还用从儿子那儿退役很久的三个录音机中最好的那个来记录自己的那些练习，然后反复听、找出自己发音不准和语气有待调整的地方。

鹿太太看自己也帮不上丈夫什么忙，只能好好做饭、沏茶、烧咖啡、陪丈夫出去遛弯儿。总之，她是想尽办法伺候着。

最近，鹿丹也坚决不让他妈再去他那个校园宿舍帮忙打扫卫生、收拾房间了。她每次去儿子的宿舍主要是送饭、帮他收拾房间、送干净衣物和拿脏衣服回来洗。由于那幢宿舍楼就在她上下班的路上，所以她很频繁地常来常往了起来。

鹿太太上次去看望儿子的时候出了个小小的意外。主要是因为她在楼道里碰到了几个也来帮孩子忙的华人家长，彼此寒喧得让她一时疏忽、忘了敲门，直接推门就进去了。她一下子就被眼前那光溜溜的鹿丹的室友和个女人的春宫戏场面弄了脸红脖子粗。

她直接跑回家，跟丈夫抱怨说："我可不是 on purpose（故意）的啊。只是当时在想别的事儿、有点儿不小心嘛。谁知道这些年轻人在那光天化日下的公共场合也来那事儿啊？那两个也是的，一点儿都不遮盖、也不弄出点儿 noise（噪声）出来。我要是听到了，能进去吗？"

"没关系啦，"鹿群只是劝妻子说："听儿子的就是了，不要再去了。"

儿子还打电话叮嘱他妈不要声张，好象是那女的有问题。鹿太太心里说："想声张也不可能，因为当时紧张得根本就什么也没看清楚。"

就这样，除了那早九晚五的上班，她就什么事儿了。闲来无事的鹿太太就找了这个城里唯一的华人房产推销员南希，请她帮忙找房子。

鹿太太主管家里的财务，平时没事儿就喜欢算算钱什么的。一个月前，她发现他们来美国经过这么多年的省吃俭用，已经积攒了一大笔钱了。如果加上贷款应该可以买一幢很像样的房子了，所以，鹿太太最近和南希相互督促着、满城地跑了好几个星期去看房子。

结果是，鹿太太发现那些新点儿的、好一点儿的房子都太贵，平均每平方英尺要接近一百美金呢；有几幢便宜的房子倒是每平方英尺七十多美金，但不是看不上眼、就是太旧、或者是位置不好。好在昨天她们两个似乎有所斩获，否则这两位已经处于叫暂停边缘的女士可能就要真的扔白毛巾（Throw in the towel，拳击比赛里叫停的一种办法）了。

秦舒花好象是看中一套很大的、二十多年老、二层楼的房子。这幢房子一共有接近四千平方英尺的建筑面积；有一大、三中、二小共六个卧室，和四个半厕所，楼下一个半、楼上三个；那块地也要接近三分之一英亩。最让秦舒花满意的是这幢房子的位置很好，离学校近、骑车十五分钟就到，而且在街口就可以搭乘校车。

这幢房子是前一天刚上市的。那房主好象另有高就、急着要卖，所以出的价位也比较合理，接近九十美金每平方英尺。

看着鹿太太看完那幢房子后，那溢于言表的满意的样子，南希暗地里长出了一口气，心里说："这个中国女人真是难伺候，这几周来就是忙她这事儿了。"

刚出好这口气的南希，马上又担心他们有可能买不起，因为这些大陆人来这儿都是读书和打工，哪会有那么多钱呀？他们能不能申请到贷款也是个问题。她只能在心里暗暗祷告可别再让自己白辛苦一场。

第二天上午九点左右。在物理系二楼的一个小会议室里，身着几年前出国时用置装费置办的那套深蓝泛黑西装的鹿群正在答辩。鹿太太当年在王府井置办这套西装时觉得是买的深蓝色的，可鹿群一直认为那是黑色的，所以两口子折衷到了深蓝泛黑。

由五个教授、副教授、或者助理教授组成的导师委员会坐在前排的桌子旁边、有吃有喝的。还有另外十几个对鹿群的工作感兴趣的，再加上鹿群的同学、同事、亲友团来捧场、听鹿群答辩，把那个小会议室挤得满满的。很多人都是站着听，连里头的空气都弥漫着那有点儿不雅的味道了。在门口的那几个听众就把那两扇门打开，好通通气。

鹿群抑扬顿挫地讲完结束语后，大家热烈鼓掌。他的导师很年轻、戴副深度的近视眼镜，起身主持会议，让大家提问。

有几个人提问。鹿群回答完后，他的老板说其他人可以走了，导师们留下继续提问和讨论。

鹿太太、鹿丹、和鹿群的几个同学、同事，在那个研究生的集体办公室里一边聊天儿、一边等着鹿群是否通过的消息。大家都得有两手准备，如果他通过了就弹冠相庆，如果没通过就得真心地安慰。

过了快一个小时，那个穿着得体、身材匀称的老板秘书辛迪（Cindy）的，那欢快的、滴答滴答的高跟鞋的声音先传了进来。她是一路小跑过来的，一进门就高兴地告诉大家，鹿群通过了。这就等于那些导师同意授予鹿群博士学位了。

大家纷纷过来逐个对鹿太太和鹿丹说，congratulations（贺喜）。心里的那块石头终于落了地的鹿太太高兴地答应着。辛迪又说，今天晚上老板要带大家出去吃饭庆祝，让大家尽量都去。

又过了十几分钟，兴奋里带着明显的疲惫的鹿群回来了。他一边拿掉领带、一边感谢着大家的帮助、支持、和接受大家的道贺。鹿丹说他还得去上课，过来和鹿群紧紧地拥了一下就出去了。鹿太太过来问："累坏了吧？"

鹿群看着妻子，笑笑说："还行，没事儿。"

"那好，"妻子高兴地说："我们出去透透气吧。顺便吃个饭，然后我还有一个非常大的 surprise（惊喜）给你。"

"什么？"鹿群以为妻子说的是那事儿，就摘下眼镜、揉揉眼睛、苦笑一下，心里怪妻子也不看看自己这个累样儿。于是，他低着头说："太累了，改天好吧？"最后还是没能架住妻子的坚持，只好从命了。

他们二人出来，开车直接去了那个唯一的、位于市中心的中餐自助餐店：竹园，吃了当天的特价午餐（Lunch special），就是两菜一汤。

这个店的自助午餐是每位六块九毛九，而这特价午餐只是每位四块九毛九。他们来美国这么多年了，忙得也没个机会去搞明白为什么美国这价钱都喜欢用九毛九结尾。他们又不是中国人，觉得三、六、九是吉利的。那油价更让人觉得不可思议，常常是以九分九厘结尾的，真不知道他们怎么给客人找那一厘钱。

这家饭店的老板刚把原配挤走、娶了这位比自己小二十多岁、去年从福建来的、娇小可人的女服务员。这位新上任不到一个月的老板娘于红春眼尖，过来给他们加水，笑眯眯地问他们："唉呀，你们两个今天有什么好事呀，为什么穿得这么 formal（正式）？"当她知道鹿群今天通过了答辩，就爽快地说："恭喜你们呀，今天给你们半价。"鹿群夫妇象征性地推辞了一下就感谢、受用了，因为和他们也是老熟人了，都属于这个小城里华人中的老人儿了，太客气就见外了。

快吃完的时候，鹿太太劝丈夫说："多喝点儿可乐啊，待会儿还得开车呢。"

吃完，两个人出来上车。妻子指方向、鹿群开车，一起去看那幢房子。

五分钟后，他们把车子停在了那幢房子前面，妻子兴奋地指着这房子，问："你看这 house（房子）怎么样？"

鹿群歪头看看这房子。他的第一感觉是这幢房子真是宏伟、漂亮，他说："当然好了，可和我们有什么关系呀？"

"当然有关系啦，"妻子高兴地说："为了庆祝你答辩通过，我们把它买下来吧？"

"What（什么）！？"鹿群先是给惊了一下，然后看着房子问道："这算是个什么纪念品呀？"他转念一想，又问："如果能买得起的话。我们能买得起这么大的房子？你赢 lottery（彩票）啦？"

已经掩饰不住兴奋的妻子拉着他的手说："不用中彩咱就买得起。我都算过了。"

鹿群看着妻子，不无顾虑地问道："那得借多少钱呀？"

妻子兴奋地几乎从那座位上站了起来，碰了脑袋一下又坐回座位，说："我都算好了，不多，只需要借百分之七十的贷款就行。"

鹿群笑着问妻子："那人家要价多少。。。"

"三十六万，"妻子打断他。

鹿群又问："这房子得多大呀？"

妻子痛快地讲述了起来："一共四千多平方尺（指英尺），六个 bedroom（卧室）、四个半 bathroom（厕所）、三分之一 acre（英亩）的地。"

鹿群使劲睁睁眼、看看房子、又看看妻子，说："那是四百多平方米呀！太大了吧？咱当年三十多个知青住的也没有这四分之一大呀。"

"行啦！"妻子有点儿不耐烦了，她高兴地接着说："别总提那些以前的事儿啦！咱现在是在美国。再说啦，还可以试着把不用的房间租出去呀。那样咱经济上不就更轻松了？"

鹿群试探着问："这会不会影响不好呀？"

"有啥影响不好的，"妻子一挥手，说："你以为你还是那课题副组长啊？就这么定了啊。"

鹿群当年在国内毕业分配工作后不久就成了当时那个老板的重点培养的接班人之一。进那个研究所三个月后就出任了他们研究小组的一个课题的副组长。

当时，鹿群以为自己已经是国家的基层领导人了，所以事事注意、严格要求自己和家人。妻子可没少拿这事和他开玩笑，因为那个课题组一共就五个人、副组长就有三位、外加一位组长和一位已经接近退休年龄的女技术员。

鹿群从来就拿妻子没办法，只好让她开车回家，说回家休息一下再商量商量。他自己在旁边的座位上打了个盹儿。

两个人回家休息好后，一起仔细地算了算，发现只要能贷到款他们就可以买那幢房子。正巧，南希来电话问是否对那幢房子满意，如果还不满意的话，她今天还可以带他们去看另外几幢房子。鹿太太说他们正在认真考虑那幢大的房子，还顺便问了她找贷款的事儿。南希高兴地说她知道有几个地方可以申请到贷款。刚刚说完，她就连忙补充道："其实，你们也可以去城里的那几家银行申请贷款。"她虽然想帮放贷的朋友，但更怕没必要的周折。

"那好，"鹿太太不无自豪地说："明天我先去我的银行问贷款的事儿。今天晚上我还有一个非常 formal（正式）的 social（社交场合）必须得去。改天我再去你的 office（办公室）discuss（商讨）啊。"

随后，夫妇二人花了半个多小时轮流洗澡、把自己收拾好，准备去赴宴。

鹿太太抽个空儿给儿子打电话要求他也去。儿子推脱说晚上还有实验课，不能去。近来，他开始尽量避免和父母一起出去了，可能是觉得自己长大了吧。在旁边正对着镜子扎领带的鹿群问妻子为什么要叫儿子也去。妻子高兴地说："今天吃的可是牛排呀，很贵的呀。"

"嗨！"鹿群不以为然地说："贵的不一定就是好的，物是以稀为贵的嘛，又不是以好为贵的。况且这儿又不是缺吃的，可不能让他养成吃白食儿的习惯啊，长大了会没出息的。"

"我们玉米地怎么没出息啦？"妻子反驳道："他还没长大呢嘛。今天这场面也可以让他见识一下、锻炼锻炼嘛。"他们两口子背地里管鹿丹叫玉米地。

"不行，"鹿群坚决地说："以后他有的是这种机会。他都那么大了，别瞎操心了啊。"妻子只好作罢。他看妻子没事儿干了，就假装关切地问："你就这么穿啊？"

"怎么了？不是挺好的吗？"妻子对着镜子看看自己，就又去卧室里忙活着换衣服去了。

鹿群对着那面镜子笑了。

那是一家座落在城西郊、这小城里最贵的、应该算是最上档次的牛排店（Steak House）了。这个店的里里外外都布置的非常考究。外面有类似古董级的，过去庄园里的几件锈迹斑斑的农具，被点缀在几棵巨型仙人掌之间。里面是本色纯木制的大厅，墙上悬挂着许多打猎器具、猎物标本、旧汽车牌照、名人就餐照片等等。

从正门一进来就可以透过一个从地到顶的玻璃窗看到一个慢慢旋转着的、垂直的巨型烤肉架，正在烤着一条整板的、快一人高的牛排。进门的左手边是个能坐三十多人的酒吧。东面的那堵墙被个从地面直达天花板的酒架完全遮盖住了。中间有一个色彩斑斓的两个乒乓球台那么大的生菜吧（Salad Bar）。

六点半左右，陆续到来的人们先在门口的那个酒吧里聊天儿、喝酒、等人。鹿太太拉着丈夫在外面给自己拍照。不一会儿，老板夫妇来了，他们就和老板夫妇在饭店外面合起影来。

老板的太太很年轻、看上去也就是三十五岁左右，是位高挑、苗条、漂亮的白人。她在家做太太、教他们的两个孩子在家上学（Home schooling）。

在里面酒吧喝酒的那几位也出来和老板一家合影。拍了一会儿后，大家就随老板夫妇走进了那家饭店。

14

在饭店里，老板的秘书辛迪招手把众人招呼到那个预定好的大桌子入席。老板和老板太太分坐首席和尾席，鹿群夫妇紧挨着老板就座，其他人随意。众人先是和不认识的家属互相引见、打招呼，然后就开始享用辛迪事先给大家点好的开胃菜（Appetizers）、新烤好的法式面包和橄榄油、还有葡萄酒。

两个服务员让大家点饮料。鹿太太点好冰茶就接着笑眯眯地看着那本厚重而复杂的菜单，心里一愁莫展。因为一来那光线太暗和字太小根本看不清楚，即使能看清楚了也看不懂，所以一时不知道该点什么。

她悄悄问鹿群什么牛排好吃。鹿群也不知道，况且他正忙着和老板聊天儿呢，就转头、低声跟妻子说："点个贵的就行了，不会错的。"

一会儿，服务员们开始上饮料和让大家点菜了。轮到鹿太太点的时候，她就点了那个菜单上第二贵的那个、而且要全熟的（Well done）。他们是入了美国这个乡这么多年了，还是没能随那切开肉排就看到血迹的那个俗。

过了一会儿，生菜来了。十几分钟后，几个服务员来收走吃生菜的餐具，开始上各种牛排和烤土豆（Baked potato）、蒸蔬菜（Steamed vegetable）、或者土豆泥（Meshed potato）、和老板夫妇给大家搭配的那几瓶葡萄酒。

鹿太太点的菜是最后上的，一个服务员过来跟她解释说，因为需要烹制的时间比较长，她的菜还需要几分钟。他先给她免费上了一份炸鳄鱼条，以便她和其他人能同步用餐。

又过了十分钟，她点的那块牛排来了。在座的都瞪大眼睛盯着那块牛排看，其中两、三个人还不由地喊："Wow，that is big（哇嗷，真大呀）！"

那块牛排的形状、大小和鹿群他们以前在国内用的饭盒一样，起码有两英寸厚，给烧烤得黑乎乎的。鹿群夫妇看着这庞然大物也傻眼了。妻子急了，用手在桌子下面掐了鹿群一下，悄悄说："你看你呀！？"鹿群赶紧说是他点错了，因为没有注意到这家伙的大小。

他说想退掉，其他人开玩笑说，他们有信心鹿群夫妇是可以干掉这块牛排的，并且说如果他们可以的话，就能去德州的那家牛排店免费吃牛排了，因为那家店的一条店规是如果能吃完他们的巨型牛排就是免费，那牛排也就这么大。鹿群笑着说他们肯定不行，只好请儿子帮忙了。其他人说："Yeah（好）！"鹿群和妻子互换了盘子，开始吃。最后，他也只干掉了那块牛排的五分之一左右。

席间，老板和大家都夸赞鹿群的工作态度、敬业精神和丰硕成果，并且展望以后一、两年里可能的、更惊人的成果。

大家又聊了聊俄克拉何马城发生的那个爆炸事件。鹿群问，美国已经这么好了怎么还会有人不满意。众人都不说话了。一个同事泛泛地讲美国也有很多极端人士、做极端的事情。

鹿群识相地赶快把话题转到这个学校的美式足球赛事上，同事们开始热聊了起来。他的老板也说起了有关的笑话，众人笑得前仰后合的。鹿太太悄悄问丈夫："你们在笑什么？"

鹿群一边大笑、一边大声和妻子说："不知道。管它呢！跟着笑就是了。"

于是，鹿太太也笑了起来。她是笑自己和丈夫没听懂人家在说什么，怎么也跟着大笑、叫好呢？

最后上桌儿的是各自点的甜点（Dessert）、咖啡和水果。

两个半小时后，大家酒足饭饱地出来了。他们有的站在那饭店门口看天、有的吸着新鲜空气、有的数着星星和月亮，有几位陪着老板太太在那些仙人掌旁边抽烟、聊天儿。鹿群和老板在谈着下阶段的工作安排。最后，成了男士们等着女士们完成她们的拥抱和再见，然后就各回各家了。

鹿群在席间喝了不少酒，所以回家的路上让妻子开车。妻子说："我看到今晚的账单了，光小费就是两百多呢。"

"哦，"鹿群应了一声就开始打呼噜了。

到家后，鹿群倒头就睡，连衣服都没脱，这半年来，他的确是太累了。妻子可能是因为喝了咖啡和说话太多，暂时睡不着了。她把那块剩下的牛排放进冰箱，打电话给儿子说，明天要把那牛排给他送去。儿子赶快说他明天回来吃，因为他已经怕家长去那学生宿舍里转悠了。

鹿太太回到卧室给丈夫脱好衣服、盖上被子，然后就躺在他旁边，看着天花板，仔细琢磨着和买房子有关的问题。

第二天是周五。当天下午，鹿群夫妇提前半天下班，去他们用的那个银行问借钱买房的事情。这家银行就在学校的南面

16

、是一幢和他们想买的那幢房子大小差不多、独立的、很摩登的建筑物。里面很敞亮、舒适、还有免费的咖啡和水果糖。

他们进去坐在沙发上等了一会了，刚喝了两口那免费的、非常烫的咖啡，这个银行里的一位打扮入时、穿着得体、苗条、高大、干练的女副总裁就笑眯眯地出来接待他们了。

她带他们进了她那临街的办公室，请他们坐下，简单地问了一下他们的经济状况后，就爽快地说："You can simply fill out this application form and we can get this going right away（你们可以填写一份申请表，现在就可以开始办理）。"鹿群夫妇赶紧说，今天来只是先了解一下申请贷款的情况，估计过两天才能做决定。随后，他们又问了一些关于利息的问题。

十几分钟后，鹿群抱着一大堆材料和妻子从那银行里走了出来。

在开车回家的路上，他们顺路去南希的办公室停了一下。她给了他们几张名片说那几个都是放贷的，他们可以问一下。

从南希的办公室出来，鹿群问妻子，南希是怎么帮她找到这幢房子的。妻子自豪地说："还是我厉害。她总是套我的话，想知道我到底喜欢什么样子的、能出多少钱。我就一直说，只是看看、还没准主意，所以她只好带着我看所有的房子。"

"没看出来啊，"鹿群紧紧地搂了妻子一下，说："你还有这本事啊？"

"当然啦，"妻子更自豪地说："这人把每个 house（房子）都说得天花乱坠的，我不那样对付她，还不上当呀？"

鹿群笑着说："那是人家的 job（工作）嘛。"

回家后，鹿群立刻打电话找南希推荐的那几个华人放贷的，询问利息问题。他们给的利率都很低。两口子商议了一下，就赶紧打电话给银行的那个副总裁问是怎么回事。那位副总裁说，她也可以给他们那类低利息的贷款，可是那种贷款对鹿群他们来说是不安全的。她之所以没有建议他们用那类低利率的贷款是怕他们以后可能会有困难。

鹿群夫妇觉得这银行那么大的建筑物还是比较靠谱儿，好象人家还真是为顾客着想，一时也不明白那几个华人放贷的凭什么给那么低的利率。夫妻俩换个角度一想，就觉得这便宜没好货；况且现在也没时间开长途去达拉斯（Dallas）的中国城去找那几个放贷的华人，通过传真办这事儿也不太放心。最后，他们决定去那个银行贷款买房子。

当晚，两个人研究了一下如何还价。第二天一大早，鹿群打电话让南希给还了个减百分之十的价儿。这个还价是认真的，是个的确想买的价位，因为如果不真心要买，可能就要求减百分之三十以上的价儿。

过了一小时，南系回电话说："恭喜你们呀，我把他们说服了。他们终于同意你们那个 offer（价钱）了。"其实是这卖方急着出手，这个价钱也在他们的意料之中。

鹿群夫妇要求南希带他们去把那个房子再里里外外地参观、检查一遍。南希欣然从命，没过五分钟，她就来接他们来了。看房子的时候，鹿群问南希如果这房子有什么地方不好可怎么办。南希干脆地说："我可以让 seller（卖主）给你们买个 buyer's insurance（买主保险）。如果有什么问题，保险公司会 take care（管）的。"鹿群夫妇终于放心了。

次日早上九点半，鹿群给那个银行打电话锁定了当天的贷款利率。他们家有个习惯，重要的决策都要尽量在上午做，这样做，后悔的可能性会小一些。他放下电话，如释重负地长出了一口气，可还是有点儿不放心，就问妻子："嗯，我们这，这是不是有点儿太超前消费了？"

"放心吧，"妻子拍拍他的肩膀，说："我的老学究呀，您现在是在美国。也得改改那些旧观念啦。"

他们又用一个周末把那购买合同办妥、签好。南希非常兴奋地、颠着、跳着、拉着他们俩的手和他们说："啊呀！真是太好啦！再过一个月你们就乔迁新居啦！Yeah（太棒了）！"

在从南希的办公室出来的路上，鹿群问妻子："怎么南希那么高兴呀，比我们都兴奋，又不是她搬家？"

妻子想了想，说："不知道。可能她今天有什么高兴事儿吧？管她呢。"

"可能也没什么吧？"鹿群说："只是 salesperson（推销员）太高兴了可不是什么好征兆。"

"别瞎操心了，"妻子高兴地说："咱又没买亏。"

其实是鹿群多虑了。南希之所以那么高兴是因为这是她这三个月以来唯一做成的一笔买卖。

在接下来的几周里，鹿群夫妇是非常地兴奋，上下班都是精神饱满的，连走路都是快步如飞象小跑一样。的确，这么多年来，一连串的好事儿都让他们赶上了：上大学、分配到北京工作、公费出国、办绿卡、博士毕业、和现在的买房子置地。

他们两个人用两个周末跑了几个家俱店去看家俱。来美国这么多年了，这还是他们头一次买新家俱，他们把这个小城的所有档次的家俱店都看了，两个人看得眼都花了。最后，他们觉得，反正是给房客用，这结实耐用应该是最需要满足的，所以选定了一家最经济实惠的。虽然那个店的位置比较偏僻、里面拥挤、门面也最不起眼，可架不住它要比其它店便宜了百分之三十左右呀。

他们还刻意去了两次和不同的推销员谈了同样的交易，从中选了最便宜的那个。两口子回家商议好后，又去了一次把需要的家俱都定好、安排日子让他们把那些家俱给直接送到他们的新房子那儿去，这样运送费就便宜了许多。

正巧，这个家俱店最近有个很好玩的促销方式。顾客们可以和他们的店员玩锤子、剪子、布，用输赢来决定谁付那百分之六点二五的购买税。

比赛之前，鹿群和妻子出去到车里认真地温习了一会儿这儿时的游戏。练了十几分钟，结果是妻子赢的多。鹿群无奈了，只好说："还是你去跟他们比吧。"

"不行，不行，"妻子说："这都是男人的事儿。那三局两胜的，太紧张了，那可是一百多块钱呢啊。我教你不就行了？"接着她又花了十多分钟教鹿群和给他当陪练。

最后，斗志昂扬的鹿群说："就它了，只好仰仗临场发挥了！真没想到这小时候的把戏在美国也会有这大用处！？"然后，两个人就大踏步地又回到了那家店。那气势就差在脑门上扎一条"必胜"的日本头带了。

店里派了个矮矮胖胖的中年白人女店员和鹿群比试。鹿群夫妇仔细盯着那位女士看，想猜她的行事风格。那女店员倒是象懒得理他们似的，过来就用左手有节奏地拍着桌子、大喊："Let's go，rock、paper、scissor、shoot（来吧，锤子、剪子、布）！"

鹿群赶紧说："Hold on，hold on，I am not ready yet（停一下，停一下，我还没准备好呢）。"他一时被那位女店员的自信给镇住了。鹿群转身重温了一下战略战术，然后回身说："I am ready（我好了）。"然后就和那个女店员开始来了。

第一把，鹿群输了。鹿群赶紧叫暂停，说："I need calm down（我需要冷静一下）。"他转过身去长出了几口气，然后回来再战。只见他瞪大双眼，直盯着那个对手的左手，呐喊般地高声吆喝着锤子、剪子、布。他那出手的气势、速度，和国内喝酒划拳别无二致。结果他连赢两局。鹿群夫妻俩高兴地跳了起来。那位女店员笑着看看他们就去忙别的去了。

其实，他们也大可不必那么认真，因为人家就是准备要输给他们的。那锤子、剪子、布只是图个广告效应和点儿乐呵而已。就这样，这店家帮他们支付了那笔购买税。

出来后，他们去沃尔码（Walmart）置办一些油漆和刷子。毕竟是老房子啦，的确是需要一些修修补补的。

儿子实习结束回家，看着家里那乱七八糟的一堆东西，就问："怎么有这么多东西，多挤呀？"

鹿太太高兴地搂着儿子说："孩子，我们要搬家啦！"

儿子问清楚后，高兴地说也想去看看。全家又开始了对那幢房子的每日一游。到了后，儿子看着房子问："有 swimming pool（游泳池）没有？"两口子说现在没有，但可以问问加一个游泳池要多少钱，和能不能把造游泳池的钱也算到那个贷款里。

鹿群夫妇紧锣密鼓地准备了快一个月后，南希来电话提醒他们，明天下午三点去那个州户头公司（State Title Company）去办过户手续（Close），还叮嘱他们要带上证件和那张出纳员支票（Cashier's check）。

第二天下午，鹿群夫妇请假，提前十五分钟到了那幢全城第二高、四层的黑玻璃办公大楼。那个停车场离那幢大楼还有五十多米的距离，因为这幢办公楼周围的绿地特别大。他们进去找到了四零二房间。一位精神抖擞、打扮合体、脸上总是带着非常职业化微笑的年轻男助理，过来和他们握手问候，然后把他们让进了一个象是会议室的房间。

那里面有一张非常大的会议桌、十多把椅子、一些五颜六色的假花和咖啡杯。那个助理问了他们要喝什么，就转身出去了。他们两个开始看着这个房间和窗外的景致。这还是他们头一次这么高地观赏这个小城的风貌，妻子环顾了外面一下，说：“这工作挺好的啊，环境多好呀，也没有污染。”

鹿群正在看着那咖啡杯上的字，说：“怎么没污染？这房间给喷得也太熏人了。”

这时，一位穿着兰色套装的中年白人妇女走了进来、她笑眯眯地和他们说：“Hi！My name is Judy（我叫朱蒂）。Congratulations on your new house（恭喜你们的新房子）。”

鹿群夫妇起立、笑眯眯地看着她，齐声说：“Thank you（谢谢）。”

那位男助理轻手轻脚地进来，给他们每人面前摆了一瓶水就转身出去了。朱蒂先把他们两个人的驾照要过去、拿出去复印。回来后，她坐下，给了鹿群他们每人一只圆珠笔，还问他们是不是第一次买房。鹿群夫妇一起点头说是。然后朱蒂拿出将近一英寸厚的一搭子文件，微笑着说：“We are going to sign these papers（我们将签这些文件）。”鹿群夫妇说好的。

刚准备开始，鹿太太就要求换支笔，因为她的那支是红色的。朱蒂赶紧给她换了一支笔，可还是红色的。鹿太太只好说中国人不喜欢红色的笔。朱蒂一边说对不起、一边在那堆笔里挑了、试了两只，找到了一支黑色的笔。她把这笔递给鹿太太，略带诧异而谨慎地问这支是否可以。鹿太太试了一下，说可以、谢谢。于是，三个人开始签字了。

在这个过程中，鹿群夫妇还真有很多问题，因为很多东西是他们头一次听说，比如，鹿群夫妇问这个户头保险（Title insurance）是什么意思。朱蒂说这是保证以后不会有人和他们争抢这个房子。鹿群夫妇一听就不由地瞪大眼睛、一起大声问道：“What！？Who！？（什么！？谁会来抢！？）”

“Relax（放松些），”朱蒂笑着说：“You never know（谁也不知道），after you bought the insurance，you will be protectted against this possibility（有了这个保险就安全了）。It is standard（这是标准的，每人都必须做的）。”

鹿群夫妇用中文悄悄商量了一下，鹿群说："没办法，不签就买不了这房子，所以也别多问了，反正都是 standard（标准的）。"

在以后的二十多分钟里，他们三人签全名或者签名字的首字母（initial），把那近一英寸厚的相关文件过了一遍。签到最后，鹿群夫妇的手指头都有些酸疼，同时他们头是真的大了，只是觉得怎么还有东西得签呀。朱蒂也是讲得需要不停地喝水。

最后的节目是签支票，交那百分之三十的首付（Down payment）。朱蒂拿着那些签好的文件和支票去复印。鹿群两口子又互相看看，说手指头真疼，不过这签名算是练好了。

朱蒂回来请他们把几个漏掉的地方签好，又出去复印了一下。她回来后就站着，递给鹿群夫妇一个特大号的牛皮纸信封，说里面装着刚才签署的那些文件的复印件和一大串钥匙，她说："Here you are（这些是你们的）. Congratulations（恭喜），enjoy your new house（希望你们喜欢你们的新房子），" 就要转身往外走。

鹿群接过那个信封和钥匙、双眼直盯着那串钥匙，不敢相信，心里在问自己，这就是我们的啦？这夫妇二人不约而同地问朱蒂："Ours（是我们的）？"

朱蒂站住、回头笑着和他们俩说："Yes，it is all yours now（对，从现在起就是你们的了），congratulations，" 说完就走了。

他们两个人略微木然地直着眼从那间办公室起身、走了出来。他们还是有点儿不能相信这买房子置地会这么简单。出门时，他们碰到那个脸上还带着同样微笑的助理正在把另外一对白人夫妇带进那个会议室、客气地问他们想喝点儿什么。

鹿群夫妇从那个办公大楼里走出来。他们不约而同地站在大门口的台阶上，不自觉地先抬头看看天空、再低头看看地，觉得天和地的颜色好象有点儿不对。可能是由于长时间紧盯着那些白纸黑字看造成的视觉错觉吧。两口子又互相看看对方，妻子直着眼、没有语调地问鹿群："我们没把自己卖了吧？"

鹿群也直着眼说："我也想问你这个呢。晚了，要是真有卖身契，我们也已经签了。"接着，他笑着，一手晃了晃手中的那一大串儿钥匙、另一只手拉着妻子的手说："管它呢，走！"于是，两个人拉着手朝自己停车的那个方向跑了过去。

在那停车场里，从对面走过来的两个手拿星巴客（Starbucks）咖啡杯的中年白人微笑着、看着他们两个奔跑的样子。

跑着跑着，鹿群看到左手边有个身着制服的老年黑人保安开着辆电瓶车追上了他们，开始和他们齐头并进了。那人喊道："Anything wrong（有什么不对）？May I help you（我可以帮你们吗）？"

两口子急停了下来，大口地喘着气看着那辆也急停在他们前面的电瓶车和坐在上面那个保安。那人重复了一遍。鹿群喘着气说："Nothing，we just go to our car（没事儿，我们只是去找我们的车）。"

那个保安半信半疑地说："Okay，have a good afternoon（好，下午好），"然后就警惕地目送鹿群夫妇走向他们的车。

两口子进车后，妻子看着外面，问丈夫："怎么回事？那人怎么还盯着我们看呢？"

鹿群一边发动车子和系安全带、一边看看那个保安，说："管他呢，我们又没做错什么，"然后，他神情地看了妻子一眼，说："走！"就开走了。"

其实，那个保安当时是真地关心他们俩，因为在他看来，鹿群夫妇当时好象正在丢盔卸甲般地仓惶逃跑。可鹿群夫妇当时的心情是和他们年轻时候看过的那部当时最流行的电影"庐山恋"里面的那段儿情侣间、慢动作、热烈的爱情追逐的那段戏，一模一样的。但无情的事实是，他们这把年纪的，平时又不太运动的人们奔跑起来的样子的确很难让人恭维，和不出类似的误会。

2，搬家

鹿群夫妇开车直奔那幢房子。路上不小心，他们还闯了一个停车牌（Stop sign），幸亏当时旁边没警察、也没其它车辆。两个人这才互相提醒要好好开车、别出事，乐极生悲就不好了。

没出十分钟，他们就开到了现在已经正式而完全地属于他们的：鹰林湾 829 号（829 Falcon Forest Cove）。车子停在了那幢房子前面的路上，他们两个没有下车的意思，都探着头看着那幢房子。

虽然这已经是他们至少第三十五次从外面看这幢房子了，他们现在才发觉这幢房子好宏伟、地好大。那漆黑的屋顶、棕红色的墙、油绿肥壮的两棵橡树和翠绿整洁的草坪、花坛里那些五颜六色正在绽放着的花卉，以及花坛里和树根下那深棕色、新鲜的腐木肥料（Mulch），这些颜色搭配地是多么的完美。再加上正在草坪上悠闲地转悠着吃草的那五只鸭子，这一切在那轮带了一丝桔红色的夕阳的照耀下简直就是个梦境呀。

妻子看着这一切，自言自语道："啊呀，我们先拍张照片吧。这都可以当明信片了。"此刻的这二位好象是在梦里一样。鹿群没说话，打开那手套箱（glove box），拿出那个一直放在车子里的简易照相机，下车去给房子拍不同角度的照片。这个相机是放在车子里以防万一的。

直到妻子要求，鹿群才意识到只给房子拍，忘了妻子了。接着又按照她的要求在不同的位置和角度拍了一番。妻子这才说："好啦，可以进去了。"鹿群的手略微发抖着从那个大信封里拿出那一大堆钥匙，翻找出正门的那个，打开正门，两个人就走了进去。

里面是空空如也，还有点儿微微的发霉的味道。他们走过门廊、进入客厅、环顾四周、上下左右地看着。两口子的心砰砰直跳。妻子兴奋地满地跑、满地跳，大声喊着"Wow（哇嗷），wow。"她的欢叫声在这个大空房子里回荡着。鹿群被感染了，也跟着跳、跟着叫。

这就象鹿群当年收到大学录取通知书那个傍晚、那片玉米地里的那两个知青，他们一个来自石家庄、一个来自合肥。

当时的天色也是几近黄昏。在一片一望无际的玉米地的地头里，穿着已经泛黄和磨出了几个洞的白色老头背心、被洗得微微泛白的蓝裤子、留着寸头和淡淡的胡须的年轻的鹿群，还在那儿一个人磨磨蹭蹭地收尾当天的农活。

他是在刻意地避免回那个知青宿舍，因为不知道自己大学是否考上了。他怕大家问，更怕一个人静下来就会被那种莫名的焦虑煎灼，他都失眠了好几天了。现在这种重体力的劳动和汗水倒是能让他感到轻松一些。

　　身着短袖白衬衣、蓝裤子、扎着两个大辫子的秦舒花，手里攥着装着鹿群的录取通知书的那个信封，快步奔跑了近两里地，从那个知青宿舍来到了这个地头。她停下后，一边喘着粗气、一边兴奋地挥动着手里的信封，冲着鹿群大喊：“考上啦！你考上啦！”

　　鹿群抬头看着小秦，虽然都听清楚了，但还是不敢相信自己的耳朵，他大声问：“你说什么！？”同时连忙放下手里的活儿、快步跑了过来。他一把把小秦手里的东西抓过来，打开，反复看了几次。他双手开始微微颤抖、轻轻地、反复地、自言自语地低声说：“太好了，太好了。。。”

　　还在旁边叉着腰、喘着粗气的小秦看他这样，就不解地喊着问道：“你这是怎么了？不高兴啊！？”

　　鹿群看着她，开始在那地头上跳着、喊着：“我都想跳到天上去了！”

　　小秦也跟着他高兴地跳了起来。就这样，两个人拉着手转着圈儿跳、抱着跳，最后他们跳累了，就一起倒在旁边的玉米地里，大口地喘着气、互相凝视着。

　　刹时间，在那夕阳下的这两个年轻人都被彼此的异性体味和呼吸搞得开始控制不住了。两个人都是头一次这样和异性，这么近距离地亲近着。他们才感觉到他们的身体相互接触的地方有一种异样的、从未体验过的、让人喘不过气来的快感。

　　鹿群本能地用嘴唇去碰压着小秦的脸、鼻、唇。开始的时候，小秦躲了一下，然后就满脸通红、笨拙地回应着。过了一会儿被吻到耳根的时候，小秦开始大声地喘着粗气、控制不住地喊着：“啊啊啊。。。”鹿群的一只手突然插进小秦的裤子抓摸着小秦的下体。小秦的内衣裤洗了，还没晾干，空心儿的她马上开始更大声地喊着：“啊，哈，啊。。。”同时使劲扭动着身子和伸手去抓摸鹿群的下体。鹿群开始脱她的裤子。小秦使劲的把鹿群推开又抱回来、推开又抱回来。反复几次后，她就抱着他任凭他脱掉她的衣裤了。

25

他们旁边的那几株已经被夕阳涂抹成桔红的玉米也随着阵阵的和风，和他们在那里一起起舞、颤抖。过了一会儿，它们就陪着这两个人一起躺在地上，安静了下来。

　　在这新房里，两个人楼上楼下、各个房间反复地跑过来、跑过去，还大声地，似乎头一次欣赏着房子里的布局和各种小机关。最后累了，他们就躺在地板上看着天花板喘气。妻子自言自语道："真想不到，我们这辈子还能有这么大的房子和这么大的地。这比在国内可强多了。"

　　"那当然了，"鹿群说："国内那都是 apartment（公寓）不是 house（房子）。小得象鸽子间似的，唯一的好处是发的、不用买。国内管我们这样的房子叫豪宅、别墅。"

　　妻子侧过身来，兴奋地问："那咱现在是地主了吧？"

　　"那当然了，"鹿群说："现如今国内的人都想着要奔小康，咱这已经算大康、大地主了。"

　　天渐渐地暗下来了。两个人谁都不提回公寓的事儿，也不开灯，就在那朦胧的月光下互相依偎着、搂着，躺在地毯上看着天花板聊天儿。他们就这样脸靠脸地拥着、互相夸着，不时地还亲一下。慢慢地，两个人都开始有感觉了。

　　这么多年来的忙碌和奔波让这对老夫妻已经和当年那片玉米地里的激情久违了。今天在这朦胧的月光下，鹿群开始尽情的爱抚着妻子，妻子也熟练地爱抚回去。不一会儿，两个人就衣衫不整了。

　　鹿群三下五除二地把自己扒光，然后又一把扯掉了妻子身上仅存的内裤。妻子试图阻止他那进一步的爱抚，赶紧使劲儿把他推开，悄悄说："不行，不行，年纪太大了，不安全呀，多丢人呀。"鹿群什么也不说，只是喘着气埋头冲击着妻子的下体。

　　妻子推着鹿群，悄悄喊道："这地上不干净、不安全的，我们回去吧。"鹿群左右看看，起身走到个一窗子前，两下子就把一幅装饰用的窗帘扯下来、扔在了地上。他转身走回来一弯腰就抱起了躺在地毯上的妻子。他走回去弯腰轻轻地把她放在地上的那幅窗帘上，把妻子摆弄成他们喜欢的那个姿势。

26

妻子想今天可能还算是安全期，就喘着粗气悄悄喊："多丢人呀，快点儿呀你。"鹿群一下子就趴上去开始了他们的翻云覆雨。

就这样，他们把那窗帘即当被子又当炕，在这空房子里二楼客厅的地毯上过夜了。

妻子睡着后，鹿群还睡不着，他就打开灯仔细阅读今天签署的那些文件。读完后，他多少有些失落感，因为这里多数是要求他们必须做这、做那，否则这房子将会被那银行或者政府收走。他转念一想，觉得这把丑话先说清楚也无可厚非。

在临汾的那个村子外面，鹿群和秦舒花在那片玉米地里完事儿后，恢复了理智。小秦捂着脸哭，还语无伦次地哭着说，自己只是给他送这通知书、他怎么能这样欺负人。鹿群给吓得愣住了、头开始犯晕、浑身也开始控制不住地哆嗦了起来。

前两年，旁边村子里的知青也出过类似的激情失控事件，都闹出了人命。公社还专门召集知青们学习了有关的文件，以避免类似情况的再现。鹿群真是怕了，感到可能会乐极生悲、名誉扫地了。

过了一会儿，鹿群用颤抖着的双手顺手拿了件衣服给小秦遮盖好，同时不停地低声说："我不是欺负你，我喜欢你，我要和你结婚。"

小秦哭着、抓着衣服把自己擦干净、举着那血迹斑斑的衣服哭道："这可怎么办呀？"

鹿群脸色刷白、浑身发抖、指天发誓，微微颤抖着说："我，我不是欺负你，我喜欢你，我要和你结婚。"现在他只能想得起这一句。

穿好衣服，小秦坐在地头、哭着说："我不回去。"

鹿群急得说："那怎么行？大家会来找我们的。"

最后，他好说歹说，硬是把小秦背着往回走。一路上还不停地说自己是如何对她一见钟情，反复发誓这辈子非她不娶，而且要马上和家里说立刻娶她。趴在他背上的小秦慢慢地停止了哭泣，只是听着，也不说话。

快到那个知青点儿了，小秦说："把我放下来。"她下来后，挥手指着鹿群身上那血迹斑斓的白背心儿，问："这可怎么办呀？"鹿群看了看胸前的血迹，又左右看看，然后一步就跨进了旁边的一条泥水沟，在里头打起滚儿来。小秦在旁边着急地轻声喊："快上来！你干什么呀？"她以为他要寻短见，可这泥水沟刚过脚腕子、也太浅了。

浑身泥水的鹿群走上来，看着小秦笑着问："看不出来了吧？"小秦笑了。鹿群走过来还要背她。小秦往后躲着、问他要干什么。鹿群这才意识到自己已经是浑身泥浆了。

鹿群过来拉着小秦的手，说："真是太高兴了，今天这可是双喜临门呐。"小秦也笑出声儿来了。她把自己的头发整理好，让鹿群看行不行。鹿群说漂亮得象那个七仙女。她说："认真点儿，让别人看出来就麻烦了。"鹿群帮她把头发里的两片草叶子拿掉，然后两个人拉着手一起走了回去。

从此，鹿群得了个外号：鹿乙几，因为同公社的知青们认为他和孔乙几一样，一中举就疯了，疯疯颠颠得都掉污水沟里去了。鹿群兴高采烈、慷慨大度地笑纳着。

第二天清晨六点多。在这新居的那个客厅里，鹿群醒来就看见赤裸着的妻子正把自己搂在怀里，他又开始骚动了起来、要再来。妻子一边回应着、一边说："先看日出和鸭子。"这也难怪鹿群夫妇，多年来这两个人还是头一次在光天化日下、赤裸裸地相拥这么长时间。

门前的湖里有十几只鸭子。这时，其中几只又来他们家的草坪上来觅食。两人在那窗帘里相拥着、看着自己家的日出，觉得比泰山、黄山、庐山的日出加起来都壮观、柔和、浪漫。

随后，两人在那窗帘上又年轻一回。多年来，他们又一次有了缠绵依恋的感觉。妻子躺在鹿群的怀里撒娇说："这么老了，多丢人啊。"

鹿群把正在抚摸妻子的私处的右手拿出来，点了她的鼻子一下，略带沙哑地说了他自昨夜以来的第一句话："还是我那个小骚货，多湿呀，"顺手开始抚摸妻子的乳房。

妻子一边喘着粗气啊着、一边问："是你的吧？"

鹿群把手在妻子的鼻子前晃了一下，说："你闻闻，还是那个小骚货吧。"

"讨厌啊你，"妻子接着说："休息一下吧。唉，说个正事儿啊，我看 realtor（房地产推销员）这 job（工作）不错。

我都查过了，好象只要考个 licence（执照）就可以了。买卖一个房子就能赚好几千呢。"

"怎么，又想改行了？"鹿群说："我可听说这种工作也就是表面上光鲜，其实也不容易，而且也没有什么 benefits（基本的保险、退休），还听说南希的那辆 Beemer（BMW，宝马）都快十年老了 。"

妻子说："那说明人家从十年前就开始富了。"

"好象不是，"鹿群说："听说那是辆三手的。也有可能她是搞辆好车来唬人吧？不过话又说回来了，人家美国人肯定不买咱老中的账，咱老中又有外来的和尚好念经的习惯，也不信咱呀，我看还是省省吧。"

两人尽兴后，出来回到那个公寓洗澡、吃早饭。儿子这时打电话问："昨晚家里怎么没人呀？"

鹿太太说去看新房子了，接着说："你今天放学后回家一下，我得给你一把钥匙。"儿子说好。

两个人分别打电话给自己的老板请假，说今天需要去把水、电、煤气（Utilities）等等诸多繁琐之事跑一下。鹿太太的老板说："Congratulations（恭喜），if you need more time off, just call and let me know（如果还需要多请几天假，给我打个电话就行）。"

两个人一起去跑水、电、煤气、电话、有线电视。中午，他们去了个快餐店吃汉堡包快餐。坐在对面的妻子感叹道："要是每天都这样那该多好啊。"

"当然好啦，"鹿群一边吃着、一边说："天天 honeymoon（蜜月）谁不喜欢呀？"

"没正经，"妻子说："我是说，我们只忙活自己的事、不上班。"

"那不成天天 vacation（度假）了？"鹿群喝着水说。

妻子说："你别说，这 burger（汉堡包）还是挺好吃的。其实主要是这各种酱好吃，特别是这 mustard（芥末酱）和这 pickled jalapeno and pickles（腌辣椒、腌黄瓜）。"

鹿群点头同意，同时津津有味、大口地吞吃着手里的那个汉堡包，因为汉堡包就兴这个吃法。

因为今天是工作日所以排队的人不多。每个地方都是填表、交押金。他们一天跑了四、五个地方把这些事情都办好了。还不到傍晚，两口子就抱着一大摞说明书回来了。

紧接着的那个周末，鹿群开始搬家。他本来想去租一辆 U-Haul（搬家用的卡车），可和鹿群在同一个楼面上工作的好朋友武亮建议鹿群请一个叫丁慕白的人和卡车来帮忙搬家，因为不仅便宜实惠、还不按里程（Mileage）收钱。

武亮的外号是小武子，他是个高大帅气的成都小伙子，酷爱足球和交女朋友，总是一身运动打扮。他去年川大毕业，现在正在攻读硕士学位。

丁慕白是个四十多岁、清瘦寡言、戴眼镜的中年人。他来自洛阳，永远是一副国内九十年代初的装束，不知道他出国时带了多少套衣服。他现在在化学系管理仪器。老丁不知道是怎么和小武子认识的。他有一辆加大、加重、十六年老的福特牌（Ford）卡车。老丁的搬家服务不仅不贵，而且有时候还会主动搭把手，帮客户搬东西。

他们还顺路去了个人家把鹿群夫妇上周末定购的那张旧乒乓台给运了回来，摆在那餐厅里。几个人跃跃欲试，可惜暂时没有拍子和乒乓球，所以没能开打。

老丁一边帮鹿家搬东西、一边楼上楼下地仔细地看了他们的房子。他们三个人来回三趟就都搬好了。结好帐后，老丁马上就去下一家帮忙搬席梦思和盒子（Mattress and box）了。小武子则留下来帮鹿群他们修修补补和粉刷墙壁上被磕碰和磨损的地方。

今天的天气不错，晴空万里，天上没有一丝云彩。还好，不时地有阵阵和缓的微风，所以让人特别想在户外活动活动。

鹿太太和她的几个熟人在前后院的花坛里忙活着。前院的花坛只是拔杂草、翻翻土，和简单的整修和去除枯枝烂叶；后院花坛里的花全被拔掉，改种菜了。

这几位女士们象当年的知青在菜地里劳动一样，一边劳作、一边聊天儿。不同的是没有了当年那种缺乏基本营养和热量的艰苦和前途未卜的焦灼感。正在翻土的小梅问旁边的鹿太太："您这地可真大呀，这得有多少亩呀？"

小方起身环视了一下，说："应该有两、三亩吧？"

"嗨！"同事小刘和鹿太太说："您这要是都开出来养鸡、种菜的话，就不用去 grocery（买食物杂货）了。"

"哪有那好事呀？"鹿太太说："我还得上班。再说也没那么多时间伺候庄稼和蔬菜呀。你们可能不懂，种地是很费工时的。"

"那这么大的地只养草不太可惜了吗？"小方接着说："要是我呀，一定要都改成菜地。自己吃不了就卖嘛。我们这小 town（城镇）前不着村儿后不着店儿的，连想吃点儿味道对一点儿中国菜，都得往返开上两百多英里的去中国城。"

小刘有点儿直着眼儿了，说："我最想念豆枳苦瓜炒牛肉了。"

鹿太太说她："别抠门儿了，去竹园点个不就解馋了？"

小刘站起来直了直腰，反驳道："那些个老墨能炒出什么味儿来？好东西也都让他们糟蹋了。"

"没错儿，"小孙说："这儿的中餐馆也好开，就那么几种加州和纽约的 Chinatown（中国城）里生产的调料，"她比划着说："那些个 containers（容器）都有汽油桶那么大。我在那儿打工的时候只敢吃 salad（沙拉、生菜）。"

小方笑她，说："那 dressing（沙拉酱）也够呛呀。"

"先别说这地了，"小梅指着房子，问鹿太太："这么大的房子就你们两口子住啊？住得过来吗？"

"儿子成家回来住不就行了？你们想住过来也可以呀。"鹿太太笑着、敷衍着说。

"别作梦了，"小刘说："在这儿，孩子大了都自己出去住。你以为这儿是中国啊？"

鹿太太接着敷衍着说："总要回来度假吧？"

"对！"小梅说："我们也应该向您好好学学。来美国也应该享受一下这地大物博、人口不多嘛。"

大家笑着响应道："对呀。"

鹿群出来给大家送水。他听到她们的议论，就说："这房子的外观、草坪上草的长短、和临街的窗帘都是有规定的。可不是自己想干什么就能干什么的。"

小方笑着问道："谁还管这闲事儿啊？"

鹿太太说："Homeowner Association（房主协会）。"

小方接着问道："是警察？"

"不是，"鹿群说："是房主协会。象是国内的居委会吧？他们不允许随便来的，要想做什么改进需要申请和批准的，这也是为房子的保值。"

小刘说："啊！？这也太不自由了。"

"对！"鹿群说："这方面还是国内自由。你看，如果房子跌价，美国人想的是如何把房子归置好、环境搞好，好让房子保值、增值；咱国内厉害，有什么不满意，那些人就直接围攻售楼处。"

小刘试探着问："我听说你要是改进得增值太多，房产税也会跟着涨的。对吧？"

"对呀！"鹿群答道："所以得老实点儿，不能象在国内一样想干什么就干什么。"

小梅疑惑地问："那，那这还是你们的地和房子吗？"

"当然是啦，只要守各种规矩和按时交税就是，"鹿群斩钉截铁地回道。

小刘总结道："财产越值钱交税越多，政府高兴、旁人也不眼红，这倒是个好政策啊。"

大家正忙著、谈论著，小武子来后院告诉鹿群有人在正门敲门。鹿群过去一看，原来是送家俱的来了。一辆很大的、白色的十八轮卡车停在这房子前面的路上。卡车的后门大开着，两个中等身材的墨西哥人正在卸家俱。

鹿群出去和他们打好招呼后，就在前面带路，一个高大的老年白人指挥着这两个中青年老墨，把那些用毯子包裹着的家俱搬进了不同的房间。

鹿太太让大家先别忙活了，过来帮着检查一下那些家俱、看有没有破损之类的问题，因为实在是太多了，他们两口子都忙不过来了。鹿群对大家喊道："大家帮帮忙啊，看看这些家俱有什么地方不好的。检查出不好的地方有奖啊。"

大家起哄道："啊！？我们还得挣工分和饭钱呀？"

"开什么玩笑！"鹿太太喊道："一会儿我们请大家去竹园。"

大家接着起哄道："不用，不用。点几个 pizza（比萨饼）就行了。"

大家帮忙检查家俱。小梅不解地问："你们就两个人怎么需要这么多家俱？怎么还有上下铺的呀？"

因为想暂时给糊弄过去，鹿太太答非所问地说："可能送错了吧？这些房间也不能空着呀。"

大家感慨鹿群夫妇真阔气、真会享受。

别说，大伙儿还真的检查出了一些问题。鹿群和那个送家俱的人说好，该退的退、该修的修。那个白人告诉鹿群，二十四小时之内如果发现有什么问题他们保证可以退换；二十四小时后到一个月，他们全权负责修理。鹿群夫妇这才终于放心了，高兴地和那位白人握手告别了。

那送家俱的卡车走后，大家都在欣赏这些新家俱。这时，那门铃又响了。原来是同一条街上有一家的妈妈带着她的三个孩子来敲门，他们给鹿群家送来了一盘自己做的小点心，表示欢迎。

鹿太太和那几位女士都跑过去开门、迎接，要把那妈妈和孩子们让进门。那位妈妈明显地惊讶了一下，可能是看见这五、六位个头、模样都相近的亚洲女人一下子都出来迎接，一时搞不清楚哪位是女主人，或者以为是来打扫卫生的，可她们也不是老墨呀。

经过好几轮的对话和比划后，她才搞明白哪位是女主人。她说以后有时间再过来和他们聊天儿（chat），因为看见鹿群他们正在收拾家。然后，这个妈妈留了电话和名字就走了。

小菊对小武子感叹道："你看人家美国佬多好，对邻居多热情呀。"

"可不是！"小武子转头大声提醒鹿群，说："鹿兄啊，你们可别忘了去拜访一下人家，要不人家会觉得我们中国人没礼貌了。"

鹿群高兴地喊着说："那当然，不会忘的！"

外面忙活好后，女人们进屋把每个抽屉、橱柜的底部都用一种塑料布铺好以防日后给磨坏。小菊一边量着尺寸、一边和小梅说："人家美国佬用东西是仔细啊。你看这都二十多年老的房子了，这些抽屉好象从来没用过似的。"

小刘拿着一张切好的塑料纸过来、让其他人让一让，插话说："依我看呐，也有可能就从来没用过。你看这房子也太大了，这垫底儿的塑料纸就已经用了五大圈儿，这还不够呢。"

几个男的开始挂画，几个女的在旁边指挥着、评论着。她们总是改主意，把那几个来帮忙搬东西的鹿丹的同学累得够呛。其中一个说："阿姨呀，您们先想好了，我们再搬、再挂，行吗？"

这一、两个月以来，鹿群两口子几乎每个周末都是忙得四脚朝天，可人却精神了许多，再也不抱怨头晕眼花、需要减肥、和怀疑是更年期的降临了。

众人的忙活告一段落。大家在那个四十多平方米、后院的那个有遮拦的阳台（covered patio）上站着，因为鹿群还没给后院阳台置办好桌椅。他们吃着比萨饼、喝着饮料、看着夜空里的星星和月亮、热热闹闹地聊着天儿。鹿太太兴致很高，说："快十五了，你们这些知识分子给写点儿诗吧。"

鹿群笑着说："什么知识分子呀，咱就是个农民。只不过是当年认真准备高考了，才被误认为是知识分子。"

"农民怎么了？"小方喊道："一样可以多才多艺呀。"

"行行好，"小武子说："饶了我们吧。或许一会儿喝醉了才会有灵感呢。"

小武子接着就自告奋勇，说要帮鹿群他们操办个暖房聚会。大家都问："什么是 house warming party（暖房聚会）。"

小武子放下手中的比萨饼，给大家开讲。鹿群夫妇进去调整那些家俱，然后去后院阳台和大家娱乐。

小武子正在结束自己关于暖房聚会的即兴报告，他说："这 house warming party 筹备的具体措施，还得去问老美。我明天就去给你们忙这事儿去。"鹿太太说谢谢，然后就盛情邀请大家今晚就在这儿住下，还可以打牌、看中文电影。其实，她也是想让他们帮忙把那些床睡睡、试试，他们家三个人实在是睡不过来。有几家人觉得挺新鲜就住下了。

大家当晚在客厅里打牌、看电影、侃大山，忙得不宜乐。

3，面试

　　第二天中午，那几家人起来吃了些东西就陆续回去了。鹿群在餐厅里的那张乒乓台餐桌上忙了快一个小时把那招房客的广告搞好，拿去给妻子看行不行。妻子看了一下就说："啊唷，忘跟你说了，没让你搞英文的呀，搞个中文的就行了。"

　　"中文的？"鹿群认真了一下，问道："那人家外国房客怎么办呢？"

　　妻子略带夸张地说："我们哪惹得起那些麻烦呀？要是把那些惹不起的给招来，我们可真有可能受不了。"

　　鹿群不置可否地问："不至于吧？这是美国呀。"

　　"怎么不至于？"妻子说："你看数学系的那个老孙。他那个房客不是到现在都赶不走吗？这都赖了五个多月了。他那哪是房东呀？简直成房孙子！"

　　"那个人好像是个外国人，"鹿群不能确定地说。

　　妻子干脆利落地说："不管是什么人，咱都惹不起。咱国人（和港台人士妥协的结果：按省籍叫或者都叫国人）胆小、老实、守规矩、还不多事，况且咱刚刚开始弄这个生意，还是小心为妙吧。"

　　鹿群点头称是，他回到餐厅把那个广告改写成了中文的。妻子阅后同意，让他当天下午就去那些中国人经常出没的地方把这些广告张贴出去，还让他在回来的路上去市政府的那个办公室拿一些租约回来。

　　鹿群家的房子不仅位置很好、物美价廉、而且还包括新家俱，所以大家趋之若鹜。当晚来问讯的电话多得让鹿太太头都晕了，她也和那些来电问询的说烦了，因为得和每个来电话的人重复那些关于房子、出租的细节。她只好把电话线拔掉，自己也好先休息一会儿。

　　申请的人太多，所以两口子临时决定先收材料，审查以后再另行通知面试，还许诺两天内一定举行面试。是晚，夫妻俩一起看申请材料、研究取舍，一直忙到临晨一点多。

　　第三天正好是个星期六，一大早，鹿群打电话约了十家人，通知他们当天下午来面试。面试的地点就设在厨房。来面试

35

的先在客厅等候，前后一共来了二十几个人，把那客厅给挤得满满的。

因为是周末，大家穿着比较随意，好象都不想蒙人，想让房东们看看自己平时的样子。总之呢，都有宾至如归之感，一时间，他们的客厅成了个闹烘烘的聚会了。

小武子来帮忙，在客厅里和候选人们周旋着，还不断地提醒大家不要喧哗和随便到处乱逛。鹿太太的同事小吕负责带着新进来的申请人去看各个房间。

因为各个房间的租金不同，所以也没人争抢房间。大家开始来面试的时候都轻松、无所谓，后来随着面试人数的增多，慢慢地都开始认真了起来、争起了输赢。

鹿群夫妇叫人进去，和每人大概要谈五到十分钟不等，主要是核查收入和签证、看人品、讲条件。意外的是，几乎和每个人家都得用头一、两分钟先纠正态度。这也不奇怪，大家在异国他乡碰到国人难得轻松，所以一开始讲条件和规矩的时候，他们就无一例外地用批判的态度和鹿群他们两口子理论了起来，还质疑房间定价的合理性。

每次，鹿群都得反复提醒他们，这只要让他们知道有这些条件和规矩，不是和他们商量。到最后面试的那三、四家人，鹿群就和美国佬一样了，说："这些都是 standard（标准的），到时候签就是了。"

虽然和每个人谈得都有高兴和不高兴的地方，但这地主瘾他们两个人过得是真舒坦。

那些面试出来的大多是摇头。有一位年轻的、穿着睡衣睡裤、三十岁左右的女的，面试完，出门经过客厅时，回头用一副标准的京腔大声喊道："也太抠门了！这美国的签证官儿也不仔细着点儿，让周扒皮的孙女都混出来了。谁稀罕住这儿！"话音未落就啪的一声摔上门、扬长而去。显然是谈得非常不合意。当然鹿群夫妇也不太介意，因为想住这儿人是大多数。那些想住进来的，不答应他们的那些条件还不行。

夜里，鹿群两口子在被窝里商议选什么样子的房客。是有点儿难，这有小孩的不行、太漂亮的不行、看上去怪的也不行。其实他们并不是歧视谁，主要是怕把能招惹是非的主儿给招来，需要防患于未然。

最后，他们定下了五个房客，其中包括小武子。因为他已经提前和鹿群夫妇说好了："算我一个啊，我可以给你们当特务。保证让你们知道这些房客的一举一动。我还可以和老鹿每天 carpool（拼车）。还有啊，得多找些 single（单身）的 girl（姑娘），漂亮点儿的。我还没女朋友呢。"

第二天上午，鹿群打电话让合适的人回来签约。半年一签，这样还可以多一次涨价的机会，而且从签约当日算起，不管什么时候搬。只有三家人来签租约。有一家说他们现在的租约还没到期，让鹿群夫妇等他们几个月。鹿太太气得骂这家人浪费别人的时间，她说："天方夜谭！谁会等他们呀？"她马上让丈夫再通知一家人当天来签约。那家说现在没车，不能来，所以鹿太太就派丈夫去上门服务了。

当天下午，第一家房客就搬进来了。他叫孙立志，三十五岁，南昌人。他现在在他的一个同学家里借住，是个刚出来的访问学者。他单身一人，也没多少东西，一个行李箱加上两个大纸盒子就全搬来了。

送孙立志来的是他的大学同学，而且这位同学的全家都来了。那家的丈夫是位戴着深度近视眼镜、宽脸、眯缝眼、胖墩墩、操一口南方普通话的中年人。他一进来就超近距离地、圆睁着双眼缠着鹿太太问这房子多大、多老、多少钱买的、水电费多少、每个月利息和税率等等，这些鹿太太不愿意回答的问题。

鹿太太注意到这人戴着一副相当深度的近视眼镜就不好意思要求人家离她远一点儿。她只好在那儿艰难地敷衍着和往后慢慢地躲着，不躲不行，因为这位的口臭比较明显。不一会儿，她就给挤到个墙角里了。

鹿太太抬头看到那家的老婆更不客气，自顾自的地带着他们的孩子，已经楼上楼下、每个房间地自己转悠和查看了起来。那开关门窗、橱柜的声音随着那家的太太和孩子的脚步声不断地从楼上传来。她还不时地大声和在楼下正在拷问鹿太太的丈夫评论各个房间的优劣之处，好象这儿是供人参观的样板房似的。

鹿太太看着这一家子，一时气得不知该说什么好，她心里想："他们怎么也不问一问，是否可以看一下呢？我这儿又不是 model home（样板房）。"

　　好不容易，第二家房客来了。这才打断了那些过于细致、贴切的问题。鹿太太长出了一口气，赶忙从那个墙角里冲出来、去招呼这第二家房客。鹿群也回来了。妻子抱怨他回来得太晚。鹿群觉得被冤枉了，可也不好意思问为什么，因为屋子里现在是满满的都是人。他们只能先招呼客人。

　　这第二家来的是一位叫益燕灵的年轻妇女，和她的一个三岁大、名叫天天的女儿。益燕灵是从呼和浩特出来的，快三十岁了，正在攻读心理学博士学位。她独自一人带着女儿，因为她的丈夫正在日本仙台的一所大学读博士学位。她们是租了一辆搬东西用的卡车，请了两个朋友帮忙搬过来的。

　　鹿群夫妇看见她们一家先是愣了一下，因为没记得哪家房客有孩子呀。一来他们是真心感谢这第二家房客的及时到来，给自己解了那个围，二来他们本来就喜欢小女孩儿，所以也就一时把那不许有孩子的条件给忘了。大家赶快帮着她们搬东西、逗那个小孩子玩，热闹得象过年。

　　晚上，大家一起随便做了些吃的，共进晚餐，其乐融融的。饭桌上，孙立志的同学转为进攻鹿群了。鹿群只好不停地劝酒，那人的心思都在拷问鹿群夫妇上了，所以说干就干，很痛快，不一会儿他就醉了、吐了。

　　鹿群说没关系，可以先住下，反正有地方。鹿太太使了个眼色把丈夫叫到厨房，悄悄说："你喝糊涂啦！明天他醒了酒，还不接着折腾我们呀？赶快把他送回去！"

　　鹿群出去说突然发现被褥不够了，只好送他们回去了，他就出去送那家人走了。

　　晚上，在楼下的那个主卧室里，鹿太太和丈夫说："咱国人这习惯可真不好。还没有看清对方长什么样子呢，就什么问题都问。"

　　鹿群洗着脚，说："没什么吧？人家没把你当外人嘛。"

　　"算了吧，"妻子说："我倒觉得这事儿还是把我当外人比较好，让人舒服点儿。"

"对，"鹿群说："他们好象也只是对国人这样，跟外国人他们不敢，可能口语也没那么好。唉，我看你呀，是不是有点儿变修了？"

"什么意思？"妻子问。

"我是说，"鹿群说："以前我们没买房子的时候，你不也是事无巨细地问这问那吗？"

"那是和熟人呀，"妻子转念一想，说："你还别说，这阶级变了，习惯和口味也就跟着变了啊。"

"什么阶级变了？"鹿群说："我们就是个打工阶级，不过人家美国人这方面的习惯是好一些，它不让人太为难。"

"就是嘛，"妻子说："我那儿的美国人都只是说 congratulation（恭喜），最多问一下在什么地方，那也是为了让我注意安全。"

鹿群说："你得有思想准备呀，将来会有很多国人问你类似的问题的。"

"那可怎么办？"妻子问。

"也 simple（简单），"鹿群答道："我们互相推不就行了，都说自己不知道细节，时间一长就推说记不清楚了。"

妻子说："行。"

在刚刚入住的头一个月里，不断地有美国人打电话或者上门推销和房子有关的东西。鹿群夫妇觉得自己的信息可能被南希泄漏了。南希说没有。其实是她那事务所和其它相关行当的生意人互通信息。鹿太太感叹道："除了卖东西和传教，人家美国人好象也不理我们啊。"

"别郁闷啦，"鹿群说："我们老中不也一样吗？"

"是一样，"妻子说："那些可能是已经入了籍的吧？"

这几周来的一系列事件和过程，让天天忙着上班的鹿群对妻子佩服得是五体投地、刮目相看。这天，妻子又提议给大家提供每天的早晚两餐，因为中饭的时候，大家多数情况下是回不来的。鹿群纳闷地问妻子："你这些 ideas（主意）都是从哪里来的呀？"

"遗传的，"妻子自豪地说："我爷爷是开大车店的。开大车店嘛，当然就要有饭店喽，然后还有洗衣、兽医、中医、算命、洗澡、修脚，就是服务一条龙嘛。"

鹿群搔着头皮问："不对吧？你们家不是中农吗？"

"是呀，"妻子不经意地说："我随我妈的成份。"

"哦，"鹿群认真地问："合着你从那时候就骗我呀。先是中农、现在又是地主、大车店、饭店、都一条龙了，到底是怎么回事呀？"

妻子意识到自己说漏嘴了，就和事佬地说："那都是过去的事儿了。我也是后来才知道的呀。其实都是顺带的啦，服务一条龙嘛。到最后那不都合营了嘛，合营了，"她想了一下又说："你认真个什么劲儿呀？这都啥年代了？况且我们又在美国，国内再怎么闹也没咱什么事儿了吧？"

暖房聚会如期举行。小武子和小吕给张罗了许多美味佳肴，还协助招待来客。鹿群夫妇请了一些朋友、同事。大家来参观房子、认门、认路、还送了些小礼物，主要是家里用的小东西。

那个乒乓台先是个完美的餐桌，上面堆放了很多菜肴。大家拿着盘子，和去吃自助餐一样自己去拿吃的、喝的。

吃完，那个餐桌就又变回了乒乓台，大家开始了乒乓擂台赛。结果，是鹿群的一位印度同事得了冠军。众人问为什么他打得这么好。原来，这位同事的家在印度是贵族，家里也有乒乓台，不光有佣人们陪练，还雇过相当专业的教练和陪练。来美国后，他的乒乓技艺已经给疏忽多年了。他还告诉众人这乒乓球曾是人家英国皇家和印度贵族的很时髦的一项运动。大家知道这些后也就服气了。

众人在后院阳台上聊天儿。他们建议鹿群造个游泳池。鹿太太说："查过了，不合算。这一造游泳池，那 tax（税）和 insurance（保险）都要跟着涨，水电费也高、maintenance（维持费）也贵了，还有半年多太冷不能用。况且我们 Dan（丹）也大了，孩子们过了那新鲜劲儿就不再去游了。"

"的确，"小武子说："学校那奥林匹克标准的游泳池、跳水池不用也太可惜了。那儿还有 life guards（救生员）。"

鹿群说："其实自己家造游泳池，除了让人羡慕、满足个虚荣心，好象也没别的好处吧？"

"一句话，"妻子赶紧总结道："就是个奢侈品。"

和鹿群同楼面上的李冬说："如果要是酷爱游泳、或者喜欢冬泳那就另当别论了。"

　　"冬泳也不行，"房客老薄说："我听说每年在寒冬到来之前要把水放掉，否则有可能会把游泳池给冻坏的。"

　　小武子笑着说："看来要想冬泳只能到旁边的河里、湖里了。唉，也没看见这儿有冬泳的啊？"

　　紧接着的那个周末，房客们都搬进来了。从教堂回来后，大家都高兴地忙里忙外。男的锄草和修树、女的收拾花坛和菜地，和当年的那个知青点儿似的。好处是这是房东自己的知青点儿，而且还没有了当年那种缺衣少食的艰苦和盼望回城的煎熬。

　　鹿群和妻子被近来的工作和搬家搞得很累，再加上他们管理房客太上心，没过两周，两个人就已经是接近完全精疲力竭了。

　　房客们总是为一些鸡毛蒜皮的小事开吵。鹿群夫妇反复告诉大家要团结、友好、协商地解决问题。这天，众人过来和房东们交涉装风扇的问题，小益说："Talk is cheap（空谈容易），我们要你们的 action（行动）。你们得给花点儿钱把这房间都改建一下呀。"类似这样的要求让房东们着实劳神不少，经常累得头疼、睡不着觉。

　　鹿群夫妇商议着得找个机会暂时离开这些烦人的事儿、休息一下。鹿群建议为了庆祝这个生意的开张和躲避那些无理要求，借他去热泉城（Hot Springs）开会之际，和妻子去那个城市及其周围游玩一番。

　　一周后，鹿太太陪丈夫去开会。会后，三家大陆人结伴儿游玩，这样可以省租车费、油钱、住宿费。众人住在一个提供免费早餐的汽车旅馆里。他们先用了两天去浏览了一番附近的湖光山色、名胜古迹。

　　第三天，他们在一个国家钻石公园里挖了一整天的钻石。虽然累得腰酸背疼、无功而返，但大家出了几身汗，都觉得很痛快、很受用。

　　晚上回来，鹿太太定好闹钟以便不错过明天的早饭。其它两家人也不敢睡懒觉，七点半准时起床，拖着还在到处酸痛着的肢体，去一楼大厅吃早饭了。

当天的第一个活动是去山里骑马，大家吃好早饭就赶紧出发了。

开了一个多小时，进山找到了那个骑马的地方。大家交钱、挑马忙得不亦乐乎。

胖子胡文达从加州来，本来他说自己今天就不骑了，可能看着其他人兴高采烈地选马，自己也忍不住了，或者是经不住那个工作人员的热情劝诱。小胡很兴奋，也想挑匹马骑骑。众人已经挑好马了，只剩下一匹看似比较单薄的白马。大家都在等工作人员伺候他上马。

在马上的鹿太太悄悄和丈夫说："这白马王子往那儿一站，把人家那马都比成个驴了。"

鹿群也悄悄说："他们那是谁骑谁呀？这马有多重呀？听人说，这 limit（限制）是骑马的人的体重不能超过 quarter of the horse weight（马的重量的四分之一）。"

妻子说："人家管马的都没说什么，肯定不会超重的。"

"他也不能算太胖，"鹿群说："在美国我们更应该叫中人，不是华人。"

"为什么？"妻子问。

鹿群笑着说："我们什么都在中间呀。不是最白的、不是最黑的；不是最高和最矮的；不是最胖和最瘦的；不是最漂亮的、也不是最丑的。。。"

"那马也太可怜了，"妻子看着小胡和那马说。

"怎么了？"鹿群问。

妻子说："你看呀，都开始哆嗦了。"

"是可怜，"鹿群也往那边看，悄悄说："它看着这胖子，估计已经心虚了。看来这碗饭也不好吃呀。"

在他们旁边的老江插话说："美国这么多胖子，它也应该见多不怪了吧？"

鹿群不好意思地笑笑，因为背后说人不好，他说："但还是架不住这儿的人是越来越胖大呀。那马肯定经历过厉害的了，一朝经蛇咬十年怕井绳，所以一看见我们小胡就胆怯了。"

老江说："胖子就是自私。"

"别歧视嘛，"鹿群悄悄说。

"没有啊，"老江说："事实如此呀。他们肯定是只进不出，否则怎么会那么胖？为了自己的一点儿乐呵，还要欺负人家那么瘦小的马。"

鹿群说："那马也得每天 work out（锻炼）一下嘛。现在它们又没农活，也不是交通工具了。"

小胡终于被准备好了。全体出发。众人有说有笑的，在那湖光山色里悠闲地被马驮着走。

不一会儿，他们其中一个发现小胡的面色开始严峻了起来、不说话了。大家以为他是害怕骑马所以也没在意，只是跟他开了几个玩笑让他放松，放松。鹿群说："他那重心也太高了，可能趴马背上就没事儿了。"

"那还能叫骑马？"老江笑着说："别开玩笑啦，人家小胡能 balance（平衡）好就已经不错了。"

小胡紧闭着嘴、不回应。他的坐骑努力而认真地跟着马队走着。

结果，快回到那个营地的时候，小胡吐了。其实，他已经憋了有一阵子了，最后实在是憋不住，就只好尽情地倾泄了。

在小胡后面的骑手们惊叫了起来。带队的那个老美快马过来，问出什么事了。面色蜡黄的小胡说："Sorry, sorry, I am okay now（对不起，我现在没事儿了）。"那个老美说，没关系，马上就到了。然后，他就和小胡并肩往那个营地骑去。

鹿群看着小胡和那匹马，跟旁边的老江说："那马今天可受苦了。"

"可不，"老江说："不过它现在应该乐了，小胡轻了一些了。"

"不会乐的，"鹿群说："可别把人家恶心死了。看他呀，吐人家满满一脖子。"

隔着一匹马的小胡太太不无担忧地和老江的太太小刁说："人家会不会收他的清洁费呀？"

"放心吧，他们不敢，"小刁说："是这 horse（马）把你家小胡给晃悠吐了的，不 sue（控告）他们就不错了。"

果然，那些人根本没敢提什么清洁费之类的问题，而是诚惶诚恐地把小胡从马上请下来，搀扶进了那个简易办公室让他休息一下。

小胡觉得这也太丢人现眼了，就不好意思地和人家说了声谢谢，赶紧起身离开了。

在车上，大伙儿开始数落小胡。小习说："那 continental breakfast（大众早餐）是免费的，可您也不能往死里吃呀。"

"谁往死里吃啦！？"小胡抗议道。

小习说："往吐里吃也不行吧？你看你吐人家那一大堆，那得吃多少呀？"

小胡紧闭着嘴，看着他们不说话了。看着小胡这样子，鹿太太宽慰他说："不是说你呀小胡。你还别不服气，你真是太能吃了，把人家上早饭的那位老太太累得都直喘。"

"你们可没比我们少吃多少啊，"小胡的太太不满意了。

老江说："按说美国人也不应该奇怪，我们亚洲人是更能吃。连续好几年了，那个日本人都是 hotdog eating tournament（吃热狗邀请赛）的 champion（冠军）。"

小徐说："那哪儿是比赛呀？那些人连嚼都不嚼，硬往下塞，恶心的都让人没法儿看。去年还有个当场吐了的。"

"人家有时间限制嘛，"鹿群回头问小胡："唉，小胡，你是不是也没嚼啊？你那吐出来的 donut（甜麦圈）都是半个、半个的。"

"你们恶心不恶心呀？"小胡太太急了，喊道："还不是被你们催的！？说来不及了，不是还早到了十几分钟吗！？"

"对不起，对不起啊。大家只是关心小胡嘛，"鹿群问大家："是不是那早饭有问题？"

"不会吧，"小徐说："我们都没事儿呀，就小胡给整这么一出儿。他又没下泄。"他看看小胡，关切地问："你没事儿吧？"小胡还是紧闭着嘴、低着头、不说话。

"不能全怪我们小胡，"老江安慰着小胡，说："主要是那 trail（路径）太弯弯曲曲、太此起彼伏了。"

小胡太太赶紧帮着自己的丈夫，说："就是嘛，这不就把我家小胡给晃吐了！"

"还好啦，"小习说："要是一路平平坦坦的，骑马还有啥意思呀？"

"啊！你不是又要吐吧？"鹿太太看着小胡那样子，开始警觉了起来。

44

"我没事儿了，"小胡终于缓过劲儿来了，他松开那一直紧绷着的嘴唇，说："声明一下啊，我不是吃多了，也不是给晃得，都是前面那些马没完没了地拉呀、尿呀，给熏得、恶心得。"

众人静下来了，好象都在回味着那个恶心的场面。他们是今天那些马的第一批顾客。那些马可能和人一样有早上上茅房的习惯。鹿太太觉得自己也有点儿恶心了，就让丈夫和司机说一下，开稳点儿。

经小胡这么一折腾，鹿太太总觉得自己要晕车，所以他们决定提前结束游玩、启程回家。

鹿群夫妇一进门就发现房客们正在争吵，因为他们又在争夺厨房里的橱柜。鹿太太感叹，幸亏自己回来得及时，赶快过去给他们调解。

房客巩新梅是从天津来的，她在化学系读硕士。天气这么好，在屋子里待不住了，她就在车库外面的草坪上洗她的那辆十年老的丰田轿车。鹿太太安排好大家在厨房放置锅碗瓢盆的橱柜、抽屉后，就假装路过，出来叮嘱道："这天儿真好，可别用太多水啊，Cheryl（谢丽儿）。"小巩给自己起的英文名字是 Cheryl。

"地主婆！"谢丽儿笑着说："真抠门呀你！我们是交了水电费的呀。"

鹿太太哈哈大笑了起来，这初为房东感觉真好。回到厨房，她和丈夫说："这更象是咱自己负责的一个知青点儿。"

"是有点儿象，大家都是来洋插队的嘛，"鹿群想想说："其实年轻人上山下乡、锻炼一下没什么不好，只是当年做的有点儿过头了。如果当年只是在高中的课程里加上些学工、学农、学军的必修课就恰到好处了。"

"嗨！"妻子略微激动地说："那年头有什么没做过头呀？不过我还是觉得那些赤脚医生变成村医挺好的，不该给全部取缔掉。那年代也有好的东西嘛。"

鹿群欲语而止。他看着妻子，暂时有点儿摸不着头脑，因为没听懂她的逻辑。最近几天来，他发觉妻子常常说一些好象没头没脑的话，他怀疑是她那更年期要来了。这时，外面传来了一阵阵的汽车加速的声音，鹿群和妻子说："这邻居的孩子开车也太猛了。是不是得和他的家长说一下？"

妻子赶紧说："别惹事儿啊。美国佬说得的吗？"

鹿群不说话了。

谢丽儿进来了。她焦急地和鹿群说她的车陷在草坪里开不出来了。鹿群才意识到刚才那加速的声音是谢丽儿搞得，他说他去看看。

他一出去就看见她的车陷在草坪里，轮胎的三分之一已经陷在泥泞里了，那车身上和旁边的车道（driveway）上溅得到处都是泥点子。鹿群问是怎么回事。谢丽儿说："都是你老婆呀！她非让我把车开到草坪上洗，说这样就不浪费水了。"

"那也不应该陷进去呀？我们都是这样的呀，"刚说完，鹿群就明白了，他说："哦，都怪这几天的大雨，把地搞得太湿了。那你是怎么开进去的？应该开不进去的呀？"

"没有啊，"谢丽儿说："开进去的时候没事儿，洗好了就出不来了，踩最大的油门都不行。"

鹿群说："别着急，我来试试。"他拿过钥匙，进车、发动，折腾半天也不行。他出来看看，说找些不要的旧衣服和木头来给垫一下再试试。众人又忙活了一阵子，还是不行。几位男房客出来用绳子把那车绑好，往外拉，也不行。大家商议了一下就告诉谢丽儿一个不好的结论，她得打电话叫人来拖了。

她打电话一问，至少得需要一百块呢。她就和房东们商量能不能分担一下这费用。鹿太太不同意。谢丽儿说就是因为鹿太太的要求才出这事儿的。鹿太太说："那你把我们的草坪弄坏了就不收你的钱了。可以了吧？"

"什么！？"谢丽儿愣了一下，喊道："有你这么讲理的吗？没你那馊主意能有这事儿吗！？那草皮会自己长回来的呀！我的车能自己出来吗！？"

"别急，别急，"鹿群赶快和她说："我再想想办法。"

这时，一位邻居走过来，问他们是否需要帮忙，因为他看见他们的车陷草坪里了。鹿群他们赶快说谢谢。那人把自己的卡车开过来，把缆绳搞好，一下子就把谢丽儿的车拉出来了。众人过去不停地说谢谢。谢丽儿问需要给多少钱，那人说不要钱，非常高兴能帮这个忙，因为大家是邻居，就应该互相帮忙。

可能是在这位邻居的感召下，鹿群他们几个人帮着谢丽儿又把车子冲了两遍，擦干，这才都回到屋子里来，喝口水。鹿太太在厨房低头假装忙活，不好意思和谢丽儿说话。谢丽儿一进厨房就大喊一声："还是人家美国佬好！"就上楼去了。

鹿群和那几位帮忙的房客面面相觑，好象在互相问："哦，合着我们忙活这么长时间，就什么都不算？"

第二章

4，丽丽

人一忙起来时间就过得快，不知不觉地两个月就过去了。

这天下午五点，夕阳笼罩下的那幢生化系的、银灰色的实验大楼前，有很多手里拎着各式各样的包的人们已经开始陆续从里面出来，融入了来来往往的学生中。他们或者搭车、或者去停车场开车回家。

鹿太太正在二楼的一个实验室里收拾东西，准备结束当天的实验、下班回家。她一边轻轻地哼着王菲的那首'明月几时有，'一边在心里琢磨着晚饭吃什么，和几天后的中秋节的月饼该怎么做。同事钱娜已经收拾好了、要回家，她过来问："秦姐，还不回呐？"

"哦，"鹿太太说："还有点儿事，一会儿就好，"她接着在心里说："得让老板看到我工作这么晚才能走呀。现在走，我傻呀？"

鹿太太最近几天感觉自己好象有什么地方不对，她以为是更年期真的要来了。她决定明天自己去那个诊所检查一下，因为怕让丈夫知道了可能又要被笑话了，所以她没告诉他。今天她特意多做了一些工作，这样，明天请半天的假也不会把这个星期该做的给耽误太多。

第二天早上九点，她自己开车去了那个诊所。先是签到，在外面等候。过了一会儿就被一位面色严肃的护士领进去测体重，然后被带进了个约十六平方米大小的候诊房间。这位护士又进来给她量体温、血压、脉搏，问了她几个问题，告诉她医生马上就到，然后就出去了。

过了十几分钟，她那位妇科医生带着那位护士和个实习生进来给她做检查。她的医生问鹿太太是否介意这位实习生在旁边旁听和观察。鹿太太没完全听懂，只是笑眯眯地说可以。

检查完后，他就恭喜她，说她怀孕了。这可把鹿太太吓了一大跳，她急忙问那位医生怎么可能。其他人都笑眯眯地看着

48

她。那位医生显然是有点儿不明白她的意思，说："Everything is possible（什么事都有可能）。"接着，他就给她讲该注意些什么和开处方让她去买孕妇的营养品。

鹿太太基本上是没听懂，其实，她当时的脑子乱得也没能听懂的那部分听进去。过了一会儿，她就直着眼、红着脸，抱着护士给她的那一大堆资料和孕妇、婴幼儿用品的样品出来了。

在回来的路上，她仔细回想了一下，知道应该是他们在新房子里，那第一夜的结果出来了。回家后，她也没敢告诉鹿群，只是自己辗转反侧地琢磨了几个晚上。她自己悄悄决定去做流产，主要是觉得自己和丈夫的年纪都太大了，如果有什么不好，对孩子和家庭都是不负责的。

鹿群一来工作忙、二来已经习惯了把妻子的异常举动归结于更年期，所以也没注意到妻子的异常。

一周后的星期三上午十点，鹿太太开着鹿丹的车去做那个手术。因为这手术要用麻药，那个诊所不允许她自己开车回家，所以鹿太太打电话叫一个朋友，戴丽，来接她。戴丽和鹿太太在同一幢楼、不同楼面上的一个实验室里当实验员。她接完电话就和自己的老板请好假、出去往停车场走。

在去停车场的路上，她远远地看到鹿群和几个同事走着去听报告。她就大喊、招手，把他叫了过来。戴丽问他怎么不去接自己的老婆，心里说："难道是为省自己家的油钱？不能这么抠门吧？"

鹿群糊涂了，问："我为什么要去，她不是在上班吗？"

"哦？"戴丽认真地问："你不知道她今天有个小手术啊？"鹿群的头一下就大了、晕了，不知道妻子出什么事了。他连忙问是什么手术。戴丽笑了，说："你都不知道，我那儿知道啊？"

"那在哪个医院？"鹿群赶紧问。

戴丽说她也不知道，因为鹿太太只给了个地址。鹿群拿过那个写着地址的纸条，和戴丽说了声谢谢，就一路小跑地去停车场开车去了。

那是个家庭计划诊所（Family Planning Clinic）。一幢孤零零的白色小二楼矗立在那个街角的一片空地里。所有的门窗上都有铁栅栏，象是有些大城市里的不安全街区的那种景象。

正门前的停车场里，有七、八个年轻男女正举着牌子在那儿转着圈儿抗议着，有的牌子上写着"Stop The Killings（停止这些屠杀）。"有一辆警车停在这些抗议者的旁边，里面躺坐着一位戴墨镜的胖警察，他那舒适的坐姿、微张着的大嘴和均匀的呼吸，示意着他好象已经睡着了。

看到这一切的鹿群更加疑惑不解，有一种不祥的预感怎么也赶不走。他快步低头进了正门，到前台问里面的那个女的，说要找秦舒花。那位在前台工作的年轻女子在计算机上查好房间号、问了他和秦舒花的关系、然后复印了鹿群的驾照就领他进去了。

鹿太太已经换上了准备接受手术的衣服，一位护士正在做手术前的准备。她看丈夫进来，先是惊讶了一下，想说什么好象又不好开口，就低下了头。

等位那护士一离开，鹿群就关上门，铁青着脸大声质问妻子是怎么回事。妻子很尴尬、红着脸、低头说："你忘啦，那天晚上，在窗帘里。我说过不安全的嘛，都是你。"

"那怎么可能！？"鹿群还是大声地问着："我们都多大年纪了？你不是已经 menopause（更年期）了吗！？"

妻子反驳道："你才 menopause 呢！"

鹿群这才不好意思、红了脸。在接下来的十几分钟里，鹿群好说歹说地劝妻子先回去，说这事情必须得再认真考虑一下、不能这么仓促。妻子哭着说："谁不想要啊？这年纪太大了嘛。"

"你说的没错儿，"鹿群搂着妻子说："那也得回去商量好再说嘛。这么大的事，哪能这么草率呀？"

妻子说："可已经交钱了。"

"没事儿，"鹿群说："我去跟他们讲一下。你先把衣服换好。"

鹿群去前台商量这件事，但这个诊所说不好退钱因为医生、场地、仪器已经被占用了。鹿群干脆地说了声："妈的！就当捐了。"然后，他回到那个房间一边劝说、一边近乎是拖地，把妻子带了出来。

在回去上班的路上，鹿群严肃认真地和妻子讲："今天的这个事情，你得知道它的严重性。这是全家的事，你怎么能自做主张呢？连人家那诊所都叫 Family Planning Clinic（家庭计划诊所）。"

妻子满腹委屈地反驳道："是你老不正经，还怪我！？"

"怪我，怪我，"鹿群还是有点儿坚持原则地说："可今天这事是你做得不妥啊。"

"别烦人了，"妻子不耐烦地说："先说怎么办吧。"

两个人讨论的结果是，先尽可能地做检查，如果没什么大问题就要，反正也早想再要个孩子了。鹿丹这一上大学给家里添加了一种莫名的空旷感。房间虽然都租出去了，但那种感觉还是存在的，因为房客毕竟不是家人。儿子也是偶尔才回来一次，回来也是睡沙发，一年也回不来几次。这倒不是因为住得问题，况且一放假总有人去度假或者搬走，主要是孩子大了、不愿意和家长住了。

在之后的半个月里，鹿群夫妇找那位妇科医生做了几个检查，验血、验尿、查羊水、验染色体等等。看结果好象没什么不正常的，他们就去问儿子的意见。

鹿丹也高兴，只是一下就直眼儿了。鹿群问儿子怎么了。鹿丹高兴地说："Oh, nothing. I am happy for it（哦，没什么。我很高兴）。"其实，他是惊讶，父母怎么和孩子似的，一个不留神儿他们就会给折腾出个什么事儿来。

于是，他们两口子决定要这个孩子。鹿丹一出门，妻子马上嚎啕大哭了起来。鹿群急得在她旁边转来转去、不停地劝着。因为不知道又出了什么事，所以他劝得也不得要领。过了不到一分钟，妻子一抹眼泪、破涕为笑了，说："没事儿，只是担心不能要了。"

鹿群看着妻子、有点儿结巴地说："这，这就开始啦？"

从此，鹿群一有时间就陪着叉着腰、挺着肚子的妻子，去这个城里的各个公园里遛弯儿。这天，在这个城市的中心公园里，两个人正在转悠着、看着周围的山水相连的景致。鹿太太又唠叨着："这么老了还要孩子，多丢人呀。"

"这有什么啦？"鹿群照例安慰道："这不正好说明咱还不老吗？我们这个年龄的在美国生孩子也不算太晚。"

"啊呀，"妻子感叹说："如果还在国内，这个孩子是不可能的了。真象是赶了个末班车。"

"什么末班车呀？"鹿群照例开玩笑说："咱再接再励、明年再来一个。两个小家伙有个伴儿，还好养。"

"老不正经，"妻子高兴地望着丈夫说。

"没关系，"鹿群和妻子说："我早已做好被别人误认为是孩子的爷爷的准备了。"

妻子又乐得哭了出来。

两个人又走了一会儿就准备回去了。他们远远地看到前面人行道旁边的路上有个小乌龟，它试了几次都爬不上那个路檐（Curb）。可能是孕妇的母性的怜悯心更重一些吧，鹿太太要求鹿群去帮那小乌龟一把，把它送进路边的湖里去。

鹿群欣然从命、跑过去抓住那个小乌龟、把它放到湖边让它自己爬进去。可那乌龟却总往反方向爬。鹿群只好去抓起来，想给它改变个方向，嘴里还嘟囔着："是那边。。。"

这时有个声音传来："Stop（住手）！"

他抬头一看，原来是个公园的保安在远远地冲着他喊。鹿群笑笑，冲着他喊道："Hi! Officer，I am trying to get it to the lake（你好，警官，我试着把它送进湖里去）。"

那个保安快步走来，板着脸说："Is that so? You may need a better explanation（是吗？你可能需要一个更好的解释）。"

"What（什么）？"鹿群不解道："I AM helping this turtle（我确实是在帮助这只乌龟）。"

保安彼得（Peter）交叉起双臂、看着鹿群问道："In what way（用什么方式）？"

"In what way（什么方式）？"鹿群说："To put it in the lake（把它放到这湖里）。"

保安彼得冲他摆摆手，说："Never disturb wildlifes again（再也不要干预野生动物了），understand（明白）？"

鹿群不置可否地点点头，说："Okay（好）。"

保安彼得命令道："Leave the turtle in the grass，and please go（把乌龟放草上，请走开）。"

鹿群放下那只乌龟和妻子走开了。他一边走、一边回头看着那个保安，问妻子："我们做错什么了吗，他这是什么意思呀？难道让那只乌龟给车撞了就对啦？"

　　"别理他，"妻子说："他可能误会了吧？你当时的那个动作可以说是抓、也可以说是放，也有可能今天这人有什么不高兴的事吧。"

　　鹿太太说的对了一半。他们当时不知道，上周六的傍晚，就在这个公园里，保安们抓住一位敢下湖抓鳖的华人。那人本想给全家大补一下的，也得怪那些鳖太多、太肥大了，比洗脸盆都大。尽管这位华人当时一再声称，自己是生态博士、那么高密度的王八对它们的繁衍是没有好处的、自己只是要给它们减低一下那密度，结果，他还被抓和罚款了。再加上去年有另一位华人抓鸭子被捕的前科，所以，这个公园里的保安们近来有点儿草木皆兵了。

　　其实那也不能全怪华人，也得怪那些鸭子太诱人、太容易抓了，它们见人过来基本不躲，一般都是人给它们让道儿。

　　鹿群不服地说："难道见死不救就对啦？难道以后这做好事，旁边还得有人录像存证吗？"

　　妻子累了，说："客随主便、入乡随俗。累了，回家！"

　　鹿群他们刚来这个城市的时候，这里华人还不多，大家见面都很热情。天长日久，华人多了以后，虽然到哪儿都能碰到华人，但是逐渐地都视彼此为路人、不主动搭腔儿了。这天，鹿群去药店给妻子拿药。这种药店和国内的小超市似的，在这小城市里每三、四英里就会有一家。人们主要是来拿药和顺便买点儿日常用品。

　　排队交钱的时候，鹿群碰到一个几乎和他同一时间来静水城的，叫刘春雷的熟人。这人好象什么都不忌讳，看到鹿群就走过来，把自己手里的药给他看，还说："这 Viagra（伟哥）可是个好东西。我可没这问题啊，是下个月回国送人的。等这东西进了国内就不稀罕了。唉，你拿的是什么药啊？"

　　鹿群把药袋子藏在身后，闪烁其辞地笑着问："要回国啊？回去多长时间啊？"

　　"就两个星期。有什么要带的吗？"刘春雷问道。

鹿群说不用、谢谢，赶紧交完钱，和刘春雷说还有事就匆匆走了。他是怕那人追问他拿的是什么药。

又过了快两个星期，鹿太太开始置办婴幼儿用品了，同时还要做饭、打扫、管理房客。他们回忆当年怀鹿丹的时候，也就是每天多两个鸡蛋而已。现在这营养品多得都有一抽屉了。

她觉得真过瘾，以前都是看别人热热闹闹地准备在美国生孩子，自己只有羡慕的份儿。看着家里那与日俱增的婴幼儿用品，鹿群小心翼翼地试探着问："真的都需要啊？"妻子说，当然。她指挥着鹿群把他们卧室外面的就座区（Sitting area）整理好，然后把从店里搬回来婴幼儿用品堆放在了那里。

他们两个上班的地方分别给他们搞了婴儿送礼会（Baby shower），又收了很多礼物。鹿太太仔细检查后让鹿群去把他们自己买的、多出来的退掉。她说，还是礼物卡（Gift card）好，自己可以随便买。

看到房东们这近乎不可思议的夯奋和快乐，众房客纷纷提醒鹿群不要只顾着高兴了，还要注意孕妇在怀孕期间的情绪不稳和产后忧郁症。鹿群说："好象到现在还好，没事儿。怎么从来没听说国内有这种事啊？"

房客大实话，全名余龙阁，是位正在攻读病理学博士的研究生。由于他经常性的实话实说，房客们领教了他的风格后、就给他落实了个外号：大实话。他说："可能咱国人太皮实，整天地忙生活、忙生存，没时间去忧郁。"

"或者是，"小武子猜测道："也可能那些人本来就有问题。在美国也就那么几例而已。"

鹿群说："我觉得也有可能是这儿住得太稀疏、天天忙孩子，也见不到其他人以至于精神出了问题。不管怎么说吧，这类事丈夫的责任最大。"

"放心吧，"大实话说："咱这儿这么多人住，每天都有事，所以嫂子应该不会有问题。只是有可能会给累着。"

鹿群笑着说："借您吉言，但愿如此。"

可能是怀孩子的一种反应吧，鹿太太开始特别注意健康、卫生和清洁之类的问题了。她开始严格要求房客们进门要脱鞋。以前只是看到忘记脱鞋的说说而已，现在是严格监督、勒令实施了。

这天，大实话过来和鹿太太说，这进门脱鞋是从国内带来的坏习惯，因为得到的结果肯定是适得其反。人们的鞋里面在多数情况下比鞋底子要脏的多，在美国尤其如此。所以，这进门脱鞋反而把大家的病菌涂抹得满世界都是。鹿太太一听就急了，问那可该怎么办呢。大实话说："我正在设计一种产品，以后大家进门把鞋底子蹭蹭就行、不需要脱鞋啦。"

"那赶快拿出来用呀？"鹿太太急着问。

大实话笑了，说："不好意思，还正在 in progress（研制中），还没找到合适的 glue（胶水）。等研究好、制造出来了，第一个让你用，行了吧？"

鹿太太急得都快哭了，说："那，那现在可怎么办呢？"

"别急呀，"大实话见状赶紧安慰她，说："暂时还是有办法的。最干净的是进门换拖鞋、干净的袜子、或者每人指定一双在室内穿的鞋。当然首先得严禁在家里打赤脚和进门脱鞋。最好是进门前就把衣服脱掉，还得戴顶干净的帽子。"

"为什么！？"鹿太太傻眼了，说："那不都裸体了？不更脏了？"

大实话也笑了，说："没错儿，对不起啊，把你这儿当超净室了。不过，衣服和头发上的脏东西可不比鞋上的少啊。"

"所以呀，"鹿太太明白了，说："我们国家进门前用小布拖把把身上打干净、换鞋还是很有科学道理的呀。"

"Yeah，sort of（是，就算是吧），"大实话似乎同意了。

鹿太太现在对大实话是言听计从、雷厉风行。她当天就做了两个打身上灰尘用的小布拖把，摆在门廊里的长凳上，还给不明白的房客们示范了几次。一时间搞得众人更手足无措了。

鹿群来和妻子说可能没必要这样吧，他说："我们小的时候不是常常说，不干、不净吃了没病吗？都听大实话的也不行。他学病理都学得快不正常了。你是没看见他的那个导师有多 eccentric（古怪）和 weird（怪异）。就是从头到脚用黑布包着的那位，全校园就他那么一位，见人就用那黑手套堵着自己的鼻子和嘴。他还不如直接套上件 burka（一些穆斯林妇女用的黑色套头斗篷）得了。"

"女的才用 burka 呢，男的可能也就应该那样吧？"妻子问。

鹿群说："没的事儿。男的一点儿都不用遮掩，只有女的必须包起来。这倒是个好主意呀，你干脆做些 burka 把大家包起来不就行了？" 还没说完，他就哈哈大笑了起来。

"你认真点儿啊！"妻子说："人家这可都是在为我们的 baby（婴儿）好呀。"

"好好，"鹿群说："我们都尽量做。可我听说啊，有些美国人认为这要求客人进门脱鞋是一种不礼貌的行为。他们觉得应该欢迎客人进家门，而不是给人家提条件。"

妻子喊了起来："这房客又不是客人！人家日本人和印度人不都是一进门就脱鞋吗？"

看着妻子急得又快哭了，鹿群赶紧说："好好。我们向日本人、印度人学习。可以了吧？唉，印度人穿鞋吗、穿的那能叫鞋吗？"

"不知道，"妻子暂时停止了哭泣的企图，又说："唉，我想起来了，咱家的 paint（涂料）也该换了。人家报纸上讲这些老房子的 paint 都有 lead（铅），弄不好要影响孩子的智力发育的。"

"没那么严重吧？"鹿群笑着说："也没听说有什么直接的例证嘛。"

妻子这次无预警地哇的一声哭了出来。她指责鹿群不关心她和肚子里的胎儿。鹿群赶紧说："好好！我这就去买 paint，我这个周末就把所有的房间都 paint（刷）一遍。Okay（行了吧）？"

妻子可能是太担心这个孩子了，现在和她解释是徒劳的，所以鹿群只能是事事依从。

妻子立刻转啼为笑，说："太好了！"

鹿群看着妻子心里想，幸亏当年她是在老丈人家生的玉米地，否则那时候还在上学的他还不给折腾得死去活来呀。

鹿群马上出去，开车直奔沃尔玛（Walmart）。进去后，他磨磨蹭蹭地置办了刷墙的涂料、刷子、宽胶纸、和一大圈遮盖地面和家俱的塑料薄膜。

当晚回来，他通知房客们把所有的家俱都集中堆放在各自房间的正当中，因为他计划趁下个长周末把所有的墙壁和天花板都粉刷一遍。

大家刚刚紧锣密鼓地准备好，鹿太太又过来说不行，因为大实话告诉她这刚刚粉刷完的房间有从涂料里散发出的有毒气体，暂时不适合人类居住。鹿群问那该怎么办，这东西都置办好了、家俱也都规置好了。妻子也不知道该怎么办。夫妇俩只好通知房客们暂时不粉刷了。

　　大家问为什么。鹿群夫妇道出原委。"嗨！"天天妈说："我当什么事儿呢？这有什么难的，都出去 camping（野营）上几天不就行了？"她正愁着这春假带孩子去哪儿呢。出去野营也能让她自己省点儿心。否则在家里待七天，天天还不把人烦死了。她有点儿不满意地问鹿太太："这春假到底是什么意思呀？"

　　"春耕、农忙啊，"鹿太太说："学生们回家帮忙呀。"

　　天天妈说："那是国内，这儿的学生又不做农活儿。"

　　大实话插话说："这 Spring Break（春假）是让年轻人发泄和激素有关的能量。"

　　天天妈说："不是刚过了 Valentine（情人节）吗？还不够啊？这是什么陋习呀？给小学生放什么 Spring Break 呀？还只给孩子放，不给家长放。"

　　周围的几位都笑了，天天妈是因为没假期看管天天，又急眼了。

　　有几位房客马上赞同天天妈的建议，因为都想去见识一下美国的野营。他们以前只听说过，在国内也很少有野营的机会和条件。

　　鹿群想了想，说："这倒是个好主意啊。不过得先查一下天气预报和决定去哪儿 camping（野营）。"他觉得如果妻子在外面就不会给他找这么多事了。

　　"没问题，"天天妈说："我去查 weather（天气预报）。至于地方嘛，就去教会活动常去的那个 valley（山谷）。那地方又美、又安全而且还不贵。"

　　鹿太太也同意了。于是，天天妈就指挥着大家分头忙碌了起来。

　　天气预报讲今年春假期间是温度适宜、和风无雨，简直可以说是风和日丽了。众人准备的力度和情绪都不断地高涨着。

女士们结伴出去买帐篷、睡袋、防虫、防晒用品；男士们齐心协力把各个房间规置好、准备粉刷。

房客孙立志来找鹿群，说他不去野营，因为周末他还有活儿。他接着问道："你们把房间搞成这样子，我都没地方住了，怎么办呢？"

"没事儿，"鹿群说："可以住呀。正好你可以帮我们看家，如果天气不好还可以把窗子都给关上。"

"什么！？"孙立志说："我可不想吸那些毒气啊！"

"没那么严重吧？"鹿群问道。

"不严重？那你们逃什么呀！？"小孙质问道。

"没逃呀，"鹿群解释道："是我太太怀孩子的 overact（过激反应）。大家趁这个春假也正好出去玩一下嘛。"

小孙说："不管怎么说，我这是可是交了房租的啊，你总不能让我没地方住吧？"

"好办呀，"鹿群爽快地建议道："那你就跟大家去那原始森林里呼吸新鲜空气嘛，或者你找个朋友先去挤上两天？Spring Break（春假）肯定有好多人出去玩，应该不难找。"

"你可是房东呀！"孙立志说："怎么能这样和房客说话呢？你们不能过三个月再搞这些吗？"

"对不起啊，"鹿群笑着说："这不是正好赶个巧嘛。粉刷一下大家都住得舒服一些，大家也不想铅中毒嘛。我去问问小武子，看能不能给你找个地方。要找不到那你就只好跟大家去啊。"

"你们不能强迫我吧？"孙立志问。

鹿群说："当然不会，不过还是要少数服从多数嘛。"

"这可是美国呀，"孙立志不满地说："怎么还来国内那一套呢？"。

"哦，"鹿群看看他，说："那就民主一下嘛。"

孙立志一想不管是民主、还是少数服从多数，他自己都是少数，所以就同意让别人给他找住处了。

不出五分钟，小武子一个电话就给他找到住处了。但孙立志又改主意了。他要跟大家去，因为他刚才转念一想，觉得去森林里学习可能效率会更高些。

鹿太太告诉他得自己买个帐篷，因为大家都已经找好伴儿了。他拒绝道："我是来短期访问的，买个帐篷干什么？"

"没关系啦，"鹿太太好言相劝道："就是个玩具嘛。拿回去让孩子玩、送人都行啊。实在不喜欢还可以退嘛。"

孙立志想了想，也就同意了。

在这个春假开始的那个周末，男士们把各个房间整理好，准备粉刷。

周一上午九点，女士们和孩子们吃过早饭就先开车去了那个野营的山谷。男士们在家突击了一下。由于准备充分，他们只用了大半天就把所有的房间粉刷了两遍。

大家把粉刷用具洗好、放到车库里，然后进去洗澡、更衣，还把所有的窗子都打开半英尺左右，好让从涂料里散发出的气体尽快扩散出去。鹿群把空调的温度调到华氏九十八度（约摄氏三十七度），这样就不会打空调、浪费电了。

众人一起去沃尔玛（Walmart）把和烤肉有关的东西买好就一起开车去野营了。

在去野营的路上，他们听到广播里的一个新闻，说北方那个独自进山野营、走丢的人昨天被找到了，现在正在医院接受康复治疗。据说，十几天前他带着自己的一条德国牧羊犬去山里野营。当天半夜遇到个棕熊来袭。那只棕熊把他放在帐篷外面的东西都给吃了，或者捣毁了。多亏是那条狗舍身救主，冲出去把那棕熊赶走了。在以后的十天里，那人衣食无着就把他的狗杀了、吃了，这才得以生还。

众人都说那人太坏了，怎么能吃自己的狗呢？美国人不是不吃狗肉的吗？鹿群说："特殊情况嘛。也有可能是个南韩籍美国人。这广播里也没说清楚。"

"即使是韩国人这广播里也是不会说的，"小武子接岔儿说："人家韩国人可能也不吃狗肉。我遇到的几个韩国人，他们都统一口径说，只听说过有人吃狗肉，可他们自己从来没吃过。似乎也要经过统一的出国培训似的。"

"不可能，"鹿群接着问："好象只有我们国家公派的才有出国培训。这倒提醒我们了，万一我们遇到类似的情况可该怎么办呀？"

"怎么办？"房客胡同义说："我是肯定不会吃自己的伙伴和朋友的。"

"真的？"小武子笑着对小胡说："我肯定不会杀死你，但有可能会先吃你的 arm（胳膊）。"

"什么！？"胡同义立刻瞪眼相对。

"别紧张嘛，"小武子认真地说："那山里没电、没冰箱的，你总不能让我吃腐肉吧？"

旁边的人听完就哈哈大笑了起来。

胡同义瞪着小武子喊了起来："真没想到啊！你怎么能这么凶残歹毒啊！？"

"别紧张啊，"小武子笑了，说："和你开玩笑呢。真要是遇上那事儿，你不把我吃了就不错了。"

"绝对不会的！"胡同义喊了一句。

"胡说吧你，"小易说。

胡同义说："绝对不会！我再怎么招也还是文明人吧。"

"别把话说绝了，"大实话说："英国绅士比你文明吧？你知道两百多年前第一批来美国的那帮人是怎么度过第一个冬天的吗？他们有的把老婆杀了，沾着面粉吃才熬到第二年春天的。要不怎么会有那 Thanksgiving（感恩节）？"

"别说了，"胡同义说："也没个忌讳，不嫌瘆人呀？"

大实话说："这可都是历史史实呀。。。"

"Shut up（闭嘴）！"另外两个人齐声制止了大实话。

众人闭嘴。身材比较瘦小的房客包洪峰在前后左右地看着。小武子看看他的样子就跟他说："小包啊，别看了。你没机会，都比你 strong（壮实）。"

旁边听到的人又哈哈大笑了起来。

去那野营的地方，虽然开车只需一个半小时，但那弯弯曲曲的山路转得人都有点儿头晕了。可进去以后，看到里面那沁人心脾的湖光山色马上就让人觉得不枉此行。他们进去找到女士们和孩子们后就开始搭建各类帐篷。

每个野营地点（camp site）都有水、电供应。天天妈让大家把电火锅都带着，所以火锅方便面成了最受欢迎的食品。

当天傍晚，大家就去钓鱼、遛弯儿、打牌下棋、划船玩了个痛快。但是这三天的夜宿搞得有两个感冒了。鹿太太明令禁止那两个人离她太近。鹿群赶紧和人家解释妻子那怀孕后的、轻微的神经质问题，请他们多多谅解。

野营圆满结束了。大家开车回来一看，发现还真的下雨了。还好，进来的水不多，大家用浴巾把地毯上的水吸干了。鹿群说这天气预报也太不容易听懂了，他说："今天是百分之十的可能有雨，怎么就下到这儿了呢？"大家宽慰他，说是因为这里是风水宝地。

众人发现这新粉刷的房间是舒服。鹿群夫妇洗完澡就睡觉了。刚刚入睡就被电话铃声吵醒了。鹿群去接电话。听明白后，他给吓了一跳，原来，他们把孙立志给忘在那条山谷里了。

孙立志今天下午在自己的帐篷里午睡了一个半小时，就起来去半山腰的一颗树上看书。他和谁都没说。最后看累了就回来找其他人。可大家都已经收拾好、在回去的路上了。他一急就以为自己在山里转向了，他一个人凭着感觉那儿转着找。最后实在找不到了，他才去问了个公园里的警察。

那位警察看他除了本书以外就什么都没有了，所以也不太信他的话。按他给的号码打电话又没人接，因为其他人还在路上呢。那位警察只好先让他坐在办公室那儿了，而且不许他随便走动。他可能担心万一小孙是个空投的非法移民可怎么办。最后，孙立志都急哭了。警察这才让他又打了个电话。

这次是鹿群接到电话。鹿群连说对不起，赶快和还没去睡的、在客厅里看电视的那几个房客在那堆帐篷里翻出了小孙的那个背包、找出他的证件，然后叫上小穆一起又开车回去了。

他们开了快两个小时才回到那个公园，因为是夜路，所以开得慢了一些。路上，鹿群问小穆怎么会没注意到丢了个人呢。小穆说："没办法。这哥们一直是拿着本儿书独来独往的。除了吃饭的时候来一下，其它时间也见不着他呀。我们没错儿，这出来玩就要一起行动，所以没注意到他是正常的。"

到了那个州立公园、找到那个办公室、和警察们交涉好后，他们就带着小孙回来了。

双眼红肿的孙立志一路上抱怨着大家。另外两个人自知理亏所以也不作声。过了一会儿他说累了就睡着了。

鹿群和小穆回忆可能是当时大家太热心，一起七手八脚地就把所有的帐篷和东西都收进车里去了。人太多也没注意到少了这么个人。

不知不觉又两个多月过去了。好象大家和睦相处得还挺好。鹿群夫妇觉得这生意也没什么大不了的，所以商量着想再加两个上下铺的双人床，好多招些房客。房客里也是藏龙卧虎、什么样的能人都有。有家的太太会裁缝。大家在大减价的时候就买来很多衣服都请她改，还纷纷夸她说："你这手艺可是个dying arts（要绝迹的手艺）。"

她说："没有啦，好多越南人现在都做这个。"

以前有个说法是：货换货两家乐，现在大家之间经常来个服务换服务大家都快乐。只是厕所的门出了几次尴尬，大家得养成先敲门的习惯。鹿群在厕所门上贴了告示，提醒大家注意，要先敲后入。

鹿群夫妇的新习惯之一是每天都要关注天气预报，因为要决定当天是否给草坪浇水。每场雨都会让他们感觉象是久旱逢甘露。尽管如此，他们家的草坪很快就成了这条街上从负面上讲（in a negative way）最显眼的了。

房主协会来信警告。鹿群不服，问妻子："这 homeowner association（房主协会）到底是谁选的？他们到底是谁？"妻子说不知道。鹿群又说："这还有民主吗？"

"估计不会有了，"大实话插话说："这是 private（私人的）的，他们自己说了算。人家这儿只要是 private 的就没有民主那一说儿。"

鹿太太问道："这到底是哪个 private 的？我以为是我们的 private 的呢！"

旁人都不知道该如何回答。左右邻居也善意地从侧面提醒过他们，该收拾收拾他们家的草坪了。两口子只好忍痛开始天天浇水、隔月施肥。还好，大家是按人头平摊所有相关费用的，所以鹿太太的钱包也没有太难受的感觉。

不久，鹿群夫妇就养成了在后院阳台上喝茶和观赏浇水时制造出的小型彩虹的习惯。那的确是个挺漂亮的景观，尤其是天热的时候，浇水时的空气里有一种格外的清新和凉爽感。鹿群夫妇常常在那后院阳台上就座、打开喷水系统、喝茶、吃坚果、聊天儿。

这天，小武子笑着跟他们说："您这浇水可真不亏呀。别人是浪费和养草，您不光浇水，还观赏彩虹 show（秀）了。"

"没有，没有，"鹿群笑笑说："主要是想多呼吸点儿负离子。"

"哈哈！"小武子笑着说："您这又多了一条。"

5，不打不成交

又是一个晴空万里的周末。鹿家的房客们和在国内一样，纷纷忙着收拾屋子和院子、买东西、洗衣服、或者带孩子去学才艺。这么多华人在一起，就自然而然地有了传阅人民日报海外版、看电视剧、下围棋、象棋、拱猪、搓麻将等活动。

自从搬进新居后，鹿太太养成了一个新习惯。每次她接电话之前都要先镇静一下、轻轻地咳一下，然后拿起电话认真地说："Lu's residence（鹿宅）。"知道对方是谁以后才开始说，唉呀，原来是你呀。。。

最近推销东西的电话太多了，把鹿太太的脾气搞得不太好了。这天下午两点多，来了个电话，正在厨房忙活着的鹿太太没好气儿地拿起电话说了声 shit（屎），才发现搞错了，是鹿群那个在加州的同学的太太，她只好认真地陪她聊天儿、弥补失误。

鹿群正在和一位房客在餐厅切磋乒乓技艺。有三位房客从楼上下来了。他们走过来把鹿群拉到一边说话去了。

原来，楼上的房客赵俊城喜欢高音量的中外摇滚乐，可能是他在北京练摊儿时养成的习惯吧。别看他年轻但阅历还是挺丰富的。他在国内读完大学后的两年里，当过倒爷、练过摊儿、开过小饭馆儿。最后他觉得都没戏、或者都太辛苦了，所以，他闭门苦读了两年英语就出来读硕士了。

他一到周末就用他的音响设备放摇滚乐，吵得大家都不能午休。这午休可是旅美大陆人的一个奢侈品，因为在这儿从星期一到星期五根本没有午休，只有到周末才能温习和享受一下这近乎国粹的生活习惯。没有午休也是大多数大陆人留美初期必须过的一关。美国人不午休可能是每天饮用大量咖啡、或者含咖啡因饮料的直接后果之一。

鹿群听完他们的诉说后，说："嗨，我当是什么事儿呢。你们大家自己商量、安排一下，或者去劝劝他不就行了？"大家说已经跟小赵提过几次意见了，可没有用。他根本就不理大家，还把他们几个给轰出来了，所以，房客们只好来请鹿群夫妇出面去跟他说说。

小赵的房间里布置得象是个国内卖音乐磁带的小摊位。墙上挂着吉它、贴着美、中摇滚歌星的大头照、桌子和地上都是一盒盒的音乐磁带和录像带。多数人房间里的桌子上摆着计算机，他是摆了一套巨型的立体声音响，占地面积接近他那个房间的三分之一。

这位小赵是吉林人，平时很忙，好象和大家本来就没什么话。他一听鹿群说是别人要午休，就揶揄道："我喜欢音乐是我的自由。你们是不能妨碍的啊。况且我这不是还关着门呐吗？隔音不好是你房子的问题。再说啦，你们那些中国人的陋习也该改改了。"

"什么？"鹿群惊讶后，认真了起来，说："你怎么能说午休是陋习呢？有研究表明，适度午休是有益于健康和提高工作效率的呀。人家美国人觉得我们中国人之所以能干就是因为有午休呀。"

小赵不屑一顾地回道："那我还觉得中国落后就是因为午睡浪费时间，都给睡糊涂了呢。行了，行了，出去吧，懒人的唯一勤快之处就是总能找到借口去偷懒。"

"什么？"鹿群看说不过他，只好无奈地问："好吧，那总得互相尊重吧。你用耳机行不行？"

"什么？耳机？"小赵笑道："不是开玩笑吧？谁提供呀？这万一把我的 hearing（听力）搞坏了，你负责呀？"

"这，这，"鹿群急了，说："你总得讲道理呀。这大家住一块儿，都要。。。"

正在门外旁听着的鹿太太大踏步地走进来，说："你要是这么不听劝，我们就只好叫警察来调停了啊。"

小赵听完怔了一下、看了他们俩一眼就不说话了。

两口子下楼回到厨房后，鹿群低声问妻子："这在自己家里警察能管吗？"

妻子笑笑，悄悄说："谁知道啊？我也只是那么一说而已。"她想想又说："好象也应该管。我昨天在广播里听到 Florida（佛罗里达州）有一个二十一岁的 college dropout（辍学者）被他妈摔耳光因为他太懒。那人也太不像话了，老大不小的在家里住着不仅不交 rent（房租），连自己的房间都不收拾、垃圾也不拿出去。那儿子更出格，竟然打 911 把警察给叫来了。警察指控他妈家暴。这是个什么道理呀？"

"哦，"鹿群应着、同时往楼上探头张望。还好，小赵那摇滚乐的音量已经降下来了。他和妻子说："各个州的法律有一些不一样的地方。不知道我们这个州是怎样的。"

妻子说："也只会是大同小异吧？"

当晚，鹿群夫妇刚要吃晚饭。那几位房客又进来了。鹿太太不耐烦，但又担心地问他们又有什么事。房客们七嘴八舌地开始控诉了起来。原来，新来的房客张海涛有抽烟的习惯，常常把家里搞得烟雾缭绕的，特别是他准备考试的时候。

这位老张是接第一位房客孙立志的租约住进来的。孙立志在他的短期访问期间突击了那两个英语考试。在他那个六个月的国家资助结束的前一周就联系好、去加拿大读学位去了。

小孙当时还纠结了一阵子，生怕自己的这个行为会属于叛逃一类的。鹿群跟他说学成以后，回去报效国家不就行了。小孙国内的家人也这样劝，所以他就成行了。

老张是个老美国了，可能是这些房东、房客里来美国最早的。他单身一人从纽约来到这所大学攻读博士学位。他的老婆、孩子还在纽约的中国城里打拼着。老张在纽约的时候由于过度关注政治，导致学业受到了严重影响，有两门课不及格，读不下去了。他们全家合计了一下，就让他换个专业，转学来这个类似穷乡僻壤的地方，好让他专注学业、早日拿到学位。

他这不太合美国时宜的抽烟的习惯给他造成了很大程度上的不便，因为绝大多数室内的公共场所都是不准抽烟的。当然烟民们在上班的地方也趁势给自己加了每天三、四个出去晒太阳、转悠、聊天儿的抽烟休息（Cigarette break）。

这次无奈的转学给老张的刺激挺大，所以搬进鹿家后的大多数时间都是在他自己的房间里闭门苦读和很抽。其他房客已经无法忍受他那没日没夜的乌烟瘴气了，因为最近天气的突然降温，也不好再开窗子透气了。鹿太太已经三令五申过，不允许开窗透气，说那是给地球加热，没人能用得起。

他们向老张提出了抗议，但是没用。他们只好又来找鹿群夫妇抗议，说拒绝抽这二手烟。鹿太太一边听着、一边摸着自己的肚子想，这二手烟对胎儿也有坏处呀，所以也没犹豫就拉着丈夫上楼来和老张谈判了。

老张房间的门一开就先滚出了一股浓浓的、缭绕着的烟雾，然后才是手里拿着根香烟、穿着二股筋背心、戴眼镜、胡子拉喳的老张。鹿群夫妇用手驱散着那团烟雾，和他说还是到楼下客厅里去谈吧。

在客厅里的沙发上，三人就座。鹿群说明缘由后，老张正襟危坐、认真地说："抽烟可是我的人权和自由啊。"

"怎么都是这一套呢？"鹿太太心想："自由个屁，你到图书馆给我抽个试试看，"可她嘴上还是只能好言相劝道："这大家都住在一起，所以这里也算是个公共场所嘛。这美国的公共场所都是不能吸烟的呀。"

老张眼珠一转，说："这里是 private residence（私宅）。你又没有挂禁止吸烟的牌子。"

"不必了吧？"鹿群劝道："大家这住在一起呢，都是靠个默契和相互尊重。不需要那么 formal（正式）吧？"

"但，"老张继续说："你那 lease（租约）上也没写 no smoking（不准抽烟）呀。"

鹿太太不耐烦了，说："可那上面也没写不许禁止吸烟呀。不是不让你抽，想住这儿你就出去抽、不想住就请你搬走。你这么个抽法，我这房子以后还怎么卖呀？"她摸着自己的肚子又说："这万一影响到我们的 baby（孩子）可怎么办？"

老张看鹿太太真生气了，而且又牵扯出了下一代的问题，就赶紧说："好好好，我去外面抽，可以了吧？"他心里说："让人非我弱！一帮燕雀！"他总以燕雀焉知鸿鹄之志哉来自勉。

鹿群夫妇说可以，就出来了。

当晚，鹿太太和丈夫说："咱还是挂个牌子吧，省得以后再 deal（处理）这类事情。看来还是不能人制、而是要有好的规章制度啊。"

"好，"鹿群说："我现在就写一个、挂出去。"他心里想，妻子最近说话总是一套一套的，可能是在家看中文的东西太多了。

事后，鹿太太觉得自己有点儿以势压人，不好意思。三天后，她找了个机会就去建议老张可以去后院的阳台上抽烟，条件是他们必须负责把阳台打扫干净。老张同意了。从此，那个阳台就成了烟民们的正式活动场所。

第二天，天刚蒙蒙亮就有人来敲鹿群夫妇卧室的门。鹿群披上睡衣开开门一看，原来是天天妈。她说需要和鹿太太谈个事儿。虽然这天儿还有点儿早，但鹿太太对这房东的责任还是没有丝毫懈怠。她马上起来、有点儿睡眼惺忪地披上睡衣就和天天妈一起去了厨房。两个人在那里悄悄地嘀咕了起来。

原来，住在她隔壁的周旷达最近找了个女友。大家都见过的，那女长得不怎么样、个子不高还微胖、好象左眼还有点儿缺陷。一句话，是属于除了年轻就没有什么地方可以圈点的那类女性，国内叫安全女士。但她一定是很贱（Cheap and easy）所以在这儿还是很受欢迎的，因为这儿的华人男多女少、比例严重失调，特别是年轻的未婚女性，更少。

那女的经常来这儿就夜不归宿。两个年轻人难免在半夜三更和临晨时分搞得动静太大。住在他们隔壁的天天给吓醒、哭了几次。她总是问她妈妈："这是什么 animal（动物）在叫啊？"天天妈不知道该如何回答，只好说是猫咪。可孩子说不象猫咪的叫声。她苦笑了一下，也觉得冤枉人家猫咪了，因为猫咪只是在春天叫春，所以她就只好说是山狗（coyote）。

天天妈近来很无奈。只要天天被吵醒，她就不得不半夜三更爬起来，抱着孩子去走廊和客厅里转悠，等他们完事儿后再回去睡。今天，她实在是忍不住了，因为这一夜就起来四次，但又不好意思、也不知道应该怎么和小周说。况且，自己是过来人，知道他们这个年龄的是干柴烈火、控制起来不容易。没办法了，她只好来找鹿太太抱怨小周影响别人休息，看房东们能做些什么。

鹿群夫妇也听到过小周他们那半夜三更的动静。当时只是笑笑，悄悄说："比我们当年差远啦。"有两次，鹿群夫妇还随着那传来的叫声，在自己的被窝里起舞了一番，所以他们俩也不太介意小周他们那动静。但天天妈这一抱怨，他们就不得不解决这个问题了。房客不高兴是不行的，和气生财嘛。于是，鹿太太决定，拉着丈夫一起上去和小周谈这个事情。

　　鹿太太回来叫起丈夫，说需要上去和那小伙子谈谈她女朋友的叫床问题。鹿群揉揉眼睛，问："挺 normal（正常）的，又不像 Jap women（日本女人）。"

　　"什么？什么 women（女人）？"妻子问。

　　"啊？"鹿群意识到说漏嘴了。他在妻子和孩子来陪读之前，是和别人作室友。期间，他跟着那个室友看了几段儿日本国粹：成人电影。他对里头日本女人的叫床至今还是心有余悸。他怕妻子再问就赶紧追问道："小周他们怎么了？"

　　妻子说："天天妈被他们吵得睡不好，让我们去说说。"

　　"哦，"鹿群问："这事儿能说人家吗？"

　　"应该行，"妻子说："影响到别人的休息啦。"

　　"好，"鹿群说："那等他起床了，我们去一下。"

　　"我不去，"妻子说："你们男人之间说说就行了。"

　　"还得您出马，"鹿群恭维道："我说不过人家。哪次不是得您御驾亲征、一举搞定呀？"

　　这位二十多岁的小周来自泰州，本来是学营养学的，来美国不久就转读计算机了。他把那房间收拾得挺整洁的。他请鹿群夫妇坐下，问有什么事。鹿群笑着说："没什么，只是来问问你，最近女朋友谈得怎么样啦？"

　　小周略微不解地说："还行，怎么了？"因为他以为是要谈和租房有关的事。

　　鹿群接着说："我们可没别的意思啊。只是你周围的房客们在夜里总被你们吵醒，他们提意见了。"

　　"什么？"小周说："我可没吵他们呀。"

　　"他们说的是你和你女朋友晚上的那事儿，"鹿群说。

　　"哦，"小周说："那又怎么了？和他们没关系吧？这可是我们的 privacy（隐私）呀。"

"知道，知道，"鹿群客气地说："他们只是让我们来问一下，看你们能不能怎么调整一下，只要不影响别人的休息就行了。"

"什么？"小周看着他们两口子，觉得这也太不可思议了，说："请你们不要干涉我们的人权和自由啊。这可是在美国呀，你们谁都没有权力管我们呀。"

"是没有，没有，"鹿群赶紧说："我们只是想问一下。你们是不是可以去其它地方、或者换个时间段，不要影响别人休息嘛。"

"我去哪里呀？"小周说："我住在这儿啊。我又没有拖欠房租、水电费，凭什么让我们去别的地方？"他不无自豪地接着说："再说啦，你们有什么权力让我们换时间呀？那是可能的吗？你们也管得太宽了吧？"

"没有，没有，我们只是问你是不是有那个可能，"鹿太太只好话锋一转，说："那 lease（租约）可只是你一个人的，又没允许你带其他人来住。"

小周看看她，说："我的女朋友就是我的亲人呀。我们团聚有错吗？这亲人团聚连美国领馆都是要给签证的呀。"

鹿太太说："我们这儿可不管签证啊。"

"你们这是婚姻歧视！"小周说。

"什么？"鹿群试探着问："你们还没结婚呢吧？"

"这不关你们的事吧？"小周说："那是我们的 privacy（隐私），你们无权过问。不管怎么说她也是我的亲人呀。"

"那可不行，"鹿太太坚持道："必须是结婚了的才行。否则你今天男朋友、明天女朋友的，谁受得了呀？"

"什么！？"小周呼地一下跳了起来，喊道："你污辱我！你才是同性恋呢！"

"谁污辱你了？"鹿太太也急了，说："什么同性恋？我又没说同性恋有什么不好。这是哪儿跟哪儿呀？"

小周说："你刚才明明说的：'今天男朋友'什么、什么的，不就是这意思吗？"

"谁说你了？"鹿太太说："我是说可能啦、假如啦。我的天呐，又差点儿成了歧视同性恋的嫌疑犯了。不管什么恋啊，必须得有结婚证啊。"

小周哼了一声，说："你以为你在中国开旅店呢？这是美国，我们有自由！"

　　"你当然有啦，"鹿太太急了，也提高了声调说："你可以搬走呀！你是有自由，谁也不拦着你呀？"

　　"行啊，"小周干脆地说："那你把我那 deposit（押金）和下半个月的 rent（房租）还给我，我马上就走。谁稀罕住你这儿呀！？"

　　鹿群夫妇马上就直眼了。他们做了这个生意后才开始真正佩服人家美国的商店，这退钱实在是太难了。

　　两口子败阵归来，鹿群安慰妻子说："没关系，这些年轻人跟这儿的 square dance（一种不停地交换舞伴的美国乡村民间舞蹈）一样，那 partner（伴侣）换得勤快得很。过一阵子就没事儿了。"

　　他们只好告诉天天妈和其他房客，这事儿不好办因为涉及到了生物本能、隐私、人权、自由等重大原则问题；还劝大家先忍忍、等小周他们的新鲜劲儿过了就没事儿了。

　　果不其然，没过一周，那个女的就不再来了。小周接连几天茶不思饭不想的，人都瘦了、傻了，还整天胡子拉喳的，不洗澡、也不去学校。大家这才发现他还有轻度狐臭。

　　房客老丁说这人真没出息，为那么个女的就这样，不过他给大家省水电还是值得鼓励的。鹿群夫妇和几个房客又轮番去劝慰这位已经开始向极度抑郁发展的小周。大家纳闷："就为那样的女人，值得吗？"

　　小武子给众人解释说："架不住 cheap and easy（贱）呀。别看那女的不怎么样，她那疯劲儿在这静水城的华人里可是大有名气的呀。人家这儿是讲 have fun（图个乐呵），到她那儿却成了 have（图个）放荡了。要是赶上八三年那严打，她肯定就给打了。"

　　大实话说："人家那不是流氓，是自然的爱。"

　　"是 animal（动物）！"小武子回道。

　　旁人都笑了。

　　又过了半年，这位整天垂头丧气的小周转学了。把他送走后，鹿群夫妇感叹，但愿这小周换个地方能重新振作起来，否则他家供他留美的那些钱可就都白花了。

老丁是通过小武子的介绍住进来的。他开始说，住进来以后鹿家可以免费用他的卡车。鹿群当时想，这么大的房子用卡车拉东西的场合还挺多，搬家的时候也见过老丁，感觉还好，所以没面试就同意了。

近来，鹿群想去拉些护根（Mulch，一种腐木肥料）回来装点一下前院的花坛。可老丁总说得先忙能挣钱的，和有些情况不吉利而拒绝出车，比如说：十三号、星期五、触犯中国黄历和美国黄历（Almanac）上的禁忌啦，总之，不同文化和宗教里的忌讳可能都被他用上了。最后，老丁说如果鹿群要用他的卡车，就得出汽油钱和清洁费，因为那护根和大粪区别不大，他还得用那车帮人运别的东西呢，把人家的东西搞得有味儿了可不好。鹿群看着老丁问道："当初，你可没提汽油钱和其它的什么 fee（费用）的问题吧？"

"那不是不言而喻吗？"老丁笑着劝他，说："我这还是比你去租个 truck（卡车）便宜呀，我还出司机和搬运的 labor（人力）呢。"

"哦，"鹿群挠着头皮说："合着你说话还有 fine prints（小字）呐？你可真美国化了啊。真应了那句：what you get in big prints will be taken away in small prints（大字给你的会被小字拿走）。"

"What（什么）？"老丁没听懂。

前几天，小武子也气坏了，因为连他借用那卡车老丁也要收汽油费。于是，大家决定要以其人之道还治其人之身。老丁要帮什么忙都要和他漫天要价，还送给他个外号，孔方丁。

房东、房客们甚至开始怀疑老丁可能有犹太血统，因为好象历史上曾经有犹太人在河南一带居留过。最后，老丁也觉得其他人都和他一样就有点儿不像话了，何况好虎抵不住群狼，所以只好和大家重新开始称兄道弟，不过分地和明显地去计较那些太小的细节了。

老丁租的是临街的那个最小的房间。那个房间本来是个储藏室，小得也就能放下一张床和站起来能走动的地方。因为还有个窗子所以就被房东们打扫干净、放了张单人床、出租了。

没过一个月，老丁就自做主张找了一位室友。他们一个睡地上、一个睡床上，过得还挺好。

过了几天，鹿太太发现了这个情况就跟老丁说，这样做是不可以的。老丁和她解释说："我只是回来睡个觉，用不了那么大的房间。那空着也是空着，而且我喜欢睡硬板床，睡不惯席梦思。"的确，人家老丁几乎每天也就是回来睡个觉、洗个澡。

"那也不行，"鹿太太干脆利落地说："除非是结了婚的才能住进来。我总得一碗水端平了呀。"

老丁急得干瞪眼、没办法，因为他也知道小周那事情，新闻里讲这个州的同性恋结婚还属非法。可他还不死心，想想又说："那你按人头收房租不就可以了？你还可以多收一些。"

鹿太太想了想这个建议、觉得不可行，就说："倒是个好主意。可还是不行呀，因为其他人不会 agree（同意）的。"

老丁又说："我以前住的 apartment（公寓）可没有这个规定啊。"

"放心吧，"鹿群过来帮着妻子，和老丁说："肯定是不允许的。你是没有仔细 read（读）那 lease（租约）上的那些 fine prints（小字）。"

从老丁那儿回到客厅后，鹿太太还在想着近来这些房客的事情。她越想越不高兴，就和正在看电视的小武子感叹："咱国人真难管，一群刁民！当然不包括你啊。"

"怎么了？"小武子问："我地道的国人，还没入籍呢。"他指的是入美国籍。

"我不是那意思，"鹿太太接着就讲述了最近发生的这些事。

听完后，小武子说："其实呀，我们国人最好管，你得知道窍门。我发现啊，只要你说什么事情不吉利，他们肯定不会再去做；相反如果说做什么是图个吉利或者是占便宜，他们会挤破头皮地去做，你拦都拦不住。你没看前几天新闻里说北京那些抢头香的人挤得头破血流的。其实能有几个真信的？要是真信佛，能那么玩儿命得去挤吗？再说啦，真信了佛就四大皆空了，还信那头香？"

鹿太太点头说："也是啊，吉利、合算。。。"

小武子又举了个例子说："你看，老丁前一阵子总是偷偷用人家 handicaps（残疾和行动不便的人）的车位。说了他几

72

次和告诉他罚款要上百块都没用。直到最后和他说，那么做多不吉利呀，他就再也不犯了。"

鹿太太高兴了，问："你再说说还有什么是不吉利的。"

"那太多了，"小武子说："在美国还有不同文化、不同宗教的，保证能对付你所有的问题。以后有什么难事，我再给你现找不就行了？现在都给你说了，不就什么都不能干了？"

"太好了！"鹿太太高兴地说："你以后就是我们家的军师了。"

"没问题，"小武子笑着答应着。

一周后，楼上的那个马桶又堵上了。这已经是这个月里的第三次了。鹿太太说那个马桶可能太老了，估计得换了。鹿群说："不会吧？没听说马桶会老的，除非是裂了、或者漏了。我在上海出差的时候用的都是解放前的马桶。我去通通看。"说完，他就拿着工具上楼忙活去了。

过了快二十分钟，他下来和妻子说可能又得请人修了。鹿太太打电话叫来了水管工亨利（Plumber Henry）。这人来后也花了二十多分钟才疏通好。他这次才发现是些碎纸屑把这个马桶给堵住了。

事后，大家都互相问怎么会有碎纸屑呢。是谁要毁灭什么证据？搞破坏？也没觉得最近有谁不满意呀？百思不得其解的鹿群夫妇只好叮嘱大家要留心一下。

又过了一周，那种厕所门的尴尬又出了一次。小穆下楼来找鹿群说可能是老丁堵的那个马桶，因为他刚才忘了敲门就打开了那个厕所门，他发现老丁上厕所不用手纸、和在国内一样，用的是报纸。鹿群夫妇恍然大悟。

鹿群马上上楼找老丁问是怎么回事。老丁坦荡承认，还劝鹿群说："这儿的免费报纸一堆一堆的，到处都是，不用白不用呀。要不要我给你多拿些回来？"

鹿群严肃地说："人家是要 recycle（回收再利用）那些过期的报纸呀，你这不是给人家搞破坏吗！？"

老丁说："谁搞破坏啦！？物尽其用还错啦？"

"什么！？都给你搞糊涂了，"鹿群忍住气，问："先不说那个。你把这个马桶堵了四次，你知道不知道？"老丁说不知道。他接着问："这每次修马桶都得花一百五十多块，你知道不知道？"老丁还是说不知道。

鹿群出去试了试那个马桶，回来拉着老丁去看，说："这不，又被你堵上了！"鹿群用略带发抖的声音说："这次你要全权负责修理！"

"什么！？"老丁立刻抗议道："你是房东，你应该负责修啊！再说啦，你怎么能说都是我给堵上的呢？我每次都把那纸揉得软软的，撕得小小的，怎么会堵呢？"

"别恶心人啊，"鹿群指着他，说："只有你用报纸，上次人家 plumber（水管工）掏出来的就是碎报纸屑，你还有什么话说！？"

"凭什么说只有我用报纸呀？你调查了吗你！？"老丁大喊。

鹿群红着脸几乎喊了起来："你！你蛮不讲理！。。。"

鹿太太和几个房客赶了过来，开始七嘴八舌地教训老丁。过了没一分钟，老丁好象就听够了。他大喊一声："Enough（够了）！别吵了！"众人安静了下来，都看着他。老丁平静地说："不就是有点儿堵吗？有什么大不了的？我给你疏通一下不就行了！？"说完就下楼开车出去了。大家互相看着，好象在问他怎么溜了。

过了不到十五分钟，老丁回来了。他拎着两个马甲袋上楼了，鹿群夫妇和三位房客也跟了上来。

老丁不和他们说话，拿出了几个最大号的可乐瓶，打开就往马桶里倒，倒了三瓶那马桶就快满了。鹿太太在旁边不无担忧地问："这能行吗？"

老丁自信地说："放心吧，交给我了。"没过一分钟，呼啦啦的一声，那个马桶通了。

鹿群佩服地看看马桶、又看看老丁，好象在说，真行啊！他赶紧对老丁说："以后可千万不要再用报纸了啊。"

"有什么不可以呀？"老丁说："你们看看，就这三、五块钱的事儿，你们至于象刚才那样子地闹吗？你们好意思吗！？这还不都怪你们一开始没说清楚嘛！？这儿还剩两瓶，就算我捐给你们了。有什么难洗的、生锈的，用这泡泡就行。"

74

"真的？"鹿太太赶紧说："您自己留着吧。我们保证以后都会给你说清楚的啊，实在是对不起啊。"鹿群两口子不好意思地低着头、下楼去了。

此后的一段时间里，鹿家再也不喝可乐一类的饮料了。以后有几次聚餐，老丁要拿出那两瓶可乐入伙，都被众人婉言谢绝。他就顺势说："这可不是我不出份子，是你们不要啊。"

房客们在背后都说老丁："还是让他省省吧。那通马桶的东西拿来让我们喝啊？"

以至于有一天，老丁一个人坐着想事儿，看着在墙边矗立着的那两瓶可乐都乐出声儿来了。他自言自语道："看来你们真是 lucky（幸运）可乐呀，让我省了这几笔。"直到有一次小武子说他不能再拿那过期的可乐去凑数儿了，他这才自己把那两瓶可乐分几次给喝掉了。

赵俊城被鹿群夫妇说过后，没过一个月就悄悄搬走了。又过了一周，鹿群夫妇和房客们才发现他不见了，都焦急地互相问，看谁知道他出什么事了、在什么地方、是不是需要报警。这人万一丢了可怎么办？鹿群说他次日先去赵俊城的系里问一下再说。

第二天，他去赵俊城的系里去问，才知道他一直在学校，哪儿也没去。接着鹿群去他的实验室找到了他。小赵不耐烦地看着鹿群，问："你来这儿干什么？"

鹿群好声好气地说："大家有一段时间没有见到你，都很担心你会出什么事儿。"

"Stop（打住）！"赵俊城认真地说："积点儿德好吧？怎么总是盼着别人出事儿呢？是你们欺人太甚，我不要和你们住了。Okay（行吗）？"

鹿群愣了一下，说："好好，那你周末能不能回去一下、结一下账，再把那房间收拾一下。"

赵俊城看也不看他就说："没时间。也不想见你们。"

"那，"鹿群说："那该结的账总得结掉吧？"

赵俊城用鄙视的眼神看看可怜的鹿群，摇着头说："奸商啊。。。行啊，等我有时间吧。我忙着呢，现在别 disturb me（打扰我）啊。"

鹿群气得脸红脖子粗的，看也不能再说什么了，只好离开了。

　　赵俊城的那个房间空了两个多月才找到一位合适的房客。期间，鹿群先后又找过赵俊城几次，还拿着和结帐有关的文件让他签。他说放着吧，其实，又过了半年多还是没有得到他的任何答复。

　　房客们拐弯抹角地打听到好象赵俊城对鹿群夫妇非常不满，给他们拖着是给他们的惩罚。鹿群夫妇知道后，一气之下齐声喊道："什么！？我们 sue（控告）他去！"

　　鹿群去法庭问了如何告，才发现这事儿金额太小人家不予受理。他们唯一能做的是那一百美金的押金不还给他了。按规定，这样做是合适的，因为赵俊城没有打扫房间、也没结帐。可他拖欠的房租和水电、煤气、电话费要八百多美金呢。

　　小武子他们几个打抱不平，去和赵俊城理论也无济于事。最后，他们只好警告他，说："人家房东要是告你不守信用，可是会影响你以后在美国的 credit（信用）的。"

　　"谁怕谁呀？"赵俊城不屑一顾地回道："老子早有 credit card（信用卡）了。他们要是敢告，我还要告他们虐待我、侵犯我的人权和自由呢。"

　　鹿群夫妇知道后只能感叹这世界之大无奇不有。无奈，只好认了，吃一堑长一智吧。两个人互相安慰着，提醒自己以后象这种在国内做过小买卖的可千万不能给招来。谁能惹得起那些成天和城管对阵的主儿啊？他们还悄悄决定把那租约里押金涨到了两百块。

　　台海又出危机了。李登辉胡叫乱喊、大陆打导弹警告。铺天盖地的新闻报道把台湾来的房客毛文清搞得很难受。大家开始劝他："没关系的啦，你们逃起来很有经验嘛。给日本人赶跑，又给共产党赶跑，不就再跑一次吗？"

　　小武子问他："你担心什么？你不是已经逃出来了？"

　　"你说什么？"毛文清说："可我的家人还在那儿呢。你们为什么总要打我们吗？"

　　鹿太太赶紧说："不会的，不会的。人民是不会同意再打仗的。"

76

"嗨，"大实话说："有什么大惊小怪的？这国共内战从来就没有结束过嘛。这次如果他们能一劳永逸地把那内战了结掉，不是挺好吗？我才不在乎谁赢谁输呢。"

"缺德吧你，"小穆说："你在这海外看热闹，站着说话不腰痛啊你？打起来还不是全中国的老百姓受罪呀？"

"误会了，"大实话说："我是支持厉害的一方把那弱的一口吞掉、越快越好。谁也不想再看那国共闹剧了，对吧？"

就这样，房客们有的劝、有的争，把这毛文清搞得七上八下的，嚷嚷着要搬出去住。可他那房间还没有人能马上接手，所以鹿群夫妇只好不停地劝留着。他们还去提醒其他房客要注意、不要伤着毛文清的感受。鹿太太随即在客厅宣布一条新的房客公约：在家里要莫谈国事。

回到卧室后，她暗自感叹怎么自己变得和电影里民国时期的国民党一样了。过了一会儿，她就宽慰自己："嗨，没办法，生活所迫呀。不这样，房客们要么打起来、要么搬走。这名声万一坏了，以后再找房客可就难了，可不能再靠降价来找人了。"

鹿群知道妻子的想法后就建议，如果实在不行，就借鉴工作的地方的潜规则：不许谈论与政治、种族和性有关的话题。他哄妻子说："咱洋气着呢。不是象国民党，是象美国人。"

鹿太太在预产期过后的第一天的临晨开始了阵痛。鹿群给那位医生打了电话后就立刻送妻子去医院待产。虽然这不是他们第一次进产房，但这还是他们第一次用这美国的产房。两个人不由得感叹这医院的条件真好，这大约一百平方米的产房里有厕所、淋浴、沙发椅和各种仪器设备，还有那五、六个进进出出的护士都在给自己一个人服务。那位妇科医生也不时地打电话来，让护士们汇报鹿太太的情况。鹿群感叹道："我们家的几个可都是在家里生的。接生婆就是邻居的那个刘大妈。"

护士们开始忙进忙出地准备器械和用具。鹿群在旁边添写着很多表格。一位麻醉师来给鹿太太打了麻药。好象快生了。就在鹿群急着问护士那医生什么时候来的时候，那个医生到了，正好给孩子接生。鹿群不得不感叹这医生的效率。

这次，他们生的是个女儿。她在那个小温床里哇哇地不停地哭叫着向众人宣告着自己的到来。鹿群夫妇看着那个光溜溜的粉红色的肉团，高兴得浑身颤抖。

一天后，鹿太太离开医院回家，开始准备坐月子。可没过两天她就坐不住了，时不常地起身，忙碌了起来。其实，美国人是没有这坐月子的讲究的。一般生完孩子就给孕妇吃冰、喝冷水，最多也就是在家休息两周左右。鹿群请了两周的假在家照顾妻子和女儿。这天，他和妻子说："人可能只会越来越娇气了。你看那长征路上不还生孩子、坐月子呢吗？"

妻子说："那存活率可不高呀。这美国的现在几乎是百分之百。那谁家的孩子早产，才一磅多重不也存活了。这儿的孩子的 formula（奶粉）也好、让人放心。"

他们给孩子起名鹿丽，暗地里她的外号是窗帘，英文名字是 Lily（百合花），以表感激戴丽之意，还把她认了干妈，因为如果没有戴丽那天的那一嗓子，可能就没这孩子了。

有了丽丽后，他们生活更加繁忙，上班、房客、孩子的活动把二人搞得晕头转向的。鹿太太只好把那个工作辞了，以便全职在家养孩子和打理这租房生意。鹿太太有一天和丈夫感叹道："幸亏白天有墨西哥人来忙活着修这修那的。虽然吵得很，但让人安心啊。不做这生意的时候总嫌人多，现在是看着人少就心慌。"

"Relax（放松点），"鹿群安慰她，说："control（控制）不了的担心也没用。只要这所学校不关张我们就没问题。"

这几天的新闻报道正在热炒着一则出自华盛顿州的消息，说有个人在个可乐桶里发现了个针头，他正在告可口可乐公司、索要几百万的赔偿金。

不自觉地，房客们买可乐的又多了起来。这天，老丁把他们放在厨房地上的可乐桶挨个地在自己的耳边晃动着，听里面是否有异物。看到他那样，鹿群就过来说："找不到的。别折腾了，当心爆炸了。"

老丁看看他，认真地说："爆炸了不就更好了？比找到个针头更顶用。别错过了，这要是能找着了，不就和中了彩一样啦？这几天全美国到处都找出东西了，各种各样的都有，而且越来越多了，当然最多的还是针头。"

鹿群说:"都是 copy cat(模仿者)。这可乐也不是你买的，即使找到了，还不是别人的？有可能人家已经找过了吧？"

"哦，"老丁看看他，然后就若有所思地起身、走开了。鹿群看着他的背影愈语而止，他是怕老丁去人家超市里去听可乐桶，要是给抓住，那可就丢人了。

丽丽百天，全家去竹园吃饭庆祝。鹿群去用厕所的时候碰到了刘春雷，就问国内怎么样了。刘春雷说变化很大。其实他在国内的那两周几乎是天天喝醉，所以也说不出个所以然来。鹿群又悄悄地问那礼物怎么样，是否受欢迎。刘春雷搞清楚后，说:"嗨，别提了。我妈和我姐还在不停地数落我呢。现在都不敢给她们打电话了。"

"怎么回事？"鹿群问道。

"是这样的，"刘春雷说:"回去以后，我姐夫要了几粒。他说好是要送人的，可他自己给偷吃了。打那儿以后他那东西就那么连着两个星期得给站着，就是不下来。你说吓人吧？我姐受不了了，不就骂我嘛。最后实在不行了，只好去医院。我妈又知道了，又开始骂我。你说我这是里外不是人呐。"

"你姐夫是不是吃过量了？"鹿群关切地问。

"没有，"刘春雷气得说:"就吃了两粒。剩下的他给卖了。啊哦，但愿别出什么事。我是担心他会现身说法、卖高价儿。万一出事儿了，他还不给逮起来呀？"

鹿群说:"可能那个药还不太成熟，或者各个人的反应有所不同吧？"

"可能吧，"刘春雷接着说:"你说是哪些混蛋吃饱了没事干，浪费那么多经费，去研究那玩意儿干什么？ED(erec-tile dysfunction，不举)又不是 life threatening(威胁生命)的 problem(问题)，人类繁衍也没什么问题。本来那自自然然的男欢女爱有什么不好！？况且这人体的功能都有它们兴衰的自然规律，现在不都让这些药给搞乱了？你说，那东西如果一天到晚地不安分，能不出问题吗？"

鹿群憋着笑、点头同意着。刘春雷接着说:"再说啦，他们要搞也得同时给女的也搞出一份儿出来呀。这不是逼着男的去腐败、堕落吗？一句话，除了给 panda(熊猫)用，国内应该 ban(严禁)Viagra(伟哥)。"

"对，对，"鹿群憋住笑答应着。

6，英文名字

鹿家的那个老洗衣机又坏了。几位男房客在那里研究了一阵子，把那东西给拆开了，摆了一地的零部件。他们又折腾了半个多小时，都说修好了，可装好以后还是不转。几个人开始一愁莫展地看着那个洗衣机，象是恨铁不成钢、又象在对着那洗衣机发功。

小武子看到地上还有两个小零件，高兴地说找到原因了。几个人又把那洗衣机拆开，可就是找不出那两个零件应该放在哪儿。他们开始讨论买个新的也比送去修好，因为新的不仅可以退换、还有保修期呢。

这时，老丁进来了，说要洗衣服。那几位说洗衣机坏了，修不好了。老丁说："我来看看。"他低头检查了一下那个已经被拆开的洗衣机，然后起身去他的卡车里把工具箱拿了进来。随之而来的是老丁像个干练的舞蹈家一样娴熟地、起舞般地忙活了起来。没过五分钟，他就把那洗衣机装好、把自己的脏衣服放进去、洗了起来。然后，他起身把工具箱放回车上，开车出去忙活去了。

旁边的那几位被老丁的洒脱给震得都傻眼了。老丁开车出去几秒钟后，小武子看着手里的那两个零件，轻声地自言自语道："哦，不需要这些呀。"

又一个新学期开始了。有三位新房客搬了进来。鹿太太给新搬进来的宁波房客王萌义介绍其他房客，她说："这位是Cheryl（谢丽儿），她住你的对门。"

王萌义赶紧冲着谢丽儿微笑、点头、说你好。

从此的好长一段时间里他一直以为她叫，谢柔或者谢肉，最有可能的是前者。这也不奇怪，因为大多从宁波来的中英文里的家乡味儿都重一些，所以谢丽儿还经常热心地纠正他的发音："我的名字是 Cheryl，Cheryl。要特别注意那个结尾的卷舌音。"

王萌义认真地看着谢丽儿，跟着说："谢柔，谢柔。"他心里抱怨，这北方话里的卷舌音真是坑人呀。

不知不觉地一个星期过去了，房客穆轩宇攒够了钱，把太太李丽平从青岛接出来陪读、探亲了。小李来的第三天就要去一个中餐馆打工。她拿了一份菜单回来，想学习一下上面的英文。鹿太太在客厅里正在喂孩子酸奶，问她："小李，在看什么呢？"

"哦，"小李说："这是那个竹园的菜单。我想熟悉一下，明天去打工。"

"啊哟，"鹿太太夸赞道："小穆真有福气呀！这么漂亮的太太，时差还没有倒好就给他出去挣钱了。他也不怕你跑丢了呀？"

小李说："哪能挣到钱呀？前三天是试工，不给钱。"

鹿太太热心地说："这我知道。没事儿，我来教你。"然后就开始一字一句地教她念了起来。还没教五分钟，鹿太太就说："差不多了。你英语挺好的，可以了。"

小李将信将疑地问："啊？这，这就行了？"

"当然啦，"鹿太太笑着说："你刚来还不懂。口语还不太好的时候，去中餐馆打工最合适了，老美就吃这套儿。相反如果口语太好了，小费也就相对少了。"

小李半信半疑地回答："哦，谢谢您啊。"

"不谢，"鹿太太笑着拍拍她的肩膀，说："放心吧，不会错的。"

这时，一个刚入学的硕士研究生宋立国，西装革履、背着一个花里忽烧、印着很多字的的背包，下楼要出门去参加第一天的适应和认方向会（Orientation）。大家看着他出去等校车的背影，笑着回忆当年自己第一天上班时的类似的窘态。鹿群听见他们的议论后就问："你们怎么也不提醒他别那样穿呀？给他讲讲这儿的着装习惯呀。"

"没必要吧？"鹿太太说："他要是今天不穿那西装，以后可能就没机会了，那衣服只能压箱底、长霉了。再说啦，等四、五年以后他答辩的时候，这一套肯定已经不合适了。"

鹿群说:"也是,除非他哪天犯事儿了,需要去 court (法庭)见 judge(法官)。不过周末去 church(教堂)还是需要的。"

"也不需要,"鹿太太说:"除非他能上台去讲教。"

"也是,"鹿群说:"的确不易。那个竞争也是相当激烈的。"

谢丽儿同意道:"那些人真是一根筋。练讲话的机会多的是,为啥非要去人家教堂争呀?况且那些人连是不是真信还是一说呢。"

"估计都是枕边风给扇呼的,"大实话说:"老胡的老婆看别人都争着上去讲,就撺唆老胡也上去讲。气得老胡骂,说:'老子一天到晚地不停地读东西,就周末能歇息一下,还得去争那个,烦不烦呀?'"

鹿太太说:"改成讲中文可能就不会有人争了。"

众人好象同意了。

这一阵子推销东西的电话特别多,搞得人吃饭、睡觉都不得安宁。最近晚上睡觉大家都不得不把电话拔掉。这不又接到一个,在厨房里忙活的鹿太太拿起电话听了一下就喊:"王萌义,电话。"

王萌义快步跑下楼来接电话。过了一会儿,他挂上电话,过来跟鹿太太说:"那不是我的电话呀。"

"哦,"鹿太太笑着说:"忘了告诉你了。这儿的规矩是让新来的去对付那些推销电话。你们也可以趁机好好练习一下口语和听力,那些打电话的推销员可是很耐心的啊。"

王萌义说:"可那是个中国人呀。"

"啊呀,"鹿太太笑了,答道:"对不起啊。下次一定给你个说英文的。"

王萌义赶紧说:"谢谢啊。"

当天下午,一大早那个西装革履出去的小伙子宋立国高兴地回来了。他进门后的头一个动作是把已经脱掉的西装外套和领带、还有那个背包一起堆放在沙发旁边的地上,然后就进厨房来喝水。

正在忙碌着的鹿太太让他过来尝尝桌子上的那盘儿点心，还问他这第一天怎么样。小伙子说，什么都好，就是日程排得太紧、东西太多，一下给搞蒙了。

鹿太太也叫住刚刚锻练完、进门来喝水的王萌义，指着桌子上的那盘子点心，说："来，你们都尝尝，这是 Cheryl（谢丽儿）做的洋点心，奶酪蛋卷。"

王萌义急忙摇着双手，说："谢谢你呀，鹿太太。我对蟹肉过敏，不能吃的呀。"

鹿太太看着那盘子点心，大声地纳闷道："你，你们两个怎么啦？"

王萌义对着自己的胳膊比划着说："不是我们两个。是我从小就对蟹肉过敏，一碰就起密密的红疹子呀。"

鹿太太更加纳闷地问道："你们不是上星期刚刚在这儿认识的吗？哪有对人过敏的？"

王萌义也开始有点儿糊涂了、问："您在说什么呢？"

鹿太太说："我问的是：你和 Cheryl（谢丽儿）怎么了？Cheryl！"

"啊？"王萌义不解地问："什么呀？我和小谢怎么了？没怎么呀。"

鹿太太更加糊涂了，问道："你和小谢？什么小谢？"

王萌义认真地看着鹿太太，说："谢柔呀？"

鹿太太还是一头雾水地问："你在说什么呀？"

王萌义一字一句地点着头，认真地说："谢柔呀，我的对门呀。"

鹿太太接着糊涂，问道："你的对门？"

王萌义一拍手，笑着说："对呀！"

"哦，"鹿太太不信加不解地又问："合着你不知道她叫什么呀？"

"我当然知道啦，"王萌义说："不是谢柔吗？小谢呀。只是还不知道她的谢柔的柔是哪一个字。不好意思啊，我知道在美国记不住别人的名字是很不礼貌的，可千万不要让谢柔知道啊。"

鹿太太瞪大双眼、指着王萌义、结巴了起来，说："你，你，你这是什么乱七八糟的！她叫巩新梅，Cheryl（谢丽儿）是她的英文名字。"

"什么！？"王萌义傻了一下，接着就拍了一下自己的脑门，说："啊哟，这，这，这，全给弄错了。完了，完了，这可怎么办呀？"

鹿太太已经笑得直不起腰了，暂时连气都喘不过来，更别说说话了。在旁边的王萌义更加不知所措地急得直搓手，在原地转着圈儿。

过了一会儿，鹿太太好不容易才缓过劲来，说："王萌义，你过来尝尝 Cheryl 做的点心。里面可没有蟹肉啊，也不是蟹肉做的点心，是 Cheryl 做的。"紧接着，鹿太太又笑得直不起腰来了。王萌义和宋立国过来尝了、说真好吃。

小巩下班回来，鹿太太又一次笑得直不起腰地给她讲了王萌义的事。小巩本来就有一点儿丰满，也有一点儿忌讳被和肉呀、胖呀一类的事情联系起来。她气得说："这也太欺负人了！我还纳闷他为什么冲着我喊了几次小谢呢，敢情把老娘当螃蟹呀？我得找他说道、说道去。"

"算了，算了，"鹿太太连忙拦着她，说："都是我多嘴。肯定是误会，误会了。他已经很难为情了。"

小巩不依不饶地说："看我怎么教训、教训他。"

香港回归了。看完新闻，老张说："真是太好了！又少了个国耻。"

小武子说："还没有完全消除吧？听说在香港的敌对势力不仅多而且还挺复杂的。"

"主权都回来了还怕什么？"老张说："那些势力顶多是给香港这锅汤里扔只死老鼠，恶心你一下、制造点儿麻烦，成不了什么气候。"

"这世道也太不公平了，"小易说："以前中国不要 dope（毒品），他们就打，非要给我们；现在人家好心给他们送点儿dope，他们就把人家打了，还把人家的总统抓来关起来了。"

老张说："听说直到上世纪二十年代，coke（可乐）里还有 cocaine（可卡因）呢。所以人家可能不是故意的，只是无知而已。"

"当然，"小易说："他们自己爱怎么样就怎么样，who cares（谁在乎）？他们是坏在仗势欺人。"

小武子说："我们国家应该向以前的列强们索赔呀。"

"那太丢人了？"老张说："应该把自己发展强大了，他们会主动要求奉还以前的 loot（抢劫所得）和赔偿给我们造成的 damage（损失）。现在要做的是 keep the issues active（把这些话岔儿留着）。"

"死要面子活受罪，"小武子说："现在的政府不谈，换一届不就行了？"

"没事儿，"老张说："交给我了。等我当政了，就解决这事儿。"

旁边的几位看看他，哈哈大笑了起来。

这时，王萌义从学校图书馆回来了。他不看客厅里的鹿太太和小巩，以及另外几个好事的房客，低头、快步直接上楼。小巩大声把他叫住："王萌义！你过来，过来呀。"

王萌义只好不好意思地回头走了过去，尴尬地对大家笑着说："大家都在呢。"

小巩站起来直截了当地问："你管我叫什么？你是什么意思呀你？"

王萌义赶紧不好意思地对谢丽儿说："实在不好意思啊，都是误会，是误会啊，对不起啊。我不是对你过敏，只是从小啊，对海鲜，包括蟹肉，特别过敏。"他这次有点儿矫枉过正，把蟹肉里的"肉"的卷舌音发得过分地标准，连头都跟着使劲抬了一下，反而把大家逗得哈哈大笑了起来。

"你们不许笑！"小巩板着脸喝道："你这是诚心诚意道歉吗？怎么听着这么别扭呀？"

"我发誓，"王萌义看着她，诚恳地说："我对你绝对是真心真意的。"

"什么？"小巩无奈地问："怎么听着还这么别扭呀？你中文也有问题呀？"

"不好意思，"王萌义诚心诚意地说："你已经看出来啦？我是只有理科好那么一点点。"其实这位是当年他那个县里的理科高考状元。

小巩彻底没脾气了、说："你以后要好好学英语，别把英文当中文听。"

王萌义赶紧答道："一定，一定。"

大家憋红着脸、都不敢笑出声儿来。

鹿太太赶紧插话打园场，她说："这把英文当中文听不行，把中文当英文听也不行，都有可能出误会的。我们这些身在美国的中国人，（看见毛文清在座就赶紧改口）是华人，华人，是尤其要注意的。"

众人看着她。她继续说："这连美国人有时都会搞错的呀。那次我在办公室自己找一个东西，一边找、一边嘀咕：那个，那个，那个，在哪儿呢？我那个黑人同事 Tom（汤姆）突然出现在我面前，大喊一声：'Shuhua！what are you saying（舒花，你在说什么）！？'把我吓了一大跳。好一阵子解释后才明白他以为我当时说的是 niger（黑鬼），niger。回家后，我们老鹿告诉我那是黑鬼的意思。"

房客们都恍然大悟，说："还别说，听上去是一样啊。"

鹿太太接着说："那个 Tom（汤姆）还告诉我必须小心，因为那个词很坏，会让我挨揍甚至会被杀死的。你们说吓人不吓人？你们也得注意，在工作的地方一定要只讲英文，不要象在家里一样随心所欲地混着说。"

众房客纷纷同意点头，说："对对对，是得小心。"

谢丽儿说："让你这么一说，那：哪个、那个、和内阁，都不能说啦，都容易出误会呀。"

大家看着她纷纷点头。

小武子说："鹿太太，我得给您提个意见啦。你以后也得注意。大家都是中国人（看见毛文清在座也赶紧改口），是华人，华人。你为什么用英文名字介绍呀？"

鹿太太看着谢丽儿，相当委屈地说："还不是 Cheryl（谢丽儿）她自己非让我们这样叫的吗？我这样介绍，那新来的不就不可能叫错了吗？"

谢丽儿更委屈了，说："那还是我的错了？不管怎么说你们也不能乱叫呀！"

王萌义赶紧说："都是我的错，我的错啊。大家别争了，我以后注意，一定注意。"

接着，大家开始议论英文名字的起法和注意事项。发现英语名字的有些中文谐音是挺害人的，还要特别注意名字起源，而且不能太长。应该尽量避免用类似：Allen、Helen、Susan 因为听上去象是：阿愣、憨愣、苏三。

Tonya（汤妮雅）的中文谐音和'他娘'太近。听岔了会让人以为在骂人，所以不太适合给女儿起这个名字。不过本来就管自己的老婆叫'孩子他娘'的男士倒是可以考虑让爱人用这个英文名字。

天津来的女孩子应该尽量避免用 Sally（三立），人家会误以为你是马三立的铁杆儿相声迷呢。

其实这也正常，因为不同的国内方言听岔了也会出笑话。比如上海方言里'台胞'听上去和'呆胞'是一样的；堂堂的'港督'也被叫成了'戆大，' 就是上海话里傻瓜的意思。大实话说："所以呀，现在叫：特首，不叫港督了。"

小武子笑了，说："瞎联系！港督是殖民时期英国派去的，特首是中央政府任命的。不同时代的。"

"没瞎联系啊，"大实话辩解道："我只是 connecting the dots（把分开的点联起来）。"

小武子说："那不还是瞎联系嘛。"

老张说："还有 Erni 听上去象'讹你，'讹诈你；好好的 Google（谷歌）被网上的人恶做剧翻译成了'股沟，'多恶心人呀。"众人点头同意。最后，老张总结道："还是要有善意的嘛。否则我们这 Quietwater（静水城）不就可能给人糟蹋成死水城了吗？"旁边的几个人大声地笑了出来。

鹿太太建议以英汉字典上的翻译为准。小武子说："倒是可以，否则这好好的谢丽儿给你们搞成蟹肉了。不过如果那样儿了，第一个可能是更混乱了。"

房客贾东起认真地等到他发言的时候才说："这发音不准是会惹事。和我以前一起住的一哥们儿，一天回来跟我们说他改名儿了，说打今儿起了叫阿愣（Allen）。我们就说，你改叫小名了？你的小名是阿愣？那哥们急了，说：'你才叫阿愣，你他妈的才叫二愣呢。'其实，他起的那个名字发音应该是 Allen，更接近于暗愣。你看发音不准惹不愉快吧？当然，翻译得最好的还是：奔驰和可口可乐。"

大家都觉得 Daniel（丹尼儿）是个好名字。因为听上去非常接近中文里的大牛或者丹牛，特别适合男生。老张说："可不是！我有个同事，一家人去年回国探亲。回去到处跟人说，他那个在美国生的孩子名字是 Daniel。他的亲友邻居开始都以为是叫大牛，可能到现在也还没几个搞明白那 Daniel 和大牛、小牛没什么关系。不管怎么说吧，他那些邻里们总人前人后地夸我那同事，说他真和他最喜欢唱的那首张明敏的'我的中国心'一样，还是一颗中国心啊。"

　　大家一致认为其实类似 Martin、George 的中文译音也很好：马丁、乔治。特别适合母亲姓马或者乔的男生们，象李马丁、张乔治，多好听呀，而且还中西合璧，也有中间名了。小易这次不是拍马屁，而是真心地夸鹿太太："唉，你们家的 Dan（丹）和 Lily（百合花）也起得很好啊。

　　"我们的 Dan 不是四声是一声啊，"鹿太太赶紧澄清。

　　"什么？"小易不明白。

　　"汉语拼音里的，"鹿太太说。

　　"哦，在中文里是一声，可在英文里还是四声呀，"小易认真了起来。

　　"就按一声念，"命令完，鹿太太接着说："我们的 Lily 是感谢救命恩人；我们的 Dan 可不是英文名字啊，是汉语拼音。他小的时候肉囤囤的，像个蛋，滚来滚去的。"

　　大家都说那当然是最好的，不过这需要父母的英文好，还得尽早打算和有战略眼光。最后，大家一致认为在那个房客公约里应该加一条：英文名字对外，中文名字对内，以避免再出不必要的误会。小武子说："那样就不是蟹肉了，成谢丽儿了，多雅气呀。"

　　鹿太太急忙说："不行，不行，谁知道哪天你们哪个要告我不让你们言论自由了。还是大家随意、默契默契就行了啊，就这么几个人。"

　　"对！"小武子说："用 English（英文）有一点好，那就是可以直呼 first name（名）。要是中文里那么叫，就有嫌疑了。"

　　谢丽儿说："别阿 Q 啦，占那点儿便宜也没用，只能是你的自我感觉好一些，人家喜欢不喜欢你还另一说儿呢。"

"唉，"小易说："这'Q'倒是个好英文名字啊。"

老张说："人家英文里已经有了，cute、cutie（娇美、娇小）。"

"长见识，"小武子说："这阿 Q 在中文里是贬义，到英文里倒成了褒义的了啊。Hi! cutie!（你好，小漂亮）"

这时，鹿群下班回来了。他过来一边听着大家聊天儿、一边准备吃晚饭。鹿太太则是忙着给他热汤、热菜。鹿群听明白大家说什么后，就说："可别忘了老祖宗的教诲啊：行不更名、坐不改姓。"

"嗨！"小武子说："别说咱国人了，东亚人都一个德行。感觉自己今非昔比了就要改个名字向所有的人宣示一番。最近南韩的汉城不是也改名儿，叫首尔了。"

"是挺怪的啊，"鹿太太问："怎么国家也这么浮躁呢？怎么改了个那么难听的名字呀，汉城听上去多气派呀？他们不是 claim（声称）中国的好东西都是他们的吗？改了不就不太容易 claim 了吗？"

"那连总统都整容的国家不会有什么自信的！"老张概括了一下，又说："总体说来韩国没戏！现在还是半个国家呢，不想着忙活国家和民族的统一，却来了个全民整容，所以这改个名字连小菜一碟都谈不上。咱中国倒是应该改一下，因为 China（瓷器）本身就是个物件不是个国名。拆呐，拆呐地让人笑话。"

"那得英国人改呀，人家也不听咱的呀，"鹿群笑道："我们还真的得好好感谢人家英国人呢，否则我们现在可能被叫'清'了。"

"他们好象也不完全是改名字，"小武子说："好象只是取了英文 Seoul（汉城、首尔）的一个谐音。其实我倒觉得叫'馊'更贴切。那国家给人的感觉就一个字：馊，跟 kimchi（韩国泡菜）似的，所以南韩人都应该叫馊儿。"

旁边的人哈哈哈地笑了起来。

大家静下来后，房客易同福说："我觉得在 individual（个人）层面上，多数情况就是赶个时髦、图个新鲜，也可以让人家老外方便、方便嘛。"

89

谢丽儿气得高举右手的中指，直指着易同福的鼻子，说："你恶心不恶心呀你！？"

易同福诧异地问谢丽儿和旁边的几位："我怎么了？我说什么了？"

谢丽儿继续用右手的中指点点易同福，说："不跟你们说了！我得休息去了。"然后就愤然起身、上楼去了。

易同福摊开双手委屈而不解地问："我说错什么了？"

大家觉得可能是小易说谢丽儿改名字是为赶时髦、图新鲜，让她不高兴了。其实，让谢丽儿生气的是"让人家老外方便方便。"她心里骂道："你他妈的把老娘当厕所了，"所以用那个中指给予了有理、有力、有节的还击。

快十一点了，小李高兴地蹦蹦跳跳地回来了。她和大家说："我已经挣了三十多块钱了！都是顾客们硬给的，那饭店老板也没办法。他还说我不用试工了，明天正式当 waitress（女服务员）！"大家都夸小穆有福气、小李真能干。小李红着脸说："那得感谢鹿太太教我英文呀。"

"看看，"鹿太太说："这小姑娘多 sweet（甜）。"

小李接过小穆递过来的一杯水，接着说："那老板娘还给我起了个英文名字呢。"

大家都好奇地围过来问起了个什么名字。鹿太太说："我们刚研究了这华人起英文名字的注意事项。可以给你参谋，参谋。"

小李高兴地掏出个名片一般大小的塑料牌子（Name tag），放在桌子上，说："在这儿呢。其实也不是专门给我起的，是因为上一个人也姓李，所以那老板娘就让我用这个名字了。"

大家围上去低头看，突然都抬头哈哈大笑了起来。小李不解地看着大家。小穆拿起那牌子，看到上面写着："Cheryl Li（谢丽儿 李）。"大家笑道："这下该小穆过敏了。"

"谢肉有接班人了，"鹿太太笑道。

小穆也忍不住跟着众人哈哈哈地笑了起来。

第三章

7，老同学

鹿群的办公室是在物理系的一幢三层楼的一楼，也就是九平方米左右那么大，里面有台计算机、一把椅子、一个书桌。这天，快下班了，他看着自己办公桌上的那个和大菜板一样大的日历本，突然发现了什么，赶紧给妻子去电话说："小秦啊，我晚上可能会晚一点儿回去啊。"

妻子问："怎么了？又要加班？"

"不是，"鹿群说："才发现，待会儿得去 airport（机场）接一个老同学。唉，那个小房间租出去了没有？"

"还没有，"妻子问："你去哪个机场啊？"

鹿群说："就我们这儿的，十分钟就到。"妻子说好的。鹿群又问："那好，那就让这个同学今晚先住下吧？"

妻子爽快地说："可以呀。那你大概什么时候回来？"

"还不知道呢，"鹿群说："我得打电话去机场问一下那班飞机是不是正点到就知道啦。我一会儿给你打回去啊。"

"好好，"妻子说。

这个小城市的机场地处西郊，虽然很小、但仍然是五脏俱全的。平时那个候机大厅里没几个人，因为旅客少、航班也少，所以只有在飞机到达或者离开时才会有一些相关人等出现一下。

鹿群提前十五分钟去机场。进去后他又去问了柜台后面的服务员，那班飞机什么时候到。那个服务员在电脑上查了一下，说："It will be late for about an hour because of the heavy rain in Los Angeles（会晚点大约一小时，因为洛杉矶的那场大雨）。"

鹿群谢过后，借用那个服务员的电话打给妻子，说："那飞机要晚点一小时。我就在这儿等了，反正需要读些东西。"

妻子说："行。要饿了，就先买点儿东西垫垫肚子啊。"

"好好，"鹿群答应着，然后放下电话，起身去一个角落里的沙发上坐下，拿出一些复印的文章开始读了起来。

　　在厨房里，鹿太太知道丈夫要晚一点儿回来，所以做饭的速度也明显地缓慢了下来。她把录音机里的磁带换成梁祝的那一盘，放着音乐。丽丽在客厅和小李家的虎子一起玩游戏。鹿太太做好饭、把丽丽喂好，先安顿着孩子睡了。自己在客厅里等着。

　　过了一会儿觉得没事，鹿太太又去卧室里的厕所间把自己打扮了一番、换了身衣服，然后回客厅接着看电视。没过五分钟她就听到正门的走廊里哗啦哗啦地响了起来。鹿太太自言自语道："好不容易回来了。"话音刚落，就看见鹿群拖着两个大箱子进来了。妻子问："你同学呢？"

　　"在车里收拾自己呢，"鹿群答道。

　　妻子过去一边帮他拖那两个箱子、一边说："嗨，有啥好收拾的？坐一天的飞机都一个样儿，惨！快叫他进来吧。"

　　"好好，"鹿群一边往外走、一边回头说："我这就把她叫进来。"

　　一会儿，从正门进来了一位个头偏高、身材消瘦、脚踏高跟鞋，穿着长裙和件短小的黑色风衣的，披着一肩时髦长发、亭亭玉立、大眼、挺鼻、瓜子脸的年轻女子。鹿太太一下就看得楞住了，心里嘀咕着："不会是接错人把空姐给接回来了吧？是那个同学的女儿？"因为她首先觉得鹿群的同学不应该是个女的，更不应该这样年轻、闪亮呀。她开始后悔自己的妆没画够、衣着不够正式。

　　鹿太太终于主动打破了尴尬、试探性地朝那个女子招手、说："快进来，快进来，瞧这女儿多漂亮。。。"

　　"什么呀？这是我的老同学张依！"正在拖着一个箱子进来的鹿群大声打断了妻子的话。

　　鹿太太停顿了一下，盯着张依，心里说："这是什么老同学呀？咋不叫个张扬呢？"

　　站在门口的张依大方地走了进来，拉着鹿太太的手，说："嫂子你好！听说您很长时间了，一直未能和您见面，好想你呀！我大哥总把您挂嘴边儿上，"她回头和鹿群说："大哥你好有福气啊，看嫂子多漂亮啊。"

鹿太太一时心里乱了方寸，心想："大哥、老同学、嫂子，这哪儿跟哪儿呀？" 所以只是张着嘴不停地啊哈着。

　　不能算是短暂的不知所措后，缓过神儿来的鹿太太，一边把张依往里让着、一边问长问短地搞清楚了姓氏名谁。同时，她还一边在心里骂着鹿群，怨他怎么也不说清楚是个什么样儿的同学。她纳闷咋从来没有听说过这个人呢？其实，这也不能都怪鹿群，他们那个物理专业本来女生就少，常来常往的都是男生，所以不留意也是可信的。

　　鹿太太把热好的饭菜端上吃早饭的那个桌子。大家开始吃晚饭。洗漱、换装后的张依一副休闲轻松的打扮，更加引人注目了。她走过来看着那桌子饭菜说："啊呀，这么丰盛啊！太谢谢您了，嫂子。哦，你们出来这么多年了，还用筷子呀？"

　　"那当然啦，" 鹿群招手让她坐在身边，说："不管这中国心怎么样了，这中国胃是变不了的嘛。其实都不会变的。你发觉没有，这中餐还是用筷子吃更有滋味。我不还是你当年那个老大哥吗？"

　　"当然是呀，" 张依把椅子往鹿群身边又挪近了一些，坐下说："真象是冯巩在春晚上的那个口头禅里说的，想死你啦，大哥！哦，还有嫂子。"

　　和平时炯异，鹿群给张依夹菜、盛饭、端汤。坐在对面的鹿太太只是咬着筷子看着他们吃饭、说话。她说："哦，我不饿，你们吃吧。"

　　张依笑着劝鹿太太，说："嫂子您也要吃点儿吧，要规律一些呀。"

　　鹿太太只好皮笑肉不笑地撒了个谎："我吃过了。"

　　好不容易把这顿饭看完了。三个人把剩下的饭菜放回到冰箱里。鹿群带张依上楼去看房间，然后把那三个箱子给搬了上去。最后，他还给她送上去一杯水，说："需要什么就下来问我啊。不要客气啊。" 他这才回自己的房间。

　　鹿群进卧室来洗漱，准备睡觉。鹿太太好象不经心、冷淡地拖着官腔儿，问了一句："您可累着了？"

　　正在刷牙的鹿群不经意地答道："没事儿，不累。"

　　妻子还是冷淡地问："没记错的话，您可是你们家里的老小啊。什么时候掉下来个小妹妹呀？"

"啊？你说谁？"鹿群继续刷牙，说："哦，张依呀。那哪儿是妹妹呀？是 classmate（同学）。"

妻子揶愉道："我叫我哥还没这么亲热呢！"

鹿群还是不经意地说："她习惯这么叫了。"

"我不习惯！"妻子提高了声调。

鹿群停止刷牙、看着妻子说："这跟你有什么关系呀？"

妻子不讲理道："我就是听着不惯。怎么了！？"

"好好好，"鹿群看着妻子想了想，说："今天这又是怎么啦，又有谁惹你了？"

"别打马虎眼啊，"妻子直接问道："她是你同学嘛？"

鹿群松了一口气，说："这还能有假？"

妻子接着问："那她多大啦？"

"比我小二十，"鹿群坐下说："哦，你又忘了，我是78级里最大的，她是我们班最小的。"

妻子心里说，怎么把这事给忘了，得接着找岔儿，否则就得认错了。她就接着挑岔儿道："那你为啥给她夹菜、盛饭、端汤、送水地献殷勤呀？"

鹿群不解地摊开双手说："你怎么能这样说话呢？我们老同学十多年不见。。。"

妻子不依不饶地说："那你平时为啥要么低头吃饭不出声、要么就拿个本子假装念？"

"What（什么）？"鹿群不耐烦地说："谁假装念了？这还睡不睡呀？"

"不睡！"妻子扭头面壁，喊道："你为啥从来没有那样对我好呀！？"

"我的姑奶奶，"鹿群起身来到她面前，说："张依是班上最小的，刚过十五岁就上大学了，大家都照顾她嘛。在食堂，都是我们这些男生帮她打菜、盛饭、端汤、送水，这不就习惯了嘛。"他接着说："这算好的，班里的女生不是她干妈就是她干姨。毕业的时候数她哭得最凶了。这小家伙还挺有良心的，是吧？"

妻子说："别故意打岔儿啊。"

"好好，"鹿群息事宁人地说："我以后一定注意，一定注意，"转念一想，又说："我注意什么呀我？"

妻子说："对我好呀。"

"哦，一定，一定，"鹿群说。

停顿了一下，妻子就转过来笑着问道："还没完呢。我怎么从来没有听说过她呀？"

"唉呀，"鹿群说："我的姑奶奶，还让不让人睡了？"

妻子拉住他说："说不清楚不能睡。事不过夜，这可是你定的规矩啊。"

"好好好，"鹿群无奈了，说："这事不过夜怎么一到你那儿就成了 sleep deprivation（剥夺睡眠）？"

"那是什么？"妻子问。

"剥夺睡眠，"鹿群没好气儿地说："是一种刑罚。刑讯逼供的时候用的。"

"别瞎联系了，"妻子笑了，说："你怎么从来没说起过她呢？"

"我问你，"鹿群问道："当年我去石家庄上学的时候你是怎么叮嘱我的？"

妻子说："不要想我、好好学习呀。"

鹿群看着妻子说："健忘吧你。是好好学习、莫理女生。把主席语录都改了你。"

妻子恍然大悟，下意识地应道："哦。"

"想起来了？"鹿群说："怕你担心，班上有些事儿就没敢跟你说。"

"好啊，还敢瞒我呀！？"妻子又得理了。

鹿群说："不瞒你行吗？看看你刚才那样子。"

妻子拉住他的手说："是我不对，是我不对。快睡吧。"

"我睡不着了我，"鹿群说。

"睡不着啊？"妻子说："去弄点儿小米粥去，饿了。"

鹿群说："不是刚吃完晚饭吗？"

妻子心里说："老娘哪吃了？"她推着鹿群，说："让你去你就去嘛。"

"剩饭行不？"鹿群问。

妻子说："就想喝点儿小米粥。。。"

"好好，我去、我去，"鹿群赶紧起身出去了。

鹿群到厨房里一边熬粥、一边看着昨天来的一份当地报纸。这是一份每周一刊的免费报纸，其中三分之二是各类广告，新闻也主要是当地教会活动、学校近况和学生得奖的情况，以及三位业余评论员的文章，也是关于学区干部选情的。

鹿群觉得这学区干部选举应该是直接选举，因为和自己的切身利益是直接相关的。不过他还是更关注学生竞赛得奖的新闻。无一例外，拼字蜜蜂（Spelling Bees）比赛的前三名又是印度学生。体育比赛的奖项没亚洲人的份儿。医学院老杜的女儿画画又得奖了。

这时，身着睡衣的张依下楼来厨房找水喝，看见鹿群就问道：“唉，大哥，怎么还没睡呀？”

鹿群看到她，笑着说：“一时睡不着，就起来做点儿夜宵。你怎么还没睡呀？坐飞机很累的。”

张依坐下说：“有时差，睡不着。正好来陪您聊天儿。”

“好好，”鹿群放下报纸，说：“这都十多年了，仔细讲讲你毕业以后的故事。”

“没什么好讲的，”张依说：“也就是分配工作、上班、读研究生、出国，太平淡了。还是说说您吧。”

鹿群说：“和你一样，挺平淡的。。。”

中途，鹿群给妻子去送粥。看她已睡着就回来接着聊。两个人几乎是彻夜畅谈。

第二天一早，丽丽还在睡觉，鹿群夫妇和张依已经在早饭桌旁边，吃着早饭和安排今天要帮张依办事的顺序了。老一套，得先带张依去办社会安全卡（Social security card）。但那里一般排队的时间比较长，鹿群说，他今天尽量早点结束工作好带她去。

张依问他们社会安全卡是什么。鹿太太说：“就是和工作、退休有关的一个福利卡，只是叫了个社会安全卡，和安全没什么关系。”然后她就自告奋勇地和丈夫说：“你忙你的。我带小张去吧。”

张依有点儿疑惑地说：“退休？半年后我就回去了。”

“刚来的时候都这么说，”鹿太太笑着说：“现在看看，这不都留在 America（美洲）了吗？”

“谢谢嫂子，”张依关切地问：“那丽丽怎么办呢？”

"没关系，让她和小李家的虎子在家里玩就可以了，"鹿太太痛快地回道。

鹿群笑着说："那就得辛苦我的好太太喽，"接着又叮嘱道："带好需要的文件、开车小心啊。"

"放心吧，"张依笑道："大哥怎么还和以前一样，还这么细心呀？"

鹿太太上楼去麻烦小李帮忙照看一下丽丽，然后就下楼带着张依出门了。

早晨的路上，在进学校正门的那个路口照常有个非常短暂的交通拥挤。鹿太太开着车、抱怨怎么又堵车了。坐在旁边的张依问哪里堵车。鹿太太说，就是刚才。张依心里感叹："这就是美国的堵车啊。"

那个社会安全卡办事处在城东郊，所以她们和上班的车流是反方向的，很好开，而且一路上的景致还很幽美。一望无际的草原和稀疏地点缀在这草原里的几棵园顶的橡树，被天际边的群山衬托着。有一大群粉红色的鸟儿在那儿觅食，它们象是一片在风里缓缓摇曳着的花朵。只有偶而从对面过来的车子，提醒着她们这是在路上，不要只顾看风景。

张依和鹿太太感叹美国的早晨真美，问能不能开点儿窗子。鹿太太说："可以，你开吧。"

张依说："这里的空气真清新呀。"鹿太太一边开车、一边不经心地应着。张依又说："昨晚鹿大哥做的粥真好吃。"

鹿太太诧异一下，接着就问张依，她在一直琢磨的那个问题："小张啊，孩子多大了？"

在一旁的张依不好意思地说："嫂子，我还没结婚呢。"

鹿太太的心里紧缩了一下，她看着前面的路问道："为啥还不结婚呢？"

张依看着外面的景致，说："没碰到合适的。反正工作忙也没用心去找。好象一直也没什么标准，漫无目的地找，肯定不会有合适的。"

"那是，那是，"鹿太太说。

张依说："不过现在好了。"

"怎么了？"鹿太太问。

张依侧过身来和鹿太太说："昨天在机场看到大哥的时候我才意识到一直想要找的是什么样的人了。"

鹿太太问："什么样的？"

"像大哥这样的呀，"张依说。

鹿太太不由得愣了一下，说："啊。。。"

张依看着前面，接着说："见到大哥的那一刹那就好象回到了当年的校园，所有的感觉都回来了。嫂子，您真是有福气，一下就找到大哥，不光人好、聪明、细心、能干、会做饭、还挺顾家的。。。"

鹿太太嘴上说："鹿群哪有那么好呀？"同时在心里告诫自己："这事可绝对不能告诉鹿群。不能让她再住这儿了，得赶紧给她找个公寓，借口就是有利于提高她的口语。"

当晚，鹿群在下班的路上顺便去沃尔玛（Walmart）采购了一些美食。请大家聚餐和给张依接风洗尘。张依在饭桌上很会来事儿，可能是由于多年在国内工作、生活的历练吧。大家好象都喜欢她，晚饭非常热闹。

儿子鹿丹今天也回来了。他是顺便让大家想办法、出节目的，因为那个中秋节晚会的节目还不够。大家问鹿丹他自己出什么节目，他说："我们几个 friends（朋友）show（展现）一下 muscle（肌肉）。"

鹿群满意地看着儿子，似乎在抱怨，说道："这孩子以前钢琴、小提琴、游泳、足球、绘画什么都学、都练。现在倒好，只练肌肉了。"

大家笑着劝道："不用担心。等女朋友有着落了，就又会去做那些有用的活动了。"

"话又说回来了，"大实话说："这儿的饮食这么丰富，不练肌肉不就浪费了？"

经不住大家的怂恿和起哄，鹿丹脱掉上衣，五大三粗地给张依他们显露、抖动着不同部位的肌肉。大伙儿不停地拍手、起哄、叫好。鹿群夫妇在旁边看着、笑着、无奈地摇头。

开饭了。众人就座后，鹿群拿起公勺一边盛菜、一边对着张依说："来来来，多吃点儿。"突然好象意识到了什么，那公勺在空中停留了两、三秒钟，看样子要放到自己碗里了。鹿太太忙说："先让客人呀。"于是，那公勺就顺势从鹿群面前迂回到了张依碗里。

大家哈哈大笑了起来。鹿群笑着自嘲道："不好意思，不好意思，自私惯了。"

张依笑着问大家："那该罚多少杯呀？"

鹿群笑着，挥着双手安抚着大家，说："多少都行，多少都行。"

大家起哄道："这真是酒逢知己千杯少呀。"

鹿群低头大口吞食着碗里的馒头来掩饰尴尬。鹿太太不好不悦，只好也跟着笑。

晚饭后，夫妻俩洗漱好准备睡觉。在床上，鹿太太似乎不经意地说："小张不能住这儿啊。"

鹿群问："什么？为什么？"

"没什么，"妻子说："这老同学，价钱不好谈嘛。"

鹿群说："哦，这事儿啊。没事儿，我明天和她说。"

妻子认真地说："那也不行，就是不行。"

"这又是为什么？"鹿群为难而不解地问："那同学、老师们会怎么说我？这老同学来了，我能把她往外赶吗？我们又不是没地方住。"

"那我不管，"妻子不讲理道："我说不行就是不行。反正你在美国也听不见他们唠叨。没事，没事啊。"

鹿群看着妻子说："你，你不能不讲理呀！"

妻子扭头就睡，不再说话了。

第三天傍晚，在客厅里，鹿丹又回来要求大家给凑节目，因为大陆人本来就不多，如果大家再不积极参与，那个中秋晚会可能就会太冷清了。

鹿丹还动员父母赞助这个晚会，说只需出一百美金就可以在节目单上印上赞助人的生意的名字。鹿太太笑着说："我们这哪算生意呀，连个名字都没有呀。也不用印名字了，我捐五十块好了。"儿子激动地上来搂着就是夸张的一吻。鹿太太笑着往后躲着。大家哄堂大笑。

众人非要张依来一个节目，都说是因为她的声音很好听。他们纷纷劝着："就是凑个热闹嘛。"

最后，她非常大方地说："好呀，只要有我大哥的帮忙就行啊。"

大家都看着鹿群。鹿群以为是接送，就一口应承了下来，说："没问题，我负责接送。"

"太好了！"张依说："那我们就来那个诗朗诵，就是十多年前在系里合作的那一次。"

当年河北大学物理系的新年晚会是在个学生食堂里举办的。饭桌都被推到了墙边，每个班都出节目。鹿群和张依的节目是长征组歌里的一个诗朗诵，红军不怕远征难，被公认为当晚最有水平的节目。

"你这个小依呀，还是那么有心计，"鹿群接着就推辞道："不行，不行。老了，都忘了，都忘了。况且在美国那节目也不合时宜呀。"

众人开始起哄："那长征的精神可是永恒的、不分国界的呀，"

"你们真有缘分呀，简直是奇迹。"

"嫂子你快来劝劝呀。"

鹿太太虽然听着鹿群叫小依心里不快，但众人在场也无奈，只好半推半就地说："不要犯众怒嘛。"

于是，两个人稍稍修改台词，开始练习，一会儿就得。大家都说太好了、水平太高了。

冷眼旁观的鹿太太虽然也觉得他们的排练很好，只是不太喜欢，或者不习惯张依在自己丈夫旁边那近乎依偎的站像。她开始怀疑鹿群对这个表演根本就是刻骨铭心、没齿不忘的。

中秋节到了，鹿家的男士们大都穿着出国时在国内用制装费置办的西装，个个都比平时精神了许多，看着象是一个到访的国内市一级的代表团。他们笑着说，不管看上去怎么样，也算是给这个晚会捧场了。

他们站在楼下大门的内侧，等着那几位梳洗打扮的女士们。大家都在说笑着，感叹这在美国穿西服的机会真少，出国时发的置装费都浪费了。在这儿又不上法庭，而且很少有机会出席正式场合，不象国内连骑自行车都穿西装。大实话说："这倒是很好的出国纪念品。没什么机会用，肯定几十年后都不会坏。"

大家笑道："言之有理。"

又过了二十分钟成了众人等鹿太太一个人了。鹿太太进进出出了好几趟，换了不下五、六套衣服。她每次出来，众人都争先恐后不停地夸赞："真好！可以啦！"其实是真怕她再进去换。最后她才不得已地说了句："先将就将就吧。"

当晚在这所大学的一个小礼堂里，穿着两极的华人们在举办中秋晚会。大家熙熙攘攘地打招呼、寒喧。门票是一块一张，主要是用来帮助支付场地和相关器材的租金。好象还有几个商家的捐助和来自休斯顿领馆的赞助。

一进去，他们就看见大大小小的孩子们满地乱跑和跟在后面叫喊着的家长们。会场四周墙上一人多高的地方，用胶纸沾着的、装饰用的一些气球，不一会了就都成了孩子们手里的玩具了。随之而来的是不停的气球的爆炸声、刺耳的孩子们的哭喊声和家长们的叫喊声。

谢丽儿和鹿太太坐在前排，回头看着这热闹劲儿，她笑着说："这 ballon（气球）的质量也太差了吧。"

"可能本来就是要听响儿的吧？吉利，"鹿太太也回头看着说。

谢丽儿说："也对，这室内也不能放炮呀。"丽丽嚷嚷着也想要个气球。谢丽儿说："别嚷嚷啦。都怪你妈化妆时间太长，这不来晚了不是？"

鹿太太马上否认："谁化妆啦？"她扭头和丽丽说："明天去 Walmart（沃尔玛）给你买一大包，多多的，好不好呀？"然后赶紧用带来的零食堵上了那张小嘴。

这时，有一对儿男女坐到了她们旁边。谢丽儿马上低声和鹿太太说，坚决要求换位子。鹿太太说："来这么早不就是为个好位子吗？"

谢丽儿往旁边努努嘴，悄悄说："位子远点儿总比被恶心着强吧？"

"至于吗？"鹿太太侧眼看了那对儿一下，不解地问。

谢丽儿悄悄威胁道："当心我吐你身上啊。"

鹿太太没办法，只好带着丽丽、嘟囔着白来这么早了，跟着谢丽儿到了后面隔十排的几个空位子上就座。

鹿太太问："怎么这么歧视人家呀？"

"没有，"谢丽儿说："是那女的不堪入目。"

"没那么难看吧？"鹿太太伸着脖子看着那女的，问。

谢丽儿："说的是她的 behavior（行为举止），特讨厌她带着她那位来这场合。"

"怎么了？"鹿太太问。

"你是不知道，"谢丽儿："那人在华人面前像个 bully（恶霸），在那老外面前像个兴高采烈、甘心情愿的 slave（奴隶）。她那死得其所的样子可让人恶心了。"

"一物降一物，"鹿太太说："别嫉妒人家嘛。"

"开什么玩笑！我嫉妒她？"谢丽儿："那种男的肯定在美国人里找不到了，才拿她去凑数儿的。估计等她换好身份，或者她的英文练好，他们也就该到头儿了。"

鹿太太相当吃惊地问："她英文不行？据说她来美国十多年了。"

谢丽儿说："我也是最近才知道的。她的老板有一次跟我们纳闷说，她成天和个美国人在一起，怎么英文会那么差。"

鹿太太说："人家可能很默契，根本不需要说话。"

"没错儿，"谢丽儿笑着悄悄说："动物们不说话不也繁殖得满地球都是吗？也有可能是那美国佬的英文不行。"

"什么！？"鹿太太有点儿惊讶了，问："你说美国佬的英文不行？"

谢丽儿说："我说的是档次。这学术界的英文和其它群体的还是有差异的。"

"哦，"鹿太太悄悄说："敢情她是学了一口土老帽儿美国英文啊。不过，人家救济了美国的困难户，也算是为中美友谊尽己所能地奉献了一把了。"

"您倒挺 positive（正面）的啊，"谢丽儿略带讥讽道。

这时，那个没化妆的男主持人上台，用麦克风喊叫了一会儿，会场才渐渐地安静了下来。然后，他宣布晚会的注意事项：不许大声喧哗、不许随地扔东西、不许随地吐痰、不许动那些 balloon（气球）、管好孩子、不许有零食、管好自己随身携带的物品。。。

底下有个人喊了一声："这儿又不是机场！"

"对啦！"主持人笑道："大家把这儿当 airport（机场）就对了！现在我宣布，中秋晚会现在开始！第一个节目，扭秧歌！"

音乐响起，五个穿红戴绿的妇女上台开始扭秧歌。随后又是几个舞蹈和歌曲。之后的鹿丹和他的几个朋友的肌肉展览掀起一个高潮，女人们起哄着、夸张地大喊大叫着。接下来的是那个平时留着一米多长头发的那位中年妇女，她表演用自己的头发当毛笔写下了：一叶知秋一笔思乡。当场就拍卖了一百块。很多人这才知道她留长发的原因。

有一位美国年轻人来助兴，弹着吉它表演那首："how many years must mountains exist before it was washed away（高山什么时候才会被冲走）。"大家静静地听着。那位唱歌的说，再不跟着唱他就要失望了。于是，大家开始怯生生地跟着唱了起来。

接下来是孩子们的钢琴、小提琴等才艺表演，和鹿群和张依的诗朗诵。他们的朗诵不得不说是完美的，以至于引起了观众内心的轰动、勾起了大家的乡情。观众们激动地给他们来了个持久的集体起立鼓掌。

鹿太太虽然还是不高兴看到张依那接近依偎的、在鹿群旁边的站像儿，但也明白了为啥张依说想要找鹿群这样的了。

晚会后的第三天是周五。傍晚，鹿太太让孩子们拿着她做的月饼去门口的湖边喂鸭子，不知道什么原因这次又没做好，推销不掉了。她一边在厨房做晚饭、一边在想象着是自己和鹿群在表演那个诗朗诵。

这时，张依高高兴兴地回来进厨房和她说："嫂子，今天有什么好吃的？哦，对了，我找到一个公寓，挺合适的。"

鹿太太假装关切地明知故问道："啊，怎么了？为什么要找呀？"

"嫂子，"张依过来，搂着她说："您可千万不要介意啊。我主要是想提高一下自己的口语，别到时候出国半年回去了，口语还不好，那可就要让人笑话啦。"

"啊，"鹿太太不置可否地应道。

张依接着说："其实特别不想搬走。大哥和嫂子对我这么好，嫂子的饭菜又这么好吃，我都长重了。"

鹿太太心里说："阿弥陀佛、阿门、感谢上帝和菩萨，我还不知道掉了几磅呢？"她赶紧笑眯眯地说："我们也会想你的，"顺势就把张依改主意的可能给堵上了。

鹿群回来知道这个情况后，简单地休息了一下就和妻子一起带着张依和丽丽去超市买些东西，主要是让张依买些做饭用的厨具。

在沃尔玛（Walmart）里，鹿群悄悄和张依解释道："你嫂子她正处于更年期，有什么不妥的地方还请你多多谅解啊。"

"您多虑了，"张依悄悄说："嫂子对我可好了。我没事儿，您就别操心了，这白头发又要多了。"

鹿群放心了，说："那就好，那就好。"

大家买好东西，然后送到她的公寓里去。还好，离学校不远，就在学校西面的一个点缀在树丛中的公寓群（Apartment complex）。他们把那些东西放好就回去休息了。

第二天一大早，几个人忙了一上午帮张依搬东西、把新的公寓规置好。这个公寓有八十多平方米，真是有点儿小巧玲珑，除了洗衣房什么都有。鹿太太里里外外地看完这间公寓后，和张依说："挺好的，就好好住这儿吧。一个人要注意安全呀，常回来看看啊。"

"放心吧，"张依说："嫂子，我一定会的。"

鹿太太嘴上说："好好，"心里却嘀咕："但愿别太频繁了。"其实，张依指的是注意安全那部份，不是常回来看看。

在回家的路上，车里的鹿太太和鹿群都暗暗地长出了一口气。鹿太太提醒丈夫，说："以后同学来，一定要把细节先讲清楚。"鹿群一边开车、一边点头和悄悄摇头。

紧接着的那个星期天，房客们照例在客厅看电视、读报纸、聊天儿。只是这次放的是那个中秋晚会的录像。房客们总是互相问："有谁知道张依去哪儿了，什么时候回来？"

鹿太太没好气地冲他们大喊了一声："你们上街去找呀、去报警呀！"

大家互相看了一下就悄悄地互相笑着问："是更年期？这次真的要来了？"

鹿丹今晚回来吃饭。鹿太太高兴地忙里忙外、收拾吃的，还特意加了个儿子最爱吃的土豆烧牛肉。鹿群下班回来就出去和丽丽在外面玩追逐游戏（Tag）。鹿太太把饭菜搞好，出来冲着他们喊道："开饭啦！"

鹿群一边和丽丽玩、一边喊："等小张回来一起吃吧！"

妻子气得大喊一声："她已经搬走了！"然后摔上门就进去了。鹿群知道自己失误了，怪自己和孩子玩得太高兴、一时疏忽了。他看到妻子刚才那生气的样子，只好接着和丽丽在外面玩，不敢进去。

鹿太太一个人在厨房把气儿缕顺了后，又出去把那两个叫回来吃晚饭。鹿丹过来看看，说："等阿姨回来一起吃吧。"

"她搬出去了，"鹿太太没好气地说。

"啊？"鹿丹问："where（搬到哪儿了）、when（什么时候搬的）？"

鹿太太更没好气地说："小孩子家的，问这些干啥？"

"妈，跟您说实话吧，"鹿丹说："我就喜欢阿姨这样的。我就想找个和阿姨一样的 girl friend（女朋友）。"

鹿太太惊得目瞪口呆、手里的筷子掉在了饭桌上。鹿群紧握筷子一动不动，看了一下儿子，就低头对着桌子上的饭菜发功。丽丽手里拿着个鸡腿骨在那儿使劲儿地啃着、哼哼着，这是鹿太太让她补钙的天然途径。

晚饭后，鹿群把丽丽送到婴儿床里睡了。在床上的两口子关着灯、看着天花板准备入睡。鹿太太推了一下丈夫，问道："咱玉米地不会是喜欢上你那依妹了吧？"

鹿群愣了一下，说："你看看你说的是什么话嘛，人家张依哪能看上他那小毛孩子？差十五岁呐。"

妻子心里说："看上我的老头儿更不行，"她接着怀疑，问丈夫："那咱儿子总是阿依，阿依地叫着，这回来得又这么勤快，是怎么回事？现在想想都后怕，实在是想不起来他是什么时候开始这样叫的嘛。"

鹿群不解地问妻子："这样叫怎么了？挺有礼貌的嘛。"

"啊呀！你糊涂啊！"妻子解释道："阿依，阿依的，这到底是阿姨、还是阿依呀？"

"什么？"鹿群看看妻子，不知道她在说什么，就问道："这不一样的吗？"

"哪里呀？"妻子说："阿姨，是姨、是我妹妹。阿依，是张依的依。"

"哦，"鹿群恍然大悟，舒了一口气，说："我的天呐，真有你的，你整天都在琢磨些什么呀？看来呀，你该多出去转转啦。"

"别打岔儿，"妻子接着问道："你明白啦？那你说，他到底是什么时候把阿姨给换成阿依的？"

鹿群想了想、拍拍妻子，说："放心吧，我的好太太，没事儿的。"

妻子问："为什么？"

"多简单呀，"鹿群又拍拍妻子，说："咱儿子的中文已经没那么好了。"

"也是啊，"妻子想了一下，说："哈，睡吧。明天七点你不是还有个会，不是说不能迟到的吗？"

鹿群郑重地和妻子说："以后可不要再偏听偏信了，当心更年期啊。"

妻子打了他的肩膀一下，说："你才更年期呢。"

两口子互致晚安，准备入睡。鹿群闭着眼睛想，妻子在家时间长了是有可能会疑神疑鬼的，得想办法让她出去忙活可能就安生了。

没过一会儿，鹿太太转过来抱着丈夫，伸手开始抚摸了起来，鹿群说："太晚了，明天还要早起呢。"

妻子说："人家睡不着了嘛。"

"可别后悔啊，"鹿群转过身来。

妻子轻轻地叫："轻点儿啊你！别把孩子吵醒了。"

两个人悄悄地开始在那被单里上下左右地蠕动了起来。

8，烟袋锅儿

又逢周末，鹿太太正在厨房里忙活着。小穆过来和鹿太太说想请她教小李开车。鹿太太问他："你不是开得挺好吗，自己教不就行了？"

"不行，不行，"小穆说："这夫妻之间教开车太伤感情了。我们已经试过两次了，她现在还不高兴着呢。"

鹿太太也理解，因为已经听说了很多类似的华埠传闻了，而且自己也有一定程度的切身体会。她当时气得都差点儿给丈夫的汤里多加些盐。于是，她就说："那好，那你就帮忙看一下丽丽和虎子，我这就带小李去练。"

她们两个人去商城（Mall）的停车场去练车了。随后又进那个商城去锻炼，给自己和各自的钱包减肥去了。就这样，两个人坚持了几个周末，每次几乎都是六、七个小时。

小穆和鹿群发现自己家信用卡的账单比平常多出很多食物、衣服的开销。两个人开了个碰头会，发现这让鹿太太教小李开车还是挺贵的。小穆心疼了一下，但想到不会和妻子闹矛盾就觉得还是值得的。不过为了让这不必要的出血早日结束，他开始鼓励妻子尽快去考路试，拿到驾照后就不会有这样的开销了，因为这练得时间也不短了。

他们去试了一次，没有通过。在回来的路上，小穆仔细问了妻子才发现，她们两个人花了几乎百分之九十五的时间去那商城里遛弯儿、聊天儿和买东西了，只是在那条来去的路上象征性地练了练。

小穆只好另觅良策。这天，他在校园里那个以华人信息为主的布告栏上发现了个条子，上头说可以提供教学开车的服务，还不需要自己有车。出于好奇，在工作间隙，小穆打电话去问具体的教车事宜。那人的声音听着很熟，问了两句就知道是老丁。老丁爽快地说："哦，是你呀，没问题，交给我了。你出个 half price（半价）就行了，咱够意思吧？"

"哦，"小穆应道，心里说："还没听说熟人教开车要收钱的呢。"

在回来的路上，他认真地考虑了一下，觉得让老丁教也安全，因为他就想赚钱，好象也没其它的心思。于是，他决定请老丁教小李开车，条件是通过路试才给钱。

这是老丁第一笔这样的生意，所以他格外用心，不光是频繁地陪小李上路练习，甚至还自编自演了两个角色演练（role play）给小李演示考驾照的过程和教她怎么去应付那路试。

准备好后，他亲自陪小李去路试，还让小李假装不太懂英文、选择用中文，这样，小穆给翻译的时候就赢得了更多的反应时间。结果是小李这次通过了。小穆付钱、老丁笑纳、皆大欢喜。

小李不知道这里有钱的交易。打那儿以后的一段时间里，她觉得老丁真是个好人、热心人。小穆也不敢点破，所以老丁的声誉在鹿家着实地好了一阵子。因为很少有华人请人教开车，所以这是老丁这个赚钱途经唯一见钱的一次。

这天晚上，几个人打牌。说好了输了的要脱衣服，几个路过的女房客看到就说："你们这也太有碍观瞻了吧？这儿还有妇女、儿童呢啊。"

"好办呀，"那几个牌友们说："你让房东把空调打低呀。那我们就要赛着穿衣服了。"原来，他们是在间接地抗议家里太热。

鹿太太被叫来了。她看看他们，笑着说："你们几个当心啊，再这样我可要 sue（控告）你们 indecent exposure（妨害风化罪）了啊。"

牌友们只好穿衣服，还说："我们男的是挺可怜的，脱了都没人要看。"

"老大不小的啦，怎么还这么糊涂呀！"鹿太太说："你们懂什么呀？女人的遮挡是美。你没看人家 Cherry（樱桃）最近几天都很少开门吗？"

这时，刚刚搬进来一个多月的扬樱正关着门，吃一个老乡给她从国内带来的臭豆腐。她时年二十四岁、来自南京，长发、挺鼻、大眼、白皙、高挑、匀称，总之，是个甜美而典型的江南美女。她正在攻读营养学硕士，在国内就给自己起了个英文名字：Cherry。

她本来挺外向的，可最近总是把门关起来不知道在里面忙些什么。所以，她这一反常态的举动让大家或多或少地怀疑了起来。

小武子最关心她，就找喳儿问鹿太太樱桃怎么了。鹿太太说还想问他呢。两个人按捺不住好奇心就趁樱桃出门之际进去检查。他们还没看到什么呢，樱桃就又回来了。他们的行动被发现了，因为樱桃很细心，她发现自己东西被动过了。

从此，他们开始互相躲避着对方，因为心里都有鬼。樱桃以为他们偷看了她那些来源有点儿过于多样化情书、礼物。鹿太太和小武子则以为樱桃知道了是他们俩做的案，怕被对方责难。

这天傍晚，西装革履的老张要去投票、选总统了。他家是此时鹿家房客里唯一能去选总统、被美国归化（Naturalized）了的华人。

出发前，他在客厅和众人议论着那两个总统候选人。多数人认为总体上小布什表现得好一些，高尔（Gore）在那几次辩论会上的表现有些差劲，尤其是他那些下意识发出的噪声和肢体语言，有点儿不上那个台面。

克林顿的性丑闻对高尔影响可能也不小。当然，这总统选举是共和党和民主党的对决，并不完全是他们两个人的比肩。

鹿群问老张准备选谁。老张干脆地回答：无可奉告。他说："你们可得学着点儿啊。在美国，这选谁是个 privacy（个人隐私），是属于 don't ask，don't tell（不许问，不许讲）那一类的。"众人只好闭嘴，不知道该说些什么了。鹿群纳闷，这选总统怎么和同性恋属于同一类敏感话题了呢？

这时，穿红挂绿的张太太乐呵呵地、脚踏高跟鞋小心翼翼地下楼来了，她也要去选总统。鹿太太笑着问道："瞧您这喜庆的！要过 Christmas（圣诞节）呀？别热着啊。"

老张太太乐呵呵地应道："没关系，到处都是空调。"

鹿太太又笑着问："您这可是第一夫人去选第一夫人呀。今儿这是要投谁呀？"

"什么叫投呀？"张太太纠正她，说："那叫投票。投谁我也不知道，反正我家老张投谁，我就跟着投呗。"

老张看太太准备好了就大喊一声，让她再看一下护照是否带上了。然后，他和众人一挥手，说："我们去了啊，see you later（再见）！" 这两口子齐步走到正门那儿，暂停一下、一起转身和大家挥手告别。

他们出去后，鹿群由衷地感慨道："老张这派头，真有点儿像当年 Nixon（尼克松总统）给 impeach（弹劾）了，上直升机的那张照片啊。"

大家同意道："他不从政是有点儿亏。"

大实话问："这第一夫人的说法是不是不妥呀？"

"怎么了？"鹿群问。

"你看啊，"大实话说："首先这不平等呀，凭什么总统家的都是第一呀？他只是个 public servant（公仆）呀？其次呢，Clinton（克林顿）肯定会不满意，说唯一夫人还比较合适，这叫第一夫人会让他误解可以有第二、第三夫人呢。"

"别钻牛角尖儿了，"鹿群笑了，说："那不成三宫六院啦？人家可能是指原配吧。"

"那不一样吗？"大实话依旧认真地说："有原配，人家不就琢磨现配吗？"

"不跟你绕了，"鹿群笑着说："我看你赶紧退学，去给克林顿打工得了。"

过了一个多小时，老张和太太回来了。大家在客厅里团团围住这两口子，让他们给大家讲这个光荣而神圣的过程。

两口子讲完、喝口水，就和无语的听众们互相看着。大实话憋不住了，说："嗨，不就是排长队、验驾照、到计算机上选 Gore（高尔）嘛。"

老张大声说："没那么简单！那选票可长了，有州长、参议员、议员、市长、还有几个 title（头衔）都没听说过。"

"那么多？那怎么选呀？很多都没听说这次要参选呀？"鹿群问。

老张说："所以呀，其它的我一概没选，直接 pass（过）到最底下，click submit（点一下提交）就好了。"

"啊呀，"老张太太捂着嘴，说："我可都选了。"

"什么！？"老张马上就急了，喊道："你！你英文还认不全乎儿呢，怎么能选呢？这不是给人家捣乱吗你？"

"你瞎嚷嚷什么呀？"老张太太脸上有点儿挂不住了，她果断地打断了丈夫，说："不会错的！我用的是中文考卷。"

"什么？考卷？"鹿太太惊讶地问："还有中文的？"

"那当然了，"老张太太说："连考驾照都有中文的。这场合当然也得有了。"

"那你选的是谁呀？"老张急着问。

老张太太有点儿迷惑，所以警觉地反问道："你指哪个呀？我选了有十多个呢。"

"当然是总统呀，"老张还是急着问："是选的 Gore（高尔）吗？"

"别嚷嚷啊！"老张太太用眼神警告了一下丈夫，然后严肃地讲道："我找啦，根本就没有你说的那个'锅儿'，所以呢，我就选小布什了。"

"嗨呀！"老张急了，喊道："不是跟你说得选 Gore（高尔）吗？你怎么能选小布什呢？"

在这么多人面前被丈夫这样地喊，老张太太觉得太没面子了，所以也喊了起来："我爱选谁就选谁！凭什么什么都得听你的呀！？"

众人赶紧拉住这两口子，说，这自由选举当然是想选谁就选谁嘛。被按住了的老张几乎喊了起来："再自由也不能给人家瞎选呀！"

"你胡说八道！"老张太太一摔她那红色的外套，大声喝道："我都是看得清清楚楚以后才选的！"

鹿太太赶紧打断她、转过来说老张："你说你也是的，选之前为什么不和你老婆说清楚呀！？当时怎么也不去帮帮你太太呀！？你现在嚷嚷有什么用？那卷子已经交上去了。"

"你们是不知道啊，"老张说："那儿和考场似的。一人一个小台子，旁边都用布遮着，不许看别人的东西。再说啦，他们也没让我们一起进去呀。"

"谁用他帮！"老张太太不屑一顾地喊了一声，接着说："人家在那儿工作的那个老太太还说我 did good job（做得好）呢。"

"他们什么时候不说这个呀！？"老张还是不服地喊。

大家劝老张一家要冷静一下。这时，鹿群想了想，说："我觉得啊，可能是那中文翻译的问题。把这个 Gore 给翻译成'高尔'了，不太谐音，不容易联系起来嘛，可能'郭儿'会更近一些。"

老张太太马上说："对呀！我是找'锅儿'来着，可就是没找到呀，只有你说的那个高尔。"

"那就是你该选的 Gore 呀，"老张又喊了起来。旁边的人赶紧拉住他。

鹿群问老张太太："你当时在找哪个 Gore 呀？"

"烟袋锅儿的'锅儿'呀，"老张太太答道。

众人笑了出来，又赶紧都憋住笑。鹿太太赶紧打圆场说："大家别笑了啊。都是他们给翻译错了，翻译错了啊。"

老张急着问："那其它的你是怎么给人家选的？"

"老娘看哪个顺眼就选哪个，怎么了！？关你屁事！"老张太太还是没好气儿地瞪着眼，回了他这么一句。

"那上头又没照片，你也不认识人家，怎么能知道哪个顺眼呢？"老张喊道。众人把两口子拉开、分头劝和着。

劝说停当后，鹿群夫妇回到卧室开始交流两边的信息。鹿太太说："老张太太和我说她真的是看那个名字顺眼就选那个了。当时她又怕那个卷子空的太多不好看，所以就每个项目都选了。现在她担心人家会不会查出来。"

"没人查吧？"鹿群问："为什么要查？好象数完就给扔一边儿去了。再过几年就 recycle（再利用）掉了。"

"她说她是给人家乱选的，怕人家查出来说她搞破坏，"妻子回答。

"怎么说呢，"鹿群想了想，说："除非是老张去告？况且这事，除了她自己，没人知道是不是乱选的呀？除非人家仔细拷问她。不过她要是死不招供，可能谁都不会知道她是怎么选的。"

妻子明白了，说："对呀。这老张也是的，那么认真干什么呀？"

"世上就怕认真二字，"鹿群接着说："我们老张今天是有点儿最讲认真。人生里头一次嘛，难免的。"

"老张又得睡沙发了，"妻子感叹道。

鹿群说："看来人家老张抱怨的也对，这一人一票也不太公平啦。"

"还没老呢，怎么就糊涂了？"妻子笑了，说："一人一票都不公平，那什么算是公平呀？"

"是这样的，"鹿群也笑着说："人家老张说他的那张选票应该是九十分，她太太的应该是负九十分。他说的有一定的道理，对吧？他还说女人太容易 emotional（情绪化），不适合 vote（投票）；还抱怨这选举除了年龄，没有任何其它的 quail-fications（条件），也没个选举证什么的。有人基本上是什么

112

都不知道就去投票，结果是那些服务人员帮他们做了。不过话又说回来了，美国也没多少人参与选举。怎么才能让大家积极参与呢？

妻子说："可能就是不想让大家太热衷选举，否则那得浪费多少资源呀？新闻里讲那些竞选的广告费都要上亿了。为了个十几万的职位花上亿，可真让人看不懂。"

"也是，"鹿群说："是看不懂。不过人家老美聪明得狠，从来不干亏本儿的买卖。老丁说这选举应该改成和赛马赌博一样，那样，大家参与的热情就有了。"

"他胡说八道！"妻子说完又琢磨一下，又说："对？也不对？管它呢，睡觉。"

当晚，老张在沙发上睡，正好陪着那四代同堂的布什全家连夜关注选举结果。众人起床吃早饭的时候他就给他们介绍当时的选情："Gore（高尔）昨晚就祝贺小布什胜选了。打完电话后，他的幕僚又告诉他还太早，因为 Florida（佛罗里达州）的计票好象还有问题，好象 Gore 和小 Bush（布什）的选票在 Florida 可能只有一、两百票之差。所以，他今天早上又打电话给 Bush，说收回昨天晚上的祝贺电话。"

"什么？"鹿群惊讶地问："说出去的话也能收回来？"

"不知道，"老张有点儿疲倦地答道。

在接下来得几个月里，全美国在忙碌着反复重新计票，全世界跟着看热闹。那电视上演的复查选票的现场真象是联邦调查局的刑侦室在查那些选票上的指纹。

老张得理了，埋怨了自己老婆几次。她老婆还真是提心吊胆了一阵子，遇到房客们只敢怯生生地笑笑，因为她怕人家去查她的那张选票，也觉得自己的行为或多或少地造成了这笔糊涂帐。

房客们和老张夫妇开了几次玩笑，说看他们家把人家美国折腾的。当看到老张那一脸的严肃和他太太的诚惶诚恐，他们就不再忍心开这样的玩笑了。

好在他们这个州没什么悬念，铁定选小布什，所以没必要再重新计票和验票了。老张太太这才放心了。

数了几次，小布什在佛罗里达州都是领先二百多到五百多票不等。最后，只好让最高法院裁定，结果是小布什被宣布获

113

胜。高尔随即召开记者招待会坚称自己才是真正当选的美国总统，其主要理由是他的总票数（Popular vote）大幅度领先小布什，还要求再数那些佛罗里达的选票。可能美国人已经烦了，所以他的呐喊似乎没起到什么明显的作用，大家可能都要继续过日子（move on）了。

这天看完电视，小武子说："这选举实际上是在制造分裂，连老张家都给分裂了。你看，老张还在和他老婆闹着呢。"

小穆说："Gore（高尔）应该学习我们蒋委员长，率领人马去 Hawaii（夏威夷），或者 Alaska（阿拉斯加），然后 claim（声称）自己是正统。"

小武子说："人家美国人好象不会那样。Gore 也没什么号召力呀。"

"我是说如果民主党都跟着 Gore 走，"小穆强调道。

小武子说："那倒是有可能。不过也绝对没可能。你那个'如果'也太离谱儿了吧？"

鹿群看着鹿太太、小武子和樱桃最近怎么总是那么别扭，就把他们找一块儿想调解一下。樱桃开门见山地说："是不是得给我的门上加个锁？因为有人动我的东西了。"

"谁呀？"小武子就问："动你什么东西了？"

"我哪儿知道？"樱桃说："你告诉我你动了什么了？"

小武子说："根本什么都没动吧？"

樱桃说："不打自招了吧？你进我的房间干什么去了？"

"我又没说我进去过，刚才那可是个问句呀，"小武子还在辩解着。他同时恨自己在樱桃面前总是这样愚蠢。

"鹿太太都招了，你还嘴硬？"樱桃一边说、一边用手势让鹿太太不要说话。

小武子看着鹿太太，急得喊："你怎么能这样呀？我们可是说好了的呀。"

"哈哈！"樱桃站到鹿群一边，指着鹿太太和小武子说："招吧。不许串供啊。"

鹿太太指着小武子，摇着头说："你！你今天怎么这么笨的啦？给人家一下就给诈出来了。"

小武子这才明白上当了。两个人说明原委后，樱桃不好意思地告诉他们，自己的那个嗜好。小武子乐了，说："这有什么啦，拿出来大家一起吃呀！"

　　"不行，不行，"樱桃说："在美国榴连都不能吃。这臭豆腐可能更不行吧？"

　　"没关系，"小武子说："咱这儿也算是个 Chinatown（中国城）。其实他们那 blue cheese（蓝奶酪）也一样够呛。"

　　这个问题解决了，老张一家还在闹着呢。让众人不解是，老张夫妇看上去好象还没有听从那个最高法院的裁定似的，依旧楼上楼下地分庭抗礼着。鹿群劝过老张，说："从统计意义上讲，你们家那两张选票在那几千万张选票里可以说什么都不算。何必自己家呕气呢？况且人家是按州来决定选谁的。我们 state（州）肯定是布什的。即使在 Florida（佛罗里达州），你们那两票也不会有什么明显的作用吧？"

　　老张无奈地说："也不能排除有可能，就是因为有类似我老婆这样的捣乱者才造成了那个僵局呀。"他推说还需要一段时间缓和，缓和，因为这次和老婆闹得太僵了。

　　鹿群夫妇只能随他们去。其实，人家两口子早就和解了。只是老张太太已经习惯了一个人睡张大床，老张也习惯了每天晚上在沙发上看完电视里的访谈节目再睡觉，所以，两个人都图了个舒适，把这双簧演了有快半年。

　　最后，鹿太太不耐烦了。没好气地问道："我说张主席呀，人家小 Bush（布什）和 Gore（高尔）都歇息了多些日子了？ 连我们这 local（本地）的，不管选上和选不上的也早都销声匿迹了。你们两口子是不是也该消停了？"

　　老张说："当然啦，他们的那些广告得花钱呀。"

　　鹿太太说："谁说广告啦，我是说的是那些竞选许诺都没声儿了。哦，合着你和你老婆这楼上楼下地闹着，肯定是不花钱啊？"

　　老张夫妇这才不好意思，就此作罢。

　　九月的一个早晨，鹿太太正在家喂孩子早饭。她打开电视想看看当天的天气预报，但看到的是一幢大楼着火的直播。开始她还以为是电影，换了几个台都是一样的，才意识到是出什么大事儿了。几位房客也过来一起直着眼目睹着纽约和华盛顿正在发生的事情。

鹿太太赶快打电话给丈夫，问他这是真的吗。鹿群说他也在食堂（Cafeteria）里看呢，现在谁都不知道发生什么了。

晚上回来，大家一起点比萨饼、看电视，都担心地关注这到底是谁干的。老张说："千万别是我们中国人干的。否则我们这些美籍华人还不得进集中营？"

老丁怯生生地问："不会吧，一百多万人进集中营？"

"怎么不会？"老张说："当年 Jews（犹太人）就死了六百多万呢。美籍日本人不也给关起来了吗？"

"老张！"鹿群赶紧说："别耸人听闻了。这都什么时代了？我们中国可能还没这么下作呢，要打也得先宣战呀。况且现在的中美也没有打的理由嘛。"

老张说："你没理由，别人会有吧？所以可能性还是有的。你们没注意吗？最近这小布什可是没少作践我们中国啊。他那 election（选举）和 recount（重新计票）都已经结束了，已经没那个必要了嘛。"

"好象也不可能，"小武子说："首先看不出这个必要。咱中国也不至于一上来就是这么一手儿呀，那外交战、经济战还没开打呢。"

小穆说："这网上可是已经传得沸沸扬扬了，说什么的都有，全乱了。"

"别信那些！"鹿群说："这网上太自由，胡说八道的太多，连税都不上，这可能是在美国唯一不上税的事儿了。我觉得以后政府肯定会管制的。"

大实话说："有的新闻说这是第二次珍珠港。会不会又是鬼子干的？"

"有可能，"小武子说："鬼子们很有可能是被美国管得不耐烦了。前一阵子不是又有美国兵祸害当地妇女的事吗？再说他们也喜欢搞偷袭。"

"也不可能，"鹿群说："这原子弹他们应该已经吃够了吧？"

老张眼睛盯着电视，说："如果真出什么意外，咱只能走为上了。"

"往哪儿走啊？"鹿群问："你们这些在国内有保留职位的还好。我们现在回去可什么都没有呀。你别吓唬人啊，还让大伙儿睡觉吗？大家洗洗睡吧。"

晚上，两口子在卧室悄悄说这事儿，鹿太太担心地说："只要和我们中国无关就行。否则我们这俩孩子以后的日子就不好过了。"

"放心吧，"鹿群说："不会有事的。我分析过了。你看啊，咱四九年以前是被动挨打；四九年以后呢，都是给逼上梁山了才出手的，况且还都是非常有限的还击。现在咱家门口的事情还没搞定，还从来没有主动出击过呢。这美国离我们这么远，还这么主动，所以不可能。况且这根本就不象个军事行动，没有任何后续动作嘛，所以绝对不可能和中国有关。放心，睡吧。"

妻子又问："我们是不是需要叮嘱房客们一下？让他们在外面不要胡说、不要显得高兴，而是要忧心忡忡的。"

"对，"鹿群说："还是老婆聪明。在这接骨眼儿上要是惹出什么事儿来可就麻烦了。"

妻子说："那你明天早上和他们讲一下。"

"好，睡吧，"鹿群答应了。

在接下来的几个月里，鹿家的政治、军事爱好者们目睹了美国现代化军事机器的强大。

这天，几个看电视的讨论着这个话题。小武子说："先别说那些走恐怖分子路线的了。我遇到的中东人普遍认为他们自己是世界上最聪明的。"

"凭什么呀？"房客小宋说："好像人家犹太人被认为是最聪明的。"

"对呀，"小武子说："他们和犹太人那可是死对头呀。他们不服犹太人、觉得比犹太人都厉害，那不就理所当然地是最聪明的啦。"

"能这么理论吗？"鹿群笑着问。

"他们是这么理论的呀，"小武子接着说："还有就是，你们发现没有？在美国其他人种都在争当二鬼子，不怎么威胁白人的主导地位，而人家中东人认为自己应该是大鬼子，所以有朝一日呀，他们会让白人头疼的。"

几年后，大家在看奥斯卡颁奖仪式。高尔又出来了、还得奖了。鹿群说："现在看来，这 Gore（高尔）也太笨了。当年竞选的时候坚决不用人家克林顿的助选，败选了又怨 Clinton（克林顿）。等那些结束了，他又去巴结人家 Clinton。"

老张说："搞政治的都这样。不过这家伙运气是好。他可以 claim（声称）发明了 Information Superspeed Highway（信息高速公路）、Global Warming（全球变暖）；得了 Nobel prize（诺贝尔奖）和 Oscar（奥斯卡奖）；他还可以经常 self-proclaim president（自封总统）一把。"

"他运气好什么呀？"小穆说："把个 911 给错过了。"

"好象对，"鹿群接着说："听说 Clinton 也抱怨过自己退位太早，没能赶上这 911。Gore（高尔）可能也是没好气儿，所以才一气之下给折腾出那么多东西来。"

小穆说："Only losers complain（只有失败者抱怨）。"

"这不是废话嘛，"老张说："winner（成功者）有什么好抱怨的呀？"

鹿群说："不过 Gore 好象还是有一定影响力的。你看现在大家有时候都不说夏天来了，而是说，又 Global Warming 了。他那逻辑也成问题。这气候变暖真和人有关系吗？涨点儿税就能把地球的温度给降下来？"

"According to 他（据他讲），行，"小穆说。

"唉，"鹿群又问："那 Information Superspeed Highway 真是他发明的？"

"这个好象是有些争议，"老张答道。

小武子笑着说："你刚刚说的他那些事儿，哪件儿没有争议呀？"

"也是，这哥们都快成有争议的代名词了，"老张刚说完，众人就哈哈大笑了起来。

9，吃相

一个晚秋的傍晚，老张在后院阳台上架起了一台他刚买回来的索尼摄像机。他对着自己的那个座位来回地调整着什么。

鹿丹今天回来了。他来厨房和他妈打招呼和看今晚吃什么。鹿太太随口问道："儿子，你那 girl friend（女朋友）怎么样了？"

"什么？"鹿丹认真而警觉地看着他妈，反问道："什么怎么样了？We did not do anything（我们可什么也没做啊）。"

鹿太太笑着说："Nothing（没事儿）？只是随便问问。"

儿子赶快离开了。

这时，鹿群下班回来了。他看到老张在阳台上跑来跑去，就问妻子老张在干什么。妻子说老张买了个摄像机，正在玩呢。她接着问鹿群："今天怎么样？累了吧？咱玉米地今天好象有些紧张唉。"

"他回来了？"鹿群问："他紧张什么？"

"好象有事儿，"妻子说："我问他女朋友怎么样了，他就紧张了。"

"又在捕风捉影了？"鹿群略显疲惫地说："我看你是太悠闲了。"

"怎么了？累了？"妻子关心地问。

"还行，"鹿群说："只是有些困惑。"

"怎么了？"妻子关切地问。

"可能也没什么，"鹿群说："只是有个同事今天中午说我吃饭像 dog（狗）。"

妻子马上义愤填膺地大声说："这还了得！敢骂人？是谁？我们告他去！这也太歧视人了！"

"别别别，"鹿群赶快息事宁人地说："是个新来的。那个人平时挺客气的，看上去也不象是骂人。"

"那，"妻子说："那你，那我们的吃相真有问题？"

"肯定有吧？"鹿群说："文化背景不同嘛。可这问题会是什么呢？我以前的那些同事也从来没说起过呀。"

晚上吃饭，几个人一起做打卤面。小西安做的肉臊子很受欢迎。吃饭时，鹿群夫妇不自觉地开始特别注意大家的吃相。老张在靠窗子的那个角落里架起了他那台摄像机。他搞得大家不知所措，他们纷纷喝止了老张，尽管他一再强调只是试一试那个摄像机、都会抹掉的。

　　鹿群夫妇还是看着大家吃饭的样子。大家不解和不安地问是怎么回事，鹿太太说没什么事。小李就问："那为啥盯着我们看呀？还让我们吃吗？"

　　鹿太太说："吃相问题，美国的吃相问题。"大家看着她，都停下来了。鹿太太赶紧说："我可不是说你们的吃相不对啊，是我们不太清楚这儿都是些什么习惯。"

　　大家这才放松了，小李说："原来是这事呀。"

　　"哦，"房客小松说："这儿的习惯也不多，但有些和国内的正好相反。比如说：不能给别人夹菜、不硬劝酒、吃东西的时候嘴巴里不能出声音。"

　　小李补充道："还得闭着嘴嚼，嘴里有东西的时候不要说话。"

　　"还有，"小松说："就是咳嗽、打喷嚏的时候都要把头转开，最好能离开桌子。有口臭的要刷干净，或者嚼块儿口香糖。"

　　"对！"鹿太太说："刚来的时候，换水土，不免有消化不良引起的口臭，是得嚼口香糖。"

　　"不要吃太多不就行了？"大实话说："这美国的 diet（食谱）也没什么好。卡路里太高，动物尸体的比例太高，而且大多数还是 processed（处理过的）和 preserved（防腐剂处理过）的。"

　　老张说："还没谁知道好不好呢。不过，不管是什么，过量了都不好。"

　　"不错，"大实话说："咱人类之前大多数是饿死、病死；现在进化到撑死和过度治疗死了；下一个阶段应该是恰好即可，像现在的富人们一样。"

　　房客徐大力说："扯哪儿去了？这说吃相呢。还有一样别忘了啊，就是要坐直，然后把食物送到嘴里，而不是相反。"

"哦，"鹿群终于明白了。他想起自己当时是把饭盒放在桌子上，低头用勺子呼里哗啦地把饭菜拨进嘴里的，是有点儿像狗。主要是因为自己当时得赶快吃完、回去做试验，所以，人家不应该是歧视华人而只是就事论事。

小李说："这吃面条是最好的练习了。得先用叉子把面条缠起来，然后再送进嘴里。注意啊，这叉子上的那坨面不要太大，张大嘴可不好看啊。"

大家笑着说："你没看他们吃 burger（汉堡包）的时候，那嘴张得有多大。那就好看啦？"

"看把人家 Julia Roberts（一个大嘴的好莱坞女演员）的嘴给撑得大的。"

小李关切地问："她那嘴真的是给 burger 撑大的？"

"停，停，"大实话说："发音要准一点儿啊，不知道的还以为你们说人家在吃 booger（鼻涕痂儿）呢。"

"什么意思？"小李问。

"你们不知道啊？"大实话说："Burger 是汉堡包，booger 是鼻涕痂儿，就差一个卷舌音。"大家都笑着说他太恶心了。大实话说："我这好心教你们，怎么也落不下个好呢？"

小李笑着问："卷舌音有那么重要吗？"

"忘啦？"大实话说："上次你从 interview（面试）一回来就高呼你被 hire（雇用）啦。偷懒没加上那个卷舌音，你害得人家老张到现在都以为你被你老板害了呢。"

众人哈哈大笑了起来。

"严肃点儿，"鹿太太说："虚心好好学啊。州官放火和百姓点灯历来都是不一样的。在这儿要以人家为主。"

大家认真学习着这正确的吃相，和外国人吃面条的方法。最后，鹿太太率先受不了了，她说："这也太累人了。都是华人，大家轻松自由点儿吧。唉，这吃相英文里怎么说呀？"

"Table manner（吃相），"鹿群说："习惯了就好了，学学没坏处的。"

徐大力说："吃面条要是不出点儿呼噜呼噜的声音，感觉也不对，没那吃面的气氛呀。"

"不必太认真，"房客小付笑着说："其实学会这一套也只是为应付鬼子。如果觉得实在不好看，就说自己是日本人得了。他们吃面条和我们一个德行，也是 slurpper（呼噜呼噜吃面条的人）。"

房客小日本儿轻蔑地看看他，说："你也得像啊。"

"简单，"小付站起来示范着说："站直、鞠躬、高举双手、大喊一声'棒子爱'。"

大家哈哈哈地笑。鹿太太说："听上去不象呀？小日本儿来给教练一下。"

"是'棒哉'，"小日本儿不屑一顾的说。

"和我的'棒子爱'不一样吗？"小付不服道。

小日本儿问他："为什么是棒子爱呢？"

"听说呀，"小付说："小鬼子喜欢棒子面。一有棒子面吃他们就喊，棒子爱！喜欢棒子面的意思。"

"你这是典型的胡编乱造！"小日本儿义正词严道。

小李说："小日呀，别生气啊，他一向没正经。"

"话又说回来了，"鹿群说："这吃相不好倒也无所谓，不出活儿就麻烦了。老毛的矛盾论一定要运用好啊，"他吃了一口，又说："当然，你们年轻人更要注意，要是因为吃相不好丢了女朋友可就不值得了。"

小付说："找女朋友的主要矛盾当然是 QQ，跟吃相有什么关系呀？"

"什么？QQ号？"小李问。

看大家不明白，小付就接着说："就是钱和前途，拼音里的。这吃相绝对是属于次要矛盾。那些 billionaires（亿万富翁）的吃相再不好也是美女成群的；我们这些穷学生吃相再好也没人答理。"

鹿群说："注意一下只有好处没坏处嘛。"

"你们看啊，"鹿太太笑着说："你们这只交房租、水电费，是不是还得交点儿学费呀？"

"财迷！"谢丽儿说："这是我们大家互相教的，凭什么你收学费呀？"

大家又哈哈哈地笑了起来。

房客朱丰丽问鹿群："我老板总是暗示我，和我说了好几次了，说如果那个结果能是这样的话，就可以发 Science（科学，据说是一种高水平的学术杂志）了。我该怎么办？"

鹿群想了想，说："尽量去做。实在没办法也不能编，否则出事儿就麻烦了，而且那麻烦是你自己一个人的。其实也别担心，如果实在做不出来，你老板肯定会让别人去试试的。没关系。"

"谢谢啊，"朱丰丽说："对了，我听说好象在这儿也不能把牙齿当工具、去撕咬，否则那吃相就不好了。"

从此，鹿群改变了自己的吃相，但他开始喜欢在自己的办公室里一个人自由自在地吃，尽量不和同事们共进午餐了。这也无可厚非，因为要想真正享受吃饭，不仅要色香味俱全，而且还要包括自己觉得舒适的吃相和环境。

第二天一大早，小武子陪谢丽儿晨练回来。他们先去厨房吃了些麦片和牛奶，然后一起去客厅看当天的电视新闻。小武子注意到有个摄像机接在电视机上。出于好奇，他就把磁带全倒回去，播放了起来。

电视上演着老张在镜头里进进出出地忙碌着。忙碌一会儿后，老张就挺胸抬头、睁园双眼、正襟危坐、对着镜头反复地说着这几句话："各位观众，大家早上好，这里是周末阳台时事访谈节目，我是主持人张涛。"那个涛字还给他拉得挺长。接连着的是十多次的重复，只是光线，远近，和他的姿势、声调有所不同。

小武子大声把周围的人喊来，几个人一起看、一起笑着。看着看着鹿太太说："你们还别笑，人家还真像是那么回事儿。老张把我家的阳台布置的真漂亮啊。"

这时，老张起床，下楼过来。看到这些，他马上跑过来把电视关掉。他大声质问那几个看电视的："这是谁干的！？这可是侵犯我的 privacy（个人隐私）啊！"

众人愣住了。还是小武子反应快，他说："别上纲上线啊，谁侵犯你的 privacy 了？"

老张指着电视，大声质问道："你们有什么权力偷看我的录像！？"

"谁偷看了？"小武子说："这不是在公映着呢嘛？况且谁知道是你的呀？"

老张更大声地质问道："这都放了十几分钟了。你们知道了怎么还看！？"

"别这么凶啊，"小李给小武子帮腔道："有你也不能证明是你的嘛。你还录了我们吃饭的呢，我们怎么不能看？"

老张看看大家，无语、收起摄像机就上楼去了。大家沉寂了不到三秒钟，就开始学着说："各位观众，大家早上好。。。"大家起哄着、笑着。

原来，老张上个周末去了个喜欢闹运动的熟人家吃晚饭。席间，那个人给他放了一些港台的时事访谈节目的录像。深黯时事的老张看了后，心里想，港台人士就这水平，还吃这碗饭？自己随便搞个节目就比他们的强。

回来后，他花了不到五分钟就说服了自己的太太，说要纪录他们在美国的生活，以便在回国的时候放给亲戚朋友们看。老张夫妻马上去沃尔码（Walmart）置办了这台中国制造的索尼摄像机。

他没有告诉其他人的一个真实想法是，自己要用业余时间搞它几个主题，然后卖给电视台，如果能出名那他就得到了一个从政的切入点。

昨天，他试了那台摄像机后，准备抹掉。可惜说明书没看明白、没成功。因为当时已经搞得太晚了，他就先上楼睡了，准备第二天再研究这台摄像机的用法。

老张上楼后反而不生气了。他觉得这丑媳妇终究是要见公婆的，既然要当公众人士那就不能怕大家看、怕别人评论。他开始盘算着如何让大家提意见，总不能让他们白看呀。

这时，鹿群上来了。鹿太太告诉他刚才客厅里的事，他怕老张不高兴就上来劝劝他，因为房客不高兴不仅影响生意，而且还是出更大问题的隐患，必须防患于未然。谁知道，老张笑着对他说："没事，没事。看就看了吧，无所谓。你也看一下吧？"

"不敢，不敢，"鹿群赶紧摇手说。

老张坚持道："没别的意思，就是想让你提提意见。"

鹿群说："真的？"

"真的！"老张一边说、一边打开摄像机上的那个小屏幕开始给他放了起来。看了三段儿后，鹿群认真地问他："你想要达到个什么效果？"

"没什么，"老张轻松地说："就是随便玩玩、have fun（图个乐呵）。"

"不错，不错，玩得挺好，"鹿群笑着说："有那么点儿意思。"

老张探过身子、紧盯着鹿群，试探着问："那如果想真玩，我说是玩大、玩真，还需要些什么？"

"如果想玩真，"鹿群不自觉地往后退了退，看看老张，说："那得先换个专业的摄像机吧？"

老张坐回去，说："我是说内容、主题，是 software（软件）、不是硬件。"

"唉呀，"鹿群说："那我就不知道怎么帮你了。不过要是我能帮上什么忙的话，就过来和我说一声。"

老张若有所思地说："好好。"

鹿群看看他就下楼、进了厨房。妻子问他怎么样了。他说："不太明白他在折腾什么。要么没事儿，要么有大事儿。"

妻子问："你在说什么呀？"

"没什么，"鹿群说："我们留心观察着点儿就行了。"

这天，鹿太太有事要出去一下。她看家里除了老丁就再没别人了，就请他帮忙看管一下丽丽和虎子。老丁爽快地一口答应了，他很喜欢和孩子们玩儿。

他陪着孩子们玩了一会儿就觉得太浪费时间了。他就带着他们俩出去，开出城大概五英里远，下车到路边的野地里收了一大堆豆荚、给拉了回来。

三个人一起把那些豆荚搬到了后院的阳台上，就开始劳做了。两个小家伙干劲十足，比赛剥豆子。剥好后还要数清楚，谁赢了就被老丁奖励一块糖。

一个多小时后，鹿太太回来了。她看到这情形就问老丁是怎么回事。老丁讲完后，鹿太太质问道："你怎么能这样欺负孩子呢？还把他们搞得这么脏。这手和胳膊都划破了。"

"你这是怎么说话呢？"老丁不满地回道："怎么连个谢都没有啊？再说啦，这养成爱劳动的习惯和练数数对他们是有好处的呀。我盯着呢，不是还没划破呢嘛。养孩子太仔细了也不好。"

125

"我当然很感谢你肯帮忙啦，"鹿太太说："可你也不能这么管孩子呀。看看，这还是过 Halloween（万圣节）剩下的 candy（糖块）。哪有这样借花献佛的？太抠门儿了吧？也不给孩子买点儿新的。把孩子们吃坏了可怎么办呀？"

"放心吧，"老丁说："糖块一般是不会长菌的。况且旧的不去新的不来。要是没这些旧的，我不就去买新的了吗？"

这时，有个人来敲门。刚刚到家准备吃中饭的鹿群直接从车库走到正门那儿，去开门看是怎么回事儿。一会儿，他进来和老丁说他的老朋友来了。老丁问："谁呀？我没 friend（朋友）呀。"

"去吧，"鹿群推着他，说："去看看就知道了。"

老丁走后，鹿群和妻子说是个警察，说来找开老牌儿福特卡车的那个人。

不一会儿，老丁进来了。他一声不吭地去厨房拿了三个大号的垃圾袋、到阳台上把所有的豆荚和剥好的豆子装好，然后出门交给了那个警察。屋里的人透过窗子看见老丁不停地点头哈腰地和那个警察说着什么，然后就握手告别了。

老丁进来后，也不说话、低头坐进了沙发。旁边的人看着，鹿太太忍不住了就问出了什么事。老丁想了一下，说："从来就没见过那么种地的嘛。一年到头都见不到个人，我去收豆子也没人问呀。那杂草丛生的，不是野地是什么？也没看见周围有人呀，难道是卫星监控？"

"不会吧？"鹿群说："那不成用原子弹炸个蚂蚁了？老丁啊，在国内讲究的是凡事都要问个为什么，我觉得你以后应该凡事都要问一下：这合法吗。不要想当然，上网查一下，很方便的。"

"你这是怎么说话呢？我可是在免费帮你们看孩子的啊，"老丁很不满。

"我没别的意思啊，"鹿群赶紧说："只是个 friendly reminder（善意提醒），a reminder（提醒）。"

又有几位房客回来了。问明缘由后，小武子说："老丁啊，你有可能已经上了我们 town（城）police（警察）的 watch list（监视名单）了。别说，还真是这么回事儿，我那儿的一个老美说警察的作用不是预防犯罪而是 show up to record and mock you after crimes（犯罪后，来记录和嘲笑你）。"

"哦，"鹿太太笑着对老丁，说："原来我们交的税都用你身上了啊。"

老张认真地说："我看要是再出来几个老丁啊，警察可能又要要求涨税和扩充警察局了。"

"别瞎联系了！"老丁喊道："这 tax（税）和我可没关系啊。"

小武子笑着说："也是，我们老丁成天琢磨的是逃税。"

众人哈哈大笑。

"又白忙活了吧？"鹿群问老丁。

老丁理直气壮地回答："没有啊。孩子们不是劳动了、练数数了吗？"

鹿太太说："难怪那警察能放你一马呢，敢情你是这么忽悠人家的啊？"

"这怎么是忽悠呢？"老丁说："事实是这样的嘛，我们可一粒都没吃呀。"

"那是人家来的及时，"鹿太太说。

老丁摇头感叹道："这 police（警察）也真是的。你不需要他们的时候哪儿都有，需要他们的时候哪儿都找不到。"

这时，孩子们过来和老丁说还想玩剥豆豆比赛。老丁说："看看，得感谢我吧？他们已经喜欢上劳动了。鹿太太，你得去买些豆荚给他们剥了。"

"谢谢啊，老丁，"鹿太太接着说："这下倒方便了。只要这两个小毛头不告我用童工就行了。"

小武子说："您这不光是童工，还是奴工呢。"

众人又大笑了起来。

上次的阳台尝试后，老张开始闭门造车。他十几个小时面壁、终于破壁而出。他手拿稿子去客厅、厨房大声招呼着鹿群、小武子、小易去后院阳台开会。他们问是什么事，老张说是正事儿。

原来，在过去的三天里他搞了一个类似剧本的东西，在里头他是主持人，其他三位是嘉宾，一起讨论时事。鹿群知道后笑着说："你玩过家家呢？"

老张说："现在你们说什么都行。可这万一有戏，诸位可就是知名的时事评论专家了啊。

　　小武子和小易觉得稀罕、新鲜，就鼓动鹿群，说："先看看再说嘛。"

　　于是，大家一起去阳台上过台词。老张先做了个简单介绍，然后就让大家读本子。刚刚过了不到五分之一，三位嘉宾就觉他们成了老张的托儿了。小武子说："你不是主持人吗？怎么成了 lecturer（讲师）了？"

　　"没有啊，"老张说："我是在 facilitate（协调）你们呀。"

　　"我也觉得不对，"鹿群说："不得不同意武子的意见。你不像是 anchor（主持人），像你在讲课。"

　　"这得改改，"小易说："你写的这些都不是我们的话，也不口语化呀。我们各改各的吧，那样还可能会顺溜些。"

　　老张看其他人都同意，只好说："好好，那就把自己的那部分稍微改改。我们明天找时间再练啊。"

　　第二天下午在阳台上，那四个人正准备开练。小穆过来抗议，说老张看不起他。老丁也跟过来旁听。老张解释说这只是刚刚开始，不过可以考虑引进竞争机制和电话提问（Call in），所以小穆他们还有机会入围的。

　　小穆问什么是'扣印。'老张说就是打电话，call in。小穆说应该发'尻印'不是'扣印，'接着又问是哪个电视台要这个。老张说还没准主意，先试着录录再说。小穆说："哦，合着你们是自说自话呀。你们玩吧，"说完扭头就走了。老丁看看他们手里的稿子、也跟着走了。

　　其实是小李不知道这几位热火朝天地在忙什么、怕自己家给落下，就让丈夫来问一下。小李看丈夫这么快就回来了，担心地问："他们不加你呀？"

　　"不是，"小穆哈哈大笑道："他们吃饱了撑得。没任何情报来源就在那儿胡猜乱想，还想搞什么 Talk Show（访谈节目）。前一阵子人家老布什不是说了吗？即使想帮小布什也不可能，因为没有情报来源了。什么阳台时事论坛？顶多是个阳台瞎聊。"

在阳台上，大家开始都有不同程度的台上恐惧症（Stage fright）。这症状消除后，这个访谈竟然成了每个人的演说了，其他人只有叫好和鼓掌的份儿。老张气得长胡子地方都歪了。他一怒之下决定不再录制了。这个事情也就此告一段落。

不过也不是完全没有收获，他们三个改写的部分给了老张很多主意，所以他仍然不死心，又找了两个比较听话的中年大陆妇女，一起录制了一、两次。但看上去还是不尽如人意，所以，他一有时间就拿出来放映一下，检讨需要改进之处。

他这一个不留心把自己太太的醋坛子给打翻了。老张太太再度发威，把他一顿臭骂："看看你那德行！在电视上像头猪似的，人家谁要看呀！？连找的人都和你一个德行，整个一个猪头 show（秀）！"

老张看着太太，在心里反驳道："上电视的看上去都要胖二十 pound（磅）的呀。"

"看什么！？"老张太太喊道："你看看人家，天天都在忙正事，连吃相都要去纠正。你倒好，还是这乡巴佬吃相！"

她喘了口气接着来："绿卡也不需要你去争取。你一来，人家老布什就给你了。你也不好好珍惜这机会。你看看，和你一起拿绿卡的那些人不是挣大钱就是住豪宅。再看看我们呢，在国内就和你们家挤一块儿，来这儿啦，比在国内还挤呢！还是和这帮没绿卡的老中挤在这荒郊野外的破房子里。"

鹿家有绿卡和没绿卡的老中们都在各自的位置上静静地听着。他们这才知道原来老张的绿卡没什么优先，是九十年代初老布什颁发的大赦避难绿卡。拿这种绿卡的华人大多对自己绿卡的这个来历很低调，或者推说是通过别的渠道拿得绿卡。老张选择说自己是第二优先，可能是因为第一优先不太容易。

老张太太喝口水接着喊："做人不能贱。非得让你玩命地去争取，你才有长进啊？"

老张的本事依旧，只是低头听着、一句不回，因为以前还在国内的时候他就试着反驳过一次，可招来的是老婆的劈头盖脸、雪崩般、更加猛烈的，而且是不假思索的攻击。

过了一会儿，楼上没声音了。原来是老张太太喊累了，下来喝口水。她笑着问厨房里的那几位："刚才我是不是有点儿

overreact（反应过激）了？"厨房里的这几位连忙摇头。老张太太就又上楼去了。

小武子感叹道："我是打心眼儿里佩服老张啊。总以为他哪天会反抗一下。这么怕老婆呀？"

大实话说："错了！人家那是爱老婆。"

小武子看看大实话，说："精辟！而且还相当经典！"

老张平日里生活很节俭。他们全家来美国这么多年一直是住公寓，主要是因为他还得接济国内家人的生活。

在最近的那次回国开会和顺路回家探亲期间，他发现国内家人拿他摆阔，把他当银行了。他气坏了，因为他本可以不需要这么节俭，来美国这么多年原本也是可以存下一些钱的。可这事又不能和妻子说，否则后果会更不堪设想，所以只能继续装下去。

他觉得自己有很多地方都对不住妻子。打那儿以后，老张把那台摄像机封存在壁橱里的一个角落里。他向自己的老婆保证，说他自己从此将专注学业、不问政事。

第四章

10，婚礼

这天，在客厅里，小武子这个找女友专家正在给新来的阿宝介绍经验。他说："这 online dating（网上交友）有一个很大的好处，那就是 breakup easier（分手简单些）。你见都没见过，即使散了也没什么感觉。这追女朋友象是 hunting（打猎）。。。"

"不对吧，"谢丽儿正好过来找报纸上的减价卷（coupon），说："hunting 是 get the weakest 和 easiest one（打猎是打最弱、最容易的），但找女友是找最漂亮的。小武子又在误人子弟啦？"

小武子笑着答道："哪能呢？我在介绍经验呢。"

"你都没成功过，介绍什么经验呀？"谢丽儿讥讽道。

"上次您不是差一点儿就让我成功了吗？"小武子不服，回马一枪。

谢丽儿笑着说："您那自我感觉别太好啊，当心成自恋癖了。"

小武子和阿宝说："没关系，失败是成功之母。"

"你那妈也太多了吧？"谢丽儿哈哈大笑着拿着报纸出去了。

自从上次蟹肉事件以后，谢丽儿就不许大家再管她叫 Cheryl（谢丽儿）了。她心里埋怨王萌义，让他这么一折腾，不管怎么发音听上去都象是蟹肉。王萌义也觉得对不住谢丽儿，所以尽量找机会给谢丽儿赔不是。

王萌义经常主动帮她做这做那，时不常地做个好菜、沏壶好茶，还帮她做作业，特别是写计算机程序。谢丽儿也时不常地顺便矫正一下王萌义的中英文的发音。这天，王萌义的一句："啊嘛发嘛查哪（I am from China），"就把谢丽儿搞得眼泪都笑出来了，她抹着眼泪、笑着问："有你这么 abuse（糟蹋）英文的吗？"

最后，他们两个找到了个窍门。谢丽儿告诉王萌义不要管是怎么写的，只听、只说，把自己当成只莺鹉，学舌就行。就这样一来一往，天长日久地两个人慢慢好上了。几个月后，两人悄悄地搬到一起住了，双进双出的变成天长地久了。

　　大家在以后的几年里还时不常地和萌义开玩笑：还过敏吗，还对蟹肉过敏吗？王萌义总是认真地说："只是对海鲜过敏。"三年后，他们二人毕业搬到加州去生活了。以后逢年过节打电话，大家还是不免要提一提蟹肉过敏的问题。总让大家觉得无比亲近和开心，这是后话。

　　这天，鹿太太跟丈夫说："这 Cheryl（谢丽儿）也太资产阶级自由化了吧，这就搬过去啦？"

　　鹿群笑笑，悄悄说："人家是无产阶级。别说他们了，忘了我们当年的样子啦？"

　　其实，鹿太太也很高兴，一方面这是坏事变好事，成人之美、积大德；另一方面又可以去找一家新房客，好多进些钱。

　　王萌义和谢丽儿在一起住了两个月后就准备把两家的父母接来参加他们的婚礼。但办担保的钱不够，只好到处借。最后是老张、老丁、鹿群三人帮忙给他们凑齐了。

　　当然，老人们要来，这住就成了问题。两个人最后决定出去再租个公寓，自己和一家父母出去住，让另外一家父母住在这儿。这里人多，又能说中文所以不大可能会寂寞。

　　这么多人住在一起，洗衣服自然成了一个必须解决的问题。一开始，大家洗衣、烘干都不交钱，谁都不愿意节约一下，和别人混起来洗衣、烘衣。直到后来开始收钱，众人才自觉主动地找人混起来洗和烘干。

　　就这样，和外面的洗衣店里一样交钱交了一阵子后，大家觉得不方便，建议，用洗衣机、烘干机的多分担点儿水电费就可以了。鹿太太说："光多分担点儿水电费可不行。你们总是overload（超负荷），每次洗衣机坏了都是我们出钱修。干脆大家分担所有和洗衣有关的费用得了。"

　　大家觉得也合理，因为出去洗衣服还要花时间在洗衣店等和浪费汽油，所以大家同意分担所有和洗衣烘干有关的费用。只是洗衣粉得自己买，而且大家要有个先来后到。鹿太太还搞了一个预约单（Log/reservetion sheet）。

只有老丁说他不参加，他说了："我一个人没多少衣服，都是手洗、拧干、晾干，不用洗衣机和烘干机。你们也别用了，手洗、晾干多好，节约能源、不伤衣服还锻炼身体。"大家也无奈，因为人家不用嘛。

过了一周，鹿太太上来找到老丁和他说："有件事得跟你说一下。"

"你说，什么事？"老丁问。

鹿太太说："你这到处挂着晾你的衣服是不是有点儿不合适呀？你那个房间是临街的，搞不好会给咱国人丢人呀。"

"什么？"老丁反驳道："这还有没有 freedom（自由）呀？这是美国呀。晾衣服有什么丢脸的？"

鹿太太笑着说："人家这儿挂在外面的不是国旗就是校旗。你那是哪国的？Victoria Secret（一家女人内衣店）的？"

"什么？"老丁不服道："那电视剧'草原小屋'里的美国人不也在外面晾晒衣服吗？"

"那是什么年代的事儿呀？"鹿太太笑道："你还别说，晾衣服这事儿啊，还就在中国有自由，在美国还就是不合时宜。再说啦，咱总得入乡随俗嘛，反客为主也不太好吧？。"看着老丁跃跃欲试还想反驳，鹿太太就拍拍自己的胸脯，说："在这儿得听我的。"

老丁看看她，只好低头走了。

鹿太太继续回厨房做饭。过了一会儿，她觉得自己刚才有点儿霸道了，可能让人家老丁心里难受了。思前想后不好意思，她就给正在上班的老丁打电话，说："老丁啊，早上那事儿啊，我不是针对你个人啊。我只是说象国内那样晾衣服有碍观瞻，可能会影响我们华人的形象。邻居们肯定要说我们的。如果你实在想晾衣服，咱们可以在后院架一根晾衣服的绳子。这样大家也方便，又不有碍观瞻。你说好不好？"

在那个仪器室里，正在修机器的老丁一手接着电话、一边看着手里的那卷刚从个机器上拆下来的细钢丝，干脆地说："好！交给我了。"

鹿太太说："那你下班的时候顺便去 Walmart（沃尔玛）买根绳子。回来我给你报销啊。"

老丁一反常态地客气道："不用啦，交给我好了。"

鹿太太放下电话，眼睛盯着那电话机、自言自语道："嘿，这事儿对他的脾气啊。"

天快黑了，四个人在客厅打牌。王萌义和谢丽儿一副运动打扮从楼上下来了。谢丽儿看看外面的天色，说："太晚了，不去 Rec Center（运动中心）了。去后院打羽毛球得了。"王萌义说好，然后两个人上楼拿了拍子和球，出后门、到后院打球去了。

老张看着他们的背影，说："小王真听话。这没出两个月就对 Cheryl（谢丽儿）这么言听计从了。"

房客老赵笑着说："真正的考验还在后头呢，我们这些过来人。。。"

这时，从后院突然传来一声声的惨叫："啊啊啊，"和王萌义的喊叫声："怎么了！？怎么了！？"

打牌的那几位互相看了一下，就赶紧挂着猪冲了出去。他们看到谢丽儿蜷缩着躺在草坪上哭喊着，王萌义蹲在她身边大喊大叫着。

大家赶快把负伤了的谢丽儿抬回客厅、放在沙发上。原来，谢丽儿脖子被一根细细的钢丝给割伤了。大家又去后院看了那根钢丝，回来说："是厉害。又细、又韧、还隐形。再绷紧点儿就可以当刀使了。"

鹿太太出去看了那根钢丝，回来问道："这是谁给绑那儿的？"转念一想，她接着说："啊唷，可能是老丁。他这是在哪儿买的？那是晾衣服用的吗？他什么时候回来的？"

大家恍然大悟，老赵笑着说："哦，是老丁干的。难怪这么邪性呢。"

鹿太太去厨房拿出那个急救包（Firstaid kit）赶紧给哭哭啼啼的谢丽儿处理伤口。

老丁快半夜才回来。鹿太太和打牌的那几位问他那后院的钢丝是怎么回事。老丁说是从仪器上拆下来的报废品。鹿太太告诉他，他闯大祸了，然后告诉他发生了什么事儿。

老丁赶快跑上楼去看望谢丽儿。跟上去的鹿太太指着他说："你说你，为了省那一、两块钱把人家小姑娘伤成这样。幸亏没破相，否则人家还不告你个倾家荡产呀？"

老丁转头看看鹿太太，镇静地说："要告也是告房东。"

鹿太太哑口无言。

大家安慰了谢丽儿一阵子就都出来了。

老丁从谢丽儿他们的房间出来，下楼去厨房喝水。正在洗碗的鹿太太不甘被挫败，指着老丁换话题说："你，你，人家马上就要结婚了，你让人家脖子上缠着纱布去那婚礼呀？"

老丁认真地说："就那点儿皮肉伤，一星期准好。"

鹿太太问："那人家那结婚用的露胸的 gown（礼服）还怎么穿呀？"

老丁说："到时候看看吧。说不准没什么事儿。"

鹿太太让他赶快去后院把那根钢丝拆下来、还回去，说："否则我这儿都成了你的窝赃点儿了，我们也成窝藏嫌疑了。时间长了还会把那棵树给勒死的。"她还叮嘱老丁不要为那点儿小便宜有了犯罪记录，否则到时候换身份就要有大麻烦了。

第二天，老丁把那根钢丝还了回去，下班的路上又去沃尔玛（Walmart）买了根绳子。回来，他和鹿太太报销了两块零八分。

老丁架起的那根绳子很地道，非常受太太们的欢迎。大家一来不想交钱洗衣、烘干，二来也是怀念那衣服、被褥的太阳味儿，所以大家都抢着用，搞得老丁都没地方晾他的衣服了。

这天，兴高彩烈的老丁来和鹿太太要求再加一根晾衣绳，开始叙述节能、环保、杀菌等等好处。鹿太太打断他，说："我说老丁呀，你什么时候才能学会适可而止啊？既然是你弄的绳子，你就负责给大家排排队，有个先来后到不就完了？"老丁只好作罢。

几个月后，来有个龙卷风。这龙卷风过后，众人发现那个烘干机可能给那些闪电闪坏了。老丁推说没时间修，所以他搭的那根绳子派上了大用场。最终，老丁如愿以偿地在后院又搭了两根晾衣绳。

谢丽儿从此落下个毛病，以后一看见老丁就不自觉地盯着他、用手护一下自己的脖子。老丁的反应则是赶快低头走开。这成了没有几个人知道其背景的，他们两个人之间的独特的礼仪。

这天，几个人在客厅看动物世界。看着看着，大实话说这节目倒让他终于得出个结论。鹿群他们说他肯定不会有什么高见的。大实话说："对，不是什么高见。只是明白这结婚是怎么起源的了。"旁人的表情好象在说愿闻其详。他就接着说："起初的主要目的应该是想让别人知道不许再碰这个女的了，因为她已经有主儿了，否则还不得每年春天和动物一样 fight for mate（争夺配偶）呀。但总得破费一下、出出血呀，否则没人会去听他宣告，最后不就演变成现在的这种婚礼了？"

旁人看着他不置可否。他又说："当然这口头宣告和吃一顿还是不够的，所以就用 tattoo（纹身）和 pierce（钻洞）来做记号。可能还是不行，所以就又加上了婚姻是神的赏赐、天做地合之类的精神层面儿上的东西。当然要不是因为性病泛滥成灾，这习俗可能也坚持不下去。婚姻毕竟是人类能够发展壮大的一个重要因素嘛。"

"胡说吧你，"谢丽儿不服道："别忘了，人类早期可是母系氏族社会。要 pierce（钻洞）也是 pierce 你们啊。"

"没错儿啊，"大实话说："但还是我们男的聪明。给逼急了，最后不就折腾出了个男尊女卑的理论来，随即就翻身了、当家作主了。"

鹿群好奇地问："要按你这说法，如果没有性病和繁衍的问题，就没有婚姻喽？"

"当然啦，"大实话说："人类文明发达到一定的程度，肯定就没有了，你没看现在很多人只结婚不要孩子吗，或者是只要孩子不结婚？"

谢丽儿又给他来了个中指直指，喊道："缺德吧你！"然后扭头就走。

"祝你们百年和好啊！"大实话冲着她的背影喊了一句，想补救一下。然后，他不好意思地和旁人低声说："一百年之内，婚姻还是会有的。"他又转向王萌义，说："你怎么也不管管你媳妇呀？总用那中指，多不文明呀！"

王萌义装糊涂，说："我们华人不认这个吧？"说完也走开了。其实他也很反感大实话的这个高论，特别是他们正在准备婚礼的时候，他那高论就更让人听得不自在，而且埋怨他怎么就没个忌讳。

大实话只好摇摇头、说了句："瞧这两口子。"

又过了两个月，王、巩两家的父母一起来了。他们两个人借了一辆面包车去突沙市（Tulsa）把他们接了回来。一路上，家长们很兴奋地看着车窗外、夯奋地议论着这外面的异国景致，和他们这第一次国际旅行的经历。

车子到了鹿家后，父母们看到他们两个住这么宏伟的房子，一时兴奋、惊讶地都傻眼了。可能连王萌义和谢丽儿反复强调说是租的都没听进去。老人们感叹，国内的省长也住不了这么好的地段里的、这么大的房子呀。

他们进去以后和大家高兴地见面、聊天儿、参观房子，忙活了好一阵子。

鹿家正好在吃晚饭，就请他们入座。四位老人就座后就开始围攻着鹿群夫妇。问得都太仔细了，鹿太太在那儿哭笑不得地支支吾吾着。谢丽儿和王萌义则是不停地给他们的父母夹菜、假装打饱嗝、大声地招呼着他们开始吃喝，好让他们停止那无休止的询问。可老人们根本就不理他们的岔儿。

鹿群夫妇实在招架不住了，只好找了个借口仓惶提前退席，全家去麦当劳了。

谢丽儿的父母给她从国内带了个冰糖肘子，说再不吃就要坏了。王萌义切好给大家尝尝这谢丽儿儿时的美味。众人说真好吃，感叹从地球那边儿带过来还真不容易；美国的海关要是把这家伙查出来，肯定要上新闻了。同时他们也明白了，难怪谢丽儿这么富态，原来是吃这东西长大的呀。

吃完东西后安排住宿。他们都想住这儿，最后当然是谢丽儿的父母胜出。一时间，小两口儿每天被两家父母抢着要求共进晚餐，让大家那个美慕和嫉妒。

快要举行婚礼了。老丁说要送他们个结婚礼物，原来是三个不同颜色的、和项圈一样的围巾，是让谢丽儿包脖子用的。大家都惊讶老丁的细心和爱心。老丁说："总不能让 Cheryl（谢丽儿）记恨我一辈子嘛。"

他们准备在一个饭店里举行婚礼。谢丽儿严令菜单上不许有海鲜以图节俭办事和避免大家不严肃、不庄重。大家开玩笑道："您那不成座山雕的百鸡宴啦？放心啦，我们可不敢对蟹肉过敏，否则萌义要和我们着急了，"还说："这婚礼是要严肃、庄重，但更要热闹呀。"

王萌义也劝谢丽儿："一辈子就这一次，不容易。让大家宰宰吧。"

谢丽儿被说服了，于是，她拍了桌子一下、大喊一声："上海鲜！"

小武子提议请最近刚刚出名的华人笑星黄西来说上一段儿，因为现在请他还不贵，他也正巧在突沙（Tulsa）的酒吧里走穴。鹿群说："是不是不妥呀？他那身材、相貌和口音，外国人看着可以乐出来，我们看着可能不是滋味儿吧？又是这喜庆的场合。"

"对，"小易说："他那些段子都是靠嘲讽华人为生的，应该是华人的耻辱。和 American Idle（美国偶像选秀）里的那个姓黄的香港人一样，是成心选出来糟塌华人的。嘿，这俩怎么都姓黄呀？"

"巧了吧？"老张说："不管怎么说吧，比民运强多了，不是靠糟蹋自己的祖国为生的。"

所以，没人同意小武子这个有别有用心之嫌的提议。

婚礼那天，王、巩二人穿戴好后，先去这个小城的几个景点拍照。仪式在当地的一个旅馆里举行，是中美合璧。苏牧师前来做全中文的祝福祈祷，所以听上去不象英文的那么有味儿、洋气。鹿太太在底下纳闷，原来婚礼上的那些牧师说的是这意思呀。接着是拜天地和父母，然后去饭厅吃饭。

席间，大家吵闹着要求他们讲恋爱经过，两个人都不知道该如何讲起。主持婚礼的张依赶快让嘉宾代表讲话。鹿群代表房东、房客讲话，说这两个人是如何地天造地设。谢丽儿的母亲代表家长们讲话，大谈起了悠久的中美友谊。小武子跟同桌儿的房客们说，这老太太真亏了，应该是块外交家的料。然后，大家开吃，不知是谁恶作剧，大喊一声："海鲜过敏！"

老张他们那桌的房客们开怀大笑了起来。大实话说："真正感谢的应该是它，"揭开盖着的那个盘子，里头是一只通红的巨大的螃蟹。房客们大笑，其他来宾都莫明其妙地微笑着往这边儿看。。

晚上回来，几个人在阳台上打麻将和议论着白天的婚礼。房客小倪说："美国人性成熟后在那方面基本已经不断地尝试，真到结婚的时候绝对是性少利益多，或者是没办法了。"

"没错儿，"老张说："我之前去过一个美国人的婚礼。那饭店里的那个热闹劲儿更象是庆祝此次交易的合算和成功，因为，他们只说 congratulation（恭喜），和 it is a beautiful wedding（好漂亮的婚礼），也不说百年和美之类的。"

"他们也得会呀，"鹿群看着牌，说："不过这话又说回来了，要说百年和好还不把美国佬给吓着？人家可能只是计划苟且一会儿而已。"众人大笑。他接着说："当然不管在哪个国家，人家名门显贵的婚姻基本上都是利益交易，因为他们在经济和性上基本是互不依靠。"

"对！"老张说："我们国人的婚姻多是和美国的正好相反。经过社会和历史多重压力下的多年的禁欲，大多数的哥们儿是已经饥不择食了、实在憋不住了。"

小武子笑着问老张："你当时是不是给憋坏了？"

老张不语。

"那不明摆的嘛，"鹿群说："领结婚证的地方要大家看夫妻生活的录像，而不是教未来夫妻们如何过日子和理财。"

房客小倪说："咱国人婚礼的热闹劲儿更象是发自内心的欢呼，终于盼到可以合法性交的这一天啦！"

"也有好处，"鹿群说："我们国人的蜜月那才真是名符其实的 honeymoon（蜜月；直译可能更准确：蜜臀），美国人的蜜月可能只是破财免灾罢了。"

"所以呀，"老张说："很多国人更容易日后出现饱食思淫欲的荒唐之举。你看现在国内那乱得。"

"不完全对吧？"鹿群说："咱国人大多数时间是是非不分，只管攀比和赶时髦，跟挤破头皮出国似的。国内的口头禅：凭什么他能，我就不能！最说明问题。"

小武子说："如果性开放一些，性犯罪会少一些，婚姻也会稳定一些吧？"

老张说："不会，美国这离婚率比中国的高了去了。"

"不一样的，"鹿群说："我们那是社会压力和传统文化的束缚。不过近年来咱中国的离婚率也是逐年上升的。"

小倪说："那是因为我们妇女的地位是全世界最高的。不像美国人的太太成天地忙着减肥、整容。"

139

"或者是，"老张说："这美国的高离婚率也得怪那些白人女的年轻的时候漂亮得太过分了。"

"美国什么样的人都有，人都不学好，"小武子敲敲桌子说："开打啦，用点儿心啊。"

大家专心看牌。

过了一会儿，老张说："外国人娶中国女人可能是实在没办法了，有的华人女的也贱一些。"

"其实都一样，"鹿群说："上次开家长会就看见个很年轻的印度女的，抱着个不到一岁的孩子一屁股就紧挨着个老美坐下了。那个老年老美诧异地用眼角扫着周围的那些空座位，不明白出什么事儿了。"

小倪说："那小子是生在福中不知福。"

"主要是那女的和华人女的一样把自己给贱卖了，"鹿群说。

小武子说："是啊，听说了好几个了，本来在国内和中国男的面前真的是作威作福、耀武扬威、无恶不做的，可一到老美那儿就把从老祖宗那儿遗传下来的三从四德一股脑地 over-express（过度表达）出来了。老美哪儿见过这个呀，立马就给征服了。"

"是啊，"鹿群说："集保姆、厨子、妓女于一身，没几个能顶得住的。连同性恋的哥们儿都没戏、也想要一个。"

大家哈哈哈地笑着。

鹿太太过来给他们茶壶里加热水，问："你们说什么呢，这么热闹？"

小倪说："老张又耍赖了。"

"你才耍赖呢！"老张喊道：

卧室里，鹿群夫妇关着灯在被窝里搂着聊天儿。鹿太太问丈夫："你说，咱玉米地找个什么样子的呢？"

"瞎操心，"鹿群说："让他慢慢找就是了，这种事情的随机性是很大的。"

"随机？"妻子一下子坐起来，问："啊！如果当年不是我给你送那个录取通知书，你还跟别人来那一套啊！"

鹿群开玩笑说："只要不是男的就行。"妻子又推又打，鹿群笑着、躲着、喊着说："逗你呢，逗你呢。和你是蓄谋已久的！蓄谋已久的！"

　　"认真点儿！"妻子命令道。

　　鹿群搂着妻子躺下，认真说："其实，那时候我对你是一见钟情，对你一直是垂涎三尺、欲罢不能啊。每次作梦都是和你没完没了地来那一套啊。要不我能那么老练？只是当时前途渺茫不敢和你说。"

　　妻子又打："别讨厌啊，说孩子的事儿呢？"

　　鹿群说："是你打的岔呀！"

　　"好好，"妻子说："咱得认真点儿啊。在美国，这婚礼可是女方出钱呀。"

　　鹿群说："那咱玉米地得找个地道的美国人，美籍亚洲人都不行。"

　　妻子想了一下，说："那还是找个华人吧，放心点儿。"

　　鹿群说："这国内也变得越来越看不明白了。现在这女孩子，简直是。。。"

　　妻子打断他，说："那些上新闻的毕竟是少数。没有嚎头，新闻都没人看了。"

　　鹿群说："你可别小看这新闻导向。比如 Hollywood（好莱坞）的那些电影就让我们国人真以为美国人就是那样过日子的。国内那么盲目崇洋还不跟着学呀？我们国人的一大特点是一窝蜂地一起疯。"

　　妻子说："那还是我们出这婚礼的钱吧。花点儿钱没关系，放心是主要的。"

　　"也没法子管，"鹿群说："由他吧，这儿的事儿咱也不太懂。我们好好祷告，好好存钱就是了。"

　　楼下厨房和客厅里开始忙乱起来了。鹿群问这么晚了谁还不睡。妻子说是谢丽儿的父母，时差总也调不过来，还按国内的路数过着呢。

　　过了一会儿，妻子又说："我听说数学系的那个老孙的儿子要回国找老婆。"

　　鹿群说："他那生意经脑袋不知道又在打什么算盘呢。有可能又是联姻，老孙的婚姻就是利益权衡的结果。睡吧。"

厨房里的黄梅戏的选段又响起来了。过了一会儿,鹿群开始蠢蠢欲动了。妻子推开他说:"你节制、节制嘛,都这么大年纪了。"

"节制着呢,"鹿群接着忙活,说:"这音乐这么响,不来怎么能睡着吗?"

妻子推开鹿群说:"你去让他们把那关了不就行了?"

"不好意思吧,"鹿群说:"人家刚来。这黄梅戏给咱俩伴奏,多来劲儿呀。"

妻子一边关灯、一边说:"老不正经。"

鹿群回应道:"小骚货。"

两个人轻车熟路地开始了他们的鱼水之欢。

11,家长来访

又逢周末,围坐在牌桌边的三个人正在整理牌,准备开打。一位上海来的房客盛杰出说,在他上班的地方有个上海生、上海长的上海人不让他说自己是上海来的,因为他只是在上海工作和学习过几年。盛杰出气愤地说:"其实她自己是地地道道的山东人,是在铁路局的一个胶东大院里长大的,那个院子里的官方方言是胶东话,那地方还属于上海的下支角又不是上支角。"

"天呐,"老张说:"都清一色的华人,在一个城市里还那么互相歧视呀?怎么分那么细呀?"

"上海一直就那样,"小武子说:"上海的人口和加拿大的一样多,所以能分出来是可以理解的。不过听说现在好一些了,因为外地人也开始阔绰起来了。"

盛杰出说:"别说我们上海了,这美国也一样。那些大城市里不是有些区其他人都不敢进去吗?"

小武子问:"不至于吧?"

"怎么不至于?"盛杰出说:"你们谁敢住 Chinatown(中国城)呀?除了白天去那儿买点儿东西。"

"敢倒是敢,就是没几个想住那儿的,"小武子回道。

142

"也是，"老张说："美国那些大城市里的人们经常无故被抢。"

小武子笑道："什么叫无故被抢呀？抢劫还有正当的？"

客厅里，鹿太太和几位女士正在看电视上直播的网球公开赛。她看着李娜快出场了就过来叫牌桌上的几位也去看。打牌的那几位不去。老张说："人家李娜都说了，她自己和中国没什么关系。你们那是热脸去贴人家的冷屁股。"

小易说："李娜真是个笨蛋，现在反华不是找罪受吗？"

"的确，"老张说："像我们这些普通人都得注意自己的行为举止，因为自己是中国人，何况她呢？她要不是中国人，谁吃饱了撑得上杆子去关注她呀？"

"我们算什么呀？"小武子说："其实对她最顶用的警告是没人请她做广告了。那她就明白了。"

"你那不是逼人家吗？"盛杰出说。

老张说："有什么不行的？当年还逼蒋抗日呢。"

鹿太太解释说："听说她只是和国家体委的几个领导不太对付。"

"那她也糊涂呀，"老张说："老祖宗不是教导我们冤有头债有主吗？她 abuse（糟蹋）自己的球迷干什么呀！？"

"是 stupid（笨）到家了，"小武子说："这 lip service（嘴上工夫）美国人是最擅长的啦，到她那儿怎么就那么难呢？不明白她要干什么。人家美国人要是出点儿名，绝对是巴不得想和国家扯上关系呢。要是让她说获奖感言可就滑稽了。她可能只会说，谢谢她爸妈当年的那次房事没有失败。"

"估计也不会，"鹿群说："冲她的逻辑应该是：她父母当时只是自己苟且快活，他们又没有选她。只是幸亏她自己体质好、游得快，从几千万的竞争者中胜出，第一个闯进了那个她妈的那个卵子。后来国家的培养是因为她自己厉害，国家觉得有利所图而已。"

大家开怀大笑了起来。

笑罢，老张不同意道："不管怎么说，那她也不能伤华人的心呐？网球界好不容易有了个能露脸的中国人，她又这样。还让不让大家关注她呀？"

大实话说："总觉得她可能有日本血统。"

143

"何以见得？"鹿群问。

"你们看啊，"大实话说："日本算得上是近代史上第一个强大起来的亚洲国家吧？亚洲人还没来得及为她自豪呢，就被她折腾了个血流成河。这李娜也算是亚洲人在当今网球界的头一号吧？她每次一有点儿成就，不也是迫不急待地 shit（糟塌）我们华人球迷吗？"

"我怀疑呀，"小武子说："她周围一定有人在成心害她，把她当胡娜了。"

鹿太太问："谁是胡娜？"

小武子说："好多年前的一个打网球的，出了点儿成绩就叛逃了。现在在台湾教小孩子打网球。"

"时过境迁了，"老张说："估计她再傻也不会去学胡娜吧？"

"那她瞎折腾什么？"盛杰出说："以后国家体委对名字里有'娜'的网球选手一定要格外小心。"

老张说："一朝经蛇咬十年怕井绳。"

小武子纠正他，说："是两朝经蛇咬了。"

鹿群说："还是我们姚明老道，名利双收；刘翔和李娜正好相反，不过他也做得有点儿过头了；李娜呢，基本上是打球打得把自己都打成疯子了。"

这时，王萌义和小巩带着父母们回来了。大家和他们寒喧了一下就散了。打牌的几位说这刚刚整理好又不能玩了。小武子说："去公园吧，外面空气还好。"他们几个拿着牌和防蚊虫液出去了。老人们去客厅看李娜去了。

王萌义和小巩的父母们来美国参加完婚礼后，小两口又陪着老人们去附近的名胜游玩了一番，权当是他们自己的蜜月了。其实对老人们来讲更象是他们的蜜月。

旅行归来，王、巩二人又给他们买好了回国送给亲友们的礼物，暗示他们该回国了。因为平时他们两个人都忙学业，根本没精力和经济实力陪他们周游美国，所以老人们立刻成了那个华人教堂活动的固定成员了。

他们去教堂和其他老人一交流，就知道有的老人已经在这儿住了好多年了，而且还有几位已经是绿卡人士了。那些老人也热心，尤其是那教堂里的，把延长签证和申请绿卡的办法给他们讲了好几遍。

四位家长回来就催着那小两口给他们延长签证，还催问他们为什么不快点儿办公民，这样不仅他们能留下来，而且国内的家人也能出来了。他们两个人哭笑不得地解释说："我们这正在读书的哪能换身份呀？又不是难民？"

"那就快去申请难民嘛，"家长们认真地和他们讲。

小两口儿更哭笑不得了，解释说："我们在读书，又不是同性恋、反对一胎化、闹运动、练功的，怎么能申请吗？"

"算了，算了，"谢丽儿妈纠正他们，说："又没说让你们去申请难民，是我们去。你们只要告诉我们怎么去讲受迫害就行了。"

小两口惊得是目瞪口呆。从此，他们尽量抽时间带父母们出去到处转悠，以减少他们参加那个大陆老人俱乐部活动的次数。

本来，他们两个人想让谢丽儿的父母留下来，因为谢丽儿已经怀孕两个月了，留下可以帮忙照顾一下。王萌义的父母觉得不公平就也要求留下来。一时间，老人们都不要回国，把他们两个人搞得头晕脑涨的。

谢丽儿妈在国内是他们那个街道居委会的副主任，所以，轻车熟路和下意识地把房客、房东们给管了起来。他们要求年轻人不要忘本、要敬老，还教育年轻人来美国就要信上帝，因为是上帝造的万物，说："来美国就得信上帝否则怎么赚钱，连人家的钱上都印着：我们信仰上帝。"

小武子开玩笑说："您搞错了，人家只是提醒您在钱的问题上只能相信上帝。"

"就是嘛，"谢丽儿妈赞同道："不会错的，那人民币上不也是印主席的像吗？在国内要听主席的，来这儿当然就得听上帝的嘛。"

小武子看着谢丽儿妈，心里想："这老太太，行！来美国照样能当居委会副主任。"

往返几次，就引发了一场关于生命起源的辩论。鹿群夫妇不愿意房客们有这样的讨论，怕无事生非。可老人们质问他们，在美国怎么连讨论上帝的自由都没有。想跟他们说这是私宅又不好意思，鹿群夫妇只好闭嘴。

不出所料，最后还是没讨论出个所以然来。到底这万物是上帝造、还是从无到有，然后再进化？大实话说人家 Dr. Savage（一位极右的访谈节目主持人）的理论是上帝是个生物学家，是他造的万物，地球上这么多的物种是上帝造人的过程中那些实验的阶段性成果。所以才有一物降一物。其他人照例让他积点儿口德。最后，连老张都不耐烦了，说："有什么好争的？这些万物不管是怎么来的，它都得进化呀。"

"嗨，"天天妈有点儿泄气了，说："让你们信个教怎么就这么难呢？看看人家胡序，一来我们 Quietwater（静水城），全家立马都入教了。"

谢丽儿说："干他那营生的不就是哪儿人多就往哪儿挤吗？我跟你打个赌，你肯定赶都赶不走他们。唉，那你们 church（教堂）现在应该很有钱了吧？他那年收入的那百分之十可是相当可观呀。"

"什么呀？"天天妈说："他说是自己当时兜里有多少就给多少。"

"哦，"谢丽儿惊讶道："只给上帝点儿零钱呀？"

"不是，"天天妈说："他说他是信佛不信僧，上帝又不要钱，只是 church（教堂）要，所以没必要太认真。就别说人家了，你们还零钱都不给呢。"

谢丽儿说："我要是真入了你们的教，肯定交工资的百分之十。"

过了一会儿，谢丽儿在背后和几位房客说天天妈："自己信就得了，一天到晚地在那儿喊什么呀？"

结果，天天妈和谢丽儿的父母非常不满了，以至于这两派有一阵子都停止交流了。鹿群夫妇背地里说："太好了，好不容易消停了，还好没出什么大事儿。"

谢丽儿的父母天天坐在客厅里聊天儿、喝茶、看电视。几乎每个白天都要拉人来打牌、搓麻将。还要求王萌义负责接送他们在教堂里认识的牌友们，而且必须按他们的规矩玩，经常为规则问题大声争论。没多久，他们就长期性地占领了厨房和客厅。

调好时差后，老人们每天早晨五点准时在阳台上放音乐、开打太极，下午两点准时午休，晚上九点准时入睡。他们休息期间，其他人都不得制造噪声。他们几乎每天都要数落房东、房客们的各种不良生活习惯。可他们每天出门的那一转悠也让众人尴尬不已。

谢丽儿父母总是穿着睡衣、睡裤出去悠悠搭搭地遛弯儿。他们平时在屋子里一直是风风火火的，不知道为什么一出去就变了。美国佬出去遛弯儿的一般都是甩开膀子、快步如飞。

他们转得比那些鸭子们都慢。往往是老头儿在前面背着手、低头挪或踱，老太太在后面左顾右盼地跟着，难道是为步入老年做准备？经常是，老头儿披着外套，用疲惫和似乎不满的眼神直盯着过往的行人和车子看。以前是鸭子们经常挡路，现在又加上了他们二位，也不知道邻里们怎么说咱华人。

鹿太太劝大家不能怪老人穿睡衣出去，况且人家的父母是暂时来探亲，他们也不好说什么，伤了和气不好。她接着说："可能国人现在就这习惯。你们没看见多少刚从大陆来的女的穿着露内衣的睡衣、睡裤就出门了？她们以为美国佬都那样呢。其实只是好莱坞电影里的 hookers（妓女）那么穿。"

"现实生活里的 hooker 也那样，"看到旁人质疑和惊讶的目光，小武子连忙辩解道："不是我啊，我是说 Hugh Grant（一个正在被招妓丑闻缠身的好莱坞演员）的那个。"看到旁人不再质疑了，小武子松了口气，接喳儿说："那些刚从国内来的女同胞们穿着是有些古怪。上周看到一女的，在校园里穿着旗袍，可那旗袍也开得太高了，太 revealing（露）了。"他比划着说："都开到这儿了。"

"理解万岁！Bravo（好极了）！"大实话喊了一声。

"怎么了这是？"小武子问道。

大实话说："人家是知道别人想看什么，在免费给别人当 eye candy（只能看的糖块）呢，所以应该鼓励。"

"什么 eye candy？"房客小唐问。

"这都不知道？"大实话说："就是指那些专门给别人赏心悦目用的，这儿可能只是悦目用的，比如说，strippers（脱衣舞女）。"

"那么穿的确是太露了，"鹿太太说。

147

"怎么能糟蹋自己的东西呢？" 大实话说："那有什么 low（下流）的？旗袍就那样儿。" 他以为鹿太太在说旗袍下流。

小穆说："那家的丈夫也真是的，怎么能让自己的老婆那样 expose（暴露）呢？不是没事儿找事儿吗？"

"人家比你自信，" 小武子笑着说："再说啦，也不会有什么事儿吧？大白天的。"

"没错了，" 小穆说："她只是在宣告她是个有缝儿的蛋，苍蝇会明白的。放心吧，没什么人会让自己的老婆那样穿的。。。"

大实话问小穆："怎么？你老婆的没人家漂亮？"

"你这 potty mouth（马桶嘴）！真欠抽呀，" 小穆过来，准备抽。

大实话笑着往后躲，说："跟你开玩笑呢，" 他接着说："还别说，我们这旗袍设计得也太绝了。。。"

"怎么了？" 房客小唐问。

"你们看啊，" 大实话笑着说："这旗袍除了漂亮还很实用。这用马桶的时候可以遮盖着前面、被干的时候还可以垫着点儿下面，卫生，雅观，还 portable（便携）。"

众人沉寂了一、两秒钟就开始大笑了起来。小武子说："你小子也太流氓了！不过还是有一定的道理啊。"

鹿太太赶紧制止了他们，说："不要胡说八道啊。糟蹋祖宗当心遭报应。"

众人还是笑个不停，七嘴八舌地说："没事儿，那旗袍是满族的。"

"什么满族的？旗袍是民国的。"

"那不都是祖宗吗？"

"不是哪个族的。只是穿上会象旗子一样漂摆，所以才叫了个旗袍。"

"哦，和八旗没关系呀？不管是从哪儿来的，反正那叉儿是开得越来越高，袖子是越来越短了。"

"那还不都怪那 global warming（全球变暖）？"

"上班时候穿的裙子不是不能高于膝盖吗？"

148

"旗袍又不是裙子。那前面和后面还不过膝盖呢，当然两边是高得有点儿过分了啊。不过也不能算坏了人家这儿的规矩吧？再说啦，你说的是美国职场的规定。咱国人的理解可能是不高于大腿跟儿就行。"

"跟鬼子学的？"

"不会吧？估计是咱中国特色。"

"中国特色也有好的。上次美国佬怂恿我点了个 cheese puff（奶酪球），真难吃呀，也不能退。要在国内咱就能退。"

"在这儿可以退你也不敢退。当心把厨子给惹了，你就不知道进嘴的是什么东西了。"

看着有点儿乱了，鹿太太只好说："Cheryl（谢丽儿）妈来了。"众人都停下来了。

近来，大家都尽量躲着谢丽儿妈。鹿太太和以前上班一样，每天吃完早饭就带着孩子出去，满世界地转悠不想回家。其他房客也是尽量少回家。

好处是，这两位老人把客厅、厨房和菜园子收拾得井井有条的；不好的是房客们在客厅、厨房都得小心翼翼的。而且他们还自作主张收了那后院的菜，送给他们的牌友们作为来打牌的酬劳，或者是诱饵，所以要来打牌的老人越来越多，有几次还得分成两、三桌儿，害得其他房客吃新鲜蔬菜的机会几乎完全消失了。

房客们只好和王萌义、小巩以及房东们抱怨。小两口侧面提醒过父母几次，可没起什么作用。鹿群夫妇也不好意思说这事，怕人家说自己太小气。大家只好悄悄地展开了趁老人们出去的时候的抢菜、抢吃运动。

两位老人马上发现，逐个问大家菜怎么丢了。大家统一口径说不知道。害得这老俩口给国内亲友打电话聊天儿时都说，虽然美国什么都好，但是也有偷菜的，都跑进他们的后院偷。那个国内亲友可能听不明白。他们就进一步解释道："都怪我们种得太好了，又都是些稀罕菜。"

"对，特别是苦瓜，丢得最多。"

"美国人也想尝尝鲜嘛。"

大家偷偷笑道："也没错儿。反正迟早都是美国人。"

众人有点儿受不了了，反复呼吁鹿群夫妇得做点儿什么。鹿群夫妇无奈地和大家说，人家不是房客，又只是短暂地住一下。大家问："有这么短暂的吗？都快三个月了？"

鹿群夫妇解释道："我们一来不好意思开口，二来也不知道怎么说呀。"

于是，大家约好去旁边公园里的那个小亭子开会议事。不巧的是，那个小亭子被几个下棋和观战的大陆老人占领了。大家只好换了个公园。

房客们帮着出主意、想办法，怂恿王萌义和小巩把老人请回国去。他们二位也是有苦难言，想听听大家的主意。

从唐山来的房客小范抗议他们这样背后说父母，他说："人之父母养你们一辈子容易吗？你们怎么能这样呢？我们唐山多少人想养父母都没机会，我来养他们！"大家劝他不要干涉别人的家务、隐私，况且大家在美国的确有很多实际困难嘛。

鹿群建议道："不如干脆说明真相。你们两个人的助学金的确不够六个人用嘛。"

谢丽儿说："我妈说了，这儿的饭钱没多少，他们也没什么要求。况且他们自己种菜，本来肉食就很少，只需要买点儿米。"

"那可是我们的菜呀！"大家说。

谢丽儿赶紧说："对不起，对不起啊。"

小武子说："这饭钱是小事。你们为什么不告诉他们在这儿没保险是很不安全的呢？况且你们也买不起四个老人的保险呀。别说四个了，这么大年纪的，可能连一个都买不起。"

鹿太太赶紧补充说："还得告诉他们，万一出点儿什么事，你们就得申请 bankruptcy（破产保护）了。"

王萌义说："已经说过了，no use（没用）。他们说国内现在的保险是名存实亡，这儿的环境好，得病的机会还少。"

谢丽儿说："我们还和他们说啦，'不是你们在乎不在乎。你看那谁家去了一次急诊，三个多小时就是五千多块，那老人吓了一跳，马上就要求回去了。'可我们家的老人们说啦，那是因为那家的老人乱吃东西、food poisoning（食物中毒）了。他们小心点就是啦。"

"那事儿我也听说了，"鹿太太说："还听说有人安慰那家人说，人家美国医院的条件真好。五千块，值！就算是参观旅游了。"

"真想得开啊，"鹿群说："有去那儿 travel（旅游）的吗？"

鹿太太说："所以说值啊。"

"言归正传啊，"小武子说："别打岔儿了，说正事。或者，咱找个外国人来给他们讲一下在这儿住的规矩？我们不知道该怎么讲，讲了也没用。Cheryl（谢丽儿）妈非把我们都给教育了不可。"

"好象不妥吧？"鹿群说："让外国人知道这事儿，影响我们华人的形象吧？况且他们一守规矩就更不走了。"

"我觉得，"小易说："他们可能以为这儿象国内，什么都是发的。可在这儿什么都得自己去挣呀。来美国这么多年了也没发现什么东西是发的呢。在这儿是有 freedom（自由）但nothing is free（没免费的东西）。"

鹿太太说："你快别提这岔儿了。Cheryl（谢丽儿）的父母和我们说了好几次了，他们要求看管丽丽和虎子，还说这样他们就可以自食其力了。"

"我看呐，"老张说："他们是在这儿住得太舒服、太自在了。这相当于吃住在中国，天天去美国旅游。如果搬出去、寂寞了，可能他们自己就要要求回去了。"

众人说这是个好主意，值得一试。大家七嘴八舌了一番后，当即决定，要统一口径，就说，谢丽儿的租约到期，得搬出去了。

过了一星期，王萌义找了个比较偏远的公寓，把老人们搬了过去。虽然他们两个人还是每天去看望和共进晚餐，两个月后老人们就要求回国了。谢丽儿妈说："这儿的环境太好了，不过也太寂寞了，整天见不到个人。见到的也不能说话。"况且，国内正在搞搬迁、分房子，他们又不放心。谢丽儿只好解释说这儿本来就是这个城市的郊区嘛，人家美国富人都住郊区。她是想让他们过过人家美国富人的日子。她妈说，这美国的富人也太不会享受了，怎么挣了大钱就住野林子里呢？

151

又过了半个月，谢丽儿的父母回国了。王萌义的父母也要求回国，因为他们在家乡还有两个生意，在这儿住长了也不太放心。

王、巩二人的父母回国的时候还叮嘱小两口，说：他们回去是让他们安心学业。要求他们要努力学习、工作，尽早毕业和办公民，家人好再来呀。后来，国内突然好了起来，他们也不提来美国的事了，这是后话。

鹿家所有的人都跟着王、巩二人长出了一口气。大家恢复到了原来的样子，有一种被解放了的感觉。鹿群夫妻赶快给房客公约里加上，探亲的住宿不得超过一个月。另一个房客付清希马上不悦，说这是针对他的，因为他的父母下个月就来探亲。鹿群夫妻俩又是好一顿的解释才没事儿了。这边儿刚刚静下来，楼上又传来了吵闹声。

原来是老张的老婆又在训斥老张了。老张是这个小城里唯一的海外华人民运积极分子。他悄悄自费去了上个月在芝加哥的一个海外民运的聚会。当时，他是骗自己的老婆说他需要去那儿出差。他老婆发现是他自己付的钱，就让他去报销。老张只好又给来了个拖延战术，直到今天实在是拖不下去了，只好坦白。

他老婆大声训斥着："你说说你，不好好快点儿毕业找个正经工作，整天瞎忙活什么呀！？人家多少人不是回国当大款，就是在这儿住豪宅！？ 我们还在这破地方挤着！"

老张低头不语。

他老婆接着数落道："你们这些人就是吃饱了撑得！脑袋里装的是脑浆子还是炒鸡蛋呀！？在人家美国闹什么民运呀？人家美国的民运有你们 talk（说话）的份儿吗！？还没说你呢，上次人家领馆来人给大家讲护照、证件的事儿。你在那儿没完没了地问人家民主的事儿。不是害得旁边的人都骂你神经病？还要限制你的发言时间吗？你怎么就不长点儿脑子呢！？"

她喝了口水，又喊："咱两家人在国内可都享受着国家的优惠政策呢啊。你自己从幼儿园到出国留学可是一路公费、一路 affirmative action（美国的优惠政策）的呀！咱做人要有良心呀。"事后，大家才搞清楚原来老张一家是西安的回民。

老张老婆接着喊："这万一把国家搞垮了，你去养那老老少少的几十口子呀！？不管怎么说人家共产党还管着你爸、你妈的离休呢。你这是花自己的钱给自己找麻烦，脑袋给驴踢了！吃饱撑得呀你！"

大家在楼下，或者各自的房间里仔细听着老张太太对老张的教诲，小李到家了，问众人在干什么。小穆说："老张又出差了。"

鹿太太悄悄说："什么出差呀？别人是出差，老张是又出差（拼音里的'cha'）了。"

旁边的人悄悄地笑着。

对老婆的指责，老张的原则是不开口以图让那暴风雨快点儿过去。这次，他实在是始终无言以对。痛定思痛，他决定从此暂停民运、开始忙上了传销。

第五章

12，又中奖了

竹园老板童鲁屏是位祖籍山东高密的台湾人。他今年五十多岁了。二十多年前他本来是来美国要读商业的，可看着当时商机很好就退学开饭店了。辗转了几个地方后，五年前才来到了这座城市。

随着这里大陆留学生群体的不断壮大，他的生意也越来越好了，不光是食客剧增，就连来要求打工的也有很长的排队名单（waiting list）了。

得意之余，他就显露出了人类的劣根性。童老板先用半年换了个老婆，娶了比他小二十岁的从福建来的服务员于红春。之后，他小心翼翼地过了半年，看也没什么惩罚，就又开始不老实了。他在厨房后面的那个六平方米的办公室里的计算机上不停地放着黄色录像，和那两个厨师没事儿就观看和评论，还逐步开始了对女服务员们的赤裸裸的性骚扰。

童老板开始的时候觉得妻子于红春怕他，所以在家里对她的性要求也越来越离谱儿了。于红春好象也不太介意，不就床上那点儿夫妻间的事儿嘛。其实，她盘算的是等身份办妥就出去自己创天下，或者是办好身份后，童老板在床上出个要命的事故那就太完美了，所以，她对他生活上的那些恶习也是尽量地不闻不问，以至于童老板误以为这新任妻子真是太爱自己了，都有点儿腻爱了。

多行不义必自毙，这话真不假。一个午夜，童老板从饭店出来准备锁门回家，停车场里只剩下他那一辆车了。他刚想去开车门进去，就听见一声劳驾（excuse me）。顺着声音望去，他看到不远处的一个黑古咙咚、中等身材的身影。那人又问："Do you know where Zhuyuan is（你知道竹园在哪儿吗）？"

竹园老板一听就高兴了。他想，这么晚了还有人想光顾他的饭店。就热情地说："It is right here，but it is closed， you。。。（这儿就是，但已经关门了，你。。。）"还没说完，他就感到后脑勺儿那儿嗡的一声就什么都不知道了。

直到临晨五点多，有位遛狗的老人路过竹园门口才发现了躺在地上的童老板。那人连忙报警。这才把他送到了医院。

警察初步认定这不是抢劫因为童老板身上的钱、信用卡、证件和饭店里的东西都没有丢失和损坏，只是他那后脑勺上挨了一击。

两个警察在医院里找到于红春，问询了为什么她当晚没有报警。于红春着急上火地说，他丈夫经常在店里过夜，说是看店，所以昨天晚上没回来她也没有太当回事。警察又问她童老板有什么仇人没有。于红春说好象没有。警察告诉她，童老板可能是被棒球棒打的。于红春点头听着，心里想："更可能是吹面杖。"

警察离开后，她想着童老板近来在店里的所作所为，心里说："这仇人嘛，要么没有，要么就太多了，反正不容易搞清楚。这老小子可能会因祸得福，有可能会规矩一点儿了。"

在鹿家房子外面的人行道上，鹿太太一边推着婴幼儿车、一边在听汪太太哭哭啼啼的诉说。丽丽在前后左右地跑来跑去玩着。原来，房客汪海河不知道为什么好象有一肚子不满意似的，最近总没好脸色给他老婆看，他老婆再怎么小心翼翼都无济于事。

鹿太太问是不是学习、工作的压力太大了。汪太太说不像，因为出国前的压力那才叫大呢。那时，汪海河把工作都辞了，以便专心准备考试，考好了以后的一年半里都等不到录取的消息，也没这样啊。她接着说："要是压力大。他应该更需要我呀。在国内每次都是他求我，来了以后是我主动要求，他反而不在乎似的。"

"是挺怪的，"鹿太太说："按说应该是我们女人不把那事当回事呀。"鹿太太接着又问是不是夫妻感情出问题了。

汪太太说："也不象。我还是有自信的，这儿又不是在国内，中国女的那么少，人家美国女的谁会理老中呀？"

这时，鹿群出来提醒妻子该带孩子去上体操课了。可她正被汪太太缠着，她自己也对这些家庭琐碎之事更感兴趣，所以就让鹿群送丽丽去练体操了。等鹿群走后，她纳闷，这个周末

155

应该是房客小陈他们家去送孩子们上那体操课呀，怎么没见到他们家人呢？也不知道他们现在在哪儿了。

其实，小陈夫妇今天一大早就开车出去了。也没告诉别人他们去哪儿了。

原来，美国有很多容易让人上当的中奖的游戏，但这些都是合法的促销方式，主要以报纸、杂志来引人关注的。这种方式太普遍、太频繁了，所以上当的人也不多。两周前，小陈一家去逛商城（Mall）看到一个能赢轿车的柜台。一个中国的高中生在那儿帮忙拉人去填写单子（Entry）。那是个熟人的孩子、他们过意不去，就被拉去填单子了。

过了一周，他们收到一封很正式的信，上面说让他们去领取那辆轿车的钥匙。惊喜之余，他们问了几个人这是怎么回事。他们反复地被告知别浪费时间，美国没那么好的事儿。

小陈夫妻俩商议了好几次，还是不死心。这万一要是赢了呢，不去不就给错过了吗？反正这个周末两个人也没什么事儿，就决定要去了，因为那封信上白纸黑字写着：不管是否能赢车，都会有价值三百美金的奖品，这总不会有错吧？

一大早，两个人和谁都没说，就开了两个多小时的车，到了一个几乎和堪萨斯（Kansas）交界的度假村。开进去的时候，他们就看见那些点缀在翠绿色半山腰上的许多红顶小房子。那些房子面对着山下这个他们正在开过的大湖。湖里的几艘游艇有的在呼啸奔驰着、有的在悠闲地荡漾着。天上有一群白色的水鸟在盘旋着。

开到停车场后，他们下车、顺着地上的箭头，走进了一幢象是高尔夫俱乐部的大房子。进去就看到一个大厅，里面熙熙攘攘的，几十张小园桌子旁都有人坐着、谈着。就和进了拉斯维加斯的赌场一样，整个气氛让人跃跃欲试地想买东西。

这时，过来一个年轻小伙子招待他们。大家在一个小圆桌旁边就座后，他笑眯眯地问他们想喝点儿什么。两个人说水，那个人拿着他们的那封信，起身给他们去拿瓶装水，和查一下他们是否赢了那辆车。

过了一会儿，他回来说他们没有赢车，但是他们今天能赢更好的东西。小陈夫妇失望了一下，就问那是什么。那人先问他们刚才开进来的时候感觉如何。两个人回答当然好了。那个

156

人说让他们三十块美金一天来这儿住一星期如何。两个人又回答当然好了。那个人说他们是在卖这个度假村的契约（Deed）。这个大厅里的时不常响起的阵阵欢呼声是庆祝又有人买了。

小陈问为什么要卖契约。那个人说他们是想控制来这儿的人们，他说："This is a family-oriented resort（这是针对家庭的度假村）。"

小陈问道："But anyone can buy the deed（可谁都可以买契约），then they can bring anyone here（然后就可以随便带什么人来了），right（对吧）？"

那个人微笑着说："That is right，but we trust our guests' judgements（对，但是我们相信我们顾客的判断）。"接着他开始讲细节，说买了这个契约后，每个月只需一百美元的维持费，到时候打个电话预约一下，就可以来这个度假村享受了。其价格只是同类旅馆的一半，而且整个北美、欧洲、澳洲都有加盟的，去那些地方旅游也可以得到同样的待遇。就这么地，那个人介绍了近半个小时。

小陈两口子说要商量一下。那个人走开后，陈太太说："听上去太好了。只是讨厌那每个月的 payment（费用）。"

小陈说："他说如果以后不喜欢了，还可以卖掉、或者转让出去。到时候，他们还可以帮着找买主呢。"

陈太太说："那万一找不到呢？我们就得一直付下去？"

"不会的，"小陈说："他说这儿很抢手，不会卖不掉的。我们是按现在的价格买。这么好的地方肯定涨。到时候卖，说不准还会赚呢。"

他太太说："咱还是小心点儿吧。美国人总说这天下可没有免费的午餐。如果有的赚，他们还需要这样卖呀？"

"现在是没的赚，以后可能会有吧？"小陈也拿不准。

那个人回来又和他们聊了一会儿。小陈头一大，就说，权当给太太的生日礼物了。那个人喜出望外，大叫了一声太棒了（Great!），赶紧去拿了三只塑料香槟酒杯子，要庆祝他们买了这个契约。

小陈太太一看那三只杯子，觉得这也太不上档次了，就悄悄拉了拉丈夫的袖子。小陈会意就和那个小伙子说请等一下，然后问他太太是怎么回事。他妻子说："这推销员也太 pushy

（督促）、太 excited（激动）啦。你再看那些杯子，也太寒酸了吧？"

小陈环视了一下周围的桌子，说："都是一样的杯子呀。不过你说的也对，我们 vacation（休假）他那么 hyper（夯奋）干什么？"

他太太接着说："国内家人都提醒我们要少花钱。这推销员对我们难道比亲人还亲，咱应该诧异一番吧？"

小陈想了想，说："可惜现在的工作还没有稳定的迹象，也不知道将来会去什么地方。还是算了吧。我们只要那三百块的礼品就行了。"

然后，他们如实地和那推销员讲了他们的情况，说暂时不买那契约，但是要求领取那个价值三百美元的奖品。

原来那是五天、免费来这个度假村住宿的奖卷，但是得买了那个契约才行。他们和那个推销员争论了一会儿，也没能拿到那个奖品，因为那封信里的一堆小字里清清楚楚地写着不行。两个人只好自我安慰道："不管怎么，算是见识了，就算是练口语了。"然后和那个人确定今天不买了。

那个人卖不掉也不生气，只是起身径直走开，去接待下一个猎物去了，连点头、谢谢、再见都没有。这倒让小陈夫妇尴尬了一阵子，因为不知道是否可以离开，可又从哪儿出去呀？

他们依依不舍地驶离了那个度假村。回来后，他们建议鹿群夫妇买。鹿太太说只是听说过这类事情，但是根本没有时间去享受也就作罢了。小陈两口子在客厅和大家交流这个经历，说："现在回头想想，那真象是天桥把式呀，只不过是标准的美式英语口音、笔挺的西装、精致的寸头。"

大家又聊了一会儿，总结的是：类似的推销活动总有那么七、八个诱饵，一步一步地引人跳下去。如果真的想要，也要坚称不要，说因为那交易（Deal）不是足够好（Good enough）。最后，一定要起身离开，如果推销员没有什么可以加的啦，才有可能是最好的交易，然后再回去说想认真地再看一次。房客小刘说："这 timeshare（分时享用）是个 luxury（奢侈品）。得等工作、房子、汽车有保障了以后才有可能考虑。不过我们还得考虑退休问题，说不准到时候还得回国养老呢。"

"最近才明白，"房客小齐说："这挣钱真是没底。美国人先是汽车、房子、老婆、孩子、pets（宠物）；如果还有盈余就玩游艇、飞机；实在怕给撑着，就玩竞选和投资科研。"

老张说："其实买了也关系不大。我昨天还听个广告说可以用 canceltimeshare.com 去对付那些烦人的 deeds（契约）。不过那广告可把这 timeshare（分时享用）损了个一塌糊涂。"

小刘说："好象是这么回事儿。上次去纽约玩儿的时候，同学带我去她上班的地方参观。远远地就看到两个并排着的广告牌，一个是说这 doctor（医生）有多好、多厉害，另一个是一个律师事务所号召大家 sue（控告）他的 malpractice（医疗事故）。好玩儿吧？"

"现在明白了，"小陈说："这美国就是要让你的钱不停地动，否则他们怎么赚钱、政府怎么收税呀？"

在医院里，竹园的童老板头上包扎着、侧躺在病床上痛定思痛。他觉得这可能就是休原配的报应吧。但谁会这么恨自己呢，是原配、新配、女服务员们？都有可能啊。他后悔没记住他那位在台北开面馆的叔叔的多次教诲：干饭店这行当就得时刻记住要当孙子、得夹着尾巴做人。他暗自告诫自己从此要和以前一样小心翼翼地做人。同时，他也庆幸这还不是要断他生路的招数，可能只是提醒他老实点儿。

于是，他对外声称自己由于劳累过度而不慎摔倒，需要修养几日，期间，由老婆于红春暂时主导饭店的营业。其实他是要自己在家想招儿、安排好，尽量神不知鬼不觉地把那些可疑的服务员们请走。

鹿群带着孩子们从体操课回来了。他和妻子说："这练体操的华人女孩子越来越多了。前几年还是连 minority（少数）都算不上，只能是算 rarity（稀罕物），现今已经成了 majority（大多数）了。"

"早就是了，"妻子说："你不经常去不知道。"

鹿群说："今天看到个小胖子，那胖得呀，得盯着她的脚看，否则不知道她是翻跟头过去的还是跑过去的。"看妻子不明白，鹿群笑着比划着说："翻跟头的时候脚丫子在空中画个圆圈儿，走路的时候脚一直在地上。"

妻子笑了，说："那盯着脑袋看也行呀。"

"当然，有个参照物就行，"鹿群说："有些美国人自己和孩子都五大三粗的，还练什么体操呀？"

"人家和我们不一样，"妻子说："人家图的是个兴趣爱好，咱是无利不起早。"

鹿群说："今天还遇到个滑稽事儿。"

"什么事儿？"妻子问。

"今天不是有个汇报表演吗？"妻子点头。鹿群接着说："大家都簇拥在前面看孩子们的体操表演。一个五、六岁的黑男孩儿过来和我说'excuse me（请让一下）'。我就让开了，然后他妈和他的一个妹妹就一起进来把我挤出去了。"

"这 excuse me 还有这意思啊？"妻子问道。

"不知道，"鹿群说："看样子，对他们来讲有这意思吧？其实也可能是 entitlement（应得的权益）观念在作怪，觉得所有人都欠他们似的。"

这天，小武子在计算机上看到几个视频。他招呼鹿群他们去看，是国内现在很火的一位年轻的中学历史教员袁腾飞的讲座。看了几个片段后，鹿群说："国内的言论现在也太自由了吧？这是课堂呀，能这么胡来？这样做是没有职业操守的。讲课可不能那么随心所欲地乱讲吧？至少应该遵循教育部的相关规定呀。"

"对呀，"老张说："这不是讲课，是 mockery（嘲弄）。如果是上 talk show（访谈节目），当然可以自由一些，但他是党员肯定也不能这么自由啊。或者这是国家允许的一个特例？让外国人看看他们的言论自由算个屁！？不过这也太过分了。不能拿孩子们的学业当儿戏，去满足他胡说八道的嗜好呀。再说啦，这一放开可能就没办法收拾了。"

小穆说："他这一知半解的不是误人子弟吗？说什么去签证说崇拜德国名人就没让过，说崇拜耶稣准没问题。可那犹太签证官也不会让你过呀，因为犹太人也不信耶稣呀。"

"看这样子，"鹿群说："就冲他那嘴，出来也会把人家美国给糟塌得一无是处的。"

"他不敢，" 老张说。

"怎么不敢？" 鹿群问。

"这还看不出来？"老张说："你看靠闹运动出来的那几位不都挺老实的？都销声匿迹了。连华人给欺负了都听不见他们敢出来放个屁。"

"别强人所难嘛，"鹿群说："人家又没疯，只是操蛋而已。再说啦，那是养精蓄锐，有用的时候会被放出来的。"

老张说："美国也得改改这移民政策了，害得那些学文科的只能靠糟塌中国出国和在美国混日子了。"

"估计不会改，"房客小刘说："说不准是人家美国的一个策略，否则谁会那么玩命地在国内闹事儿呀？"

"好象他不是言论自由，" 老张说："胡说八道的成分太高，只能当书听。误人子弟呀。真应了那句话了：我们中国人是一管就死、一放就乱。"

小武子说："其实美国倒是应该鼓励这类教学方式。那样学生们就不逃课了。"

"Stay in school（去学校）还要 incentives（好处）？"新来的小扬问。

"那当然，"小武子说："而且还挺难。"

"那学生不都成反叛啦？"老张说："美国的纳税人是绝对不允许这么干的。家长们早就把他给 fire（开除）了。"

"不对呀，"鹿群说："那国内就更不会允许了。难道政策要变了？"

房客小刘说："我看那，可能国内现在全乱了。连 rap（叩击音乐）都上今年的春晚了。在这儿那可是带黑帮色彩的街头文化呀，在美国都是不可能登什么大雅之堂的。"

"可悲呀，"小武子总结说："又是一个极度偏执的媚外syndrome（综合症）。"

"什么病？新出来的？"正巧路过的老丁关切地问。

"不是，"小武子笑着说："是很古老而悠久的华人的遗传病。"

过了一周，复出的童老板虽然判若两人地跟大家客气、友善，还关掉了那些黄色录像。但他不仅多次拒绝服务员们涨工资的要求，还开始大量地、明目张胆地克扣起小费了。他声称是因为自己和太太也常常搭把手帮那些服务员。

161

女服务员们和他们多次交涉无果，一气之下开始了罢工抗议，而且还通过多种渠道号召本城的华人和其他人等罢吃。

这可把这童老板给吓得出了一身冷汗，因为他估计着，那些服务员可能会受不了他的虐待而慢慢地离开，可没想到她们会团结一致让他的饭店当天就歇工。他和于红春只好亲历身为把中午的饭点儿给凑合过去了。

一休息下来，累得他那后脑勺上的旧伤又开始了剧痛。他不得不再次宣布暂停营业、回家修养。从此，他虽然在思维上没什么问题，只是说话不象以前那么风流倜傥了，而且还会经常性的偏头疼。

这天，小李回来在客厅给大家讲述她们的抗争和要求大家的支持。鹿家的华人们都觉得那个老板也是该被教训一下了，不光饭菜不好了、价格却上去了，所以就积极地支持这个罢工、罢吃运动。

第二天，她们的罢工代表和老板娘于红春谈判没成功。小李回来号召大家接着抵制竹园让他们永远关门。这时，小武子下班回来说，在回来的路上看到竹园已经开张了。小李不信，说："不可能！曾红刚刚给我打电话说要继续抵制的呀。"

"谁是曾红？"老张问。

小李说："我们领头的。"

"不信？你去看看就是了，"小武子说。

小李看看小武子，回头和小穆说："走，我们去看看。"

小穆说："打个电话不就知道啦？"随即去打电话。他挂上电话后和妻子说竹园是已经开门了。小李傻眼了。

小李马上打电话给曾红。她被告知她们已经被另外一伙子女服务员取代了，而且工资也提高了。小李说："是谁呀？这么不团结，拆我们的墙角啊？"

曾红说："可能是那些在 waiting list（排队名单）上的人吧？要去那儿打工的人也太多了。我现在也是一头雾水，还没搞明白是怎么回事呢。等我搞清楚了再给你打电话啊。"

这时，楼上传来了汪太太一家的欢呼雀跃声。鹿太太赶紧上楼去看出了什么事儿。原来，汪太太刚刚和国内家里打完电话，知道家里昨天突然暴富，因为他们村的地被省城征用了。她家得到了一笔接近天文数字的补偿金，和中了彩似的。他们全家异常兴奋地欢腾着。当天，他们夫妻俩的位置就整个儿地给倒了过来。

在旁边冷眼观察的鹿太太和小李说："这算是个什么事儿呀？"

谢丽儿说："说明人家两个就这么般配。"

"佩服！"大实话说："人家小汪这才是真正的大丈夫呢，真是能屈能伸呀。不过他很快就会翻身的。"

"你在说什么呀？"鹿太太问道。

"这不明摆着的吗？"大实话说："咱国内农村里是最讲究嫁出去的姑娘是泼出去的水了，再加上他们在美国，所以再有钱也不会有小汪他们什么事儿了。"

"也是，"鹿太太说："不过有份儿的那个可能还是有用的。至少他们谁也不敢欺负谁了？"

好不容易安静下来了。丽丽在客厅的地上玩英文字母的塑料块。鹿群路过，就问丽丽："能不能告诉爸爸，一共有多少letter（字母）呀？"

孩子奶声奶气地回答："二十四个。"

"什么？"鹿群笑着说："错了，是二十六个。"

妻子在旁边说："没错，是二十四个呀。"

"我的好太太呀，"鹿群笑着说："您英文都会说了，怎么还不知道有多少字母呢？"

妻子不服："不信？那你数数看呀。"

"哦，"鹿群笑了，说："人家英文里多少字母是以我们家这套东西为准啊？"他一边数、一边说："不管怎么数，肯定是二十六个字母嘛。"

数了两遍发现的确是缺两个。他和妻子讲这从车库甩卖（Garage sales）买的东西不全，以后和孩子教育有关的一定要买新的，这样既卫生，又不会出错。

小武子在他的同事们的影响下开始喜欢看美式足球了。在随后的一段时间里都有点儿走火入魔了。他每个周五看高中的比赛、周六看大学的比赛、周日和周一看职业队的比赛。不出一个月就成了个名符其实的橄榄球球迷了。可他的同事们却开始避免和他聊足球了。他琢磨出缘由后气得骂："妈的！怎么就这点儿气量啊？"

老张问明缘由就叮嘱他，说："我说你怎么不跟我们抢电视了呢？时刻要记住啊：在这儿要低调、装孙子。"

小武子说："来美国这么多年了，再装也不象了呀。"

"那，"大实话说："再怎么也不要锋芒毕露呀。铆足劲儿回去给国人吹去。"

"现在也不容易了，"小武子说："外国人都去中国开酒吧了。"

"唉，竹园大减价，据说还增加了 sushi（寿司）。我们去看看？"大实话问他们。

他们互相叮嘱别让小李知道。然后，他们几个就去了。

竹园里的电视上正报道着一位花样滑冰运动员落选的消息，也没讲是什么原因。大实话说可能是因为她的屁股不好看，或者把队友给打了。

童老板过来给他们加水，生意重新有了起色，他很高兴，就插话说："难怪那些花样滑冰运动员经常倒着、撅着滑呢，还跳起来劈叉，ta dah（嗒哒）地 show off（展示）一下。"

小穆悄悄和坐在旁边的鹿群说："这家伙也太流氓了。可能还得再挨一闷棍。"

13，吵股

自从参加了系里的一个活动后，鹿群就开始喜欢上了高尔夫球。可能是由于长时间不运动吧，突然开始动起来他就伤了腰。鹿太太觉得他能经常带着孩子去锻炼身体是挺好的一件事，也大力支持，只是叮嘱他要以教孩子为主、别再把自己给伤着了。

这个星期五的下午两点半，鹿群夫妇在客厅里收拾好孩子，正准备让鹿群带孩子去练高尔夫球。两个人都是新置办的球杆、衣服、帽子、鞋子。孩子对那些球杆很感兴趣，只是低头摆弄着那些东西，任凭这夫妇俩给她穿鞋、戴帽子、喂水。

他们带好水和零食正准备出发。客厅里的房客们就美慕加嫉妒地喊了起来："不得了了啊，我们鹿老板已经开始过上流社会的日子了。"

　　"别胡说啊，"鹿群赶紧纠正大家，说："你们这还是在国内的想法和心态啊。我查过了，而且我们那儿的一个南韩人也证实了，在美国打 golf（高尔夫球）是全世界最便宜的了。你喜欢打就去，花不了多少钱的，是普通人的运动。而且很近，开车十分钟就到。"

　　"不对吧，"老丁问："我怎么听说光会员卡每年就得十几万呢？"

　　"当然啦，"鹿群答道："也有你说的那种贵得出奇的 golf club（高尔夫俱乐部），可那都在大城市，我们这儿没有。这车还有上百万的呢，我们不也就开一、两万的吗？总之，不象国内人传的那么邪乎，什么 golf 是上等人的运动啦、和什么修养有关啦。"

　　"不要忘了，"老张异议道："那可能也是我们国情的一部分呀。"

　　鹿群说："那不误人子弟嘛。那些孩子花大价钱学 golf（高尔夫球），以为自己是上等人了呢。这出来一看，在这儿谁打都行，而且还不是个 popular（热门）的 sport（运动），那不是给那些孩子不必要的失落感吗？"

　　"嗨，"老张接岔儿说："国内有关美国的邪门说法太多了。可能都是回国的老访们给吹乎的。也有可能是做 golf 生意的在忽悠那些父母呢。国人为孩子花钱可是很愣的啊。"

　　"什么老访？"鹿群打岔问。

　　"这都不知道？"老张笑着回答："就是我们这些拿 J1（访问学者签证）的呀？"

　　"哦，"鹿群说："国内好象管总是上访的人叫老访。这可容易给叫混了啊。"

　　大家哈哈大笑，说："不会混的。中间隔着个地球呢。"

　　"总之呀，"鹿群总结道："其实，我们主要是想引导孩子去练练。我还发现啊，我们亚洲人打 golf 是有优势的。因为它主要是需要技巧和 calculation（计算），而不是侧重于力量、爆发力和高度。我预计在不久的将来呀，这项运动会被亚洲人独霸的，象乒乓球一样。当然 golf 的缺点也很多，比如说：太 boring（枯燥）、时间太长，名声也不太好，被人称为 loner's sport（孤僻者的运动），而且还有严格的着装规定。所以，要让孩子们坚持下去会有一定的困难。"

大家起哄道："不管怎么说，您都是我们的先驱呀。"

"不敢，不敢，"鹿群应道："大家同去，大家同去。"

鹿群的计算机放在吃早饭的房间里，大家共用。这时，小武子高兴地从那个计算机前的椅子上跳了起来，一挥臂膀、大叫了一声："Yes（太棒啦）！"接着就冲开那个门、跳进了客厅。把鹿群夫妇吓了一跳，他们急忙问："怎么了这是？一惊一咋的。Cherry（樱桃）到手啦？"

小武子跑过来，兴奋地叨叨着："Yes，yes，no. Even better（太好了。哦，不是。是更好）。"他下意识地晃着两个拇指，接着说："再来两笔，我就可以买辆 brand new（崭新的）的 Lincoln Towncar（林肯车）。"

鹿群看着他，问道："涨工资啦？"

小武子看看左右没人就悄悄说："没有。玩股票。"

"真的！？"鹿太太惊讶地说："行啊你。我只是听说现在搞股票很容易，在家里的计算机上就可以弄。"

小武子得意地悄悄说："刚才的那笔赚了这个。"他用右手笔划了个六。

鹿群盯着他问："six hundred（六百）？"小武子摇头。鹿群瞪大了眼睛、大声地问："六千？"

小武子得意地点点头。鹿群夫妇都张大了嘴、瞪大眼睛看着小武子。

丽丽坐在客厅里的一把椅子上大叫着："打 golf（高尔夫球），我要打 golf。"

没人理她那个岔儿。鹿太太直着眼睛，不知道跟谁说："我的天呐，有这么挣钱的啊？"

小武子也直着眼睛，不知道跟谁说："现在才明白为什么那么多华人挤破头皮要学金融，要去 Wall Street（华尔街）了。比我们这些学理工的强多了。简直不是一个数量级的呀。一个月只要做成这么一笔，就相当于六个博士生的助学金呀。"

鹿群急着问："你说说到底是怎么回事。"

166

"哦，"小武子说："我盯这个股票好几个月了。上星期买的、今天刚刚卖掉。"

鹿群不耐烦地说："是问你什么股票。"

"哦，"小武子说："是 Google（谷歌）。"

鹿群问："那是什么 Company（公司）呀？"

"和计算机有关，"小武子说："具体的我也不太清楚，就看着这个公司最近特火。"

丽丽坐在客厅的地毯上大叫着："打 golf（高尔夫），我要打 golf。"还是没人理她那个岔儿。

鹿群拉着小武子去计算机那儿开始研究股票了。孩子坐在地上哇哇大哭。鹿太太抱着、哄着孩子也跟了过来。然后，三个人一直研究到了傍晚。

丽丽一个人在客厅的沙发上看电视、吃零食。陆续下班回来的房客也加入了小武子他们。鹿太太说点比萨饼得了，大家凑钱点了几个当晚饭。

老丁说他有剩饭不参加，并且这股票也是要等别人先做做看再说。当晚折腾到半夜，几家人都把帐户建立好了。明天到银行去转一下钱就可以做交易了。

因为这旗开得胜的一笔，小武子一下子被大家捧成了股神。第二天让他请客。他最信破财免灾了，他给大家又点了一顿比萨饼。大家心不在焉地手里拿着比萨饼、聚精会神地围着，听他讲经验。

小武子也乐意讲，所以，每天晚上他就带着大家一起吃着比萨饼、开会研究股票。一时间，厨房和客厅成了每天炒股的信息交流所和作战室。只有老丁照常忙进忙出地，好象不太感兴趣。

第一个星期下来，几家人多少都有斩获。一时间，大家群情激愤、斗志昂扬。本来每晚小武子的讲座变成了大家争着讲，谁都想说几句。

王萌义负责把股票市场的来龙去脉讲述了一遍，给大家补了补理论和背景知识。虽然他理论上头头是道，可就是还没干过，他的女友小巩已经挣了二百多了。

第二周开始，几位太太陆续请假或者干脆放弃打工、以便专职在家盯股市。工作的地方的计算机不让用来炒股。老张为这事儿已经被他系里的领导警告了一次。大家的活动中心从厨房、客厅转移到了吃早饭的房间。

几家由于夫妇意见不和、太太们在家抢计算机，从炒股变成吵股、紧接着都快变成打股了。这天，鹿太太把两个几乎已经开打的女士拉开，赶紧给他们的老公打电话叫他们快回来，因为她们争抢计算机开始吵上了。老张说："没事儿。我知道，是我让她炒的。"

"什么？"鹿太太叉着腰，对着电话质问道："你怎么能让你老婆和别人吵架呢？"

电话那边的老张不解道："你说什么？吵架？没有啊。我是让她给我炒 stock（股票）呀？"

鹿太太对着电话喊道："现在已经吵上了，吵架的吵。你快回来劝劝吧，要不，过一会儿就打起来了！"

老张回来后，老张太太指着计算机上的表格跟老张说："你看看，你看看。要不是小巩占着计算机，我现在又有几百块进账了！"

小巩不紧不慢地说："张主席家的，这总得有个先来后到吧？你总得让人把人家的 orders（指令）搞好、送进去吧？"

老张太太拍着手喊道："可我这能等吗？就那么几分钟都让你给耽搁了！"

"别胡说啊！"小巩也提高了声调，反驳道："谁要耽搁你呀？别人的就能等啦？我总得把我的先搞好呀。"

一时间争得不可开交。最后，大家说都是鹿群夫妇的错。小巩说："你们得把这网速提上去呀，电话线不行呀。否则我们怎么会抢这计算机吗？"

"提速？"鹿太太一叉腰、反驳道："行啊，你出钱呀？你们几个先搞搞清楚啊，我这计算机和上网你们可是在免费用着呢啊。我做好人还错了呢。从现在开始，你们交钱！"

众人不同意交钱。小巩说："让你抽成还不行吗？"

鹿太太痛快地应道："行！一言为定啊。那你们每天的交易都得让我知道啊。"

"不行，不行，"老张连忙摇头否决、说："就赚那么点儿钱还得交百分之三十五的 Capital Gain Tax（资本增值税），

168

再让她抽成，那不就没了！况且那些亏了的怎么算呀？你也跟我们分担那些损失吗？"

鹿太太笑道："你能不能想得再美点儿呀？世上哪儿有这好事儿呀？IRS（美国税务部）都不管你玩股票丢了多少钱，关我屁事儿啊！"

众人就这样没头没脑地争论着，直到鹿群下班回来。他出面调停说："我们大家都要 take it easy（别太认真），好好排队、各干各的、不要相互干扰。"

几家开始商议买自己的计算机和讨论如何凑钱提升网速。

又过了两周，股市开始有些不合作了，连股神小武子也一愁莫展了。几位炒股的太太还是见面就问："今天涨了吗？"不炒股的见面就迫不急待地问："今天跌了吗？"这忽涨忽跌得把小武子闹的整天心烦意乱的。最后，他宣布，不许大家再问了。

在晚上的炒股例会上大家也不知道该讲些什么了。鹿群和小巩说："Cheryl（谢丽儿），不，小巩，还是让萌义来给大家再讲讲吧？"

谢丽儿把王萌义拉出来给大家讲股票市场。他首先问众人："你们有谁知道这股票市场为什么有时候叫 Bear Market（熊市），有时候又叫 Bull Market（牛市）吗？"

"显而易见，"老张开玩笑说："肯定是咱中国人的发明嘛。看看咱这些人，人家股市涨的时候个个都牛，跌的时候就都成这熊样儿了。"

"真有你的，"王萌义大笑道："大家说，他说的对吗？"众人不置可否地看着他。王萌义说："老张说的不对，但挺 make sense（有道理）。其实，这是起源于这两种动物攻击的时候的姿势。你们看，牛攻击的时候是从下往上顶，狗熊攻击的时候是用爪子从上往下划拉，明白了吧？"众人点头接着听。

第二天，大实话在早饭间和老张说："我早看清楚了。其实这股市涨一定是有大佬儿们要卖；股市跌一定是有大佬儿们要买。咱老百姓不要不知足，能跟着喝点儿汤就可以了。"

鹿群夫妇总结的原则是：市场涨的时候不买只卖；市场不好的时候只买没有坏消息、只是跟着降的、大公司的、比较稳定的股票；还有就是不强求、没必要天天做。

又过了一周，有线电视公司（Cable）的人来把网速提上去了。小易和小武子置办了崭新的计算机放在他们自己的房间里。大家都恢复原态，回去好好打工挣钱了。太太们也和好如初，一起嚷嚷着要减肥，每天晚饭后又开始结伴出去遛弯儿了。她们抱怨，都是因为前几周炒股票太紧张、没时间做饭、比萨饼吃多了，一个不留神儿，她们都各自增添了几磅不等。

不百分之百地干股票了、有时间了，鹿群又准备每天带孩子去练球。可是，这孩子又不要去练高尔夫了。两口子无奈，只好花钱，给她报名上了个儿童高尔夫球班。他们觉得说不定有小朋友在一起，这孩子就愿意去练了，否则那些高尔夫器械的投资就要打水漂儿了。

把丽丽送到学校，鹿太太回来就抱怨道："都是这股票搞得。丽丽当时可是哭着喊着要去打 golf（高尔夫）呀。现在倒好，钱都让那混蛋股市给套牢了，还得再花钱去学 golf。"

鹿群安慰道："没关系啦。到时候咱们丽丽给你拿 scholarship（奖学金）不就都回来啦？"

妻子说："想得美！哪儿那么容易？"

"知道，知道，"鹿群很认真地说："但这个梦想可是 tangible（看得到摸得着）的啊。你看人家 Michelle Wee（一个这时红得发紫的美籍韩裔女高尔夫球手），能不能打下去无所谓，其实也就是为出个名和上个好大学而已。咱家丽丽的 golf 只要能写进她的 resume（简历）就可以了。"

妻子看着鹿群，问道："才五岁就写 resume 呀？"

"不是现在，"鹿群纠正道："我是说等她申请大学的时候。"

是夜，四个人围坐在那早饭桌子边又在拱猪。不一会儿就已经打得昏天黑地，一个个迷迷糊糊的，脸上贴着猪、说着白天的事儿。老张说："美国是先把条条框框搞好还不停地完善，然后告诉你可以自由，但违规必揪。而且美国这规矩多得让人看着头都晕。咱中国倒是没什么条条框框，有了也很少依法办事、相反更 free（自由）。"

小武子说："你开始想念咱中国的人情味儿啦？"

"嗨，"鹿群说："各有利弊。人家美国人之间肯定也有人情味儿，都是人嘛，只是进不了他们的圈子，不知道。咱国人在这儿还是老实为妙，出点儿事儿可真没辙儿。人家根本就不理咱。"

"没关系，"老张说："我早认栽了。当然美国是不会有钉子户的，也没有开除党籍的处罚。"

小武子打岔儿道："还是当名人好。我们老百姓活得是挺累的，你看我们老丁。"

鹿群说："到老丁那地步，钱已经变成 number（数字）了。他真应该去当个精算师。"

"什么呀，"老张说："人家是精算师，他那是精打细算师。"

小武子笑了，说："不还是精算师吗？"

鹿太太送饭来了。她把大家的剩饭回锅了一下，都给端上了那个牌桌，保证不一会儿就扫光。那些牌友、棋友的心思根本不在吃上，而是在海阔天空的侃大山、打牌、下棋上了。

鹿太太这一招儿的来头既有历史、又洋气。她取自于一种在芝加哥比较流行的、用剩饭剩菜做的牌桌食物。这种三明治可以让牌手们一手用面包夹着剩菜敷衍着肚子、另一手拿牌继续打。

鹿群吃了点儿，又问小武子："对不起，打岔儿了。你接着说，名人好在哪儿？"

小武子说："人家来钱多容易呀。你看，首先是政界的，美国的政治就是钱。比如，人家克林顿桃色事件里的那几个人估计迟早都要出书、演讲。"

大家点头同意。小武子接着说："他自己肯定会至少出一本书，听说他的演讲费已经是退役总统里最高的了。他老婆、孩子至少也能各出一本描述自己在那次 ordeal（磨难）里头的遭遇，和如何从痛苦和逆境中重新站 起来的。当然那个 Monica Lewinsky（莫尼卡 列文斯基）已经出书了，还到处去签字卖书。你看人家连这出书次序都安排得这么好！保证每个人都能捞一笔。"

小武子的朋友鲁子插话道："真不知道这道德底线在哪儿？其实美国人也不理解这事儿。我那儿的老美说从前的那些类似事件里女的不是隐居、就是自杀了。"

171

老张抢话说："现在谁还会那么傻？那些钱白赚啦？纵观历史，这类超前的、不要脸的婊子行为可一直都是一种社会文明进步的标志啊。"

　　"那也得有个底线吧？"小武子说："真不知道去买书、要签名的人会问她些什么问题。我是说 Monica（莫尼卡 列文斯基）的那本。"

　　"要是我，"鲁子说："就问她是怎么想到给他的 cigar（雪茄）当 human humidor（人体保湿器）的。"

　　"当心人家告你性骚扰啊，"鹿群说。

　　鲁子说："也是，这要是给人家抓住小辫子，可就成砧板上的肉了。"

　　老张不满意地说："你说 Hillary（希拉里）也是的，政治上也闹得够意思了，又是 senator（参议员）、又是国务卿的。最近又要出书，还放出风儿来，暗示那书里会有有关同性恋倾向的内容。"

　　小武子不屑一顾地说："那是诱骗别人买书的小把戏。只是不知道是出版商的意思，还是她的意思。"

　　鹿群说："要我说呀，both（两个都是）。狼狈为奸，有钱大家一起赚嘛。反正老克一家为这事儿都要成亿万富翁了。"

　　鲁子说："总让人觉得 Clinton（克林顿）那事儿是他故意安排的，如果你 follow the money（顺着钱看）的话，否则他现在怎么会这么值钱？"

　　小武子说："要这么一说，那 Clinton 比我们老丁可下作多了。"

　　老张打断小武子，说："你这是哪儿跟哪儿呀？"

　　"你看啊，"小武子解释道："我们老丁这起早贪黑、东抠西凑地，临了也就是赚个 utility（水电煤气）钱。老克一家那可称得上是名符其实的巧取豪夺呀。"

　　"都一样，"老张说："如果老丁在 Clinton 的位置上的话，肯定是有过之而无不及。"

　　鲁子大笑了起来，众人问怎么了，他憋着笑说："老丁要是当了总统，非把美国给折腾疯了不可。"

　　大家赞同，也跟着笑了起来。

鹿群问众人："你们知道名人为什么喜欢上 news（新闻）吗？不管是新闻还是丑闻。"旁边的人看着他好象是在问为什么。他就接着说："今天在广播里听到的。好象是因为新闻不算是 comercial（广告），他们不用出钱就可以 get exposure（亮相）。"

小武子接着唠："这娱乐界，那就更别说了。名人们都精着呢。为了提高自己的商业价值，时不常地制造些新闻、丑闻。目的是让大家不停地谈论他，这样就可以多卖书，提高自己的出场费、演讲费、被访费。

"你想啊，"鲁子接岔儿说："这是典型的空手套白狼。本来就是子虚乌有的事，他们自己一分钱不花。先让那些小报纸披露一下，自己静默几天，让人们谈论得沸沸扬扬的。然后戴着墨镜出来模棱两可地躲记者。要躲你就别出来呀！最后上 Talk Show（访谈节目）再去模棱两可地澄清一下。皆大欢喜、大大小小都赚一笔。"

鹿群说："在国内这叫忽悠，像赵本山、范伟演的那些，是被讽刺的对象。在美国就不一样啦，在这儿那可是正而八经的生意、产业。"

老张看着牌，说："美国政府只管收税，其它的好象不太管。"

小武子说："那个 Jerry Springer Show（一个专门靠炒作丑闻的电视节目）就是把垃圾变成黄金的地方。上 show（秀）的人也是为捞一笔而胡说八道，那些东西只能说是 vaguely based on true stories（似乎是基于真实事件），还相当恶心。"

鹿群说："当然，就冲我们国人那崇洋媚外和闹运动那劲头儿，过不了多久国内也会变的一样的。"

"不会吧？"老张问："政府让吗？"

"怎么会不让呢？"鲁子说："都一样，都是钱孙子。"

大家哈哈大笑了起来。

老张下周就要答辩了，他在阳台上给几位房客演练了一遍。他讲完后就请大家提问。小武子问买毕业戒指没有。老张说："那 graduation ring（毕业戒指）没什么用。专业好的可以 show off（显摆）一下、去勾引女的，我这专业没必要。"

大实话问了一个问题。老张想了想就问那个单词是怎么定义的。大实话笑了，说："我们张主席已经被 Clinton（克林顿）带坏了，还先问是怎么定义的。"

老张笑着辩解道："这招儿的确是跟他学的。不过我可只是为了 buy some time（争取点儿时间）想答案，可不是为骗人啊。"

"不错，不错，"鹿群笑着说："洋为中用嘛。"

14，万岁万税

在美国，有来自世界各地的人们、再加上一些混血的，所以长得像什么人有时候会成为一个话题。其实，这是个很虚荣的话题，因为好象不会对人的生活有什么有益之处，搞不好的话还会添乱。要记住的是，好的说、不好的就别说，连美国人都遵循：If you have nothing nice to say，say nothing at all（如果没什么好话，就什么也不要说）。

对东亚人来说，长得像日本人、韩国人可以说；对欧洲人要说他们像北欧人、不要说像南欧人，或者干脆说别人长得像哪个明星就准没错了。说国人像北京人、上海人准没错儿，因为台湾人、香港人已经过时了。

半年前，鹿家搬进来一对年轻夫妇扬基于、甘金蓉。他们和众房客稍微熟悉后，大实话就开了个玩笑，说那丈夫像越南人、妻子倒像个南韩人，就问他们是怎么认识的。其实，这两个人是青梅竹马，一起在兰州长大的。

不久，这个似乎不疼不痒的寒喧话、玩笑话搞得那位妻子小甘开始想入非非了。她暗地里觉得自己比华人高一等、甚至比韩国人都高一等，因为韩国人都是硬整出来的，而她自己却是天生丽质。她人开始飘飘然了，从此怠慢丈夫、到处招惹是非，以至于他们的日子都快过不下去了。

这天，这夫妻俩吵架吵得甘金蓉都要出去跳湖了。小扬叹着气、拿着浴巾、无可奈何地跟着往外走。鹿群看着他、急着问："怎么就拿块浴巾去呀？得拿个 floatty（救生圈一类的浮板）呀。"

"没事儿的，她会游泳，"小扬疲惫地说："那不就是个人造湖吗？也就一米深。我是怕她着凉。"

甘金蓉觉得找不到人说她这事儿。鹿太太也不愿意管，因为她只是说："我可以给你几个 numbers（电话号码），"让她自己打电话去。

"什么人呢，"甘金蓉心里说："还不如教会的呢，人家还给我 pray（祷告）呢。"

他们夫妻俩就去苏牧师那儿吵去了。结果，到那儿以后，小甘把自己说得太好了，就被苏牧师在周日的礼拜会上表扬了一番。在底下听讲的鹿群家的房东、房客们顿时目瞪口呆，谢丽儿更是惊讶得被自己的口水呛得不停地大声咳嗽了起来。苏牧师只得停一下，等她咳完再讲。

礼拜回来后，甘金蓉被众房客不齿，她还要狡辩。大实话说："您就行行好吧，您也该歇息一下吧？当心 devil（恶魔）知道了。"

最后，还是没办法，气得她丈夫搬出去住了。那个女的倒是无所谓，反而更加肆无忌惮了。

鹿群夫妇也曾试着劝过这夫妻俩，但没起什么作用。大实话猜疑可能是他的那句玩笑话做的祟。在鹿太太的追问下，大实话就只好挑明了。众人才知道原来他当时那是个玩笑话，是说他们眼睛的大小、不是说的长相、气质和身材。

鹿群不满意地和大实话说："以后你说话得说清楚了、一次说完呀。你这一个大喘气就是几个月，你看已经把人家两口子给搞散了。"

"别，别，"大实话急了，说："您给我这帽子也太大了吧？我那不是找 nice thing to say（好听的说）呢吗？他们不牢靠可别怨我啊。这夫妻俩要是能被一句玩笑话给拆散了，那也太好笑了吧？"

鹿群夫妇劝大实话别嘴硬了，积点儿德，赶紧找人家把这事情说清楚，当心遭报应。

大实话当晚就打电话给扬基于说明了真相。扬基于说他已经心灰意冷、还说让他老婆随便吧。鹿太太上楼和小甘说了这

175

个情况。那女的气得连哭带闹地把她给骂了出来。小甘指责他们是成心要拆散她的家。更重要的是，她这才意识到现在她的签证还挂靠着她丈夫的呢，而且马上就要到期了，所以一下给急蒙了。

鹿太太一肚子的莫名其妙下楼来了。一路上还感叹自己这好人做得实在是哭笑不得。

当晚，鹿群问这房客公约是不是需要再加一条，不许吃饱了撑得无事生非。妻子完全同意，但想改成：If you have nothing nice to say，say nothing at all（如果没有什么好话，就什么也不要说）。鹿群说："那大实话不就没话说啦？"

"放心吧，"妻子说："让他的嘴委屈点儿，只会有好处。不过他也憋不住、不会不说的。"

第二天是周六，在客厅里看电视的老张一拍茶几，震得哐啷一声。厨房里的鹿太太赶过来问出什么事了。老张气得指着电视骂："简直是岂有此理！同样的事如果发生在美国就是：workplace violence（职场暴力）、discrimination（歧视）、civil disputes（民事纠纷）、hate crimes（因为仇恨而犯罪）和 terrorism（恐怖主义），怎么一到中国就成了 uprising（起义）了？"

鹿太太没完全听明白，就说："这茶几可是我的。打坏了可是要赔的啊。"

老张那看她的眼神里好象带着说她不可思议的意思。其实，他心里在哀叹："燕雀呀。"

几个人又在洗衣房修那个洗衣机。他们已经折腾了很长时间了，也没弄好，只好去请老丁。老丁进来忙活了起来。小李听着没那清零哐啷的噪声了，进来就说："还是我们老丁厉害！一下就修好了。"

"什么呀？"大实话说："他把电源给拔了。"

鹿太太过来说："你们就别在旁边指手划脚、看热闹了。没看见人家在修呢吗？"

小武子一愁莫展地从他的房间里低着头出来了。

"嘿，"小李问："怎么这么无精打采的，还在为 Diana（戴安娜）伤心呢？"

176

"没有，没有，"小武子说："那碍我什么事儿呀？是我自己的事儿。"

小李问："出什么事儿呀？这么 gloomy（阴沉）。"

"别提了，"小武子说："刚刚算了一下今年的税，我有可能交不起了。"

小李羡慕地问："真行啊你，挣了很多钱吧？"

"没有，"小武子愁眉苦脸说："哪有那么好的事儿。只是账面上炒股挣得太多了。可那些钱都被股市套牢了呀。"

在客厅里，大家听说小武子的情况后，都表示不同程度的同情，或者同病相怜，因为他们也得为那些多多少少的炒股所得交税。大家商议着给小武子出主意，是借钱上税、还是申请推迟到夏天再说，一时定不下来。

大家感叹这钱一定得攥在自己手里，否则和现在一样，得求人家还一些本来就是自己的钱、多难呀。小武子说："怪不得美国政府那么有钱呢。这钱只要一动就得交税。挣钱要交所得税、买卖东西都要交 sales tax（销售税）、有财产的要交财产税、还有遗产税。真是万税呀。"

房客小韩说："这要给咱国人，早他妈的揭竿而起了。"

"没错儿，"老张说："美国建国的起因之一就是抗税。所以咱国内喊万岁可以，收万税可不行。"

鹿群说："咱国人也太实诚，起什么义呀？还是人家美国人聪明，他们看到的是商机。这不就有很多 Tax Defenders（税务斗士）帮助人们和 IRS（美国税务局）做斗争吗？"

"所以呀，"老张说："我们能做的是：好好挣钱、好好避税。这一点还是国内好，基本不交税。"

小李问："一直没搞明白，政府印钱不就行了？收什么税呀？"

"也是，"老张说："没必要这么麻烦嘛。可能是为了均富、创造就业机会？"

鹿群说："你们可能不知道？这 property tax（房地产税）也设计得高明。因为住房子的时候都希望房子的价格越低越好，卖房子的都希望它越高越好，所以即使 fight（争斗）也是老百姓、邻居之间的事，政府只管按时收钱。"

小武子说："可能避税的路数也有，只是我们一般人不容易知道。很多时候我都觉得美国这些复杂的问题和程序，都是律师们为他们自己预先设计好的生财之路。"

　　小韩问："又想学 law（法律）啦？"

　　"不会的，"小武子摇摇手说："我得学个和日常生活息息相关的专业。这样才能过得安心些。这 Lawyer（律师）每天 handle（处理）的都是 negative（负面）的东西，迟早要 depress（压抑、抑郁）得出问题的。"

　　"说起这 tax（税），"老张说："倒让我想起我们国人真是缺脑子。当年大跃进的时候，你多报产量就得多交粮呀。正常的逻辑应该是少报、少交才对呀。"他比划着说："我这么小的时候就问过我爸这事，结果被扇了个耳瓜子。"

　　小武子说："不得了啊，老张！真是天才呀。你真应该去干 politics（政治），"

　　"国内历来都是攀比之风把人都给搞疯了，"鹿群不置可否地说了这么一句。

　　鹿太太是周末车库甩卖（Garage Sales）淘宝队自封的队长。平时很难召集到几个人一同光顾周末的那些车库甩卖，因为男人们更喜欢打牌、下棋、运动、和收拾院子。

　　这个周五晚上，几个人在客厅里看了一个电视节目。里面讲述的是一位老人在个车库甩卖上无意中找到了一幅油画。之后被估价的人说值几百万美元。大家都说："还有这样的好事？太渺茫了吧？还是洗洗睡吧。"

　　鹿群自言自语地纳闷道："这 garage sale（车库甩卖）还有钱在电视上做广告？"

　　第二天一大早，鹿太太不再召集淘宝队队员们了，连早饭都没来得及吃，就偷偷一个人开车出去了。在旁边几个社区的车库甩卖上陆续碰到了另外三家房客。大家略感尴尬地打招呼、都说是起得早、也没什么事儿就随便出来转转。

　　老丁一向是独来独往，已经在七点之前把这附近的甩卖场扫荡了一遍，回去随便吃了点儿早饭，又出去帮人搬家去了。他算过了，类似这车库甩卖的小打小闹，IRS（美国税务局）是无瑕、也根本无法跟踪的，所以这是个税收上的漏洞。其他人可能是为了淘宝，而老丁是为免税的收入、减税和淘宝。

178

在随后的几个周末，大家满世界地找车库甩卖。最后，还是鹿太太聪明，她和几个老墨搭档因为他们知道的更多。她还顺便学了几个简单的西班牙语词汇以便和他们交流，象：Muy bien（很好）、Amigo（朋友）、Adios（再见），其它的就只好用彼此的支离破碎的英语和手脚的比划了。

其中一个老墨其实是从洪都拉斯（Honduras）途经墨西哥一路跋涉走来的，他可能姓陈（Chan）。他对鹿太太特别热情，仔细交流了一会儿后才明白他是中国人的后裔。他的祖上是清末去那儿扎根的华人，并且他们村子里有将近一半的人都跟中国人的姓。

鹿太太热情地邀请他去她家，说去了可以见到很多华人。来了以后才发现，这位可能姓陈的同胞根本不懂中、英文，只能说些只字片语的墨西哥英语（Spanglish）和大家微笑点头。

还好，Chan（陈）画的挺好，他把他的故事画在纸上，众人看明白了。原来，墨西哥是南美洲国家里唯一和美国接壤的国家，其它南美国家的人必须通过墨西哥才能走到美国。墨西哥封锁她和南美国家的边境，还在她的境内抓捕、遣返其它南美洲国家的人。她是要把能走到美国的这个好处只留给墨西哥人，因为来美国打工的墨西哥人寄钱回家是墨西哥很大的一笔收入。

所以，Chan 得先伪装成墨西哥人才得以通过墨西哥走到美国。他来美国后还得伪装成墨西哥人，因为很多打工的地方都被墨西哥人垄断了。

鹿太太不由地问："美国这么乱呀？怎么还这么安定？"

"当然，"老张说："美国现在是 party（聚会）阶段。要是经济出什么大问题，肯定会比前南斯拉夫都乱。你看，印第安人要把其他人都赶走；墨西哥人要把西南各州收回，她现在就鼓励墨西哥人去那些州，因为她认为那些地方本来就是她的；黑人和白人不可能对付；亚洲人比较尴尬，出了问题真不知道该怎么办，肯定是夹在中间受气。"

小李试探着问："都去加州呢？"

"Mexico（墨西哥）说加州也是她的，"老张答到。

众人听得都开始略微地沮丧了。还好，老张描述的景象可能只是他自己的幻想。

Chan（陈）吃喝完毕就和大家 adios（再见）了。

又一个周六的下午，大家扫荡车库甩卖回来正在客厅里吃水果、聊天儿、看电视。中国男足又失利了。老张大骂了起来，小易说："别骂啦，已经是我们的最高水平了。"

老张说："应该海选！取消国家培养，美国就这样。"

"那不和印度一样啦？"大实话说。

老张看看他，说："那还是算了吧。"

鹿群说："人家美国这儿的运动条件是好，可不是国家管的，都是私人的生意。"

"别价，"老张说："别什么都和美国一样，有什么意思呀？每个国家都有自己过日子的办法嘛。"

鹿群笑了，说："国人的特点是什么都和国家要，所以来了这自由世界反而不适应，因为在这儿什么都得自己去挣。其实，现在国内的制度挺适合国情的。"

老张说："我知道这儿有很多人成天地瞎喊着要民主自由，也不问问会 come with what（会带来什么）。美国人常常讲，be careful what you are asking for（当心你在要什么）。"

这时，小易一家异常兴奋地回来了。他们今天淘回一件破损不堪、锈迹斑斑的宝贝，看上去象是把古中国或者古罗马的战刀。大家传来传去地看了一圈，都羡慕不已，说看上去象是青铜的，这下得价值连城了。老张说："说不定是哪个洋鬼子从中国抢来的，又被不识货的不屑子孙给贱卖了。哦，如果真是这样，那我们小易都可能是民族英雄了。"

小易说自己在上海倒过古玩，这个应该是真的。他们夫妻俩商量着是不是需要马上出去买个保险柜。鹿太太说："你还不如去银行租一个呢？这要是传出去，贼还不成天价惦记着我们这儿呀？"

小易说："我这就去 check it out（搞清楚），看哪个 op-tion（选项）更合算。"

老丁挣钱、省钱的路子很多，但同时也很老实怕事、很守规矩。这也是海外华人的共同美德之一。今年，他请了一个会计师来帮忙做退税申请（Tax return）。那个会计师准时赴约来敲门，可老丁一时忙得没能按时回来。

小李开门问明缘由后就把他让了进来。她以为是鹿家请的，就喊："鹿太太，你们请的 accountant（会计师）来了。"鹿群夫妇一脸疑惑地出来了。鹿群过来问清楚后才知道是老丁请的。大家都不知道老丁在哪儿。那个人只好留下名片就走了。众人议论，都觉得老丁这人真是深不可测，到底今年挣了多少钱呀？

过了一会儿，老丁急急忙忙地回来了。今天他又淘回来一堆东西放在他的卡车上正准备往里搬。鹿太太看到就说："不能放进来啊。"

老丁说："就放一会儿，明天就有人来搬走了。"他进门就问大家，有人找过他没有。

小武子机灵、抢先答到："没有啊。有什么事儿吗？"

老丁敷衍着说没什么事儿。然后就转身去厨房找东西先垫垫肚子，因为一会儿他还要再出去帮人搬东西。

这时，小易夫妇抬着一个大盒子回来了。大家围拢了过来，都好奇这美国的保险箱是个什么样子。小易和鹿群夫妇说还是自己买一个合算、放心，但这刀也太长了，他们只好买了个装步枪的那种长长的保险柜。

老丁听说小易今天淘到一个宝贝，就追着问。搞清楚在哪家的车库甩卖上淘到的后，他后悔不已地说："我怎么就没看到这个呢？"

大家说："你又不喜欢 garage sales（车库甩卖）。再说你那么忙，哪有时间去呀？"

"我当然。。。"老丁欲语而止，只好在心里继续后悔。

当天晚饭，大家故伎重演又把老丁整了个半醉才搞明白那会计师的问题。其实，老丁今年的钱是挣了不少，可是来路太多，非得请个会计师才能给理顺喽。他自己又太忙所以请人帮忙也是一时迫不得已。那些淘来的家俱是要捐出去、减税用的。大家纷纷感慨，觉得真是自愧不如。

鹿群说他认识一个懂古董的，说明天带回来帮着给鉴别一下。第二天上午，那人来了，吃喝好以后，他端坐在客厅里，让小易把那个宝贝请出来。

只见易太太前面看路，小易抱着那个保险柜从楼上慢慢下来了。他们把保险柜轻轻地放在那个乒乓台上。小易拿出钥匙打开保险柜，拿出了那个用两层浴巾包裹着的那把古战刀，摊开在乒乓台上。

那人扶了一下眼镜，说把灯打开，然后仔细地翻来覆去地看了一遍，又端坐好，问大家："你们 ready（准备好）了吗？"见旁边的人纷纷点头，他就郑重而干脆地说了一句："这是个仿的。"

"Impossible（不可能）！"小易马上喊道："我是不会看错的。你凭什么说这是仿的！？"

"先别急嘛，"那人说："你看看这工艺，一看就知道是造好后给埋土里、沾点儿泥巴来糊弄人的嘛。再说这也不是好铜啊，你们看这铜锈都能沾到手上，可能是染料。真的铜锈是不可能的。"

小易赶紧摸了摸，看着手上的浅绿色，一下急得脸都白了，只是不停地说："这怎么可能？这怎么可能吗？"

那人看到小易如此状态，连忙指着那个刀板柄说："不骗你，看这里头有个小商标，上面印着：'china（中国）'。"

小易顺着往刀柄的空洞里一看，果然有个灰黑色、小小的、长方型的胶纸。他一下就跌坐在椅子上，开始直眼儿了。

正在围观的众人这才放松地出了一口气，否则这还不让大家美慕和嫉妒死了。他们转而开始微笑着劝慰小易夫妇。小武子拍拍小易的肩膀，说："没事儿的啦。你们又不是按价值连城的价儿买的。"

小穆笑道："没关系。放它个一百年也就是古董了。"

"依我看呀，"老丁认真地说："那个标签也说明不了什么问题，因为不管是不是古董，它都是 Made in China（中国制造）的嘛。"

"胡说什么呀？"鹿太太说："古代哪会有这 China（中国）的标签呀？"

老丁不服道："现代人也可以给古董上贴嘛。那个 China 里的 c 是个小写的，所以不是指国家，是指瓷器。"

"谁会那么缺脑子？"老张说："那岂不是把古董当衬衣卖啦？唉，这不是瓷器，是青铜器呀。肯定是他们贴错了。"

小武子又拍拍小易的肩膀，说："吃亏是福。你以后一定能淘到个真货的。"

182

小易太太一边揉搓、按摩着丈夫的胸脯，一边急得冲着大家喊道："你们就别再添乱了！"

终于缓过劲儿来的小易叹了口气，说："没事儿了。只是想不到多年不干这个，会在这阴沟里翻船。还好，损失不算太大，也就一百块。"

那位古董鉴赏家马上说："这么一说，你还赚了呢。"

小易问："什么意思？"

"你看啊，"那人接着说："就这样工艺的装饰品，在一般的家具店里怎么也得卖两百多块呀。你要是觉得亏了，可以卖给我，你出个价儿。这东西摆家里还挺气派的，况且从国内搬来也不那么容易。"

小易夫妇突然警惕地看着那人，说："行，行，让我们想想看。"然后，二人小心翼翼地把那东西包好、锁回保险柜。夫妻俩又一个看道儿、一个搬运，一步一步地把那个步枪保险柜抱回楼上他们的房间里去了。

晚上睡觉，小易夫妇在被窝里聊天儿、互相宽慰着。小易问他太太："你说那个标签是哪来的？怎么一开始我们没看到呢？"

小易太太说："但愿是那人想骗我们这个东西，偷偷贴上去的。"

小易说："不能排除这个可能呀。当年我在上海可是见过很多类似的把戏呀。"

报完税了，老丁还是照常往家里搬旧东西。鹿太太问他为什么。他说是为明年报税用呀。鹿太太只好摇头说："真服了你了。"想了一下又赶紧叮嘱老丁，说："可别把蟑螂和蚂蚁给我们带回来，否则这杀虫子的钱得你出啊。"

"什么？"老丁回过头来抗议道："这太不公平了吧？别人也往家里搬东西呀。即使有虫子你又怎么能确定是我给弄进来的呢？"

"你的可能性最大呀，"鹿太太说："谁都没有你这么多、这么频繁地搬呀？况且你那些东西都是旧的。你出大头总可以吧？"

"让我想想看啊，"老丁说："我可没同意啊。"

在客厅里，大家看完戴安娜葬礼的重播后，开始惋惜地谈论这件事。"可惜呀，"老张说："最大的可能是惹了不该惹的人了，更准确地讲是被媒体给捧杀了。搞得她可能都忘了英国皇家的红线了，严重误判了自己的影响力。"

"应了句古话，"鹿群说："红颜薄命。漂亮女人容易忘乎所以、以至杀身之祸。"

"也值了，"大实话说："她这婚礼和葬礼可都是轰动全球呀。本应该是 happily ever after（从此永远幸福）的。现在却落了个这结局，还是挺可惜的。"

"说实在的，"小武子说："这样的结局更有戏剧价值了，是个经典的现代童话。这媒体也太下作了，为了他们自己的饭碗，活活地把 Diana（戴安娜）给折腾死了。"

甘金蓉说："是她自己也太不珍惜了。我要是能嫁进皇家，肯定是老老实实地跟人家好好过日子呀。"

"您就闭嘴吧，"大实话说："你还说出了国就好好过日子呢。看你把人家小杨给折腾的，都真得信了教了。"

老张说："他现在信还有什么用？他们已经吵散了。"

"可不是，"大实话说："要不说他是真信了呢？"

小甘欲语而止、瞪了他们一眼就走开了。

大家继续讨论如何合法避税。可谈何容易呀。鹿群说："我们这上班的除了捐也就没别的了。做个小买卖倒是可以减税了，可又能做什么呢？"

传销的人趁势而入。房客们都加入以图减税。最后发觉那传销的月费和需要买东西比减的税高出去很多，所以很快就没人再干那个了。

小武子和老丁看电视知道了德州扑克（Texas Hold'em），这个很流行的 card game（牌）。两个人去图书馆借了两本相关的书籍，花了一个多小时就学会了。第二天，小武子又去问他的同事，搞清楚了哪儿有牌局。因为这牌桌上的输赢都是现金交易，没有税的问题，所以这两个人特别感兴趣。

几天后，两个人去了个牌局。老丁有张天生的、处变不惊、不漏声色的扑克牌脸（Poker face），好象打了 botox（一种能让皮肤绷紧的神经毒素）似的。再加上一副能遮住几乎半张脸的墨镜，更没人能看出他的表情变化了。他们两个的牌艺高超，结果，几周下来就因为赢得太多，被那个庄家摔了个耳光、踹了一脚给请了出去。从此，他们两个名声在外，也进不了其它的牌局了。

老丁不甘心白花那么多时间学了这德州扑克，还没得赚。他就想教大家玩，也好赢点儿这免税的现金。没成想，被大家民主了一下，不得不跟着拱猪了。

几盘下来，其它三人都贴上猪了，只是老丁一头猪都没有。他一边抱着狗玩、一边不经意地看着手上的牌。输急了眼的房客小韩说："老丁！你对狗那么好干什么呢？"

老丁反驳道："我对狗再好，它也不会登鼻子上眼、要这要那地欺负我吧？这可是老美说的啊。况且，我每天回来只有这个小东西跑来和我打招呼。"

"没错了，"老张笑着说："人和狗的区别之一是后者根本不要钱。这话又说回来了，别人倒是想跟你打招呼呢，可你这成天轻手轻脚的，只有犬族能听见。"

"你练过轻功吧？"小韩问。

"没有，"老丁说："和我二大爷学过一年的鹰钩拳。"

小韩没听清楚，便问道："什么？阴沟圈？"

老丁不耐烦地纠正小韩道："不，是鹰钩拳，老鹰的鹰，钩子的钩。"接着，他看看手里的牌，说："行了，就你们这水平，还是练好再找我打吧。"

众人也服气。剩下的三人又坐了一会儿，开始收牌。老张看着老丁的牌说："我操！这老家伙可真贼呀。他手上的这把准出圈。"

其他二人看看，安慰他说："人家还是比我们打得好。"

"是啊，算不过他，"老张服气地说。

小韩又问："他今天为什么非要教我们 Texas Hold'em（德州扑克）呀？"

老张说："电视上有，赌钱的。"

其他二人同时说："哦。难怪我们老丁这么感兴趣呢！"

第六章

15，春热

这年的四月中，外面是春风拂面、生机盎然、遍地嫩绿、鲜花争艳。鹿家的那窝燕子又回来做窝了，鹿太太让丈夫把那门前砖地上燕子的粪便和泥浆冲洗掉，她怕禽流感。

卸掉冬装的人们都有焕然一新的轻松和清新感。他们和那些年轻的雌雄性动物们一样，开始跃跃欲试，在那旷野里不安地骚动了起来。

事物都得一分为二，不好的是，上下班的路上被汽车撞死的动物也多了起来。按小李的话讲：又开始那一年一度的惨不忍睹了。可能是因为有些刚出生的小动物还没能适应那些高速行驶的车辆，所以没能通过这个人为的筛选步骤。

房客崔希福在回来的路上撞了个臭鼬。他进门就喝水，抱怨道："它们怎么也不知道躲一下呢？我开得也不快呀。这车上给弄得臭哄哄的，window（窗子）都不能开了。"

"别不讲理啊，"小李说："人家 skunk（臭鼬）在这儿住得好好的，是人类把这儿给开发了。你还嫌人家不让路？"

小穆给自己太太帮腔道："据说这 baby skunk（小臭鼬）的视力、听力还没完全发育好，所以你开车要小心一点儿、尤其是现在这繁殖季节。"

鹿群安慰他说："从生物学角度来讲，skunk 还应该感谢你呢，你帮他们优胜劣汰了。"

"那我不成狼了？"崔希福说。

"没必要这么难受了，"大实话安慰他说："其实也没什么大不了的，周末去祷告祷告，赎赎罪不就得了，人人有 sin（罪）嘛。上次你不是还说你没有 sin 吗？这不就来了？"

小崔白了他一眼就走开了。

"吃 roadkills（被汽车撞死的动物）合法吗？"老丁问。

186

"什么！？"大实话说："应该不合法，乱吃还不得病啊？别吓唬我们啊，连 skunk（臭鼬）你也敢吃？恐怕连广东人都没你这么邪乎。"

　　老丁说："好好 cook（烹饪）不就行了？"

　　"真服了你了，"大实话看看老丁，摇头道。

　　暖春偕意，牌友们和结束冬眠的浣熊一样从洞里出来了。几个人到后院把阳台打扫干净，把牌整理好，准备开打。

　　最近，老张正在给国内亲戚的孩子讲述学业计划。他说："人家美国人在教育方面还是比较实际的。主要是看重专业，然后才看学校。国人在这方面正好相反，有些浮躁。"

　　"我觉得啊，"鹿群说："可能是科举意识在作怪。还有就是国内留学中介的恶意炒作，或者他们是对症下药、投其所好。"

　　房客姜湖滨说："我们也不例外呀。当年我考上博士的时候，院子里的一位老爷爷就跟我说：'你下一步就应该是庭试和点状元了。'"

　　众人笑了。

　　"不稀奇，"鹿群说："我们国家的科举意识有至少八百多年的历史，可以说是根深蒂固的典型了。"

　　"其实呀，"老张说："这硕士、博士并不是适合每一个会考试的人的，尤其是博士，它只适合真想进学术界去搞学问的人。其实在美国，实际工作经验和人际关系比学位重要的多。人家美国的五十多个总统里只有一个是 Ph.D.（博士），而且还是最差的一个。现在国内的能人们都各显神通地捞学位，其实只是放在名片上唬唬人而已。"

　　小武子说："当然我们是为出国、办身份，没办法。再说学位只是学识、兴趣爱好、和学习能力的指标之一，在国内的官场、商场上混，恐怕这肝、胃功能要比学位重要的多吧？"

　　"就是嘛，"姜湖滨说："人家 Bill Gates（比尔 盖辞）和 Steve Jobs（史蒂夫 乔布思）就都没读完大学。"

　　"这可是个误区啊，"老张说："人家可不是读不完大学，只是不想浪费时间去上那些没用的必修课而已。人家只选有用的去修，而且还是满世界地去选，比上大学贵多了。"

"的确，"鹿群说："以后的大学就应该这样，取消必修课和时间限制。按个人需要来决定学什么课，totally individuallized curriculum（纯粹个人化的课程）。"

"那不成了职业培训班啦？"小武子说。

鹿群说："本来就都是职业培训嘛。是我们那科举意识把那些学位神话了，以为是鲤鱼跳龙门呢。"

"唉，"老张说："如果大家都把学士、硕士、博士都当作职业培训，那不就可以消除你说的科举意识了吗？"

"不能一刀切呀，"姜湖滨说："要给人 options（选择），这样才能开始和进行下去。有的人可能还就喜欢科举制呢？You never know（谁知道呢）。"

"科举制当然好了，能一劳永逸，"鹿群说："其实古代的科举也不是唯一的出路，还有武举呢。如果文武双不全，也还能捐一个，否则还不把富人给急死了。现在国内的资本家、个体户不是也可以入党了吗？"

"对头！"老张高兴地说："路子要多，想怎么走是个人的选择。"

小武子说："不错，不错。你看咱这牌桌儿还没开打就又酝酿出了一条治国方略。老张赶快给胡主席写信讲一讲。"

"不行，不行，"老张笑着说："这条得等我当主席了自己用，否则到时候只能无为而治了。总得有点儿丰功伟绩，对吧？"

鹿群笑着说："那你先给胡主席写信，给咱这牌桌儿要点儿 funding（经费）呀。"

老张说："给你们个 raincheck（欠条），等我当了国家主席给你们一起补上。"

小武子开始发牌，说："一言为定啊。"

"当然了，"老张看着手里的牌应道。

这时，从房间里传来一连几声的大叫。牌友们隔着窗子往客厅里看，原来是今年的过敏季节开始了。

三位房客开始满屋子里不停地打喷嚏。他们轮番恳请鹿太太关上窗子、换空气过滤板、把温度打低一些。这天，鹿太太和他们说："这过敏打喷嚏呀是你们免疫力的问题，和空调没多大关系。给家里通通气对你们提高免疫力也是有好处呀。"

"可花粉也进来了啦，"其中一个红着鼻子、眼睛的异议道。

"那花粉有多小你们知道吗？"鹿太太认真地说："都是microscopic（显微级）的。还没什么东西能挡住它们呢。况且你们不早点儿适应这儿的环境，还怎么出门呢？"

说不过她，这三个人只好先各自对付那止不住的喷嚏和鼻涕。

房客刘银桂不高兴了，他质问那几位为什么不遮拦好。鼻子和眼睛已经红肿的房客冰玉成说："你有点儿同情心好不好呀？看我们这难受的。你好意思吗？"

"不是没同情心，"小刘说："只是请你们打喷嚏的时候适当地遮挡一下。这吃的、喝的都在这儿呢。"

大家开始研究打针、吃药、和吃花粉以图来个以毒攻毒之效。鹿群进来拿水，和他们几个说："别担心，没太大的关系的，熬上几年就好了。很多华人都要过这一关的。"

"还有啊，"鹿太太说："可能是因为我们换地方了。换地方太勤快了也不好，因为每个地方的过敏源不一样。"

小李说："也怪这地方的空气平时太干净、植被太密、湿度也太高了。"

"我敢保证啊，"鹿太太说："等国内治理好沙尘暴、雾霾，和绿化好以后，老百姓肯定又要开始跟政府抱怨花粉过敏了。"

一位曾在德国作访问学者，现在转到这儿来攻读博士学位的长沙人，房客蔡明德，正在给谢丽儿介绍着德国风情，可他那双眼睛总是在人家身上转着。他心不在焉地说："那儿真好，中国人真少。。。"

谢丽儿一瞪眼，问道："什么！？"

"啊？"蔡明德赶紧说："我没别的意思，只是说个事实。你知道哪儿能买到德式面包吗？"他从德国一来美国就到处打听，要寻找正宗的德国面包，声称没那面包就没食欲。

谢丽儿不耐烦地说不知道，然后就指着他的鼻子质问道："瞎看什么？把你那眼睛管好啊！"谢丽儿的确是属于那种丰满耐看的一类。

"什么？"蔡明德明显紧张了，假装是在看谢丽儿的衣服，说："我只是 love（喜欢）你的 jeans（牛仔裤）。"

谢丽儿瞪他一眼、大喝一声："你臭流氓你！"转身就大步走出了厨房。

蔡明德假装委屈找鹿群说这事儿。鹿群指导他，说："这看女人呢，就大方地看。要和美国人一样，正常地、笑眯眯地夸人家；千万别跟做贼似的，更不要 deny（否认），因为那是生物本能。你说声对不起，然后说只是因为人家太漂亮了，不就不挨骂了嘛。还有一个办法是找个机会看个饱，看腻了也就不看了。实在不行就戴墨镜。"

蔡明德说："那不成保镖了？"

"没错儿呀，"鹿群说："Body guard（保镖）戴墨镜就是为了不让别人知道他在看什么。不过这 privilege（特权）也经常被 abuse（滥用）。去年有个总统保镖站那儿警戒的时候，晕倒、摔伤、被送医院了。后来才发现，那小子是戴着墨镜站那儿迷糊着了。"

蔡明德觉得自己要给绕进去了，马上连忙坚称自己真的是在看那条牛仔裤。鹿群说："那就好，那就好。"蔡明德又问鹿群德国面包的问题。鹿群说："去找个 bakery（面包店）问问不就行了？"

从此，小蔡就不好意思再到处问那个面包的问题了。

还好，美国开启的第二次中东战争开始了。大家没人再答理他那份儿和面包有关的矫情了，都开始关注战事。大实话说："其实这也不过就是为了保证 free flow of oil at a reasonable market price（源源不断的合理市场价的石油）。"

"别说风凉话啊，"小武子说："这世上最便宜的汽油我们可是在天天享受着呢啊。"

蔡明德还在想着过敏的事儿，就认真地问他们："是不是吃鱼能治过敏？从来没听说过鱼虾过敏呀。那么密的精子、孢子在水里飘着。"

"胡说什么呀，"小武子说："还有好多人吃鱼 allergic（过敏）呢。我看把你吃了得了，你就不过敏。"

连正在过敏的那几位也跟着哈哈大笑了起来。

小易太太又过敏了。在客厅里的那一连串的喷嚏后，她发现老张在她每个喷嚏后都说：bless you（保佑您），而丈夫小易在旁边低头看报纸、无动于衷，好象事先安排好由老张全权代劳似的。小易太太生气了，就怒问小易是怎么回事，怎么一个 bless you 都不说。小易说："啊？你那不停地打，我说得过来吗？"

"人家老张怎么就行呢？"小易太太还是不满，接着就是一个喷嚏。老张马上给接了个 bless you。小易太太马上喊道："你看看！你还不说！？"

"什么？什么？你又没告诉我你要打，"小易急了。

小易太太质问道："那人家老张是怎么知道的！？"接着就又是一个喷嚏。老张又给接了个 bless you。

小易急了，喊道："老张！你这是干什么！？"

"啊，"老张抬头问："看报啊，怎么了？"

小易太太看看他们就去厨房拿纸巾去了。

"你为什么总是抢着说 bless you 呢？"小易大声问道。

"什么？"老张糊涂了，问："抢什么？"小易太太那边儿又是一个喷嚏，老张马上来了个 bless you。

"你看你，"小易喊道："怎么还抢？"

"哦，这事儿呀，"老张说："谁抢着说这呀？"小易太太又是一个喷嚏，老张又是一个 bless you。

小易喊道："你怎么还抢？"

"你反应也太慢啦，"老张异议道。

"行了，"小易说："别抢我老婆的喷嚏就行。"

"谁抢了？"老张说："这在美国不都习惯了吗？一听有人打喷嚏，就喊声 bless you。"

小易真急了，大喊："不许抢我老婆的！"

"什么！？"老张认真了，说："我又没别的意思，这不都习惯了、成下意识、条件反射了嘛。"

"我不管你怎样啊，"小易认真地说："我老婆打喷嚏的时候不许你说 bless you。"

"好好，"老张糊涂了，心想在美国打喷嚏的时候，有人说 bless you，说明打喷嚏的人缘好呀。按国人的习惯，也是被人想才打喷嚏，是好事呀。难道小易老婆被别人想得 too much

（太多）啦？这说明他老婆没想别人，只是被想了，也是好事呀。老张不明白小易认真个什么劲儿，只好看看他，答应道："那我试试啊。"

小易放松了。他的妻子又打了个喷嚏。老张看看他，轻轻挥动着右手、示意小易该说 bless you（保佑您）了。他不明白老张的手势，就问怎么了。老张说了声 bless you。小易恍然大悟，喊道："你怎么还抢？"

"谁抢了！？"老张说："我那是提醒你呢。才知道你怎么反应这么慢呢！"

"谁反应慢了？"小易说："不是正在跟你争别的事儿呢吗？再说啦，谁知道你那一晃悠是啥意思呀？"

老张刚想反驳，在厨房里的小易太太就又来了个喷嚏。老张刚想晃悠右手，想到小易刚才的话他就一下子僵那儿了。小易看着他，质问道："你这又是怎么了？"

"嗨！"老张急了，大声喊道："你小子该说 bless you 啦！"

小易明白了，说了声 bless you。他无奈地说："这谁这么多事儿，发明了这烂习惯？"

老张说："据个印度人说是印度人发明的。"

"哦，"小易说："难怪这么烦人呢。"

老张建议道："和你老婆回你们的房间去，不就没人跟你抢了？"

"唉，"小易叹了口气，说："在屋里总是我一个人说 bless you，说累了。那屋子里也让她打得味道都不对了。"

老张赶紧说："那你们出去呀，在外头谁会跟你抢呀？"

小易摇摇头说："出得去吗？外面花粉那么多。"

老张没主意了，只好说："那你可得反应快点儿啊。"

小易点头。

老张问："你老婆这是怎么了？过敏太难受啦？"

"这又不是她第一次过敏，"小易说："可能还是 Cherry（樱桃）的那个同学的问题。不就多看了几眼吗？"

"还气着呐？"老张问："这气性可够大的啊。"

"可不！"小易也觉得不可思议。

"人之常情，"老张说："你抓她一次看别的男的的现行不就扯平了。"

"哈，哈！"小易乐了，拍拍老张，说："好主意呀！佩服！佩服！"

没过两天，刘银桂也开始不停地打喷嚏了。他和那几位喷嚏友说："都是你们传染的。"

"别胡说啊，"冰玉成说："这玩意儿能传染吗？"

刘银桂说："我说的是情绪上的感染。这可怎么办呀，还得上班呢？"

"现在你知道有多难受了？"冰玉成说："我这儿有药，你先吃点儿？能管八小时呢。"

"谢谢啊，"刘银桂接过来，去吃药了。

一个从国内来开会的鹿群的同学在这里暂住两日，看着那几个人的惨样，说："这儿的环境这么好，你们还过敏？多可惜呀？"

"你以为我们乐意呀？"那几个回道。

鹿太太笑着说："还是我们农村孩子皮实，都没事儿。这和免疫力有关，也是个警醒，你们该补补了。"

大家问："你怎么成农村孩子了？你家不是合肥的吗？"

"我在临汾插了六年队呢，当然是地道的农村孩子啦，"鹿太太笑道。

传销副总裁胡序的人马闻讯而入。他们通过不同房客的介绍，接踵而来地给大家介绍了很多种产品。据他们说都能治过敏而且以身试法证明每个产品都有很成功的例证。

有几个乱求医的随即买了开吃。过了几天发现无济于事。气得骂传销的心黑。鹿群说："你们还是要相信科学。他们连护士都不是，怎么能信呢？"

"怎么能这么说呢？"胡序不服道："我们在国内可都是医生啊，只不过是不希罕考这儿那个 certificate（医师资格认证）而已。我觉得应该更要相信统计和奇迹。"他接着就建议喷嚏友们吃最新的花粉产品。"

刘银桂笑了，说："你还嫌我们这每天吃得不够啊？这就是给 pollen（花粉）折腾的。您是让我买东西呢，还是这东西真有用啊？"

"应该有用，"胡序说："试试没坏处嘛。万一 work（有用）呢？任何药都不是适合每一个人的，而且还得长期服用了才能知道是否有效呀。"

刘银桂把鼻子擦了擦，说："No offense（没想冒犯你）啊，你这也太缺德了！"

胡序说："怎么骂人呢？我们是来帮大家的呀。"

"没骂呀，"刘银桂说："我不是说 no offense 了吗。"

胡序坚持道："不管说了什么，也不能骂人呀。"

又过了一周，他们的过敏还是没有明显的改善。大家除了注意天气预报，又加上了关注花粉预告了。

"大家现在能做的是，"鹿群说："好好锻炼身体，实在受不了了，用药控制一下。还要记住，多数时候不是应该吃什么，而是不吃什么。"

小刘说："也只能这样了，忍忍得了。"

这时，小李带回来一个人。她进来和大家说："你们练气功吧，一定有用的。这是我给你们请的师傅，黄参毅。"

"您是什么功啊？"鹿群客气地问，因为这儿的华人虽然不算多，可气功门派就听说有五个。

"气功，"黄参毅笑眯眯地回答。

"有用吗？"小刘关切地问。

黄参毅笑眯眯地反问道："不试一试怎么能知道呢？"

小刘叫了起来："怎么都这个腔调呢？是不是又得长期练了才知道是否有效呀？"

小李赶紧打圆场说："这锻炼锻炼只有好处没有坏处的呀，而且一分不掏。你们还犹豫什么呀？"

从此，鹿家客厅成了学气功和打坐的场所。不过敏的房客们，没事儿的时候，也跟着他们听音乐、打坐了起来。

一个台湾小伙子卫书明也来追樱桃，可他周末排队总是落后。在这春热（Spring fever，指动物们在春天的骚动不安）效应的影响下，他索性要在客厅里的沙发上睡，好第二天排个第一。老张说："你真象台湾的那首校园歌曲'黄黎鸟，'里头的那只蜗牛。当时这首歌被辅导员定为黄色歌曲，你们知道为什么吗？"小卫摇头。老张说："那个辅导员说那歌是怂恿学生们早恋、早动手。你知道那首歌吗？"

卫书明说："不知道耶。"

老张笑着说："你现在就像那只蜗牛。"

"啊，"卫书明还是没完全明白。

王萌义要给老板赶一些出去开会用的幻灯片，牌桌上三缺一，他们就硬把这个小卫拉了过来。小卫谨慎地问："你们是不是赌钱啊？"

"不赌钱，"老张说："只是打牌消遣。"

稍稍一教就开打了。不一会儿，小卫就给贴得满脸都是猪头。小武子安慰他："要想当大陆女婿必须先打好拱猪，否则人家会觉得你不聪明。"

"是吗？"小卫认真地问："我听说是打桥牌需要脑筋好耶。"

"错！"小易说："这拱猪在职场上可是很有用的呀。可以让你学会积攒好的 credit（分数）、避免 bad（坏）credit。有了成熟的拱猪 mentality（心态），你就会立于不败之地、就不会被拱出去了、就有 permanent job（永久职位）了。"

小卫认真地点头说："好好，我好好学。"

小易看着他那样子，笑着说："你看你不回归，这脸再大也不够贴呀。赶快回归了，把普通话说好、把这猪拱好，姑娘也追到啦，这脸也少受点儿罪。"

结果，这几个人喝着啤酒打了个通晓。

小卫睡至次日正午，醒来发现樱桃已经出去了。小伙子那个后悔，问鹿太太："你们怎么不 wake up（叫醒）我？"

鹿太太说："叫了，可叫不醒呀。"

"没关系，"老张安慰他说："你已经学到了更重要的东西，拱猪。最后的胜利一定是你的。回去好好 practice（练）吧。"

小卫将信将疑地说："好好，我得回去了。"他出门一开车就不慎碰了个水泥墩子，可能是酒还没醒透。

大家惊讶，冲出去把他救回。

樱桃下午回来发现了躺在沙发里的卫书明。她过意不去，只好抽时间照顾小卫。小卫很高兴，他悄悄和鹿太太说，自己这是因祸得福。

鹿太太过来悄悄说樱桃不该这样玩弄人家的感情。樱桃说：“我能那么做吗？是他听错了，不能怪我啊。”鹿太太问他是怎么听错的。樱桃说：“他总缠着问我什么时候有时间。我烦了，就说了个 someday（哪天）。谁知道他给听成 Sunday（星期天）了？这不，一到周末他就来了。”

“哦，”鹿太太说：“那他的英文是差了点儿，”然后就走开了。

又过了两周，花粉浓度最高的时期过去了。那几个鼻青脸肿的没什么太大的事儿了。

可那个气功行动还在鹿家的客厅里继续着，小城华埠里流传着气功对治过敏有用的传闻。因为人家分文未取，也不知道是否真的有用，所以，鹿家的房客们暂时还没人提出异议。

这天，在客厅里的小刘一边练着、一边憧憬着下一个春天，说：“这也太麻烦、太贵了，但愿明年不过敏了。”

“是啊，”在旁边打坐的大实话说：“本来是发情期，全给这花粉搅了，误了多少好事儿呀。唉，这倒是计划生育的一个办法，或者本来就是个自然选择的途径？”

小刘说：“就积点儿口德吧。哪个女的能受得了你这张嘴呀？你这 gutter mouth（和下水道一样脏的嘴）迟早要把你自己给劣汰了。”

“是我淘汰她们，”大实话跟小刘说：“你也别太难受，说不准再过个三、四年也就没事儿了。”

“那么长？”小刘说：“到时候不知道是脱敏了，还是遇到神医、神药了。”

“因人而易，”大实话说：“有些人还没那么快就能脱敏呢。你看啊，这春天的时候是 tree pollen（树花粉）、夏天是 weed（野草）的花粉、冬天是 mold（霉菌）的孢子粉，有你受的呢。”

小刘马上苦着脸说：“天呐，这还有完没完呀？我得考虑换个地方了。”

“别换了，哪儿都一样，”大实话说：“发展体育运动、增强人民体质。好好锻炼吧。”

小刘无奈地看着他。

这天下午，天天放学回来就哭了。天天妈赶紧把她抱进厨房，因为不能打搅那些在客厅里练功的，搞得他们走火入魔了可非同小可。

问清楚后，在场的人都笑了，说这孩子已经让樱桃带坏了，因为天天哭诉着，今天有三个男朋友都宣布不要跟她好了。鹿群安慰她说："没关系，咱还可以再找嘛。天天这么聪明、漂亮，肯定能找到的。"

天天抹掉眼泪说："怎么没关系呀？我现在只剩两个男朋友啦，Gary 还不能算，他是 gay（同性恋）。"

其他人哄堂大笑了起来，说这真是青出于蓝而胜于蓝呀，才多大就分出同性恋来了。鹿群笑道："都是这 Spring fever（春热）惹得。"

大家笑好后，鹿群夫妇低声讨论客厅里气功师徒们的问题。妻子问："过敏季节也过了，怎么还霸占着客厅呢？"

"心疼空调啦？"鹿群说。

"可不是？"妻子略微担忧地说："那么多九十八度（摄氏三十七度）的温箱，得费我们多少电呀？"

"这可不太好办呀，"鹿群说："也不知道这黄大师的来头，咱得小心点儿。要不让小李传个话，请他们到公园里去练？那儿空气好，说不定还可以多招些徒弟呢。"

"好！"妻子说："我这就去说。"

蔡明德最近除了到处找德国面包，还总是在显摆自己的德式干净和整洁。几位太太背后议论着他是同性恋的可能性，还感慨这同性恋是挺可惜的，因为他们大多数是聪明、英俊、干净、整洁。

蔡明德一次路过，听到大家的这些议论后就开始不干净、不整洁了，只是专心致志于制造德式面包这个攻关项目了。

这天，蔡明德高兴地过来，说请大家品尝一下他的杰作，一大块黑乎乎的德国面包。他津津有味地给大家讲述他的面包历险记。多番尝试后，他最后决定自己做，因为外面虽然有，但味道不地道，而且太贵、防腐剂太多。他有袋面包放在外面，快一个月了还不长霉，吓得他再也不敢吃了。

"Good for you（不错），"大实话目不转睛地看着电视说了一句。

197

"什么？Just this（就这）？"蔡明德问。

"怎么了？"大实话看看他。

"不冷不热的，"蔡明德说。

"Good（好吃），good，"大家敷衍着他，吃着他端过来的切好的面包，同时还看着电视上的中东战事。

蔡明德期待着大家更具体的赞誉，可他们只是看电视，好象也没那个意思。他只好又问是否好吃。大家纷纷说挺好吃的。蔡明德高兴了，说："我还有，给你们端来啊。"

众人看着电视，齐声大喊："No！（不）"

好心的蔡明德站在那儿，进退维谷，因为他不知道他们喊的那个'No'是指他的面包，还是萨达姆又出什么事儿了。他对那面包很自信，所以就凑过来看电视，看美国又把伊拉克怎么了。

16，宠物

老张做安利（Amway）已经有几个周末了。每个周末都有几家人来听他讲这个生意的做法。老张在国内当过中学老师，所以讲得很吸引人。他不时津津乐道地引古论今，听众们也听得过瘾，象是听书似的。他自己也得以重温过去讲课的快乐和满足。他才发觉这讲课其实是一种很受用的运动，所以讲课的动力越来越大，备课也更认真了，有时候都是通宵达旦地忙碌着备课。

老张的上线是一位戴眼镜、文质彬彬、名叫胡序，来自徐州的一位中年人，据他说他是著名主持人杨澜家的曾经的直接下线。他每次都西装革履地坐在会场最后面的一个座位上，给老张压阵脚和应对老张回答不了的疑难问题。

房客们也给老张面子，每次都把空出来的座位给坐满。主要是因为老张和胡序每次开会还提供免费的果酱三明治，大家可能觉得总不能一直无功受禄吧。

有时候，老张在台上讲，胡序就进厨房来喝点儿水，和鹿太太聊天儿，顺便也鼓励她加入。鹿太太总是推辞，说家务事太多、孩子太小、没时间。胡序也反复和她讲："你只要把你的房客都发展成你的下线，不需花什么力气也能做得很大的呀。放心吧，我再怎么着也不能糊弄老乡呀。"

这么几次后，鹿太太有点儿动心了，因为她也觉得她这儿象是个铁打的营盘，有房客们这些流水的兵，如果真能把他们都拉进来，胡序说的那个可能是可以实现地。当然，她还是不乏疑惑地说："那我得问问我的当家的，好吧？"

胡序乘胜追击，说："那你得先进去听一下嘛，我来帮你做饭。要不一会儿你怎么和你的当家的讲啊？"

鹿太太笑着问："你会做饭？"

"放心吧，"胡序笑道："我是国家认证的三级厨师，保证吃起来比一级的都好。你快 go（去）吧。"

鹿太太拿下围裙，说："好好，那我去了啊。"

胡序撸起袖子、接过那围裙就开始在厨房里忙活了起来。

天天去旁边的那个公园和三个同学们玩了一下午。在回家的路上，有一只小狗也跟着她一路跑了回来。大家都在客厅听老张的讲座，也没人注意到她和那条狗。她就悄悄地把狗藏在楼上她们房间的壁橱里了。

益燕灵放学回来，先过了楼下胡序的那一关，然后就上楼来找女儿。她一进屋子就看见了那只狗，问天天这是谁的狗。天天说："是它自己跟我回来的。"

"Oh，Lord（主啊），"天天妈说："这太麻烦了。我这每天没日没夜地忙，哪还有精力养狗啊。"说着就要把这狗拿起来，她准备把狗放到外面去、或者送掉。天天哭天抹泪地说自己管这条狗和给狗省一口饭。

小益只好下来和鹿群夫妇说了这个情况，并且问能不能暂时把狗留下，等天天过了这个新鲜劲儿再送掉。同时，她还保证马上制作一份寻狗启示，悄悄出去在附近的居民区里张贴好，希望有人来把那条狗领回去。鹿群夫妇也没办法，因为天天妈一个人带个孩子，还得读博士，已经很难了。

第二天，老丁发现天天的狗后非常高兴，很快就和这只小狗成了跨种忘年交。他和天天还给它起名叫：Spot（斑斑），因为它身上的那些斑点。

老丁坐在沙发上抱着斑斑玩的时候慢慢地开始了沉思冥想。过了一会儿，他放下狗，起身去厨房找鹿太太。他本来是想找她表达异议，可不巧，她带着孩子出去了。

老丁想好的理由是房客公约里明文规定不许有宠物。现在天天抱回一只小狗又不多交钱，他可以声称他和众房客倍感不公。去学校加班的时候他也在思前想后地琢磨这事儿。最后，他一拍大腿，终于有招儿了。

晚上一回来，老丁就把鹿太太从那传销会里叫了出来。他和鹿太太说："关于天天养狗的事情，我们得谈一谈。"

鹿太太不解道："天天养条狗，有你我什么事儿呀？我还得回去接着听 seminar（讲座）呢。"

"不是我，"老丁赶忙拉住她说："是其他人也觉得不公平，都需要得到适当的 compensation（补偿）嘛。你那房客公约第八条不是说不许有宠物吗？"

"你的手？"老丁松开手。鹿太太说："也是啊，不过天天妈说等天天的新鲜劲儿过了就送走。人家还满世界地贴告示、找失主呢。"

"那也不行，"老丁一挥手，说："她那狗又没有免疫证明，万一我们哪天被 bite（咬）了、得了病怎么办？你可别忘了，如果我们被咬、得病，你和老鹿可是要负责的呀。"

"没事儿，"鹿太太笑着安慰老丁说："那狗还没只猫大呢，它敢咬你？不过你提醒得也对啊，我得和天天妈说说，把该打的 shot（预防针）都打好，这样就行了吧？"

老丁摇着头说："这也不行。我们这一回来就提心吊胆的，晚上也让这狗搞得睡不踏实，影响我们的工作呀，所以要么你让她家多出钱、要么你给我们减房租、compensation（补偿）一下。"

"你！？"鹿太太叉着腰问老丁："你这是什么人呢你？怎么跟只狗都过不去呀？给你减点儿房租，那狗就不影响你睡觉啦？咬了你就不得病啦？这哪儿跟哪儿吗？"

老丁也叉起腰反驳道："我们只是觉得不公平嘛。这可是你们定的规矩啊。"

"没错儿，"鹿太太说："可人家孤儿寡母的，我们怎么能开那个口呀？"

老丁说："人人平等、男女都一样嘛。你们得处理这个事情，你总不能 discriminate（歧视）我们男的吧？"

"好，好，"鹿太太拉着老丁的袖子说："等老鹿回来我和他商量一下。"说完就要硬拉着他一起去客厅听老张的讲座。老丁推说自己干不了那个。鹿太太说："Even（连）老张都可以，你怎么不行？"

老丁不高兴了，问："你这是什么意思啊？"

"啊？"鹿太太糊涂了，说："我说什么了？"

老丁问："那个 even 是什么意思？"

"嗨！"鹿太太说："我可没说老张比你强啊，我们老丁当然厉害了。。。"她连说带拉地就把老丁劝进了那个客厅里的会场。

鹿群下班回来，妻子跟他讲了老丁和狗的事儿。鹿群想想说："老丁说的可能有些道理。我得去查一查那个 homeowner's manual（房主手册）。"过了一会儿，他从卧室出来，和妻子说："如果狗咬人我们是要负责，而且保险公司同意不同意养狗、养什么样的狗还是个问题。如果他们不同意我们还得找别的保险公司。"

"啊？"妻子直着眼说："这么麻烦呀？"

"别急，"鹿群安慰她说："估计也没什么大不了的。你看这美国人不是几乎家家养狗吗？再去找那个卖保险的台湾人不就行了？"

"嗨，"妻子说："只是天天哭得太可怜了。"

"老丁提醒的也对，"鹿群接着说："我们还是要和天天妈把这些事情讲清楚。如果她同意就让她找个兽医把疫苗都打了，最好把这狗 neuter（阉割）掉。这小家伙不停地磨牙、啃家具，整个一个 couch bitter（啃沙发的）。它晚上也有点儿太能叫了。"

"叫归叫，"妻子说："我觉得安全呀。在临汾的时候，我们女知青的宿舍里多亏了那只小黄狗，否则谁敢半夜三更出去驱赶那几个性骚扰罪犯呀。"

鹿群笑着说："怎么都扯到地球那边儿去了？并不是每个房客都喜欢狗呀。"

"好吧，"妻子说："我明天和天天妈讲讲。唉，什么是neuter（阉割）呀？"

　　"哦，"鹿群笑着说："就是个小手术。"

　　"什么手术？"妻子问。

　　鹿群用手比划着剪刀的样子，说："很简单的小手术。喳喳两下，就把那小家伙变成个小太监了。"

　　"哦，"妻子说："这也太残忍了吧？"

　　"不会的，"鹿群说："用麻药的，全身麻醉。做了以后那小家伙会很温顺的，也不会再咬家俱了。"

　　近来，只要胡序一在，大家就共进晚餐。胡序的厨艺非常不一般，以后的每个周六，大家都尝试他烹制的川、晋、鲁、豫、粤等各地的美味佳肴。房客们也喜欢胡序那天南海北地侃大山、讲笑话。不知不觉地他成了鹿家周六饭桌上的固定成员了。

　　他还经常顺便和大家讲这个生意，说，其实很简单，和他一样开心玩儿（Have fun）就行了。胡序说："你们看，我喜欢 cook（做饭）和让大家吃得高兴，我就交了这么多朋友。大家玩玩闹闹、快快乐乐地就把这 business（生意）给做了。"

　　当然，大家更羡慕胡序这派头，因为大家都是给美国人打工，还是头一次见到在美国混得这么潇洒、阔绰、滋润的国人呢。

　　第二天，鹿太太和天天妈说了老丁与狗的问题，还把鹿群的建议讲了一下。天天妈表示理解，说自己会尽快把狗送掉，以避免那些不必要的麻烦。

　　星期天中午，天天妈过来和鹿太太说："都是天天在电话里的那通哭诉，她爷爷奶奶命令我无论如何要给天天养这只狗。我明天就去找个 vet（veterinarian 的简写，兽医）把该做的都搞好。您看行不行？"

　　鹿太太关切而同情地问："还没人来认领呀？"

　　"估计不会有了，"天天妈说："我那儿的老美说每年的四、五月份都会新增加一批无家可归的狗，因为有些人把小狗当圣诞礼物送人，几个月后，狗就 out of cuteness（不再可爱）啦，也就没人要了。况且天天这个样子，已经给狗起名字了，即使有人来认领我也不敢还回去了呀。"

天天妈一拍自己的脑门，说："您这还提醒我了。一会儿我得出去把那些告示给揭下来呀。"

鹿太太看她这样通情达理，也可怜天天，就只好说："行。只是，你能不能上去给老丁说说这个情况？看他还有什么要求。"

天天妈说："好，我这就去。"

不一会儿，她从楼上下来，略带不解地跟鹿太太说："没事儿呀？人家老丁说他本来就没意见，还说他又不是房东，问我为什么去问他。"

鹿太太放心了，心里骂老丁，还挺会装好人的，不让天天妈觉得是他多事儿。于是，她对天天妈说："那太好了。你们去吧。"

小益母女俩抱着斑斑刚出门去遛狗，老丁就轻手轻脚地进了厨房，走到鹿太太身后，说："你让她们养狗了？"

"啊！"鹿太太吓了一跳，喊道："老丁！你以后走路有点儿声音好不好呀！吓死人了你。"

老丁赶快说对不起、不是故意的。他又重复一遍，问："你让她们养狗啦？"

"没办法，"鹿太太说："你看天天那可怜的。在国内的时候不光是要什么有什么，连不要什么都有什么。来这儿了就想养条狗都得哭几鼻子。你说是吧？"

老丁说："是呀，你说得没错。可我们怎么办？真的要和狗住一起了？我们签 lease（租约）的时候你可没有说会有狗的呀？"

鹿太太说："天天是个孩子，我有什么办法？你不是也同意她们养狗的吗？况且有条狗叫着，贼也就少惦记着咱这儿呀。你想想看啊，如果当时有条狗，你那些家俱也不至于给撞烂吧？况且人家小益明天就去兽医那儿，把你要求的那些项目都搞好，这还不行？"

老丁说："当然，你说的我都同意，可我们也不能白受这个罪呀。"

"哦，你又来要补偿了，"鹿太太看着老丁，摇着头说："真有你的，咱这房子里老老小小近十五口子，就你这样整天地斤斤计较、见钱眼开、满世界地到处搜刮钱。"

老丁赶快做了个暂停的手势，让鹿太太停下来。他右手拍拍胸脯，说："我可是为大家谋利益呀。这 compensation（补偿）可是人人有份的呀。他们是不好意思来说才硬推举我来和你讲的呀。"

鹿太太看着他那慷慨激昂的样子就知道他又开始胡编乱造了，所以，她索性将计就计道："啊呀，那您是总代表呀，那可不能亏待了您老。要不，我们把那些补偿都给您？"

老丁眼睛一亮，说："你接着说，接着说。"

鹿太太说："你看这样好不好？你总不能白当这个总代表呀，你总得辛苦一下，是吧？要不其他人也不会同意把那些补偿都给你呀。"老丁盯着鹿太太不停地点头。

"你呀，"鹿太太接着说："只要在这一周内，尽快去找个地方把你自己 neuter（阉割）一下。我们就把给其他人的补偿都给你，由你全权支配。他们也就不会有什么意见啦。"

老丁不停地点着头，试探着问："这 neuter。。。"

"爽快！"鹿太太赶紧一拍他的肩膀，说："真不愧是老美国了，一点就通！就这么定了啊。"

老丁半信半疑地说："好，好。"然后低着头、若有所思地上楼去了。

这时，鹿群抱着丽丽回来了。他进厨房问妻子晚上吃什么。妻子刚说："吃。。。"突然楼上传来了老丁的喊叫声和楼梯上急促的脚步声："秦舒花！秦舒花。。。你、你岂有此理！你欺人太甚你！！！"

鹿太太急忙放下正在洗的菜，对鹿群大喊了一声："我得出去跑步啦。"然后就大笑着转身跑了出去。

已经冲到厨房的老丁手里拿着他那本被翻开的、厚厚的、业已泛黄的头版许国璋的英汉字典，对着鹿群大喊："你老婆呢！？你老婆呢！？"

鹿群抱着丽丽赶紧拉住他："出什么事了？别着急，别着急，慢慢跟我说。"

脸红脖子粗的老丁喘着粗气、指着字典喊道："你老婆她，她欺人太甚呐。。。"

丽丽被老丁吓得哇得一声大哭了起来。鹿群抱着、哄着丽丽在厨房里听着老丁的诉说。他花了近二十分钟才好不容易安抚好了老丁。

　　他赶紧打电话给邻居小唐，问妻子是不是在他家里，小唐说："是啊，吃好饭就回去。您也过来吧？"

　　鹿群放心了，说："谢谢啊，我刚吃过，今天就不过去了啊。"鹿群打开冰箱，随便拿了些东西和丽丽一起吃了。把孩子哄睡着后，他洗漱好，钻进被窝准备读点儿东西。这时，鹿太太蹑手蹑脚地开门进来了。鹿群说她："你呀你，看把人家气得！"

　　鹿太太把食指放在嘴唇上说："嘘。"然后躺在床上用被子捂着头在里面大笑了起来。鹿群被感染了，也钻了进去，两个人在那个被窝里一起开怀大笑了起来。

　　过了一会儿，二人从被窝里出来喘气。鹿群说："你看把人家气得，你得给人家补偿一下呀。"

　　"什么！？"鹿太太惊讶地问道："我的天呐！他真要把自己做掉啊！？"

　　鹿群说；"不会的，谁那么傻呀？"

　　"哦，吓死我了。那我们就不需要给他嘛！"妻子说。

　　"别急，别急，"鹿群说："就再管他一星期的饭。"

　　妻子说："什么？和他一桌子吃饭？太难了吧？"

　　"都是你惹的，"鹿群说："不过就一周，还只是晚饭。再说啦，你和丽丽可以先吃嘛。"接着，他又好奇地问："你怎么知道老丁不知道 neuter（阉割）是什么意思呀？"

　　"你想啊，"鹿太太说："连我都不知道，他那天天在钱眼儿里低头转悠的主儿、还是个老访（访问学者），所以呀，百分之九十九的可能他不知道。"

　　鹿群搂着妻子亲了一下，说："不愧是我老婆！"他转念一想又说："我们老访的英文挺好的。"

　　"不是说你。"妻子说："肯定有好的，但老访出国不需要考英文呀，当然也就有很多英文不行的啦。"

　　又是一个周六早上，老张他们在客厅准备会场。鹿太太在厨房收拾早饭。鹿群在早饭间里处理账单。他把妻子叫过去，高兴地说："刚听到个新闻说，我们用的那个 mortgage company（房贷公司）要倒闭了。"

"我们应该高兴吗？"妻子问。

"应该是好事吧？"鹿群说："放贷的倒闭了，不就不用还钱了？"

"有这好事？"妻子怀疑道："如果真是那样，当然好了。可从来没听说过呀。这儿和国内可是不一样的呀，比如说，这儿就没有父债子还的规矩。"

"也是，等等看吧，"鹿群看着这个月的信用卡账单，问："还有这个，你来看看。怎么会比平时多出两倍多呢？"

妻子拿过去仔细看了一会儿，说："没关系，没错儿。这都是我们的 grocery（食物杂货）。"

鹿群问："我们吃得了这么多？"

"啊唷，"妻子一拍脑门，说："都让老张的传销会给搞糊涂了。那个胡序说，我只管按他开的单子去买 grocery，他负责做饭和发展我的 team（队伍）。"

"啊！？"鹿群瞪大双眼，质问妻子："合着每次是我们请那十几号人吃饭呀？我说老张这传销会最近怎么没有 sandwich（三明治）了，原来都改满汉全席了。"

"他妈的！"鹿太太咬牙切齿地说："敢耍老娘。看我怎么收拾他们！"

17，张主席

有一天，大实话在客厅里说："国内的少数民族同胞出来肯定会有失落感的，因为他们不再有特权了。美国人是绝对不会给他们自治区的。这儿只有印第安人的保护区，和保护 endangered species（濒临灭绝的物种）似的。"

"所以呀，"老张说："在这儿说是回民没用。"

大家这才确认老张一家是回民，同时也纳闷，谁也没注意到他家回避过猪肉啊。不过在这儿去吃自助餐哪能看得清楚？

他这一挑明还真给他自己找麻烦，不得不经常性地声称一下不吃猪肉了。

后来，鹿群侧面地问他，穆斯林不是不能当基督徒吗？他说鹿群不懂，其实这两个宗教的区别不是太大，因为他们信的是同一个上帝。

老张和他女儿的身材都是汽油桶状，所以她从来不去游泳。他们全家都有不同程度的难言之隐。他在九零年的春夏之际还趁势回到他国内的那个原单位，被当作爱国的典型给宣传了一阵子。最后他发现所里给的经费还不如他在美国打工挣得多呢，再加上老婆不停地抱怨，没过三个月，他就又回美国了。

多年后，老张怨老婆说，如果当时不回美国，现在可能已经是个不小的官员了。老婆马上冲他吼道："就冲你那德行，首先当不上什么官儿。当了也给腐败下来了。你还是老老实实在这儿待着吧！"

但老张由于过多的成功所以不由自主地养成了吹牛的习惯。他也确实有一系列可圈、可点之处：七九级大学生、八三级研究生、出国、博士、回国、绿卡、公民、游轮、和后来的回国办公司等等。

尤其是他当年考上大学，他是那个家属院里的第一个，而且是唯一的大学生，一下子就远近闻名了，还被自己的初中母校和小学母校请回去做报告、讲心得。在以后的几年里，每次榜上有名他都会被母校们请回去做报告。来美国后，只有第一次回国时被邀了一次，然后这讲报告的机会就绝迹了。可能是出来的太多了，或者代沟太宽了。

不幸的是，习惯成自然，如果隔上一段时间没有邀请，他就觉得有什么不对。更不幸的是，他已经养成了平时积累报告素材的习惯。每次一看到抽屉里的那些被闲置已久的底稿，他就抱怨国内现今的急功近利和崇拜铜臭，觉得单凭自己能走这么远，任何时候都应该是个榜样。

虽然寂寞了这么多年，但他从来没有放弃，而是在潜意识地积极寻找更加出人头地的契机。结果，他总是率先尝试各种新鲜事物。这不，他又是鹿家房客里闹传销的第一人。

这个周五，老张进早饭间来和鹿群说，有件事情想问他们一下。原来，有一个刚从国内来的女孩子，她是她的姑姑按亲

207

属移民给接来的。她现在住在亲戚家，难免有矛盾。这个孩子好象暂时有交流问题，或者是还没有出壳（Still in the shell），就是放不开。老张想帮他们这个忙，让那个女孩子先来那个空房间住下，反正下个房客要下下个月才来呢。

老张的算盘是同时还给他的传销会凑个数儿，也希望她能从中学得放开些、大胆些，这也有益于她的早日独立。这个私心很小，他估计上帝是不会介意的。鹿群夫妇觉得那个房间空着也是空着，这样做还可以多一些入账。何乐而不为呢？

老张刚刚转头要出去。他太太就过来了，问他："找你半天，干什么去了？"

"什么事？"老张问。

他老婆问他："你到底什么时候去办公民呀？这又拖了三个月啦。"

"啊哟，是啊，"老张说："我得先把这生意干起来再说呀。现在需要的是趁热打铁，否则可能就做不起来了。"

他老婆说："那我给你办吧。"

"不用，"老张赶紧说："等我 weekday（周日，指星期一到五的工作日）上班的时候再仔细查一下具体步骤。"

他老婆叮嘱说："好吧。别再拖了啊。"

"不会的，"老张又问："唉，你叫的那几个人今天能来吗？"

他老婆说："别提了，都在推呢。只好和上次一样，我一会儿去挨家挨户地接一接吧。"

"好，好，"老张心里想："蛮好当时听大实话的，买个 truck（卡车）呢，现在不就不需要发愁找不到人了？"

当天下午，老张带进来一个女孩。其实她已经二十多岁了，只是个头和身材过于娇小。她见人就微微鞠躬、一说话就脸红，好象还不自觉地稍稍往后躲。鹿太太稀罕地看着她、笑着问："该不会是日本人吧？这也太 shy（害羞）了。叫个什么名字呀？"

老张替她答道："刘蜜，蜜蜂的蜜。"

谢丽儿笑着说："我们这儿已经有两个小刘了，这叫小蜜也不合适，容易和小秘混。就叫 Shyme 吧。英国有 Shydi（害羞的戴安娜，媒体给英国戴安娜（Diana）王妃起的一个外号），咱是 Shyme（害羞的我）、羞蜜呀。"

大家纷纷议论，说这个新来的太害羞了，否则给小武子当女友不错。小武子说："那么 shy（害羞），肯定一天连三句话都说不了。怎么谈情说爱呀？"

"可别错过了啊，"大家笑道："说不定在 bedroom（卧室）里就正好相反呢。"

"别无聊了，"小武子说："我还惦记着 Cherry（樱桃）呢。她和你们谁联系了没有？"

有点儿害羞没关系，小武子建议喝酒。大家笑道："快别提了，你看你上次把人家小王给害得。"

"不全是我的错儿啊，"小武子说："我当时建议的是喝一点儿酒，面试能放得开。我又没让他喝半瓶 tequila（龙舌兰酒）。况且喝酒面试有两个可能：一个可能是效果挺好；另一个可能就是眯眯瞪瞪了。他自己得掂量着点儿呀。"

"不怨你，"小王低头说："你也是好意。谁让那 tequila on sale（龙舌兰酒大减价）呢？那酒是挺好喝的。"

所以，当时的结果是，这位小王脸色绯红、酒气扑鼻，和那位老板勾肩搭背地用中文称兄道弟。那位老板只好说等他酒醒了再来。第二天他再去联系时，人家说那个职位已经有人了。这位小王也被老张抓来听讲座、学演讲、学说话和交流。

周六，羞蜜、胡序和老张正在客厅里张罗着布置会场。刚看完帐单的鹿太太大踏步地走了过来。胡序看到她就说："小秦啊，来得正好。今天的人会很多。还有椅子吗？对了，这是今天的 shopping list（购物单）。你先去照单办好，我和老张把这儿安排好。"

鹿太太瞪着他，一把抓过那个单子、撕碎、扔在地上、踩在脚下，喝道："你们想得美！还想耍老娘呀！？"

胡序一愣、赶紧过来关切地问："这是怎么了？小秦，慢慢说，慢慢说。"

鹿太太指着他们两个大声呵斥道："合着你们这是蒙我们的吃喝呀！"

老张张大了嘴、愣住了，因为不知道鹿太太在说什么。胡序马上开始爽朗地大笑起来，他说："误会啦，误会啦。我们

209

这么大的生意会贪图你那几顿饭吗？这都怪我太忙、一时疏忽大意。我们大家会分摊所有的费用的。其实每次都是我付了，反正是可以减税的，又交那么多朋友。何乐而不为呀？”他一边说着、一边掏出个钱包，拿出一叠子钞票放在桌子上说：“你给我个 receipt（收据）就可以了。”

这一下倒把鹿太太给镇住了。她只是盯着那一大叠钞票发愣。在美国用现钞的人和场合还真是不多，也很少一下看见这么多的现钞。

鹿群闻声而来，也盯着那叠钞票愣了一下，随后他指着乒乓台上的那叠钞票问：“这是怎么回事？”

“鹿大哥，”胡序说：“我就是想跟您交个朋友。我想我还是配得吧？”

“当然，当然，”鹿群说：“你先把这些收起来。有什么事情我们好好商量。”

胡序笑着说：“鹿大哥真是快人快语。你们那账单我今天是付定了。”

鹿群的书生气又上来了，大声说：“来我这儿都是客人。哪有让 guest（客人）付钱的道理？赶快收起来！”

胡序不收，坚持是为了和鹿群交朋友、认兄弟；鹿群坚持不能让别人付自己的帐单，也高兴交他这个朋友。最后他硬是把钱塞回了胡序的口袋，还说否则就不让他们在这儿开会了。胡序无奈，只好说了声恭敬不如从命，从此改称鹿群夫妇为大哥、大嫂。

鹿太太回到厨房和鹿群低声说：“你怎么还改不了那发扬风格的陋习呀？明明可以让他付的又让你发扬没了。”

“他那都是五块、一块的票子，不可能够的，”鹿群接着说：“再说啦，人家是客人，又帮你发展了那么多人。不好意思嘛。”

“你别忘了啊，”妻子不依不饶说：“当年在临汾，你可是差一点儿就把我发扬给那村长的儿子了啊。”

“胡说什么呀？”鹿群说：“子虚乌有的事儿。不过真要是把你发扬过去了，你现在也应该过得挺好的。瞧他们现在过得，比临汾的城里人气派多了。。”

“别没正经啊，”妻子警告道。

210

"好好，"鹿群说："人家胡序这么热心地帮你，每次还给大家做饭。我们也不能太小气嘛。"

　　"那今天怎么办？还去买菜？"妻子问。

　　"简单，"鹿群说："你去收拾会场，让老张去采办 grocery（食物杂货）不就行了。"

　　妻子恍然大悟，过来夸张地亲了丈夫一口，说："你真是 too（太）有才了！"

　　几周后，老张开始有些不高兴了。不光这买菜的任务落在了他家的头上，而且还觉得胡序和鹿太太在挖他的墙角。因为本来胡序和他说好的，在这里发展的人都是他的直接下线，可现在都变成鹿太太的直接下线了，这一下子在将来分成的比例上就把他给架空了。一时间他还只是敢怒不敢言，但讲课热情明显地跟着跌落了下来。这天，鹿太太问他："免费大餐没吃饱啊？怎么今天讲得有气无力的？"

　　"啊哟，"老张赶紧顺坡下驴，说："最近讲得是有点儿累了。要不今天你替我一下，让我 rest（休息），rest？"

　　鹿太太觉得这有什么啦，每次都是千篇一律的照本宣科，谁不会呀？所以也就顺势说："行，我替你一次。"

　　过了半小时，与会者到齐了。穿戴整齐的鹿太太上来宣讲。她一开讲，就后悔自己没准备好，和老张那悠扬顿措、引古论今的排场差得太远了。幸亏鹿群正巧进来给大家送水，她这才得以打岔儿说："先让我们公司的副 VP（vice president，副总裁）胡序先生继续给大家讲。我还得去买菜给大家做中饭呢。"接着就赶紧下台、逃了出来。

　　在开车去超市的路上，她还不时地安慰自己，这破点儿财总比受那罪好。

　　转眼之间，两个月过去了。鹿太太的下线已经有三十多人了，都相当于当上排长了，但还是没挣到钱，只是她的头衔上升了四个级别。因为大家只来开会、听讲、长见识，就是不买东西。象是去商场只买大减价的东西，其它的一律不碰，那商场怎么赚钱呢？那些个大减价的东西只是诱饵，就和这开会的免费中餐一样啊。鹿太太气得和丈夫抱怨说："这些人来美国了怎么也不入乡随俗呢，人家美国人不是常常说这世上没有免费的午餐吗？"

三个周末前，胡序就说了："别的会场更需要我的帮助，你们这儿已经成熟，只要电话指导就可以了。"所以那些免费果酱三明治也从那时候就断顿儿了。老张早已安排自己退居外线了，继续专注于他的从政探索。老丁也忙着给人搬家、运东西，没时间与会了。

　　最近，鹿群看出胡序的这个买卖好象不太靠谱儿，因为他不鼓励别人百分之百地去干。毕竟，靠这个吃饭的是极少数，如果都辞职了，不光是他的顾客没了，那么多人干不好也坏他这个生意的名声呀。

　　每个周末都忙活这传销会，所以丽丽的那些周末兴趣爱好培养活动也被耽误了好几次，小家伙自己管自己，趁势迷上了电脑上的游戏了，常常是几个小时地在卧室里玩电脑不出来。

　　鹿群夫妇想让他们停止这个传销会，但又怕惹不起他们。毕竟传销的人多势众，这个小城里百分之七十的华人都正在干或者已经干过这个。可怎么开口呢？鹿群建议先断粮草，不再提供免费饮食。可是，一个新来的小伙子赛腾飞讲得比老张都出色。每次还能纠集一帮子老少娘儿自己带水来聚会和听讲。鹿太太又舍不得这鸡肋，因为她盘算着万一大家开始通过这个公司买东西呢，那个分成可是相当得壮观呀，所以这个驱逐行动没有达到预期的结果。

　　这天，鹿群又想出了一招儿。他让妻子和天天妈说让他们把每周的查经安排到周六上午，这就正好和传销会冲突。传销的总不敢和教徒争吧？其它时间他们两口子统一口径都说不行，因为人家房客们也需要干自己的事情和过日子。没想到，这一说就妥，星期六的传销会改成查经了。鹿太太再次觉得丈夫真是太有才了。

　　紧接着的那个周六，天天妈一大早就起来在客厅里张罗查经会。鹿太太起来在厨房准备早饭的时候又听见了赛腾飞的声音。她心里说这帮人怎么还来，怎么这么不识相儿呢？就一下闯进了客厅。进去她就冲着他们大喊："你们是怎么回事吗？不要扰乱人家查经嘛。"

　　大家愣住了，都回头看着她。小赛不解地说："我们是在查经啊。"

鹿太太一时进退维谷，说："哦，真的？Sorry（对不起）啊，你们查，你们查。"

鹿群和丽丽进来吃早饭，准备去练高尔夫。他也问怎么还是小赛的传销会。鹿太太说："我问过了。好象是查经。"

事后，鹿太太问天天妈到底是怎么回事，怎么开会的人和样子和那传销会都一样的啦。天天妈说："我们这小 town（城市）就这么点儿华人，当然会出现这个情况了。"

鹿太太明白了。本来以为传销的惹不起传教的，没想到人家只是来了个内部调整。

"那，"鹿太太又好奇地问："那个小赛就连轴儿转地讲？不累、也不跑题？"

"那当然啦，"天天妈说："你是不知道，这个小赛可不得了。他在国内上大学的时候就是他们系里的学生会主席，每天忙得就是到处和人讲话、说话。这来美国后，也没个地方讲话，可把他给憋坏了。他太太经常跟我哭诉这些事儿呢。"

"哭诉？"鹿太太不解地问："这有什么好哭诉的？"

天天妈说："你想啊，像小赛那样精力旺盛的小伙子，出国后那给憋得呀，连玩命地运动都解决不了问题。那他还不都撒到自己太太的身上呀。"

"这还了得！"鹿太太惊讶地说："这是在美国呀。他还敢打老婆！？那可算是 domestic violence（家暴）呀！这要是上了 record（记录），到时候他们连身份都换不了的呀。"

"你想哪儿去了？"天天妈接着说："人家小两口儿好着呢，成天如胶似漆的。他太太只是受不了那个，too much（太多）那个。明白啦？"

鹿太太恍然大悟，尴尬了一下又问："哦。咱中国人啊，有可能吗？"

"怎么不可能？"天天妈说："他太太跟我哭诉了好几次了，说是给整宿、整宿地，变着法儿地折腾啊。搞得她经常是晚上睡不好觉，白天还得去忙上课、打工。别说补个觉了，她连 walk（走路）都不方便了。"

鹿太太吃惊、羡慕、加恶心地说："哦，噫。。。"

"没办法，"天天妈接着说："她受不了又没地方说，就只好找我来哭诉、哭诉嘛。你可不要给人家说出去啊。"

"哦，"鹿太太说："不会的，不会的。"

"好象是最近才没事儿了的，"天天妈接着说："自从有了这些讲座，他太太就再也没有和我哭诉过了。你别说啊，还不知道这些讲座也有这用处呢。"

鹿太太问道："Too much（太多的）那个也应该是 domestic violence（家暴）吧？前几天新闻里说加州有个女的受不了 too much 那个，趁那男的睡觉就把他 neuter（阉割）了。"

天天妈不明白该如何回答，就说："谁知道呀，什么乱七八糟的？你说的那是美国佬的事儿，去问老美去。"

张海涛是个政治迷，经常研究中美历史和政治问题。他的口头禅是："如果我是国家主席，我就要。。。"

大家开玩笑说："还如果个什么呀，你真应该回国去当个主席。"

小武子更是怂恿他，说："张国焘之所以不行，大概是因为他名字里有个'国'字，犯大忌。再加上同时代的老毛太强了。时势造英雄嘛，咱老张可能是真正的张主席。"

就这样，大家天长日久地不停地忽悠，老张也给搞得有点儿走火入魔了。他的业余爱好从钓鱼逐渐回到了研究中美历史和时政上了。

从政人士的一个通病是，总看着台上的人不顺眼，不管他们的政绩如何。可能是由于研究得过多，虽然还未能步入政坛，老张就开始了愤世嫉俗的势头。他扬言："如果我要是搞民运，首先要自食其力，然后抓住机会为海外华人的利益而奋斗。只要海内外华人有难，我必出手相助，这样才能得民心，有朝一日如果中国和美国一样选举了，才有可能回国从政。"

这眼下可以办公民了，家人催得日益频繁了起来，老张总是在拖着。从内心讲，他还是有很强的潜意识想回去从政。这一办公民，一来资格没了、二来自己的政治底裤也丢没了。可为了家人不得已，他只好去办了。

老张全家大张旗鼓地填表、体检、排队、入籍考试，忙活了一阵子。快要宣誓了，他才发现他自己是可以不申请公民的，让他太太和孩子去申请就可以了。他怪自己的老婆和那传销把自己搞糊涂了。其实也不奇怪，来美国后都是他带着全家一起办签证、换身份，习惯了嘛。可这申请已经是最后一步了，总不能收回吧？

这可把老张给急了个晕头转向。之后，他就突然陷入了一个深度抑郁的状态。他接连几个晚上独自出去遛弯儿，看着月光下那些灰黑色的、缓缓地漂浮着的云团，悄悄一人长吁短叹、暗暗流泪。

老张太太大惑不解，问老张，他也不说。她只好来请鹿群夫妇帮忙去问一下到底是怎么回事，因为别人办公民都是兴高采烈得都要夯奋了，怎么他办个公民跟天塌了似的？鹿群说他可以去试一试。

当晚，吃完饭后，鹿群和老张一起去外面散步、聊天儿，谈老张的这事情。他和老张说："你那几个 patent（专利）连自己都救不了，还能助你回国从政？"

老张自嘲道："不是，不是的。我哪儿有那野心呀。"他同时在心里哀叹，这回国从政的路从此就彻底地给堵死了。

其实，他也想通了。这民运的成功与否决定于中国的发展。只要中国发展得好，这海外民运就没戏，所以他回国从政也就没戏了，只能在这儿混了。

过了两周，羞蜜回来了。她从里到外都是焕然一新，让大家惊讶不已。原来，她回来是要找鹿太太，推销中老年保健食品，她也干上传销了。让大家高兴的是这个三个多月前还是连喝酒都壮不起胆儿的小姑娘，一转眼变成个小油条了。这推销员可是个在美国名声很不好的职业，在一个黑名单上仅次于国会议员。

羞蜜的凯旋，让小武子有点儿目瞪口呆了。他们两个开始热情地交往了起来。

晚上和妻子在被窝里聊天儿，鹿群问："你说，像 Shyme（羞蜜）这样的变化是好还是不好呀？"

妻子答："当然是好了。她可以出去闯荡了，也不会让家里人为她担心了。"

"那倒是，"鹿群说："可我还是更怀念那个一见人、说话就脸红的女孩子。"

"什么！？"妻子语调高升、扭头瞪着丈夫。

鹿群马上意识到太大意了，急忙补救道："我不是指这个女孩子，只是广义的，是说我们那个年代的。不是指某个人、是指某个人，就是 you（你）嘛。"

看着鹿群手忙脚乱的样子，妻子笑道："行了，行了，饶了你了。"

鹿群接着说："不过，现在这一说话就脸红的女孩子可真是 rarity（稀罕物），尤其是在美国。但愿玉米地跟我一样运气好，能碰上一个。"

"你注意到没有？"妻子说："最近很少听到他谈女孩子了。"

鹿群说："是得关心一下了。他总那么泡酒吧哪能碰到好女孩子吗？Drinking（喝酒）也伤身体呀。"

"行，"妻子说："我明天给他打电话说说。"

又过了一周，羞蜜的那个亲戚来了。他来的主要目的是想感谢老张的帮助，正巧拱猪三缺一就给拉上了牌桌儿。老张感叹道："这传销总算是有个好结果了。我他妈的现在连请人吃饭都困难。非得三番五次地诅咒发誓不是传销、不谈传销，才有可能请到客人。什么狗屁老同学、老朋友！他们明明自己用不着的关系也不给我用用。"

鹿群说："其实你真应该坚持一下。再往后做不就不是你的亲友了吗？"

"哦，"老张说："也不行啊。那不就是人家下线的亲友了？反正挺缺德的。"

"别生气啦，"鹿群说："现在，人都掉钱眼儿里了，连正常的聊天儿都不容易找到人了。唉，我听说国内现在开始禁止搞传销了。"

"不奇怪，"大实话说："什么东西一到咱国人手上一准儿变味儿。"

过来给茶壶里加水的鹿太太插话道："我们可觉得这闹传销也是有好处的呀。"

"可不是，"大实话说："凡事都要一分为二嘛。"

老张顺着说："这闹传销的唯一的好处是让人喜欢和人说话了。现在是见人就上去搭讪，难怪做 business（生意）的都喜欢人多的地方呢？"

"还有，"鹿太太说："还有就是人家小赛家那个，哦。。。嗯。。。"

大实话看着手里的牌，不耐烦地说："您哦嗯个什么呀？说完呀。"

鹿太太急中生智，赶紧说："我是想说来问询租房的人也多了。这闹传销无意中还给我们做广告了。"

鹿群说："以后不管有什么事儿，先问胡序。那家伙认识的人多。"

"不好的是，"大实话说："这本来就热心的人，不传销、不传教倒是很容易让人误解啊。"

"还有就是，"老张说："现在回国探亲的礼物好准备了。我那壁橱里满满的都是和他们互相买的，直接装箱就行。"

"哦，终于明白了，"鹿群说："原来是你们那些传销团队之间的互相买卖养活了胡序一家啊。"

羞蜜的亲戚叹口气，说："还是我们老毛说的对，凡事都要一分为二。现在我们家这 Shyme（羞蜜）是每天夜不归宿、白天睡大觉。她那电话多得呀，都得雇个秘书了。我这次来呢，是想请你们帮个忙。"

鹿群看着手里的牌、爽快地说："什么忙？你说。"

那个亲戚试探着问道："能不能把 Shyme（羞蜜）变回到以前的样子呀？"

大家愣住了。鹿群说这事儿得问老张。

老张说："她那是自学成才，跟我没什么关系啊。再说啦，哪那么 easy（容易）变来变去的？又不是孙猴子。"

大家哈哈哈地笑。

"我们也是实在没办法了，"羞蜜的亲戚说："她也是最近才开始的。每天晚上都是一帮子少男少女挤在个小 room（屋子）里开会。这万一出点儿什么事儿，我们没法子跟她父母交待呀。"

大家都看着天花板，心里说："这就不是我们的事喽。"

鹿群关切地跟他说把空调打低就行了。大家又是会心地哈哈大笑了起来。只有羞蜜的亲戚看着大家，不明白是怎么回事儿。老张说："还不明白啊？人一 hot（热）了，不就脱衣服吗？说不定真有用，只是得费点儿电。"

217

现在这小城里的华人太多了，所以一般都互相视而不见、不稀罕了。胡序的到来常常激起一股一股的华人对同胞们的超常的热情礼待。刚开始大家还有点儿不适应。习惯了以后，多数人只是笑笑说："又开始了。不知道这次又是要 sell（卖）什么呢。"

鹿家打牌的那几个人商量着说，这传销的热情要是能被利用起来，倒是可以改良一下华人不团结的风气。可至于怎么利用，牌友们暂无良策。

18，万圣节

万圣节的头一天。电视上有女子沙滩排球比赛的直播。三位男士在客厅里观赏着。小穆说："她们怎么能这样穿呀？让人都不好意思看了。"

"那你们怎么还看？"鹿太太过来问道。

小穆说："我们是在看比赛，是她们穿得有点儿让人 distracting（分心）。"

"的确，"老张说："没必要这么穿嘛，和男的一样短裤背心不就行了？人家打网球的女的不是穿得挺好看的吗？"

这时，老丁推门进来了。看他一脸的怒容，鹿太太就问他怎么了。他说被三个混蛋抢了。原来，有人点了三个比萨饼，让送到那个中心公园的小亭子里去。老丁去了就被三个戴面具的、高中生模样的年轻人，冲出来把比萨饼抢了。鹿太太惊讶地问："给饿成这样啊？"

"什么呀？"老丁说："那几个混蛋缺德到家了。没事儿干，应该是 prank（恶做剧）。"

"没关系啦，"鹿太太安慰他说："人没事儿就行。也有可能是 Halloween rehearsal（万圣节预演）？"

"这一晚上又白干了，还得修车，"老丁心疼地说。

小武子过来问："怎么还得修车？"

"别提了，"老丁义愤填膺地说："那几个混蛋抢了 pizza（比萨饼），又来抢我的车。还没开出五十米呢就撞了树了。他妈的！他们还有脸跑回来骂我、问为什么是个手动车。幸亏有辆车路过，过来帮忙才把他们吓跑了。"

"破财免灾，"小武子笑了，说："没想到手动车还有这好处呀！报警了吗？"

"有个屁用！"老丁更加义愤填膺地说："警车倒是来了三辆，让填了个表，就他妈的把老子打发了。"

"老丁呀，"鹿太太说："你可得小心呀，这送外卖可是很危险的。上个星期在纽约不是有个送外卖给抢了，打了，现在还在医院里躺着呢。"

"嗨！"老丁不以为然地说："在纽约谁不被抢呀！？我们这以学生为主的小地方，没事儿。送这么多年了，这还是头一次。"

老张正在客厅给新来的房客小龙介绍美国的选举制，他说："好象真正能影响选举结果的是那些 computer people（管计算机的），他们给那些数字加减个零也太容易了。"

"难怪这么多人要转读计算机呢，"小龙说。

"两码事，"老张接着说："这 statesman（国家领导人）本来应该是受人爱戴的，这选举搞成他们到处去讨好人了。"

"这不是好事儿吗？"小武子过来找老张，说想跟他借车，好明天去和羞蜜出去约会一下。

老张不想借，就说："你这不是骗人家吗？"

"不是，不是，"小武子说："我那车的空调坏了，怕把人家热着。我也不是骗人家呀，我就说是 rent（租）的。"

"那，"老张说："你们把我的车搞脏怎么办？"

"保证不给你搞脏，"小武子说："我们回来再给你洗一遍。可以了吧？"

"那洗得干净吗？我是说车子里头，"看着小武子没听明白，老张也不好挑明。他是怕年轻人在车里不安分、让激情放任自流，把座位搞脏。老张接着说："那你去租一下不就行了，还可以租个小跑车，不更 cool（时髦）吗？其实你那车还可以。这天儿，开点儿窗子也不会热着？"

"不行，"小武子说："上 highway（高速公路）还是得开空调。我这是肥水不流外人田，咱俩都能有好处，对吧？"

老张眼珠转了转，问："怎么听上去象是你给老丁 tutor（辅导）过似的？"

"什么都瞒不了你，"小武子笑着说："是老丁指点的。可这真的对咱俩都有好处呀。他可是免费出这主意的啊。"

"那你要去哪儿？"老张问。

小武子说："不远，复活节。"

"那我也去，"老张说："我开车，也不用你租了，你 share（分担）点儿 gas money（油钱）就行了。"

小武子不想让他一起去，就问："这您的 first lady（第一夫人）和公主都回国了，您一个人去转悠？"

"怎么了？"老张说："只听说过，还没见识过。一个人还自由些。"

小武子只好说："那您可得注意一点儿，少提我过去的事儿啊。"

"没问题，"老张应承着，说："我这帮你兜着，中饭你管。"

"什么？"小武子看着老张，老张也看着他，他只好说："行行，"心里说："都让老丁给教坏了。"

第二天一大早。他们一行四人开了一个多小时的车去那复活节。途中看到个可以自己摘莓果（Berry）的有机农场（Organic farm）。老张的同事王梅说回来的时候别忘了去那儿停一下，摘些莓果回去。老张说："别信什么 organic（有机），都是骗人的。不用化肥、杀虫剂是不可能的。你看那些 berry（莓果）都那么整齐肥大，和美国的那些大胖子似的。激素不过量，能行吗？"

小武子笑了，问："谁吃激素是为了变胖呀？"

"我是说他们吃的食物里的激素，"老张解释道。

"说不准是转基因的呢，"王梅说。

小武子说："那就更不会是 organic 的了。"

"唉，王梅，"老张问："你是搞转基因的。国内有几个转基因的辩论会，你看了没有？"

"我不是搞转基因的，"王梅说："只是做过几个实验。你是说网上的那几个辩论吧？我看了一下，不过没什么意思，因为参加讨论的大都是新闻界的和搞生态的，而且大多数都没教养，象是骂街。"

小武子说："不至于吧。"

"怎么不至于？"王梅说："有个人非要让支持转基因的那几位吃转基因食物来证明转基因食物是安全的。这不是泼妇之举吗？辩论会就得就事论事。国人容易 get personal（人身攻击）。好好的辩论会让他们给变成体罚和抬杠了。难道人家吃了，他就放弃他自己的观点吗？那哪儿是辩论会呀？应该叫抬杠会。"

老张问："我们在这儿吃的有转基因的吗？"

"不知道，"王梅回答。

羞蜜问："梅姐呀，什么是转基因？"

王梅说："就是把基因给加到其它生物里，比如说把牛的基因放到水稻里。"

小武子说："那就是说，以后吃米饭就相当于吃牛肉了？那人家 vegan（素食者）就没什么可以吃的了。"

"您这是什么逻辑呀？"王梅笑了，说："应该是 vegan 只吃植物就什么都有了。其实也没那么容易，生物还有它们的反制措施呢。现在的技术还没那么大的本事，让人可以随心所欲呢。至于转基因有多大用处，我看现在谁都不太知道。因为大家得长期吃了才能知道呀。"

"也是，"老张说："那些个生物技术公司投巨资制造那些转基因产品，总得赚钱吧。这转基因可能只是 selling point（卖点）、一个新商标而已。至于具体多有用，估计他们自己也不太清楚。反对他们的也正好以其之矛攻其之盾。"

"简单，"小武子说："Follow the money（顺着钱看），可能他们在争经费呢。"

王梅说："我以前老板是研究转基因的，他都说不知道是否有害。如果进化论对的话，那怎么也得几百万年以后才能看出来吧。不过到时候人类可能已经适应转基因了，或者，说不定到不了那时候人类就早不吃五谷杂粮了。"

"不吃五谷杂粮，那吃什么？"小武子问。

"不知道，"王梅说："可能直接吃类似 ATP（一个生物能源分子）和有用的 vitamins（维生素）之类的就行了？"

221

"可怕，"小武子说："那消化系统不就退化了吗？"

"说的也是啊，"王梅说："可能来不及退化就都给割了。现在是割盲肠，可能到那时候，所有的肠子都要给割了。"

"那多危险？"老张说："万一出个什么危机，都消化不了五谷杂粮和肉了，还不给活活给饿死呀？"

"是有那危险，"王梅说："这倒提醒我了。如果人直接用 ATP 作为能量来源倒不失为对付 cancer（癌症）一个的有效途径呀，这倒是应该试验一下。"

"先 patent（专利）一下，再慢慢研究，否则就给别人抢了，"老张提醒道。

羞蜜说："你们说的都太吓人了。还是说那转基因吧。"

"我是看出来了，"老张看着前面的路，说："那些参与辩论的是为出名、整垮对手、抢经费。新闻界嘛，是为搞节目赚钱。。。"

小武子看着车外，大喊："到了，到了。又出来了。"

原来，他们已经到了举办复活节的那个小镇，只顾聊天儿了，一个没留神儿，还没来得及减速呢，就已经又出城了，因为那个小镇只有不到两百米长的一条街。他们到前面找了个路口转回来，就找到了那个复活节的入口。

那个气氛有些象是国内的庙会。不同的是今天是万圣节，来游玩的人大多数都穿着戏服（Costume），和这复活节里面的演员都分不清楚了。给人感觉真不知道是复活到了哪个国度的哪个朝代了。

里面有好多表演和游戏，比如：爱尔兰音乐演奏、跳舞、训鸟、魔术、骑马、牛、羊和大象，最壮观的是模拟好象是英国古代的马上决斗。当然更多的是卖各种食物、饮料、土特产、手工艺品的小商贩们。

小武子和羞蜜随着人流到处转着、看着。一阵吵杂的锣鼓声把他们吸引到了一个土台子前面。有六个穿着比基尼的年轻女子在那台上表演着中东的肚皮舞。其中一个演员怀孕了，她在挺着大肚子跳。但那大肚子一点儿都不影响她的舞姿，反而更引人注目了。

观众的掌声不断，小武子也一时看傻了眼。羞蜜拉了他一下，说了声，走吧。他嘴上应道："啊，"可身体是纹丝未动

222

，还是张着嘴，目不转睛地盯着那些舞蹈演员看。羞蜜看他那样子，气得一跺脚、愤然而去。

看完后，小武子才意识到羞蜜不见了。打手机找也没人接，急得他到处找。结果找到了老张和王梅，然后三个人一起找。他们转了一大圈，终于在出口附近的一个长椅上找到了端坐着的羞蜜。小武子过去对着羞蜜笑笑，问："tired（累）的了，手机没电啦？"

"没有，想回去了，"羞蜜面无表情地说。

小武子说："还有几个节目没看呢。我们去转一下就走，好不好？"

"没事儿，你去吧，我在这儿等。"羞蜜还是面无表情地说。

小武子感觉不对就和羞蜜坐下，让老张他们先去了。

终于问清楚了。在随后的十几分钟里，小武子是费尽心机、口舌地解释，好象也没什么用。在回来的路上，羞蜜又回归成害羞的我（Shyme）了，一路上没说一个字，要么闭目养神、要么看着窗外。

天快黑了，鹿太太给丽丽换衣服。天天和虎子已经准备好了，在一边拿着小篮子等着。鹿群担心地问："这么穿衣服可能会让孩子以后不正常吧？"接着他自言自语道："这么多年了也没搞清楚这到底是个什么节、要庆祝什么？除了邻里能见个面、要好的开个 party（聚会），好象就再没什么了。"

"只要存在就有它的道理，"房客老宋说："这万圣节至少提供了让人可以无限遐想、或者瞎想，可以公开装神弄鬼和变态的一个 opportunity（机会）呀。"

鹿群说："You are making it worse（你把它搞得更糟了），所以说可能会搞得孩子们以后不正常嘛。"

"不对吧？"老宋说："如果反过来看，你要是不随大溜不就已经是不正常了吗？

"你们胡说什么呀？"鹿太太说："这儿自古以来就这样。孩子们就图个乐儿，假装成小公主、小动物什么的，没别的意思啊。大人们才胡搞呢。"

"可以理解，"老宋说："从小就这样，到大了、老了，可不就需要更大的刺激才能得到满足吗？"

223

"吓唬人能有什么好满足的？"鹿群问。

"有啊，"老宋说："可以感到自己非常 powerful（厉害），还让孩子们知道假的东西能把人镇住，长大了要拉大旗做虎皮，比如说学位、外表。"

"别担心了，"天天妈说："没事儿的。这在美国混，一个人必须学的是演戏。现在感觉每天上班和演戏似的，特累。如果她们从小就这样，长大后不就会轻松些吗？"

"好象是这个道理，"鹿群说："那注意安全啊。"

天天妈说："没事儿，有我和大姐陪着呢。"

搞好后，鹿太太和天天妈陪着孩子们去 trick or treat（要恶作剧还是给好吃的）。出门前，鹿太太还安排鹿群等人在家一边打牌、一边给来敲门的孩子们发糖，因为如果伺候不好这些小家伙，他们会在紧接的那个周末来恶作剧的。

几个人等着给孩子们发糖。来敲门的大多数是很可爱的小孩子，还有天津来的一位女的把自己打扮成了巫婆，这位同胞倒是哪儿都是尖尖的，所以看着还挺合适的。但也有几个很怪异的。其中有一群高中生大小的孩子们，一个女孩子装扮成个警察，手里拎着条鞭子；五、六个男孩子装扮成穿着紧身而短小的护士服的女护士。那女孩子甩着鞭子、用脏话吆喝着那些个护士去要糖。

鹿群发完糖回来，摇着头说："这是不是也太 pervert（变态），太 violent（暴力）了？"

房客小苏笑着说："说不准呀，进了 bedroom（卧室）就都倒过来了。"

"行行好，"房客胡琴说："别再说了，你们也太 nasty（恶心）啦。"

这一波一波的孩子来敲门搞得他们也没法子打牌。他们就只好聊天儿了。鹿群说："幸亏这只是孩子们玩闹的节日，否则我们也得准备 costume（戏服）了。"

"嗨！"房客小苏说："要什么 costume（戏服）呀？穿上出国置办的那套西装不就行了？"

"你还别说，"胡琴说："再过五十年，那套西服是可以穿出来吓人了。"

小苏说："我是说今晚大家都穿上，一起出去要糖，黑咕隆咚地突然出来一帮这样打扮的亚洲人。。。"

"那是挺瘆人的，"鹿群说。

没事儿干了，大家提议每个人讲个吓人的故事得了。至于谁先讲，就转勺子吧。房客凌青松是第一个被转到的。他说："那好，我就讲一个吧。我以前的那个实验室里有个同事叫何茹，是个化名啊。说她是女的，别人都得再仔细看看、仔细想想。他丈夫倒是大度，说，只要没有那 Y 染色体（男性特有的那个染色体）就行。

她的二老板叫南屋宇，也是个化名啊，是个很精明的南方才子。他非常高效率地帮大老板管着那个实验室，但其他人都不高兴他那么管着大家。一日，何茹从椅子上站起就往外走。南二老板上前就问道：'你干什么去？'

何茹看着他就理直气壮地说：'上茅房！你也来吗？'

那南二老板看看她、说不出话，快步跑出门、进了厕所。另一个男同事觉得奇怪、也好事，就进了那男厕所一探究竟。过了一会儿，他回来悄悄和众人说：'别外传啊，他在里面吐得一塌糊涂。'"

大家还在等下文，可凌青松没有再讲下去的意思了。房客小图就问："这就完了？"

"完了，"凌青松说。

"这不吓人嘛，"小易说。

凌青松说："怎么不吓人啊？把那南二都吓吐了。"

几个人哈哈哈大笑了起来，小图说："那不是吓得，是给恶心的吧？"

鹿群说："你这不算 scary story（吓人故事），顶多是个 black humor（黑色幽默）。我给你们讲一个吧。很经典的啊，改编自聊斋啊。。。"

快九点了，兴奋而疲惫的孩子们回来了。他们三个人在地毯上数了一会儿拿回来的糖块就累了、都去睡了。鹿太太和天天妈把两大包糖拿给鹿群，说："赶快把这些拿回来的糖再送出去。要让他们都吃了不就坏事儿了？"

鹿群说："那他们起来发现都没有了，哭了怎么办？"

225

两个妇女说那就象征性地留一点儿，其它的都送走。一位房客说，听说有个回收糖果行动（candy buy back program），可以把那些不想让孩子们吃的糖让他们回收了。老丁一听就来兴趣了，让他讲详细些。那人劝老丁别动这心思了，说："一来你不会花钱去置办那 costume（戏装）、二来这么老的 trick or treater（玩这要恶作剧还是给好吃的游戏的人）非上联合国的新闻不可。"

　　大家起哄道："联合国不管这事儿。说不定可以上吉尼斯世界纪录了。"

　　老丁看看他们、摇摇头就走了。他心里想："一帮笨蛋！可以半价先买来、然后再全价卖给那些来收购的人呀。"

　　过了九点半，来敲门要糖的人快没有了。他们开始打牌。老张问小武子，和羞蜜今天说什么了，怎么又把她变回去了。小武子解释道："都怪那些跳舞的。她们也长得太出众、太突出了。最厉害的是那个怀孕的，我只是担心她那肚子里的孩子会不会给颠簸出什么问题来。前一阵子不是有人把别人的 baby（婴儿）给 shake（摇晃）成脑震荡了吗？我只是多看了几眼就让她发现了。"

　　"比 Brittany（布兰尼）都漂亮？"鹿群问。

　　小武子说："不是那种、是这些，"他一边说，一边在自己胸前比划着。

　　"哦，那呀，"大实话说："那你白看了，那些都是 chicken（鸡）。"

　　小武子说："别骂人嘛。人家被看、还要被你骂。"

　　"没有啊，谁骂人啦？"大实话不明白。

　　小武子说："你骂人家是鸡。"

　　"嗨！"大实话笑着说："我是说她们那些地方那么突出，都是吃鸡吃得。挺那么大的肚子都敢跳肚皮舞，肯定不是 chicken（胆小鬼）呀。"

　　老张认真地问："吃鸡能那样？"

　　"当然了，"大实话说："还不是那些人工合成的激素给整的。"

　　"这么凶啊？"小武子不信。

　　大实话说："当然那得长期、大量地吃才行。"

"嗨！"老张说："那不是明摆的嘛，没那些激素也行。长期吃那么肥的鸡肯定有用，那些突出的部分不都是 fat（肥肉）吗？"

"那还是塞点儿 silicon（硅胶）好，"鹿群说。

大实话说："只要那袋子不破就行，万一破了可就是大麻烦了。"

"同意鹿兄，"小武子说："那 silicon bag（硅胶袋）还有别的用处呢。每天都是负重运动，有益于减肥。"

众人笑了。

临晨三点左右，夜深人静、众人安睡。鹿家楼上隐隐约约地传来呜呜的声音，有时还夹杂着啊嗷啊嗷的嚎叫，既象猫头鹰又象猫叫春。也不象是从房子外面传进来的。

楼上的几个房客醒来，开灯、出门、问彼此是什么声音。小李问："不会是 alien（外星人）吧？"这万圣节期间电视里的鬼怪节目太多，她可能已经看得有点儿走火入魔了。

老张说象是从小凌的房间里传出来的。他去打开门，看见凌青松在蒙着被子说梦话、唱梦歌呢。老张过去推了他一下，他就停下来，转个身接着打呼噜了。老张出来、关上门、笑着说："把大家吓得够呛。这家伙在卡拉 OK 呢，和他醒着的时候一个水平。没事儿了，都回去睡吧。"

鹿太太长出了一口气，说："吓我一跳。还以为又是什么人摸进来了，在折腾我们呢。"她话音刚落，楼下的正门就被敲得山响。

"都什么时候了，还来 trick or treat（要恶做剧还是给好吃的）？"鹿群一边说、一边去打开门廊上的灯。

众人看到正门外有两位好象已经喝醉，穿着戏装，脸画的和妖魔鬼怪一样，身材魁梧的成年男子，他们正在想方设法地鼓捣着开门。

他们看到里头有人就又喊、又叫、更使劲地拍门。鹿群他们吓坏了。他赶紧悄声让太太们回卧室把孩子们看好了，别把孩子给惊吓了，又让小武子他们搭把手用一些桌椅把那正门堵上，然后去打 911。不一会儿，两辆警车来了，警察过来把那两个人带走了。

看着离去的警车，老张放下手里的菜刀，说："算这两个今天 lucky（幸运）。这事儿要是给了有枪的美国人家，他们可能已经给崩了。"

　　"可不，"小武子也放下菜刀，说："去年有个人在自己家被抢，他逃出去了，去敲邻居的门求救。可能是临晨看不清楚，结果他被自己的邻居给开枪打死了。好可怜的。"

　　"你们就别再吓人了，"鹿太太说："没事儿就是福。赶快去睡吧，看这给折腾得。"

　　三天后的一大早。鹿太太出正门去拿免费报纸的时候看见了门上和墙上的碎鸡蛋皮和鸡蛋黄流淌过的痕迹。她不由得冲着街上大喊了一声："他妈的！不是给 candy（糖）了吗？怎么还给我们摔鸡蛋呀！？"接着，她又回头喊道："老鹿啊，快起来出去给冲冲。搞不干净又要长 mold（霉）了。"

第七章

19，龟田

鹿家的第一位台湾房客是南希的一个远房亲戚，叫毛文清。这位亲戚好象不太好伺候，读书很费劲，从阿肯色州（Arkansas）的一所大学转学来到了这个小城。他在鹿家从暂住也变成了长住。房客们和他熟悉了以后，常常说他给华人丢人现眼。他每次只好说："没办法，我就是读不出来嘛。"

有一次，从扬凌来的房客刘海行不小心把晚饭给做多了，就让毛文清帮忙消灭了一碗。他吃完后，就大呼小叫地说那是他吃过的最好的东西。天长日久，这两个人相处的还挺好，经常一起聚餐、研究菜谱。

一个月后，两个人回来宣告，他们合伙租了一个学校边儿上的小亭子、开始卖西安面皮了。

他们这个小生意做得还挺红火。当然也不是一帆风顺的，两个人在刚开始的时候，生意不好，都要先行撤出、让对方殿后，晚上回来就在客厅里争论个不休。害得房客们不停地提醒刘海行，团结就是力量；反复教育毛文清，要精诚团结。

又过了两周，他们的生意好起来了。他们那买一送一的促销好象还挺有用。这两个又都想多分些利润，所以还是一回来就在客厅里争个不休。众人纳闷："这算是什么事吗？他们什么时候才能消停了呀？"鹿群帮忙调解了两次，也没什么明显的效果。

不过打那儿以后，毛文清有几次自豪地问众房客："现在我不给我们华人丢人了吧？"众人称是，可背地里说他们俩那么无休止地争来争去也够丢人的。

这天，两个人又是生意兴隆，乐哈哈地进门来了。他们今天尝试的新产品大获成功。鹿太太赶忙问是什么新产品。毛文清心情好就卖关子，问："你知道什么样子的 food（食物）可以叫 sandwich（三明治）？"

"用面包夹着吃的就是 sandwich 呀，"鹿太太回答。

刘海行高兴地问："那肉夹馍也应该是 sandwich（三明治）了吧？"

"当然了，"鹿太太说："应该还是最好吃的三明治。"

"今天我们卖肉夹馍了、都脱销了！哈哈！"刘海行兴奋地喊道。

鹿太太问："美国人怎么能知道什么是肉夹馍呀？"

"当然大多数还是中国学生买，"毛文清说："我们贴出的招牌是 Chef's special（厨师特别推出）Xi-An sandwich（西安三明治），所以也有很多美国学生来买。"

"不错，不错，挺有创意的，"鹿太太是真心地夸赞他们俩。

"啊呀，"刘海行突然意识到什么，就问："明天可怎么办呀？来不及做馍呀。"

"我可以帮你们呀，"鹿太太这方面很机灵，马上趁势提出加盟了。

这两位合计了一下，同意以两毛钱一个从鹿太太这儿买。鹿太太说四毛、那二位还价三毛。鹿太太觉得也合算因为自己只出面粉和酵母的钱，水电费还是大家分担着的呢。于是，她要来配方，准备今晚制作它三百个再说。

这时，房客药祁山在楼上突然来了一嗓子，临行喝妈一碗酒。他有这习惯，遇上什么高兴事儿就喊上一、两嗓子样板戏。正在厨房里忙碌着的鹿太太纳闷："人家生意做好了，他高兴什么呀？"

这时，正门开了，原来是天天妈回来了。她今天一大早去俄克拉何马城的那个国际机场去接天天的爸爸。天天的爸爸叫谢贵添，他刚刚在日本读完药理学博士学位。这还是他第一次来美国探亲，上次是天天妈带着孩子去日本探亲的。因为中国人在美国办日本签证太麻烦，所以这是他们全家六年来的第三次团聚。

鹿太太擦干手就热情地出门去迎接天天全家。她一时还真没能适应天天爸，因为这位谢贵添整个是个日本人，快二十多个小时、中途需要停三次的航程在他脸上和身上看不出任何旅途劳顿的痕迹。和一鹿太太见面，他就呼的一声，给她来了个

230

标准的、九十度的大鞠躬，都差点儿碰到她，同时还高呼了一声似乎是日语里的你好。

　　这可把鹿太太吓了一大跳，她嘴里说的请进也只说出个请来，她下意识地一下子跳到了路边的草坪上、同时用和天天爸同样高的音量、略微走调儿地大叫了一声"。。。进，"就把他们全家让了过去。

　　进了客厅的天天爸又是给在场的几位房客同样的礼遇。大家一时间面面相觑，不知道该说中文、英文、还是日文，可谁也不会日文呀。当然是个中国人就知道些日文，比如：八嘎呀路、死拉死拉地、密西、有戏，可这大多数也不能用来打招呼呀。只有那"有戏"似乎可以一用，但已经被大家的微笑和点头给替代了，所以一时都没辙了，在那儿站着、看着。

　　天天妈放下东西、来到客厅就注意到了这个对峙，就赶紧和天天爸说："到家了，就别那么紧张啦。"

　　谢贵添又大喊一声，应道："哈依！"又让大家都睁大眼、看着他。

　　"你就别哈依啦，这是美国、不兴那么大喊大叫的，"天天妈转头对大家说："对不住啊，没关系，没事儿的，过一会儿就好了、就没事儿。"

　　谢贵添说好。天天妈给大家介绍天天爸。大家这才找到要领，给他让座，开始用中文寒暄了起来。

　　第二天早上，房客们在早饭桌上发现了一堆形状、大小、颜色都有不同程度差异的、烤熟的面团。旁边有张条子上写着："Free bagel（免费百吉饼）。"众人挑着尝了一些，权当早饭了。老丁还带了几个当中饭。

　　以后的两个晚上总有这样的免费百吉饼。大家互相问是谁做的好事，要是有粥就更好了。原来是鹿太太尝试着不同的做那馍的方法，成功的都拿去卖了，不成功的都让房客们和那些门前的鸭子们给消灭了。

　　谢贵添的到来给鹿家带来了一股古老的东方风味和气息。只要在家，他就会穿着日本的睡袍和双木头踢拉板儿，不是就地打坐、摆弄茶具，就是向大家鞠躬、喊你好。害的大家也不自觉地经常鞠个躬什么的。

这天，大实话看着天天爸的样子，悄悄和鹿太太说："看他这给鬼子折腾的，多可怜呀。幸亏咱当年没让鬼子给殖民了，否则天天这样，还不给累死？"鹿太太一边应着、一边想这木头蹓拉板儿倒是个好主意，应该劝老丁来一双，那样他就不会再轻手轻脚地吓唬人了。于是，她去问谢贵添那木头蹓拉板儿多钱一双、在哪儿能买到。

　　谢贵添先纠正她那不是木头蹓拉板儿而是木屐，又告诉她是五千一双。鹿太太说她问的是多少美元不是日元。天天爸还是只用日元。谢贵添想了想，说："大概五十多美金吧？"

　　鹿太太说："那就算了。反正也不是我想要。"

　　谢贵添问清缘由后说："可以让老丁先试一试，我这儿还有一双。"

　　鹿太太说谢谢。

　　这晚，看老丁一进门，鹿太太就把他叫到客厅去试穿那双木屐。老丁穿着觉得挺合适就问为什么，还说："是不是人人一双，保护你的地板、地毯呀？别说，这也很卫生呀。"鹿太太说是天天爸有这么一双，只有他最合适。老丁停止了微笑，问："哦，是鬼子的？"还一边把脚上的木屐给脱了下来。

　　鹿太太问："不是挺合适的吗？怎么，不喜欢呀？"

　　"没有，"老丁说："挺舒服，挺喜欢。可惜是鬼子的，我不能要。"

　　"什么？"鹿太太不解地问："怎么是鬼子的呢？明明是Made in China（中国造）的嘛。再说了，顶多是天天爸这个二鬼子的嘛。这又不是电器和汽车，不需要抵制吧？那个抵制运动不是已经过了吗？再说这也不贵呀，才。。。"

　　老丁挥手制止住鹿太太，然后认真地和她说："两码事儿。我和鬼子有家仇。祖训难违呀。"

　　鹿太太虽然还不知具体缘由，但马上肃然起敬地看着老丁。她想，难怪老丁从来不用鬼子的车和电器，也基本没理过天天爸呢。

　　药祁山的血压在两个月前的一次检查中查出来有些偏高。最近，他给自己设计了个食疗方案，效果挺明显，所以很高兴，他那样板戏的选句、选段在鹿家的楼上也时时响起。

这天，小武子把他那个食谱要过来看了一下，看完就说："我免费送你句英文吧：'This is not food，this is what food eats'（这不是食物，而是食物吃的，或者是：这哪儿是人吃的呀）。"

谢贵添强力推荐东瀛料理，说对健康一定是有益无害，还说日本人的健康长寿是和人家的饮食习惯直接相关的。药祁山终于被说服了。这天，他出资置办了一些原材料，谢贵添负责加工制作，他想见识一下天天爸大力举荐的健康食品。

看完后那个制作过程后，药祁山说："哦，合着你说了这么半天，不就是个 burritos（面卷包，一种墨西哥快餐）嘛。"天天爸问什么是 burritos。小药给他解释好后，总结道："唯一不同的是墨西哥人用面饼子包熟的，日本人用紫菜包生的。"他接着问天天爸，这日本的 burritos 是怎么个吃法。

天天爸说："就这么吃呀。"

"不 cook（烹饪），生吃呀？"小药犯难了、直眼了。愣了一下，他说："这鬼子也太会糊弄人了吧？明明是舍不得用柴火，还说是什么天然美食。别忘了啊，这做饭的第一要素是灭菌、消毒。我只想降血压，可没想给自己接种病菌和寄生虫啊。"小药严词拒绝食用这没经过烹饪的美食。

谢贵添看看他，就目不转睛盯着那盘子里的两个紫菜包着的寿司卷（sushi rows），然后就一声不吭地给自己来了个顺水人情，开始享用了，还不时地"有戏"着。在一旁观看着的小药心里说："绝对有戏。过几年肯定得去治寄生虫病。"

一个不留神，那两个粗大的寿司卷就被谢贵添给弄消失了。小药大喊："谁让你都吃了！？我是想让你给蒸一下，我们再吃呀。"

"嗯，'有戏'，"谢贵添满意地抿了抿嘴，笑眯眯地自言自语道："太地道了！"

"你小子也太不地道了！"小药大喊了一声，接着就质问道："那东西看上去就象两大节子黑大便，你也吃得下去？"

谢贵添看看他、跳起来、捂着胸口就冲进了一楼那个厕所。紧接着，从那里面就传来了阵阵的呕吐声。

在旁边看报纸的小武子和小药互相看了一下就哈哈大笑了起来。

其实，也不是小药的那一句话就能把天天爸送进厕所。谢贵添前天看了个电视节目，说的是一位美国佬发明了用长长的圆纸桶儿装单个的寿司卷儿，这样就不仅便于存放、携带、食用，还特别适合野餐。那个圆桶的底部是活的，可以用根棍子推进去，那里面的寿司卷儿就会从另一端涌出来了。

天天爸看着那些广告演员在野外夸张地享用这个发明时就感觉这东西有什么地方不妥，特别是还有两个人躺在树荫下吃的景象，更是让他想想都恶心。他自己悄悄地嘀嘟了一阵子了。小药那句话相当于点燃了那根导火索，把天天爸搞得再也无法自欺欺人了，只好赶赴厕所喷发去了。

谢贵添来了不到两周就要搬出去。他说要去找个美国人家住，因为他在日本就是那样的，还说，这出国就是要近距离接触当地人的文化嘛。天天妈说："这儿和家里似的。天天总能找到人管，我们这么忙哪有时间管她呀？"两个人意见不和就吵了起来。谢贵添气得在地上打坐、瞪眼、喘粗气。

住他们隔壁的大实话假装路过，见此情形就赶紧到厨房找鹿太太说这事儿了。鹿太太说："清官难断家务事，夫妻俩拌嘴是正常的。。。"

大实话急了，说："您还是快去劝劝吧。别一会儿那龟田把自己肚子给切了。"

"什么！？"鹿太太问："你说什么？这什么乱七八糟的，什么龟田？"

大实话说："就是天天她爸。他的日本名字叫龟田。哦，是我给他起的，他还不知道。"

"他怎么了？"鹿太太问。

大实话一边对着自己的肚子比划着、一边说："那两口子吵架了。吵得都可能要切腹了。电影里鬼子的那种。"

"哦，"鹿太太若有所思地问："他垫塑料布没有？"

"您什么意思？"大实话糊涂了，问："他就坐在地毯上。鬼子连凳子都不坐，怎么会坐塑料布上呢？"

"这还得了！？"鹿太太一听就急了，喊道："要是他把那房间搞脏了，我们还不得换地毯呀？快走！"起身就要上楼去。

大实话看着鹿太太，都愣住了。鹿太太看他那样子就问怎么了。大实话这才缓过劲儿来，说："真服了您了。您还是先上去看看吧，人家现在可是生死关头呀。"

两个人赶紧上去了。鹿太太上楼的时候还悄悄叮嘱大实话，待会儿进去看准了，凑空儿把那刀夺过来。大实话口头上答应着、心里谛诂着："谈何容易呀，谁知道这龟田已经练到几段了。"不过可能没什么关系，因为他刚才压根儿就没看见刀。他那个说法只是强调一下事态的严峻性和紧迫性而已。

鹿太太进去，小心翼翼地开始问谢贵添是怎么回事儿。天天妈过来拉着鹿太太下楼去厨房说明了这个情况。最后她说："对不起啊，等他习惯了这儿，可能就好了。"

"只要不出什么事儿就行，"鹿太太同情地说："我们倒是没关系，只是你太辛苦了。以前只需要管好天天就行了，可现在。。。"

天天妈眼里噙着眼泪点点头。

第二天清晨。在早餐桌旁边，天天在吃早饭、准备去那街口赶校车。天天妈在帮她把背包和午饭准备好。突然，天天大声地哭喊了起来，好象给什么东西咬了似的。旁边的人都跑过去看。看完后，大家都笑了。原来，她开始掉牙了。

天天的父母也开始互相说话了，一起逗孩子让她不要哭了。他们终于把孩子给哄高兴了。小武子拍拍天天的头，说："这是好事啊。今天晚上 Tooth Fairy（牙齿精灵）就会来给你送礼物啦。"

天天擦着泪，问："真的，我也有啊？Jerry（杰瑞）的牙掉了，Tooth Fairy 给了他一个 Gameboy（一种电子游戏）。"

"当然有啦，"天天妈说："我们天天要乖啊，乖了，那个 Tooth Fairy 就会给你送礼物了。乖啊。"

天天高高兴兴地出去等校车去了。

谢贵添问妻子："什么是 Tooth Fairy？"

"就是牙齿精灵，"天天妈说："他用小礼物换孩子们掉下来的 baby teeth（乳牙）。根本没有的事儿，就是逗小孩子的。咱把出国的时候带来的小玩意儿给她一个不就行了？"

鹿太太过来插话说："不行，不行。我可不是想干涉你们家的事儿啊。有人试过这招儿，结果把那孩子给气哭了，说中国的 Tooth Fairy（牙齿精灵）怎么跟这儿来了。"

天天妈笑了，说："那就随大溜，给她几个 quarter（二十五美分的硬币）。"

"好象也不行，"鹿太太说："我听说现在都得给孩子五块、十块、甚至二十、一百呢。我看你们也给五块得了，否则孩子要告 Tooth Fairy 歧视了。"

鹿群说："应该加上 Tooth Fairy 不收不干净和有味儿的牙。这样孩子们就要刷牙了。"

小李赞同道："这倒是个好主意呀。"

众人哈哈哈地笑了。

次日一大早，天天高兴地大叫了起来。原来，牙齿精灵给了她一万日元。她高高兴兴地拿着那大钞票到学校显摆去了。

这天晚上，房客小乐来和鹿太太说有个朋友要来借住几日。他还许诺绝对不超过一周，只是得保密不能告诉别人他在这儿。鹿太太警惕了起来，问："不是犯了法的吧？"

"绝对不是！"小乐说："他只是不能让他自己的老婆知道他在哪儿。"看鹿太太还想问，他就接着说："您就 rest at ease（放宽心）吧。绝对不是跟 law（法律）有问题，不会给您惹事儿的。"

原来，那两个人在国内时互相帮衬着一起出了国。男的叫孙书里，半年多前他在武汉读完硕士研究生后就联系好了出国，可当时国内的政策要求有一定的服务期和交培养费，本科生和研究生的价位都不低。但有几个例外，比如：服务期已满、公派出国、和有海外亲属关系的，都不需要缴纳培养费和熬那服务期。于是，孙书里使出了最后一招儿，以图绝地逢生。他在老家南昌的一张报纸上登广告，要找个有海外关系的女性结婚、一同赴美。

天无绝人之路，真有一个人来应召。她是嫌等亲属移民时间太长了，即使过几年等到了，自己也过了二十一岁了，不能来了。

他们两个人研究了不到一周就领结婚证了。一个月后，孙书里如愿以偿来美就读。他赶紧办好了接妻子来陪读的手续。

又过了两个月，那女的也出来陪读了。只是，她直接投奔她在旧金山的亲戚了。又过了三个多月她才去孙书里那儿报到，并且提出离婚。

孙书里坚决不干。这在美国，大陆华人里男多女极少，找个老婆不容易。况且这个老婆还只是结婚证上的，他觉得自己也太亏了。可那女的缠着他，非要他签字。孙书里坚决地拒绝就范。折腾了两个月后，他实在不堪那女的的胡闹，只好出逃了。这儿已经是他的第三个落脚点了。

这位孙书里在家里藏着没事儿，就和谢贵添学起了日文。天天爸担心把自己的日文疏忽了，所以也乐意教。没两天就把这小孙培养成了自己的知音。两个人见面就鞠躬、喊日语，不宜乐乎。大实话摇头感叹："什么事儿呀？这二鬼子的队伍还壮大了。"

谢贵添在找工作的同时，还在积极寻找机会回日本。天天妈不同意，因为全家好不容易才团聚了，日本的教育又不如美国的好，孩子也适应这儿了。两个人不时地大声讨论着。

谢贵添还要求鹿太太多加些频道，好有个日文台，因为他声称必须每天听和说日语。鹿太太笑眯眯地说："这是美国，大家都民主。晚饭的时候大家投票决定是否加这个频道。"

晚饭前，鹿太太悄悄和众人打招呼，所以，不出所料，龟田的提案被一致否决了。谢贵添低头出去了。

事后，鹿太太和天天妈解释说这是大家的决定，她也没办法。她建议谢贵添去图书馆去听不就行了。天天妈同意了。

也巧了，日本那一阵子的天灾人祸不断，谢贵添也就渐渐地安心了。不出一个月，他就变成了一个地道的美国佬。他起了个英文名字 Gary（盖里），成天地满口 Yes sir（是！先生），Yes ma'am（是！女士）地喊着，真有点儿前一阵子他吆喝"哈依"的劲头儿。

又过了一个月，他去一个实验室作博士后了。周末，他还参加了旁边公园里美国人的业余棒球运动。他们屋子里的日式家伙事儿也都被他请进壁橱了。他自己则是天天反戴着顶棒球帽、短小运动休闲打扮、进进出出的。

这天，他眉心里涂着黑呼呼的一团东西下班回来了。鹿太太关心地问出什么事儿了。谢贵添说什么都没有。鹿太太又问他那眉心的黑东西是什么，还说："怎么像印度人呢？"

"嗨！"谢贵添说："今天是 Ash Day（灰节）。您不知道啊？"鹿太太问那是什么。谢贵添指着自己的额头，说："印度人是涂红的。这儿的 Ash Day 呢，是今天，都要给这儿涂个黑色的十字，是基督教的节日。"

鹿太太听得云里雾里的，看着他上楼的，那洒脱的样子，她和丈夫说："这是个能成大气候的人的样儿。"

这时，客厅里那两个卖面皮和西安三明治的两岸同胞又开始高声争议了起来。鹿群过去准备劝劝他们。原来，他们有一个常客，中年白人叫比尔（Bill）。这位在他们那个小亭子旁边有个好店面，可惜食物无趣，只是热狗，所以生意比较惨淡。今天中午他过来提议和他们俩合作，他将提供店面、经营、广告、还要出钱买断他们的那个小亭子，这二位两岸同胞只需要出技术和人力，算是他们三个人的合作。

这二位正在争论是否同意这个建议。鹿群觉得为什么不试一下，有个白人加盟可能以后办事会方便一些，如果能搞成个连锁店他们不就都成创始人了，比当老板都强。于是，他们说，明天再和比尔核实一下具体事宜。

过了一周，他们的合作就开始了。实质是，名义上是他们三个人的合作，其实是他们两个给那白人打工了。好处是打那儿以后这两个人和以前一样又成了好朋友，成天地称兄道弟、不再争论了。大家看着这两个人都感叹："这叫什么事儿啊？咱华人有时候就一个字：贱，只配当伙计。"

"这多象国共之争啊，让外人坐收渔利。"

鹿群说："也不全是。人家现在的工资可不低呀。"

鹿群夫妇正不满着呢。这个比尔接手的第一把火就把鹿太太烤的馍给'烧'了。他雇了个老墨在店里现场表演烤馍，既添加了娱乐气氛又新鲜好吃，还不象鹿太太的那隔夜的、手感不好的馍，因为鹿太太这一个多月以来都是白天烤馍，让他们第二天去卖。

"本来是 owner（雇主），"老张说："现在倒好，只拿帮人数钱的辛苦费了。"

238

"不止，不止，"鹿群说："他们两个都准备退学了。那个 Bill（比尔）答应给他们解决身份问题了，而且他们马上就要搬到那个最新的公寓了。"

众人若有所思地说："哦。"

不知不觉地又一个月过去了，天天爸已经从龟田、Gary（盖里），回归到了那个地道的，通州的谢贵添。他最喜欢吃的东西也成了墨西哥面卷包（burritos）。日本的寿司卷让小药那么一恶心，搞得他想都不敢想了，切开了的也不行，之后还殃及到了这墨西哥面卷包，他只能吃墨西哥面卷包碗（burrito bowl）了。

这天晚上，他和大家一边拱猪、一边看着电视上的音乐节目。他说："这应该是纯属儿童不宜呀。那哪儿是唱歌跳舞呀？明明是在台上干呢。"

老张问："比鬼子差远了吧？"

谢贵添说："人家鬼子是有特定的场所。比如说，晚上的酒吧、饭局，可以自由一些。"

老张问："你是不是又想回仙台啦？"

"没有，没有，"谢贵添说："这儿挺好的，家庭气氛浓、适合养孩子。再说啦，我欠她们娘俩的也 too much（太多）了。"

大家要求换台。鹿群调到美国之音中文台的那个频道，他们正在讨论朝鲜战争问题。

大家暂停打牌，到沙发上看电视。奇怪的是，那两个美、台的参评者比较中肯，说朝鲜南北双方当时的摩擦不断，需要更多的交战方文件的解密才能做结论。那两个大陆来的倒是铁定的卖国反共，一口咬定是北朝鲜、苏联和中国蓄谋已久发动了那场战争。小易说："他们怎么能这么说呢？中国那时候根本就不想打仗呀。"

"没办法，"鹿群说："这 VOA（美国之音）是汉奸的地界。"

谢贵添说："我们大陆可千万不要这样呀。"

"哦，"老张说："是这两个呀。我知道，是靠骂中国吃饭的。那年在费城为争活动经费互相泼粪、把对方都搞得里外不是人。他们的话只能当屁，听个响。"

239

"这样说不好吧？"谢贵添说："怎么能把人家的话当屁呢？"

老张笑道："如果连个屁都算不上，那就更不用管他们说什么了，对吧？"

大家哈哈大笑了起来。

鹿群说："美国之音的水平也太成问题了。找一帮子还是文革心态的汉奸，让他们成天地作贱中国。这不是成心找骂呢吗？"

"可不，"小易说："VOA（美国之音）真应该淘汰那几个文革余孽。因为他们说的我们这代人已经不感兴趣了，年轻人呢又听不懂他们在说什么。"

"那人家汉奸去哪儿找生计呀？"老张说："说不准是他们已经中计了，还不知道呢。与其说这些人是汉奸，还不如说他们是美奸呢。"

小易说："对呀，叛徒最后不都是被两边儿抛弃了吗？"

这时，楼上的孙书里两手提着包匆匆忙忙地下楼来了。正在看电视的谢贵添回头问怎么了。小孙说他老婆已经找到这儿了，他得赶快换个地方。

看着他出去的背影，老张说，他这也够累的，整天东躲西藏的。谢贵添说："其实，他也没这必要这样，他那老婆只是纸上的。"看旁边的几位还不明白，他接着讲："根本没和他洞房过。"

"那他还怕什么呀？"鹿群问。

"能不怕吗？"谢贵添说："那女的说，他要是不同意离婚，就去移民局告他假结婚。"

"哈！"老张笑了，说："那谁怕谁呀？假结婚也是他们俩的事儿呀，一告不把自己也告进去了？是那女的靠结婚出来的呀！"

"那女的说她不怕，"小谢说："她在旧金山有亲戚，已经给她找好下家了。还说这一离婚、一结婚她就成公民了，所以根本没必要和个穷学生耗着。"

鹿群说："那这小孙还不如成全了人家呢。把自己的学业也给耽搁了，不值得吧？"

"没耽误学业呀，"小谢说："他正准备换专业呢。他说了，反正现在也没事儿，就跟那女的耗着呗。"

老张说："这也太不地道了吧？俗话说得好，一日夫妻百日恩呐。"

"可他们连一日都没有啊，"小谢讲："据小孙说呀，是那女的做得太绝了。他们两个人在国内说好了的，来美国入洞房。可那女的来美国后，首先是几个月避而不见，一见面就说她已经是别人的女人了，而且要求马上离婚。。。"

"可以理解，"小易说："来美国看那些片子积蓄起来的欲望、能量，只好接着憋着了。不甘心呐。"

"所以呀，"小谢说："小孙气坏了。他守信用帮她办出来，却是个这结果，如果早知会这样，他完全可以不那么办嘛。他说他那已婚也已婚得太亏了，所以他就给那女的开了个价儿，要么给他生个 baby（孩子）、要么赔五万块钱，否则别想离婚。这不就闹起来了？"

"好家伙！"老张感叹道："厉害！都这么凶啊！他也跟人家要服务期和培养费呀？"

其他人听完就大笑了起来。

20，旧家俱

一个星期天的上午，客厅里的电视上正在播放着当地新闻里的天气预报。其实也没谁要看。大家只是忙自己的事，有时候过来听一下而已。这个星期的每天都一样：就是个热，几乎每天都是华氏八十到一百多度（约摄氏二十七到三十八度）。鹿太太过来看看那天气预报，自言自语地宽慰自己说："热归热，但这小 town（城镇）安全 ，是个养孩子的好地方。"

益燕灵在客厅里，开着电扇、扇着扇子，正在准备她明天的博士资格考试（Prelim）。鹿群提醒大家都尽量安静一些，好让她能好好准备，这可是她学业上的一件大事。她的女儿天天还是没人管。龟田也忙得自顾不暇，正在纽约出差呢。所以，

241

她也不方便去图书馆，在这儿，天天可以和这个玩玩、和那个玩玩，时间也就过去了。

开着电视倒是对她没什么影响，没有那个噪声背景，她还不那么容易聚精会神呢。但今天实在是太闷热了，小益就问鹿太太："您能不能把温度调低一点儿呀？"鹿太太全权掌控着家里的温度。

"这空调的温度呀，"鹿太太又开始说了："只要冬天不太冷、summer（夏天）不太热就行了。人呢，夏天就得给热一热、冬天就得给冻一冻，否则就不 natural（自然）了，会得空调病的。你们将来都得感谢我呀，因为你们不会得空调病。当然是以能忍受为前提啊。如果你实在受不了，我可以给你再打 low（低）一点儿。"

"没事儿，我行，"小益不好意思地说，她心里说："什么叫'再'呀？根本就没打低过。"

鹿太太看着小益，心里说："这来美国都给惯得娇气了。在国内还不是不管什么寒冬酷暑的都和老天爷没脾气？"

老丁自从上次逛了一次车库甩卖后就开始喜欢上这个了。他把收集来的东西都放在自己的房间里。虽然不断地优存劣捐，可两个月下来还是没地方放了。没办法，他就把那些淘来的东西堆放在楼上走廊里。这就引起了大家行动上的不便。其他房客不满，随即抗议："是谁让你把这些破烂儿给堆这过道里的！？"

"你这些破烂把虫子带进来可怎么办呀？"

"你得把那些东西拿走，这磕着碰着，你负责呀！？"

"就为占那点儿 tax（税）上的小便宜，你就搞得大家磕这儿碰那儿的。你好意思吗你？"

老丁反驳道："不占白不占。你们不在乎是你们阔气。"他一边说、一边示范着："你们看着点儿道儿不就行了？这不是还能过人呢吗？"

"行！"谢丽儿说："那你得每天站这儿当交警，指挥这儿的交通，包括夜里啊，否则出了事儿你负责！"

"又不是我的房子，我负什么责！？"老丁继续和那几个争论着："我是付了 rent（房租）的，我有权力放东西！"

大家质问他："谁给你权力乱放东西的！？"

老丁反戈一击："是谁给你们的权力干涉我的自由的！？这可是在美国啊，连人家房东都不能说什么，你们瞎起个什么劲呢！？"

一时间，大家吵吵闹闹地僵持不下。

正在厨房里忙活着的鹿太太听着上头有事，擦擦手，赶忙上去，需要探个究竟和尽房东之责。房客们拉着她七嘴八舌地说了起来："是你让他把那些破烂放到这儿的吗！？"

"这要是有个意外，你和老鹿可是要负责的呀！"

"你让他把这些破烂放到车库里不就行了吗？"

鹿太太冲着大家做了个手势让众人静一静，说："慢慢说，一个一个来。他只租了那个房间又没租车库里的地方。"

其实，那个车库已经让鹿太太给塞满了。连他们自己的车子进出都得小心翼翼地。老丁当然也不同意再多出钱，说那用车库的钱还抵不了减的那点儿税呢，况且租她的房间就应该有用车库的份儿。

鹿太太叉着腰，问道："虽然大伙儿现在在美国，可也不能这么净往美里想吧？我什么时候让你把车停在车库里啦？"

老丁低头不语了。

经过反复讨论，鹿太太决定限期一周，老丁要把那些东西搬走，把走廊给大家让出来。老丁说不行，因为他和 Salva-tion Army（美国的一个慈善机构）联系好了，他们最快下下周一才能来把这些东西拿走。鹿太太只好说，下下周一也行。

到了楼下，鹿太太好奇而关心地问老丁："你这几乎每两个星期就捐一堆东西，也不怕 IRS（联邦税务局）来查你？"

老丁想了想，说："我这是慈善家行为、是做好事，他们会查？即使来查，也应该是表扬我吧？"

房客们说："你还好意思这么说。你这是把人家那些慈善机构当你的下家了，利用人家倒腾你那些垃圾。"

老丁说："你们这是嫉妒。人家美国的 Salvation Army 都没说什么，你们就别瞎起劲了啊。"

"我劝你呀，"鹿太太叮嘱老丁："还是小心为妙，可千万不要因小失大，you never know（只有你想不到的，没有不可能的）。"

看着老丁走了，谢丽儿问鹿太太："他这每个周末都搬进搬出的，累好几身汗，值得吗？"

"应该值得吧，"鹿太太说："人家老丁可是从来不吃亏的呀。前天我看到他那个 donation（捐赠物品）的单子。他上周花五十块买的那个大 dresser（衣柜），在那个单子上他填的是值一千五。"

"Wow（哇嗷），"谢丽儿瞪大了眼睛，说："难怪这家伙这么上心呢！光这一个柜子他就净赚一百多呀，比他上班都挣得多呀！"

看着鹿太太不明白，谢丽儿还是瞪着眼睛，大声地说："还不明白？真糊涂呀你！他的 tax rate（税率）应该是百分之十二左右吧？他捐个一千五的东西，不就能从 IRS（联邦税务局）要回一百八吗！？不对呀，冲他这么个折腾法儿，IRS 还不得倒贴给他呀？"

鹿太太看着谢丽儿开始直眼儿了。谢丽儿看着她的样子，略微后悔地自言自语道："Ah oh（啊哦），这地主婆又掉进钱眼儿里了。"

是夜，最低温度是华氏八十三度（约摄氏二十八度五），湿度也高达百分之八十五。大家晚上睡觉的时候都开着窗子、开着风扇，这样不仅能凉快些，空气还新鲜。

半夜三更，有辆没有开灯的、白色的小面包车缓缓地停在了鹿家的那个街角。一个人下车朝鹿家的方向走了过来。到了门口，他左右看看，然后就从门前的那棵树上爬到了二楼的那个窗子前。他轻轻卸掉那个防虫帘子（Screen）、就爬了进去。

这个人轻手轻脚地穿过那个屋子、进入走廊准备下楼。黑灯瞎火的，这个五大三粗的人被老丁放在过道里的那些东西卡住了。他也不敢出声，只是悄悄使劲儿在那儿左右扭动着、挣脱着。挣脱的过程中不慎被绊倒。紧接着，他就清零哐啷、稀里哗啦、大喊大叫地滚摔下了那个楼梯。

他好像受伤严重、躺在地上不能动了，只能大呼小叫不停地哭喊着："Oh，God！Help！Help（哦，上帝，救命啊）！"

大家被吵醒了，纷纷开灯从房间里出来，互相问是谁、出什么事了。打开灯顺着那哭喊声一看，全被楼下这一幕给吓得

244

呆住了。他们簇拥在一个角落里，远远地看着楼梯上的碎家俱和躺在那楼梯角儿地上的正在哭喊着的那个人。

胆子比较大的小吴被硬性地推举了出去，他过去把那个还在呻吟的人翻过来一看，说："妈呀，这是谁呀？怎么还戴着面罩呢？啊呀！是 robber（强盗）！"他可能是给吓坏了、搞错了，其实应该是 burglar（窃贼）。

大家这才醒过神儿来，都叫喊着："快打电话叫警察！打电话叫警察！"

鹿群快步跑进厨房，马上开始在里头翻箱倒柜地翻腾起来。鹿太太大喊："你找什么呢！？"

"Phone book（电话簿）呀！"鹿群大喊："你给放哪儿去啦！？"

鹿太太急得跳着喊："找什么 phone book 呀！？快打 911呀！"

鹿群恍然大悟，赶快抄起电话，拨打了 911。可是怎么都打不通，他又试了几次才发现连拨号音都没了。鹿太太喊道："快点儿啊！打通了没有啊！？"

鹿群吓得声音微微颤抖着说："他们把电话线切断了。"众人互相传话知道了这个情况，也开始从害怕变成恐惧了，因为不知道有多少歹徒和他们的目的，好象心里都在说："完了，完了。"

正当大家准备接受这坐以待毙的事实的时候，小吴突然大叫了一声："嗨！我们不是把电话线给拔了吗！？"原来，现在大家已经习惯了在入睡前把电话线拔掉，以防那些烦人的推销电话了。

众人这才恍然大悟。鹿群赶快把电话线插好、再次拨打911。接通后，鹿群说："We have an intruder in our house.（有个人闯进了我们的房子）"

"He is on the floor（他躺在地板上）。"

"Yes，He is on the floor，can not move.（是，他在地板上，不能动）"

"Yes，he is hurt.（是，受伤了）"

"We do not know he is armed or not.（我们不知道他是否有武器）"

"Our address is（我们的地址是）：829 Falcon Forest Cove（膺林湾 829 号），thank you very much（非常感谢）。"

"Okay，I'll stay on the phone.（好，我就听着电话）"

没出半分钟，大家就听到了由远而近的警笛声。那辆停在街角的面包车慢慢开走了。

不一会儿，有四辆警车呼啸着接踵而来。它们带着刺耳的刹车声和警笛声，急停在了鹿家的正门外面，有两辆警车还直接冲上了草坪。随后又急驶来了一辆当地电视台的采访车，从车上跳下来的三个人，跑前跑后地把个摄像机给架了起来。一位电视台的记者拿着麦克风和个警察问这、问那，好象是在商量合适的播报位置。

这呼叫着的警笛、五颜六色耀眼的警灯、白昼般的警车上的探照灯和电视采访车上的照明灯，一下让整个街区搞得沸腾了起来。

一位警察拿着个高音喇叭反复地对着房子喊："This is the police，all people inside the house，please come out with your hands up in the air. Repeat（这是警察，里面所有的人，请举手出来。重复一遍，）；This is the police，all people inside，please come out with your hands up in the air。"

还在那个角落里簇拥着的人们面面相觑，鹿群还在电话上。电话那边的人让他听从警察的指令。老张急得喊着问该怎么举手。鹿群想了想，说："和电影里鬼子投降一样就行吧？"无奈，他只好让大家跟着，教大家怎么举手，然后开门、带头高举双手走了出去。

大家按照警察的命令高举双手面对墙站着，等着被搜身。丽丽在鹿太太的怀里照睡不误。天天被吓得举着双手哇哇大哭。周围的邻居们也纷纷衣衫不整地出来，或者开灯开窗，往这边张望着、议论着。

那位警察用话筒又喊了几次。见不再有人出来，五个警察就用标准的交替掩护战术动作，从正门冲进了房子。不一会儿，他们就手里拎着头盔、轻松地谈笑着、陆续走了出来。

他们先叫了救护车，快速把那个人送医院，然后逐个询问房东、房客们，拍照取证。折腾快一个小时后，一位擦着汗的白发、微胖的老警官走过来和大家说："We finished searching the house. He should be the only intruder（我们检查完房子了，应该只有那一个强入者）."

大家睁大眼睛、冲着他纷纷点头。

这位老警官用他的大手电筒照着二楼的那个窗子，说："Most likely，the person broke into your house through this window（很有可能那人是从这个窗子爬进屋子的）."

众人伸着脖子顺着那手电筒的光柱往上看着。

他接着说："It is safe for you to go back into your house now. Be careful, there is some broke furniture on the stairs and on the floor. Go in there，record the damage first and then clean up，to avoid mishaps. Also be sure to lock the windows at night.（现在可以回去了。要小心楼梯和地上的碎家具，进去以后，先纪录一下损失，打扫干净，不要再伤着谁，还有就是晚上要把窗子关好）."

大家还是睁大眼睛、冲着他不停地点头。

他擦了擦脑门上的汗，说："By the way，your aircondi-tioner may not work properly，you may need to have it checked by a technician. Anything we can do for you?（哦，对了，你们的空调好象不行，得找个技术员来看看，还需要什么帮助吗？）"

大家都睁大眼睛看着他、纷纷点头、或者摇头。然后，众人排队和这位警官握手告别、说非常感谢。

就这样，被蚊虫纠缠了一个多小时、伤痕累累的众人才得以回到屋里。进来以后，先都是木然地看着屋里的那片狼藉，然后互相看着。鹿太太左右看看，指着满地破碎的旧家具、冲着老丁就嚷嚷了起来："都是你的这些破东西，你看看呀！"

"What（什么）！？我，我那什么，"老丁先是惊了一下，马上说："明明是小易他们那个保险柜里的东西把这贼给招来的，和我这些东西有什么关系！？"

小易说："你别胡说啊！连我都不知道那玩艺儿的真假，美国佬怎么会知道呢？你这成天地大动干戈地搬进搬出的，不把贼招来才有鬼呢？"

老丁停顿了一下，说："那，那你们都应该感谢我呀。"

鹿太太咬牙切齿地说："你说什么！？"

大家也都盯着老丁。老丁往直里站了站，大声说："如果没有我这些过道里东西，你们谁能制服那个歹徒？啊！？你们谁能呀！？"

　　大家直愣愣看着他，没有反应。

　　鹿太太也一时不知道该如何反驳老丁，就转头冲着大家嚷嚷了起来："谁叫你们大半夜地开窗子啦！？"

　　众房客这才醒过神儿来，七嘴八舌地反驳道："你把家里的温度定在八十四度（约摄氏二十九度），我们楼上都快八十八度（约摄氏三十一度）了。这么闷热，你让人怎么睡呀？不开窗子能行吗！？"

　　"你们全家这冬天睡楼上、夏天睡楼下的，能体会到我们的寒冬酷暑吗？"

　　"害得我们这每天晚上大开着窗子，贼能不来吗！？"

　　看看大家，鹿太太一时也无话可说，只好低头径直走到厨房，把温度一下子调到了八十一度（约摄氏二十七度五）。鹿群和大家说："都没事儿吧？大家回去把窗子关上、赶快睡吧，天都快亮了。"

　　天天妈对着众人说："大家谁能帮我个忙啊，帮我看一下天天？这孩子给折腾的，现在又不要睡了。我七点半还得去我的 prelim（博士资格预考）呢，我得赶快去补个觉呀。"

　　众人疲惫地看着她，都不吱声。

　　鹿群见状只好说："我来吧，你赶快去睡。一会儿我给你弄点儿咖啡，很顶用的。"然后转头对天天招手，说："天天过来，伯伯陪你玩好不好呀？"

　　天天妈送天天过去，然后回头看了其他人一眼，大声说："还是我们鹿老师好！谢谢，谢谢啊。"

　　鹿群说："没关系。快去休息吧。"接着又转头对这老丁说："老丁呀，看这样子好象都是你的东西。你能不能 record（记录）一下损坏了哪些东西，然后收拾好，别让大家谁再摔伤了。"

　　老丁一边上楼、一边回头说："嗨，无所谓，都是些破烂儿。我得去补个觉，天亮了还得开车呢。"

　　"行，"鹿群说："那我给你搞。到时候警察给赔偿损失，如果金额不到位，我可不负责啊。"

老丁眼睛一亮，马上想到这些个地上的破烂有可能给他换一批新家俱回来。他赶紧转身、走下楼梯，说："啊！？好好好，我自己来，自己来。"

大家都回去补觉去了。

老丁拿着个小本子认真地登记着那些被砸坏的东西，然后上楼拿出自己的相机拍照存证。把这些忙完后，他过来要求鹿群帮着打扫干净。鹿群对他已是无可奈何、也累得没劲儿和他费口舌了，只是叹了口气就过来和他一起低头打扫。可一转眼的功夫，老丁就不见了。鹿群只好苦笑一下、安慰自己："就当是晨练了。"

这时，天已经蒙蒙亮了。在客厅里沙发上的天天已经看着电视睡着了。鹿群轻轻地过去把电视机的音量调到最低，然后调到显示字幕（Caption）、把频道换到地方台的新闻节目。他一边忙碌着继续收拾楼梯上和楼下那些破碎的家俱、一边忙中偷闲地看看电视。

他家临晨发生的这件事情已经上电视了。可惜的是大家在电视上都形象不佳，因为都是在睡梦中被惊醒的、来不及拾掇自己，况且谁知道会上电视呢？看那些画面要是不听播音员的解说、或者不看那字幕的话，一定会以为警察今天临晨在这家抓了一帮非法移民，还有一个受伤的非法移民给送医院了。

天天妈顺利通过了 prelim（博士资格预考）。她下班回来就去感谢鹿群夫妇，还说要请他们出去吃饭。鹿群夫妇说："没关系啦。幸亏那事儿没有影响到你的考试。"

"都是应该做的啦。这小谢现在也不在，等他回来，我们找个机会，大家聚一下就行了。"

事后，鹿太太心想，这件事真还得感谢胡乱堆放东西的老丁，否则那天临晨大家还不知道要被折腾成什么样子呢。所以，她对他那些略显怪癖的地方也前所未有地开始了包容。

又过了一周，法庭来信要鹿群某月某日去法庭。以为可能是和房子有关的事情，他就让妻子把他那套用出国制装费置办的黑色西装找出来，妻子说他没有黑西装只有深蓝色的，鹿群只好说是深蓝泛黑的那套。

那天，鹿群请好假、身着那套西装开车去了法庭。进去问了才知道他被在他家摔伤的那个人告了。鹿群一下子就丈二和尚摸不着头脑了。他语无伦次地冲着人家喊了一通，大概意思是："这简直是天下奇闻！他强入民宅、图谋不轨、意外摔伤，我还得负责！？简直是岂有此理！"

法庭的人说那人说他是因为天黑，走错门了。鹿群气得解下领带、脸红脖子粗地大声说："The newspaper said he does not live here，how could he go into wrong door？He should be got into a wrong city，with weapons and a mask，did not even use the door。Is this a way to go home？（报纸上讲他根本就不住在这个城市，怎么会认错门呢，应该是认错城市了吧？况且他戴着面罩、身带凶器，根本就没有用门呀，有这么回家的吗？）"

那个法庭的工作人员等他冷静了一些后，告诉他这是必须走的程序之一，以后怎么办会另行通知他的。

从法庭回来后，妻子问他是什么事儿。鹿群气得大喊大叫地讲述在法庭的事情。众人闻讯围过来问怎么了。鹿群又气得大喊大叫地讲述了一番。老丁迫不急待地追着、大声喊着问："那还赔偿我的损失不！？"

刚坐下喝口水的鹿群，没好气地冲着老丁喊道："你还是先好好祷告祷告让那歹徒不要起诉你吧。都是你那些东西。"

老丁又站直了、提高声调，说："我那些东西怎么了，啊？要不是。。。"

众人齐声喊道："Shut up（闭嘴）！"

大家已经听烦了老丁那不失时机的表功了。

事后，大家搞清楚了，如果那个人最后被证明是犯罪，大家没事儿，否则鹿群夫妇是需要负一定责任的。

经过这事后，鹿群夫妇又仔细读了一遍那本房主手册。他们才知道，如果有人在他们的房子和地里受伤，主人是要负责的。两口子看完后不觉得互相看了一下，都倒吸了一口凉气。

第二天一大早老丁就来敲门。鹿群起床和他去客厅谈事儿了。老丁说他查过了，他那些被砸坏的家俱应该由房东的保险包赔。鹿群说他得查一下才能给他答复。他仔细研究了一下才明白是可以的，可索赔了保险费就要涨了，所以不愿意通过那家保险公司。在之后的几天里房东们只好躲着老丁了。

可总这么躲着也不是回事儿呀，小武子给他们建议，先要求老丁买房客保险（renter's insurance），然后才能赔。老丁当然不买，他也开始躲房东了。就这样，他们彼此躲避才渐渐地安静了下来。

这几天来，整个静水城的华埠都沸沸扬扬地跟着义愤填膺了起来。鹿群夫妇也成了那段时间里的华埠名人。在外面常常有华人过来问他们怎么样了、到底出了什么事儿。房客们也得经常给人们讲述一下那个临晨的事情和之后的房东们的遭遇。

这人多口杂的，不免会小道消息满天飞，再加上那些 market gossiping（超市流言），以至于有一天，一个熟人跑过来就恭喜鹿群，说很高兴看到他们夫妇俩这么快就给放出来了，还关切地问他们在牢里有没有受苦。就这样，鹿群夫妇常常给搞得哭笑不得的。

还好，那个人（超级杂种，都看不出是哪个种的人）原来就是个惯犯所以很快就给定罪了。鹿群夫妇出门才得以逐渐地清静了下来。

这事情尘埃落定后的那个周五晚上，大家聚餐，喝酒压惊，因为小武子说是该破财免灾、去去晦气了。

大家置办了一大乒乓台的饮食，又叫了几家邻居以便矫正视听。众人在客厅笑谈自己在电视上的狼狈不堪的样子和那些本镇的警察们。小李笑着说："鹿太太，看你把人家那老警察给热得。你都得给人家准备痱子粉了。"

"就别笑话我了，"鹿太太笑着说小李："你看你那手是咋举的，怎么是手背冲着前面呢？多别扭呀？"

小李笑着说："从来没举过嘛。唉，你们怎么会那么老练呢？"

众人笑了。鹿太太笑着逗小李，说："你不是在 show off（显摆）你的 wedding ring（结婚戒指）吧？你那 diamond（钻石）也太小了，那么多探照灯照着，怎么连一点儿反光都看不见呢？是真的吗？"

小李开始认真地看起自己戒指上的钻石了。鹿太太赶紧说："挺大的，别看啦。我跟你开玩笑呢。"看小李不停下来，鹿太太自言自语道："得，小穆又要怪我了。"

谢丽儿说："本来在美国上电视还想让国内的家人看看，可我们那天也太不上镜了。又得减肥了。"

大家都同意。

在厨房里，龟田问鹿太太："我在日本待了七年都没遇到过这类事儿。你们还说这儿安全？"

"当然安全啦，"喝得面颊菲红的鹿太太说："那个人又不是我们这个 town（城市）的。"

"什么？"龟田看看自己的啤酒杯子、怀疑自己喝多了，怎么没听懂鹿太太在说什么呢。

客厅里的老丁还是唠叨着："那还赔偿我的损失不？"

"谁知道啊？"小易说："那得看那个人能赔多少啦。从报纸上看，你还是死了那份儿心吧。"

老丁转移话题，问："你那保险柜什么时候处理掉呀？那东西可招贼啊。"

"烦不烦呀你？"小易不耐烦地说："碍你什么事儿啊？在我那屋子里也没人知道啊。你还是先把你自己管管好吧。"

"放心，"老丁说："肯定不会再引人注意了。我现在是先联系好 Salvation Army（一个慈善机构）的 pick up（来收东西）的 date（日期），然后再去把东西淘回来。那些东西直接从我的 truck（卡车）搬进他们的 truck，都不需要进屋子。"

小易和小武子惊讶地看了老丁一下，又互相看看，随后一起作揖、鞠躬，喊道："佩服，佩服。五体投地，五体投地。。。"

小穆笑着和鹿群说："当时还以为你在电话上找那 eleven button（十一键）呢？"

"什么？什么 button？"鹿群问。

"是这样的，"小穆说："听说当年 911 刚出来的时候，政府做广告让大家 dial nine eleven for emergency（紧急情况时拨打九十一）。结果发现不行，只能说 nine one one（九一一）不能说 nine eleven（九十一），因为电话上根本就没有 eleven（十一）那个 button（键）。有几个打 911 的人 sue（控告）政府了。"

"不可能吧？"鹿群问。

"怎么不可能？"小穆说："现在的方向盘上不都有个 speed control（速度控制）键吗？刚开始的时候写的是 cruise control（旅程控制），后来才改成 speed control 的。原因是有一个哥们儿开着辆 RV（休闲车、房车）出游，在 highway（高

252

速公路）上 set（设置）了 cruise control，就去后面喝咖啡去了，结果就出车祸了，他就把那汽车公司给告了。"

"真聪明！"鹿群笑着说："谁都不可能那么 stupid（愚蠢）。可能都是看到个漏洞就制造机会，sue（控告）人家一笔。那人肯定只是受轻伤，对吧？"小穆点头。鹿群拍拍他的肩膀，说："学着点儿吧。"

鹿群用根筷子敲了敲手里的杯子，让大家静一下。他开始讲话："今天，我们这首先呢，是要庆祝天天妈如愿以偿 pass prelim（通过博士资格预考）成了 official（正式的）的 Ph.D. candidate（博士候选人）。我们也祝愿她工作顺利、多出 paper（文章）、早日通过 defense（答辩）成为 Ph.D（博士）。"

大家鼓掌喊耶（Yeah）。天天妈起身说谢谢。

"其次呢，"鹿群接着说："我们大家这次有惊无险。但一定要汲取教训，以后要多加小心，睡觉的时候要。。。"

底下不知谁喊了一声："要开空调！"

大家哈哈大笑了起来。

众人轻松、高兴、互相劝酒，大有一醉方休之势。

这个聚会到午夜后才结束。有一个鹿群的朋友王红赞坚持要回自己的公寓去，因为约好的，得给国内的老婆打电话、报平安。可能有点儿喝多了再加上最近忙得睡眠不足，他半夜开车回家、撞了树了。

鹿群夫妇感觉到又要被告了，因为王红赞是在他们家喝多的。这可如何是好？还好，这王红赞刚来美国不久，可能还不知道自己喝多了可以控告别人。

鹿太太随即决定在房客公约里要再加一条：不许劝酒、饮酒自律、后果自负。鹿群被最近的这些事儿吓得也没有想起来该如何反对，因为大家这经常互相劝酒也是咱国人的陋习或者国粹之一呀，说说可以，可真改起来，谈何容易？

鹿群两口子在随后的一段时间里战战兢兢地悉心照顾着王红赞养伤，整天过得提心吊胆的。

253

21，寒假

李健的"风吹麦浪"是小武子的最爱，其实他喜欢李健所有的歌。自从有了那个卡拉 OK，他下工夫练了李健的两首歌。他内心里是期待着能有朝一日和樱桃来个二重唱，说不准他的歌声可以打动她。

建国五十周年，大陆学生的学生会搞了个纪念晚会。小武子要拉樱桃去唱。樱桃虽然长得一流可唱歌不行。她推脱说："我唱得不好，从小五音不全。否则我还在这儿？早当歌星了。"学生会演出团队给小武子配备了个和樱桃正好相反的女子。虽然演出效果很好，但小武子总是觉得灰头土脸的，觉得白费心思了。

但好象也没全白费。打那儿以后，在校园里、超市里，常有华人妇女过来主动和他打招呼。有位妇女很干脆，开门见山地说，要把国内亲戚的女儿介绍给他。小武子看了照片说可以联系联系看，如果哪天回国可以见个面。那位妇女说："赶早吧，这个寒假就回去。她们家可以给你出路费。"

小武子立刻给吓回来了。赶忙说已经说好和朋友们寒假要去滑雪了，谢谢她的好意，以后再找机会。事后，他想想都后怕，这差点儿就给逼婚了。

这天，小穆气冲冲地回来了。谢丽儿问跟进来的小李怎么了："怎么这么不高兴呀？"

"没什么，"小李说："刚才碰到一个很野蛮的 driver（司机）。那人不停地开车吓唬我们。我们在好好开车也没招惹他呀。"

"那你们没事儿吧？"谢丽儿问："我听说有人自己不高兴就在路上胡闹，叫 road rage（路怒，路霸）。我那儿的美国佬告诉我，如果遇到这类事儿就找个人多、敞亮的地方停下了，等安全了再走。"

"哦，"小李若有所思地上楼去了。

鹿太太进来问谢丽儿出什么事儿了。她说："小穆他们回来很不高兴，好象是 road rage 啦。"

"不对呀，"鹿太太说："这 road rage（路霸）是指在外头路上开车的时候发火、不高兴，不是指在家里的。"

"不是他们 road rage 别人，"谢丽儿说："是他们被别人 road rage 啦。也没错儿，咱国人不就只会窝里横吗？"

"别胡说了，"鹿太太接着说："你的事儿进展如何？"

谢丽儿说："保密。"

澳大利亚华人帕特里克（Patrick）来追樱桃。他已经是一个准终身教授了，即使不是他也不可能住这儿。他的特点是和外国人说话时，不光是眉飞色舞、咬字清晰，而且肢体语言也特别丰富、象是跳迪斯科前的预热似的。给人感觉他之所以那么精瘦完全是由于和外国人说话时的运动量太大、卡路里严重超支了。

这也是在美国长大的亚洲孩子们的一个通病、或者是个优点。他和华人说话时则是象在准备入睡前的状态，不能激动，一副严肃、和缓的绅士派头。他说中文的时候语调也很西化，给人特别严肃认真的印象。

他在等樱桃的时候就和客厅里的人聊天儿。他好象和大陆人有仇，认为所有大陆人都分了他家的财产。据他说，他家祖上在大陆时是非常、非常有钱的，后来共产党把他家分了，他的祖上就举家逃到了香港。他一边说、一边用眼角扫瞄着周围，好象在找这里是否有他们家的浮财。也难怪，这客厅里的家伙事儿都是鹿家来美多年积攒下来的，都是多少有些古董气息的万国造，说不定还真有什么古董藏在里面呢。

他接着叙述，几年前香港又给共产党收了。无奈，他们又举家逃到了澳大利亚。中国近年来开始强大了起来，这又是让他夜不能寐，只好找机会率先逃到了美国。鹿太太顺着他说："是啊，那你们是挺可怜的，哈。"

"嗨！"大实话说："那时候全中国都给平均了，又不是单单你们一家。我们家的买卖不也给合营了嘛。"

老张说："冲你这么一说，那你们全家还得感谢人家共产党呢。"

帕特里克问："Why（为什么）？"

"明摆着的嘛，"老张说："你看你们家这一次比一次逃得好。对吧？"

帕特里克瞪着眼，不理大伙儿了。从此对他们视而不见，一副话不投机半句多的样子。这倒也是大多数美国佬的做派。你要是不顺着他们说，就很有可能从此被他们视而不见；你要是说美国有什么地方不好，客气点儿的问，那你为什么还来美国，不客气的就直接让你滚回去。

来了兴致的老张在客厅里开始激情豪迈地舌战群儒了。毛文清说："你们共产党太狡猾，和你们合作吃亏太大。"

老张说："这事儿我研究过。从表面上看你的说法好象没错。的确，第一次合作是共产党的军队从无到有，第二次是从弱到强。但是实际上是你们在第一次合作的时候不厚道，第二次合作又自不量力，所以才沦落到那个小岛上的呀。"

"什么？"毛文清说："先说第一次，我们国军怎么不厚道啦？"

老张说："先得纠正你一下。那时候还不是国军呢啊。我问你，第一次合作的时候，你们是从哪里拿的钱？"

毛文清说："不知道。"

老张说："联俄联共扶助工农，这个口号听到过吧？"

"Yeah（是）？听说过的，"帕特里克说。

"所以呀，"老张说："你们当时用的是卢布。那个北伐和黄浦军校都是苏联资助的。共产党帮你们发展组织和军队。可你们呢？迫不急待地从上海开始，给来了个血淋淋的过河拆桥。不厚道吧？其实那河你们还没过呢，因为那些大小军阀们还没被全部消灭呢。"

毛文清问："既然是合作，共产党怎么要抢占上海？"

"你学过历史吗？"老张说："当时的共产党连军队都没有，怎么能占上海？那是人家用工人纠察队的起义去配合北伐军占领上海，还落了个出力不讨好。唯一的好处是共产党给杀明白了；对你们的坏处呢，就是共产党的军队从无到有了。"

毛文清问："那第二次呢？说说你的高见。"

老张说："这第二次合作嘛，国共配合默契，很好啊。"

帕特里克问："What（什么）？When did that happen（什么时候默契了）？"

"你看啊，"老张说："鬼子入侵，你们就把国土丢给他们，我们再从鬼子手里夺回来，这还不默契？"

毛文清说："你们根本不抗日。"

老张说："这话可不厚道啊。不抗日？那，那十几块抗日根据地是哪儿来的？连冈村宁次给他们国会的报告里都说，要战胜共产党需要一百年呢。他可从来没有这样恭维过蒋总司令吧？要不是怕苏联人抄它的后路，鬼子早把老蒋灭了。"

毛文清说："你们是从国军那儿抢的地盘。"

"算术还没忘吧？"老张说："八路只是一个军，怎么能抢得过其它上百个军的国民党呢？八路是从沦陷区的鬼子、汉奸手里抢的。"

"没有！"毛文清说："你们游而不击、只搞摩擦。"

老张说："你说这话之前，得把历史事实搞清楚啊。如果八路当时得到了和其它国军一样的装备和给养，我同意你的说法。事实是，他们不仅没有得到，而且还被其它几路的国军封锁着。西安事变以后人家共产党不就归顺了吗？这内也安了，你们怎么还不去攘外呢？在这种情况下，八路还是打仗的军队吗？可以说不完全是，因为他们首先的自立更生、丰衣足食，先得活下去呀，所以只能瞅准机会打个游击，抢些给养什么的。这困境要是给了国军，早投汪精卫了，还可以吃两边的军饷和给养。唉，说到这儿，这倒是你们国民党的一个功绩呀。这蒋、汪二人事实上是 secure（保证）了我们中国的战胜国地位，不管盟军和轴心国哪方胜出。"

毛文清说："国军有两百多个将军和上百万官兵殉国，共产党有多少？这不是说明你们只发展不抗日吗？"

老张说："八路倒是想殉国呢，不是被其它国军封锁包围着呢吗？说到发展，我倒要反问你们一下，人家八路在那第二次合作开始的时候，也就是那被你们围剿剩下的两、三万人。抗战结束时人家的根据地能拥有半个中国、一亿多人口。那三百多万的国民党部队干什么去了？"

其他人无语。

"所以呀，"老张总结道："说白了吧，是国民党的战略、战术都差劲，还特别小心眼，只配当个岛主。现在不是过得还不错吗？"

帕特里克说："You used spies and Soviet supports（你们是靠间谍和苏俄支持）。"

老张说："情报是打仗的关键，也是战争的一部分呀。你们败了没关系，要认真找的应该是原因而不是借口，否则你还得败。这三大战役就下次再给你们讲啊，否则 Cherry（樱桃）要不高兴了。记住一句就行，那就是，国民党打仗不行，当岛主都勉强，这不马上就要让人家民进党给赶下台了？"

帕特里克陪樱桃出去了。

毛文清不甘示弱，说："其实是老毛的命相比老蒋的强，延安是龙出之地。"

"你们后来不是也占了延安了吗？"老张无奈地看着他摇摇头，说："再免费送你一句语录吧。记住啊，封建迷信害死人呐。"

毛文清问："谁说的？"

老张说："长进点儿好不好呀？都教你这么长时间了。如果不是老毛的，你一定要让它变成你小毛的。"

小武子过来看报纸，说："老张又在赤化小毛呐？"

老张说："小毛你还不要不服，老毛是厉害，而且还是领袖的材料。你看，这武的，人家不屑自己亲自动手，自己一枪都没开过，连军校都没上过；这文的呢，人家的诗词赋颂能把懂文的给震了；他的语录口号简明扼要，可以把大老粗也给震了；连他那些语录翻译成英文也比在中文里霸气。"

小武子问："什么语录？"

老张说："好好学习，天天向上呀。"

小武子说："这条怎么翻呀？Study diligently（认真刻苦学习），improve everyday（每天进步）？"

"不不不，"老张说："是 good good study（好好学习），day day up（天天向上）。"

小武子笑着说："是霸气，肯定把鬼子们整个没脾气。不服？老子 day day up（天天上）你！"

两人哈哈大笑，毛文清疑惑不解地看着他们。

小武子拍拍他的肩膀，说："中英文你都得好好学呀。"

毛文清不耐烦地说："怎么又提这个？"他以为他们又提他学习费劲的岔儿呢。

又是寒假，房客里一半人想滑雪，另一半人想去佛罗里达的迪斯尼。要去滑雪的结伴去 Academy（一家体育用品店）置办滑雪用具。他们买得太多了，多得都把那个收钱的店员累笑了。

大家租车开了一天，到了丹佛（Denver）。去了个滑雪场才知道，那些器具根本不用买、租用即可。大家合计了一下，都觉得租合算，所以把买来的都原封不动地放在那个汽车旅馆里了。

住旅馆，家家带个电火锅，这样就只需要去旁边的超市买原材料。每天晚上都是火锅宴，经济、实惠、卫生，还可口御寒。新来的的房客小孔看着鹿太太买回来的东西感叹道："您真厉害。刚来一天就和超市的 manager（经理）混熟了。"

"你在说什么？"鹿太太问。

小孔说："这些 manager's special（经理特价）呀。"

"什么？"鹿太太问道。

"我是说呀，"小孔说："你和人家 manager 的关系好，总能买到 manager's special。"

"这哪儿跟哪儿呀，"鹿太太笑着说："你也行。进了超市就问 manager's special 在那儿，人家就会告诉你的。不用关系和走后门。"

大家笑了。这 manager's specials 一般是退货、保质期快过了的，需要用大减价的方式、尽快抛售的物品，多为食物。倒是没什么问题，只是买回来得尽快吃掉。

大家笑着说这旅馆这几天的电费一定低不了，估计他们也不会知道发生了什么事。大家还互相提醒得保守这个秘密，万一让这些汽车旅馆知道，就要被明令禁止了，还有可能会影响华人的形象。

众人去了丹佛后给冻得够呛，因为没有准备合适的护肤油。大家的嘴唇和手都多多少少给冻开了一些口子。直到一个店员主动建议合适的护肤油，大家才终于得救。他们自嘲自己这南方人来北方是不适应。

晚上，鹿群打电话和房客的南方分队联络。老张说："别提了。不是下大雨没法玩、就是排长队，简直象是回国了。在国内都没排过这么多的队。美国佬也真是脾气好，我们这在国内经常排队的都受不了，他们好象没事儿似的，都站那儿聊天儿。"

鹿群问："可能对人家来讲，排队也是 vacation（度假）的一部分吧？"

"有这可能，"老张说："我们可不 enjoy（享受）排队。你们怎么样？冻坏了吧？"

"没有，"鹿群说："都快生痱子了。"

"不会吧？怎么会那么热？"老张糊涂了。

"天倒是挺冷的，"鹿群不好意思地说："我们不是买了很多和滑雪有关的东西嘛，人太多、那车里又没地方放，所以是一路抱着来的。"

"哦，是给捂的啊，"老张关切道："那可得小心，别感冒了。

"还行，"鹿群说："只是有几个晕车的，可能是车里太满、空气流通不好。"

老张问："滑雪好玩吗？"

"滑雪很好玩呀。"鹿群说："只是一个摔伤，其余冻伤。明年你也来吧，这儿不用排长队。唉，你们分头排队不就行了？"

"不行呀，"老张说："我们试过。可老美就是不让夹进去呀，直冲我们翻白眼、摇头。为了咱华人的形象只好老老实实排队了。那些大人也是的，明明是孩子们的游乐节目，不能因为是免费的就非要自己也都上去插一杠子、把那队搞得那么长。"

"童心未抿吧？或者排队时间太长，累了，得坐会儿了。就当忆苦思甜了，"鹿群安慰道。

老张说："其实他们更不地道。我们就看到几家老美让人家 handicap（残疾人）的人带着他们插队，实际上那几家根本就不排队、直接就进去了。"

"什么？"鹿群说："那，那些人肯定是精神上有问题，是 mental handicap（精神残疾）。"

"没错儿！"老张笑了起来，说："那 policy（政策）也有问题。你看，那些残疾人是坐着排队，我们是站着排队，谁更累呀？"

鹿群哈哈大笑，说："你这说法倒是挺新颖的。"

"不管怎么说啦，"老张说："以后再也不来了，都是人造的景致，有什么好看的？明年去加拿大看自然景观。"

"好好，"鹿群应着。

滑雪归来，最起劲儿的那位受伤了，是挂着拐仗回来的。他不屈地说："养好伤，明年再去。"

大家笑他："当心再给本山大叔骗了啊。"

众人又抱着那些滑雪器材，集体去那个店退货。那个店员不满意了，但也没办法，看着这群华人手里提得满满当当的，他那脸都象要哭出来似的。

鹿群悄悄和小武子说："以后得分批来，你看那店员难受的。"

"咱没做错什么吧？"小武子说："这些东西都没用过，连包装都没打开，receipt（发票）也都在。他们不吃亏呀？"

鹿群说："我们倒是吃亏了。浪费汽油让这些东西 Denver（丹佛）一游。"

小武子说："只能说 ski trip cancel（取消滑雪）了？而且要表现地非常不高兴，让他同情我们不就行了？"

"对对，"鹿群马上到前面悄悄和那几家说了这个策略。小武子在旁边干着急，后悔没能及时制止鹿群。小武子把鹿群拉回来，鹿群问："怎么了？"

"您这嘴也太快了，"小武子悄悄说："让他们用了这个借口，我们该怎么说？"

"也是啊，"鹿群说："这么多人用这同一个说法，是有点儿欲盖弥彰。我们再想想别的法子吧。"

两个人在那儿一边排队，一边琢磨着该怎么说。

滑雪归来后，还有两天假，大家都在冬困。太阳升起，小武子做完春梦，醒来和自己说："It is really a good morning（真是个好早晨）。"然后就精神抖擞地起床、换衣服、下楼。

他看见在厨房的台子上有小李买的很多百吉饼（bagel）和奶酪酱（cheese spread）。她请大家吃早饭。他问有什么好事。鹿太太和小李让他老老实实吃就是了，说这么好吃的东西就是用来堵他的嘴的。

原来，两周前的那个周六早上小李接完电话，不好意思讲，说是个错号（wrong number）。其实又是个追求者。她也不知道为什么那些人总是和苍蝇一样烦人。她的反常举动让小穆很担心，她怕丈夫多心、分心也就自己兜着了。但那些男的也太烦人了，赶都赶不走。她开始怀疑自己有什么问题了。

鹿太太注意到了小李最近的反常，两个女人出去遛弯儿，不出几分钟就搞清楚是怎么回事了。鹿太太说可能是因为她没有戴结婚戒指，这在美国是个必须的信号，当然那些成心要胡来的人是故意不戴。小李说自己没有，国内也没这个讲究。

她周末赶紧和小穆去商城给自己买了一套戴到左手的无名指上。打那儿以后，类似的麻烦事就几乎绝迹了，所以，今天她高兴就请鹿太太和大家吃早饭以示感谢。

新来的房客澎森淼昨天买了一份 tabloid（一种胡编的小报）。他回来偷偷地在屋子里翻阅了一下，看没什么，就扔在客厅的茶几上了。小武子看着他说："没关系。我们也犯过同样的错儿。"

"你说什么？"澎森淼的确不知道他在说什么，就问。

"别装啦，"小武子说："要看就去图书馆去看。这儿都是 family（家庭），那种东西在这儿不合适。"

澎森淼明白了，就打岔儿道："来美国有个不好的地方，就是太寂寞了、太安静了，这儿跟荒郊野外似的。"

房客林海河过来插话说："我就喜欢静。"

"什么？"小武子警惕了起来，问："是安静的静，不是阿静的静吧？"

"那不是同一个字吗？"林海河想了一下就笑着说。

"不一样，"小武子认真地说："阿静是我的。"

"谁稀罕呀，"林海河说："我那女朋友们比她来劲儿多了。"

小武子笑着说："那就好，那就好。"

说曹操曹操就到。小武子的现任女友段妙静一脸怒容、大踏步地进来了。小武子赶紧起身去迎接。没料想迎来的却是劈头盖脸飞过来的一大堆照片，和该现任女友的一声怒吼："臭流氓！你也太欺负人了！"和随后的摔门声。

一时给镇住了的小武子低头一看就明白了。原来是他那相机里的那卷胶卷里还有一些和前女友的准激情照。可在该现任女友眼里一定是属于非常过分的激情照了。

他和前女友散了以后就让那个相机在壁橱里休息了近两个多月。上周，他和现任女友去湖边钓鱼才又拿出来拍完、送去洗印的。

　　现任女友段妙静就住在那个冲洗照片的 photo hut（当地的一个冲洗照片的小亭子）旁的一个公寓里。她一大早顺路停了一下、帮忙交钱、把那些胶卷、照片给取了回来。段妙静看到那些照片气得都有点儿发抖了，觉得小武子欺人太甚，一气之下就来兴师问罪，才有了刚才的那一幕。

　　现任女友被气走了。小武子被那些地上的照片包围着。房客们过来关切地问是怎么回事。小武子苦笑了一下，低头自言自语道："没什么，大意失荆州。"

　　鹿太太他们帮他把那些照片捡起来，她说小武子："不知道你成天在干什么，怎么能犯这么低级的错误呢？"

　　小武子说："老板最近催得紧嘛。不过也无所谓，如果她这么不包容的话，迟早也是个这结果。"

　　鹿太太看着他心里说："想得开就好。"

　　小武子被段妙静甩了也不气馁，因为他心里的目标一直是樱桃。对他来讲和其他女士的交往象是练兵，真正的战役是进攻樱桃。

　　一个月后的一个晚上，他过来和打牌的那几位说一会儿要关一下灯，因为他正在专心致志地要给樱桃操办一个惊喜生日聚会（surprise birthday party）。

　　他和天天准备好后，把楼下的灯开开关关地预演了好几次，然后就都关上了。

　　听到脚步声，小武子以为樱桃要进门了就打开了所有的灯，和天天从沙发后面蹦了出来、齐声大喊了一声："surprise（惊喜）！"老张是被小武子指定的照像师傅，赶紧冲出来要给进来的人拍照，记录这一刻。他发现是老丁，就问小武子还要不要拍。

　　原来，进来的是老丁。老丁问出什么事了，知道原委后，他说："开这么多灯、太浪费了吧？"

　　"就一会儿，"小武子说："诸位帮帮忙。如果 work（成功）了，我出这个月的电费啊。"

大家有了这个动力就开始积极配合，一起演练了几次，然后一起等樱桃回来。因为其他房客已经回来了，都十点多了，樱桃也该回来了。谁知道这一等就等到快十一半点，要是没有那不交电费的动力，大伙儿可能已经都去睡了。

　　这时，外面有辆车停了下来，大家如释重负地打着哈欠说，樱桃终于回来了。听到那正门的开门声，小武子开灯、大家齐声大喊："surprise（惊喜）！"紧接着就是两下照相机的闪光灯。

　　站在门口的樱桃被这突如其来的喊声和闪光灯吓了一跳，她双手紧紧抓住她身旁那个人的手，然后是诧异、惊喜和略微的尴尬。因为她不想让人知道她总换男朋友。

　　其他人也是惊讶、诧异和担心，主要是怕小武子受不了这场面，因为樱桃是被个男的这么晚送回来的。小武子更是惊愕得目瞪口呆，所以那种预期的、一般的惊喜聚会的效果没能出来，而是每个人都惊喜、惊愕、惊讶、或者诧异住了。

　　这个僵局最终被天天打破了。她突然哇地一声大哭了起来。天天妈赶快跑过去，问孩子怎么了，每个人的注意力也转移到了天天那儿。天天把哭泣暂停了一下、大叫一声："I told you we should rehearse more（我说过我们应该多排练几次的嘛）！你们都演错了！怎么都 surprise 啦？只能是 Cherry（樱桃）阿姨一个人 surprise 呀。"

　　众人有点儿尴尬，不知道是否应该笑，不过还是参次不齐地笑出了几声。原来，天天是看到自己的努力和计谋没成功，伤心了。鹿太太笑着说："对对，其他人不许 surprise 啊，只能 Cherry surprise。"

　　樱桃反应快，她转头和那个人说："谢谢你的 ride（让我搭车）啊。也不早了，快回去吧。"随手就把他推了出去。那个男的进退维谷、面色惊愕、嘴巴颤抖着，好象在说："what（什么）？什么？what？"樱桃关上门，又转头笑着和大家说："太谢谢了啊。你们是怎么知道今天是我的生日的？"

　　大家都转头看着小武子，他直盯着樱桃，下意识地低声说了句："happy birthday（生日快乐）。"这和他之前反复练习的、热情洋溢的那个生日快乐正好相反。其他人也拘谨而略显平淡地说着生日快乐。

樱桃跑过来，高兴地问："我的蛋糕呢？"

鹿太太看众人还是没缓过劲儿来，就招呼着大家进餐厅吃蛋糕。大多数房客仍然不知道应该是高兴还是不高兴。因为主办人现在有点儿轻微的精神损伤（traumatized），所以只是樱桃和天天在那里热闹，其他人跟着敷衍。

鹿群赶紧拉着小武子大半夜地出去遛弯儿去了。

第二天晚上。为了补偿给小武子造成的精神损失，樱桃亲手做了饭菜和小武子一起吃。两个人一边吃、一边聊天儿。樱桃说："我现在的 role（角色、位置）不太好。"

小武子看着菜，问："怎么？什么肉？你那儿不好啦？"

樱桃说："我说的是我现在工作里的 role。"

"哦，"小武子说："您别中英文混着说呀。还以为这菜那儿不对，或者是您身体出了什么问题了呢。"

"你身体才出问题呢，"樱桃反驳道。

"只是关心嘛，"小武子解释着，同时在心里责问自己："和 Cherry（樱桃）交往怎么总是这么不得要领？难道这就是爱？"

22，暴风雪

假日无事。这天，在客厅里，大实话和小武子在谈论着他最近对爱的最新认知。"那什么才是 true love（真爱）呢？"大实话说："其实也简单。你一个人排除一切干扰，放最喜欢的抒情音乐，最大音量啊。放上它十几遍。到那时候，你就闭上眼睛，你想着谁那就是爱谁，那就是爱情。"

"要是想得太多了呢？"小武子问。

"没关系，不是说想着谁那就是爱谁？"大实话说："但记住爱情不能当饭吃。不同状态、不同人生阶段想的是不一样的。永恒的爱很难找，但也很好找，因为找不到的爱就是那永恒的爱，更是人生的追求。"

小武子说："最后也有可能只是个意境，是那个得不到爱的凄凉和对爱的无限憧憬的意境，没有特别的人或者人们在里面。跟海市蜃楼一样？"

"对喽，"大实话说："不过比那还虚幻，应该是个梦幻。因为海市蜃楼是现实世界的 reflection（影子），是现实存在的。"

过了几天，小武子过来问大实话："可我听音乐的时候怎么是一片空白呢？"

大实话说："那说明您现在是没目标、彻底灰心、或者升华了。"

"忘了问您了，"小武子说："您说的那些理论的出处是什么？"

"我的想法呀，"大实话说。

"噢，"小武子笑了，说："那我的比你的还多呢。"

大实话说："别不服呀，再教你一招儿，真正的爱是无条件的爱，象教堂结婚说的无论生老病死都不离不弃，以后得说：I do，I'll do no matter what（我愿意，不管怎么都愿意）。"

"别太认真了，否则就没法儿过日子了，"小武子说。

今年的节假日季节（Holiday season）结束了。大家回去上班了。先是怎么都提不起精神的第一个星期，互相问候着那些节过得怎么样，然后不知道是什么原因，大家就都开始忙碌了起来。

鹿群以前在国内的那个学校的一位领导高升了。一周前带了个小型代表团去华盛顿访问。访问结束后他说想来鹿群这儿看看，让鹿群负责安排一下。至于如何接待，他和另外三位校友先商议了一番。结果是很难达成共识，其中一位说没必要那么费周折、请他吃一顿就行了。

鹿太太知道后提醒丈夫说："不管别人怎么样，你自己可得认真啊。因为是你鹿群负责接待的，好与不好都是你的。"

"好象是，"鹿群同意道："老板今天特意问我这中国的副院长有几个。肯定是有人在给下绊子。"

最后，鹿群也觉得应该尽量正式点儿、规格高一点儿，因为人家毕竟已经是国家的部级干部了。可惜的是，这儿华人里头厉害的也没有，所以他就通过自己的老板找了这所大学的外

266

事部门，给安排了一系列的学术活动，以及参观、周游旁边的景点，与华人、留学生的聚餐活动。由于通过了那个外事部门所以还有和这所大学的校长、副校长们的晚宴。

他把搞好的日程给另外那三位校友看。他们马上紧张了，认真起来了，还要求把别人安排的活动取消一些，好把自己安排的加进去。经过几次校友会议，他们发现学校安排的不能动，只能尽量利用其它的时间了。可想而知，结果是安排得太紧凑了，成了轮番轰炸了。

鹿群整整忙了三天。那位领导很满意，因为他没想到在这小地方也能受到如此高规格的礼遇。他的随行人员不高兴了，因为他们以为来这儿就是要放松、游玩，没想到又开了三天会。昨晚，鹿群觉得过意不去就提出带他们去 Hooters（一个美式餐厅，以服务员穿着短小出名）吃饭。那三位随行人员才高兴了起来。

到了那家饭店，鹿群一看菜单就有点儿后悔了，他悄悄和旁边的校友靳英说："这儿的东西也太贵了。汉堡包和啤酒都是都十多块钱一个。"

"这是 Hooters，没办法，"靳英说。

两个服务员过来给大家服务。大家高兴地点菜和饮料。然后就开始喝啤酒和吃土豆片（chips）。

那位领导问："蚕豆呢？"他的随行人员赶紧说已经吃完了。鹿群心里感叹，还是在国内当领导气派。他马上把个路过的服务员叫来问有没有什么坚果，说是因为这位领导要吃。那位服务员说，对不起、没有，然后就过来热情洋溢地搂了一下那位领导、又说了声对不起。大家都大笑了起来。那位领导脸红脖子粗地也跟着笑。

突然，他不笑了，好象给什么东西噎住了。旁边的人也不笑了，关切地问怎么了。他不说话，却躺在了座椅上。其他人急了，把他扶起来、拍打着、叫喊着。

店里的人过来一看就说可能是心脏病发作，一边打 911、一边在顾客里找有没有医生。美国人真好，一下子有四、五个医生过来帮忙，直到救护车来把领导送往医院的急诊室。

鹿群他们几个校友轮流去医院看望、照顾。他觉得这真是弄巧成拙了，这可让领导回去怎么解释呀？

回家后，他问妻子该怎么办。妻子惊讶地问："晕倒了？在饭店？哪家饭店？"

　　鹿群后悔问妻子了，支支吾吾地说："哦，哦，哪家不重要。现在麻烦的是他回去可怎么解释呀？本来他们应该今天就启程回国的。"

　　"可能是累得吧？"妻子说："你们也是的，给人家安排得也太紧凑了。连留给人家吃饭、喝水的时间都是十几分钟、十几分钟的。"

　　"积劳成疾！"鹿群乐了，搂着妻子说："还是我老婆聪明呀。我得给他准备一份这三天的 itinerary（活动清单）让他拿回去解释解释。"接着他又气了起来，说："也都怪那几个校友。本来我安排的挺好的。他们非要挤进来、抢风头。刚开始的时候他们可是连那个聚餐都舍不得的呀。"

　　"他们可能是怕那领导只念你的好吧？这一竞争就把领导给折腾进医院了。这是什么事儿呀？"妻子说。

　　鹿群想："国内也太保守了。那些服务员穿得不能算太过分呀，也有可能领导当时真是太累了。"

　　小武子过来问出什么事儿了，因为这小城的华埠里已经传得沸沸扬扬了。鹿群叮嘱他要保密，就给他简单地讲了一下。小武子听完后说："这也太丢人现眼了吧？"

　　"积劳成疾，积劳成疾，"鹿群含糊其辞地说。

　　"不过，这已经算是不错啦，"小武子说："听说去年在 Minnesota（明尼苏达州）的一个 Mall（商城）里，一位国家领导晕在 Victoria Secret（女人性感内衣专卖店）里了，都被那个单位内部通告了。其实，也可能得怪那店里的售货员们穿得太 slutty（放荡）了。当然，有可能也是积劳成疾。"

　　鹿群说惊讶地说："那也没必要自作多情呀。人家只是在卖东西、不是卖肉呀。"

　　"这些领导呀，"小武子说："多见见世面就没事儿了。按说出国教育也应该包括这些呀。"

　　"应该有，"鹿群说："但可能只是提醒他们要尽量避免去那些场所。肯定不会让他们预先体验好吧？"

　　小武子说："预先体验一下可能更有效。"

"等你当了领导吧，"鹿群转念一想，笑着说："那更不行了。他们出来后，不又要去找更刺激的地方了。所以还是主动回避是最重要的，要有 integrity（正直和诚实）。"

就这样，鹿家的房东、房客们忙得也没注意最近的天气预报。这天，大家早晨上班的时候还是短小打扮，下午下班的时候就给冻得耳朵、鼻子都生疼了起来。只有小穆心细，提前给小李和虎子准备好了厚衣物才没被冻着。

鹿群回家一看新闻才知道从北极来的那个寒流已经提前到达了。因为寒流在这个季节里算是个常见的现象，所以众人除了加上几件衣服也没觉得有什么特别的防护措施的必要。鹿群出去检查了一下喷水系统、把水放掉、把外面露在外面的水管用旧被子包了一下以防冻裂，其实每年都是这样做的。

当晚，虽然半夜来了一场暴风雪，但屋里还是华氏七十度（约摄氏二十一度），所以也没人觉得有什么大不了的。相反，大家睡得比平时都香甜。

天亮了，外面是白莽莽的一片。电视新闻里讲所有的学校都停课一天。所以，大家随便吃了点儿东西就戴着墨镜，结伴出去拍雪景照去了。

拍照回来，丽丽和虎子争夺那个电视遥控器，其中一个把遥控器藏了起来。玩了没一会儿就谁都找不到了，两个人都急哭了，不知道该怎么办。鹿太太闻讯过来问是怎么回事。虎子哭着说："姐姐把 remote（遥控器）藏得没有了。"

鹿太太说："那不挺好？好好读书，不要再看电视了。"两个人哭着说 Peep and the big wide world（一个儿童节目）就要来了，误了就没了。鹿太太问他们："你们不会用手去开电视啊？"

两个人看着她不明白地问："啊？"又要接着哭。

"不许哭了！"鹿太太无奈，走过去准备开电视、调频道，还说："以后人类灭亡的原因之一肯定是笨死的。你们看好了啊，学不会就没中饭吃啊。"

"什么？怎么了？"丈夫进来问。

"不是说你，说孩子呢，"鹿太太说。

"什么事儿？"鹿群说："别把孩子饿着。"

妻子说："没事儿。让他们学好呢。嗯？这电视怎么开呀？鹿群，你来给他们开一下。"

老张掐算了一下，说今天应该正好是三九。于是，大家决定包饺子。鹿太太去后院的菜园子里拨开积雪、收了最后一杈儿的香菜。回来把羊肉馅儿调好了，她就去看电视。过了一会儿，她又想起面粉可能不够了，一边说记性不好了、一边开车出去买。

众人进出厨房喝水洗手的时候，都要习惯性地用筷子调调馅儿、加点儿东西。不一会儿，鹿太太就回来了，说外面太冷了、车在路上打滑不敢开。她还说让大家少吃点、意思一下就得了。

她把面搞好，叫了两位女士开始包饺子。小李过来做菜，她是南方人不太喜欢饺子，所以她每次都给饺子宴加上一、两个菜。众人七手八脚地没一个小时就都搞好了。

大家就座、准备开吃。老张过来带领大家祷告，然后就开始动筷子了。可吃了饺子的都直咧嘴，小李说："这，这是什么味儿啊？谁调的馅儿啊？"

鹿太太连忙说对不起、不知道什么放多了。那几个干预过这饺子馅儿的都不说话、不吃。小武子说："没关系，有辣椒就行。"他沾着辣椒酱吃了两个也就停了。

鹿太太惋惜地说："这么好的东西又给糟蹋了，又得便宜这狗了。"

"阿姨，不行的呀，"天天说："太咸了，狗吃了，要掉毛的。"

鹿太太笑着说："不一下子都喂了呀，分批分量不就没事儿？"

几位女士去厨房下挂面。幸亏小李做的菜挺好吃的，半小时后，大家改吃面条了。

当天下午，又来了一场持续了快一个多小时的暴风雪和后来的雨夹雪。众人只好在屋里干点儿自己的事儿，然后就隔着窗子欣赏外面的风雪。入夜，众人和度假一样地聚餐、看电视、打牌、赛卡拉 OK，折腾到很晚才陆续入睡。

第二天临晨三点左右，有几个人率先被冻醒了。他们敲门把鹿群夫妇叫醒，说可能是保险丝断了或者是加热器坏了，想让房东去看一下。

鹿群夫妇醒来也是先给冻得打了个冷颤。鹿太太赶紧给丽丽加了床被子。

鹿群穿戴好后、拿着手电筒先去车库里检查保险丝。好象都没断。可怎么就没电了呢？他从窗子往外看，发现外面一片漆黑，路灯也不亮了。他回来看了一下屋子里的温度计，是华氏四十五度（约摄氏七点二度）。

他告诉房客们可能是停电了，让大家加点儿衣服和多盖些、回去接着睡，一会儿来电了就没事了。因为他们来美国这么多年也就遇到过三、四次停电，最长的一次也就是三十分钟左右。

天亮了，大家陆续起来了。看到外面的积雪足有半米多厚，就都知道今天肯定是不能去上班、上学了，因为桥上肯定结冰了，这么厚的雪如果不除掉肯定是没法子开车的呀。小易的收音机还有电池，他证实了今天所有的机关学校还是关门。

女士们想洗澡但没热水，太太们只好先烧点儿水给孩子们洗脸、洗手，然后大家又烧了些方便面吃，权当早餐了。

鹿群带了三个人出去把门口路上的雪和冰铲了一下，他们还想铲屋顶上的雪但又怕出事，所以就安慰自己说估计也不会再下雪了，等着化吧。

他们和也在外面忙活着的邻居们聊上天儿了。平时很难有这样的机会，因为节假日大家都提前安排好了自己的活动，彼此也不容易见到。这突如其来的休假倒让大家能交流一下，加深邻里关系。他们都估计今天会来电的，因为已经感到天气有些回暖了。

这条街上的孩子们都在外面打雪仗、堆雪人、滑雪、滑冰。几个童心未抿的房客也出来玩了一会儿。

到了下午，大家发现没水、没煤气了。听广播才知道昨晚那场雨夹雪把一些树压断了，有些树枝下落的时候把电线给压断了。还好，那些管水、电、煤气地方都有发电机、可以再坚持一会儿，可发电用的柴油也很快就被用完了。这时，大雪还

271

封着路、小雪又开始下了，所以柴油送不进去了，水和煤气也就送不过来了。

　　地面上都是冰雪、化了的地方又是一滩滩的泥泞，车子是开不出去了。大家开会讨论决定，让几个男的步行去旁边的店里去买点儿东西回来，特别是水。鹿群和三个男房客把自己包裹好就推着自行车出去了。

　　现在，如何保暖成了个急需解决的问题。这在美国还是头一次。留在家里的人们开始翻箱倒柜地找厚衣服，最后都穿得象皮球似的。看着彼此的熊样儿，大家都忍不住笑出声儿来。鹿太太笑罢，说："有什么好笑的啦？在北京的时候年年不都这样吗？Cheryl（谢丽儿），别开冰箱，没电了。"

　　"您冻糊涂啦？已经这么冷了，这屋子里都跟冻箱似的，没事儿。"谢丽儿接着说："真有点儿想念国内的军大衣了，那真保暖。唉，鹿太太，这 fireplace（壁炉）还从来没用过呢吧？"

　　"对呀，"鹿太太想想，说："可没有木头呀。"

　　"用 BBQ（烤肉）的炭呢？"小李问。

　　鹿太太说："应该行，我们试试。"

　　可是，大家都没有找到打火机或者火柴。只好等抽烟的那位买东西回来再说。

　　过来快两个多小时，出去买东西的那几位回来了。他们只抢到了几瓶已经有冰碴子的瓶装水和一些电池，因为开着的那个店里与饮食和御寒有关的商品都卖光了。其它店都不开门，可能是因为没人上班、无法收钱、或者是怕被抢了。大家觉得可能明天就应该来电了，所以纷纷过来感谢和安慰那几位已经给冻得鼻青脸肿的勇士们。

　　鹿群突然两手一拍，大叫了一声，太好了。把旁边的人给惊了一下，纷纷问他有什么好主意。鹿群含糊其辞地说，是觉得她们的主意太好了。实际上，他是听说机场关闭的消息后觉得那位领导的解释会近乎完美了。这场暴风雪的到来给他们解决了这个大难题。回去后，他就可以说是劳累过度和暴风雪造成了自己的旧病复发，再加上美国的机场关闭，以至于被迫滞留美国养病，遵医嘱多休息了几天。

这两天的停电搞得大家不能看电视、上网，只好凑一块儿聊天儿了。这才发觉平时的交流太少了。有两个房客连对门住的姓什么都不知道。众人纷纷感叹这离开那些现代科技也是有好处的，大家多近乎呀。坏处是聊得太多、太细，再加上不知道是谁的馊主意，玩了一次 truth or dare（敢说还是敢干，类似国内的抬杠、激将），所以彼此之间秘密泄露了不少，引出了不必要的争端和很多日后不必要的麻烦。

　　鹿群他们把壁炉搞好。大家围坐在壁炉前聊得热火朝天、身上也都是暖洋洋的。众人纷纷感叹还是人家西方人会享受，这大雪和壁炉是多么地浪漫呀。孩子们也玩疯了。

　　过了半夜，大家就在从那壁炉里发出的暗红色的光线下睡着了。鹿群是把火灭掉才睡的，他怕万一。

　　硕士研究生、房客王国立好象有比较严重的网瘾。离开网络的这两天让他的精神似乎出了点儿问题。不知道是冻得、饿得、还是吓得，他隔一、两个小时就要脸色蜡黄、打哆嗦、出冷汗，折腾个五分钟左右，跟电影里演的那些断了大烟的烟鬼似的。大家出了个主意，让他在脑子里想像着上网、去想像那些网站。别说，还真顶了一会儿用。

　　鹿群建议让小王一个人去车里上网，也能取暖。老张说他已经冻糊涂了，说："这首先呢是那车子冻得发动不起来了，其次太危险，万一一氧化炭中毒了可怎么办？"

　　三天下来，男的都是胡子拉碴的、也没法子洗澡。老张安慰大家说："听说人家西藏人以前都不 shower（洗澡），也没事儿。"

　　"那是没条件，有条件的也洗。"小易说。

　　鹿群说："都怪平时太适宜了，这每天一澡把人都惯坏了。以前在国内的时候，不就是在单位里的一周一次嘛。"

　　第四天了，水电煤气还是没来。老丁淘回来的那些旧家俱都被烧了，用来取暖、做饭了。鹿太太车库里的存货也给烧了不少。大家感叹这平时喜欢收集旧东西还是有好处的。

　　晚上，大家都挤在客厅的壁炉前面睡。孩子们照样乐天派、玩得、乐得都疯了。众人互相监督着不许打呼噜和乱动。女士们集中了所有的衣物让大家各取所需，因为有的人的衣服比较单薄、有的人用不着的衣服太多。

鹿家的食物供应出了问题。鹿群估算了一下、只够一天的了。那些店也不知道什么时候能开门。鹿太太说任何事情的发生都不是无缘无故的，她说："前几天的饺子不好吃，但现在不就救急了。如果当时好吃，大家现在不就得饿着了。"

"别提了，"谢丽儿说："您那饺子也够添乱的。本来这水就不够，那饺子咸得，搞得大家喝水量也上去了。"

"有这么感激人的吗？"鹿太太不满意了。

"别嚷嚷啦！"谢丽儿给来了一句："咱还有东西能烧、有东西吃吗？"

鹿太太也跟着急了。鹿群赶紧打岔儿说先开个会吧。于是，大家开会讨论怎么分配。也没人经历过这呀，所以讨论得也不得要领。倒是有一点先统一了，必须先得让着妇女、儿童。老丁首先提出异议，说："儿童优先我们同意，其他人就平等平等吧？"

"你！"小李指着老丁说："你真好意思呀？和我们女人抢吃的呀！？"

众人都不说话了。

小武子可能已经有点儿糊涂了，建议道："嗨！我们可以抓鸟吃呀。"

"不行吧？"大实话说："这首先呢，抓到抓不到是一说。即使抓到几只，可能连孩子们都喂不饱。肚子饿的时候可是不等人的。"

鹿太太说："还是先说说去哪儿搞些水吧。这已经渴了一天了。"

"这简单，"老张说："喝烧开了的雪水就行。小时候我们喝过，比自来水好喝。"

"你怎么不早说？看把我们这渴的，"小李抱怨道。

"别说了，"鹿太太大声说："大家要是有什么好主意可别藏着腋着的啊，现在要群策群力、共度难关啊。"

小武子设了个计想让樱桃感到自己舍身救她，可惜漏馅儿了，反失了一把米。太冷了，他就主动帮她洗衣服，挂起来晾干的时候，被人一碰就坏了。鹿群说他，在美国没有用洗衣服拍马屁这一说儿的，因为大家都用洗衣机。

这时，那个有网瘾的小王又不行了，他哆嗦着、哭着说："找不到那个 site（网站）啦。"

"你真能添乱呀！"小武子冲他喊道："再多 click（点）几下不就行了？"

"可那 mouse（鼠标）也没电了，"小王哭着说。

大家一看这怎么能行？他这么大的个人，哭哭啼啼的会影响其他人的情绪的。现在这困境大家都没体验过。虽然表面上看上去还行，大家的心理都开始不同程度地脆弱了起来。实在是经不住他这么反复地折腾了。鹿群他们几个人商量了一下，决定轮流到外面陪同他劳改，好转移他的注意力和不要让其他人看见他的惨样儿。

穿戴好后，他们出去砸冰、铲雪、跑步，直到把他搞得精疲力竭、好让他能回来就倒头入睡、不再影响别人。

就这样，在以后的两天里，只要他一出那些征兆大家就让他出去劳改。自己家门前忙完了就去帮邻居家清理冰雪。左手边的那个邻居好意，过来说不用了，因为他以为他们要以工换饭、或者收钱。他自己家的存货也所剩无几了。小武子笑着跟他说："Don't worry，it is 100% free（别担心，百分之百免费）。"那位邻居笑着、疑惑不解地看着他们俩，不明白为什么只有一个人干活，另一个在旁边看着。但他还是觉得中国人真好，在这么困难的时候还能这么无私地帮助邻里。

老张在壁炉前蹲着自言自语道："我早就说过应该让那些成天去 gym（健身房）和没事儿干的人去人力发电。遇到这种情况不就救急了？"

"张主席呀，"鹿太太不满地说："您就别蹲着了，注意点儿形象啊。您也不说些有用的。没事儿干，出去铲雪去！"

这时，小穆进门就骂："妈的！这都快五天了，怎么还没修好呢？不就是些地上的树枝子吗？"

"是啊，"小李说："怎么这么长时间了都修不好，这是什么效率呀？按说应该很快呀，一方有难八方支援的。"

"那是国内，"鹿群说："这儿的工会不让外面的人进来帮忙。我听说他们在城外架着高音喇叭把那些赶来救援的人都给骂回去了。"

"为什么呀？"鹿太太问。

275

"肥水不流外人田吧？"鹿群不置可否地回问了一下。

小穆问："救灾也是肥水吗？"

"那当然了，"小武子说："这是百年不遇的发财机会。不到万不得已他们是不会让别人来分一杯羹的。"

小李说："人家来帮忙不收钱、是义务救灾。"

鹿群说："那工会应该更不会乐意了。"

"这也太黑暗了吧？"鹿太太说。

老张想想，拍了一下桌子、喊了一声："他妈的！走！我们出去抗议去！"

"省省吧，"小武子说："连老美都不吱声儿。在这儿有谁敢惹工会的呀？人家美国人有个说法是，why is it so slow？it is because of lawyers and unions（为什么这么慢？因为律师和工会），所以这是正常的、不必大惊小怪。"

"这新闻界怎么也不出来呐喊一下呢！？"老张说完就明白了，说："哦，是 union（工会）。人家美国的新闻不需要什么新闻导向。咱中国人要是和美国人一样爱国也就不需要新闻导向了。我看中国人多不是问题，问题是汉奸太多。"

有几个房客藏着东西吃，不给别人，到后来也不得不捐了出来。只有老丁坚持到了最后。老丁不吃自己的东西、先吃别人的，准备在合适的机会卖个好价钱，可总觉得还不是时候。

现在，老丁觉得好不容易等到那个机会了，因为他知道大家把东西都几乎吃光了、只够孩子们的两、三顿的了。他那壁橱深处藏着的那几十听罐装鸡汤和鸡汤面既可充饥、又能解渴。于是，他过来骗众人说他可以买到一些东西、只是会比平时贵一些。"多贵？"大实话问他："都是些什么东西？"

"好象是罐装食品，"老丁认真地说："具体的我也不清楚。好象也就是平时的五倍吧。"

小武子一拍桌子，喊道："谁他妈的这么缺德！？发国难财呀？"

"别这么说嘛，"老丁说："人家也是在帮大家。只是那东西太少，物以稀为贵嘛。况且人家还要给送过来。"

"这也太缺德了！"小李义愤填膺地说："我们大家都不要买啊，让他留着撑死得了。"

"别这么说嘛，"老丁说："要是卖光了，我们买不到可怎么办呢？到时候再后悔可就来不及了啊。"

鹿太太想了想，说："那我们还是先买点儿吧，别把孩子给饿着了。"

"再等等吧，"老张说："这都快五天了，再慢也应该来了。老丁啊，你和你朋友说一下，给我们留一些，我们明、后天买。"

老丁有点儿失望地说："那我试试看吧。人家的货可是很抢手啊，到时候买不到可别怪我啊。"

"好好、不会怪你的，"鹿群夫妇保证道。

小武子心想这好象有什么地方不对，因为大家都出不去，老丁去哪儿拿东西呢？谁又会在这天气状况下来送货上门呢？他觉得这里头猫腻不小。他悄悄和大实话议论这事。他们俩怀疑老丁在什么地方有存货，决定等晚上大家入睡后，去老丁的房间查一下。

果不其然，半夜三更时分，他们还真找到了老丁的存货。他们悄悄地把那些罐头搬下来、放到厨房里的那个食物储藏室（Pantry）里，就又回去睡觉了。

鹿太太和老张太太一大早去那个储藏室拿东西给大家做早饭。她们一看到那些罐头就傻眼了。这是奇迹出现？好人好事？她们大声地喊着哈利路雅（Hallelujah），大家过来看了都很高兴，也跟着欢呼了起来。大实话说："这下不用发愁了，一定是有人做的好人好事了。"

老丁也赶紧过来了，他一看那堆东西就头大了，不自觉地叨唠着："这，这，这。。。"

小武子过来搂着老丁说："看把你激动的。没关系，等来电了，我们一定要找到这个做好事的人，给他送面锦旗。"

老丁甩开小武子，喊道："这是谁偷别人的东西呀？这关键时候把人饿着了、谁负责呀？

众人面面相觑，不知道这是怎么回事。小武子也问老丁是怎么回事。老丁说是他的朋友的东西，是他的朋友放在他这儿让他卖的。大实话笑着说："肯定是你梦游给送到 pantry（食物储藏室）里的。原来你就是这个好人好事呀。"

"你胡说！"老丁喊了一嗓子。

277

"你闭上你那臭嘴！"小武子喝道："老丁啊，你真是缺德得都登峰造极了！都不是人了！你不光吃大家的，还憋着劲儿要发这国难财呀。"

"你血口喷人。。。"老丁急了。

鹿群也气坏了，喊道："这些东西没收！充公！老丁！你赶快找地方搬走！我们这儿不欢迎你！"

老丁急得叫了起来："凭什么没收我的东西呀！？谁给你的权力呀！？我要 sue（控告）你们。。。"

"你 shut up（闭嘴）！"鹿群气得脸红脖子粗地喊道："谁给我的权力！？民主给我的！我今天就让你好好见识一下这民主的力量，大家同意不同意没收些这东西！？"

众人高声、齐声呐喊着，同意！同意！同意！

"Please（求求啦）！"鹿太太也急了，喊道："别再嚷嚷啦！孩子都要给吓哭了。。。"

孩子们好象终于得到了这个期盼已久的许可，就齐声哭喊了起来。鹿太太指着老丁，大声喊道："你看看你呀！"

老丁喊道："是你们把孩子吓哭的！和我有什么关系呀。。。"

正在闹得不可开交、几乎绝望的时候，突然，电来了。大家怔了几秒钟，好象不太相信来电了，只是看着屋顶的灯。小李带头开始欢呼雀跃了起来，众人跟着欢跳着。有几位都热泪盈眶了。有两个赶紧说感谢上帝，发誓从此就开始周末、周日都去教堂。

老丁后悔极了，心想蛮好刚开始的时候就用高出一倍的价钱卖了呢，现在全砸手里了。

小武子欢跳完了、过来看看老丁，大声喊道："你是个什么玩意儿！？撑死你！撑死你！"

周围的人也欢快地冲着老丁拍着手、有节奏地喊着："撑死你！撑死你！撑死你。。。"

突然，头顶上的灯泡灭了。大家的呼喊声也跟着一下子落了下来，都失望而期待地抬头看着那几个灯泡。老丁眼睛一亮，也紧盯着那些暗了的灯泡看。

那些灯泡哗地一下又亮了，众人的眼睛给晃了一下，但还是盯着看，生怕它们再灭了。

虎子开始喊，撑死你！撑死你！众人又开始跟着喊了起来。老丁对他们先是横眉冷对，然后就低头不知道在看地上的什么东西、走开了。

三天后，一切恢复正常。众人在客厅里在做事后总结。鹿群说："都怪这次天气变得太快。以前也有过类似的情况，都没什么，所以大意了。"

小穆说："现在看来也大可不必那么紧张。不是最后大家也没事儿吗？"

"事后诸葛亮！"老张说："现在你轻松了，当时你不是也跟着哆嗦吗？Plan ahead（提前安排）总没错吧？咱又没习惯什么都和政府要。"

鹿群说："有个研究表明呀，这 polar vortex（极地旋涡）来的时候，看 TV and porn（电视和黄色录像）的 up（多）了，而且 the more porn，the fewer children（黄色录像看的越多，生孩子就越少）。"

"不会吧？"小武子质疑道。

"怎么不会？"鹿群说："那个新闻里还讲，加州有个男的要和他的 computer（计算机）结婚，因为网上的 porn is too much and too convenient（色情太多、太方便了）。可计算机怎么生孩子呢？"

"对呀，"老张说："这可能就是为什么我们文革时候生那么多孩子，原来都是那性禁痼给折腾的。"

小武子说："这冻得，连 Chicago（芝加哥）的枪击案也少了。这不，刚刚回暖了一点儿，昨天就有二十多人给 gun down（用枪撂倒）了。"

老张笑着说："前几天肯定是冻得出不了门，或者是枪给冻住了。反正那几天是把那些哥们儿们给憋屈坏了。"

小武子转念一想，说："那 global warming（全球变暖）了，Chicago 的枪击案不就也要高上去啦？"

"没事儿，"老张笑着说："birth rate（出生率）也跟着上去了，人不会少的。"

事后，大家纷纷去超市置办了急救包、救急用的水和食物。以前，大家在一起缺个什么相互借一下就行，所以养成了没什么存货的习惯。老丁的那些存货是他找到了一张 Sam's club

279

（一个大包装大卖场）的一天通行卡，所以一下子买了半年的罐头，因为他没时间做饭、那些罐头吃起来很方便。

老丁和鹿群事后都装糊涂。鹿群觉得自己当时有些失态、反应过激，况且人家老丁让大家烧了他那么多的旧家俱，平时还帮众人修这修那的，也够意思了。老丁不做声是因为真找不到更便宜的地方了，虽然自己淘来得旧家俱都被烧了取暖、做饭了，可还是觉得自己一时糊涂，有点儿过分了。临了，大伙儿也没有没收他的罐头呀。

有网瘾的小王事后不仅开始有意识地多出去运动，还得到了一个创意。他要去创建一个网站，专供有网瘾的去纠正这个恶习。小武子问是什么东西。小王说："保密，还没搞好呢。保证让你看一眼就不想再看那 screen（屏幕）了。"

"不是给 Halloween（万圣节）设计的吧？"小武子问。

小王高兴地说："好主意呀！可能也有那个用处。"

老张手里拿着几页纸，过来说："您就别浪费您那脑细胞了。给出点儿点子，看怎么能把这 treadmill（跑步器）给改造一下，好发电呀。"

小王看看老张，说："我看应该是，您就别浪费您那脑细胞了。现在肯定是还没有那个 need（需要），要是有了也轮不到你去赚那个钱。现成的，我爸说他小时候的自行车灯就是靠骑车发电的。"

老张想起来了、直眼儿了。小武子看到老张的样子就和小王说："你小子又要让老张出生恨晚了。"

张依趁着这暴风雪休假的机会准备考试，因为她想来年入学、攻读博士学位。她住的那个公寓还挺好、有经验、提前准备了救急物品，所以张依也没感到有什么紧急情况。近来，她也是尽量少去招惹鹿太太吃醋。鹿群来过电话问她的情况的时候大家还没进入那个困境呢。这场暴风雪过后，她考完试后才和鹿家联系的。

那个电视的遥控器终于找到了。鹿太太反而不高兴了，因为孩子们前几天不能看电视，学了很多东西。她就把电视遥控器又藏了起来，跟房客们说找不到了。众人也懒得用手去调频道，所以看电视的也越来越少了。鹿太太和丈夫说这倒是个好事儿，那场暴风雪没白来这么一趟。

第二天，鹿群和那几位校友去机场把那位领导和他的三个随行人员送走了，因为他们得赶回去过春节。他看着远去的飞机心里想："绝则错呀，太热情了也不好。但愿他不会有什么太大的后遗症，否则那些心思不就白费了？也有可能已经白费了。本来挺好的事儿，领导可能会觉得是个丑闻了。"然后，他就赶回实验室上班去了。

这天早上，老丁下楼来了。其他人看见他，都笑了，因为他的额头上写着宽宽大大的两个字：缺德。老丁问大家怎么了。没人说为什么。大实话笑笑说："Okay，if nobody is going to say the elephant in the room，I'll have to do it（好吧，如果没人愿意挑明，我只好做了）。"他对着老丁指了指自己的额头。老丁问怎么了。

鹿太太笑着说："老丁啊，你这是怎么了？那事儿不是已经过去了吗？不必这么认真嘛。"

"什么事儿，怎么了？"老丁问。

"不错，不错，"大实话笑着说："看来这次你是下决心要悔改了，都给自己刺字明志了。"

"你们在说什么？"老丁问。

"哦，你不知道呀，"鹿太太指指额头，和老丁说："去照照镜子去。"

老丁上楼去了。

小武子笑话大实话和鹿太太，说："你们也真糊涂。他自己怎么能给自己的额头上写呢？还那么工整。"

"照着镜子自己写的？"大实话猜疑道："他请别人写的？可看样子他好像也不知道呀。"

过了没一分钟，老丁额头菲红、下楼就骂："谁这么缺德呀！？用的是 permanent marker（永久性的记号笔），这都洗不掉啦！"在场的人哄堂大笑了起来。老丁大喊一声："你们别笑啦！怎么能这样幸灾乐祸呢？这可怎么出门呀？一会儿还得去给别人帮忙呢。"

"这还不简单？"小武子笑着说："外国人肯定看不懂，你就说是 tattoo（纹身）；华人要问，就说谁看就是说谁，反正不是说你自己。"

众人又笑了起来。老丁瞪着他们说："别高兴得太早了！我这就去拍照存证，我就不信查不出是谁干的！到时候，我非sue（告）他个倾家荡产不可！"

　　"别别别，"鹿群赶紧拉住老丁，回头对众人说："这是谁干的呀！？都这么大的人了，怎么还和小孩子一样恶作剧呢？太无聊了吧？"他仔细端详了一下老丁的额头，安慰他说："我看你也别查了，肯定查不出来。这是标准的仿宋体，象打印上去似的。即使有指纹也已经让你给洗掉了。不过也没关系，先去 Walmart（沃尔码）买顶帽子戴着，等过几天洗掉了再给人家还回去不就行了？"

　　老丁看看他，然后就气冲冲地出门去了。其他人又开怀大笑了起来。

第八章

23，独立节

七月四号（July 4th）是美国的独立节（Independence Day），全国放假。今年这个学校也休息三天。大家纷纷安排出游。

行动之前，男士们请会理发的房客汪龙在休息的第一天把这几个男房客的头给突击了一遍。可他只会一种发型，结果是那些男的，要么穿着随意就象一群刚刚还俗的和尚；要么都穿上西装就象一群保镖。大家开玩笑说可不能一起出去，会让人怀疑的。

老张正在客厅给国内亲戚打电话，他说："是啊，今天休息，过国庆节。"

电话那边儿的国内亲友问："什么？还不到国庆节呢？"

老张语调严肃、郑重地强调道："我说的是我们美国这儿的国庆节。"

"哦，"那个亲友问："美国国庆节也放假吗？"

老张放松了一下、哼了一下鼻子，说："那当然了，我们美国当然也放假啦。我们今年要去 Las Vegas（拉斯维加斯）过国庆节。"

小穆过来和老张说："麻烦您，能不能快点儿？因为约好了要辅导小李她侄子的口语，那小家伙下周去签证。"

老张看着小穆点点头，然后和那个国内亲戚说："不好意思，我们马上就要出发啦。好好，Bye Bye（再见）。"

小李想利用放假让丈夫管虎子，她自己好准备一下托福和研究生入学考试。小李说："还是新东方的复习材料好。它比较侧重于教你应试技巧。"

鹿太太经常帮她看孩子，反正丽丽也需要个玩伴。鹿太太说："其实应该让小穆给你找些韩国的复习材料，据说更好。你别看那些韩国学生口语差的一塌糊涂，可他们的 TOFEL（托福）都考的很高唉。他们是很有一套的。"

小李说好。

老张一家整装待发，要去拉斯维加斯庆祝独立日。准备好后，全家来到客厅和大家握手道别。老张好象觉得这次很麻烦，他说："嗨，这次要在路上开至少三天呢。"

谢丽儿吃着个桃子说："那不把时间都浪费在路上了？"

"不会的，"老张马上摇摇手说："我们将要 visit（访问）很多沿途的 State Park（州立公园）和 National Park（国家公园）。"

这时，鹿群接到个电话说车子马上就到，让老张一家去外面等。老张全家起身和大家挥手告别，大喊一声："Happy 4th（独立节快乐）！"然后，他们一家三口就出门去了，上了和另外几家一起租的一辆大面包车，一同出游去了。

大家看着远去的车子，房客小于说："瞧这一家子，真洋气！"

"亏了，"小易说："他真应该回国当个什么主席。看他那派头，就差旁边有一个给他打伞的了。"

谢丽儿看老张一家上了那辆车，不屑一顾地说："显摆什么呀？"

大实话问她："您在吃葡萄呢？"

"啊？"谢丽儿看着他、举起那半个桃子，说："你有病呀？有这么大的葡萄吗？"

丽丽和天天闹着要玩焰火因为她们的老师说了，七四国庆节需要吃西瓜和玩焰火。鹿群只好带着她们出去买。他们开到城郊找到那个卖焰火的拖车（Trailer）。今天的优惠是买一送二。三个人抱回了一大袋子各式各样的焰火。

回来的路上，他们顺路去了当地的一个游行活动，把免费的东西又拿回来了一大堆。鹿太太看到他们拎着大包小包地进来，问清楚后就说："咋又拿这么多东西？都没地方放了。"

"没关系，"鹿群悄悄和妻子说："等她们的新鲜劲儿过了，recycle（回收再利用）掉不就行了。"

留守人员们在家休息和准备晚上的聚餐。照例，鹿太太主持厨房里的活动。鹿群拿了听啤酒去客厅和那几个年轻房客看电视。他们几个又在看'教父（Godfather）。'鹿群开玩笑说，他们再看几次就可以开张搞自己的黑社会了。新来的房客林豹说："我们在练英文呢。看这原版的 Godfather（教父）感觉还是不一样。国内中文版的翻译和配音都太洋气、太做作了，让人根本感觉不到那阴戾和杀气。还是这原版的味道对。"

"原汁原味嘛，"鹿群附和道，坐下了跟着看。

小武子有个朋友叫鲁智彬、外号鲁子。其实他的外号真应该叫花和尚，因为他表面上文质彬彬的，其实吃喝嫖赌样样都来、或者都想来。他被他的一个印度同事带坏了。鲁子近来沉湎于去新奥尔良（New Orleans）去当贵宾（VIP），悄悄地找一切可能的机会去留连忘返于那座城市。

鲁子和那几个印度人这次七四国庆节四缺一，所以把小武子也带去了。上车出发前，鲁子提醒小武子说："车里的 BO（Body odor 的缩写，体味）可能会重一些。不过，过一会儿就感觉不到了。"

这五个人精神抖擞地开着一辆十年老的丰田轿车，一大早五点准时出发往南开。这老车也不敢开快，所以他们开了整整十二个小时才开到新奥尔良。还好，那三个印度人一路上是笑话不断，大家又换着开车，所以也不觉得太累。

进了新奥尔良后，他们熟门熟路地找到那个汽车旅馆。几个人办好入住手续后，进去稍事洗漱，马上一起出发去新奥尔良那条最有名的波奔街（Bourbon Street）了。

隔着几条街，他们找到一个免费的停车位。下车后，其中一个印度人客气地建议大家分头行动。于是，小武子开始和鲁子在街上一边看人、看热闹、一边往波奔街的那个方向走。

波奔街上是一如既往的一派节日气氛。各种爵士乐此起彼伏，各式各样的人们在逛街，进出着那些沿街的、灯红酒绿的酒吧，去听爵士乐、吃喝、看跳脱衣舞。

小武子他们从一家爵士乐酒吧里出来，就被鲁子带进了隔壁的一个脱衣舞酒吧。这个酒吧里面昏暗嘈杂、烟雾腾腾、还相当拥挤。虽然有空调，但三位女服务员依然穿着凉爽，在那些密布的小桌子之间穿梭着、忙碌着。

他们两个人进去后，鲁子就拉着小武子找了个角落里的小桌子坐下。不拉着不行，因为小武子一进门就站着不动了，开始目不转睛地盯着台上那个正在跳舞的、只穿条肉色布条内裤（thong）的，看似妙龄的长发姑娘。

他们的那个桌子小得也就只能放几瓶啤酒和搭搭手。小武子又低头盯着那小桌子发愣。鲁子解释说这紧凑劲儿和小桌椅是法国风格，洋气着呢。两个人各自点了一瓶啤酒，一边慢慢小口喝着、一边看着那台上的舞蹈。

虽然小武子已经看过很多有类似情节的电影、电视，但这还是他头一次近距离、现场体验这种舞蹈。一时间就不由地开始目不转睛、目不暇接、口干舌燥了。他小腹下面的那位小伙计也开始不顾主人的尴尬、不安分了起来。幸亏旁边的鲁子不时地提醒他要放松一些、喝点儿啤酒、别让人笑话。

不一会儿，鲁子说要上个厕所，就招手叫服务员。其中一位穿着凉爽姑娘过来问需要什么。可能是音乐太响，鲁子对着她的耳朵问了什么。那个姑娘就大声喊道："I go check it out（我去看一下）。"不一会儿，一位裹着浴巾、身材高挑、金发碧眼的姑娘快步走了过来，她笑眯眯地和鲁子贴着脸说话，然后就拉着他进了写着 VIP（贵宾）的那个门里去了。

这时，小武子看着台上那两位姑娘的热舞，看得心潮澎湃、头部和小腹都觉得肿胀难忍，再加上可能是啤酒已经喝多了，他就也招手问过来的那个姑娘厕所在哪儿。那个姑娘给他指了一下。他就自己去了。进去用厕所的时候，他还喊了两声鲁子，也没人答应。

回到座位上，他也没看见鲁子，心里说："这小子，跑哪儿去了？"过了一会儿，一个裹着浴巾、身材娇小、匀称，白肤、金发、碧眼的姑娘过来问他，是否想要一个专门给他一个人跳的舞蹈（Private dance）， 她说："It is only five dollars（只要五块钱）。"这个姑娘太漂亮、太年轻了，看上去也就是十五、六岁的样子。那昏暗、漂忽着的、五颜六色的灯光又给她添加了几分梦幻般的清纯和妖媚。

小武子一时都看得傻眼了。他不置可否地直盯着她，嘴里说："啊，啊。"那个姑娘高兴地把那块浴巾放在鲁子的椅子上，就开始给他表演了起来。

小武子手里抓着个啤酒瓶子，目瞪口呆地看着眼前这只有在成人电影里才能看到的一幕。那个姑娘跳完后，看着他的样子，就笑眯眯地问："Do you want more（还要看吗）？"

小武子还是不置可否地直盯着她说："啊，啊。。。"

就这样，这个姑娘高兴地又给他来了三段儿如痴如醉的舞蹈。

这个酒吧里也有点儿太挤了，以至于她的身体不时地在离小武子的鼻子只有一、两英寸远的地方漂浮着。已经头晕脑涨的小武子不自觉地伸手要摸那个姑娘乳房，因为那乳房离他的左手也就不到两英寸远。突然，他的脑袋被人打了一下，原来是鲁子回来了。他看着小武子笑道："你小子挺会享受的啊，千万不能动手啊。在这外头只能看看、聊聊天儿。想弄别的得到里头去。"

小武子问："什么里头？"

"不知道，"鲁子坐下，笑笑说："你问他们去。哦，你给人家钱了吗？"

小武子直盯着那个姑娘，掏出钱包拿出几张钞票给了她。那位姑娘把钞票圈起来插放在她正在穿上的胸罩里，一边用浴巾把自己包好，一边和小武子说："Thank you so much，you are so sweet. Come back see me，okay？（谢谢，你真好，回来找我，好吗？）"小武子盯着那个姑娘不停地点头。

鲁子看看小武子，说："你小子可真够大方的。你那都够到里头来一次的了。"

小武子的双眼紧紧地跟随着正在准备给别人跳舞的那位姑娘，胡乱应着鲁子："哦，哦。"

晚上回到那个汽车旅馆，小武子睡床、鲁子睡地。他试了一个多小时都无法入睡，鲁子倒是痛快，倒地就开始打呼噜，更吵得他无法入睡了。外面的焰火又开始了，小武子索性起来、出去，又徒步走到那条街上、逛去了。

他直接走回到那家脱衣舞酒吧，进去找人问询那个姑娘是谁、是否还在。一位女招待把他带到厕所外面的一堵墙前，让他找出他要找的那个姑娘。他看了那些姑娘的照片才知道那个姑娘叫布兰尼（Brittany）。人家告诉他说她已经下班了。他只好回去了。

不一会儿，小武子就一个人在那汽车旅馆的停车场里低头闲逛了。直到天快亮了，他才感觉到疲惫、回去睡觉了。在床上还是很难入睡，只好数数。最后也不知道是不是真的睡着了，但的确是和布兰尼梦交了。

这五个人都睡到了第二天下午两点多才起来。他们随便吃了点儿昨天路上剩下的食物和饮料就开车去密西西比（Mississippi）河畔的两、三个景点，心不在焉地转了转。看天色已晚，这几个人就又回到那条街上开始分头行动了。

小武子和鲁子又去了那家酒吧。坐了没一会儿，鲁子又被昨天的那个姑娘带进贵宾间上厕所去了。小武子喝着啤酒，等布兰尼出来。等了快半个小时也见她出来。

酒吧中间的那个台子上的那位黑姑娘的舞蹈表演也没什么看头。虽然她的舞姿、体形和面相都很好，可就是什么都看不清楚。小武子坐那儿想，她还是穿着衣服的时候更有吸引力，现在这黑呼呼的，在这昏暗的光线下，她脱不脱都一样，还不如皮影清楚呢。

小武子问一个女招待什么时候布兰尼才出来。那位女招待说，布兰尼很受欢迎，她现在不能出来，而且她只有周末才能来工作两天。想到明天就要回去了，他只好心酸而失望地等着鲁子出来。又过了二十分钟，鲁子才出来。小武子问："你到后头的 VIP（贵宾）干什么去了？"

鲁子低头笑笑、答非所问地说："该回去了吧？"

第二天一大早，他们启程返回俄克拉何马州。回来的路上，他们让小武子开车，那四个反复光顾了贵宾间的哥们都在呼呼大睡。小武子和自己说，这才明白为什么这几个印度人总喜欢去新奥尔良了。印度人拉他们一起来是要分担汽油费和找一个指定司机（designated driver）。他感叹，这几位对性的执着都快赶上信鸽了。

一路上，他一边开车、一边很心酸地想着布兰尼，想着她到底是干什么的、姓什么、多大了、说中文的语音是什么样子，和穿上衣服会是个什么样子。。。

去拉斯维加斯度假的老张一家回来了。他们坐在客厅当中给大家讲那儿的事儿。感叹咱华人真嗜赌呀，到处都是华人。他们还赢了一百块，那儿吃得可真好又很便宜。老张感慨道："还是人家美国政府厉害，在那一望无际的大沙漠里创造了那么大的一个奇迹。"

"什么呀？"小易说："我们刚刚看了个电影。那 Vegas（拉斯维加斯）是黑帮搞的。政府只是跟进去收税而已。"

"至少人家政府是允许的嘛。"老张坚持道。

大家同意道："对对，不象咱中国政府只会扼杀商机。"

鹿家的客厅里，大家在看一个最近很热门的节目。电视台的人在网上做局诱捕那些性犯罪者。主要是那些人的被抓时候的第一反应很有看头。被抓的大多数是不同年纪的白人。这也正常，白人占大多数嘛。好象能上网的黑人也不应该多。

今天的这一集节目里有两个年轻的印度软件工程师给抓住了。他们试图欺辱一位未成年的、十四岁的女学生。那个主持人出来告诉那两个人缘由后，这两个人先是怔了一怔，然后就开始摇头晃脑地声称他们之所以和那个小姑娘联系和过来看看，都是为了确认她是否安全。

主持人就问他们那为什么给这位小姑娘发了那么多发淫秽电子邮件、和带来两大袋子三明治。那两位软件工程师好像一下给电脑病毒严重感染了，都直着眼、张着嘴、不说话，和计算机一样给卡住了。

老赵同意那位主持人的质问。他自言自语道："也是啊，他们为什么要带那么多 sandwich（三明治）？"

"饿了？倒卖？把那女孩子撑糊涂？"鹿群猜道。

"佩服！"小易说："这俩家伙想得真周到啊。那是准备在逃跑的路上别给饿着吧？"

"不象是，"小穆说："因为没饮料呀。我觉得啊，可能是他们上班的地方派他们出来采办 lunch（中饭）的，有可能天气热，不好放车里，只好拎着了。这俩趁外出之际顺路来犯个罪吧？这样要是给抓住了也有个借口和证人呀。这俩应该是被抓的这些人里最聪明的了。不过这也太缺德了，拿着工资干坏事呀？"

"没错了，"鹿群喝着茶说："他们一向如此，那聪明劲儿都用到坑蒙拐骗上了。还好，咱华人没干这事儿的。"

"应该是有贼心没贼胆儿，"小易笑着说："或者是咱更聪明，没给抓住过。"

"不会的，"鹿群摇摇头说："咱可没印度人聪明。我们华人自古以来都是以胆小怕事出名的。要是犯了这事儿，在美国基本上就算完了。"

老赵异议道："那，那两个杀教授的案子怎么说呢？"前几年有两个大陆留学生枪杀教授的案子。

"哦，"鹿群说："那是破天荒、给逼急了嘛，属于兔子咬人一类的。还得加上那两个可能是太成功了，从来没受过什么挫折。"

小穆说："人家印度人可没有什么恶性犯罪。连 Dr. Savage（一个极右的谈话节目的主持人，右到被英国禁止入境）都说印度人是遵纪守法的模范移民。"

"Lucky for him（算他幸运），"鹿群接着说："那他是没给印度人欺负过。他们可是经常性、习惯性地合法欺负人啊。没有任何 integrity（正直和诚实），更是防不胜防啊。"

"其实呀，"老赵说："印度人挺适合做 lawyers（律师）的，天生喜欢胡绞蛮缠。"

"可是个悖论啊，"小易说："这恰恰证明他们不能去做 lawyer，因为他们已经没有 credibility（可信度）了。"

鹿群突然忍不住哈哈大笑了起来。其他几位问怎么了。他停下来，尽量忍住笑，说："没什么。刚才只是想像了一下印度 lawyer 在法庭上的样子。那飞快、纯正的 Indilish（印度英语）肯定会把在场的美国佬都给急哭了。"

大家哈哈哈地笑了。

"或者都笑昏过去了，"小易说："其实，人家美国人才不会那么可怜呢，肯定会把他们驱逐出法庭的，因为听不懂他们说什么。这倒是个提醒，印度人的口语是特别适合去做广播广告里的那些飞快的、结尾的部分。"

"不行吧？"鹿群说："那些本来就快得让人听不懂。再让印度人去说不就更听不懂了？"

"应该是 perfect（最合适）！"小易说："反正人家本来就没想让你听懂。印度人的口语还可以至少多塞二分之一的话进去。"

"说正经的啊，"老赵说："人家白人还是很吃印度人那一套的。"

"拉倒吧，"小穆说："那是因为印度人觉得白人天生高他们一等。他们把印度的 cast system（种姓制度）也带到美国来了。只要他认为你的 cast（种姓）低于他的，他一定会去折腾你的，好象那是他必须尽的责任和义务似的。"

"可惜呀，"老赵说："咱中国人早就把等级制度给推翻了，所以在这些来美国的印度人眼里我们的 cast 都比他们的低。如果不想被他们欺负，就只好谎称自己是皇帝家的第十八或者第八十代玄孙啦。"

"可别出去乱说啊，"鹿群笑着说："咱国人干什么都是不过脑子、还没什么创意、一窝疯地上。这一传出去，不出几个月，保证咱这小 town（城市）里的华人肯定都自称是皇亲国戚及其后裔了。"

"也没错儿吧？"小穆说："都是炎黄子孙呀。奇了怪了，这美国怎么也不把那 cast 禁止一下？多愚昧、落后 呀。"

老张说："可能不敢。那是人家老印的 culture（文化、习俗）。"

"的确，"小易说："不管什么，只要是和 culture 沾边儿就成 untouchable（碰不得）了，当然华人的东西例外啊。况且没必要呀，又没有影响到白人。他们才不管这事儿呢？"

"怎么能说没影响到呢？"鹿群说："只不过白人是被印度人正歧视，其他人被印度人负歧视了。"

"歧视是贬义词吧？"小穆笑道："不管怎么说，当心老张跟你 collect royalty（收使用费）。这可是他的发明呀。"

"什么呀！"小易说："那些 Talk Show（谈话节目）里早这么说啦。完了，我们老张可能又要伤心了。"

"怎么了？"老赵问。

小易说："他的发明又泡汤了。"

老张不说话了。

老赵摆摆手问："你说那么多印度人学医，将来谁敢找他们看病呀？"

"怎么不敢？"鹿群问："总比那些靠 affirmative action（美国照顾少数民族的优惠政策）读出来的让人放心吧？"

老张说："还是用那些 affirmative action 的吧。印度人是聪明，可都用到骗人上了。"

"其实呀，"小穆说："靠 affirmative action 读出来的和没有 integrity（正直和诚实）的都不行。谁要是敢，那真是已经病得不醒人事了、或者病得精神已经出问题了。"

大家哈哈哈地笑了起来。

听到笑声，房客古月琳过来凑热闹。她问他们："说什么呢，这么热闹？"

老张不冷不热地说："好象跟你无关，你已经是名门望族了。"

"什么？"她问道。其他人也不说话。古月琳看看就没趣地走开了。

老张望着她的背影，悄悄问另外几个："她那个政治局里的亲戚到底是谁呀？那两个姓陈的可都已经进秦城了。她还说都不是，可政治局里已经没有姓陈的啦。"

"是有点儿怪啊，"鹿群说："她是说过几次。她那个亲戚是直辖市的、政治局的、姓陈。她不会是说老早以前的吧？或者是将来的？或者是给政治局开会的地方端茶送水、打扫卫生的？"

另外几个人笑了。

"估计不会，"老张说："可能就是那两个之一。她也许是怕大家知道后，就不再把她当回事儿了，所以不敢承认。"

"别什么大家了，"小易笑了，说："就是你。整天地，人家没求呢，你就去必应了。现在没事儿了，你可以省省了吧？我们看着你那样子都替你累。你都快成 brown nose（棕鼻，棕色的鼻子，指极度献媚的人，舔别人的屁股，把鼻子沾上屎以至于鼻子都成棕色的了）了。"

"什么 brown nose？"老张问。

小易犹豫了一下，说："印度人的 nose？暂时无法解释。你去问美国佬吧，是他们的发明。"

"我承认，"老张摆出一副坦诚的样子，说："我是有点儿私心。可那关系如果是真的，那我就有可能。。。"

鹿群打断他，问："你就可能当主席了？"

老张说："省、市一级的总还是有可能的吧？"

"是，进秦城应该差不多够格了，"小穆刚说完，其他人就哈哈大笑了起来。

从此，众人开始不再事事让着古月琳了。以前那些对她无原则的迁就主要是因为怕无意中得罪她而连累国内的亲人，国内有很多事情可都是说不准的呀。古月琳也慢慢觉得没象以前那么适宜了。过了几个月她就搬走了。

　　晚上的麻将桌上，小武子和大家说："其他人都 VIP（贵宾间）了。我钱不够只能在外面等着，而且怕脏。"其实他的钱够，只是他现在对那个女孩子的喜爱、痴迷，都到了舍不得碰的地步了。

　　老丁小心地试探着问："妓女在那儿是合法的？"

　　老张说："好象是。Vegas（拉斯维加斯）里也是。"

　　"真可惜呀，"小武子继续说："那么多年轻漂亮的姑娘，怎么干那个？她们是我来美国后见到的最漂亮的了。"

　　小穆说："是不是家长的问题？"

　　"肯定是，"老张说："这儿的一些家长很不负责。美其名曰给孩子们自由。"

　　"不要指责人家，可能人家自己就过得和 animal（动物）似的，"鹿群说。

　　小穆劝小武子说："别伤心啦。等过了那个花季，她们就开始水平增长了。你没注意那些中老年老美的吨位？"

　　"不是，"小武子故意转话题，说："美国佬可真够 gentleman（正人君子）的。我看见一个老哥们手里拿着至少一升大的个 beer mug（啤酒杯），让个姑娘给他跳，就离一尺多远。然后，又让人家躺桌子上让他闻人家那儿。他就闻一闻、喝口酒，闻一闻、喝口酒，好象那是什么下酒菜似的。自始至终他都没碰那姑娘一指头。厉害吧？"

　　小穆说："听说还有那种味儿的 perfume（香水）呢。"

　　"是不是他只要一动手就立马给赶出来了？"老张问。

　　"亏了，"老丁说："那人还不如去学妇产科呢。"

　　众人笑了，都说老丁应该改行，去作个人生指南顾问什么的。

　　老张感慨道："国内的政府管得太多扼杀了多少商机呀？你看人家美国政府只管收税，所以鼓励各种商机。"

　　过了一会儿，小穆看着小武子问道："小武子动心了？是不是要赎一个出来？"

"不行，不行，"小武子说："太脏了。那象是被好多人 chew（嚼）过的 gum（口香糖），除了 sticky（黏唧唧）和脏以外就没什么了。"

"对，"老丁说："是 sticky。沾上什么病，这辈子就休想搞干净了。不过又说回来了，难道美国人就不怕脏？"

小武子说："肯定有措施吧？"

"别冒那个险啊，"大实话说："Condom（避孕套）并不是能挡住所有的病毒的啊，只是让你觉得不是太恶心而已。那可是个 false security（错误的安全感）啊。"

老丁认真地问："多带几层是不是就可以了？"

"什么？"大实话大惑不解地看着他，摇摇头说："见识了。你真是进化了。动物是为 reproduction（生殖）拼命，你是为 sex（性）玩儿命啊。"

众人哈哈大笑。

"不要想啦，"老张劝小武子说："那只是个 time share（时间段分享）而已。那种尤物根本就不是和正常人过日子用的，对吧？。"

"不对吧？"小穆说："我看过一个 show（节目），里面一个被采访的妓女说她的最终目的就是嫁人生子、好好过日子呢。"

老张说："上了 show 的能有几句真话呀？"

"怎么？"老丁笑着问小武子："什么时候再去呀？"

"不会啦，"小武子说："我又不是印度人，肯定不会再去那个风月场了。"

是夜，月光下的小武子在被窝里辗转反侧、无法入睡。他思念布兰尼，想到她正在被那么多男人蹂躏着，他真有点儿心碎了。无奈，只好悄悄起来，到外面遛达，他打电话给鲁子，问能不能联系些人，在感恩节（Thanksgiving）放假的时候，一起再去新奥尔良。鲁子说没问题。

其实，那种看脱衣舞的地方，他们这个城市附近也有，但这种事还是去远点儿的地方比较好。在近的地方要是给熟人碰到了，可就声誉扫地了。还有一个原因是，这时的小武子似乎已经着魔了，他甚至觉得偶尔下意识地看一下别的女人都对不起自己的布兰尼。

24，圣诞

又是个圣诞长假。一个周日凌晨的七点左右，鹿家的多数人还在贪睡或者补觉。厨房里已经翻滚着浓浓的油烟了，房客汤从德正在聚精会神地钻研如何把油条炸好。

很快，二楼就被冒出的烟雾给笼罩了。房子里的那几个烟雾侦探器（smoke detector）陆续地开始玩命地呼喊了起来。

众人纷纷起床、衣衫不整地出来、咳嗽着问出了什么事。天天哭喊着要求大家都趴下往外爬，因为学校里是这么训练的。可大人们不听她的就把她给急哭了。

汤从德跑到一楼的那个正在大呼小叫的烟雾侦探器下，用报纸使劲儿扇了几下。发现没用，他就冲到车库搬回那个梯子，开始逐个把烟雾侦测器电池拔掉。

鹿群冲出来，也先给呛得不停地咳嗽，他喊着问："哪儿来的烟呀！？"

"放心吧，没什么！"汤从德说："已经完全 under control（被掌控）了！"

鹿太太跑进厨房看到汤从德还在开着火烧油锅就赶紧叫停。她喊道："快停下来！停下来。这大清早的，你这是干什么呀？"

"炸油条呀，"汤从德说。

鹿太太说："先停下来。都要把人呛昏过去啦。"

"不至于吧？"汤从德说。

"怎么不至于？"鹿太太说："你把这房子里的空气都变成跟国内的一样啦！"

汤从德抱怨说："别那么夸张啊。来你这儿住，不就是图个做中餐的方便嘛。"

"但你也不能把 smoke detector（烟雾侦探器）都给呛得昏厥过去呀？"鹿太太不满道。

"没昏过去，"汤从德从容地说："我把电池给拔掉了。还不是怕吵着大家嘛。"

"什么？"鹿群说："快装回去！不能把电池拔掉的，是违法的。以后可不能随便拆啊！你看你，把大家醺得都得出去了，"他接着对站在门口的房客们喊："大家放心啊，没有起火啊，先出去避一下，等烟雾散了再回来。"

"出不去呀，"小李喊道："外面下着大雨呢。"

"那赶快去后院的阳台呀，"鹿群喊道。

大家都去那后院阳台了。

这时，小李还在前门那儿盯着外面看。鹿群问怎么了。小李说："外面草坪上好象有床被子。是谁晒的呀？鹿老师，你来看看。"

鹿群跑过去一看，在雨幕中的草坪上果然有床被子在淋雨呢。他说："这是怎么回事？"他跑到车库找到雨伞，从车库出去想把那床被子拿进来。一拉那被子，发现那被子下面有个光溜溜的人，把他吓得大叫一声、倒退了几步、差点儿摔倒。

他仔细一看，原来是侧躺着的老丁。他马上疑惑不解地问："这是怎么回事？你你你，你怎么会在这儿？什么时候出来camping（野营）的？"

老丁哭丧着脸说他是跳下来的。鹿群急忙问他有什么想不开。老丁急了，大声反问鹿群，屋里的火势如何了。鹿群说："没火呀。是小汤在炸油条呢，油烟大了点儿。"

"嗨！"老丁哭丧着脸说："看他这把人折腾的。"

鹿群又问他："你怎么会在这儿呀？"

"我这一急，不就 jump（跳）出来啦！"老丁捂着自己的右脚腕子喊道。

"啊！？"鹿群惊讶地张大了嘴。

原来，老丁在那些烟雾警报器开始叫喊的第一时间就干脆利落地裹着被子、打开窗子、滚跳了下去。他在国内听说遇到地震一类的紧急情况就应该这样。可惜的是，他的脚先着地，所以扭伤了右脚腕子。

老丁没穿内裤也是有原因的，自从他听说包裹紧了会影响精子质量，他就彻底解放了自己的小伙伴、给自己省去了内裤，这也符合他那卫生、节俭、健康的六字方针。

他躺在草坪上、盖着那被子使劲儿喊了一阵子。喊累了就只好决定先歇息一会儿，正好鹿群来了。"你就别愣着啦，"

296

老丁冲着鹿群喊道："快去把我那窗子给关上呀。雨都进去了，别把我的东西给 ruin（淋坏）了。"

鹿群这才缓过神儿来，扭头就跑了回去。他上楼关上了老丁房间的那扇窗子。他下楼准备出去叫老丁回来，就听见后院阳台上的汤从德在喊："你装个油烟机不就行了！？"他就赶紧过去看怎么了。

鹿太太也在喊："这是美国的老房子，有那么容易吗？我们开会讨论，vote（投票）好吧？"

汤从德喊道："你是房东，就应该给我们提供油烟机。不要浪费我们的时间和金钱嘛。"

"那好，"鹿群说："到时候我们少数服从多数啊。"

"不许强加于我呀，"汤从德转头对着鹿群大喊道。

"这 democracy（民主）也错了！？"鹿群不解地问。

"再怎么民主，"汤从德自信地说："也不能不让我做我想吃的饭呀！我这是 human right（人权）。"

"那你到底要民主还是人权？不管怎么样，都要少数服从多数嘛，"说完，鹿群看着小汤，心里说："凭什么只有对你的脾气才行啊？"

这时，小李问大家是不是听见外面有人叫。鹿群恍然大悟，喊道："嗨！是老丁。他怎么还不进来呢？哦，这家伙睡觉也不。。。可能是怕把地上搞湿吧？"说完就转头快步走了出去。没过半分钟，他冲进来，喊道："老丁受伤了、动不了啦。快来几个人，帮帮忙把他抬回来。"

众人惊愕。几个男房客快步跟了出去。他们淋着雨抓紧那床被子的四个角儿，把已经湿漉漉的老丁抬到了车库，因为他光溜溜的不适合被搀扶。

小武子跑进来，去老丁的房间拿干衣服。女士们问出什么事了。小武子笑得说不出话来，进去拿着衣服就往外走，只是回头喊了一声："It is hilarious（太滑稽可笑啦）！"就又跑进了车库。

车库里，老丁坐在地上穿衣服。小武子忍着笑，问老丁："这么冷的天儿，你为什么不喊？免费 shower（淋浴）呢？"

老丁瞪他一眼，低下头说："我哪能喊得过那些 alarms（烟雾警报器）呀。后来不就喊累了吗？"

众人终于忍不住，开始了哄堂大笑。

"笑什么呀！？"老丁有点儿气急败坏地喊道："真要是有 fire（火警），你们现在还不得羡慕我吗？"

众人更大声地笑了起来。

几位女士好奇，也要挤到车库里去看个究竟，鹿群笑着把她们拦住，说："不行，不行。这里暂时有碍观瞻。"

最后，房东、房客的联合会议决定在阳台上加个简易灶台，专供中式煎、炒、烹、炸、和美式烤肉。以后不管外面的天气如何，凡是能把那烟雾侦探器给惊着的烹饪都得去那阳台。

开完会，有几个人去试着吃那些油条，发现实在是无法下咽，只好再次有劳那些鸭子和狗了。鹿太太笑话小汤，说他那手艺也太差了、白把大家折腾了这么一番，还说明天就教他怎么炸油条。

老丁这次连吓带冻的给搞病了，再加上脚伤就要求别人伺候他。房东、房客们全体通过喊声的高低投票决定汤从德这个始作俑者担当此重任，说谁让他把人家给呛得都跳楼了。小汤说老丁不是怕着火，只是神经质地讨厌油烟味而已。临了，他看到这些自己做油条的直接和间接后果也没话说。于是，他开始伺候老丁，一回来就搀扶他上下楼、端茶、送水、送饭。老丁很受用。

又过了一天，老丁好象就没事儿了。他等小汤出去后就自己起床、开车出去帮人搬家了。他下午回来后又躺在床上等着小汤来伺候。

小汤从图书馆一回来就被老丁吆喝上去了，接着就开始楼上楼下地为老丁忙活了起来。其他房客看见他那样子纷纷忍俊不禁。小汤纳闷，就问小穆怎么了。搞清楚后，他去厨房拿着一壶茶水就给老丁送上楼了。

楼上马上就传来了他们俩的争论声，紧接着就是老丁啊的一声大叫。小汤大笑着跑下楼来。头上顶着几片茶叶的老丁随后紧追了下来。房客们赶快把他们二人隔开、问怎么了。老丁气候候地说小汤倒了他一身茶水。小汤说："就是要让你记住，不能欺负人！"

几位房客连拖带抬地把老丁劝上了楼。还说要赶快换衣服，这再着凉了可就没人照顾他了。还提醒他别再惹小汤啦，当心他再给你来个落汤鸡。老丁想想也是就顺势上楼去了。另外几位房客和小汤在客厅里大声说笑着。

雨过天晴，鹿群和孩子们在外面为过圣诞节装饰前院的树丛和给屋檐上挂灯。感恩节时鹿家就接到他们这条街道上的一位热心的家庭主妇的通知，说今年和往年一样要举行各家的圣诞装饰比赛（Christmas decoration contest）。孩子们很起劲儿，如果没这些活动，他们又要看电视、打电脑游戏了。

鹿太太每次都说就当过十五的花灯节了，所以就同意了鹿群的经费申请。他们去沃尔玛搬了一些东西回来，正在外面研究怎么挂和挂什么地方。鹿太太透过厨房的窗子看着他们，心想："这没个三、四个小时是搞不好的。"

旁边的早餐桌子边，房客齐第龙看着计算机屏幕，笑着说："谁说这 junk email（垃圾电子邮件）不好了？你看这一大早都给我送来了，车、房、钱和乌克兰美女都有了。"

鹿群看看他的屏幕，只是笑了一下。妻子说："行啊，那就让你这 daydream come true（白日梦成真）吧。"

齐第龙说："是得发明个什么东西把这 junk email 搞成真的，像神笔马良一样。"

"不需要那么难，"正在吃早饭的老张说："你只要假装被这些 junk email 给搞成神经病了，sue（控告）他们个倾家荡产不就得了？"

大家哈哈哈哈地笑了起来。鹿群说老张的确是做领导的料，这招儿肯定能制止住那些送垃圾电子邮件的。

这时，新来的房客陈都颂看完房间过来和鹿太太说："那 room（房间）太 gay（同姓恋）了。能不能给换一个？"

"嗨，"鹿太太说："这都是给樱桃搞的。等 summer（夏天）吧，到时候会有房间腾出来的。"看那小伙子面露难色。她就接着说："你要是真想变一下也可以。只要不把墙板搞坏就行，那墙板可只有两厘米厚，一定要小心啊。"小伙子高兴了，说了声可以，谢谢，就转身出去了。

厨房里放着广播里的圣诞歌曲。听着，听着，进来倒水的大实话笑了起来，他说："这歌在国内应该火儿。"

"怎么啦？"老张太太问。

"你听，"大实话说："他们在唱 Fa la la la la。。。多象发啦、啦、啦、啦、啦。。。呀？发啦。"

　　鹿太太插话说："对，应该是国内最火儿的圣诞歌曲，特别是在广东。"

　　教堂在放假期间有个聚餐活动。天天妈回来召集众人去。大家各显神通找借口不去。鹿太太说她得接电话就去厨房了，还真有人打电话找鹿群。鹿太太问："不知道他去哪儿了。有什么事吗？"

　　"没事儿，"对方说完就挂了。鹿太太纳闷怎么听上去象王满的声音呢？

　　房客小盛进厨房让鹿太太尝尝他从国内带回来的上海城隍庙的五香蚕豆。大家兴致勃勃地去尝试。鹿太太吃了一个，说："怎么是这味儿呀？"

　　"不会错的，"老张一边吃、一边说："以前可能就这味道。当时饿得吃什么都香。"

　　小武子去新奥尔良（New Orleans）当了那次贵宾以后，有点儿悔恨交集。一来觉得对不起布兰妮、二来担心染上性病。有一段时间里常常是魂不守舍、心事重重的，甚至梦想着他能像计算机一样重新启动来改变他做了的错事。

　　他悄悄去了个诊所做检查。还好，结果证明没什么问题。随后他高兴了几天，直到学病理的大实话告诉他，病毒的潜伏期长短不等、艾滋病毒的要十几年呢。这一下子就把他那短暂的轻松愉快给过早地掐断了。

　　大家避免提布兰妮，可是，现在孩子们唱的是一个少女歌星 Brittany Spears 的歌儿。她又是路易斯安那州（Louisiana）来的，和小武子的布兰妮是同名、同乡。最近她还挺红，新闻里总有她制造的新闻、诽闻、丑闻。

　　这天，小李和孩子们玩拼字游戏也叫上了小武子，好让他把注意力转过来。他没玩一会儿就起身、低头走开了。另外几个纳闷是怎么回事，以为他去厕所了？等了一会儿还不回来，小李过去一看。原来，小武子拼出的是 BRITTANY（布兰尼）。

　　老张问鹿群："他怎么对 Brittany 那么痴迷呀？那人的真名是不是 Brittany 还不一定呢。"

"简单，"鹿群说："美国女的什么时候对我们那么亲热过？还那么年轻、漂亮。"

老张说："在国内就听说美国人很随便，干那事儿和握手一样。可出来这么多年了，才知道人家根本不和我们握手，一般连看都不看我们。"

鹿群笑了，说："要那么随便不成 animal（动物）了？"

"不对吧？"老张异议道："可不能糟塌人家 animal。人家动物在那方面才不随便呢，而是非常 serious（严肃认真）。是人把那事儿搞得连发情期都没了、成了个一年四季的娱乐了，也算是个文明的进步吧？"

"算是吧，"鹿群笑了，说："有用的时候她们会和你握手的。等你是亿万富翁，或者国家主席了，那句话就是真的了。反正美国女的从来没和我握过手。所以富人也挺可怜的，因为那些女人只是喜欢他们的钱。况且在人家眼里，我们是第三世界来的穷打工的。让我们来就不错了，再有其它的想法就太过分了吧？"

"可我们也是人呐，"老张说。

"Sure（没错儿），"鹿群说："但要知道我们自己的位置，出格儿了就不行了。"

节前的一个晚上，小武子去了个朋友家的聚会，快零点才回来。在回家的路上，他看到路边有一只被车撞死的鹿。起初是出于好奇，他转了回去，往返几次，也没看到人，因为这条路挺偏僻的，时间也很晚了。他动心了。他回去叫起老丁，告诉他这个情况。老丁当然非常感兴趣。他们两个人就悄悄开着卡车又回去了。

他们下车，先把那鹿用块帆布盖好，前后左右看看没人就把那鹿搬上了卡车。然后，二人一路小心翼翼地开回来了。都快一点半了才到家，他们又悄悄地纠集了老张，连夜在后院收拾那鹿。老张有点儿担心地问："吃腐肉要生病的吧？"

老丁又仔细看过那只鹿后说："好象是刚被撞死的。我收拾过野兔子，放心吧，这么冷的天应该没问题。实在不放心，cook（烹饪）的时候多蒸一会儿就行了。"

老丁派小武子出去一趟去买些塑料容器回来。他和老张把能找到的刀具都拿到了后院。三个人用了快一个小时就把那只鹿收拾好了，然后冲洗干净、分装好、冰冻了起来。其他人还都被蒙在鼓里呢，他们三个兴奋得都睡不着觉。

第二天，鹿群一大早就去加班，其他人也陆续出去扫荡节前的便宜货了。他们三人在家里做好鹿肉大餐、大吃了一顿。

次日，老张倒是没事儿，没到晚上小武子和老丁就开始出鼻血了。老丁擦着鼻子说："这野味太地道了，实实在在的大补啊。"小武子则猜想可能是配的酒不对。

看来，靠他们三个是消灭不了那只鹿了。于是，小武子就谎称是羊肉拿出一些给了鹿太太，请女士们给大家包饺子。大家连吃两顿儿，人人叫好。

樱桃比一般人更高挑、漂亮一些。小武子从第一次和她见面起就养成一个习惯：一见到她，他的眼睛就直一会儿。这连续几顿的鹿肉大餐把他搞得更明目张胆了。樱桃悄悄过来说他："怎么能这样盯着人家看呢？"

"What（什么）？"小武子笑眯眯地盯着她，问道。

她瞪他一眼，低声说："对，说的就是你这样子。"

席间，老丁又喝过了头儿。他和盘托出了和这鹿肉相关的来龙去脉。

老张太太马上把老张叫上楼，关起门开始训斥老张："合着你小子只是拿老娘败火呀。山珍海味自己享用，也不想着给我们娘俩一点儿！"

老张辩解道："我们不是想独吞，只是先尝一下看有毒没有。后来不就给大家做 dumpling（饺子）了嘛？"

老张太太又骂起来："你还敢顶嘴！？我说这几天你他娘的怎么那么变着法儿的稀罕老娘呢，原来是那鹿肉催的呀！你这没良心的畜牲！你说！你那些损招儿都是从哪儿学的！？"

"TV（电视）上，"老张低声回答。

"什么下流 TV 呀！？以后不许看！"老张太太喊道。

老张只好低头听着否则他老婆是不会停下来的。在各自房间听着的房客们心里感叹，老张这主席不知道哪年哪月才能当上，老张太太这第一夫人倒是有模有样的。

鹿群夫妇去检查了那些残余的鹿肉、鹿骨和鹿角。他们觉得可能又要出事了，叮嘱小武子以后千万不能这样，给抓住可不好，还说好如果警察上门，他们三个得出面解决此事。老丁不服道："怎么能说只是我们呢？你们都吃了，大家谁也跑不了！"

鹿群愣住了。鹿太太反应快，说："我们怕什么？是你们骗我们吃的。"

老丁摇着头，不可思议地说："都说吃人家的嘴短。你们是怎么回事？"

"先别争了，"鹿群说："想想怎么处理这些东西吧。放这儿跟个定时炸弹似的。"

他们开始悄悄商量如何处理那些残余的证据。老丁说卖掉，众人看着他，他赶紧说："不客气，不用谢。"

"谁要谢你呀？"房客老顾说："你小子的中文是怎么学的？还记不记得偷来的锣鼓敲不得呀？"

小武子试探着说："Church（教会）倒是有个聚餐。我们做好给送过去？"

"那不缺德呀？"鹿太太说："那可是 Church 呀。"

"我看不至于，"老顾说："估计警察也不敢处罚那些吃鹿肉的教徒吧？再说啦，那些 hunting（打猎）的规矩是这个州政府定的，又不是 God（上帝）定的。Bible（圣经）里讲这些动物就是给人吃的嘛。"

"这也是坏事变好事呀，"小武子附和道。

"可怎么跟人家说呢？"鹿太太为难地问："那吃上去也不象羊肉呀。"

"理直气壮地如实说，"老顾说："警察知道了又能怎么样？他们肯定会对教会网开一面的。"

"不一定，"小武子说："现在可是年底呀。"

"年底怎么了？"鹿太太问。

"这都不知道？"老丁说："这段时间是警察赶罚款 quota（配额）的冲刺阶段。路上的 speed limit（时速限制）高上去了、罚不到钱了，听说他们正不择手段呢。"

鹿群瞪着老丁，说："那你们还敢干这事儿！？"

老丁说："就别说我们啦。小武子的点子行吗？"

众人无声认同了那个建议。于是，小武子把剩下的鹿肉和下水交给天天妈，捐给教会的那个聚餐了。他还答应届时将带些人参加教堂的那个聚餐活动。

老张说想把那对儿鹿角送给自己的老丈人，好让他老婆消消气。其他人也觉得他太可怜了就同意了，但要求尽快送走。老张说有个朋友明天回国，他今晚就给送过去，保证二十四小时以后这东西肯定在北京了。在场的几个人都放心了，长出了一口气。鹿太太说："真可惜。"其他人再次无声认同。

　　晚上，鹿群夫妇在被窝里商量着善后措施。他们觉得这事儿也太稀奇了，就不用加到房客公约里了，加上倒会有此地无银三百两之嫌。妻子感叹道："真危险。他们搞这么大的工程，我们竟毫无察觉，我看得装个摄像头了。"

　　鹿群说："可能不行。人家会告我们侵犯他们的 privacy（隐私）了。"

　　"那就算了，"妻子想了想又问丈夫："人家老张他们吃鹿肉那么顶事儿，你怎么没感觉呀？"

　　"什么感觉？"鹿群问。

　　"装什么糊涂呀，"妻子说："你没听见老张太太吼了些什么？"

　　"哦，"鹿群解释道："可能是最近太累了。又要 renew（延长）funding（经费），大家都加班。唉，你什么意思呀？"

　　"没什么意思。快睡吧，明天还得早起呢，"妻子打着马虎眼，心想蛮好留点儿那鹿肉再给丈夫补补，同时担心那教堂聚餐如果出现类似老张的问题可怎么办。她转念一想觉得可能问题也不大。那么多人吃，平均到每个人肚里可能就不会有什么明显的作用了。况且他们习惯把发生的事情都归功于上帝，也很少往别处想。

　　可能是大家诚心诚意的暗暗祷告。这次警察真的没上门。也有可能是正处在美国每年的第五个季节：节假日季节（holiday season），几乎所有的人都在忙着过节。总之，这次又是有惊无险，还让众人品尝了野味。

　　圣诞的前一天，男士们的结伴去旁边的公园打篮球锻炼身体。女士们在家做饭、搓麻将、赌点儿小钱。他们说好每个人出五块，最后不管输赢都得拿出来去竹园吃饭。一个妇女说玩得不好，但可以出钱。其他女士高兴地说："欢迎，欢迎。"结果是女士们在一起难免不分享太多的秘密，引起了许多日后不必要的的麻烦。

这天下午，大家先是去逛商城、买东西。孩子们排队和圣诞老人合影和告诉他圣诞节自己想要什么礼物。好不容易排到了，但那圣诞老人把虎子给吓哭了。大家哄他说出去吃饭。节日期间很多饭店关门过节，只有竹园照旧天天开，所以大家去竹园饱餐一顿，给自己的肚子先过个节。

在回来的路上路过一大片野地，他们看到很多矗立在雪地里的松树。老张说："看那几棵树多好看！咱砍棵回去当圣诞树不就行了？"

众人说："好主意呀，我们回去拿锯子。"

回来后，老张和小易拿着锯子和绳子又出去了。过了一个多小时，两个人抬着棵松树回来了。大家问是哪儿的树，怎么不象那野地里的那些树呢？老张说："别提了。Police（警察）不让锯，差点儿被罚款。他说，那块儿地里的东西都是 state property（州的财产）。"

"不对吧？"小武子说："那 Chevy Chase（美国的一位喜剧演员）演的那个 Christmas movie（圣诞节电影）里，是可以砍的呀。"

"那是 movie，"鹿群接着说："况且那是什么年代的事儿了？美国这各个 State（州）的规矩还都不太一样。唉，那你们这棵树是哪儿来的？"

"买的呗，"小易说："我们回来路过 Walmart（沃尔玛）看到 Christmas tree on sale（圣诞树大减价）。本来想今年就不要 tree（树）了，但 Christmas Eve（圣诞前夜）大减价，只是原价的五分之一。我们就搬回这颗最大的。这就当是我们两家给大家的 Christmas gift（圣诞礼物）了啊。"

孩子们高兴得热烈鼓掌、欢呼雀跃。跟着大人们一起去忙活着装饰那棵树去了。

"你们俩倒是简单了，还这么气派，"小武子说完接着纳闷这女的到底要什么礼物。

谢丽儿说："当然不能送太便宜的啦。。。"

"没那么复杂，"鹿太太插话说："心意到了就行了。"

"嘿！"谢丽儿抗议道："我还没说完呢！"

"你从来就没说完过，"鹿太太笑着说："我说呀，我们今年的互换礼物和往年的规矩一样啊，不要拿从国内带来、没送掉的东西来凑数就行了。"

"对！"小武子同意，说："以前出现的情况是那些东西只是换了个抽屉而已，"然后，他悄悄和鹿太太说："抽签儿的时候，一定要 make sure（确保）我和 Cherry（樱桃）互换啊，拜托了。"

"没问题，"鹿太太低头笑着说。

早晨起来，大家几乎都是身着睡衣来到那棵圣诞树前。孩子们坐在圣诞树下，把树下的礼物拖出来，给大家拆开。

小武子给樱桃的礼物不仅贵，而且还署名：secret admirer（隐秘的爱慕者）。樱桃很老到，看看、笑笑就收起来了。一直盯着她的小武子感叹不知道她的情史有多长了，可能已经是谈情说爱这个学科的博士了。

樱桃给武子的是条颜色和图案都有点儿怪异、从国内带来的金利来领带。小武子夸张地赞誉着这个礼物。樱桃看着他，无动于衷、好象不是她送的似的。

看着大家高兴的样子，鹿太太说："看来 Santa（圣诞老人）是真的。大家的愿望都实现了，我说的是或多或少啊。"

老丁说："什么呀？我昨天也 pray（祷告）了，好象也没什么用呀？"

"你呀，"老张说老丁："你以为上帝是那么好骗的？你小子根本就不信。You are going to hell in first class（你是头等舱直奔地狱）。"

"不管去哪儿，你肯定是跟我同行，"老丁冷静地反驳了这么一句。

老张无言以对，只是看看老丁，心里问道："这老小子今天怎么反应得这么快？可能是那鹿肉整的。"

大家在看新闻。新来的银川小伙子欧阳龙说："这也太不可思议了！中国城怎么和过去的中国似的，任人宰割呀？黑帮入伙儿的考核去中国城，这连九岁大的孩子过圣诞节都去中国城抢劫。"

老张说："没事儿，习惯了就好了，每年过节都这样。所以过圣诞节的时候要尽量避免去中国城。"

小易说："这说明人家更爱耶稣吧？即使犯罪也在所不惜地要过圣诞。"

"还有更爱耶稣的呢，"老张说："前天的一个新闻里讲，在阿根廷的首都有人号召抢华人的商铺庆祝圣诞节。"

欧阳龙问："那合法吗？抢劫是过节？"

"他们说的是抢华人，"老张说。

"哦，"欧阳龙不自觉地应了一声。旁人都看着电视，不说话了。

搞好礼物后，女士们又要出去扫荡便宜货。鹿群问妻子："买那么多便宜货干什么呀？"

"回国送人呀，"妻子说。

"什么？"鹿群说："都是 Made in China（中国造）的。有什么好送的？"

"Free（免费）给他们的呀，也就是个心意嘛。我们也是去锻炼、减肥呀，"妻子回答。

"怎么感觉象当年出国似的，"鹿群说："尽买些没用的东西，最后都送不出去。"

"什么东西？"妻子问。

鹿群说："忘了？那些天桥的小礼物啦，领带啦。"

"放心，"妻子说："我买的肯定都能送出去。"

"那当然，"鹿群笑着说，"不都硬塞给我们家了？"

"什么？"妻子不满意了，说："你看我这好人做的多冤呀？连个好都落不下。"

"怎么落不下？"鹿群说："每次全家不都是说谢谢你的嘛。"

妻子说："都假惺惺的。"

前年圣诞节后的大减价，鹿太太去抢购了一堆 XL（超大）的衣物。暑假回国探亲给家里人当礼物时，她才发现自己抢购的时候太急了，把 XL（extra large，超大）当成 extra little（超小）了，本应该是抢 XS（extra small，超小）的来着。

她只好让亲友们把那些衣服当睡衣睡裤用了。还好，国内有穿睡衣裤出去逛悠的习惯，所以无大碍，也没耽误亲戚们显摆那些出口转内销的驳来品。

"好了，好了，"鹿群笑着把妻子推出门，说："别花太多就行。去吧，去吧，人家还在等你呢。"

25，感恩节

一年一度的感恩节又到了。这次学校放三天的假，加上周末就是五天了。美国人都习惯要不管远近地出去转转、或者探亲访友。鹿群夫妇的孩子还小所以不出去，主要是丽丽受不了开长途。不拖家带小的年轻华人们也大都出去不管远近地旅游一下。

小穆带着太太小李每天都出去走走，据说这对分娩有好处。今天他们又去超市看婴幼儿用的东西了，因为预产期就是下星期一。

老张一家和另外三家教会的朋友要去坐游轮（cruise），前后一共要去五天。放假前的几天，他们全家就开始跑进跑出地买这买那，紧锣密鼓地准备旅程中需要的东西了。他们每次一进门就大声地告诉大家又需要买什么了，或者是又忘了买什么了。老张还向大家展示了他们的游轮票，就象当年在老家西安到处展示他的第一本中国护照一样。

大家都很羡慕，因为他们是这里头一家去坐游轮的，也听说这种旅游很有意思，并且跟游轮去旅游相当于出国，所以需要回美国的签证。身份还没有办妥当的华人一般是不会去惹那个麻烦的。

放假第一天的一大早，大家还在贪睡或者补觉。穿戴一新，象要去海滩的老张一家把三个大箱子轰隆隆拖出去装车。老张站在大门口、敞着门大声让全家："再 double check（再检查）一下我们的绿卡是否已经拿好了？"接着他们全家就大踏步地走到车子边，一起回头、挥手向房子告别。

刚刚起来、身着睡衣、迷迷糊糊地过来关门的鹿群看到老张家在挥手，然后进车和等着的另外三辆车浩浩荡荡地一同开车去机场了。

这天，老丁不巧病了，好象是感冒。他平时很少生病，所以这个感恩节他也是难得不出去忙碌着挣钱。留守的几个人轮流去看望他，告诉他不要客气、如果需要什么就说话。大家开玩笑说："老丁，你这病得也这么合算啊，都不需要请假了。我们大家正好都放假在家可以照顾你。"

老丁急忙说："你们忙你们的啊。我没什么事儿的，可能就是个感冒。"他最怕欠别人的人情了。

房客小沙问他："你打 flu shot（感冒疫苗）了吗？"

"那是什么？"老丁问。

小沙说："就是感冒预防针呀。你来美国这么多年了，不知道？"

"那当然啦，"鹿太太笑道："那是花钱的事儿我们老丁哪能知道呢？"

"不需要花钱，"小沙认真地告诉老丁："有免费的地方。你看如果你打了，现在不就能在外面忙活、挣钱了吗？"

老丁认真地看着小沙，说："谢谢啊，言之有理。等我好了去找找看。"

"可能已经不需要了，"小沙说："你等明年吧，反正你已经感冒了。"

"哦？"老丁半信半疑地答应着。

虽然没几个人在家，鹿太太还是去超市搬回来两只各重达二十多磅、冻的硬帮帮的火鸡。因为实在是太便宜了。只要在那店里花够五十块钱，那火鸡就是一毛钱一磅，简直跟白给的似的。再说啦，人要是吃不了，那小狗还可以帮忙嘛。

她在厨房忙活着。其他人在客厅看电视、聊天儿。这时，小穆两口子回来了。他们先进厨房去喝水，看到了那两只火鸡。小穆问道："这么大！两个太多了吧？"

鹿太太说："还有一个是给你们庆祝小宝宝诞生用的。"

"啊呀，"小李过来搂着鹿太太，说："太谢谢了。真不好意思。"

鹿太太也搂着小李："看你这嘴甜的，"又摸摸她的肚子，问道："感觉怎么样？"

小李说："不停得踢人，都没法子睡个安稳觉。"

进来倒水的大实话接喳儿说："好啊！这下咱男足有希望了。"

小穆开玩笑地踢了大实话一脚，说："你小子，大过节的，别恶心人啊。我们这小子将来要像 Tiger Woods（美国的一个高尔夫球手）一样去打 golf（高尔夫）。"

"还是足球吧，"大实话说："你看你刚才那一脚踢得多像样儿？"

在场的几个人都笑了。

客厅里的电视上正实况报道着市中心的那个感恩节游行。里面有举着牌子抗议的几个印第安人装束的人。鹿群喝着茶说："美国还是自由啊，这庆祝的和抗议的就这么同台上演。"

大实话评价道："你不得不佩服白人那个狠劲儿。你看把这印第安人整治的，连 protest（抗议）都找不出几个像样的印第安人来。"

鹿群应道："这狠劲儿咱国人可是学不来的。当年我们对美国、日本、越南、还有印度的战俘多好，相反他们倒是惨无人道的。"

刚走进客厅的小穆插话说："哈，这几个印第安人又出来啦。上次他们是 Columbus Day（哥伦布日）出来的，一年就出来这两次。"他看了一下又说："怎么这次还有个黑人？"

"不错了，"大实话笑着说："比那些民运人士强多了，他们一年只能出来一次。"

鹿群说："人家那生计好呀。一年出来干一次就行了。不像我们，成天起早贪黑的。"

大实话说："和闹传销的一样，也就是那几个有头有脸的能靠闹事过日子，大多数的都得像我们老张一样靠 full time（全职）打工挣工资、养家。"

"是不 fair（公平），"小穆说："不过呢，也应该让海内外的反对势力闹，否则国人们就要开始饱食思淫欲了。"

鹿群转头问小穆："你太太怎么样啦？"

"走累了，"小穆说："在房间里歇着呢。"

鹿群接着问："应该就是这几天了吧？"

小穆说："next Monday（下周一）。"

"都准备好了？"鹿群问。

"好了，"小穆说："都买好了，就是还没有拆开、装好，明天再搞吧。"

鹿群说："需要帮什么忙就吱声啊。"

"好，谢谢啊，"小穆说。

这时，大实话看着电视接着小穆的那个话岔儿说："我看那黑哥们儿不是给雇来的，就是没事儿干，来凑热闹。"

"不一定的啊，"鹿群说："好象美国规定，任何人只要能证明自己有八分之一的印第安人血统，就可以 claim（声称）是美洲印第安人和享受相关的优惠。"

新来的房客孔历代说："还是国内对少数民族好。美国有什么少数民族的优惠呀？"

"有很多的啊，"鹿群："比如这儿的 affirmative actions（对少数民族的优惠政策），上学、找工作的时候都有优势呀。印第安人还可以开赌场、分红。"

大实话说："但那些好处和我们华人没关系呀。在这儿我们当不上少数民族，和白人一起被叫做 White and Asian（白人和亚洲人）。还是国内公平，你人少就是少数民族。"

来自于兰州的小穆磕着瓜子插话道："其实汉人应该和少数民族通婚。这样即可多生孩子，那些孩子又可以 claim（声称）是少数民族、享受优惠。"

鹿群说："倒是个办法。不过现在很多人都不想要孩子。如果那样，那些海外反华人士就又要闹事了，会抗议我们同化人家和破坏人家的文化了。"

小穆说："那都是给政府惯坏了，找岔儿捞好处。人家美国这儿随便你怎么通婚，也没见谁出来抗议呀？要是谁抗议这个，一准儿给戴个种族隔离、种族歧视的帽子，给告上法庭去了。"

大实话说："所以呀，小穆你那说法不靠谱儿，里外不是人。"

"怎么讲？"小穆问。

"你看啊，"大实话说："一来国家不乐意。这通婚增加了少数民族人口，给同化了还行，否则以后有什么事儿还不闹得更大、更难 handle（处理）呀？二来呢，这海内外少数民族闹事的还要骂你想同化他们、破坏人家的文化，对吧？你帮人家出主意还落不下个好。"

"也是，"小穆笑着说："以后是得想周全，要不出个主意，还不知道最后帮了谁呢？"

鹿群说："我看呀，其实应该号召汉人用少数民族的风俗习惯。这样不仅可以分化少数民族的群体，还能让他们的群体大得不能再说自己是少数民族了。实在不行还可以到时候说，大家都一样不吃猪肉、喝奶茶，凭什么你们要特殊？结果是大伙儿都一样算了。"

"您这一招儿挺毒的啊，"大实话说。

"别这么说啊，只是忧国忧民，"鹿群接着说："唉，维族和回族为什么不合并呀？都是穆斯林，穆斯林是个宗教不是民族，对吧？"

"也是啊，"大实话盯着电视，转了个话题说："你说这些抗议的，这放假的时候还行，平时去那儿都是请假去的？"

"不知道，"小穆说："好象听说有以抗议为职业的。没想到这抗议也能帮助解决就业问题吧？"

"我们没空儿，"大实话说："都是 live by check（靠工资过活）的。"

老张说："这肯定是个阴谋，让人没空儿闹事儿。"

"可不，"鹿群说："国内有些人的确闲得慌。要是都像我们和老丁一样天天起早贪黑地忙活，这世道就太平喽。"

"对呀，"大实话说："其实大家都要是像我们在美国一样，一天到晚地忙生活不就没工夫抗议了吗？"

小穆说："那，那些搞政治、新闻和法律的人不就没饭吃了？把这帮人给搞急了，他们敢给你制造出些事端出来。"

鹿太太在厨房忙碌着烤火鸡。往年的火鸡都烤得不太尽如人意，她把火鸡不好吃归结于自己手艺不到火候。渐渐地，这每年一度的烤火鸡几乎变成了一个挑战了。

其实，火鸡本来就不怎么好吃而且容易吃伤，平时大家也很少问津。去年是配以湖南、四川的辣酱才觉得好吃一些。但大家还是想方设法去躲避感恩节后的火鸡残余（leftover）。拒绝吃那火鸡残余的理由很多，还包括吃了容易犯困，这可是有科学依据的。幸亏那只狗和门前的鸭子们从不挑剔。

今年，鹿太太提前查了一些菜谱，正在循规蹈矩地认真烹制今年的这只火鸡。同时，她还号召大家把家乡的酱呀、汁儿什么的都做一点儿出来，到时候都试一下。她自信满满地鼓励自己："就不信还找不到一个好吃的办法！"

感恩节的晚饭有点儿象庆祝秋收。晚饭主要有：烤玉米、烤红薯、饼（pie）、酱汁（gravy）、小红莓酱（cranberry sauce）和火鸡。今年，鹿太太又加上了米饭、凉拌麻辣粉条芹菜、韩国泡菜和红烧肉。

大家就座，准备开饭。有人问这是应该感谢上帝还是印第安人。大实话说："这你得你去问印第安人同意不同意啦。"

"开什么玩笑？"鹿群说："要想问也不容易找到。来美国这么多年还没碰到 single（一个）地道的印第安人呢。"

"你们两个别没正经啊，"鹿太太说。

大实话赶紧说："最终都得感谢上帝的嘛，大家感谢上帝吧。"

"那好！"鹿太太命令道："老张不在小穆代劳，带大家祷告一下。"鹿太太虽然不太信但也不敢得罪任何神灵。

小穆说："好好。"然后大家跟着双手合十、闭上双眼，听着小穆的祷告。他说："感谢 Lord（主）的保佑：我们大家能在一起享受这个美好的夜晚和丰盛的晚餐。请保佑大家太平幸福，和我们的 baby（婴儿）的顺利诞生。。。"

他最后代表大家说："我们也衷心感谢鹿群夫妇。是他们在这异国他乡给了我们这样一个温暖的家，逢年过节我们也不太想家了。阿门。"

大家应声阿门后，举杯齐声感谢鹿群夫妇、夸赞小穆说得好，热热闹闹开始了吃喝。

席间，新来的房客赵学项问："明天是 black Friday（黑色星期五），东西都大减价，你们谁要去？"

鹿群纠正他说："不是所有的东西、只是有那么几样儿大减价。"

"太早了，起不来，"小易说："其实也没什么意思。排队的时候吵架、打架。清晨挤着买、中午回来打个盹儿好傍晚去挤着退，也省不了几个钱。我那儿的美国佬说，穷人和喜欢热闹的才去呢。"

小赵说还是想去看看。大家说这次不巧老丁病了，他倒是每年都去。鹿群安慰他说圣诞节后的那天也有大减价，到时候他可以和老丁一起去。还说这减价一年四季都有，没必要去凑那个热闹。小赵只好说要和其他人联系一下、一起去。

尽管有五种不同的酱汁和韩国泡菜的帮忙，今天的火鸡还是没被消灭多少。鹿群怀疑是妻子不服老、拒绝戴老花镜的结果，可能是又没看清楚食品上的标签，所以出了问题，把火鸡给烤过头了。鹿群悄悄问妻子应该烤多长时间，妻子说："五个小时呀。"

鹿群悄悄说："上面写的是三个小时。你看错了吧？"

"啊哟，"妻子赶紧翻出那个塑料袋看，发现的确是看错了。鹿群又劝她买一副老花镜。妻子断然拒绝，说以后看不清楚的让丽丽帮忙不就行了，她还能多认些字呢。她还抱怨那商家也太抠了。为了省钱那个标签上是用阿拉伯数字，要是用英文拼写出来不就不会错了吗？

吃完晚饭，小穆扶小李上楼休息。鹿群他们几个回客厅继续看电视、聊天儿。大家看到电视新闻里说一个游轮（Cruise ship）上的食物出问题了，好多人在拉肚子。他们几个都喊了起来："啊哟，一定是老张他们那个 cruise！"

"好象每年都会有这事儿。今年让我们老张赶上了。"

"但愿他们没什么事儿。"

次日临晨，小李临产。鹿群开车把小李和小穆送到医院。把他们安顿好后，自己开车回来，赶紧补个觉，因为白天还要去实验室值班。

早晨起来后，大家帮着小穆、小李把孩子的婴儿床搞好，把他们的房间打扫干净。鹿太太做好鸡汤后，开车给在医院里的小李送去。小穆打电话和老板请假两周在家照看母子。大家陆续买了些小礼物去医院看望小李和孩子。

第二天，老丁痊愈了。他突然提出要请大家去竹园吃饭来感谢大家对他的爱护。从他内心里讲还没有谁对他这么好过，甚至和他的老婆都是客客气气的利益关系。大家坚辞说："大家都像是一家人了，不需要这么客气嘛。"

老丁心里说："就是因为这个，我要是欠你们的，以后还怎么和你们讲价钱呀？还不得对你们有求必应啊？"他最怕房客们免费用他的卡车了。

大家接着说："再说都是应该的嘛，你的家人又不在身边。唉，你也该把老婆、孩子接过来了呀？"

老丁打马虎眼说："快了，快了。"

小易悄悄和鹿群说："老丁也真行啊，这么多年就这么一个人过着，也不难受。"

鹿群说："他那么忙估计也没时间难受。我们老丁有句名言：没关系，满溢了就满意了。"

"什么满意？"小易问。

"哦，"鹿群说："他是说溢出来的溢。"

次日傍晚。让那几个留守人员略微有些失落的是，老张全家从游轮安全返回、兴高采烈地进门来了，他们好象只是略显疲惫而已。

大家连忙围上前去问他们拉肚子没有？老张太太说："我们吃了，好象没什么事儿。咱国人可能已经是百毒不侵了。那cruise（游轮）上的华人都没事儿。咱不像老外那么娇气。"

老张说："我们在 cruise（游轮）上都没感觉到出事了。后来看 news（新闻），还以为是别的 cruise 上的事儿呢。"

接着，他们全家就坐在客厅的沙发上开始给大家畅谈这个 cruise 是多么地好。天天顿顿都是联合国级的自助餐因为好象全世界的美食都在那儿了。每天都有安排的娱乐活动；每天都停靠不同的国家。当地人民都是载歌载舞地夹道迎送。一句话，人家那才是千方百计地为顾客着想呢。大家羡慕不已。

第二天临晨三点左右。老张全家开始在楼上抢厕所、拉肚子，闹得沸沸扬扬的。

鹿群夫妇被那阵阵的呼喊、哭喊声惊醒了。他快步上楼去看怎么了。脸色苍白的老张有气无力地冲着他喊："不行了、不行了，快，快送我们去医院！"

鹿群愣了一下，说："好好，那你们得先拉好呀，把车弄。。。"

老张打断他，："来不及了，不行了，行行好，救命啊。开我的车，开我的车！"

鹿群和大实话赶快开着老张的车把他们全家送进了医院。他们的女儿一路上不停地大哭大喊着："Oh，God，I do not want to die（噢，上帝呀，我不想死呀）。"

　　到了医院，他们全家立刻被送进了急诊室。医生、护士们忙进忙出得给他们全家输液、抽血。

　　鹿群和大实话看他们情况稳定了，就顺路去二楼看望小李、小穆和他们的婴儿。他们欣赏着美国医院的产房、和他们母子俩拍照留念。

　　中午，鹿群夫妇去接老张他们全家出院，却看到躺坐在病床上的老张全家更加兴高彩烈了。他们正和前来探望的另外两家一起去游轮的教会朋友们谈笑风声着。他们的女儿在旁边的病床上一边看电视、一边大口大口地吞咽着冰激凌。

　　听着那两家人说老张他们真是好运气，鹿群纳闷地问他们："拉这么厉害不难受啊？怎么还运气好？"

　　"你是不知道呀，"老张太太高兴地说："这么一闹不就不用减肥了？在 cruise（游轮）上吃得太好了。"

　　鹿太太惊讶地说："有你这么减肥的吗？都这把年纪了，这么拉肚子多伤身体呀？"

　　"大妹子，"老张太太兴奋地拉着鹿太太的手，说："不全是。我跟你说啊，就是因为我们这么一拉，我们全家就可以 qualify（够格）一次免费的 cruise 了，而且路线自己选。你说好不好？"

　　鹿太太嫉妒而同情地顺着说："是运气好。还好没有错过，哈，哈。"同时她心想："都拉成这样了，还敢再去？"

　　在旁边病床上侧卧着的老张认真地感慨道："是挺悬的。差一点儿就给错过了。"

　　老丁病一好就去帮人搬东西了，忙得当天晚上都没回来。次日傍晚，鹿太太在厨房里准备晚饭。老丁悄悄过来试探着问鹿太太："听说。。。"

　　鹿太太被吓了一跳，她看是老丁，就喊道："我说老丁呀，你走路有点儿声音好不好呀？吓人一跳。都得给你挂个 bell（铃铛）了。"

"对不起，对不起，不是故意的啊，"老丁接着说："我听说，老张搞到一次免费的 cruise（游轮）。也不知道他们怎么弄的。你们不去试试？"

鹿太太看着老丁这神秘兮兮的样子，马上计上心头。她低着头把脸转过去、硬憋着笑，说："其实也不是 free（免费）的啦。人家可是付出了、是出了大力气的啦。"

老丁更好奇地问："他们干什么去啦？"

鹿太太低着头强忍着笑、用手比划着说："人家那可是全家齐心合力，一趟接一趟地硬给人家使劲拉、硬拉出来的呀。最后累得全家都虚脱了、给送医院了。"

老丁开始高声问道："他们怎么不叫着你们呀，找个帮手不就分点儿钱吗？也不至于把自己累成那样呀。"

鹿太太赶紧憋着笑、低头把脸转了个方向，好不让老丁看见，说："我们不行，也不敢。"

老丁赶紧问："他们在什么地方、给谁拉的？"

鹿太太使劲咬了咬嘴唇忍着笑，说："这个我也不太清楚，你自己去问他们吧。好好学一学啊，我看你行。"

"哦，"老丁煞有介事地应着："I see（我明白了）。谢谢啊，"然后就转头出去、上楼找老张去了。

鹿太太赶紧跑进卧室关上门，开始在里头开怀大笑了起来。鹿群开门进来，看见妻子的样子就问："你这是干什么呢？出什么事儿啦？"鹿太太还是大笑不语，其实她是一时笑得无法说话。

这时，从楼上传来了老丁和老张的激烈争吵声，紧接着就是老丁的一声嚎叫："秦舒花！！！"和咚咚咚、急促的，下楼的脚步声。

鹿群赶紧出去、拦住已经气得浑身发抖、嘴唇泛白的老丁，拉着他一起到客厅问到底是怎么回事。

过了十几分钟，鹿群回来了。他先是想强忍着笑，但还是忍不住，只好大笑了起来。他笑好后，严肃地和妻子说："你挺大的人，怎么总是捉弄人家呢？这样不好吧？"

妻子反驳道："谁让他总是悄没声儿的吓唬人的？"

"行，"鹿群说："你倒是痛快了，我们又得管人家一星期的饭啊。"

317

"什么？"妻子面露难色，说："他这也太会讹人了吧。是他听歪了还要赖我？我去跟他讲清楚，"说着就要出去。

　　鹿群赶紧抱住妻子说："别别，已经过去了。你别说，今天我才发现你还有这个歪才呀。我看你都可以去给赵本山写小品了。"

　　"写就写，"妻子说："肯定比他去年的那个好。不过这万一要是给赵本山用了，老丁还不赖咱一年的饭呀？"

　　鹿群哈哈大笑道："那让他去找赵本山要去。"

　　"那可不行，"妻子也笑道："他要是和赵本山凑一块儿了，非把那老赵给折腾出个什么好歹来不可。那咱可就成春晚的罪人了。"

　　没想到，老丁这一吃还上瘾了，坚决要求入伙，但不交饭钱。他要求以工换饭（Work for food），前后院的草坪就都交给他了。一周的饭钱也就是三十多块钱，正好顶雇人锄草的钱。鹿群最近练高尔夫球闪了腰，所以房东两口子就同意了。

　　就这样，鹿群和老丁每顿都有啤酒、小菜。鹿群这才发现老丁一喝多点儿就跑嘴。因此，鹿群跟他学了很多日常生活的优选法。但是老丁嫌鹿群的啤酒的牌子不好，要求换好牌子的，指名要 Samuel Adams（一种波士顿啤酒）的。

　　多数人可能猜想老丁在这座小城的几家饭店打过工，所以知道什么酒好。其实他没喝过这种啤酒，只是因为那个饭店的老板点名要求把给客人上错的这个牌子的啤酒给自己留着。老丁很机敏，猜这一定是好酒，但又舍不得自己花钱去品尝。

　　鹿太太不耐烦地说："你有完没完呀？"

　　老丁随即败阵，说："好，好，这个就行。"

　　鹿群晚上和妻子在卧室说："别心疼那点儿酒钱。我这几顿下来跟老丁学了很多东西，让他白吃都行，都该叫他老师了。但必须是他喝好 beer（啤酒）以后，否则没一句有用、靠谱儿的。"

　　"行。你喝还差不多，"妻子同意了。

26，春节

这天，小武子看到樱桃在厨房，就用口哨吹着麦当娜（Madonna）的那首'那女孩儿是谁（Who's That Girl）'的第一句，过来和樱桃开玩笑说："告诉你个 good news（好消息），对你的审察已经进入最后一步了。你爸是县团级以上的吗？"

樱桃说："谁在审察我？"

"我呀，"小武子说。

"怎么这么无聊呢？"樱桃说："我爸什么级别碍你什么事儿呀？我还从来没想过要审察你呢。"

"太好了！"小武子说："那看来我是没问题了？"

"请您往另外一个极端想想啊，"樱桃说完就哈哈笑着走开了。碰到鹿太太，问她有什么好事这么高兴，樱桃说："有人又在 daydreaming（白日做梦）啦。"

鹿太太进厨房看到小武子马上就明白是怎么回事了。她赶紧准备晚饭，因为晚上有个演出，全家都要去看。

年前的这个歌舞晚会的主唱是位国内来的男高音。好像就是那个唱"前面有山后面有河"的那位。他在春节前后在休斯顿中国城的一个晚会里有两个节目。他灵机一动就决定提前半个月出发，一个人开车去沿途华人聚集的地方演出一下，从北方的爱荷华州一路走穴到南方的休斯敦中国城。他觉得与其直接开过去或者飞过去，还不如一路唱过去，即可以赚些钱，又可以欣赏一下沿途的异国风情。

因为很少有华人的演出能看中类似静水城这样的小地方，所以鹿家的房东、房客们似乎除了老丁和老张，都买了票，伙同静水城其他的大陆人，倾巢而出，去观看那天晚上的演出。老丁的逻辑是鹿家已经有磁带和录音机了，何必再花钱去听呢？老张对政治更感兴趣，他对男的唱唱跳跳的从来就不感冒、甚至可能还有一定程度的反感。

在当晚那长达一个半小时的演出里，那位男高音每个节目都有份儿。唯一能休息一下的是那个中文学校学生们的才艺表演，他还得给孩子们钢琴伴奏。不过这次还好，在那个节目里他可以坐着演。

319

观众们看到后来一定也觉得他太累了，因此鼓掌的热烈程度越来越高、不停地给他鼓气、加油。他可能也被这久违了的雷动般的掌声搞了个水涨船高，演出的力道也越来越大、越来越投入、越认真了，以至于他到后台喝水都很仓促，可能没注意把演出服都弄湿了。

在紧接着的那个节目里，他是夏天的短小打扮，正当他载歌载舞之际，他突然大叫一声，两只手捂着小腹，小心翼翼地弓着腰慢慢地走到后台去了。观众们没醒过神儿来，只是悄声嘀咕，觉得这个节目有点儿怪，怎么刚开始就结束了？

可能由于事发突然，搞这场晚会的人们也没有这方面的经验，所以他身上的那个麦克风一直没关。观众席里那些热情洋溢的观众一下子都成了聚精会神的听众了。

后台里吵杂的声音在反复地问怎么了。那个演员痛苦地答道："别动！夹住了，啊。。。"

几个声音又喊着问："什么夹住了？"

一个声音喊道："好象裤子上的拉链把这儿连毛带皮地给夹住了。"

原来，由于换装时间太短，他上台后才发现自己裤子上的拉链没拉好。他就趁着背对观众的一刹那，一下子给拉上了。他的动作过于急促就酿成了这个事故。

接着的声音似乎是有几个人在帮忙试图把那拉链拉开。那个演员啊哟、啊哟地叫着。旁边的那几个声音喊着说不行，有人喊道："已经 stuck（卡）在那儿了。"

"快打 911！"

"不许打！太丢人了！"

接着就听到有个人高喊："谁有 knife（刀）？"

"不行！"那个演员的声音："不行！赶快找把剪刀。"

又是一阵子的嘈杂和忙乱。几个声音说找不到。

这时，听到主持节目的小赛急中生智地喊了一声："我去问观众。"随后，他就跑到台上、轻轻咳了一下清清嗓子，清亮而沉稳地说："Ladies and gentlemen（女士们先生们），sorry，对不起，演出有一个小小的故障，需要。。。"他看见演出台前已经有两位女士站那儿，高举着、挥动着她们手里的女士化妆盒里的小剪刀。小赛不自觉地自言自语道："哦，你们怎么知道的？"听众们哄堂大笑了起来。

这时，后台扬声器里传来一个声音问："还能上吗？"

那个演员说："我得把这个整好呀。"

接着是小赛的声音："来了，来了，剪刀来了。啊呀，快把麦 close（关掉）了呀。"

一个声音问道："你说什么呢，什么麦？"

小赛急得喊："麦！麦呀！这个呀！"

那个声音说："这是 mike（麦克），microphone（麦克风），你怎么和越南人似的，只说每个单词的前半部分？再说啦，关这个得说 turn off（关），不是 close（关掉）。"

小赛叫道："都什么时候了，还矫情这。。。"

紧接着是扬声器里传来啊唔的一声，就此停止了来自后台的直播。外面的听众席里又传来了轰隆隆的欢笑声。

这次，又是孩子们的义务才艺表演救的场。鹿群和妻子说，蛮好继续直播后台呢。妻子说，那个中文学校的校长和孩子们的家长今天要高兴了。

孩子们的表演结束后，那个演员笑眯眯地重新上台要演完先前的那个节目。观众们持久的起立和雷动的掌声搞得他不得不不停地鞠躬致谢。最后他喊道："你们这是让我谢幕呀！？"他这才得以继续演出、完成这场晚会。

演出结束后，这位男高音又赶到这个演出大厅的大门口和观众们握手告别、合影留念。折腾到了晚上十一点多，鹿群他们才上车回家。几个人在车里笑谈着今晚的演唱会。

"你们察觉到没有？"小李说："可能只是我自己，他搞得我都有点儿恍惚了。到底是应该我们兴奋呢还是他应该兴奋呀？"

鹿太太说："当然是我们兴奋了，见到 in person（真人）的 star（明星）了。"

小李依旧恍惚地说："可我怎么觉得他比我都兴奋呢？"

"演出成功，高兴吧？"鹿太太说："或者是因为他看到你这个美人儿了。"

"别拿我开玩笑啊！"小李说："人家演艺界的怎么会稀罕我们普通人呀。"

正在开车的鹿群插了一句："饥不择食。"

众人笑了。

谢丽儿笑着说："他可能要有 trouble（麻烦）了，在他老婆那儿可能是跳进黄河都洗不清了。"

"怎么了？"小武子问。

"明摆着的嘛，"谢丽儿笑着说："他怎么解释他那受伤的地方呀？"

"不就是个演出事故吗？"鹿太太不以为然地说。

谢丽儿说："哪个老婆那么容易骗呀？"

"瞎操心，"鹿太太说："别说没什么事儿，即使有，人家演艺界的也不可能在乎的。况且还有上百的 witness（目击者）和录像作证呢。"

小武子说："可惜了了。他要是在国内走穴怎么也比这强啊。"

"对，"鹿群开着车说："是不如在国内风光。"

"谁让他出国呢？"谢丽儿说："他们这些演员的市场当然是在国内呀。搞不清楚为什么跟着我们这帮穷学生起哄出国。我们是来学人家美国的科学技术的，他来这儿干什么？自己找罪受嘛。"

"人家也有可能是来陪读的，"鹿太太说："话又说回来了，要是在国内你们怎么会有机会跟人家合影留念呢？"

"瞧您这说的，"谢丽儿说："好像我们是趁人家之危似的。"

小武子说："我们是给他雪中送炭。"

车里的几个人都笑了。

晚上打牌，房客文日方上班的地方也在谈论中国的春节。他回来和大家说，这来自不同省市自治区的国人们可算是当上主角了。只要机会合适、或者是没有机会创造机会，就给人家老美们灌输中国的春节习俗。虽然讲的大同小异但不一样的地方也太多了。他说："我相信老美们肯定给搞糊涂了。咱中国太大了、人太多、也太杂了。但愿人家别烦，好在一年就这么一次。"

房客老崔听完，说："幸亏鬼子们一百多年前就脱亚入欧了，否则还不来个日式中国春节？"

小李全家节前的那个周末去中国城买国货和吃地道的中餐。中国城的商场里都是香港、台湾过年用的东西，他们能买的也不多。好在大陆人过春节的讲究也少，好对付。

他们在超市里碰到小穆的那个越南华人同事陈捷克（Jack Tran）。结果被这位捷克说服，给带到越南人在旁边的一个体育场里举办的春节晚会了。

整个晚会从头到尾一直是载歌载舞的。小李夫妇是越南式的美国英语听了个半懂不懂，其它的一概没听懂。但那个热闹劲儿还是很熟悉和有亲近感的，以至于小李回来打电话给国内亲友拜年的时候都说："我们这儿没那气氛。可人家越南人那气派，把整个体育场都租下来了。。。"

不过，在这小城市里，鹿家的春节气氛算是最浓郁的了，尤其是今年。鹿家比往年更繁忙了一些，因为前两天当地的那个电视台来了个人，和他们联系，看能不能来他们家录制一个有关中国春节的节目。鹿群夫妇感到无比兴奋和荣耀，因为以前的一次是在竹园做的。今年不知道什么人提议他们来鹿家录制这个节目，可能是因为这儿也算是个中国人聚居的地方吧。

那人问中国人怎么庆祝春节。鹿太太想了想说，也就是吃饺子、看春晚。这人问能不能看一下那个春晚。鹿太太说，现在看不到，得等至少一周以后才能搞到今年的录像带。

鹿群知道后说："把去年的拿出来放一下就行了，不就是弄个气氛吗？"他去翻放录像带的盒子，找出那盘带子放了起来。不一会儿，几个房客开始看和评论了起来。

"这跳舞的腿也太短了。"

"我们东亚人都这样。"

"大裆裤和牛仔靴倒是可以遮挡一下。"

"牛仔靴还可以考虑，大裆裤就免了吧。"

"怎么了？"

"可能会被当成美国的黑帮了。"

"怎么蔡国庆已经算是老一辈歌星了？"

"Wow（哇），我们已经老了？"

"一定的，天天都在变老嘛。小蔡应该是资历老吧。"

小易想集中精力看，可给吵得没法子看，就说："你们有完没完、还看不看啦？一看春晚就骂，这又不是看男足！"

323

小武子说："关键是我们太关注了、太认真了。为什么不能和年夜饭一样，好吃就多吃点儿、不好吃就少吃点儿呢。"

"就是嘛，"小李说："美貌还有疲劳的时候呢、何况春晚？"

大实话说："其实是那些主办单位最在乎，因为节目的好坏和广告费直接相关。"

老张说："骂人最容易。你看男足，已经是全中国最好的了，一比赛就给骂得狗血喷头的。"

"各位，"鹿群过来说："待会儿人家来了可不要胡说八道啊，搞不好会丢我们华人的脸的。"

"多虑了吧？"小武子笑着说："他们听不懂。"

"可别大意啊，"鹿群说："要是被人家录下来可就麻烦了？"

和往年一样，今年的春节是个工作日，鹿群和老板请假在家过春节以便那天能在家协助录制那个节目。鹿群又赶紧去图书馆找资料研究、准备和春节有关话题的英文说法。鹿太太和小李她们开始翻箱倒柜地找合适的衣服。大家格外认真地准备着，好象都明白，这外交无小事呀。

鹿太太想让大家给孩子们发红包，增添点儿喜庆，因为他们对吃、穿已经没什么兴趣了，只有这个还比较稀罕。可这又不能让大家吃亏，但也不能把红包还回去吧？她一时不知道该怎么办。

有一年，他们去加州的一个鹿群的同学家过年。鹿太太给了那家孩子个红包。结果，把那家的太太给吓坏了，给退了回来。鹿群夫妇后来想可能是因为那同学家只有一个孩子而自己家有两个，要是把这习俗给建立好了，人家不每年都吃亏了？所以，在以后很长的一段时间里，她都不敢和国人提这红包的岔儿了。

还是小李脑子快。她想出的办法是有孩子的操办年夜饭，没孩子的给发红包。钱多钱少无所谓，只是图个热闹和吉利。

小武子看今年的春节真够意思，觉得可以给现任女友阿丽雅娜（Aliana）显摆一下了，就把她带回来参观春节的筹备工作。女房客们非常热心，把阿丽雅娜也拉进了这个筹办活动。

她们还把一件最大的、粉红色的旗袍，裁剪、放宽了一下，把这个胖妞打扮成了个虎妞。

她们几个躲到外面假装去散步，开怀大笑了起来。虽然这搞得小武子心里有点儿不是滋味，但阿丽雅娜这么一打扮还挺上镜的，因为拍出的照片比她本人漂亮。

录制节目的那天。三个摄制组的人中午就来到鹿家，在厨房把摄像机和照明搞好。他们说得等那个记者，因为她现在正在另外一个现场录别的节目呢。他们请大家把该准备的都准备好，等那位记者一来就开始录。

阿丽雅娜出去了一下又回来了，她带来一大瓶泡着几个虫子的龙舌兰酒（tequila），算是凑的份子。男士们都说是大补，纷纷去找杯子品尝。鹿群感叹，是应该置办一套像样的酒具了，现在这杂七杂八的万国造杯子也不太配这好酒和今天的场合呀。

老丁今天也尽早回来和大家聚会，可能是想图个吉利和想儿子了。

鹿太太看着这闹烘烘的劲儿高兴地想："真不容易，今年的春节不会象往年一样冷清了。"

厨房里熙熙攘攘的，大家一起动手准备饺子馅儿。几乎每个人都过来调一调、闻一闻。

阿丽雅娜跟女士们学着包饺子。她饶有兴趣地看了以后，说："Oh，this is ravioli（是意大利混沌），easy（简单）。"她就开始教女士们怎么做意大利混沌。她把六张饺子皮在砧板上一字排开，给每个上面放一陀馅儿，又给每陀馅儿上盖上一片饺子皮，然后把边儿压紧就好了。女士们都看呆了。小李笑着说："这也太费皮子了吧？"随后，女士们手把手地教她包中式饺子。

站在旁边的鹿群看完后，想了想说："这 ravioli 园园的，倒是挺喜庆、挺吉利的，还特别适合机械化操作。"

大家笑话他，说："连国内都不提了，你怎么还没忘记四化那事儿呢？"

"没办法，"鹿群笑着说："当年可是发过誓的，要为实现四化奋斗终身的呀。"

"没必要终身吧？"小李喊道："好象我们实现不了似的。您怎么不说为共产主义奋斗终身呢？"。

"没忘呀，也发过誓的，还在奋斗着呢，"鹿群认真地回答。

旁边的人哈哈大笑了起来，阿丽雅娜笑眯眯地看着大家，不明白他们在笑什么。

大家刚做好饭菜，那位中老年女记者苏三（Susan）就来了。鹿家的人们才发现平时在电视上看着挺丰满、高大的一位妇女，现在看着却是这么娇小、苗条和健美。

大家都直着眼看着她的一举一动。她和大家礼貌地点点头后就开始和那几个摄制人员谈了起来。其余人等都远远地、怯生生地看着、听着。

苏三问："Whatelse do they do for the holiday（过这节他们还干什么）？"

那位来联系的答道："It seems like just watch TV and have a feast（好象就是看电视和大吃一顿）。"

"Oh（哦），"苏三有点儿不解地问："Any healthy ways to celebrate（有什么健康的方式庆祝吗）？"

那位回答："We don't know（不知道）."

苏三问："Do they still say Gong-xi-fa-cai（他们还说恭喜发财吗）？"

"That is Taiwanese（那是台湾人），"那位回答。

鹿太太她们明显地、紧张而拘束地，按照这位苏三的要求把那些饭菜在桌子上摆好。苏三看着她们那样子就问那三个摄制组的人，这些人懂不懂英文。其中一个回答说她们好象懂英文。随后，苏三的语速慢了下来，语调也开始象是和外国人说话时的样子，开始尽量用手势指挥着众人了。

大家听从她的指挥去不同的位置站着或者坐着，然后对着那镜头笑，不一会儿就结束了。苏三和众人握手告别了。

等苏三和摄制组离开后，鹿群才发觉自己准备的那些和春节有关的英文根本没机会用，他就给阿丽雅娜介绍了起来。阿丽雅娜只是满脸堆笑地看着他、不时地点点头。鹿群看得出，这是礼貌其实有可能她什么都没听懂。他只好无奈地说："饶了你了。Go help the ladies（去帮女士们去吧）。"如释重负的阿丽雅娜高高兴兴地去找那些女士们去了。

大家准备一起吃饺子。大实话可能还在记恨着老丁，就斜视了老丁一眼，有点儿阴阳怪气地说："这饺子虽然好吃，可也把国人搞得阴险，深不可测呀。"

"什么意思？"小武子问道。

大实话说："只能看见外面，不知道里面是什么东西？"

"切开看一下不就行了？"小武子还不明白。

"那不成鬼子了？"大实话说："总不能把别人的肚子切开吧？"

小易不知道大实话和老丁的别扭，就接着话题说："那意大利还有 ravioli（意大利混沌）呢，你怎么说呀？"

"所以呀，"大实话说："他们的黑帮全球闻名，还比我们的多了歹毒二字。我看某个人也差不多可以说是歹毒了。"

老丁低头听着、不说话。

原来，上个周末，老丁开车送大实话和他的现任女友去那个郊外的旧车场买辆旧车。到了那个旧车场，他们看中一辆三年老的日本车。这辆车在个车祸后被修缮一新。老丁帮着检查完后，发觉那车太合算了，合算得都让他心酸了，三年老的丰田轿车只要五千块。实在管不住自己，他就和那位旧车场老板说自己一定要买那辆车。

过了一会儿，大实话他们试车回来说想买。老丁说，没问题，可以转卖给他，但他们得给他两百块的辛苦费。老丁还劝说道："你们还是合算的。要是没我给你买下来，说不准就被别人买走了。你现在不是想买都买不到了吗？"

"什么！？"大实话喊道："就这么十几分钟、也没别人呀，我们还在试这车呢，谁能买走呀？"

"I just did（我刚买了），"老丁冷静地看着他说。

"开什么玩笑呢？老丁，"大实话不信，就笑着问道。

老丁认真地说："我没开玩笑。"

"What（什么），什么？"大实话说："我们不是已经给你油钱了吗？回去还要请那顿饭。"

"两码事儿，"老丁还是冷静地说。

327

"啊！？"大实话看着他，用手指着老丁，喝道："真的
！？"看着老丁点头，大实话两手一摊，喊道："你！？什么
人呢这是！？你真是个天下奇观！"

已经气得发抖的大实话拉着女友就走进那个办公室，和那
卖旧车的老美谈。那老美还挺实诚。他说已经答应卖给外面那
个人了，除非那人不要了，大实话才能买，因为他得守信用，
加钱也不行。

大实话本来还准备和这旧车场的老板讨价还价，让女友看
看自己的本事。让老丁这么一折腾，成加价了。更可气的是，
现在是加了价都买不到了。

大实话觉得这实在是不可能和老丁再一起回去了。他说服
女友，说他给老丁那两百块，他们今天一定要把这辆车开回去
。说完，他就写好一张两百一十块的支票、出去摔给老丁，说
那多出来的十块钱是让老丁自己去竹园撑死用的，然后就把他
拖进了那间办公室，办好了买那辆车的手续。

大实话这才知道其实老丁根本没买那辆车，只是和那个老
美说等那车回来他一定会买，所以，更气得连看都不想看老丁
了。

办完手续后，大实话和女友正准备开车愤然离去。老丁跑
了出来、呼喊、招手叫他们回去。他们以为是手续还没办全，
就开过去问是什么事。老丁说，他的车发动不起来了，需要搭
他们的车回去拿些工具，回来修车。

大实话先是直着眼看了看老丁，然后抬头望着天空大笑了
起来，他喊道："真是老天有眼呀！老子宣布：从现在起，信
教了！"他又问老丁："刚才给你的那张 check（支票）呢？
"愣了一下的老丁怯生生地指了指自己的衬衣口袋。大实话笑
着说："拿出来吧，你以为都和你一样啊？既然给了你，我就
不会把它要回来。"

老丁把那支票拿出来、紧紧地攥在手里给他看。大实话指
着那支票，大笑着和老丁说："你可看清楚喽，我给你的不是
支票，而是条飞毯。你就坐着它飞回去吧！"他话音刚落就哈
哈大笑着、狠狠地踩了一下油门、开走了。

老丁手里攥着那张支票被包裹在了那团扬起的粉尘里。他
跑出那团粉尘，看着远去的那辆车子、轻轻地咳了一下。他低

头想了想，心里骂大实话："就你这德行还能信教？连这点儿 forgiveness（宽恕、谅解）都没有，"然后，他就走进那个办公室和这旧车场的老板借了工具、出来修好自己的卡车就开回来了。

餐桌上，没人知道这次的饺子馅儿又怎么了，实在无法下咽，五味俱全还特别咸。被端上桌子后，大家吃一口就都暂停了、都开始劝别人多吃，自己去主攻别的菜肴。

阿丽雅娜嘴里含着一个咬开的饺子、点着头、微笑着看着对面的几位，心里问："They like this（他们喜欢这）？What is this anyway（这到底是什么）？It is different from the ones in Zhuyuan（和竹园里的不一样）。"

鹿太太笑眯眯地看着大家，心里想，幸亏刚才没录大家吃饺子。这次又得有劳那条狗了，不过也好，不必担心吃多了。

大实话心里想，这饺子跟春晚似的，要是每个人都插一脚、按自己的口味弄，结果肯定是这样的。众口难调呀。

小武子急中生智，说阿丽雅娜她家是卖焰火的，就拉着她出去搬些焰火回来，趁机离开了那堆饺子。一路上，他还给她讲述中国人忆苦思甜的习惯和让人节食的措施。一小时后，两个人搬回来了一大堆焰火。男女老少都去欣赏那堆焰火、盼着半夜出去燃放。

快半夜了。众人一起去后院放焰火，闹出了很大的动静。一个警察从后院门进来了，因为前门没人给开。鹿群赶紧去轻车熟路地应付了过去。鹿群送走那位警察后想："幸亏准备那些英文了。"他回到客厅和大家说："看来我们大家应该学会入乡随俗和低调啦。"

"什么？"老丁不满地说："不放焰火就没过年的气氛呀，这可是我们的 culture（文化）呀。况且一年就一回。"

鹿群看着他心里说："这次是 free（免费）的，以往过年你从来不买焰火，也从来不这么说呀？"他随后解释说："我不是说这过年的事儿，我是说把警察招来这事儿。"

"那我们还是卡拉 OK 吧，"小武子说。

"怎么哪壶不开提哪壶呢？"鹿群笑着说："那不又要把那警察给招回来了？还是打牌吧。"

鹿丹已经不大会和大家打牌娱乐了，他就带着妹妹看终级打斗（ultimate fight）。丽丽看得直眼、张嘴、看傻了，鹿群路过看到赶快换了个台，还要求儿子要好好地带妹妹。

晚上的牌桌上，房客于文明说："我们那儿的一位老美今天还跟我抗议 Made in China（中国造）呢。"

"为什么？"鹿群问。

"那哥们也缺脑子，"于文明说："一块钱的东西他非要当一百块钱的用。这不是找不开心吗？"

房客老崔说："一分钱一分货嘛，尤其是在美国。你没告诉他那些 dollar store（一元店）不是华人开的？"

小武子叮嘱着于文明说："你可别跟着起哄啊。"

"那哪儿会呀？"于文明说："汉奸才跟着凑热闹、捧场、表忠心呢。咱这在海外的华人唯一能给国家做的贡献，也就是多买点儿 Made in China（中国造）的东西了。况且那都是最好的国货，还占便宜了呢。"

"你这觉悟还挺高的啊，"老崔笑着说。

"惭愧，惭愧，"于文明说："不是觉悟高、是自私。你想啊，国内那么多的亲戚朋友，国家好了，他们的日子不也好了吗？我们的压力不就小了？对吧？"

子夜时分，打完牌，几个人还无睡意，就去客厅开电视直着眼儿看终级打斗（ultimate fight）。老崔问："这也叫体育比赛？"

"是商业体育，"小武子比划着说："国内叫散打，也就是，除了这儿，可以随便打。"

鹿群说："不管怎么说，都比 sumo wrestling（相扑）好多了。鬼子的东西是挺恶心人的。那纯粹是糟蹋人嘛。把人跟添鸭一样弄得象个皮球，还逼着人家玩命地互相撞。没有任何美感和 health benefits（有益健康之处）。"

"这运动对美国有好处呀，"于文明说："美国的大胖子们有去处了。"

"不行吧？"鹿群问："美国人不会喜欢这 sumo wrest-ling 吧？"

"当然，"于文明说："那是因为美国人还没有 pervert（变态）到那地步。我是说把胖子们都运给鬼子。"

"那还不把他们给吃垮了？"小武子刚说完，几个人就笑了。

鹿群说："所以鬼子是肯定不会要的。"

"那就由不得他们喽，"老崔笑罢，说："其实鬼子现在挺可怜的。他们自己的事得听美国人的。"

"活该！"小武子插了一句。

老崔又说："听说这 sumo wrestling（相扑）也是源自中国。古人把角斗士喂养得肥一些，为了保护内脏、能多打几个回合。"

"鬼子就是不学好，"小武子接着说："其实国内倒是应该推广这 ultimate fight（终级打斗），没事儿打群架的人不就有地方发泄了？国家收税就是了。"

"现在谁有那闲心去打群架呀？都忙着捞钱呢，"于文明接着说："我觉得当兵的倒是应该这么练，多有血性呀。"

"不妥，不妥，"鹿群说："现在都是高技术兵种了，要这么练还不把人都给吓跑了。"

"我觉得不错！"小武子说："又是一条治国方略，让老张上书。"

"他肯定要留着自己用，"老崔笑着说。

于文明不明白问："干什么用？"

另外三个人会心地笑了。

第二天傍晚的当地新闻里有在鹿家录制的那个节目。众人把录像机搞好准备录下来。

画面上演的是那个记者苏三手拿话筒一边介绍、一边走进鹿家的厨房，介绍了一下桌子上的几样饭菜，随后镜头又扫了一下站在旁边正在招手的国人们，然后就定格在阿丽雅娜那张笑眯眯的脸上了。

看完后，大家几乎都瞠目结舌地沉默了几秒钟。鹿太太冲着电视大喊了一声："哦，折腾我们快三个小时，就用这几秒钟啊！？"接着又喊："老鹿啊，给我们倒回来看看。"

鹿群过来搞好再放，果然只有房东、房客们两秒钟的镜头。气得鹿太太他们几个说，本来还想录好这段新闻让国内的亲戚朋友看呢，没想到只有这么短，和张照片似的。

小武子给他们出主意说，可以打电话给那电视台，看能不能要一个那些录下来内容的拷贝回来。小李说："有阿丽雅娜那么长的镜头，你就买一套给大家 copy（拷贝）一下嘛。"

"先问问多少钱吧，"小武子说。

鹿群打完电话回来和鹿太太说，人家说是版权所有，得三百多块一个拷贝。大家实在是都舍不得去凑那三百多块，只好愤愤作罢了。鹿太太不满地说："人家竹园上电视还有广告效果呢，我们这什么也没捞到呀。"

鹿群安慰她说："这都上美国的电视了，人家这是新闻，所以也不太可能太长嘛。再说了，大家还热热闹闹的，可以了吧？就当他们来给咱拜年了。"

众人看着他，不说话。

晚饭后，女士们不约而同地都要出去锻炼，又开始了那被搁置已久的减肥运动。不言而喻的是，她们被那个主持人苏三刺激了。因为人家比她们大了十多岁，可看上去正好相反，好象比她们小十几岁，而且体重也就是九十磅左右。以前只是听说演艺界的人士们都很瘦，这次的眼见为实给了她们很大的瘦身动力。

又过了三天，老张回来了。这是他留美多年来第一次回国过春节，他是初五那天回来的。他坐在客厅的沙发里、和大家聊着在国内过年和国内航班上的事情。

老张说起他把护照搞丢的事。其实是被他拉在辆出租车里了。北京的一个派出所的民警们没用两个小时就给他找回来了。他说："什么时候他们能对中国护照也如此对待就好了。"

小武子笑着说："你怎么给脸不要脸呢？"

"怎么了？"老张不明白。

"人家对你的事儿那么上心还落不下个好，"小武子说。

老张说起国内机场的落后和混乱，又说："有个空姐肯定是累坏了。她把那小车停在过道里，就有气无力地喊了一声：'吃什么？说呀！'"老张气得说："你们看看，这也太不礼貌了、太不 professional（有职业道德）了。"

"可以理解，"小武子说："空姐的工作只是表面光鲜，其实只是端茶送水，和 waitress（女招待）没什么差别。感觉不平衡应该是正常的吧？"

"别矫情了，"鹿群笑着和老张说："那才是宾至如归呢。终于回家了，都是自己人就不必那么客气了吧？"

　　大家听完，都笑了。

　　这时，老丁接到那个旧车场老板来的电话，说他想雇老丁去他的旧车场给他修车，每小时二十块。老丁兴奋地回价三十，那位老板肯定是被老丁的技艺折服了，所以痛快地还价二十五，他们成交了。老丁说他只能周末去打工，而且希望用现金支付，两人心照不宣地成交了，其实都是为了避税。

　　老丁放下电话，打着口哨从厨房里出来了。正在客厅里的大实话看老丁那得意样样的样子，就和小易说："不知道谁又倒霉了。"

　　"背后说人可不好啊。这大过年的，"老丁走过来说。

　　小易说："没有啊，只是不太明白你怎么这么高兴。"

　　"哦，"老丁说："我就不能高兴呀？"

　　"不是，不是，"小易说："我们只是担心可能又有人要吃亏了。"

　　老丁笑着说："这次是 win win（双赢）、双赢啊。这还得感谢大实话呀。"

　　大实话觉得老丁莫名其妙，白了他一眼就走开了。他穿过厨房要从车库门出去。刚刚把那厨房和车库之间的门关上，他就听见后面传来沉闷的、砰的一声和一声惨叫。他赶快转身、开门回去，看见老丁蹲在门边、捂着鼻子、地上有几滴鲜红的血迹。

　　大实话赶紧问怎么了。老丁怒气冲冲地站起来、捂着鼻子、气愤地冲着他喊道："不就是那两百块钱吗！？你至于这样吗！？"

　　大实话看着他，说："你瞎喊什么？你鼻子出血跟我有什么关系呀？"

　　"What（什么）！？"老丁捂着鼻子喊道："我鼻子出血！？我鼻子出血！？这是给你砸的！"

　　"别胡说啊！"大实话说："你别要赖啊！我可碰都没碰你啊！"

　　老丁擦着鼻子，喊道："你是用这门砸的！太狠毒了！至于吗你！？"

333

"哦，"大实话辩解道："我又不是故意的。谁知道你在后面跟着呢？"

　　"你怎么不是故意的？"老丁喊道："人家美国人都是要给后面的人 hold door（扶着门）的呀！"

　　"我又不是美国人！"大实话说："即使入籍了，也不知道你在后面那么近地跟着呀？谁让你总那么 sneaky（鬼鬼祟祟的）的啦？"

　　在美国，人多的时候，进出门时都要扶着门直到下一个人接手才松开。这和大多数国人自己过了就松手、或者干脆直接往过挤、根本不说 excuse me（借过儿）的习惯正好相反。

　　不过也要看情况，不能总给别人扶门。有一次，鹿群在麦当劳扶着门让丽丽从那游乐场（playground）里出来，她后面一个刚会走的幼儿也跟着走了出来。一位高大壮实的中年白人妇女突然冲过来抱住那孩子、大声质问鹿群为什么把她的孩子放出去了。

　　鹿群当时是惊得目瞪口呆，结结巴巴地说："So，I should just release the door，let it hit your child（哦，我就松开门砸你的孩子）？"那位狠狠地瞪了他一眼，抱起那孩子就走了。鹿群心里想："What a jerk（蠢货）！"气得他回来和妻子讲这事儿，说："那是个什么玩意儿？要不是那 ass（傻蛋）也在那门口准备走，她那崽子会跟着丽丽出来吗？"

　　"别生气了，"妻子安慰他说："有些 trash（垃圾）就是这样。同样的事情到别人那儿就不对了。或者那人是个神经病。"

　　在厕所里洗脸的鹿太太听到厨房里传来的那一连串的喊叫声就赶了过来，看是怎么回事和尽房东之责。

　　大实话和老丁给她这一掰扯，鹿太太就明白了。原来是个事故。老丁当时是跟在大实话后面也要从车库出去。也有可能大实话当时还在想被这混蛋老丁欺负的事情，下意识地用使劲关门表达了一下自己那时的心境。

　　鹿太太劝老丁别叫劲了，然后就带他去厨房包扎了一下。给老丁包扎好后，鹿太太过来和大实话来了个击掌庆贺（high five）。她略微激动地悄悄和他说："高啊，看他以后还敢不敢再轻手轻脚地吓唬人！"

"嗨！"大实话笑着说："我又不是故意的。"

鹿太太煞有介事地一边竖起大拇指、一边心领神会地点着头说："那当然，那当然。"

大实话认真了、觉得这可能解释不清楚了，就强调说："那是个 accident（事故）。我真不是故意的。"

鹿太太认真地冲他挤挤眼，说："紧张什么呀？我不是说过'那当然'了吗？"

"这可怎么办呢？说不清楚了，"大实话有点儿无奈地看着鹿太太。

刚开始的时候，老丁嫌鼻子上顶着个创可帖有碍观瞻就拿了下来。天天和几个孩子高兴了，都说他像鲁道夫（Rudolf），就是那个圣诞老人的红鼻子驯鹿（Red nose reindeer）。他只好又把那创可贴给戴上了。

在以后的三天里，老丁鼻子上顶着个创可贴、时不常地需要给人解释到底出什么事了。他说是被个黑帮打了就因为欠那人一百块。大家劝他要留点儿神，黑帮可惹不起。

第九章

27，买车卖车

这天，老丁急着出门，倒车的时候不小心把斑斑压死了。原来，斑斑和老丁很要好，总跟着他。这次，老丁没注意到它跟着自己出了门、钻到那辆卡车下面玩去了。他一开车就出了这个事故。

他很伤心看着躺在地上的斑斑，他是成人房客里最喜欢这条狗的了。他突然想到天天他们知道了可怎么办。他急了，这事儿是藏不住的呀，因为这斑斑总是第一个去迎接每一位进门回来的人的。

他赶紧去厨房找鹿太太，说明了这个情况。鹿太太看了看他，说："这，这也太歹毒了吧？你。。。不让人家养狗也可以用别的办法呀。"

"别瞎联系了啊！这是个事故、accident（事故）。快说说怎么办吧，"老丁赶紧说。

"真的？"看着老丁那象鸡叨米一样的点头，鹿太太似信非信地说："只好谎称，它自己跑丢了？"

老丁和吃了个定心丸似的、松了一口气，说："你点子真多！谢谢啊。那、那这尸体怎么办呢？"

"你可别瘆人啊，"鹿太太皱着眉头说："什么尸体不尸体的！？老吓人的。"

"对不起啊，"老丁赶紧改口，说："那这 body（尸体）可怎么办呢？"

鹿太太说："放到你那 truck（卡车）里，拉远远的埋了不就行了？"

"太可惜了吧？不能白牺牲呀，"老丁犹豫着问她。

"也是，"鹿太太心领神会道："不过谁也不会收拾那东西呀。"

"没事儿，"老丁说："我弄过。我现在就去后院把它收拾好。你给我看着点儿，别让孩子们知道啊。"

336

鹿太太同意了，还叮嘱老丁小心点儿、千万别让邻居看见。她看着老丁那利索劲儿，又开始怀疑他是故意的了。转念一想，她觉得也不太象，因为老丁最喜欢的是那狗和孩子们。

不一会儿，鹿太太把老丁拿回来的骨头肉红烧了一大锅。老丁说今天晚上要和老鹿好好喝一顿，然后就出去不知道忙活什么去了。

天天的体格看上去单薄了一些。她的父母都很关注这个问题，所以给她报了两个体育运动的课外活动。今天是她的足球训练。她穿戴整齐来到厨房准备吃点儿东西就走。她一进厨房就说："好香呀，鹿阿姨，我想吃。"

鹿太太吓了一跳，连忙说："不行，不行。这，这肉，小孩子是不能吃的呀。。。"

"什么？"天天妈进来了，说："您这是说什么呢？"她看到桌子上那盆红烧肉，心里有点儿不高兴了，觉得鹿太太今天也太扣门了，一个小孩子能吃多少呀？她说："天天，我们自己去买点儿就是啦。"

天天不干了，非要吃。鹿太太为难了，既不敢说明真相、又不能显得小气，她只好说："孩子想吃就吃吧。只是不要多。。。"她看了一下天天妈的脸就只好接着说："那，那就多吃点儿吧。"然后，她长出了一口气就赶快走开了。

天天妈拿了个小碗给天天盛了三块肉。天天开始津津有味地吃了起来。吃完了还要，所以又吃了几块儿。天天妈也尝了一块儿，觉得真好吃。她过来和鹿太太说："您这手艺真好！太好吃了。等我们回来了一定要把 recipe（烹饪方法）给我呀。让天天多吃点儿肉真是太难了。今天她吃得也太好了。"

"好，好，"鹿太太尴尬地应着。

天天妈过来鼓励着女儿，说："今天吃得真好。这下抢球就有劲儿了吧？"

小易问天天上个周末的比赛赢了还是输了。天天妈说："嗨，她们的这个足球比赛是不计输赢的。连比分都没有，just have fun（只是玩乐）。进球多的孩子还得给换下来，以免让对方下不了台。"

"你们看看，你们看看，"老张说："人家美国人想得多周到。这样就不会 hurt（伤害）孩子们的 feeling（感受），有助于培养自信呀。"

　　"什么呀？"天天妈说："他们才不管你什么 feeling 呢。那是因为如果孩子们不高兴了、不再去了，他们不就赚不到那钱了？张主席呀，你也太能瞎联系了。"

　　老张不服，说："人家肯定还是有照顾孩子 feeling 的因素在里头吧？"

　　"可以说没有，"天天妈说："他们是怎么能把那生意做大就怎么做呀。和我们这大学里一样，同学之间是不知道彼此的成绩的，除非你自己说。大学是要保证让我们高高兴兴地把学费都交给他们。"

　　"好象是这么回事儿，"小易说："不象国内。记得当年上高中的时候，全班同学的成绩是按平均分从高到低都写在墙上的一张纸上。那些排在后面，又上不去的，要在美国不就早转学了？谁也不愿意老给人垫底呀。"

　　"不是转学，是转文科，"房客老茅纠正他说："那么做也是有好处的。记得上大学的时候，有个老师习惯逐个叫得九十分以上的同学上去领卷子。其他同学得等那些 recognition（表彰）结束了、那老师走后，才能自己去那剩下的一堆里去翻找自己的卷子。那种表彰方式还是挺激励人的。"

　　老张说："这儿的老师们可不敢那样。因为一来可能被告歧视，分数歧视；二来学生会 quit（停止）他的课，那老师不就 in trouble（有麻烦）了吗？可能连工作都会没了。"

　　这时，楼上传来了李玉刚那曲悠扬、婉转、清亮的梨花颂。樱桃和鹿太太在厨房悄悄说话。樱桃问鹿太太："大姐呀，你说王满那方面没问题吧？"

　　"什么大姐？叫阿姨。你说哪方面？"鹿太太问。

　　"Sexual orientation（性取向）呀，"樱桃回答。

　　"什么？"鹿太太又问。

　　"就是性取向，"樱桃看她还不明白就直接说："就是同性的还是异性的呀。"

鹿太太睁大双眼看着樱桃，又歪头往楼上看看，说："不会有什么问题吧？他有两个挺要好的女朋友，来过的、你也见过呀。"

　　"我看应该有问题，"樱桃接着说："你看他多整洁呀。以前我还发现他最喜欢看 Bird Cage（鸟笼，一部描写同性恋的电影），还买了磁带。看我发现了，他当时还马上解释说：'别这么看我，我那方面可没问题呀，'这不是不打自招吗？"

　　"怎么了？"鹿太太说："那个电影是挺好看的呀。"樱桃看着她没说话，好象也有点儿愣住了。她有点儿怀疑鹿太太是不是也有问题。鹿太太说她："你怎么这样盯着我，哪儿不对了？"

　　"没有，"樱桃把话题转回到王满身上，说："最近他又这么疯狂地喜欢上李玉刚了。"

　　"什么？什么鲤鱼缸？"鹿太太问。

　　樱桃回答："是李玉刚，一个歌星。"

　　"嗨，"鹿太太说："喜欢歌星的人多了去了。我还喜欢费翔呢。"

　　"费翔？"樱桃不知道这是何许人也。

　　鹿太太说："我说的是他年轻的时候啊、不是现在。现在他已经 out of cuteness（不再招人喜欢）了。"

　　"费翔是谁？"樱桃接着问。

　　鹿太太说："一个老歌星。你们年轻人可能不知道。他现在也在美国。嘿，这一个不留神儿，怎么跟你都有代沟了？"

　　"不一样，"樱桃说："这位王兄是放假专程去北京去看李玉刚，还买了他签名的 CD（音乐光盘）。回来后，这一放就放个不停。"

　　鹿太太不以为然地说："那有什么啦？喜欢就买呗。他都能见到的歌星肯定也不是什么大歌星吧？"

　　"什么呀？"樱桃说："他是专程从上海飞到北京去听李玉刚的音乐会，当晚返回呀。"

　　"哦，"鹿太太听着，开始觉得那么做是有点儿过分。

　　樱桃接着说："他从国内回来以后，就这样关在屋子里没完没了听。不对吧？"

"怎么啦？"鹿太太不解道："你不是说过 fan（迷，国内叫粉丝）就是 short for fanatics（狂热者的简称）吗？"

樱桃惊讶地说："我的大姐呀，敢情你不知道李玉刚是谁呀？"

"不知道，"鹿太太坦然地说："现在国内的歌星太多了。哪象我们那时候，女的是李谷一，男的是费翔、蒋大为，就没了。"

樱桃进一步解释道："这李玉刚是个男的、是个男人唱的那些歌。李玉刚现在可红了。他的 fans（歌迷们）据说是上到九十九、下到刚会走啊。"

"什么，男的？"鹿太太不信地问。

"不骗你，"樱桃说。

"唱这么好啊？"鹿太太也认为这有点儿不可思议了。

樱桃说："厉害吧？"

鹿太太说："可能他只是喜欢那些歌吧？"

"那谁能说得准呀？"樱桃说："冲这么个痴迷法，没问题的迟早也会出问题。"

鹿太太想了一下说："这也简单。可以给他测试一下。"

"怎么测试？"樱桃问。

鹿太太点了一下她的鼻子说："用你这个美人儿呀。"

"别无聊了，"樱桃说："他对我一直是客客气气的，和其他的男的不一样。"

"你假装和他好，不就知道啦？"鹿太太说。

樱桃说："那么麻烦干什么呀？你去告诉他，说我对他感兴趣，看他的反应不就行了？"

"行，我这就去。你洗洗手，给我接着揉面啊，"鹿太太解下围裙就上楼去了。

过了一会儿，鹿太太回来了。正在认真揉面、已经浑身、满脸都是面粉的樱桃问怎么样了。鹿太太说："啊唷！你这是揉面呢，还是在面粉里打滚儿呢？这独生子女真让人担忧呀。"赶紧过去接手揉面。

樱桃又问怎么样了。鹿太太说："那李玉刚真是男的、唱得真好、哪妆画得更好。真是有点儿不可思议啊。他已经答应借给我那些 CD（光盘）了。"

340

樱桃拉住她，说："我问的是，让你问的那事儿。"

鹿太太答道："哦，我一上去就说了。"

"那他怎么反应的？"樱桃急切地问。

鹿太太说："他让我跟你说谢谢。"

樱桃好象找到了期盼已久的答案似的，一拍手，说："你看我怎么说来着？他一定有问题。"

"万一人家的女朋友比你漂亮呢？"鹿太太辩解道。

"有那可能吗？"樱桃说。

鹿太太说："你别自信过头了啊。连人家小武子都说想和你好只是想让后代漂亮一些而已。"

"什么！？"樱桃怒了。

鹿太太后悔了，赶紧补救说："我可什么都没说啊。"

老丁晚上回来发现那盆红烧狗肉已经没了。鹿太太悄悄给他解释说都让孩子们给消灭了。老丁怪她怎么不把那肉藏好。鹿太太说："让天天那大嘴巴一广播，孩子们不都要吃吗？要怪也得怪那狗太小了。"

过了一天，天天发现斑斑跑丢了，开始成天哭哭啼啼的。她和虎子、丽丽搞了个寻狗广告、冒着寒风细雨出去到处张贴。几个孩子回来就在客厅里长吁短叹地念叨着斑斑。

可这骑着毛驴找毛驴肯定是不行的呀。但又不知道怎么去劝那几个孩子，老丁劝的时候还差点儿漏了馅儿，把'活在心里'说成了'活在肚里'了，幸亏这些孩子的中文已经不怎么样了。最后，老丁实在受不了了，第二天，他去那个动物庇护所（animal shelter），又抱回来一只身上也有斑点的狗。

天天倒是不再哭了，孩子们也又高兴了起来，可鹿太太开始担心了。因为那狗也太大了点儿、她怀疑老丁是别有用心，所以经常用担忧的眼神看着狗和老丁。害得老丁过来好几次，悄悄地和她强调，斑斑的那事儿是个事故，这个斑斑大点儿、容易看见，可以降低出事故的可能性。

小易开车下班在等交通灯的时候，被辆车从侧面碰了一下。两个司机把车子停到路边，下车理论一番，然后打电话叫警察。正好昨天的新闻里说警察最近抱怨经费不足、要求涨税，所以不光是反应特别慢而且小事故不管，好象钱不够就少办事是天经地义似的。鹿群曾经质问过那台电视机："难道责任和义务和钱有关系吗？"

他们俩一直在那儿等。期间，另一个人打电话叫来一个朋友当目击者。一个多小时后，好不容易，有个警察来了。那个中年警察好象还没完全睡醒、或者是太累了。小易和那人当着那个警察的面又理论了一番。

这位警察说他也不知道应该怎么办，因为他们各执一词，另外，人家那个人还有个小易强烈异议的目击者。于是，那位警察就让他们两个人交换保险、驾照的信息，然后各回各家，和自己的保险公司联系去吧。

结果是那人胡绞蛮缠、保险公司也顺坡下驴，因为只要有任何疑问保险公司就拒绝付钱。

没办法，只好自己出钱修了，因为小易的保险只保对方。货比了好几家，最后，他确定用那个台湾人开的修车行。美国人的修车行虽然信誉好一些但也贵得不成比例。那位台湾修车主信佛，让人放心。他双手递交名片时还微微地鞠躬，感谢小易给他的这笔生意，小易心里说："谁在乎你这个呀？我只在乎价格公道、服务地道啊。"

结果，那个修车行还是没有按一开始许诺的去做。没有换新的零部件，而只是把撞坏的给修补了一下而已。因为工作太忙，小易他们也没时间反复去和他交涉。他们觉得反正是辆旧车，看上去差不多就行了，说不准过一阵子也就给卖了。

又过了两周，小易太太拍板决定卖掉这旧车。因为那车总是，不是这儿不妥就是那儿的灯不停地闪，太麻烦了。他们请老丁帮忙，他又太忙只是在回来喝水的时候给小易简要地解释了一下怎么去检修。小易又没全听懂。老丁急着要出去，只好说："你去认真地 try（试）一下。不行再说。"

过了一会儿，小易回来和自己的妻子说："老丁真是神了。真的是一踹就好。"

鹿群过来问："你怎么 try 的？"

"用脚呀。"小易笑道。

"什么！？"鹿群惊讶了。

那车的问题来来去去得很烦人。最后不管怎么踹和 try 都没用了。

小易夫妇二人把那车收拾的里外一新后，登广告卖。有几个人来看车、试车。买主通常都要问为什么要卖。他们统一用快毕业了这个借口去搪塞。小易太太心里说："废话，为什么要卖旧车？肯定有什么地方不喜欢、或者有什么地方不对呗。"最后有人要买，因为是现金交易所以又被砍了两百块。

买卖双方约好一起去县税务局（County Tax Office）转户头（Title）。小易事先和买家说好是免费赠送给朋友的，没有金钱交易，只需要换个户头，所以双方都没交税。这是小易他们来美国这么多年以来头一次击败了所在县的税务部门。

老张也在琢磨着换车。深思熟虑几天后，他和老婆说："留美这么多年还没有用过新车呢。咱住的已经是最便宜的了。这次一定要新一次，讨个好彩头。"于是，老张全家大张旗鼓地要买新车了。

小易家也要买，所以两家人联手研究买车事宜。其他人来凑热闹，给出主意和听主意。大实话建议道："你们考虑一下，买个 truck（卡车）得了，那样好朋友就多了。"

"不会吧？"老张太太问他："老丁怎么没朋友呀？"

"他收钱，"大实话说。

老张笑了，说："那种朋友还是不要的好。人家老丁要是不收钱，肯定每天都得累得像个骡子，也落不下个好。"

经过多天的分析和讨论，他们发觉其实还是买旧车合算，而且两、三年老的车子最合算。因为算是旧车的价钱，但用起来还象新车，而且保险也开始便宜了。鬼子的车的确经济实惠、可靠性好。可惜的是，他们总是和中国作对，所以买他们的车有政治立场不妥（Politically not right）之嫌。

老张的如意算盘是以后如果日后能从政，这喜欢鬼子的车好象会是个很容易被政敌们揪出的弱点，应该尽量避免。但其它车子的可靠性也太差了。韩国的车子倒是便宜，但一来可靠性太差、二来韩国人横起来往往比鬼子都有过之而无不及，所以也不想支持他们。

这天，老张很纠结地和自己说："什么时候中国车进来了，咱也可以为国家建设贡献上一把，也免得 deal（处理）这些麻烦事。"

"那不都贡献给贪官了？"鹿太太问道。

老张说："老百姓总能落下一点儿吧？"

老张太太在旁边听得不耐烦了。她大声喊道："是我喜欢鬼子车，行了吧！？就买辆破车至于这样吗！？"

老张马上停止矫情、遵命买鬼子的车。

买车之前，大家给他们提醒，还把从各种渠道得来的消息都告诉了他们。类似："千万不要告诉他们你准备每个月花多少钱买车。如果你说二百五，他们肯定会说二百五十九是 best possible deal（最好的交易），因为你总不会因为只多了九块钱就不要那个千辛万苦才得来的 deal（交易）吧？"

"所有的数字必须反复核对。"

"不要他们提供的保险。因为很多保险可能已经包括在那些密密麻麻的 small print（小字）里头了，他们知道没什么人会有时间和耐心去读那些小字的。"

"埋个地雷、看他们是不是明目张胆地骗你，无知和大意是非常 costly（昂贵）的啊。"

"买车合同可没有什么 cool off period（冷却期，这里指还可以改主意的期限）。签完字就是你的了，不能退换，所以要特别小心。"

"不要 take（相信）任何口头许诺，他们事后是不会认账的。"

"对！必须让他们写下来，还要 sign and date（签字和注明日期）。"

小易说："这对人家也太苛刻了吧？"

"不能算苛刻。这只能叫以其人之道还制其人之身。况且 Better safe than sorry（小心比后悔好）呀，"鹿群说。

最后，他们还是被骗。回来说真象当年在广州碰到的那些卖电子表的，一碰就是你的。老张感叹这买车时的讨价还价也要实际一些，因为差价也就是五十到一百块之间。其实，那些推销员们也是五十、五十地和你争。

那些车行有不同的推销卖点（Sales pitch），类似：低利率、大减价、打折的服务计划等等，但你别指望把那些便宜都占着。老张总结道："反正你是占不到便宜的，只能希望不被斩的太冤就可以了。"

小武子点头，同意道："这心态也对。人家 sales persons（推销员）天天就是干那个的，咱这 amateur（业余的）是斗不过人家的。就当是个 game（游戏），输赢也就一、两百块。"

这天晚上，鹿群受妻子之托在牌桌上转弯抹角地问出了王满的问题。原来王满不是不喜欢樱桃，只是怕她脏。美国人有个说法是漂亮的人都是病菌包（Germ bag），因为他们容易和过多的异性、过度地亲密无间。

鹿太太知道后就给樱桃尽量婉转地通报了这个情况。樱桃知道后给气得语无伦次，说："他算个什么玩意儿啊！？老娘哪儿脏啦？什么玩意儿？"

"别急嘛，"鹿太太说："人都一样，不管自己怎么样，总是嫌别人脏。况且人家只是说可能啦。你男朋友那么多，这又在美国？别太往心里去啊。"

"在美国又怎么了！？"樱桃义愤填膺地问。

鹿太太说："他可能是指美国女的年轻的时候都是找 Mr. Tonight（今夜先生），年纪大了才找 Mr. Right（正确先生）。"

樱桃说："那追老娘的人多着呐，我也得看得上他们呀。他们赛着献殷勤，我有什么办法？"

鹿太太好奇地试探着问："你真没有那个？"

"没有，"樱桃说："谁那么傻呀？这男的结婚时候，不管自己是什么德行，哪个不是要求女的是妙龄处女呀？我是得注意些了，老娘的名声都要给他们搞坏了。"

鹿太太不耐烦地说："别老娘、老娘的啦。才多大年纪呀？你以为你是太后呀？"

樱桃说："太后那是老佛爷。我不是那意思。男的说老子，我们不就得说老娘嘛。"

从那儿以后，这个小城市里的李玉刚迷又渐渐地增加了许多。男的基本上都喜欢他的歌曲，他的确唱得好，而且不知道他给京剧的一些传统曲目加了些什么，让那些老歌有了很多年轻的歌迷。女的也喜欢，只是多了一分嫉妒和怕男友在精神上被抢了。

房客们平时聊天儿也开始关注李玉刚了。王满还置办了一套崭新的卡拉 OK。可惜收到货后才发觉没有新歌，不能唱李玉刚的。可那些老歌是鹿群夫妇他们这个年龄段的人最喜欢的，所以周末的客厅里又增加了唱歌、赛歌活动。

这项活动老少皆宜、还练肺活量。总比坐着抽烟、喝酒、打牌好。但有个缺点是经常搞得太晚、太响。有一天，大家喝酒聚会，一位喝醉的、刚刚失恋的哥们儿的几嗓子几乎是接近于鬼哭狼嚎了。众人制止不住。最后是邻居干预、警察来敲门才把那人给镇住的。

这卡拉 OK 一定得有那个气氛，比如说，大家都喝得差不多了的时候。一般，第二天清醒了，一唱一听，也就都赶紧打住了。

两周后的一个傍晚。鹿家的几位看客正一肚子不满地看着奥运会的直播节目。鹿太太说："咱美国人也太喜欢报道自己了吧？没完没了地说自己的运动员多好、多好，可怎么就是没高分呢？"

"就是嘛，"小李接碴儿说："这个解说跳水的也太过份了吧？我们的选手还没入水呢，她在那儿就开始和打机关枪似的高喊这儿该减、那儿也该减的。幸亏只是个解说，要是让她当裁判，我们中国小孩子们可就苦了。"

鹿太太纳闷道："美国人怎么会这样呀？"

"怎么了？"小武子说："除了汉奸，其他人不都这样吗？都得向着自己人呀。"

"哦，"小李说："所以呀，这不是人民要不要友好，而是利益决定态度。我们要比不过他们，他们就对我们好了。"

"Yep（没错），"小武子说："他们觉得我们的 panda（熊猫）最可爱了，弱弱的、憨态可掬、只吃点儿竹子、还那么稀少。当然要是 panda 露牙咬人了，就不会招人家喜欢了。"

这时，樱桃气侯侯地回来了。因为她很少这样，大家关心地问她出什么事了。鹿太太问："怎么了？咖啡又喝多了？这么暴躁。不能因为是 free（免费）的你就。。。不是让你改喝茶了嘛。。。"

"不是咖啡不咖啡的事儿，"樱桃气冲冲地大声说："他妈的，给个汉奸告了。"原来是她那个口头禅给她惹事儿了。

大家关切地问是怎么回事。樱桃说："刚才老板找我开会了。他说'老娘'是 bully（欺负人）和 abusive language（糟蹋人的语言），还他妈的怀疑老娘我有什么 anger issue（愤怒问题）。我有吗！？"

"没有，没有，"小武子赶紧说："可外国人也听不懂你那口头禅呀？"

"是听不懂呀，"樱桃说："可一个家伙吃饱了撑得没事儿干，他妈的到处学舌就让个汉奸听到了。那狗汉奸添油加醋地给这么一折腾，老板就认真起来了。"

"那人是谁呀？"鹿太太问。

"邹鲜花，"樱桃说："上海来的，你们不认识。这家伙整个一个汉奸。平时只和非大陆人士来往，跟我说话总是不冷不热、阴阳怪气的。才他妈的来一个月，就和个台湾大妈学了一口国语，一说起来就让人浑身起鸡皮疙瘩。"她回头对毛文清说："No offense（不是有意冒犯）啊。"台湾房客毛文清只好欲语而止。

小武子问："那你老板怎么说？"

"也没什么，"樱桃说："就让我注意呗，还说有什么不满意的地方要直接和他讲。如果觉得不方便的话，学校还有里 free（免费）的 counseling services（心理咨询服务）。老娘再糊涂也不会去用那个呀？一去不就上 record（纪录）了？以后就休想再说清楚了。"

鹿太太问："那你到底有什么不满意的，这成天老娘、老娘的？现在又加上他妈的了。"

"没有啊，"樱桃说："就是个口头禅嘛。倒是现在对那狗汉奸非常不满意。老娘一气之下就教了鬼子们说猪八戒。让他们有事儿没事儿就喊猪八戒。好好恶心，恶心那狗汉奸。"

"你呀！"鹿太太说："你这还老娘呢？就消停点儿吧。读完书就各奔东西了。犯的上吗？"

晚上的牌桌上，牌友们继续议论着樱桃的事。鹿群说："这在国内互相拆台有情可原。可来这儿了，主要是和外国人竞争呀。怎么还是那一套呢？"

小武子说："她那老板就那么点儿 funding（经费），互相搞是有可能的。"

"在哪儿都一样。三个女人一台戏，"老张说。

小武子说："美国人说那是 cat fight（猫架，指女士间的争斗）。不过 Cherry（樱桃）让她老板知道也好，这样她那老板就不会太信那人的坏话了，而且已经给 Cherry 调办公室了。她不再和研究生们挤那些 cubical（小格子办公室）了，她现在是自己一个人一间办公室。"

老张笑着说："看来还是能闹的孩子有奶吃呀。"

"不是，"小武子说："人家是要把问题都扼杀在萌芽阶段。"

"别拽了，"老张说："外国人有这中文水平吗？"

小武子说："不是中文，是英文。人家说 nip it in the bud（把它扼杀在萌芽阶段）。"

鹿群看着手里的牌，自言自语道："出活儿就行。这种事儿也不能多，否则就会被 label（标记）成 trouble maker（麻烦制造者）了。HR（人事处）可是给记着呢啊。"

王满常来拉着鹿群一起去打篮球。虽然王满的性取向好象没什么问题了，鹿太太还是不放心，不愿意让鹿群和他交往过多。但她又不好直说，只好找各种理由不让鹿群去，比如说，他得出去买芥末、打扫草坪上的鸭子粪便等等。鹿群也不明白，怎么等着给孩子刷牙都成理由了？可妻子就是不让他和王满一起去运动。他也没办法，只能在心里问自己："这又是闹什么事儿呀？肯定是那更年期真的要来了。"

又放暑假了，樱桃的一个高中校友刘艳来这儿小住。她比樱桃还要漂亮，而且穿着时髦、大方、清凉。她在国内先上过一年的戏剧学校，家人觉得学那个没前途，就又让她重新高考，学了个英语专业。

大专毕业后，她被分到一个研究单位的外事办公室工作。工作不到半年刘艳就近水楼台地为自己安排了一桩婚事，随后就出来陪读了。

读书的过程中和丈夫有了矛盾，她就自己找了个学校读书。可不巧的是资助断了，她只好投奔樱桃、来这儿暂住。

她的到来在鹿家引起了阵阵波澜，周末的卡拉 OK 和舞会又开始了。男房东、男房客们在这位漂亮女人面前下意识的集体失态让女士们一度愤慨，而后又是无可奈何。他们夸张的言笑总是把客厅、厨房搞得热闹得象聚会，连老丁都回来的勤快了，他和别人抢着说话，几乎每次都搞个面色菲红。

虽然暂处逆境，刘燕还是指使人干这干那，很跋扈（bossy）。鹿太太问她怎么能这样。她说："你是不会懂的，beautiful lady（漂亮女人）也辛苦呀。"一下子把鹿太太给气了个目瞪口呆。

本来，小武子追樱桃近来刚刚有些起色，可他那控制不住的一看到刘艳就直眼儿把樱桃气得够呛。她过来和鹿太太要借点儿钙片，鹿太太谎称自己才不吃那东西呢。樱桃问："那你每天吃的是什么呀？"

鹿太太问："年纪轻轻的，要那东西干什么？"

"不是我，"樱桃说："只是某位仁兄该补补啦。"

鹿太太明白樱桃的意思了，就说："别担心啦，他没戏。"樱桃问为什么。鹿太太说："他肯定就这么点儿个儿了，可人家还在长呢。"

两个人哈哈大笑了起来。

鹿群似乎青春焕发，接连几个晚上把妻子给爱了个晕头转向。她挺高兴，以为自己还有这么大的媚力呢。可能其他太太也被各自丈夫的，这类似的、非发情期的亲爱搞得有点儿莫名其妙的高兴。这天，女人们一起在阳台喝茶，没过十分钟就把问题喝出来了。大家心照不宣地把这茶话会提前结束了。

鹿太太把丈夫叫进里屋开审。鹿群给妻子解释自己近几天来的问题，可越解释越不清楚，他只好撒谎说是怕自己老了所以吃伟哥了。妻子也记得他近来常常抱怨自己变老了，所以也就信了。她劝丈夫别吃了，说："没必要嘛。我们顺其自然就行了。为那事儿吃药不值当的。"

"好好，"鹿群如释重负，赶紧逃出去收拾草坪、花坛、菜园去了。

以后只要刘艳的在场，鹿群就出去干活，几个男房客们也陆续地跟着出去忙活。很快就没活儿干了。几个人一合计，没用三天就在后院折腾出个约半个游泳池大小的鱼塘来，养了一大群金鲤鱼。鹿太太觉得养鱼吉利所以也不反对，同时在心里感叹这漂亮女人还有这用处呀？难怪人家说上班的地方有个漂亮女人比较好呢。

小李不高兴了，问鹿太太："你怎么能允许她那样穿呀？这儿还有孩子们呢。"

"没办法，"鹿太太无奈地说："人家美国佬说了，这 beautiful women can get their ways，even for stealing（漂亮女人有特权，偷东西都没事儿）。"

还好美丽也是会疲劳的，两周后，男士们就没什么太明显的异常举动了。女士们在那女士茶话会上都有点儿或多或少的失落感，觉得自己的丈夫又对自己没兴趣了、琢磨着自己哪儿做错了。谢丽儿学过心理学，大概明白是怎么回事儿，就笑着说："不是你们的事儿，是这位小刘的媚力 wear out（消磨没了）啦。"

"什么！？"女士们略微惊讶地看着她。问道。

"Ah oh（啊哦），"谢丽儿意识到又捅了马蜂窝了，她赶紧说："I said nothing（我可什么都没说）啊。"

其他女士们看看她，也不说话，纷纷起身，回各自的房间召开家长会议去了。

这天，谢丽儿气冲冲地回来了。她向樱桃学习不仅没得到什么好处，反被她的老板给警告了，说下次就只好直接通知人事处了。大实话笑了，说："别东施效颦嘛。"

谢丽儿急了，中指相向，冲着他大喝一声："你他妈的说什么！？"

王萌义赶紧过来大声劝慰谢丽儿："他是说你老板，说你老板。。。"

28，同学聚会

一天晚上。几个人围坐在客厅里的牌桌边，在跟老丁学着玩德州扑克（Texas Hold'em）。老丁正在认真地给大家讲解这种牌的玩法。因为这已经至少是第三次给他们上课了，老丁无可奈何地看着眼前的这几位，真是恨铁不成钢啊，到现在都没玩成一次。

今天他简明扼要地讲："其实挺简单。五、六个人先每人发两张牌。你看是否想玩，如果牌还可以就接着玩，如果不好就可以选择退场。然后再发三次牌、每次一张，每次你都可以选择退出或者继续玩，所以输赢多少是可以控制的。当然你待的时间越长需要投入的筹码就越多。"

他给大家发了第一圈牌后就有两个退出了。这两个坐在旁边没事儿就把话题引到了近来开始时髦起来的同学聚会上了。

老张的大学同学聚会是去拉斯维加斯转了一圈，和多年不见的十几个同学在一个中餐馆吃了一顿晚饭。结果是味如嚼蜡、没什么可以值得称道的。可能是因为时间太短、来去匆匆，或者是没得到什么满足感。

老丁说他那次的同学聚会给个同学骗了。一个已经改做生意的同学借自己操办聚会之便，带着全家免费去洛杉矶玩了一趟。其他同学给他家买的单。老丁气得说："那小子在学校的时候就爱搞些歪门邪道、坑蒙拐骗的勾当。总以为他来美国这么多年了，应该不一样了。临了，还是被这家伙骗了。幸亏我没去。"

大家笑着说老丁那学校不知道是教什么的，竟然能教出比老丁都厉害的主儿来。

大实话说："这同学聚会的作用不外乎：第一呢，是有干得好的想来 showoff（显摆）一下，如果真比其他同学干得好，就容易让人 overconfident（过度自信）；第二呢，是干得不如意的不想去，去了更 depressed（压抑）。"

小武子说："也有的是想重温一下当年的辉煌，和宋丹丹演的那个白云似的，想再火它一把。这在美国大家可都给憋屈得够呛。"

"是这么回事儿，"老张说："一看到我那两个同学就知道他们是急于想让大家看看，老子今儿可是今非昔比啦。"

鹿群笑道："结果是让大家看看自己已经变得多老了。"

大家哈哈大笑。

老丁认真地说："也有可能造成不必要的家庭矛盾。我那同学里就有两家到现在还吵着呢，是吵架的吵啊。这同学聚会容易让人想入非非，自己要掂量着点儿。"

"总之呢，"大实话总结道："好结果的可能性很小，除非你想认识谁、用谁。不过在美国大家都是打工，能相互帮上忙的机会也很少。"

"还是有好处的，"老张说："就是发现不后悔当年没有追上某个人了。"

"怎么？"小武子开玩笑说："我们老张到现在才死了那份儿心呀？"

"没的事儿，"老张辩解道："别胡说啊。其实这同学聚会随缘最好，不易特意操办、不必强求。"

老丁看着手里的牌说："现在这同学聚会和他妈的国内的婚礼一样了，都是走过场儿。"

鹿群说："也有可能是饭店促销。"

小武子很干脆地说："百分之百的，不用可能。"

大实话说："让国内这那些商家一折腾，准变味儿了。"

"不光变味儿，"鹿群说："而且越来越贵、越来越俗。在美国好象只有高中的同学有聚会，怎么一到国内就大学、中学、小学都一起上了呢？我看就差幼儿园了。"

"那可是我们的中国特色呀，"小武子说。

"奇怪呀，"老张问："你说我们这来美国都这么多年了，怎么还是跟着国内一窝疯地上杆子起哄呀？"

大实话学唱着张明敏的那首'我的中国心'："我的中国心，心，心。。。"

大家哈哈大笑了起来。

这时，老丁恍然大悟道："你们认真点儿行吗？冲你们这样子，什么时候才能学会呀？这 Texas Hold'em（德州扑克）和拱猪可不一样，得认真点儿。"

大家敷衍着他说："好好好。"

又逢感恩节。同学之间又开始互相联系、问候了。鹿群的几个同学说这入校二十周年是否该庆祝一下，总得有点儿动静吧？鉴于其它同学聚会的经验教训，鹿群提议、大家附议，去美国南方找个风景优美的大山里的别墅住上两天。游山玩水、轻松避寒，长了不限、短了不行，这样可以保证大家能尽兴。

经过几次反复的电话会议研究讨论，他们一致决定去密苏里州（Missouri）的雾罩山（Smokey Mountains）里找个别墅。那

352

儿有个偏僻而风景如画的度假别墅，虽然远离城市，但交通还算便利而且不贵。圣诞和新年期间特别抢手，所以组办者们鼓励大家要提前两个月定房间。

组委会特别倡议全家前往，以避免可能的、随这聚会而来的家庭内部矛盾。并且规定：第一，自己带足两天的食品、杂货（Grocery）；第二，鼓励给孩子们多带游戏；第三，安排带卡拉 OK、棋牌、羽毛球的人家。这样不管聚会结果如何，至少大家可以轻轻松松地游山玩水。

鹿群在北美的多数同学积极响应。大家紧锣密鼓地开始定房间、订机票、租车。

这天，鹿群忙了一会儿电话定票，发现找不到说话的服务员，那机器又听不懂他在说什么。鹿群想，只好等儿子回来再定了。鹿群看着那电话，坐那儿沉思不语，他在反省自己哪儿说错了。

妻子过来问怎么了。他说刚才试着定下个月出差的票，可那机器听不懂他说的拉斯维加斯（Las Vegas）所以没定成，只好等儿子回来再说了。妻子笑着说："那就别直眼儿啦，过来搭把手。你不会是琢磨着告那 machine（机器）歧视吧。"

"要告也要告 American Airline（美国航空）呀，"鹿群笑了，说："不过话说回来了，这花钱的事儿是不会被歧视的。只是不知道发音错在哪儿了。"

鹿群夫妇这次还是安排老丁管家，因为如果需要什么小的修修补补老丁顺手就干了，前几次让他暂管都挺好。鹿太太只是叮嘱他这大冬天的、又是大过节的，就不要抠大家了，只要不出事儿就行了。

老丁和小武子觉得自己的德州扑克（Texas Hold'em）的本事不用太亏了，所以一直在找机会用自己的这个特长牟利。

上次被打出牌局时，他们两个人不服，还大喊，这是美国他们有自由和人权。那个双臂和前胸都有大面积纹身的庄家抽着半根雪茄、连笑带骂地又多踹了他们每人各一脚，所以他们两个人到现在还是不服气。小武子说："美国佬就那么点儿智商都能赚这钱，凭什么我们不能！？"他们同时也自我检讨，意识到自己上几回确实是赢得狠了一些，把那帮人给搞急眼了。以后要想做高手，就一定要给他们来个细水长流、小火炖青蛙。

可他们两个人的名声已经在外，试了另外几个牌局也还是被拒之门外。他们只好另辟蹊径，或者是给逼上梁山了。两个人下决心自己教人打德州扑克，然后开个咱华人自己的牌局。他们互相鼓励要有愚公移山的精神和相信美国是个梦想成真的地方。老丁说："可能也不需要那精神，咱华人本来就有嗜赌的倾向。"两个人干劲十足，紧锣密鼓地到处教人打牌，同时憧憬着未来当庄家的日子。

该出发了，鹿太太又变卦了。她嫌张依看上去太年轻、又太能来事儿，所以拒绝同行。因为有一次鹿群全家带着张依出去游玩，被一对陌生的老年华人夫妇误认为是鹿群夫妇和儿子一家出游呢。因为那对老华人羡慕地跟他们说："你们这三代同游，好幸福呀，还是我们中国的传统好呀。"打那儿以后，鹿太太发誓一定要避免类似的窘境。

妻子这莫名其妙的坚持让鹿群很无解和无奈。全家只好多花了些钱，临时改变了行程，推迟一天出发。

这天，他们到了机场才发觉，这感恩节的机场比中国春运的火车站还要繁忙，安检也很慢。把丽丽都等哭了，鹿丹只好带着妹妹去玩电梯、消磨时间。

到达目的地后，发现那个机场也一样是人山人海。虽然出机场没有安检，但等行李和租车的地方都得排很长的队。还好，鹿群遇到了两家同学也在等车，他们就开始了热聊，才把时间打发掉了一些。鹿太太抱着睡着的丽丽坐在一个角落里他们的行李堆上，直着眼不知道在看哪儿。

好不容易排到了。没说两句话，鹿丹就气得和柜台后面的那个女士叫了起来，因为那个妇女说没车了。鹿丹喊道："We have made the reservation one month ago（我们一个月前就预定了），don't you think what you just said was ridiculous（你不觉得你刚才说的可笑吗）？"

那位女士一脸疲惫，硬挤出点儿笑容说："Sorry，someone must overbooked（对不起，肯定是有人给超额预定了）。"

"Not someone，it is you（不是什么人，是你们），"鹿丹坚决要求道："I need to talk to your supervisor（我需要和你的领导说话）。"

"Okay（好），"那位女士如释重负地应道。她长出了一口气，然后转身进了她身后的一个门。毕竟今天也太忙了，这位服务员已经连续站了六个多小时了。

站在旁边的鹿群连话都插不上，只是非常满意地微笑着、看着鹿丹的那个气样儿。那眼神好象是在说，这儿子长大了、真是顶大用了。

鹿太太抱着丽丽在那个行李堆上已经迷糊着了一会儿了。

一位面容憔悴的中年人从里面出来，可能也已经忙碌了一天了。他说正好有一辆刚刚还回来的车子，只是那是个小面包车（Minivan）不是大型轿车（Full size car）。他说："Only ten dollars extra，you get a bigger car（只多十块钱，你可以有个更大的车）。"他问鹿丹行不行。

"No（不行），"鹿丹坚持道："We made the reservation almost one month ago（我们一个月前就预定了），we expect to have the car now and we are not going to pay any extra（我们认为那辆车应该在这儿，我们是不会多付任何钱的）。"

那人无奈，只好说好，然后把手续办好。鹿丹拿着钥匙去开车。鹿群和另外两家同学说了声山上见就走过去叫醒妻子，把行李搬了出去。

鹿太太抱着熟睡的丽丽上了那车子才发觉不对。她问鹿群："怎么会是个 minivan（小面包车）？"

鹿群高兴地搂着妻子说："咱儿子顶大事了，都是他交涉的。"

鹿丹回头说："这 season（季节）他们总是 overbook（超额预定）。如果车子不够了，他们就来那一套。如果我们不坚持就只好等着了。"

鹿群夫妇高兴地互相看着。

快临晨三点，鹿群全家才开到那个度假村。办好入住手续后，全家就都去睡了。直到中午，鹿群才起来。他到大厅一转就发现了很多同学和张依。他们正在布置会场。那个热闹劲儿真象是回到了当年的那个校园。

355

众人都感叹大家老了。有位同学说："遇到喊美女的，我们的女同学当然还可以回头；男同学可要注意了，遇到有人喊大爷，不要以为喊别人呢，喊的就是你。"大家笑了，问他怎么知道的。那位同学说："相当地悲惨呀，亲身经历。"大家哈哈大笑了起来。

张依说："任何时候遇到叫美女回头也不会错儿，人家的意思是美国的女的，和长得怎么样没关系。"

这位同学笑道："在这儿是可以占这个便宜。"

下午开会。取消了主持人，国内叫司仪，因为大多数校友聚会的不愉快源自司仪的厚此薄彼。大家基本上是想干什么就干什么。虽然的确是有点儿杂乱无章，但同时也是热闹无比。

整个度假村的那个大厅被他们占领了。其他进出的人们都绕道而过，同时微笑地看着这一群夯奋、欢快、喧闹的中老年男女们。

在这山里虽然有隔世之感，这度假村里有各式各样娱乐消遣也让大家忙得手忙脚乱。大家随意游玩，还自发组织了：慢跑、钓鱼、射击、烹饪、台球、乒乓等活动。

这个度假村有个大厨房，大家就自发组织把带来的食品、杂货集中了起来，然后开会招募伙头军、安排一日三餐和孩子们的监护者（Supervisors）。

听到要招募自愿者，大家一下子都安静了下来。那个召集人看看，然后大喊："班干部，党、团员带头！"大家哄堂大笑。不一会儿就把伙食小组给凑齐全了。

鹿群举手把妻子自愿给伙夫班了。张依喊道："不行，不行。您还是把我 volunteer（自愿）得了。嫂子一年到头得在厨房忙活，也该轻松一下啦。我替她了！"鹿太太听得心里五味杂陈的，尴尬地笑笑，心里觉得张依这话有哪儿不对头，但人家肯定是好意。

大家又来了个美国式的民主，把每顿饭的菜谱贴墙上，在乎的去打勾儿，按打勾的数目来决定最后的菜谱。还欢迎自愿提供自己喜欢的菜谱，最后还要评选最佳恶作剧菜肴。

同学们多年不见，初见时一般都很小心。先用类似久仰、别来无恙等老一套文言文来互相敷衍着。搞清楚彼此的底细、找到彼此的位置后，他们才开始放心大胆地聊天儿。有两个本

356

来就爱攀比的开始说自己混得多好，待会儿喝多了就开始赛着哭诉起生活的艰辛了。

他们的母校今年换校长了。一个同学说："又不知道是从哪里空投来的。"

"别逢中必反啊，"另一个同学说："这美国选校长，学生和老师也没有发言权呀。只是 trustees（理事们）和 provosts（教务长们）满意就可以了。"

同学三说："咱国人常常是道听途说，觉得外面是什么样子，就要求国内也怎么样。害人呀。"

"只能说我们给惯坏了，"鹿群说。

大家笑道："咱政府会惯着国人？"

"那当然啦，"鹿群说："咱政府有多少把柄都在大家手里呀。"

大家哈哈哈地笑了起来。

同学顾午正说："怎么王兴也出来了？他学习不好呀，这美国真是什么人都要。"

"可不，连你都来了，"同学李国歌笑着说。大家跟着笑。他看顾午正脸上有点儿挂不住了，就马上说："这出国的人太多啦。咱班不就是只有三分之一的同学还在国内吗？他有可能是陪读出来的吧？"

男同学们和成年男家属们喜欢附近的一个靶场。那个靶场提供多种枪支弹药，大家出钱即可，也不需要执照就可以过枪瘾。众人还合了个影，看上去象是一群准备去上山打猎或者是去打游击的亚洲人。

不巧的是，上周，北方有个州的一个南亚人在打猎的时候，和一群白人发生冲突而大开杀戒，且大获全胜。有位同学担心，说这照片可能不合时宜吧。大家笑道："那就过几年再拿出来看嘛。"

同学苏同义感叹美国真自由、能这么玩枪。另一位同学贺福利说："得分场合。我儿子刚刚被学校警告了。"

"他带枪去学校啦？"苏同义问。

"没有，"贺福利说："他喜欢画画儿。在学校自习的时候画了些枪就被警告了。"

"加州管得也太严了吧？"鹿群觉得不可思议。

贺福利说："开眼界吧？学校说那是 zero tolerance policy（零容忍政策）。"

晚上。鹿群找了个空儿打电话问老丁家里好不好。正巧是老丁接的电话，他说："这儿没事儿。你放心玩吧。只是和小武子他们一起学习打牌，"其实是他们俩正在召集人教他们打德州扑克（Texas Hold'em）。没成想，这两天来学的那几位还挺上心、对打法、规则争执不休，因为从图书馆借的那几本书上讲的打法太多。

小武子急中生智，找来了在上个牌局认识的一个老美大学生来充当仲裁。那小老美开始不要来，因为小武子和老丁打牌太厉害。小武子最后跟他说："You control the rules（规则以你说的为准）。"这小老美一下就同意了。因为都不糊涂，谁定规矩谁就是老大呀。

这边，在山里的同学们不象是在搞同学聚会，倒象是聚餐、野营。晚上在客厅里随便开会、聊天儿、打牌下棋。一堵墙壁被用来搞自愿图片展，把过去和现在的图片、文字展示出来让大家温故知新。还有一张很大的纸铺开在大厅的一个桌面上，题目为：一人一句话。让大家自愿、无记名地一人写一句肺腑之言，准备聚会结束后扫描一下，好人手一份。张依问："有那必要吗？到时候我们每人去拍张照片不就行了？"

前副班长开玩笑说："不服不行。还是年轻人聪明啊。"

唯一有组织的是安排了几个人特别注意可能孤独的人，把他们也娱乐起来。

张依有点儿招女人们不待见，因为男同学们总是围着她转。她对自己的婚恋只字不提，其实连鹿家都不知道她这方面的底细。

干得最好的那个同学刘盛在大家的一致要求下，决定给大家介绍一下他自己开的那个小公司。

当天中午，在一个小会议室，大家正在听刘盛讲述他的创业历程。鹿太太手里拿着手机推开门，跑进来，大喊："鹿群、老鹿，出事啦！"大家都回头看着鹿太太。鹿群赶紧起身拉着她出去，关上门。

紧接着就听见他们两口子在走廊里的大声喊叫。原来，他们接到的是静水城警察来的电话，说小武子和老丁因为聚赌被捕，鹿群也有提供场所的嫌疑，需要尽快去警察局澄清。鹿群赶紧答应今天下午他就回家去见警察。鹿群感叹没有警察的默许这两个人怎么敢干这事儿呀。

不一会儿，小穆来电话讲述了大家又给警察折腾了半宿的惨剧。原来，老丁和小武子不死心赚不到那免税的外快。放假没事，就找了几个人在客厅开摊儿玩德州扑克。其实还有两个根本不会，他们在一边玩、一边教，还热情鼓励那两位一定要在水里学会游泳。

他们刚开始、没过三把就被冲进来的两个警察抓了。小穆说肯定是有人告密，因为老丁他们还叫了他们在上次那个牌局上认识的一个美国人来保证打牌规则的标准性和权威性。那人没被抓，只是和警察说了几句就离开了。

鹿群安慰家人说："没事儿。我回去看看。"他还叮嘱儿子要带着他妈妈和妹妹按原定计划玩。

张依主动赶来说："我也可以改变行程，跟你们一起走。这样还可以帮嫂子照顾丽丽和 Dan（丹）。"

"看看，"鹿群感激地说："这才叫患难见真情呀。谢谢你啊。"

鹿太太吓了一跳，立刻坚辞道："不用了，不用了。谢谢啊，我们可以的。"她心里说："好家伙！这还不让人家以为是孩子一家三口带着个老妈旅游吗？"

"太大意了，"鹿太太后悔道："真应该让老丁使劲抠大家。你看他这一闲下来就惹出这么大的事儿。"

"不一定，"鹿群说："也有可能是小武子。不管是怎么回事，你们都要先 enjoy here（在这儿好好玩）。他们进去了也有好处，能让他们长点儿记性。我得先去打电话改机票。"

鹿群回房间打电话改好机票。随后，鹿丹开车，爷俩儿直奔机场。

回家后，鹿群先换上那套唯一的西装，在警察面前一定要呈现一副正人君子的态势。他来到厨房喝了口水，同时问了小穆他们当时的情况，然后就带着小穆一起去警察局了。他不知道自己能不能回来，如果回不来小穆可以把车给开回去。

警察局里。牌友王政就，在铁栅栏的另一边，双手比划着和个警察正在哭诉着什么。那个警察用右手做了一个压下去的手势，认真地说："Calm down（冷静一下），calm down。"那警察仔细看看王政就的肢体语言，和听他到底在说什么。他好象明白了。他打开铁栅栏门、用手势招呼他出来，然后指了指对面的厕所。还在哭哭啼啼的王政就，看了看厕所门上的牌子就听话地走进去了。

进了厕所，他上下左右地看着，不哭了，但还是不明白为什么被送进这儿了。他心里想："是让我洗洗干净，再放我？"于是，他开始对着镜子洗脸。

过了一分钟左右，警察在外面砸门，喊道："Time to come out（该出来了）！"他只好低头出来，还想和那警察说什么。那个警察干脆利落地挥手制止。他一手直指那个铁栅栏门，喊道："Enough（够了）。"王政就就这么地又回来了。

在一个角落里坐着的老丁和小武子，看着王政就回来、去对面的角落坐下了。老丁悄悄说："看来不能说自己是无辜的，否则要给关厕所里醮一会儿。"

小武子悄悄说："也有可能人家不明白他是什么意思吧？你看他刚才两只手直在小肚子那儿抖，给谁都会以为他是给憋坏了呢。再说这儿的厕所也不算太臭。"

老丁若有所思地说："I see（明白了）。"他又悄悄问："英语里这冤枉怎么说呀？刚才一急就想不起来了。"

小武子想想，说："你还别说，我也不知道。谁也不会准备这个单词呀，谁会准备着进美国的 jail（监狱）呀？"

"有备无患呀，"老丁低头说："怪不得人家要请 lawyer（律师）呢。"

老丁和小武子在警察局里不仅对自己的所作所为供认不讳，还主动从灵魂深处挖掘了自己犯错误的根源。警察们看他们如此配合也就不准备深究。因为美国人的习惯是无辜直到被证明有罪（Innocent until proven guilty），所以他们大多是坚决声称无辜，甚至启用类似暂时性神志不清（Temporarily insane）、恶魔附体（Possessed by demons）等等借口来抗争。所以那些案子办起来大都是旷日持久、麻烦的很。

美国警察哪知道，咱国人都是明白，坦白从宽、抗拒从严这个道理的，所以他们觉得国人真好，做那么点儿错事就诚惶诚恐、老老实实的，况且的确事先不知道那是犯法的事儿。他们又是初犯，而且金额很小，因为他们当时只是在玩美分。

玩美分这事儿让那个询问他们的警察觉得很好奇、很不可信。他用不同的语句、语调反复问了他们几次。最后，他都忍不住地笑了出来。其他几个听说这事的警察也觉得不可信，几个警察还打了赌，专门进来和他们又核实了几次。

最后，警察们基本上已经觉得他们顶多算是个品行不端（Misdemeanor），也就是被抓的人被处以罚款、警告、和几次社区服务（Community service）。就这也还得有待法官的决定。

这时，他们两个人挤坐在那个角落里悄悄地聊天儿。其他三位打进来就是对他们两个横眉冷对的，还有那个哭了几鼻子、从厕所刚回来、两眼红肿、直愣愣地看着天花板的王政就。老丁低声和小武子说："幸亏听你的只玩 penny（美分）热身，否则这数目要是上去了，今天咱俩可就彻底栽了。"

小武子低声答道："那几个是新手，一开始就玩大的，还不把他们吓跑了？本想着来上几次，他们自己就会主动要求玩大的了。"

老丁低头斜眼往外看着，轻轻问："这儿怎么也没个华人警察呢？"

"什么？"小武子惊讶地低声问："你还想走后门呀？"

老丁低声回道："打点一下没坏处吧？"

小武子说："你快省省吧。咱还是老老实实地想想怎么先出去吧。"

"当然，"老丁悄悄强调了一下："我是在说出去以后的事儿呀。"

小武子看着老丁、无可奈何地摇摇头，说："我是真服了你了。"

鹿群到后，被个警察询问了十几分钟，然后就让他签了个东西说他可以走了。

警察告诉大家可能就算是个品行不端，让他们回去等法庭的通知。他们都表示接受处罚，然后签字、不需画押，就都被放出来了。

有两个人开始在那走廊里抱头痛哭了起来。也难怪，这两个从幼儿园开始就一直是优秀和三好。这来美国后，身份还没有开始办呢，就出这事儿。如果这次算犯罪而不是品行不端，那他们在美国的前景就基本上是漆黑一团了。这二位的确是给吓坏了。

另外三个则是诚惶诚恐、点头哈腰、不停地对着柜台后面的那个警察说非常感谢。那劲头儿很象是中文里的，感谢您的不斩之恩、大恩大德、我们这辈子都不会忘记您的恩德的那意思。只是当时他们三个还不知道那种感恩戴德的话用英文该怎么说。

在一旁的鹿群低头不语，他也被警告，因为他没有旗帜鲜明地让他的房客知道不能在家里聚赌。

这时，那位柜台后面的警察纳闷得直挠头皮，心里说，也没怎么他们呀，这好吃好喝的。最后，他实在受不了这一幕了，就不耐烦地挥手让他们赶快离开。看着他们那一步三回头、点头哈腰的样子，那个警察摇摇头、忍住笑、自言自语道："You guys are too much（你们这些哥们儿也太逗了）。"

在警察局的停车场里。小武子主动向鹿群承认错误，说："鹿兄，对不起，对不起。这 Texas Hold'em（德州扑克）比赛成天地在电视上播，我们去的那几个牌局也没发现需要有什么 license（执照）、也没被抓呀，所以以为是 legal（合法）的、没事儿。"

鹿群气得指着老丁和小武子喊："老丁啊，这年轻人冒失点儿也就算了，你说你这么大年纪了，怎么就没点儿正经呢？这种事儿，没有后台是你们能干吗？这么爱赌，你们为什么不去 Vegas（拉斯维加斯）呢！？"

老丁认真地看着鹿群、掰着手指头，答道："我们算过了，去 Vegas 不合算呀。一来在那儿赢的得交 tax（税），二来机票太贵，三是那儿有黑社会。"

鹿群给气得原地转圈、挥动着双手，喊道："哦，你还知道干这事儿需要有黑社会呀！？"

这时，有一辆车停在了他们旁边。从那车上下来一位三十多岁的华人男子，他径直走到王政就面前，抬手就是一个响亮的耳光，同时大喊道："你可真不让人省心呐！我这只出去两天你怎么就进去啦！？你怎么这么 stupid（愚蠢）！？刚来美国怎么就敢干这 stupid 的事儿呀！？"

362

"我，我不是刚来嘛！？"王政就捂着脸、哇的一声，又痛哭了起来。

"你还敢顶嘴！？"这位转头环视着各位，大喊道："这是你们谁教唆的！？这不是害人呢吗！？"

鹿群赶紧说："正在教育他们，正在教育呢。"

这位男子不依不饶地喊着："如果以后他办身份出问题，我们非 sue（控告）你们不可！"

这时，一个警察跑过来问出什么事儿了。那位男子赶紧和警察解释，他是来接他弟弟的。这位警察请他们尽快离开这个停车场。众人赶快离开了。

晚上，张依打电话问情况怎么样了。正在翻阅着那些以前大学照片的鹿群说："没什么事儿，都已经放出来了。唉，我这儿还有一些有你的照片呢，"他接着说："哦，大家可是批评我，说我没有作好这个大哥呀。"

张依问："why（为什么）？"

"Nothing（没什么），"鹿群说："你现在还是 single（单身），他们说是我的错。他们在开玩笑啦，不必当真。你玩得好不好呀？"

"还行，"张依说："就是在外头消磨时间，这大过节的回去也没什么意思。"

鹿群热心地劝道："如果没事儿就回来吧。回来还可以住回来，反正有两家房客过完新年才回来呢。"

"那嫂子同意呀？"张依说："你可别自做主张给自己找麻烦啊。"

鹿群爽快地说："没关系的。你嫂子她是更年期，你可不要介意啊。李国歌一家后天到，你也回来吧，大家可以再小聚一下。一起过来也可以批评一下老丁和小武子。"

张依说："好吧。大哥你可真够辛苦的，这大过节的。"

"没事儿！"鹿群说："这么多年早就习惯了。以前是孩子错了是家长的责任，现在只不过又加了一条：房客错了也是房东的责任。"

张依笑着说："missing one more（还少一条）啊。"

"还有什么？"鹿群问。

张依说："小依 single 是大哥的错呀。"

鹿群在这边哈哈大笑道："得加上，这得加上。"

第二天一大早，大家纷纷和那个度假村结帐、退房。在大厅里，众人依依不舍地说明年再来。临别时还赠送这次聚会的光盘和颁发各个项目的获奖者。红烧麦片（Cereal）是恶作剧菜谱的赢家。

鹿群给正在旅行的妻子打电话，说："这可是个教训呀。以后只要老丁上心干什么事儿，咱家一定要多留个心眼儿，否则迟早要出事儿。"

妻子说："不过这家伙轻手轻脚的，让人防不胜防呀。"

"还是防得住的，"鹿群说："他之前是有迹象的，只是当时忙着准备这同学聚会的事儿，没多想。你看，本来他是不屑和我们打牌的，上次他们给人打出来了以后，就开始非常热心地教我们打 Texas Hold'em（德州扑克）。"

妻子叹了口气，说："这回又得亡羊补牢了。赶快给那个房客公约里加上这条啊。"

"放心吧，"鹿群说："已经加上了。"

他们家的房客公约里又增加了一条：严禁非法赌博。

鹿群放下电话，看着这个日益完善和变长的房客公约，他哭笑不得地跟自己说："现在总算明白为什么那些 lease（租约）总是密密麻麻、又臭又长了。"

29，聚会余波

这天下午，鹿群去机场接同学李国歌一家。接到他们后，他就顺便带着他们在这个城市里转了一下，热情地给他们介绍这个小城市。回家后，李国歌感叹鹿群的好日子和大房子。鹿群笑着说："快别美慕啦。家家都有本难念的经啊。"

李太太手脚勤快，一进门就主动去厨房做饭了。鹿、李二人在客厅看电视、喝啤酒、聊天儿。电视新闻上有台湾议会打群架的报道。鹿群说："这美国的政治象是 American wrestling（美式摔跤），看着凶狠其实都是事先安排好的。这东西到了台湾就变成了 ultimate fight（终级打斗）了，真的打起来了。咱

364

国内政治有点儿象 fixed（安排好）的幕后友谊赛，也不打，或者更残酷。只是大家不知道内幕，只能鼓掌庆贺。"

"当然，"李国歌说："不管什么事都能给搞出个中国特色来。老祖宗不是教导我们，士可杀不可辱吗？他们哪能受得了别人在台上谩骂和攻击呀？自己还得老老实实地坐那儿听着？这不就打起来了。其实跟文革一样。"

鹿群笑着问："照你这么一说，文革还民主了？"

"相当民主啊，"李国歌说："你想想看，当时你只要不反对毛主席，就可以成立自己的派别，连注册都不需要。有本事的就顺便把权也给夺过来了。"

"哦？"鹿群笑了，点头说："好象是那么回事儿。只是当时乱糟糟的，要是有点儿秩序，那就是西式民主了。"

"可能吧，"李国歌说："反正不管在哪儿，和我们老百姓都没什么关系，大家都得为每天的柴米油盐忙活呀。"

鹿群把小李一家安顿好了，又去机场去接张依。飞机正点到达。张依只有一件随身携带的行李，从飞机上下来就直奔停车场。开车后，鹿群问道："累坏了吧？"

"没有，"张依接着说："唐文章他们又说了啊，你这个当大哥可没有好好帮我呀？"

"这不是帮着呢，"鹿群打岔儿道。

"你滑头，"张依推了他一下说。

鹿群自嘲地哈哈大笑了起来。他突然想起什么就打岔儿问道："唉，那个谁的那个公司怎么样了？那天我都没有来的及听完他的讲座。"

"我也没听完，"张依说："好象还行，刚刚起步，过几年才能看出个所以然呢。听着象是和国内的一个单位合作，好象在北京也有关系。"

鹿群点点头，说："哦，也不奇怪，那个刘盛当年找女朋友的条件之一，就是必须是高干的女儿嘛。"

张依说："可他那老丈人早离休了。"

"那关系肯定还在呀，"鹿群说。

两人回去后，鹿群帮着张依把那件行李拿上楼去。张依和李国歌一家寒暄了一会儿就上楼把脏衣服拿下来去洗衣房洗着，然后回到客厅和鹿群他们聊天儿。

四川籍的李太太已经准备好了一桌子的川菜，过来招呼大家入座。鹿群看着那桌菜，笑着说："真漂亮啊！原来这夫妻肺皮是你们的家传手艺呀。难怪我们小李发福了，原来是有个好太太呀。"

　　"真不好意思，"张依和李太太说："来这儿了还麻烦您下厨房。从现在开始我主厨，你们都不要进厨房啊。"

　　李国歌笑着说："你是不是要来个故伎重演？我们可还记得你那个红烧四人帮呢啊。"

　　李太太一边发着筷子、一边说："咱中国菜的名字有时候听上去是挺瘆人的。"

　　"没有，"鹿群解释说："那是小张耍滑头，故弄玄虚，就是四喜丸子。不过这也印征了咱国人什么都敢吃呀。"

　　"都一样，"李太太说："外国人也一样，其实全世界人民都一样。你去看看 travel channel（旅行频道）的 bizarre food（怪异的食物）就知道了。"

　　李国歌去客厅把电视频道调到了那个旅行频道。大家一边吃、一边看着。

　　第二天，张依早起。她快乐地忙里忙外、准备早餐、打扫楼下。李国歌和太太起来准备做饭，但张依硬是把他们按在椅子上，然后给他们上早餐。鹿群起来后也被同样地礼遇了一番。他笑着和李国歌夫妇说："谁要是娶了我们小张，就等着享福吧。"

　　"作梦吧，"张依笑着说："那是因为你们还没看到我的另一面呢。"

　　李国歌问："你还有另一面？"

　　"那当然，"然后她就呲牙咧嘴地做了个鬼脸。大家哈哈大笑了起来。

　　早饭后，大家分头准备，要出去玩。张依帮鹿群娱乐着小李一家，尽主人之谊，全程陪同，逛当地的两个景点。

　　当晚快十一点了，众人还在看电视、聊天儿。鹿群又要去机场接旅行归来的全家，张依笑道："大哥，你都快成 taxi driver（出租车司机）了。"

　　鹿群一边出门、一边回头笑着说："这个建议好呀。等我 retire（退休）了，就干这个。"

张依关切叮嘱道："大哥，你开车小心、注意安全啊。我给你准备夜宵啊。"

半小时后。鹿群全家都回来了。刚刚进门的鹿太太还在抱怨着鹿群给定的机票的时间太怪（odd）。鹿群回嘴说："你当时可是指定要这个最便宜的呀，还推迟了一天。"

这时，围着鹿太太那个围裙的张依高高兴兴地从厨房跑出来问候他们，并且给大家端上了夜宵。俩孩子高兴地围了上去，喊阿姨。鹿太太原地不动、诧异地看着张依，心里纳闷她怎么会在这儿。鹿群见状赶紧过来打圆场儿："小张是过来帮忙照顾小李一家的。"

鹿太太明白了，就笑笑说："那太谢谢你了。这么晚了，回去的路上要当心呀。"

张依只好微笑着说好，开始磨磨蹭蹭、依依不舍地摘下那个围裙，同时求援似地看着鹿群和李国歌。鹿群见状赶紧说："天太晚了，先住下吧。老张他们后天才回来，有地方住。"

李国歌也跟着说："小张别回去了。我们三个正好能接着昨天晚上，好好叙叙旧呀。"

鹿太太面有难色但不得不挤出喜色，说："好好，那就住下吧？"她同时低头看着椅子上的那个围裙，心里说："张依这腰也太细了，以后我还怎么用这个 apron（围裙）呀？"

第二天一大早，老丁和小武子需要去那个社区服务（Community service），所以早早的就都起来了。他们在厨房喝水、吃东西。两个人不知道今天会是什么苦差事，所以得先把肚子给填饱了。

张依出去跑步回来，去厨房喝水。她那一副的英姿飒爽，和那两个的垂头丧气的样子成了一百八十度的鲜明对照。张依手拿着杯子问道："怎么啦？给霜打了似的。"

小武子有气无力地看看她，答道："七点半得去 community service（社区服务）。"

"嗨！"张依喝着水说："不就是那几次劳改吗，有什么大不了的？"

老丁认真辩解道："我们那不是劳改，是社区服务、义务劳动。"

张依擦着汗，微笑着问："有区别吗？这义务劳动你们不去行吗？"

两个人认罪般地低头无语。

"行了，行了，"张依接着说："这对你们也好，可以长个记性。以后少给我大哥惹麻烦。"

这时，睡眼惺忪的鹿太太从卧室里出来了。她看见张依的样子一下子就给惊醒了，赶紧转身回去梳洗、打扮、更衣。

大家一起出来吃早饭。在饭桌上商量着再去一个当地的景点看看，同时顺便给那两个要去劳改的打气、饯行。鹿群说："别这么垂头丧气的，又不是回不来了。"

鹿太太一本正经地叮嘱这二位说："好好干啊，别给咱中国人丢人。"

张依在旁边说："他们这已经给咱丢人了。被劳改，他们可是咱这儿华人里的头一号呀。"

老丁、小武子低头听着，然后又各自喝一口水，互相看看，也不看大家就起身、大踏步地出门去了。众人望着二人的背影感慨道："真有股子壮士一去不回还的气势呀。"

"习惯了就好了，"李国歌感叹道："都说咱华人胆小怕事，可这二位是怎么回事呀？"

"现在明白了，"鹿群说："咱国人一般情况下是有贼心没贼胆儿，但凑在一块儿那贼胆儿就可能出来了。团结就是力量嘛。"

鹿群要带小李一家去逛当地的那个唯一的葡萄酒厂。鹿太太说自己累了，要留在家里给他们做饭，还需要把脏衣服洗好、还得去买芥末。大家好一阵子的劝。最后，李太太说："您要是不去，那我们大家可就都不去了啊。"鹿太太估摸着这次人多，应该不会出什么与张依有关的尴尬就勉强同意了。

她进屋去梳妆打扮。她还把孩子们叫进去，叮嘱他们要叫张阿姨、不是阿姨。她出来后又悄悄叮嘱张依要好好照顾李国歌一家。因为人家是客人，别让人家感觉给怠慢了。其实，她是想扼杀那种尴尬出现的可能性。张依欣然领命。

大家开两辆车去了那个酿酒场。这个酿酒场依山傍水地座落在个山角下，半山腰上是一排排的葡萄架、饭店、农机房、展厅（Showroom），酒库也在山脚下。这个酿酒场的主要功能是个景点，不是用来种葡萄和生产酒的，还有个功能是推销酒。很多人的婚礼和聚会都选择在这里举行。

大家下车步行着、到处看着，然后爬到了那个小山顶上合影留念。结果是李太太不高兴了，因为成了小李陪着张依了。她自己像是个跟在后面管孩子的老妈子了。

最后，众人下山去展厅。他们去看生产葡萄酒的过程和品尝其它酿酒场生产的各种葡萄酒。大人们排队去品酒，孩子们都自觉地去看那些酿酒器械的模型了。人家只要检查张依的驾照看是否过了可以喝酒的年龄。两位太太无奈地互相看看。

鹿群看到妻子手里拿着那个小纸杯子，正眯缝着眼看墙上这个酒厂的简介，就走过来讲给她听。妻子不耐烦说："你没必要告诉我呀。"她不想让别人觉得她的英文有问题。

鹿群悄悄说："只是 in case（怕万一）你看不清嘛。让你配副眼镜怎么就这么难呢？"

妻子用闭嘴的那个手势制止了他。她也不想让别人知道自己的老花眼问题。

大家喝多了就讨论起了张依的人生大事。张依笑着打断大家说："我可不能喧宾夺主啊。我们今天可是陪李国歌一家来的呀。"

鹿太太看着她，心里纳闷："怎么不叫李大哥？"

回来没多久，樱桃就敲门、进来了。她高兴地和大家说："这次回来时间短，不知道能不能过来，所以没敢打电话。"

大家寒喧、问候后，鹿太太把樱桃拉到厨房悄悄问："有男朋友了没有？"

"别提了，"樱桃说："挺伤心的。那些个男的没有一个好东西，只是惦记着我们女生的 body（身体）。还不如小武子呢，他喜欢陪人聊天儿。他还住这儿吗？"

"当然啦，"鹿太太说："他单身一人，又懒得做饭、收拾家，不就赖这儿了？"

樱桃问："那他人呢？"

"嗯，"鹿太太非常短暂地犹豫了一下，说："去做好事儿，义务劳动去了。"

不一会儿，那两个劳改犯高高兴兴地回来了。小穆过来问："我们的劳改犯回来了？"

小易也跟着问："今天劳改都干什么了？"

小武子乐哈哈地大声说："没什么啦。就是给图书馆收拾草坪，在 highway（高速公路）两边捡捡垃圾。"

鹿太太赶紧从厨房出来，冲着他们摆手示意，不要再说了。然后她故意大声地喊着问道："累坏了吧？"

小武子还是乐呵呵地大声说："没有。十几个人玩玩闹闹的，就象国内学校里的劳动课，还有吃有喝的。"

樱桃从厨房里跑出来，喊道："小武子！"小武子马上就傻眼了，直着眼盯着她看。樱桃过来悄悄说他："你怎么能这样盯着人家看吗？"

"哦，Cherry（樱桃），你回来啦，"小武子醒过神儿来了，搪塞着说："对不起。我，我是看你 T-shirt（T-恤衫）上写的什么字呢。"

樱桃笑着说："怎么还是这么无聊呀？"

看到樱桃后，小武子非常高兴。他给大家做了一堆热狗，还说是在警察局里吃了一次觉得特好吃，所以给大家做了些。鹿太太开玩笑地问道："你这易经大师也不怕不吉利呀？"

小武子说："那是中国的易经，这是在美国。"

樱桃疑惑地问小武子："你也敢去警察局蹭饭呀？"

"没有，没有，"小武子连忙敷衍说："哦，是，是，只去了一次。"他赶紧打岔儿，转过来问大家："怎么回事，不好吃啊？"

"怎么说呢？"小易说："我猜你们当时是给饿的吧？象那个相声里说的那个珍珠翡翠白玉汤？"

老丁说："没记得是什么味道。当时给那两个哭天摸泪的搞得心烦意乱的。不过今天的挺好吃的。"

鹿群看着老丁，笑着说："Free vinegar is sweeter than honey（免费的醋比蜜都甜）。这是我们那儿的一个土耳其人告诉我的。"

"肯定没错儿，"鹿太太安慰小武子说："你看孩子们都挺喜欢吃的。"

旁边没人的时候樱桃悄悄问鹿群："小武子和老丁为什么要去警察局呀？"

无奈，鹿群只好往轻里解释："他们和几个朋友打牌，警察误会了，以为是聚赌。其实是没有的事儿，否则怎么会这么快就给放出来呢？"

樱桃脑筋一转就又问道："那怎么还是被罚 community service（社区服务）了呢？不是只有吃了太多的 tickets（指交通违规的罚单），才用那 service（服务）去顶呢吗？"

鹿群继续打着马虎眼，说："他们那只是走走过场，走走过场。"

樱桃将信将疑地点点头。

鹿群赶紧找了个机会把小武子叫出来，两个人在外面遛弯儿。他提醒小武子，说："Cherry（樱桃）这次回来可是很关心你呀。你得把那聚赌和 community service（社区服务）的事儿给解释好了。我跟她说的是，那警察局的事儿只是去走走过场。"

"我这就去，"小武子感激万分般地说："大嫂刚才也跟我说今天 Cherry 说我和其他男的不一样呢。"

晚饭后，其他人打牌。小武子要带樱桃去看电影。两个小伙子房客也要跟着去，但随即被鹿太太使的眼色制止了。

一路上，小武子解释着那警察局的事儿，说得樱桃笑得肚子疼。言而总之，那些所有谣言不是子虚乌有，就是仅仅是据称（only alleged）。

晚上十一半左右，小武子有点儿垂头丧气地一个人回来、上楼睡觉去了。

第二天中午，鹿太太接到樱桃的电话，她说："我现在在机场。今天要回去了。"

鹿太太问："怎么这么快就要回去呀？你们昨晚的电影怎么样啊？"

"挺失望的，"樱桃说："男的没什么两样儿。不说这些了。欢迎你们来 Boston（波士顿）来找我玩啊。"

鹿太太祝完一路顺风，放下电话，上楼去叫醒小武子，说："你得来厨房一下。"

小武子从床上坐起来问道："好。什么事儿？"

鹿太太说："你下来就知道了。快点儿啊。"

小武子坐在厨房正当中的一把椅子上，不解地看着面前的鹿群夫妇。鹿太太站在他对面开审："你说！昨晚你把 Cherry（樱桃）怎么了，人家好象很不高兴呀？"

　　"她怎么不高兴啦？"小武子不解地说："挺好的呀。我们看电影的时候都拉手了。"

　　"真的啊！？"鹿太太高兴地拍了小武子的肩膀一下，说："可以呀，小武子！看的什么电影？"

　　小武子说："那个 English Patient（英籍伤员）。"

　　"什么？"鹿太太问。

　　"就是'英国伤员'，"鹿群说："据说这个电影拍的很好。我也想去看。"

　　"你别打岔儿啊，"鹿太太接着问小武子："你回想一下，有没有什么做得不妥，或者过分的地方。"

　　"好象有，"小武子想着说："那电影里是有那么两、三段戏太 steamy（热气腾腾）了。"

　　鹿群夫妇齐声说："什么呀？你说话得让人听懂呀。"

　　小武子试着解释道："就是，就是，那个 rated（定级）得有点儿太 R（限制级）了。"

　　"二？"鹿群糊涂了，问："什么意思？"

　　小武子赶紧说："是 rating（定级），电影 rating。"

　　鹿群更糊涂了，问："电影哪能 rated'二'呀？"

　　"不是二，"小武子赶紧说："我说的是 restricted（限制级的），太 restricted 的了。明白了？"

　　鹿群不解道："那是电影的 rating（定级），和你有什么关系呀？你没做什么出格的事儿吧？"

　　小武子低头说："那我的手不就跟着出汗、发抖吗？"

　　"你把 Cherry（樱桃）怎么了？"鹿群忙问。

　　小武子委屈地说："真的什么都没有。我们俩这好得像亲兄妹似的，不可能有什么出格的。"

　　鹿太太回想着说："Cherry 当时的意思好象是，特别讨厌男的只想着动手动脚和只惦记她的 body（身体）。可你什么都没干呀。"

　　"我说嫂子呀，"小武子说："您以后传话传清楚点儿、全乎点儿啊。这给耽误的。"

鹿太太不解地问道："我怎么耽误你了？"

小武子说："您只告诉我 Cherry（樱桃）觉得我比其他人好，可没说得象刚才那么具体呀。要是知道这些，我肯定连手都不拉了。鹿大哥让我注意的那部分不光没出错，说不准还给我加分了呢。"

"别说那没用的啦，"鹿群说："你讲具体点儿。我们帮你看看到底是哪儿出问题了。"

小武子诚恳加感激地说："谢谢啊。我到了那儿就买票、买 popcorn 和 drink（爆米花和饮料），然后我们就进电影院了。那电影开始不一会儿她就拉我的手了。我当时激动得都没敢看她。"小武子突然恍然大悟，说："知道了，完了，完了。肯定是她知道我那手的问题了。"

"你呀你，"鹿群责备他，说："那你也不能跟人家讲嘛。又不是和男的一起去看电影。"

"没讲啊，"小武子说。

鹿太太质问道："没讲？那电影院里黑咕隆咚的，你不讲谁会知道呀？"

小武子委屈和后悔地都快哭了，说："我们那不是还拉着手呢嘛。"

"啊？"鹿群夫妇惊讶地看着他，问："一直拉着呀？"

小武子哭丧着脸说："对呀。"

三个人沉吟了一下，鹿太太说："这 Cherry（樱桃）是真聪明呀、太厉害了。这一拉手就和一直给你把着脉一样啊，比测谎器都灵呀。Cherry 看过这个电影吗？"

小武子说："她说没看过。我看过，是陪她去看的呀。"

"得了，"鹿群无奈地拍拍小武子的肩头，说："小武子呀，你是斗不过 Cherry 的。"

小武子说："可我是喜欢她，没想着跟她斗呀。没办法，认了吧，真是成亦萧何败亦萧何。那该死的电影，以后只能看 cartoon（卡通片）了。"

鹿群夫妇摇着头，用可怜他的眼神看着他，说："你这是撞了南墙怎么也不回头呀？还知道疼吗？"

小武子看着他们俩不解地问："啊，什么？"

当晚的卧室里，两个人照例睡前一聊。鹿太太说："这小武子也是啊，都看过一遍了，怎么也不控制一下自己呢？"

"可以理解，"鹿群说："年轻人嘛。我们都老夫老妻了，每次和你那个，我还控制不住自己呢。"

妻子推他一下，说："你才老了呢。说他们呢。"

"简单，"鹿群说："爱让人变傻，而且越年轻越傻。你看小武子今天那傻样儿。"

"那？"妻子问："我是不是给 Cherry（樱桃）打个电话帮小武子解释一下。他今天可真够可怜的。"

"太急了吧？"鹿群说："那不是此地无银三百两吗？过一段时间吧。唉，明天送走李国歌他们家，我们去看看那个电影吧。听说拍的水平很高，好象有希望冲今年的 Oscar（奥斯卡奖）。正好可以让张依看着丽丽。"

"行呀，"妻子不经意地说："别忘了提醒我带着那个血压计啊。"

鹿群没听懂，问："什么？带那干什么？"

"我要如实记录你的蠢动，"妻子说。

鹿群镇了一下就转身来痒痒妻子："我现在就蠢动。"

妻子笑着、躲着、喊着："别闹！别闹！"

过了一会儿，妻子转过身来说："小李家的好象对你那依妹有意见。你明天去给人家提醒一下，不要出什么事儿，不值当的。"

鹿群说："还没忘你那做好人好事的习惯啊？"

"胡说什么呀？"妻子说："这是积德，对咱那两个孩子好。"

"好，好，"鹿群说："我明天中午和小李说一下。"

30，情人节

小武子在以后的几周里，一有时间就一个人呆坐在客厅里等电话。当然一直也没等到樱桃的电话。大家都用可怜和无奈的眼神看着他，但又都不知道该怎么劝慰他。

房客方美琴在厨房叮嘱着大实话，说："以后可不要再对人家 religion（宗教）说三道四了，怎么也没个忌讳？"

"怕什么？"大实话说："我从小就是无神论者。"

"这不废话吗？"方美琴说："谁怕神呀？怕的是人！"

"也是，"大实话说："人家神不害人只救人，还不要钱、只要信仰。人正好相反。要是他不高兴还要 pray（祷告）让你倒霉呢。"

"还是管管你这张嘴吧，"方美琴说他："轻则让你找不到老婆，重则当心得罪了什么人，人家把你这 infidel（无信仰者，异教徒）给斩首了。"

"别这么瘆人啊，"大实话给吓着了，说："我只是就事论事而已。"

周六晚上，几个人陪小武子打桥牌、喝啤酒，想让他转移一下注意力。鹿群摸着牌劝小武子说："以后不要再看那些片子啦，都说那些片子害人不是没道理的。"

"早不看了，"小武子大口地喝着啤酒，说："真正高水平的还得是那些得 Oscar（奥斯卡奖）的。English Patient（英籍伤员）那才叫拍得极致呢。只是好看得一时都忘了 Cherry（樱桃）还在旁边了。"

小易说："你小子呀，肯定是看那些片子太多，条件反射，无法控制了。"

"您错了，"小武子继续喝着啤酒，反驳道："要是没那些毛片儿垫底儿，指不定出更大的事儿呢。其实现在那些片子对我来讲，就象是 Discovery Channel（发现频道）里的动物 mating（交配）的节目。已经没什么意思了。"

小易笑着感叹道："你小子都升华了。"

"不是，不是，"小武子摇摇手说："这只是我们单身的好处。你们几位肯定不敢和我们一样随便看，对吧？"旁人点头。小武子接着说："其实只是有时候熬夜，看看那些片子提提神。"

"有那作用？"房客小童惊讶地问。

"哦，"小武子说："你没听说那些 firemen（消防队员）熬夜、值班的时候都干些什么呀？"

鹿群赶紧说：“小武子！别误人子弟啊。你都快成教唆犯了。”

众人笑了。

大家叫完牌。鹿群安慰小武子说：“要说 Cherry（樱桃）也不该那么大惊小怪的，那是生物本能、人之常情嘛。”

“是啊，”小武子好象已经有点儿喝多了，说：“我还以为当时她和我是一个想法呢。”

小童问道：“什么想法？”

“激潮澎湃呀，”小武子说：“看完电影说请她去吃冰激凌。她说累了要回去。回去的一路上好象真的挺累的、都没怎么说话。我就老老实实把她送回去了。”

鹿群笑话小武子，说：“你以为我们 Cherry 和那些美国女人一样 cheap（贱）呀？”

“我看你呀，主要是电影选错了，”小易看着手里的牌认真地说：“你想过没有？那 movie（电影）其实是在歌颂 adulterer（通奸犯）的，所以你和 Cherry 这次没有好结果是正常的、也是好事。你会因祸得福的。”

小武子感激地看着小易，说：“说的是啊。但愿如此。”

“这也不能全怪你，”鹿群接碴儿说：“美国的电影在多数情况下也是稀里糊涂的，不知道它到底是想宣传什么。这个 English Patient（英籍伤员）就不说了，已经给你造成这么大的伤害了，那个 Titanic（泰坦尼克号）也是宣扬胡搞乱闹啊。尤其是那个女主角，从头到尾简直就是个 maniac（疯子）。象是美国当代的一个婊子加疯子穿越回去了似的。不过它的音乐还是很美的。好电影倒是有，比如说 Schindler's List（辛德勒的名单），但又太压抑了、不适合约会的时候看。”

“都不容易，”小易说：“我相信那些个写剧本的也难呀。首先一定得是个性学家。因为我们 mammal（哺乳类）雌雄之间就那么点儿事儿，他们得写出那么多不同的花样出来，难呐。就象给你个萝卜，你能做出几道菜来呀？”

“让你这么一说好象还真是的，”房客小童说：“现在想想那些 007 movies（电影），其实就是那 007 和 bond girls（邦得女郎）的前戏呀。因为那些电影的结尾都是他们在不同的地方以不同的方式交配着。”

鹿群说："咱也得可怜可怜那些剧作家。有句话不是，语不惊人死不休吗？这编到最后可不都是 out of this world（非人世间）的东西？"

小武子低头看着牌，说："的确是防不胜防。我已经决定以后约会看电影只看 cartoon（卡通片）。"

小易问："你可别矫枉过正啊。人家要是觉得你不成熟可怎么办呢？"

小武子睡眼加醉眼惺忪地看着小易，问："啊，什么？"

"现在算是明白了，"小童说："看电影其实不太适合你们这刚开始约会的，更适合那些缺乏房中战略、战术、热情、激情的。"

不知不觉地，情人节已经到了。准确地说，是情人节的气氛已经到了。因为离情人节还有一个多月呢。新年刚过了一星期，静水城的那三个超市就已经陆续地把情人节那红红火火的货廊（section）给布置好了。随之而来的是日益密集的，通过邮递、广播、电视传来的，轮番而饱和的广告轰炸。

那些广播里的广告也越来越露骨。有的连隐讳、模糊都不顾忌了，好象直接说：如果想要交配，一定要买。。。（If you want to get some，you must buy...）。这情人节被这些做生意的给折腾得已经是面目全非了，几乎成了交配的代名词了。让人觉得如果广告也有定级限制的话，大多数那些广告应该被定为限制级。可能已经有了，但好象谁也没听说、或者关心过。

还有三天就情人节了，在客厅里的丽丽也在准备了一些卡片，要送给她班上的那十六个同学。房客童川一边看报纸、一边笑道："小孩子凑什么热闹呀？这可是 adult（成年人）的节日呀。"

"两码事啊，"鹿太太赶紧解释道："其实这情人节在小学生之间就是好朋友节。每个人都准备些卡片互相送送，没别的意思。是那些大人不正经。这卡片便宜的很，三块钱可以买五十张呢。"

童川感叹："Walmart（沃尔码）也真厉害，连刚断奶的孩子都不放过。"

"你别瞎联系啊，"鹿太太说："人家美国佬自古以来就这样。"

新来的小伙子周宪法忙着在报纸里找减价卷（Coupon）。他要买鲜花和巧克力送给他正在追的那个女孩子。大实话在旁边给他泼冷水说："你要看到问题的实质。找女友的实力是什么？当然肯定不是鲜花、巧克力。那些在花店和糖果店打工的小伙子们肯定能证实这一点。"

周宪法看着他说："那如果别人送可怎么办？"

"不要慌嘛，"大实话拍拍他的肩膀说："好好忙自己的正事儿，把自己 build（搞得）得 strong（强壮）一点儿。这样，人家女孩子们才会稀罕你的礼物。和那 sexual harassment（性骚扰）一样，得先搞清楚是不是 welcome（受欢迎）的。这鲜花、巧克力、晚上出去吃顿饭，都是些小 token（意思）而已。"

小周糊涂了，问道："那就 do nothing（什么也不做）？"

"当然，"大实话说："你最 care（关心）的还是要送花和卡意思一下。不过要记住的是：好好挣钱是正路子，plenty girls willing to sacrifice happiness for money（愿意为钱而牺牲幸福的姑娘多了去了）。"

"别听他胡说，"鹿太太说："都像他这么实在，人家商家们还能过日子吗？连小学生都准备礼物呢。放心吧，想送就送。这情人节的时候没谁会嫌鲜花、巧克力多的。"

大实话说："那只能说明生意人过分、下作，连您都给骗进了。"

"什么意思？我怎么就不能有人送呀！？"鹿太太显然不满意了。

"您，您，您还会来这手儿啊？"大实话结巴着问。

"胡说什么呀？你这张嘴呀。。。"鹿太太看着大实话，笑着摇头。

小武子终于顶不住那些广告的轮番轰炸，也有可能是太想樱桃了，或者是忍受不了那等待和悬念了。这天，他悄悄给她隔空用 1-800-FLOWERS（电话买花服务）送了玫瑰和巧克力。

这是他经过一宿的深思熟虑才决定的。这提前送礼物好处是即不会落下口实，又意味深长。因为如果樱桃有所回应的话，那就可能正好在情人节了。那不就不言而喻了吗？

谁知道，樱桃收到礼物的当天就给小武子回了个电子邮件，说感谢蜀哥上次的盛情款待和这次的礼物。坐在计算机前的小武子兴奋了，站起来对旁边的人说："太好啦。Cherry（樱桃）都叫我蜀哥了。"

小易和小武子击掌道："Congratulations（恭喜），祝贺你荣升蜀哥，"他转念一想，问："唉，为啥叫你蜀哥呀？"

小武子高兴地说："我是成都人当然是蜀哥了。"

"不对吧？"小易问："那应该是蓉哥呀？"

小武子充满自信地笑着说："别胡说，那多 gay（同性恋）呀。"

小易微笑着、无奈地看着小武子。他摇摇头说："原来情人眼里不是出西施，而是只有西施呀。"

"越得不到的越 hot（热），"鹿群应道。

晚上，众人在客厅看电视、聊天儿。

宗康妮（Connie Chang）在美国的华人里是属于相当出色的那几个之一。她曾多次出任几个大电视台的新闻主持人。在今晚播出的她主持的那个节目里，她报道、讨论了大陆来美华人里的间谍问题。

这期节目基本上是一叶障目，被夸张地不成比例（Blown out of proportion）。看电视的那几位房客一起痛骂了起来。

"她还是华人吗？"老张义愤填膺，指着电视说："这汉奸的特点就是不惜作践自己去讨好洋人。"

"不太明白，"鹿群说："本来我们华人对她还挺有认同感的，可能这一下子全没了。也怪啊，华人是她的群众基础呀，她像是骑在个树干上，可非要把那树干砍断。没见过这么缺脑子！"

"嗨！"老张还是气鼓鼓的说："那是汉奸综合症的表象之一，缺脑子！"

"人家可能只在乎从台湾出来的华人，"小李说。

"别说美国人了，"大实话说："我们都经常搞错，让台湾同胞们不高兴。她这么一折腾可能把所有的华人都害了。人家美国佬还是聪明，让她主持这集 show（节目）。"

小穆说："看来我们全体美籍华人每人应该捐一毫钱、送她面镜子。"

"浪费了吧？"老张说："她会以为自己更漂亮了呢。"

小武子不满地说："都是些什么玩艺儿？怎么一出名就折腾自己人呢？还是我们姚明老到。老张啊，你可要看到这前车之鉴啊。"

"关我屁事！我又不是汉奸！"老张喊道。

小武子说："是说等你当主席以后。"

"那得猴年马月呢，"老张说："倒是很多华人女孩子把她当 role model（榜样），也起名叫 Connie（康妮）。可能得考虑改名儿了。"

"不至于，"鹿群说："别忘了咱是用筷子吃饭的，优势就是能挑着吃。咱学她堕落之前的成就不就行了？"

旁边的那几个人都笑了。

几年后，这个宗康妮遇到了一个大问题。因为她诱骗 Newt（纽特，当时美国的国会发言人）他妈在电视上说了不该说的话。其实也没什么大错，只是在那种场合不能说人家希拉里（Hilary）是条母狗（Bitch）。

她这次惹了美国佬了、就栽了。大家看完她去职的新闻后，都无语。按说华人倒楣不应该高兴才对，但她出这问题又给人感觉老天有眼似的。只是鹿群不疼不痒地说了句："Newt 他妈也没说错什么吧？"

晚上在卧室里，鹿群和妻子说着樱桃和小武子的事儿。鹿群说："让他先高兴几天吧。人家给他的全名应该是得陇望蜀哥，是骂他呢。当然可能还有他们俩最多就是个兄妹关系的意思。"妻子在旁边整理着衣物，没坑声。鹿群接着说："你说这 Cherry（樱桃）是不是也太狠了点儿了？都情人节了还这么torture（折磨）小武子。"

"没办法，"妻子无所谓地应道："谁让他给人家抓了个现行呢。"

"那只是生物本能、条件反射呀，"鹿群说。

妻子反驳道："那也得有点儿文明、理智，有一点儿控制呀？"

第二天是情人节。鹿群收到张依的电子邮件，问他几个写文章问题。他一边看着、一边说："来了个 email（电子邮件）。"鹿太太过来看是张依的。她回想丈夫刚才的话，不明白他

380

到底是说 email、还是依妹。她只好要求鹿群以后只能说电子邮件不能说 email。多年来，鹿群已经养成了听懂的要执行，没听懂的更要执行的习惯，所以也不问为什么，只是一如既往地应着："好，好。"

鹿群顺便问妻子："能不能请张依过来吃晚饭？因为她有可能今晚是孤独一人，在这儿举目无亲的。"

妻子想说不，但是又觉得那会有点儿不太尽情理，所以一急之下说："不行吧？我们晚上要出去吃呀。"

"出去？"鹿群说："今天晚上人太多，改天吧。"

妻子喊道："来美国这么多年，还从来没在情人节的时候出去过呢。"

"那好，"鹿群无奈地说："那就请张依来看丽丽。这样我们放心，她也不会太寂寞。"

妻子只好说好。她催鹿群："那你赶快打电话，问问她有时间没有。"

鹿群随手打电话给张依。张依说："太好了！有个人要请我吃饭但想推掉，正在琢磨借口呢。您这真是雪中送炭呀。"所以，张依来看丽丽，也正好顺水推舟谢绝了那个人邀请。

鹿群告诉了妻子这个情况。妻子逗他说："自作多情吧？人家有活动。"

鹿群说："别胡说啊，我这是关心 classmate（同学）。"

情人节的晚上。三个单身房客只能在家做饭、喝酒、打牌。今晚几乎每个饭店都爆满，到处都是身着红装的女人们。他们也没法子去，否则人家有可能会误以为是一群同性恋呢。

牌桌上的这几位都说明年不再这样了，争取能去看看那些饭店里到底能热闹成个什么样子。正在看电视的房客童川说："其实这看上去更象是超市处理积压物品的节日。"

"不止啊，"周宪法："人家还有送汽车的呢。"

"这么 desperate（极度渴望）呀？"童川说："就和孩子们的 tooth fairy（牙齿精灵）一样。本来就是小孩子们的一点儿乐合。有的家长脑子进水非要给五十，甚至一百块。把那点儿 innocence（天真无瑕）也给 ruin（毁）掉了。"

"我记得，"小王说："还在国内的时候，这情人节就是个巧克力节。买点儿巧克力送给女友既可。这美国搞得也太复杂了。"

"人家这儿可是正统啊，"小周说："你也别高兴得太早了。国内很快就会和这儿一样的，我们国人太盲目、太媚外。我要是商家，就坚壁清野让大家找不到鲜花、巧克力。"

小童笑着说："心太黑了吧？要卖天价呀？"

来凑数打牌的老赵说："其实主要还是 peer pressure（来自同行的压力），女生们也是互相攀比。今天对那些没人送花和糖的人可真是 torture（折磨）呀。"

"什么 torture 呀？"周宪法说："我觉得还行啊。"

"谁说你了，"老赵说："我说的是女生。除了 gay（同性恋），哪个男的会在乎这个呀？"

小童说："你说这女生这个称谓也给 abuse（糟蹋）了啊。前几天，一位五、六十岁的河南老太太来我们的实验室问有没有工打。她口口声声说自己是女生。恶心的我呀，差点儿没吐出来了。"

"人家只是与时聚进、不服老，"老赵问："唉，你到底吐了没有？"

"没有啊，"小童问："怎么了？"

"那你逻辑上不对，"老赵说："应该是：差点儿让我吐出来，而不是：差点儿没让我吐出来。"

小童直着眼想了一下，说："又不是打牌，你抬个什么杠呀？"

鹿群夫妇穿戴整齐，等张依来了以后就要出去吃饭了。

几乎所有饭店的门前都排长龙，只有中餐馆好象不赶这个热闹。那门前真的可以罗雀，成群的鸟在竹园门口的那三棵树上叽叽喳喳地准备过夜。

鹿群夫妇在那饭店一条街（Restaurant Row）上转了两圈儿，发现只有那个日本餐馆的队短一些。于是，他们决定去吃铁板烧。

一进去，他们就看见从安徽来的徐老板和老板娘正在夯奋着、忙得面红耳赤、四脚朝天地给客人们排号和安排座位。那老板看到鹿群夫妇也没空儿说话，就直接塞给他们一个号。鹿群拿过来一看，上面写着：107。妻子看到这号、又看看周围的人们，说："这得等到啥时候呀？"

最后，鹿群夫妇只好找了那个从大陆来的铁板烧师傅史地文崔，就是他们的前房客小崔，崔二柱。这才硬把自己安排到了一个铁板烧桌子边上的、两个加出来的座位上。

就座后，鹿群和妻子说这个热闹劲儿都有点儿象中国的过年了。同桌有另外十位食客。鹿群和旁边的人礼貌地点头、说你好（Hi），然后就和大家一样开始互相看热闹了。

他们左边是看上去接近中老年的一对儿，特别高兴，互相搂着吃喝着。右手边的那一对儿很有意思，那女的特别高兴、左顾右盼的，而她旁边的那个男的却一直板着脸，自始至终两个人都没说一句话。

这时，电视上放着新闻说德州有位老人今天给他已故多年的太太的坟墓上送鲜花时心脏病发作，不幸去世了。这让大家唏嘘感叹、羡慕不已。

快晚上十一点他们才吃完。回家的路上，鹿太太看到儿子和一个连舌头上都扎洞、挂链子（Pierce）、满胳膊纹身的女子，在一家意大利餐馆门口排队、说话。她赶快告诉鹿群。两口子只顾扭头看儿子和那个女子，一下就撞上了前面的一辆车。

鹿群和那前面车子里的人都下来看情况。原来是同桌左手边非常高兴的那一对儿。鹿丹见状也跑了过来。还好，当时车子都开得很慢，因为这饭店街上今天晚上的交通太繁忙，所以只是个小碰撞，两辆车子接触过的地方留下了一点儿小划痕而已。

可能因为是情人节，那对儿也高兴而且喝多了，或者他们估计警察来了也对他们不利，或者是急着要回去忙活什么，所以，那男的看了一下没什么太大的损失，就主动说和鹿群夫妇说没有事儿。然后，他坐进车里对鹿群夫妇挥挥手，喊了一声："Happy Valentine（情人节快乐），"就开车走了。

鹿丹问他父母："你们这是怎么回事？这么晚怎么还在外面，丽丽呢？"他们两个想问儿子那个女的是谁，但已经给这突如其来的一惊一撞搞得晕头转向了，所以，只是叮嘱儿子："你也早点儿回去吧。"

回家后，两口子先把张依送回家，然后在卧室里商量是否给儿子打电话问一下。商量了近半个小时终于憋不住了。鹿群半夜给儿子打电话，告诫他说："这 pierce（扎洞）的人群不仅不安全，而且生活好象也不太认真、不太检点。而且听说那些 tattoo parlor（纹身作坊）都不干净。。。"

鹿丹不明白他爸在说什么。又问了几次，他才听清楚鹿群的这一通的叮咛、叮嘱是为什么。他告诉父母真相。原来是虚惊一场，鹿丹是替几个朋友在那儿排队，根本不认识当时他周围的人。

鹿群一下就尴尬得不知道该说什么了。儿子开始抱怨他们不信任他、跟踪他。两口子急了，但又解释不清楚。他们只好打电话请张依给儿子去个电话作证，还让他明天回来检查那个饭店的收据。

第二天，小武子收到一个樱桃寄来的大信封。他不敢打开，因为怕失望。他手里拿着那个信封翻来覆去地看着、捏着。大实话看他那犹豫不决的样子就喊了一声："真没出息呀你！"他一把把那信封抓来、撕开、把里头的东西倒在了桌子上。

原来只是一个巴掌大小的一个环形的小东西，上面粘了几根羽毛。周围的几个人看着不明白，就问这是个什么东西。

小武子什么也不说、只是拿起那个小东西、愉快而谨慎地冲着旁边的人笑了一下就上楼去了。大实话忍不住了，问道："那是个什么东西？什么意思？"

"说不清楚，"鹿群若有所思地说："那个东西叫 dream catcher（抓梦器），是 American Indian（美洲印第安人）的。据说睡觉的时候把它挂在床边，就会 dream come true（梦想成真）的。可 Cherry（樱桃）是什么意思呢？是说小武子白日做梦、还是说有可能梦想成真？"

旁边的人也莫衷一是，纷纷说这东西太暧昧、太模棱两可了。

大实话看看楼梯说："她这位蜀哥倒是听话。大白天的，已经上去做梦去了。包括噩梦吗？"

"你这嘴呀！？"鹿群摇着头、指着他说。

大家都往楼上看着。

第十章

31，中文学校

　　这年的春夏之际。房客老赵回国探亲。不巧国内闹起了非典。美国的新闻、娱乐界给报道了个铺天盖地。国内风声鹤唳得搞得他也不能做什么事儿，所以，为了安全，他就提前回来了。

　　大家都小心地问他国内的情况和他自己感觉如何。鹿群夫妇也商议了几次如果出问题了该怎么办，其实除了戴口罩好象也别无良策。于是，几家人悄悄准备好了口罩，只是刚开始的时候当着老赵的面有点儿不好意思戴。可他们转念一想，这戴口罩不就是为防老赵的吗，所以就当着他的面儿戴了。

　　老赵反而放松了，高兴地说："你们都要戴好啊，否则得了病都要怪我了。我也戴一个吧，这样我们大家双保险。"

　　老赵回来的第二天下午就去上班了。当天，他在实验室就开始了咳嗽、发烧。这可把他自己都给吓了一大跳，因为这些症状也太可疑了。他下班后直奔了那个医院的急诊室。医生检查后说没什么大事儿，只是个感冒。

　　看着老赵的样子，房东、房客们更紧张了，都戴上了口罩和喝起了维生素 C 和板蓝根冲剂。老赵反复地跟大家讲了那个医生的诊断。众人刚要将信将疑地摘下口罩，老赵又说："咱还是双保险着吧。这样我也放心、安心。万一那医生是个滥竽充数的呢？"

　　次日一大早，他去上班，没过一小时就又回来了。他进门就破口大骂："什么一堆垃圾呀！他们自己的国家和个垃圾堆似的，还嫌我脏！？全世界就数她们那儿的病最多，还有什么她们不抗的！？"

　　众人问怎么了。老赵说他上班的地方有两位从南亚来的妇女，这两天以来，她们在他面前总是大惊小怪、哭哭啼啼地夸张得要命。今天，她们在实验室一见着老赵就竭力夸张地哭喊了起来："Ah! We are going to die（啊，我们要死了），We are going to die。"他怎么给她们解释都无济于事，她们不是躲着远远的，就是离他一丈多远和他喊话。

鹿群说："你没告诉人家你那医生的检查结果呀？"

"没那么便宜！"老赵说："本来想告诉她们来着，可她们也太 nasty（恶心）了。我当时就决定，就是不告诉她们，吓死她们！那两个平时人模狗样的，遇点儿事儿了，才看清楚她们的歧视我们华人的丑恶嘴脸。"

鹿太太安慰他说："行了，行了。没事儿就行。"

"他妈的！"老赵忿忿地说："真要是得非典了也必须传给她们。"

"为什么呀？"鹿群不明白了。

老赵振臂高呼："为全人类除害！"

那两个人这么一闹，老赵的老板只好让他回家多休息几天，等症状没了再来上班，也好让那两个人停止她们那过分的矫情。

其实，老赵也怕万一，所以休息的这三天，他不是在图书馆读东西、就是在体育中心里锻炼身体，只是睡觉的时候戴口罩回来休息一下。尽管如此，房客们见到他还是明显地不自然。他跟他们说没关系，只要他们感觉安全就行。慢慢地，他很自信自己没有非典了。

三天后，老赵完全没事儿了。房客们买的那些口罩也没什么用了，只好陆续地托人给带回国内送人了。国内倒是用得着，因为近年来好象，流感、雾霾、沙尘等情况每年都有，而且越来越频繁了。

周末购物，老赵他们看到一群穿比基尼的高中生正在洗车募捐，因为她们要去参加州里的啦啦队邀请赛。老赵开玩笑说："这天又不热，怎么那样穿呢？出了交通事故算谁的呀？"

"别多心，"小易说："人家只是钓人去洗车。"

老赵说："太小看我了，侮辱人嘛。"

"怎么？你还有非分之想啊？"小易说："人家只是让你看看而已。"

"废话！"老赵说："人都一样。不过这看一看就五块也太贵了吧？"

又是周末。几个人在早饭桌边看报、聊天儿。老赵请大家尝他从国内带回来的咸菜疙瘩。鹿太太说他也太小气了，怎么不早点儿拿出来，这可是喝粥的最佳佐餐佳品了。老赵说："我倒是想呢，你们敢吃吗？看看你们前几天那样子！"

"对不起啊，"鹿太太说："Better safe than sorry，better safe than sorry（小心总比后悔好）嘛。"

"没事儿，"老赵笑着说："跟你开玩笑呢。最近才发觉让美国人说个 sorry（对不起）真难呀。那俩混蛋到现在都没给我说 sorry。"

"说明人家的英文好呀，"小武子说："学着点儿吧，在这儿自己有错的时候才能说 sorry，否则只能用 regret（遗憾）。不过也是好事，morphy's law（默非定律），她们越那么矫情就越不可能是 SARS（非典）。"

鹿太太说："我们这 sorry 用得太随意、太频繁了。"

"对呀！"老张怒道："他们窥探别人家出事，还不道歉！真无赖！上次炸领馆又说地图用错了。按理说，地图用错应该是打不准呀。"

小武子说："他们用错地图是有可能的。"

"军队能用错吗？"老张问。

"当然啦，"小武子说："Tulsa（突沙市）的警察前天临晨 storm（突袭）了一家人。现在正被那家人告呢。"

"怎么了？"老张问。

小武子说："本来他们冲进去要抓个贩毒的。可没想到，那房子一年前就被人家卖给现在这家人了。他们这半夜三更的砸门而入和随后的戴手铐、按地上一通的折腾，不老成点儿的毒贩子都挺不住呀。人家那家人在告警察局给他们全家造成了极度的精神损伤。"

老张骂："真他妈的笨呀。这家人可算是中了彩了。"

"还有更滑稽的呢，"小武子说："人家那个毒贩子看到这个新闻后，已经跑回 Columbia（哥伦比亚）了。"

"他们怎么也不知道保密呀？"老赵问。

小武子说："太自信了，当时给搞了个 live broadcasting（直播）。"

他们几个哈哈大笑了起来。

笑罢，老张问道："都那么自信了，怎么还会搞错？"

"据说也是地图用错了，"小武子说。

"不会吧？"老张想了想说："应该是用错 Calendar（年历）了，他们还按去年的过着呢。"

小武子说："你说的是更靠谱儿。可人家警察非说是用错地图了，别人也没办法。"

大实话摇头道："美国真是无奇不有，无奇不有啊。"

鹿群在旁边翻阅着丽丽从学校带回来的东西。他不耐烦地抱怨了起来，说："这学校是怎么回事？已经交了那么多学区税了，还要没完没了的 fundraising（筹款）？倒是没看到有什么 homework（家庭作业）。"

房客小娜在旁边吃着一堆水果。这是她减肥的新措施，水果食疗。因为前几个月的蛋白食疗没起什么作用。她说："不理他们不就行了？"

鹿太太一边忙碌着、一边过来插话说："那孩子在学校受气了怎么办？"

"他们敢？"小娜问："那不是 bully（欺负人）吗？"

鹿太太说："就是给 bully 了，你也不知道呀？咱还是破财免灾吧。"

鹿群翻阅着那些资料，说："可这都是些没用的东西。他们还不如卖水果、坚果呢，猪肉也行啊。大家肯定都买。"

房客小蒋看着报纸，说："那 Muslim（穆斯林）还不把那学校给砸了？"

鹿群说："哦，也是。那卖牛羊肉也行。咱不在乎呀。"

"给你出个主意吧，"小娜说："买些放着，到时候当圣诞礼物不就得了。唉，说好了啊，到时候可别拿这些东西糊弄我啊。这可是我给你们出的主意啊。"

"好主意！"鹿群说："肯定不会送你的。那请君入瓮听上去霸气，可也太傻了。人家谁还敢再给他出主意呀？"

鹿太太逗小娜说："没关系，可以 regift（转赠）呀。"

"侬帮帮忙喔，"小娜说："这没有不透风的墙。要是让人家知道了，还不天天祷告让我倒霉呀？"

大家哈哈哈地笑了。

看着楼下的两个小伙子，谢丽儿嫉妒地说："这帮蜜蜂怎么又来了？"

比她还要嫉妒的房客小文说："哪有呀？那哪是蜜蜂呀？明明是两只苍蝇嘛。"

鹿太太感叹道："今天终于知道公共汽车是什么意思了。不过她也给国人争气。见过和老外交往的女的。哪个也没有我们 Cherry（樱桃）这么扬眉吐气呀。"

小武子应道："还是人家乌克兰美女厉害。昨天在一个哥们儿那儿看了个报道，说有个乌克兰的女的应召、结婚来美。两个人好好地过了两年日子，那男的就莫明其妙地死了，她就卖了房子回乌克兰了。厉害吧？"

原来，樱桃的到来把几个台湾、南韩、香港、日本和大陆小伙子给陆续招来了。樱桃在楼上梳洗打扮准备着，这些人就在楼下等。在楼下和房客们开始讨论起了两岸问题。台湾来的学生包同凌问："你们都是大陆人吗？"

"是啊，"小易说："这儿和国内一样，大陆人占多数。怎么了？你是哪儿的人？"

"我是台湾人，"包同凌说：

"哦，我还是山西人呢，"小易说："明明是中国人。不是民国的、就是中华人民共和国的、或者 both（都是）的公民，所以你肯定是中国人了。你那么说人家美国人能明白吗？"

包同凌说："我们台湾是独立的国家耶。"

"你们就别自寻烦恼了，"小易说："这世界上谁承认有台湾国了？连承认中华民国的都没几个。你这么说当心 Cherry 不高兴啊。我这是好心提醒你。你只能说是民国、人民共和国、或者 both（都是）。"

香港人陈恭连忙说："我是香港人。"

小易看看他说："你这么说没问题。现在大家都按省籍叫了，或者统一为华人。Cherry 可是很爱国的啊。你们说话要留心呀。"

老张笑着说："咱迟早不都是美男、美女了吗？当然这华人永远都是的，哈。"

"瞎折腾什么呀？"大实话："其他人管我们统一叫亚洲人，Asian，这里头还包括鬼子呢。当然鬼子们不乐意啊，但他们也拿外国人没办法，只能怨美国佬太懒了。"

新奥尔良一游让小武子经常夜不能昧、白天无精打采。终于，他饥不择食地找了个杂种小胖子来解燃眉之急。他们是同学。小武子宽慰着自己说："总比其它选项好，还可以练床上英文。"但他还是念念不忘那个给他跳舞的布兰尼。看着他无可救药的样子，鲁子说："只好以毒攻毒了，多去几次你小子这毛病就好了。"

"Brittany（布兰尼）可不是毒啊，"小武子抗议道。

"好好，你的 Brittany 是个例外。行了吧？"鲁子说："没救了你！人家叫不叫 Brittany 还是问题呢！"

他们两个人又和几个人结伴去了新奥尔良几趟。期间，小武子谎称是去达拉斯的中国城。有人要搭车一同前往，他只好说实话就漏馅儿了。

房客们商议着如何把这已经走火入魔的小武子拉回来。大实话说："我们给他来个 intervention（恳谈教育会）吧。"

鹿群问："什么 intervention？"

"好象就是批判会、教育会，"大实话说："只是不能喊口号，只能敦敦教导，还要有吃有喝的。"

经过这个教育会，大家好不容易把小武子拉回来了。而且还定了规矩，以后出轨一次罚款一百美元。

没过两天，老丁悄悄来问小武子什么时候去新奥尔良，因为他也想去看看。结果两个人就悄悄去了。

这天吃完早饭。鹿群把丽丽送到中文学校去学乒乓、语文、算数。她整整三个小时都在那儿上课，鹿群就可以去练练高尔夫了。

从家开车十分钟就到了那个中文学校。那是租来的连起来的三个房间。到上、下课的时候，很难在外面的停车场里找到空位。那两个残疾人停车位不停地被人占用着。有趣的是，占用者大多是微秃、戴眼镜、中年乡下书生样子的男性华人。但他们也都是暂时用一会儿。有时那两个残疾人的车位可以停下三辆车，因为这两个车位之间和旁边都有很宽的人行道，那辆停在中间的只能算霸占人行道。可能那位更聪明：既占用了，还落不下什么口实和不吉利的可能？

倒是很少见美国人用残疾人的车位，华人一般也是能不用就不用。倒是上周的新闻里说有几个市政府的人近水楼台给自己办了残疾人车位的许可证、到处占便宜。他们被新闻记者抓了个现行，都上电视了。

进进出出的多是日本车。大家看上去都很放松。只是有几个开贵车的显得有些显摆。有一位开宝马的更是不可一世，他皱褶眉头走路、斜视着周围。还有一位五大三粗的哥们开着一辆红色的福特野马跑车，轰隆隆地停在残疾人的停车位上，盛气凌人地带着几个孩子大摇大摆地下车、进去了。

进出的人们穿着也两极。有看上去好象从教堂刚回来的，有正好运动完的，还有几位穿着睡衣来的，好象刚睡醒。可见，我们中国可能是个无法无天的地方，养育出了这些无所顾忌的百姓。

好不容易找到一个停车位，鹿群带孩子进去了。

那个和鹿群家的客厅一样大的大厅里是熙熙攘攘的。女人们照旧热情地扎堆儿、叽叽喳喳地、几乎是喊着聊天儿："可不能让孩子长太高了否则就嫁不出去了。"

"凑足几个小时，这可比 daycare（托儿所）合算，还能学东西。。。"

孩子们乱窜着、尖叫着，倒也没磕碰着谁。有的孩子在大厅里吃比萨饼（Pizza），等着下一节课的开始。大厅里右手的角落里，有一位明显在年轻时英俊过的男的，在那里冷冷地环视着周围的人们。

鹿群想给手机充电，可发现插线板都被封上了，饮水器的电源也被拔掉了。他去问坐在柜台后面的那位象是永远在喘着粗气的、东北口音的中年妇女，是怎么回事。那个妇女说是怕孩子们玩电出事所以就全封了。

鹿群赶紧去旁边的超市买瓶装水给女儿送去，因为那学校的空调不好。那个妇女也说过，那空调是物业的人搞的，她也没办法。

别看这位大姐大大咧咧，穿戴得稀松蹋啦的，但那些课程好象都在她脑子里似的，她根本不用看电脑，对所有与课程有关的问题，只是抬头对天花板翻一下眼睛就回答了，而且还从未在鹿群这儿错过。

这个学校的好处是比较随意。可以随便试课，要是孩子喜欢即可加入。鹿群听说有个老师有十多年艺术设计的经验，正在教五到十岁孩子们的彩笔画，就去问那柜台后面的哼哈二将。那另一位是校长，是个百分之百、精瘦精干的生意人模样。不经意地，鹿群听到她们私吞了一百块还不让其他老师知道。

最近有一个很好的改进，那就是从这个学期开始这所学校改成了网上注册了。在家里就可以调整孩子的课程了，不方便的是他们只收支票。

在正门的玻璃上贴着几张广告，其中一张上写着有个湖南来的演出团下个月来突沙市（Tulsa）表演。鹿群记了电话号码，心想如果妻子感兴趣，就可以问一下价钱，这从国内出来表演的水平可都不低。

鹿群出来去练高尔夫。他一边开车、一边想觉得星期天送孩子去上课比较好，因为大家都还算客气。他正在考虑让孩子再上那个老外教的国际象棋和演讲课。

又到上、下课的钟点儿了。有一辆大号的 SUV（运动、工具车）和那两个残疾人的车位垂直地停着，好象是在等人。它完全挡住了那两个车位，还把旁边要进出的车辆都搞得不方便。不一会儿，不同方向的车子就挤成了一堆。奇怪的是，也没有人按喇叭和交涉，大家都坐在车里等着别人给让路。鹿群也卡在那几辆车里了。

过了大概五分钟，那辆 SUV 等到人了，也开始往外挤了。鹿群这才得以找到一个车位。停车进去接上完课的女儿时，碰到了那位校长，他就反映了外面滥用残疾人车位的情况。那位校长女士说她去看一下。

她开门出去和那两辆占用残疾人车位的司机挥手让他们开走，可没人动。她只好顶着太阳走过去和其中的一辆车交涉。听她说完后，开车的那个眼镜男的说："这现在又没人用，不用不 waste（浪费）啦？"

"那也不行，"校长耐心地说："万一有行动不便的人要用呢？"

"那到时候我就给他让开嘛。我停的时间又不长，"眼镜男回道。

校长认真地说："请不要这样 abuse（滥用）啊。这是给人家 handicap（残疾人）reserve（预备）的，意思就是其他人不能用。"

"我又没有影响他们用。你 serious（认真）个什么呀？"眼镜男明显地已经不满意了。

"我 serious（认真）怎么了？你怎么能知道影响到了人家没有呀？"校长说。

眼镜男白了校长一眼，说："还真把自己当棵葱了！"

"你这人怎么无理取闹呢？"校长急了。她陪读出来这么多年也没搞到一个让别人眼红、嫉妒、或者自己能为之骄傲的工作。时不常地，她自己都觉得丧气、窝火，还不如在国内的时候威风呢。所以，一听这人这句嘲笑她的话她就火了。她喊道："你这人！你到底是哪儿 handicap（残疾）了！？"

眼镜男明显地在座位上直了起来，哆嗦着说："你你你，怎么血口喷人呀你？"

校长烦了，挥手大喊："开走！"

眼镜男气得哆嗦着喊了起来："太歹毒了！你才残疾呢，你们全家都残疾！"

"你臭流氓你！"校长也哆嗦着喊了起来："有本事你就别开走！"她一边走到那辆车后堵着不让走、一边对鹿群高喊着："老鹿！快打电话把 police（警察）叫来！我就不信治不了这臭流氓！"

鹿群赶紧过来劝和。眼镜男吓坏了，赶快下车来求饶。校长用中指指着、瞪着那眼镜男，喊道："要不是顾忌我们华人的面子。今天饶不了你这 son of bitch（狗娘养的）！"

在回家的路上，丽丽要去麦当劳和商城。鹿群说今天天气不好都不开门。女儿又说要去看电影。鹿群说："需要 wait for our turns（还不该我们去），we already had our turn this month（这个月我们已经去过了）。"鹿群笑着想："这养孩子能教会人说瞎话。现在是随口就来。"

回了家，鹿群和妻子说："今天看到个我们大陆哥们儿，戴顶中国式样的草帽练高尔夫呢，就是六、七十年代我们用的那种。"

"什么，"妻子问："从哪儿买的？早想买个了，可 Chinatown（中国城）也没有啊。"

"不知道，"鹿群说："可能从国内带来的吧。"

"练 golf（高尔夫）不能戴呀？"妻子问

"能戴吧？"鹿群说："没什么不好看的，只是太 standout（显眼）了。"

"显眼没关系，只要不现眼就行，"妻子说。

"也不现眼吧？"鹿群说："只是，要不是在 golf range（高尔夫球练习场），一定会以为他是在场上扬麦子呢。他可能是为了遮挡阳光吧？这儿的阳光也太强了。"

"看看，怎么样？"妻子笑了，比划着说："我不是早就说过吗？那 golf swing（挥高尔夫球杆）和在场上扬麦子的动作是一样的嘛，只是手的位置有点儿不一样。"

"你呀你，"鹿群笑着说："人家那么贵族的运动让你说成个农活儿了。不过让你这么一说，这 swing（挥杆）还真是个基本的生活技能啊。"

"本来就是嘛，"妻子也笑道："否则我这非运动型的怎么能一学就会呀？十多年前在临汾已经练过了嘛。你还别说，要是有条件、有时间，我们以前那队上的那几个劳模肯定会是 golf 高手的。"

"估计不行，"鹿群笑道："他们习惯光膀子 swing，肯定受不了那些规矩和穿那么正经。这十几分钟抢一次的，估计他们也受不了，太 boring（枯燥）了。他们倒是不怕晒。"

"扬场肯定比 golf 更锻炼，不花钱，还挣钱呢，"她接着建议道："涂点儿防晒霜不就行了？"

鹿群说："黏唧唧的，还是那草帽顶用。我想美国佬肯定是哭笑不得的，不知道怎么改那规章制度才能有效。估计他们也不敢改。"

"怎么了？"妻子问。

394

"这还不简单？"鹿群说："人家老墨会抗议的，他们那草帽更大，都象个降落伞了。不过戴那么大的帽子也可能影响 swing（挥杆）。"

妻子笑道："说不定会帮着你 swing 呢。"

"我们就别给人家瞎联系了，"鹿群说："人家老墨又不会戴着那大草帽去打 golf（高尔夫球），他们挺守规矩的，而且还喜欢用名牌儿。"

妻子笑着说："我们华人更守规矩，只是有时候给人家解读错了。"

鹿群换了个话喳儿说："回来的路上听收音机里讲，好象挣钱多少和 happiness（幸福）没多大关系。昨天我们那儿的一个老美说美国的 dentists（牙医）是最不 happy（幸福）的职业。你看他们挣那么多钱有什么用呀？"

"没有啊，"妻子说："我那个 dentist 挺 happy 的呀，每次都乐哈哈的。"

鹿群说："这不废话嘛，谁看见来送钱的不高兴呀？"

"按说医生应该 happy，"妻子说："至少他们是 work together to save people（齐心协力救人）。Lawyers（律师）应该是个最不 happy 的职业，因为他们训练得就是要 work against each other（对着干），一方要杀、一方不让杀，天天那样能不累吗？"

"的确挺难选的，"鹿群说："不过我们丽丽还小，有的是时间。"

妻子认真地说："可不能掉以轻心，笨鸟先飞早出林。"

"我们丽丽不笨呀？"鹿群不服了。

"没说她笨，"妻子说："只是说要认真、尽早。"

鹿群反驳道："人家老美不是说 late bloomer is better，peak too early is not good（晚开的花儿可能更好）吗？"

"有完没完呀你？那只是激励人，不让人放弃，"妻子不耐烦了。

没有不透风的墙。丁、武二人从新奥而良一回来就被直接让进了在客厅里的批斗现场。大家批判老丁，说他把大家规劝小武子的成绩给一笔抹杀了。

老丁先是低头认罪，缓过劲儿来后，就站了起来。他和大家平静地说："你们这是干什么？闹文革呀？这可是在美国呀，当心我 sue（告）你们侵犯我的人权和自由啊。"

客厅里的人等一下都愣住了，眼睛直勾勾地看着老丁悠悠鞑鞑地起身、出门去了。

大家这才醒过神儿来，又继续批判小武子了。他说："我只是送老丁去的，自己什么都没做，"一边说、一边拿出一张一百美元的钞票放桌子上了。旁边的人看着他，无奈地摇头。

老张看看小武子，说："还是咱国人好，知错认罚。不像美国佬，昨天有个新闻说一个中学老师和几个学生都那个了，还自称 innocent（无辜）。实在不行了又说那是 true love（真爱），太不要脸了，就是不认错。"

小穆说："废话，认错就得坐牢了。"

"不认也得坐呀，"老张说："可能咱老祖宗的逻辑是主动认错会轻判，反正纸里包不住火。"老张转头问小武子："那老家伙跟你去 New Orleans（新奥而良）干什么去了？"

小武子看着老张，不说话。

大实话说："明知故问呀你。老丁肯定不会只是去那儿转个圈儿的。对吧？小武子。"

小武子转而看着他，不说话。老张惊讶地瞪大了双眼。

晚上打牌，牌友们尽量不提小武子的事。老张说："读什么 law（法律）呀。我们那儿有个印度女的说 lawyer（律师）的时候，听上去象是说 liar（说谎者）。这倒是给我个提醒，这 lawyer 里头 liar 可能是大多数。如果和一帮 liar 共事，那不是找罪受吗。"

鹿群说："对，行当要选对。不过那是人家 lawyers 的职业训练。"

小武子讨好着众人说："对对对，如果读完 law 能到大的 corporate（公司企业）当 lawyer 还行，或者去大学里搞搞专利申请也挺好。"

小穆说："实在没办法的，只好去 Chinatown（中国城）给人办移民了。那还不如卖保险的呢。"

老张说："前几天还听了个新闻说有个 lawyer 雇人在 OK city（俄克拉何马城）制造车祸。"

"是挺吓人的，"鹿群说："老祖宗有句，危邦毋入，我们得给引申成：危城、危区毋入了。"

"这儿太复杂，"小武子说："咱国内很多事情去居委会吵吵就解决了。可这儿都得请 lawyer（律师）上法庭。"

"当然不一样，"老张说："我们那是人情味儿，在美国都是生意。"

彩票的头奖（Jackpot）在最近的三个月里已经积累到五亿美元了。近两、三天来，静水城所有的加油站里都有人排队买彩票。工作的地方、朋友圈子、教堂也都凑钱去买彩票。

鹿家的房客、房东们除了自己买的，每人又出五块在当晚九点之前买了一批。大实话捧着一大堆彩票进门来了，嘴里还嘟囔着："可别给错过了。Lottery（彩票）不歧视呀，人人平等。"

当晚，大家在客厅里一边看电视等着开奖、一边谈论着如果赢了要干什么。

无非是买豪宅、买名车、周游世界。鹿群笑着问："你们到底是喜欢钱、还是恨钱呀。好不容易赢了又都花了。"

大实话说："我们对钱是爱恨交集。对没挣到的是爱，对挣到的是恨，恨不得把它们都花出去。当然老丁例外啊，这家伙对钱只有永恒的爱。"

客厅里的人都笑了。

鹿太太说她的要求不高，能把房贷还掉就行了，实在不习惯这借钱住房子的日子。小易问小武子："你要是赢了 jackpot（头彩），你准备干什么？"

"首先呢，"小武子笑着说："不能亏了自己。怎么也得先弄个 Porsche（保时捷）玩玩呀。早想要了，可惜太贵了。不过还是有收藏价值的。"

"什么？"小易问："破鞋？贵？还有收藏价值？"他暗自怀疑小武子去新奥而良去得已经去出毛病了。

"你也太土了吧？"小武子说："连这都不知道？白来美国这么多年了。"

"Correct me if I am wrong（如果不对就告诉我），"小易接着说："人家有钱了都是要找黄花姑娘、大闺女，你是什么意思啊？非要破鞋？"

小武子说："什么？"

小易问："你说的是破鞋吧？坏女人？"

"混蛋呀你！"小武子叫道："你才要破鞋呢。我说的是Porsche（保时捷），一种车、不是人。"

"可别赖我啊，"小易笑着说："这听上去可是和破鞋一样啊，只不过你那个语调儿洋气一点儿而已。"

小武子也笑了，说："你小子这是英文中听。你还别说，要是真的那么 filthily rich（不可思议地富有）的话，还真保不准要找些个破鞋玩玩。"

"什么意思？"小易问道。

"别装糊涂呀，"小武子说："大多数出名的女演员不都应该是破鞋吗？"

"哦，"小易明白了，说："你这是饱食就思淫欲、富贵就搂着破鞋、开破鞋。"

"别笑话我啊，"小武子笑了，说："人都一样，不过原配还得是个黄花大美女啊。"

"缺德吧你！"小易说："哦，你不是说要去看电影？李连杰的那个电影出来了。"

李连杰在好莱坞拍的第一部电影出来了。他可能是多数房客童年时的偶像，所以，大家就结伴去看了。他的功夫不错，可他这第一次演反派人物让众人看着不舒服、不习惯，特别是最后给干掉了，死得还挺惨，更让人觉得不是滋味。大家看完出来，鹿群说："好莱坞电影怎么总把大陆人演成那样啊？"

他旁边的人七嘴八舌道："也没听说有华人演员拒演？"

"人家也得吃饭呀，只要能上好莱坞的电影，估计他们也不会太挑剔的吧？"

"跟我们出国似的。能出来就行。管它什么 project（课题）呢。"

在以后的几年里，李连杰陆续在好莱坞拍了几部戏。这才显示出他做人和做戏好象都缺乏深度、只适合在香港拍片子。也有可能就是香港的那些速成电影把他的演绎生涯毁了。

有一次，他自嘲自己的戏在美国不上档次只能算是汉堡包。其实更贴切点儿应该算是中餐外卖、没几个人要吃。再加上他和达赖喇嘛交往过密，大家对他的作品也就不自觉地敬而远

398

之了。因为，本来觉得支持华人的作品是应该的，可他和反华势力搞不清爽，大家也就没必要再自作多情、去捧场了。

多年来，房客们发觉好莱坞与华人有关的电影真不值得看。成龙的戏滑稽得过于浮浅。亚洲来的那两、三位女明星在好莱坞的戏里只有被干和叫床的份儿、连台词里的英文都说得怯生生的，实在是让人不忍心看下去。其实也无可厚非，大家都是来美国打工的嘛。好像只有周润发的戏还可以。

小武子说："上次看了个电影，Steven Seagal（好莱坞的一个武打演员）在里头开场不到二十分钟就牺牲了。结果是观众席里响起了一片掌声。"

大实话说："他不是个大明星吗？这么不受欢迎呀？"

"是啊，"小武子说："我也是才知道。所以他只好又回日本了。和那些打球的一样，球技不行了就去亚洲。"

鹿群说："这文化交流也太不公平了。我们亚洲是最好的来这儿，这儿是在这儿混不下去的去亚洲。"

"总比没交流好吧？"老张说。

开奖啦！那几个小彩球终于跳了出来。众人兴奋地检查了大家的那一大堆彩票。有一些小赢赢的，总共也就赢了三十五块。小李惋惜地看着那堆彩票喃喃自语道："我们这是丢了百分之九十五的钱呀。"

小穆搂着她，安慰道："没事儿，又没全丢。重要的是，咱也没错过呀。"

开奖后的第二天，老丁在吃早饭，同时翻腾着那些堆放在餐桌上的彩票。他突然不由自主地大喊了一声，啊。把正在洗碗的鹿太太给吓了一跳，说："你这人怎么不出声儿吓人，出声了更吓人呢？"

老丁的双手紧紧攥着一张彩票，直直地站在那儿，眼睛不知道在看哪儿。他的神情在紧张、恐惧、压抑、狂喜之间快速地打着转儿。鹿太太看他这个样子就问："你没事儿吧？出什么事儿了？你这是见鬼了还是中邪啦？"

老丁还是那样子，又开始发抖了。鹿太太看他那样子好象要发羊癫风了，吓得她喊了起来："老鹿，老鹿！快过来，快过来！"

鹿群赶了过来，问妻子出什么事了。鹿太太指了老丁一下。鹿群过去看，也纳闷了。他赶快让他坐下，问他出什么事儿了。老丁还是那样子，这可让鹿群也一下子紧张了起来。鹿群赶快叫老张。老张赶来，看看老丁，说："这老家伙这是又中什么邪了？"

　　老张想掰开他那紧攥着的右手，可就是掰不开。他们开始商量是送急诊，还是拨打 911。闻声赶来的小武子说："别急着送医院。到时候人家收钱，他拒绝给，我们可怎么办？先给他浇点儿冰水！"

　　鹿太太担忧地问："他能同意吗？"

　　"你看他这样子，"小武子说："我们得赶快救他呀！管他同意不同意呢！又不花钱。"

　　看鹿群和老张纷纷点头，小武子拿了只大碗接了冰水，让大家躲开，然后就浇在了老丁的脑袋上。老丁大叫一声，跳了起来，瞪着他们三个，大喝一声："你们这是干什么！？"

　　小武子看看他，问："你没事儿了吧？吓死我们了！你刚才怎么了？"

　　老丁瞪了他们一眼，松开那紧攥着的右手，低头看手里的东西，旁边的人也围了过来。老张松了口气，说："哦，就是张彩票啊。"

　　老丁这才发现围上来的这几个人，他赶紧再攥紧，紧张地看着他们。鹿群紧张地看着他，说："Ah oh（啊哦）怎么又来了？你没事儿吧？"

　　老丁谨慎地看看他们，说："没事儿，没事儿，"接着就快步上楼、回自己的房间了。

　　鹿太太看着他出去的背影，自言自语道："这又是哪出儿呀？"旁边的人也跟着她看着老丁的背影。

　　小武子突然啊哈了一声，旁人问怎么了。小武子说："那张彩票肯定是中了！"

　　旁人大声问："什么！？"

　　"不中他能那样吗！？"小武子反问道。

　　另外几个看着他，开始张着嘴、直眼儿了。小武子把食指放在自己的嘴上做了个不要出声的示意，然后轻轻地拿起电话，听了起来，旁人也过来把耳朵凑了过来。

老丁正在给彩票委员会打电话。听完后，厨房里的人都目瞪口呆了。老丁有一张中了头奖的彩票，他刚才在打电话询问怎么领奖。鹿太太那脸色好象急得都要哭了。她想了想，猜疑道："他应该是在这儿拿的，他刚才就坐在这儿的呀。那是我们大家的！"

"对呀！"老张喊道："这老小子要独吞！？"

"我们找他去！"鹿群说完就往楼上走，其他人互相看了一下就跟着去了。

老丁应声开门，把脑袋探出来问他们有什么事儿。其他人一时不知道如何讲这事儿。鹿太太只好直言道："那张彩票是大家的啊，你可不能独吞！"

老丁装糊涂，问什么彩票。鹿群说："就是刚才你攥手里的那张！"旁人纷纷点头支持。

"哦，"老丁轻松地说："那是我自己的，自己买的。"

"什么！？"鹿太太说："你明明是从厨房里的那堆彩票里拿的，那可是我们大家合伙买的呀！"

"怎么会呢？"老丁认真地喊道："你们搞错了。我对天发誓，那是我自己在昨天下班的路上买的！"

众人不信，要求看一下。老丁拒绝道："万一看出什么事儿，你们可负不起这个责啊！"

小李说："你凭什么说是你的呀？有证据吗？"

"当然有啦，"老丁喊道："我是一点三十二分买的，你们看！"他从自己的口袋里把那张彩票拿出来，给前面的几个人看，后面的人也挤上去看。

闻声而来的众房客看完后，都闭嘴、直眼儿了。老张恍然大悟，大声问道："你刚才不是说，你是下班的时候买的吗？怎么会是一点三十二买的呢！？"老丁愣了一下就说是他们听错了，他坚称自己说的是出来吃中饭的时候顺便买的。众人又只好闭嘴、直眼儿了。老丁看看他们就赶紧关上了门。

小穆赶紧出去，买了份报纸。大家在客厅里传阅着。鹿太太脸色煞白、咬牙切齿地看着报纸叨叨着："好几亿呢，好几亿呢。。。"

大实话看完报纸说："可这上面没说 Oklahoma（俄克拉何马州）有人中奖呀，老丁怎么会中呢？"

众房客又把那报纸传阅了一圈儿，互相问是怎么回事。

鹿群大声招呼老丁下来。老张先从楼上探出头来问有什么事儿，鹿群说不是叫他，只是要让老丁下来一下。

过了一会儿，老张太太前面看路，老丁昂首阔步地下楼来了，还笑眯眯地说："急什么嘛，等我搞好了就送你们大家去 Hawaii（夏威夷）vacation（休假）一个月。"

"你，你来看看这个，"小武子略微怯生生地把那报纸递了过去。

老丁阅后，笑着问怎么了。

大实话说："那上面没说 Oklahoma（俄克拉何马州）有人中奖。"

老丁又仔细看了一下，笑道："可能是漏报了吧？放心吧，我是不会赖帐的，read my lips（看着我的嘴唇。这是给老布什带来很多麻烦的一个竞选名句），我一定会送大家去 Hawaii 的。没别的事儿了吧？"

看大家不说话。老丁一招手，老张太太立刻起身带路、看路，这两个人又上楼去了。

鹿群和剩下的人互相问，议论着那报纸漏报的可能性。小武子叫大家去厨房，告诉大家不许出声，他轻轻拿起电话，打开了那电话上的扬声器。

老丁又在打电话问彩票的事儿。老丁坚称自己有张中头奖的彩票，电话那边儿的女士说他们的记录没有显示本州有中头奖的，她让老丁再检查一下那张彩票的日期和时间。老丁报了日期和时间后，那位女士说，开奖是前天晚上，老丁手里的彩票是昨天中午买的。老丁大喊了几声 what（什么）后就没声儿了。那位女士问了几声 hello（喂），没人应声，她说了声 good luck（祝你好运），就挂了。

原来，不知道是谁恶做剧，在开奖后的第一天，用那个头奖号码买了一张彩票，扔在那堆厨房餐桌上的彩票里了。众人没事儿就去翻一翻，结果被细心的老丁发现了。

厨房里的众人轻轻地出了口气、微笑了起来。

这时，楼上传来了大声的争吵声。随着一个摔门声，老张气冲冲地下楼来了，嘴里还大声嘟囔着："什么玩意儿！？没任何的 credibility（信用）！"鹿群问怎么了。老张看看楼上

402

，忿忿地说："你说那是个什么玩意儿！？说好雇我们的，现在又赖帐。妈的！"

原来，老张家已经捷足先登，说服了老丁用年薪六万分别雇老张太太为私人保镖，老张为私人司机兼厨子，而且已经开始了试用期，三个月后如果双方满意就转正为终身雇用了。刚才老张要求结帐，所以他们就吵起来了。鹿群笑话他，说："人家可能没中。你那不是强人所难吗？"

"不是的！"老张坚持道："他一小时前说从那时候开始hire（雇用）我们啦，刚才又说不 hire 了。我们就和他结帐，只是要这一小时的工资，就五十块，又没有要那年薪。"

旁人哈哈大笑了起来。

突然，楼上传来一声尖叫，厨房里的人都给镇住了。这时，头发凌乱、衣衫不整地的老丁大声尖叫着跑下楼梯、冲出了正门。

鹿群和老张互相看看，老张说："坏了，坏了，他疯了，疯了！"鹿群赶紧拉着老张往外跑，他喊着："快跟上！别出什么事儿了。"有两个年轻男房客也跟着跑了出去。

小李去关门的时候发现门廊的地上有一张彩票，她过去捡了起来，看了一下就说："就是这张，就这张。老丁把名字、地址都填写好了。这下子，谁都抢不走了。"

几位房客过来看。老张太太说："不会是他自己给自己搞的这一出吧？"

小易说："不象啊，一小时前他还挺正常的。"

鹿太太大声问道："这谁搞的恶做剧呀！"

"对呀！"小李说："这么缺德，用假彩票折腾人呀！？他要是真神经了，不管是谁啊，这个人可是要负全责的啊。"

小易太太说："谁这么聪明呀？只花一块钱就折腾出这么大的动静来。"

"碰巧了，"鹿太太说："碰巧是老丁高中了。换了别人可能就没什么了。"

"换谁都一样，"老张太太看着那张彩票，无比惋惜地说："可惜了了，可惜了了，只晚了一天。"

几个女士看看她，笑了。

鹿群他们几个在湖边陪已经没事儿了的老丁遛弯儿。小武子劝老丁说："你就别再咬自己的舌头啦，那个真是假的。"

"不是假的，明天开奖，"老丁轻松地说："我得感谢你们呀，要不是你们帮我 check（检查），明天我就拿着那张彩票去 claim（领奖）了，除非会装神经病，否则人家肯定 charge（指控）我 fraud（诈骗）。"

"真要是那样，"老张说："你都不需要装神经病，装糊涂就行。你又没改那 ticket（彩票），只是看错了。看错了又没罪。"

"对喽，"鹿群说："我们老丁是因祸得福，是好事。"

"谁这么缺德？诚心折腾我呀，"老丁不满地问。

大实话说："可能也不是针对你的。只是你太细心了，就高中了。"

老丁转而迁就于鹿群："你们房东可得调查清楚啊。幸亏我心理素质好，换了别人肯定出事儿。要是真出了乱子，你们可是得吃不了兜着走啊。"

"好好，"鹿群憋住笑，说："放心，放心。今晚就加到那个房客公约上。调查嘛，我看就算了吧？你这么大的动静，可能不会有人敢出来承认错误了。"

小武子说："没事儿，老丁。接着买，我们还等着你送我们去 Hawaii（夏威夷）vacation（度假）呢。"

"没问题！"老丁干脆地应承道。

大家都笑了。

32，马丁录瑟金日

又是马丁录瑟金日（Martin Luther King's Day）了。这次的天气预报还挺准，百分之七十的可能有雨，不到中午就已经有点儿阴云笼罩了。中午从静水城市中心出发的那个节日游行正在热闹地缓缓前行。走在最前面是当地高中的鼓乐队，接着的是十多辆形形色色的展车，乘客主要是黑人，也有一组墨西哥人的代表，还有市长和他的随员们搭乘的那两辆展车。

今天中午竹园的客流量不如往常高，因为今天这个学校休息，来这儿吃中饭的人少了些。还好，来了六位黑人男女就餐，他们给这店里增加了一分热闹、嘈杂的气氛。

　　这个游行队伍快要路过竹园了。外面的鼓乐声越来越响，一阵阵地传进了店里。店里人们的注意力不约而同地都转到了外面。临窗的食客们都扭头往外看，几位店员也到门口去看。那几位就餐的黑人起身往大门口走，似乎也要去看看。他们和那几个挤在门口的店员说了声借过（Excuse me），就径直走了出去、直接往那游行队伍里走去。

　　童老板见状觉得不妙、就不停地和那几个店员说："D，D，D。。。"看他们还没反应，他急得大喊了起来："Stop（拦住）他们！他们是 dine and dash（吃了就跑）！"那几个店员明白了，因为"DD"是他们定好的暗号，指那些吃了就跑的人。可童老板刚才说得太急、太结巴了。

　　已经晚了，那几个吃了就跑的其中两个回头看了一下，他们就都加快脚步跑进了那个游行队伍。

　　童老板立刻追了出去，看到那声势浩大的队伍，他短暂地犹豫了一下，就冲进队伍去拖人。结果和他们推搡了起来。

　　一位白胡子的老年黑人警察跑过来把他们都揪了出来。那几个吃了就跑的指着童老板，对那个警察说："This son of bitch disturb our parade（这狗娘养的扰乱我们的游行）。"

　　"No（不），no，"童老板着急了、有点儿结巴地喘着粗气说："They eat no pay（他们吃饭不付钱）。"

　　可那位警察听的是，他们吃饭不需要付钱，以为是竹园今天特地给黑人的节日优惠。他就拍拍童老板的肩膀说："Good，thank you. You are a good man（好，谢谢，你是个好人）。"

　　童老板急了，赶紧说："No，no，it is they no pay me（不，不，是他们不给我钱）。"

　　这位警察有点儿糊涂了，说："Okay（好）？"

　　童老板拉着那个警察，继续比划着说："They eat no pay me（他们吃了不服钱）。"

　　这位警察还听不太明白，就跟他说："You are in America，you need speak English（你在美国，得讲英语）！"

童老板还是急着重复着他那几句话。这位警察彻底泄气了。他挥手让那几位去游行，又顺手递给童老板一面小旗子，说：“You either join，or stay away（你参加或者离开）！”

　　童老板看看手里的旗子，就拿着旗子跑进游行队伍去拉那几个人。结果是他又被那位警察拖了出来，让他站在路边不许进去。

　　童老板实在是气不过，就冲着队伍吐口痰，摔掉那旗子，大喝道：“啊呸！啊呸！”那几位吃了就跑的回头看到童老板中指高举、高喊付钱，可能是因为 pay（付钱）和呸完全是同音。他们其中一位大喊一声：“Son of bitch（狗娘养的）！”就带着另外几位回头追了过来。

　　童老板见状就快步冲回了竹园。店员们过来问是怎么回事。惊魂未定的童老板刚想说什么，就听到前面传来哗啦的一声巨响。大家下意识地弯腰躲闪。没什么声音后，众人抬头一看，发现是正门的玻璃被砸了。

　　童老板脸色刷白、嘴唇发抖。他从那没有玻璃的正门看见那位警察跑来制止，那几个黑人和那个警察对峙了起来，更多的黑人纷纷从游行队伍和观众群中走出来、围拢了过来。

　　童老板的太太钟爱樱见状赶紧跑了出去，感谢那位老警察，还说没关系，是个事故。那帮人这才忿忿不平地重新加入游行、离开了。

　　老板太太回来安慰童老板，说：“那些人谁惹得起呀？破财免灾啦。本来就那几个饭钱，现在倒好，还得修门了。算了，就当今天晦气。”

　　“嗨，”童老板说：“不算了又能怎么样呢？这是什么事吗？看来又得把那个保安给请回来了。”前一阵子，为了节约开支，他就让那个来打工的警察走人了。

　　童老板说自己的头又疼了，得到后面休息一下，老板太太就搀扶着他去厨房里的那个办公室了。

　　学校今天放假一天，外面天气也不好，多数人也就是在家忙些家务事，其它的也不知道针对这个节日该干些什么。中午市中心倒是有个游行，众人也不知道该不该去看，因为往年电视上演的都是黑人参加这个活动。

鹿群的老板今天照常上班，识相的都跟着去了。老丁又出去找翻修倒卖旧房子（Flip house）的机会去了，最近他开始上心这个生意了。

厨房里，鹿太太在琢磨晚饭吃什么。她和小李说："这么多年了，也没有搞明白这马丁录瑟日该吃些什么。"

小李说："大姐呀，这不是吃什么，而是纪念什么吧？"

进来喝水的大实话说："好不容易有个不花钱、不吃东西的节日，又要让你们给 ruin（毁）掉了。"

"每次你都没少吃啊！"鹿太太不死心，说："肯定会有特定的 food（食物）的，至少商家们会安排吧？忘了注意店里有什么吃的 on sale（大减价）了。"

"怎么了？"大实话问。

"一般是，什么 on sale，就应该吃什么，"鹿太太说。

"对呀！"小李说："唉，我一直没搞清楚，那这儿的元旦该吃什么呢？"

"吃 pea（豌豆），"鹿太太干脆地答道。

小李问："怎么了？不高兴了？不就多问一句嘛。"

"什么？没有不高兴呀？"鹿太太回答。

"那你说什么脏话呀？"小李问。

鹿太太问："什么脏话？"

"你说吃个屁，"大实话说，小李点头同意。

"怎么回事？我说过吗？"鹿太太又想了一下，笑着说："嗨！什么屁呀，我说的是豌豆的那个 pea 的 pea。你们别把英文当中文听呀。"

"是按英文听的，"大实话笑着说："我以为你说的是 pee，pee（尿）。"

三个人笑了起来。

其实，鹿太太也不全对，应该是黑了眼的豌豆（Blackeyed pea）而不是豌豆。

美国南方的一些地方过新年有吃这种豌豆的习俗。据说是当年美国的南北战争结束后的第一个冬天没有什么吃的，因为打仗把耕种给耽搁了。很多人是靠吃这种好种的豌豆才存活下来的，所以有了过新年吃这豌豆的习惯，借此来感恩和纪念。

几个人笑够了。鹿太太说：“算了。今天干脆吃饺子庆祝一下得了。”

“为啥吃饺子呀？”小李问道。

“平等呀，”大实话笑着说：“大家吃的都一样。只不过是表面上的平等。”

小李笑道：“胡说什么呀？”

“这还不明白？”大实话说：“这皮都是白的，里头是什么就不知道了。”

老张同意，说：“也是，提醒大家知人知面不知心，平时要小心一些。”

鹿太太说：“你们就别瞎联系啦，只是图个吉利嘛。”

小武子和小易在客厅打乒乓。小易说：“只有 show（秀）里什么人都有。一般黑人多的地方其他人都尽量避免去。”

小武子说：“别得意啊，Chinatown（中国城）其他人也很少去呀。”

“没的事儿，”小易说：“Chinatown 里老墨多得很，当然台湾人和越南人最多。唉，老墨也纪念这 Martin Luther King's Day（马丁录瑟金日）吗？”

“不知道，”小武子说。

小易说：“怎么会不知道？Aliana（阿丽雅娜）不是 Hispanic（老墨）吗？”

“她是个混血儿，”小武子说。

“和谁混的？”小易问。

“关你屁事儿，好好打，”小武子不耐烦了。

鹿太太过来插话说：“小武子得快生一个。生个混血儿就可以享受 affirmative actions（美国的优惠政策）啦。”

“谁要占那便宜呀？把孩子都毁了，”小武子说。

鹿太太说：“不占白不占呀。”

小易说：“要是大家全混起来不就没这么多麻烦事了？”

“你也太天真了，”小武子说：“你以为谁都愿意和你混呀？”

“说的是呀，”小易说：“美国这都混了快两百年了，怎么还分得这么清楚呢？”

大实话过来说："简单呀，你们看人家欧洲人和美国人的差别，只是在一顿饭里吃生菜的顺序而已，我们和人家的差别是中餐和西餐之别呀。"

"对，"老张说："在这地方，白人看不起其他人。其他人又互相看着不顺眼。老黑和老墨更不对付。新闻里讲他们在学校和监狱里是死对头。"

小易笑着说："那是因为老黑嫌老墨太土。"

"什么？"老张不明白。

"黑字下头加个土，那就是墨嘛，"小易说。

大家哈哈大笑了起来。

小武子说："这只能是我们华人的一己之见，其他人不会懂的。"

客厅里的电视上正在演播着洛杉矶的罗的尼 金（Rodney King）事件十周年的纪录片。房客小朱说："你看人家黑人多团结。只要黑人有事儿，先不管谁是谁非，只要颜色对，立马就上街了。"

大实话打断他，说："人家那是找机会去 loot（哄抢）。哪次出这类的事不是个这结果呀？"

"哦，"小朱说："那一家也是团结一致呀。下次咱也 loot 不就行了？"

"省省吧，咱就别班门弄斧了，"大实话笑道。

"可悲呀，"房客小扬说："咱华人要是有事儿，首先是找各式各样的借口躲开。比如以前港澳台同胞们就常常说，那是中国人，不关我们的事。"

老张说："他们每个人必备的应该是面镜子，说大陆人之前先得自己照照镜子。在外国人眼里我们东亚来的都是一路货，包括鬼子。"

"咱华人就这德性，"房客小扬说："抗战的时候就是这样给人家干掉的。到现在还不长个记性。"

老张说："这内战不光是在台海没有结束，在海外华人中也正在继续着呐。所以呀，小鬼子的好日子还远远没有结束。这连那些老黑、老墨都看出来了，要不华人聚居的地方总遭他们欺负呢？前几天有个新闻说，连 Houston（休斯顿）的老墨黑帮入伙仪式都选 Chinatown（中国城）去犯个罪、交投名状呢。"

　　"你看人家美国人，"房客小朱说："前一阵子，他们窃听联合国的勾当露馅儿了。人家美国人不说窃听不对，只是骂政府无能，怎么能给抓住呢？曾经有位美国搞政治的说过，'He is a SOB，but he is our SOB（他是个狗娘养的，但他是我们的狗娘养的），'你看人家多团结呀。"

　　"是挺奇怪的，"老张说："都说美国是个 melting pot（熔炉），可怎么还是改不了我们华人不团结的老毛病呢？要是什么时候只要华人有事儿，全体华人就全站出来，那就有希望了。"

　　"你说的简单，"小朱说："如果国共又开打了呢？"

　　"嗨，"老张说："到时候再分也不迟呀。现在不团结，吃的可是眼前亏呀。你还别说，人家国民党还是挺有福气的，当年来了个一败涂地、现在经济又不怎么样了，台湾人还那么护着它。"

　　"看来呀，"小扬说："咱都需要好好学习和温习一下毛爷爷的矛盾论了。"

　　鹿群下班吃了点儿东西就去客厅和大家聊天儿。他说："我们楼里打扫卫生的那位老黑人 Wilson（威尔森）说这马丁录瑟日是个要求人人平等的节日。"

　　小穆说："可现在的问题是不平等呀。那些 minority（少数族裔）占的便宜也太多了。不过他们觉得还不够。"

　　"政府可能也是破财免灾，"老张说："前几天在 car radio（车里的收音机）里说有个 survey（普查），一个高中里的学生都认为现行的制度对自己的 race（族类）不公平。"

　　鹿群笑道："这换个角度说，那不就是公平了吗？人人觉得不公平不是挺公平的吗？"

　　"据我多年来的观察呐，"小武子说："黑人是给 spoiled（惯坏）了，但没有这个 pressure（压力）在，可能他们的情况会更糟。"

　　"什么糟呀？"小穆说："不知道他们还有什么好抱怨的？到处都是他们，特别是在政府机构，都快给他们垄断了。"

"好象是这么回事儿，"小胡说："上次去看篮球。整个 stadium（体育馆）从停车场收费的到里头卖吃的的都是清一色的黑人。"

　　"可能是 union（工会）吧？"老张猜道。

　　鹿群说："这儿的 union 更象是个政党，是影响很 powerful（巨大）的政治实体，不象国内的工会只是主管娱乐、富利。在这儿没人敢得罪他们，特别是政治家。黑人的基数那么大、没人惹得起，这一人一票谁受得了呀？"

　　老张说："这可能就是为什么很多人的颜色还行，但非要 claim（自称）是黑人。比如说 Holly Berry（一位混血的好莱坞影星）。"

　　小武子笑着说："肯定有好处呗，或者是不敢得罪人家，人多力量大呀。"

　　"可惜呀，"老张说："咱华人还是生不过他们，也出来得太晚了。在这靠选票的国家，咱人数不够，连配角都当不了，只能混个群众演员什么的。"

　　小武子说："美籍华人生得太少，好象不喜欢生似的。那些人口口声声反对一胎化，拿到 asylum（庇护）留下来了又不生。咱华人可能真是刁民呀。"

　　"不喜欢生孩子？"小穆说："咱国人喜欢争强好胜，引进竞争机制肯定能解决这问题，比如以前争当英雄妈妈。"

　　"有一阵子，"老张说："申请 asylum 的都说想多生但政府不让。"

　　小穆说："嗨，那申请 asylum 的时候都是胡说八道的，什么同性恋啦、练功啦，都来了。"

　　鹿群说："这能生的还是从中东来的、老墨、老黑。"

　　"我听说啦，"小穆说："很多人生孩子是图福利。"

　　"好象从中东来的不是，"老张象是在自言自语。

　　吃完饺子。几个人回客厅、打开电视、松松腰带。小武子问他们反正没什么事儿来盘麻将怎么样。其他人回道："Why not（何尝不可）？"几个人开始整理麻将牌。老张一边数牌、一边说："反正我遇到的黑人都挺霸道的。他们敢和所有的人瞪眼、叫喊，一有什么不高兴的就告别人歧视，和过去的贫下中农似的，凶得很。"

"也可能是心虚吧？"鹿群说。

老张说："所以其他人等都自觉不自觉地避而远之。很多情况是怕不必要的麻烦、并不是歧视。"

"无利不起早，"小武子说："他们闹肯定有好处。就和很多女的用告 sexual harassment（性骚扰）来达到自己的目的一样。我就知道一个女的想换个工作就告他的 supervisor（上级）性骚扰。系里息事宁人就给她换了个工作了事。"

新来的房客小何过来问老张："sexual harassment（性骚扰）到底是怎么回事呀？"

"感兴趣呀？"老张说："这儿有个 number（电话号码）你可以打一下。"

"嘿！"小武子惊讶了，问道："你怎么会有这种 number？惯犯呀？"

老张笑了，说："开什么玩笑？惯犯还能在这儿呀？"

小何问："那你怎么什么都知道呢？"

"是这样的，"老张说："我们那儿一个哥们儿去年出了这问题。害得我们人人都去上那 sexual harassment prevention workshop（预防性骚扰讲习班）。"

"那人给讲的？"鹿群问。

老张说："不是。他没参加。"

"他去哪儿啦？给抓起来了、还是开除了？"小何又问。

"没有，"老张说："那小子得去个 more advanced class（更高级别的班）。"

"还 advanced（高级）呢，"小武子开玩笑道："难道是给 local celebrity（当地名流）开的 class（班）？"

"什么呀？"老张说："我们去的是 HR（人力资源处）办的，那犯了事儿的哥们儿得去警察局办的那个。"

鹿群问："那人到底犯什么事儿了？"

"好象也没什么，"老张说："其实那哥们儿挺冤的。那个女的讨厌他，他又不知道。那女的告他那事儿又没个第三者在场，所以是一笔糊涂账。学校现在对这类事儿是 zero tolerance（零容忍），所以他只能自认倒霉。谁让他在那错误的时间和错误的地点，单独和人家在一块儿了呢？"

"惨了，"小武子说："又是那种 her words against his words（她的说法对阵他的说法），男的赢不了。"

"你们还不知道吧，"老张说："这性骚扰也是起源于两个黑人的，就前几年的事儿。不过那界限也太模糊了，只要想告就说那事儿是 unwelcome（不受欢迎）的。说不准开始的时候是 welcome（受欢迎）的，后来由于种种原因就给说成 un-wellcome 的了。"

"和我们老百姓关系不大，"鹿群笑道："有权和钱的才怕给告呢。咱平头百姓人家都懒得告，把咱炸干了还不够给律师塞牙缝的呢。不过老张得注意点儿。"

"什么？"老张问："我又怎么了？"

"等你荣任主席了，就会有人告你了，"小武子笑着说。

"放心吧，"老张说："我是有 integrity（诚信）的。谁也不会为那事儿把 career（仕途）毁掉吧？尤其在美国，出次那种事儿基本就 over（完了）了，当然克林顿例外啊。"

"以后呀，"房客老孟说："行事之前，都得录音、录像、签字画押后，才能开始那男欢女爱的勾当。"

"不可行，"小武子说："这也保证不了人家以后反悔说当时是被胁迫的呀。你那措施是给强奸犯出的主意。"

老孟说："这可能就是为什么美国上班的地方其实很干净，象和性、种族、政治有关的话题都不能提。"

"讨论天气最安全，"鹿群说："这话又说回来了，工作的地方当然应该讨论工作嘛。"

老张说："要是给告了，工作不保不说，还可能会跟你一辈子的。"

"这儿也有档案？"老孟问。

"废话！"小武子笑着说："哪儿没有啊？这儿还是电子的呢，一个 email（电子邮件）就送出去了。"

卧室里，照例睡前一聊。鹿群说竹园今天差点儿给砸了。妻子问怎么回事。鹿群说："竹园老板今天不知道是怎么了。非要去抓几个吃饭不交钱的。结果让人家把那饭店的正门给砸了。幸亏当时有警察在场，否则今天竹园可能就全给砸了。"

妻子问："什么人干的？有警察在那儿吃饭他们也敢？"

"好象不是在那儿吃饭，"鹿群说："听说是警察在那儿维持秩序。"

　　妻子不解地问："有预谋的？"

　　鹿群笑了，说："你搞错了，据说是警察在维持那个游行的秩序。"

　　妻子又问："什么人干的？这么大胆子，光天化日的。"

　　"还能是什么人干的呀？"鹿群说："童老板可能以为今天是 Martin Luther King's Day（马丁露瑟金日），他们今天可能要 behave（规矩）一些，比如说，多给小费啦，因为他们高兴嘛，所以童老板才敢追出去要呀。"

　　"吓人，"妻子问："这吃饭不给钱已经不对了，还敢砸人家的店？"

　　"是不可思议，"鹿群说："据说多亏是那个老板娘机灵，给糊弄过去了，才没出更大的事。"

　　"他们不是装摄像头了吗？"妻子说："那不一下就知道是什么人干的啦？"

　　鹿群说："我听说他们白天舍不得开，只是有时候 night（晚上）开一下。跟锁一样，防君子的。"

　　"所以呀，"妻子说："还是我们这生意安全。"

　　"咱这哪儿算是生意呀？"鹿群说："人家美国人有个说法，意思好象是赚的钱和 risk（危险）是成正比的。"

　　"平安最重要，"妻子说："能过得去就行了。咱这赚的还行，也没什么大麻烦，还能减税。"

　　"又健忘了？"鹿群说："麻烦还少啊？那几个赖帐的怎么说呀？咱这一个赖帐的就相当于人家几十个吃饭不给钱的。说白了吧，人都一样。"

　　"哦，"妻子若有所思地答应着。

　　"血的教训呀，"鹿群说："童老板不知道是怎么想的，现成的中文不用，非要舍近求远、画蛇添足，定啥暗号呀？"

　　"啥暗号？"妻子问。

　　鹿群说："听说他用'DD'暗指那些吃饭不交钱的。"

　　"我知道，是台湾土话，"妻子问。

　　"哦，"鹿群说："那说明这家伙当汉奸当得还不是太彻底、还有救。"

33，会见姚明

　　姚明的到来在华人中掀起了一股持久的篮球热。很多华人才真正的开始看篮球，和关注美国篮球协会（NBA）的比赛。好象连海外两岸三地那个经典的统独和民主论战也暂时冷却了一些，可能是因为大家找到了姚明这个一致的认同点。

　　姚明打球和做人都比较地道，也有很多挺提气的名言。比如说：打架是不对的，但当时不打是不对的。这给予华人沉思的时机。大家总不能没完没了、不分场合地这样闹下去吧？至少老张已经转变成了个专业篮球迷了，如果再疯狂一点儿就有可能出任鹿家的姚明球迷协会的主席了。

　　鹿家人多势众，一有姚明的比赛，就和聚会似的。不管懂不懂，都要跟着凑热闹、起哄，更象是以前大家凑在一起看春晚的阵势。

　　看客们总是不管赛事如何和是否看懂了，都要批评教练不给姚明足够的上场时间、队友不传球给姚明、指责裁判纵容针对姚明的野蛮动作等等。每次都闹得沸沸扬扬的，害得那几个真正想欣赏篮球的不得不去后院的阳台上去看。

　　有个华人搞的网站在推销姚明的篮球票。其中一个卖点是：赛后，姚明将和大家见面、合影留念。有几个房客被买进。正巧，房客白德才一家需要去休斯顿的领事馆办孩子回国所需的证件，所以，大家前后左右地这么一联络，竟有十几个人都想去。

　　鹿群工作太忙、走不开。鹿太太自己要一同前往，她安排丈夫和那几个留守的轮流看孩子、做饭。

　　大家订票。第一次去现场看篮球而且往返还得开整整一天的车，真正想看篮球的那几个人计划订最好的座位，好不虚此行。而几位女士只想去看看热闹所以不同意订最好的。小武子说，那就分开买。但女士们又怕找不到男士们，在个陌生的大城市里还是挺吓人的，所以不同意。最后，男士们按惯例妥协了，和女士们一起买了最便宜里面的位置最好的票。

订旅馆倒是没什么分歧，按老规矩定了男、女宿舍各一套。大家合租了一辆最大的面包车，但这个大得都有点儿象小型公共汽车了。

那天，好不容易等到白德才取车回来。大家赶快吃点儿午饭、稍稍休息，就浩浩荡荡地南下直奔休斯顿了。

房客潘优惠坐车的时候没事儿，就打电话和住在别的州的亲戚诉苦。她也不易，一个人带个孩子，还要和老外约会。众房客说她自己是一副贱样，还嫌别人对待她太便宜（Cheap），因为人家要么不带她出去吃饭，要么就是去快餐店比如麦当劳、肯德鸡。

其他人也在热聊着不同的话题。司机小白和另外一位小宋，宋立维在聊姚明和篮球。小白说姚明让美国人按中国的习惯叫中国人的名字了。小宋说："没有啊，我们那儿的人还是倒着叫我的 name（名字）。"

小白说："当然啦，普及到我们这些普通华人，可能还是需要一段时间的。"

大家正叽叽喳喳地说得起劲儿呢，那车子缓缓地到路边停下来了。大家都以为有人要上厕所，所以谁也没问，只是继续闹哄哄地聊天儿。过了一会儿，潘优惠大喊一声："这是谁呀，还不快点儿去呀？"众人停止了聊天儿，互相看看后，才问为什么停车。

司机小白回头大喊一声："大家别担心啊。车没坏啊，只是 gas（汽油）有点儿 low（少）了。"

"啊！？"小武子冲着前面喊："那儿漏啦？你们得下去看看呀，在车上怎么能知道哪儿漏了呢？"

小穆说："漏了没事儿，让那个公司再送一辆来不就行了！？按说新车不应该漏呀，还是人家鬼子的车好，美国的新车怎么也这么多事儿呀？"

"有点儿漏没关系，"房客小盛问："我们开到下个 gas station（加油站）不就行了？没必要停下来呀。"

司机小白喊道："是没油了，不是漏了。"

"哦，没漏啊？"坐在小白旁边的小宋问："怎么会没油了呢？"

司机小白说："只顾着聊天儿了，忘了看有多少油了，没注意嘛。"

"不可能的！"潘优惠喊着问："这租来的车怎么会没油呢？应该是满满的呀。"

司机小白委屈地和众人说："我又没喝。这事情太多，没注意嘛。"

小盛气得大叫了起来："你们是干什么吃的！开车前为什么不 check（检查）一下呢！？"

"说得轻巧，那你为什么开车前不提醒我们 check 一下呢？"司机小白不服道。

"你们就别吵了！"鹿太太也跟着大叫了起来："先说说怎么办吧。"

原来租车时候，小白是买了满满一整箱的汽油。这样把车还回去的时候，就不用管那油箱里还剩多少油了。当天一大早他说去上班，然后再去拿车。其实他没去上班，而是直接去拿车了。随后，他送了一批人去突沙市（Tulsa）的国际机场，还收了人家的油钱，但忘了加油了。

其实，他本来就没打算把那些钱用到加油上。那点儿钱权当给自己的辛苦费了。因为他得当两天的司机，又不好意思和众人提辛苦费的问题，所以只好自己想路子了。

这也不能完全怪他，因为第一次开这么大的车，对其耗油量也没什么概念，所以司机小白只能接着装糊涂了。

鹿太太看着外面，不无担忧地说："唉呀，这前不着村后不着店的。你们几个男的下去招手，看有没有人愿意帮忙。"

几个男的下车、向过往的车子招手，但过去十多辆也没有车停下来帮忙。

"瞧他们那笨样儿，"潘优惠说："让我们女生去招手，准行。"

小李马上坚决制止她，喊道："你不要命啦！"

那几位回到车上，问大家该怎么办。经过短暂的讨论，大家决定：一，派两、三个人步行到下一个加油站去买点儿汽油；二，留下的人继续招手找人帮忙。

小武子说："其他人都上车坐好、系上 seat belt（安全带），不要下车乱逛啊。这样能安全一些。"他又大声问："谁去找 gas station（加油站）？"大家一下就都没声音了。

司机小白说他不能去，因为这辆租来的车只能他开。小李悄悄拉了一下丈夫小穆的衬衣，暗示他不能自愿去。最后，是那个新来的年轻学生年松涛被活生生地推举了出来、推下了车，因为这家伙力气大、跑得快、还是个踢球的好手。看不再有人出头，小武子只好自告奋勇把自己给凑数了。

两个人下车后，原地转圈儿，前后左右地看着。车上的人们都焦急地看着他们俩。潘优惠忍不住了，冲着两个人喊道："你们两个还磨蹭什么呢，快去呀？"

小武子回头问："往哪儿去呀，前面还是后面？"

大家刚才只顾着聊天儿了也没注意什么地方有加油站。

小李说："那你们就往前走吧。如果能找到肯帮忙的车，我们也不用往回开去找你们呀。"

大家觉得有道理，于是，他们二人开始向前走去。

这条路是 FM1286。这 FM 是 Farm to market（农庄到市场）的简写。这个类别的路一般都比较偏僻、窄小。司机小白说这是条近路所以才走的这儿。

这条路被两边稠密的森林包裹着。虽然太阳只是刚刚开始西斜，但走在路上的这两个人已经感到了一丝丝的凉意。

刚开始的时候，两个人还有说有笑的象郊游一样，聊着女人和篮球，慢慢的没什么话了。两个人前后看看，发现都是被两边墨绿色的森林包裹着的一条灰白色的随着山坡起伏的公路，给人感觉好象往前走和往后走都一样似的，可能连走错方向都不容易察觉到。小武子自言自语道："得记住太阳在我们的右手边呀。"

"啊？"小年没明白。

又走了一阵子，天色渐晚，空中的彩霞和浓郁的森林相互衬托和镶嵌着，不失为一幅让人心旷神怡的画卷在他们的周围展开。

但此刻，这二位根本无心欣赏这些。小武子拉住小年说："休息一下吧，也不知道下一个加油站在哪儿，都走了这么长时间了。唉，我们走多长时间了？"

"大概五十分钟吧，"小年看看他的手机说。

小武子说："那也应该有两 mile（英里）了吧？一般每小时能走三、四 mile。据说美国是每十 mile 左右就应该有个加油站呀。"

"那就是说，"小年一边计算着、一边说："如果十英里外有加油站，我们需要两个半小时才能走到，然后还得扛着个油桶再走三个多小时回去？我操！我们今天还回得去吗？"

"不至于吧？"小武子宽慰着他说："你说的那是 worst case scenario（最糟情况）。这么长的路上都没看到个加油站，可能也应该快到了。我们走快点儿吧。"

小年问："这荒郊野外的也是每十英里一个？"

小武子不置可否地看了看他。两个人起身，加快脚步往前走。他们开始有点儿怕了。

这里也静得吓人，只有风的呼呼声。两边的森林里不时传来阵阵的声浪和习习索索的声音，好象还有动物的叫声。路边的草丛里有几个小动物被他们的脚步惊吓得出溜出溜地往林子里窜。一群秃鹫在他们前面五十米左右的路边正肆无忌惮地、喧闹地争抢着一个 roadkill（被汽车压死的动物）。

两个人渐渐走近，可那些秃鹫也不让路。于是，他们两个就不由自主地停了下来。

一时间，两个人都脸色刷白，紧张地互相看着。小年的胆子大些，他弯腰捡起个石子扔了过去。那些秃鹫突然受惊、集体惊叫着起飞了，从他们头顶呼啦啦地掠过。两个人赶快蹲下、惊恐地看着那群马上回来盘旋在他们头顶上的秃鹫。他们赶紧起身继续往前走。他们的脚步加快了，从快走、小跑，变成了中跑，直到最后的绝望的狂奔。

突然，有一辆红色卡车带着刺耳的刹车声，急停在了他们前面、挡住了他们的去路。两个人也急停了下来。他们的头发、衣服、腰带已经凌乱了，大口地喘着粗气、惊恐地盯着这辆卡车。

就这样地对峙了十几秒钟，车上突然有人大喊："还楞着干什么！？快过来呀！"他们两个人更不敢动了。这时，从那辆车上下来一个人、走了过来。他们两个人簇拥着往后躲，等那人走近了，他们才看清楚，原来是石头。

搞清楚所以然后，两个人就坐在了地上。长时间恐惧的奔跑和惊吓，和现在的突然放松，让他们瘫坐在地上，一时站不起来了。

休息片刻后，大家上了那辆卡车。他们两个人才搞明白原来是位老墨搭了这把救援之手。等他们二人千恩万谢般地说完谢谢后，石头悄悄问这二位："刚才你们是怎么了？怎么听到中文也不过来呀？"

小武子答道："那不更吓人吗？这荒郊野外的，又在美国？今天这情形还是英文不吓人。"

他们三个人挤坐在那辆卡车驾驶室的右手边。那位老墨见状，作手势让他们坐过来，放松一些。他们三个人只是怯生生的微笑、点头，基本没动。石头又悄悄问和小武子说："你怎么跑那么快呀？都认不出你了。"

小武子说："哪儿跑了？我那是追这小子呢。再慢点儿，我不成一个人了？"转念一想他扭头悄悄问小年："唉，我说你刚才跑那么快干什么？把我甩了，不就成你一个人了吗？"

"我是听着有个东西在追我，"小年认真地说。

小武子气得骂："妈的！是老子！不是东西在追你！以后不能跟你合作了。这都说好了的，不管出现什么情况我们两个都要 stick together（在一起）的。这还没什么风吹草动呢，你小子就颠儿了。"

小年不好意思地说："刚才那阵势，还没风吹草动？"

"再大的风浪也得按事先说好的去做呀，"小武子说。

"可你也没喊我、让我停下来呀？"小年有点儿不服。

那位老墨看看他们，不明白为什么这么大声地说话。石头解释说是他们俩在争论谁跑得快。那位老墨笑了，说："You were all very fast（你们都很快）。"小武子他们冲他笑着。

"你们俩也别吵了，"石头又问："我一直给你们的手机打电话，怎么也不接呢？"

"啊呀，"小年急忙翻着自己的口袋，说："我的手机丢了，可能是刚才跑丢的。我们得回去找一下呀。"

"真的？"看小年那鸡叨米一样的点头、小武子说："那也得等我们把油搞好，用我们的车去找。人家现在是 do（给）我们一个 favor（好处，帮忙），不好意思再麻烦人家嘛。"

420

小年只好作罢。他焦急地寻找着外面的路标，急得用手指甲在那车门上划着、抠着，都开始刻舟求剑了。

又开了没一分钟，他们就看见左手边有个加油站，进去卖了桶柴油就往回开。回去加好油，小白一下子就把那车发动起来了。

大家集体下车，簇拥着那位老墨要感谢他。人家有点儿受宠若惊，连忙比划着，好象说，还得赶快回家因为已经晚了。

大家要给人家钱，人家说不能收，因为他做好事不是为了自己得好处，否则上帝会惩罚他的。大家只好千恩万谢，把小武子的名字和地址给他，让他以后一定去静水城找他们玩。大家挥手目送着这位恩人开车走了。

众人上车后，才有个人说也没问问那恩人的名字和电话，这好人好事也无法上报了。众人纷纷指责她的马后炮。潘优惠喊道："别说人家的马后炮了。你们还没有呢啊。"

大家静下来了。鹿太太看看坐在旁边脸色灰白、精疲力竭、衣服都湿透了的小武子和小年，觉得这次可真辛苦他们了，就给他们俩每人一瓶水，说："这次可真辛苦你们俩了。看这累得，出这么多汗。"

"没事儿，没事儿，"小武子喝着水，心里说："这他妈的连惊带吓的，还有那狂奔，能不出汗吗？只是不知道是冷汗还是热汗。"

到了那个加油站，司机小白正准备加油。车上的石头和小年大呼小叫地把他给制止住了，把刚刚迷糊着的小武子也给吵醒了。

原来，司机小白准备加汽油，这可是辆柴油车啊。大家义愤填膺地警告司机小白，小年说："你要再这么稀里糊涂的，再搞出什么事儿来，我们就不跟你分担了。你要负全责啊。"

"对不起啊，"司机小白说："不是累了吗？看这一天给折腾的。"

"什么一天呀，不是才半天吗？"几个人反驳他说。

小武子对大家说："都别不高兴啦，咱这是因祸得福。"

大家说："说梦话呢？你睡糊涂啦？"

"没有啊，"小武子说："你们想想看，要是没有没油这事儿和那位好心的老墨，我们怎么能知道这是个柴油车呢？如果加成汽油，大家今晚就得住这车里了。还有啊，大家记住啊，以后不能再喊老墨了，应该称墨兄、墨弟。"

"哦，"潘优惠说："原来是那老墨告诉你们这是个柴油车的啊。"

几个人喊道："是墨兄！"

加好油，众人又准备开车上路了。小年提出要回去找他的手机。众人七嘴八舌地讲如何地不可能。的确，这时天已经全黑，这条路上没有路灯、也没什么显眼的标记，众人也没带个手电筒。

小年急了，说不回去找，他就不走了。大家只好开回去大约三分钟的路。车子熄火，众人一起下车去听。一个人用手机拨打着小年手机的号码，大家认真地听，看是否能听到那手机在哪儿。

小武子问小年，他那手机是设置在有声音、静音、还是在震动的选项（mode）上。小年说记不清了。众人说，那怎么找啊，这有声音还有点儿可能，这震动是绝对听不到的，因为风这么大、小动物们在窜着。果然，众人折腾了十几分钟也没听到他的手机。

小年让有手机的把手机当手电筒照照看。小穆问："就那么点儿亮，行吗？"小年急中生智，让小白打开车灯让大家借着灯光找。还是找不到。小年又要求众人用手摸摸。大家一听这更不可行了，就纷纷劝导他。

没办法，众人只好许诺所有人将和他分担换手机的费用，当然不包括升级费。反正那位好心的墨兄是用他自己的油桶装的柴油，所以大家省了那买油桶的钱。况且万一谁给蛇一类的动物咬了可怎么办，这黑灯瞎火、荒郊野外的。小年想想也只好作罢了。

众人上路继续往南开。没一会儿，大家就都倒头迷糊着了。还好，只比原计划晚两个多小时到达休斯顿。休斯顿的夜景还是挺好看的，可惜大家都累坏了、给睡过去了。

到了那个汽车旅馆后，两个人进去办理入住手续。大家分男女宿舍赶快入睡。

第二天早上九点。大家睡眼惺忪地去吃免费的大众早餐。这个小旅馆的早饭间很小，桌椅不够，男士们只好站着吃。一下进来这么多人，搞得借过（excuse me）声此起彼伏了起来。连上早饭的那位老墨阿姨看到这阵势都不由地愣了一下。

饭毕，还是那两个人去旅馆的前台结帐，然后众人分兵两路，先送一批人去中国城买东西，另一路去领馆排队办事。

去领馆的路还可以，可能是因为已经过了上班高峰。可到了那儿一看，这停车实在是太不方便了。领馆周围的马路边上都已经停满。旁边的那些小生意门前到处都插着中英文对照的警示牌，上面写着：这里不是中国领馆停车的地方，违者将被拖走。

他们转了两圈，只好停在隔一条马路的一个超市的停车场里。他们还进去买了一瓶饮料，小白叮嘱妻子把发票留好。妻子说："就瓶水，不报销了吧？"虽然她对丈夫的精明和聪明很自豪，但她觉得这钱也太小了，更适用于表现自己家的大度、慷慨。

小白说："这是我们在这店里买东西的证据。否则他们要tow（拖走）我们的车可怎么办？"

小白太太不以为然地问："谁敢偷呀？这大白天的。锁好不就行了？"

"不是偷，"小白说："是 tow，拖走。你没看见那牌子上写的是什么呀？"

小白太太看看那四周的牌子，上面说，非本店顾客的车子将被拖走。她再次很佩服地看着丈夫、为他的精明而自豪。

他们往领馆走，可前面人行道正当中有一个高高瘦瘦的黑男人背着背、站在那儿，一动不动地斜视着他们。吓得他们不自觉地停了下来，面面相觑、站那儿不敢过去。小白看看周围，说："别怕，我们是无害通过。"

他老婆赶紧拉住他，说："你可别惹事啊！我们这人生地不熟的。"

最后，他们只好穿过马路、绕道儿过去了。

领馆的那个证件办公室门外的草地上有一个人在打坐、听音乐。小白他们刚要进去就被个老墨保安拦住了。他问他们要办什么证件和要检查携带的文件是否齐全，还告诉他们不能带饮料进去。小白一肚子的不满，他悄悄和太太说："这可是我们中国领馆呀，按说应该算是我们中国的领土了。这老墨兄起什么劲呢？"

小白太太说："人家可能是被领馆 hire（雇）的吧？"

两个人不情愿地拿出东西给那个老墨检查。他还真发现他们需要去旁边的 CVS（一个药店）去复印些东西。他们一边把那饮料喝完，一边去复印材料。两个人搞好那些复印件后就顺利地过了那位墨兄的关卡，可以进去排长队了。

站那儿也没什么事儿，两口子就悄悄聊天儿。小白太太问刚才外面的那个人是在干什么。小白看看左右，说："是抗议不让练功。"

小白太太问："谁管那闲事？"

"是抗议国内的，不是这儿的，"小白说。

"国内让练呀，"小白太太疑惑地问："谁也不管呀。再说怎么在这儿抗议呀？要抗议也得回去抗议呀，这不是隔靴搔痒吗？"

小白说："是他们练的那种不行。"

"哦，"小白太太明白了，说："是门派之争啊。美国也不让练？"

"这儿好象没人管，"小白说。

"那他抗议个什么呀？"小白太太还是不明白。

小白只好让她检查一下材料是否整理好了，否则她是不会停下来的。两个人在那儿静静地整理文件、排队、上厕所。

与此同时，另一路人马正在那个中国城里转悠着。他们路过一大片公寓。那个公寓群沿街的草皮上是锦旗招展的。小武子看着那些呼啦啦地飘着的旗子，问："怎么这么多民国的旗子呀，我们的呢？"

小年开玩笑说："该不是台湾把民国给搬这儿吧？"

大家笑着说得合个影，就叫台北一游。

随后，众人走到那个闻名遐迩的出国人员服务部去买东西。据说，那店里卖的都是回国送礼最走俏的东西，在其它美国店根本买不到。小宋悄悄说："专宰咱大陆人的。"大家哈哈大笑了起来。

那个店里东西的确便宜，有现金的都忍不住买了好多。没现金的到处借，直到大家把手上的现金都交给了那个老板娘，把她忙得气喘吁吁、兴高采烈的。鹿太太还和那老板娘认了老乡、说好了邮寄购买的方式。鹿太太觉得有可能把这个店的东西倒到静水城去。

从那儿出来后，大家提着大包小包又去旁边的一家面馆吃了中饭。那些饭菜不仅是口味很地道，而且还便宜的不可想象，三块钱一大碗还不加税。大家和小西安开玩笑说："如果这些人去了我们那小地方，你可就没生意了。"

"不会的，"小西安说："他们去了我们那儿也那价儿。谁不想多 make money（赚钱）呀？"

"别作梦了，"潘优惠说："我们中国人竞争主要是靠降价。你看这店面简陋得，可能连维持生计都不易。"

大家吃完又出去到处逛着买东西，和准备晚上看比赛时和回去路上需要的零食和饮料。沿途加油站的东西太贵了。众人搞好后，就有的蹲着、有的站着，在那超市外面等去领馆的人办完事来接。

鹿太太看到那几位蹲着的男士就过去说："起来，起来，注意点儿形象啊。"

"没事儿吧？"小年抬头望着鹿太太说："这是 Chinatown（中国城）呀。"

鹿太太只好作罢，因为她认为小年这次出来不仅是劳苦功高，而且损失最大。

可能是领馆的说明还是不太清晰，所以小白他们又折腾了一阵子才把材料给送进去。交完钱，他们马上出来直奔中国城去接人。

好不容易等到了，大家把他们一顿地数落。"你们瞎嚷嚷个什么呀！？"小白太太不满意了，她说："咱国内那办事效率你们也是知道的，有什么好抱怨的？你们是没看见，那人多的。我们这忙得连午饭都没吃呢啊！"

"怎么回事？"鹿太太问道。

"嗨！"小白太太说："明天领馆休息，大家都急着把申请送进去呗。"

小武子问："明天是什么 day（节日）？为什么休息？"

"谁知道呀？"小白太太说："这领馆可舒服了。美国和中国的 holiday（节假日）他们都休息。"

"啊？"鹿太太说："这么舒服啊？"

小白说："可怕。那闹哄哄的劲儿和办事效率可真有点儿让人感觉好象已经回国了。"

"什么？"潘优惠说："这儿又不是国内。"

"有什么两样啊？"小白太太说："那领馆就是我们中国的领土呀。"大家还是说不至于。小白太太说："你们去试试就知道了。"

众人无语了。

大家决定晚饭去姚餐厅吃。小武子的一个在休斯顿的朋友带路，他说："这 Chinatown（中国城）最近黑帮活动猖獗，搞得不安全。前一周还有一个从国内来的摄制组在这儿给打了、抢了。"所以，去姚明家的饭店虽然会贵点儿，但比较安全、也不虚此行。

姚明家的饭店开在休斯顿的一条'饭店一条街'上。离中国城不远，从中国城开车十分钟就到。那条街明显地比中国城的街道气派、漂亮，沿途是一家家的大饭店，不象中国城的那些矮小的铺子。

大家下车。小武子注意到姚明家饭店的门面和招牌都很大、很显眼，可就是比较起旁边的那几家饭店来，明显地冷清了许多。

这一车人的到来，一下子把姚明家的饭店给搞得热闹了起来。一走进这家饭店就看见正面是一个姚明的巨型、全身 picture board（相片板）和 NBA（国家篮球协会）的一些装饰和摆设，左手边是个比较安静优雅的吃饭的地方，右手边是可以看比赛的、和酒吧一样的地方。

大家正为去那边争论不休，一位穿着得体、五、六十岁、戴眼镜、微胖的男性华人过来笑眯眯地欢迎大家，问大家有什么问题。搞清楚后，他爽朗地笑笑说："没关系的啦，随意啦。两边的 service（服务）都一样的啦。"大家这才自由选边儿了。

那位老板模样的人招呼着服务员们来伺候这批人，然后，他自己找了个靠窗子的座位坐下，若有所思地看着窗外。

这个店的招牌菜之一是姚妈妈的鸡汤。那个服务员大力推荐，大家也久仰大名、跃跃欲试，所以一拍即合，点了个最大

426

号的一盆子鸡汤。大家觉得也该补补了，这二十四小时里可没少遭罪。

有人问那个服务员，姚明家的人在不在。她说："真不巧，他们家人刚刚走。不过你们可以参观一下他们家的包间。"大家饶有兴趣地起身，跟着那个服务员去了。小武子的朋友笑着心里想："这姚明家的人怎么每次都是刚刚走呀？"他已经是第七次陪亲友光顾这家饭店了。

在那饭店的正中央有一个到人胸口那么高的餐桌，和爬着才能上去的四把椅子。众人正在拍照留念，酒吧那边的几个男士们的也被带过来了。他们请了个服务员给大家合影。然后就都回到自己的座位上去了。

那个鸡汤来了。服务员给每人盛了一小碗，说了声请享用（enjoy）就离开了。

众人都不说话，只是认真地看着眼前那碗漂着几片葱花的汤，互相看看，然后开始品尝。尝完后，大家又互相看着、不说话。还是潘优惠忍不住了，说："嗨，这吃上去和 Swanson（一种罐装的汤类大众食品）的没什么两样嘛。"

大家这才开始抒发各自的感受："什么呀？这连外国人都糊弄不了。"

"姚明蛮好去中国请几个地道的大厨呢。那准能搞好。"

"据说姚明是担心他父母在这儿寂寞，给他们找点儿事做。所以呀，期望值不要过高啊。"

"那些用激素催熟的美国鸡没什么味道嘛。"

"在美国很难找到大量的、放养的老母鸡呀，所以那鸡汤也就无从谈起。"

"那就应该从中国进口大量的老母鸡嘛。"

"他们可能怕 pollution（污染）？"

"这一让一心赚钱的生意人去搞，肯定在工序和原材料上大打折扣。"

"姚他妈的汤肯定好喝，给儿子做的嘛。但这饭店里的肯定不是姚他妈做的，否则还不把姚他妈给累坏了。"

"别骂人嘛。"

"没有啊。"

"最好可能是，姚妈妈监工、老墨制造。"

"人家老墨挺好的，人家用名牌、点 drinks（饮料），不像国人，只点水。"

"可多数华人到最后也就是喜欢喝水呀。"

"别忘了啊，要是没有那位好心的老墨，现在大家还在半路喝西北风呢，别说这 soup（汤）了。"

那个服务员来上菜时笑眯眯地问大家："How is the soup（这汤怎么样）？"鹿太太赶紧拉住潘优惠，其他几个人代表众人点头说好。那个服务员说："肯定好，都喝完了。"

小李笑眯眯地看着那个服务员点着头，心里说："你是不知道我们有多渴呀。中午那汤面里不知道有多少 MSG（味精）呢。搞得人口渴、头疼。"

那位服务员又热心地问："Do you want more（你们还要吗）？"众人一起微笑着摇头。

等那位服务员走后，潘优惠问鹿太太刚才为什么拉她。鹿太太说："我怕你这大嘴巴乱说话呀。"

潘优惠不满地说："就得让他们知道那汤不行，否则他们怎么改进呀？"

小李悄悄说："那也得等我们吃完了再说呀，况且人家的主顾可能多数是美国人。我们什么时候再来吃还不知道呢。"

鹿太太接碴儿对潘优惠说："饭店的厨房里面，你又不是不知道。哦，你是不知道，你没去饭店打过工。不管怎么说吧，出来吃饭就要好好夸赞、老实吃饭。"

潘优惠略微疑惑地看看他们，吃了起来。看那她老老实实吃饭的样子，鹿太太问她："是不是想着以后都不敢出去吃饭了？"

"可不是，"潘优惠说："让你们这么一说，我都琢磨是不是不能再出去吃饭了。"

"是要小心，"鹿太太说："注意点儿就可以了。"

潘优惠说："怎么注意呀？总不能自己去后面做吧。"

"免费教你一条吧，"鹿太太说："只要记住出去吃饭的时候不要点饺子、包子一类的就行了，因为实在不知道里头包了些什么。咱国人可是见逢就钻的啊，所以去中餐馆一定要吃能看清楚是什么肉的 dish（菜肴）。"

小李笑着说："别歧视我们中餐啊，美国饭店也一样。那些 burger（汉堡包）里的 meat patty（肉饼子）也是很 nasty（恶心）的。还要注意的是，要尽量吃 buffet（自助餐），那样会好些。"

"那怎么能行？"潘优惠说："那还不得天天减肥呀？"

"少吃点儿不就行了？"小李说："吃点菜，最怕那些服务员太热情，端着你的菜滔滔不绝地说话了。那唾沫星子溅得哪儿都是。注意啊，那些个 menu（菜单）是最脏的了，点完还得再去洗手。还要注意的是千万不要让他们重做，把后面的厨子惹了可没什么好结果。"

"别 paranoia（偏执狂）了，"鹿太太说："其实是很难防的，除非他们都戴口罩。"

潘优惠说："那还是饭店吗？成医院了。"

"所以呀，"小李说："最好是尽量少出去吃，出去吃就吃 buffet（自助餐）。有什么脏东西大家分担着点儿。"

"别说了！好好吃饭！"潘优惠有点儿受不了了，就命令道。

吃喝完毕，把剩下的打包。大家出来上车去篮球馆看比赛。开了近三十多分钟就到了。那篮球馆的门前有熙熙攘攘的人们在排队入场。

做安全检查的两位黑女士没让他们过，因为不许带食物和饮料入内。大家站那儿商量怎么办。放车里是肯定不行的，这都十一月初了，休斯敦的夜晚怎么还这么闷热呢？看完比赛再吃肯定会闹肚子、影响回去的行程。

小李开始后悔没买个冰桶。丈夫小穆说："这么多东西，那得买多大的冰桶呀？再说车里也没地方放呀。"

司机小白说："车顶倒是能放，可没带绳子。"他想了想，又说："不行！不合算！不光是绳子和冰桶的钱，车顶上绑个大冰桶增加的阻力不知道要浪费我们多少汽油呢。"

旁边的几位齐声喝道："是柴油！"

"别说那些没用的啦！"鹿太太一挥手说："尽量消灭掉吧！小白家不是没吃午饭吗？你们主攻啊。"

小白两口子左右看看，说："这也太难为情了吧？这么多人走来走去的。"

"来来来，"鹿太太招呼着众人说："大家把你们围起来不就行了。"

　　于是，众人围成一圈，把吃喝的那几位给遮挡了起来。吃喝完毕的到外围，把其他人给换进去，和极地冬夜里避寒的企鹅们似的。小白两口子几次要求出来都被要求继续主攻、给硬挡了回去。

　　这时，两个黑人保安过来问大家在干什么。被问的那人不知道如何回答就把保安们引见给了鹿太太。鹿太太老成持重、经验丰富，从容地说："Nothing，just change clothes（没什么，只是换衣服）。"

　　那两位保安谨慎地看着她，打园场道："Just to remind you the game is about to start（只是想提醒你们比赛就要开始了），you may go to restrooms to change（你们可以去厕所去换衣服）。"

　　鹿太太不耐烦地对保安们摆摆手让他们走开，说："Okay，okay，thank you 啦（好好，谢谢），"然后大声说："你们里面的得快点儿了啊，比赛快开始了。回去的路上就不停了，大家多吃点儿啊。"

　　小白在里头蹲着吃，不满地说："站着说话不腰痛！这么多，吃得完吗？把我们当斑斑了？你自己怎么不进来呀！？"

　　无奈，鹿太太只好带领大家各尽所能地突击了一下，还说，实在干不掉的就只能扔掉了。小李说："别浪费呀，就放地上，谁想要谁就拿走。"众人同意，正准备离开，有人叫住了他们。那两个保安跑过来，警告他们不许随地扔垃圾。

　　嘴里还咀嚼着食物的众人看着那两个保安。小武子过去跟他们说明众人的这个凡人善举。得到几个 no（不）的小武子，回来给大家解释说，他们只是不让随地扔东西，没说这些东西是垃圾。随后，他就带领众人，捡起地上的食物、饮料，扔进了旁边的垃圾桶。

　　鹿太太一边嚼着一块牛肉、一边率领众人快步通过那个关卡、入场了。

　　他们刚刚上楼要进去找座位，里面的国歌就响了。一位黑人工作人员挥手示意让他们不要动。鹿太太赶紧把嘴里的那块儿牛肉吞咽了下去，以为人家不让她吃东西。众人不知道犯了什么事儿，就原地矗立、面面相觑。

等那国歌结束，那个人说他们可以走了，看了他们的票就带他们进去了。进去后，他们马上就被里头那闹哄哄的气氛感染了。

他们的座位高高在上，小李站着、犹豫着是否再往前走。在她后面的鹿太太推推她，问："走呀，怎么了？"

"不行，"小李悄悄地说："这地方高得让人有点儿头晕、腿软。"她只能拉着鹿太太的手、不能往下看，找到座位、赶紧坐下，就不敢再站起来了。

鹿太太也觉得有点儿晕，她悄悄和旁边座位上的小武子说："你这票买得啊，也，也太 high（高）了吧？

小武子说："您不是夸我吧？这可是大伙一起拍的板啊。又想便宜又想好，没那么好的事儿吧？"

鹿太太安慰着坐在旁边的小李，说："没事儿。过一会儿习惯了就好了。"

小年伸着脖子往下看，说："蛮好带上我的望远镜呢？"

"没事儿，"司机小白打着饱嗝说："高点儿没什么不好。低的地方 CO_2（二氧化碳）的浓度高，对大脑不好。"

因为离底下的球场还很远，大多数时间，他们还是看那几个大屏幕。但那个热闹劲儿是非到现场才能体会到的，尤其是那中场表演，电视上一般是不转播的。

可惜的是，大家需要接二连三地去用厕所。不光自己没有看全，连这排座位两头儿的观众也给搞得不住地摇头、长吁短叹，因为他们总得不停地起立、让路，让这些姚明的同胞进进出出。

小白注意到了这个问题，但转念一想，时不常地动一动也是对他们好，一直坐着看不健康。再说啦，又不是我们自己非要吃喝掉那些东西，不是被逼无奈嘛。。。这么一想，他自己也就心安理得了。

这两头儿的观众刚开始以为这些人今晚来只是要看姚明、喊姚明的，因为他们发觉只要姚明一下场这些亚洲人就起身出场了。他们开始觉得这些姚明粉丝也未免有点儿太过分了。后来，他们看着也不太象，因为这些亚洲人进出得也太频繁了，况且也没必要那么急呀。

看着他们一次次的空手而归，这几个美国佬也不明白到底这些人是在忙什么了，因为外头走廊里除了卖东西的和厕所也就没什么了，吃东西和上厕所也不能这么频繁吧？他们是不知道啊，这些姚同胞可都是超载（overloaded）而来的。

赛后，一大群华人在翘首以待着姚明的出现。大概过了十几分钟，姚明披着块浴巾出来了。他用麦克风对大家讲了几句感谢的话，招招手让大家给他拍照，然后就离开了。前后都不过三分钟，还隔着至少几十米远呢。

散场出来，大家一起往停车的地方走。潘优惠越想越不高兴，说："妈的！上当了。这哪儿叫会见姚明呀？应该叫眺望姚明，还不如电视上的清楚呢。不过他那一口黑人英语还是挺cool（酷）的啊。"

"不应该呀，"小李说："教他英语的那个翻译可是个白人呀。那家伙肯定没好好教我们姚明。"

"不会吧？"司机小白说："姚明多聪明呀，得 blend in（融入）呀。NBA 里的黑人是绝对的 majority（大多数）呀。"

小武子说："那口音是挺 cool 的。他们在这儿土生土长都两百多年了，同样的学校出来的，怎么还是那么独特的口音呢？"

小年问："是 segregation（种族隔离）？"

"不是老早就取消了吗？"潘优惠问。

"可能还以其它形式存在吧？否则怎么解释？"小武子不置可否地应着："或者是他们太自豪了，就是不改？"

"你们就知足吧，"鹿太太劝他们说："姚明要是和每个人都握手、合影，还不把小伙子给累坏了？他这已经打了一晚上了。"

"也是，"小武子说："期望值不能太高。咱今天这吃姚家饭庄、喝姚妈妈鸡汤、看姚明的比赛、会见姚明，这在十四亿中国人里也算是凤毛麟角了吧？应该高兴的是，咱这应该是离姚明最近的一次了，值吧？"

小李说："你就别提那汤了，这把人搞得渴的。待会儿得先去买水啊。"

"你还挺洋气的啊，"小武子说："我还发现啊，美国佬里现在最普及的中文应该是'姚明。'不过他们把姚明喊成'要命'了。那轰鸣的'要命'可真是震撼呀。"

　　众人哈哈大笑了起来。

　　毕竟是头一次现场看美国的篮球比赛，大家还都是比较兴奋的，在连夜往回赶的路上，叽叽喳喳地议论个不停。出了休斯敦一个小时左右，大家陆续地感觉有点儿饭困了。他们纷纷叮嘱了小白不许抄近道儿和柴油后，就先后迷糊着了。

　　司机小白喝着可乐、唱着那首：东面有山、西面有河。。。还时不常地揉揉双眼，开车急速北上。

第十一章

34，同事来访

八月的一天。鹿群在网上找关于飓风卡特里娜（Hurricane Katrina）的新闻，因为同学王图京在路易斯安那州的巴吞鲁日（Baton Rouge）工作，想借这飓风停工之际开车过来玩玩。

近几天来，新闻里不停地报道着从新奥尔良出来的路上的堵车状况。鹿群和王图京联系不上，也不知道他现在开到到哪儿了。鹿太太过来问他："看什么呢？非洲又出事了？"

"什么？"鹿群还是盯着屏幕说："没有。什么非洲？"

"那你在看什么？"妻子问。

鹿群说："看 New Orleans（新奥尔良）的 hurricane（飓风）呀。"

"啊！？"妻子也过来看："怎么会有这么多黑人呀？"

鹿群又看看，说："不知道。"

"别浪费时间了，"妻子说："不会那么巧的。在新闻里哪能找到你那同学呀？跟大海捞针似的。"

"什么呀？"鹿群笑了，说："我不是在新闻上找他。只是看看那儿的 traffic（路况）是不是已经改善了。不过，万一这新闻里有他，也很容易把他认出来。怎么会有那么多黑人呢？小武子去那么多次也从来没提起过呀。"

妻子说："这说明人家黑人根本就不去小武子他们去的那些脏地方。"

"倒是有这可能，"鹿群同意。

在客厅里，房客单子在翻阅着本地的免费报纸。小武子在沙发上直眼儿。单子和他找话说："这报纸上说这儿的 life expectancy（平均寿命）是全 state（州）最高的啦。"

小武子一怔，问："什么？"

单子重复道："报纸上说我们这儿的 life expectancy（平均寿命）是全 state（州）最高的。"

434

"哦，这么好的环境不活长点儿，那不太浪费啦？"小武子没有语调地回道。

单子问："太消沉了吧？还在想 Cherry（樱桃）、Brittany（布兰尼）、还是网上那位电子的？"

"什么呀？"小武子说："我在想怎么和 Aliana（阿丽雅娜）散了呢。"

单子试探着问："她是 Hispanic（特指说西班牙语的南美人士）吗？"

"关你什么事？她可能自己也不知道，"小武子还是直眼儿说。

单子问："还没办法？"

"还没有，"小武子说。

过了一会儿，单子问："你不是要去 Canada（加拿大）工作三个月吗？"

"是啊，"小武子说："怎么啦？已经有人接这个 lease（租约）啦。"

"不是 lease，"单子拍拍他，说："你去了以后，不再和她联系不就行了？"

"她还要去那儿找我呐，"小武子无奈地答道。

"谁出钱？"单子问。

"废话！"小武子看着他，说："当然是我出钱啦。"

单子说："你说你出不起不就得了？这环境里，这年龄的离开三个月肯定没戏。"

"什么？"小武子不解地问。

"别误会啊，"单子说："我可不是说你没谱儿或者媚力不行啊。我是说你那 Aliana（阿丽雅娜）可能 hold（坚持）不住。你想啊，如果她舍得自己出钱去看你，证明她在乎你；她要是舍不得呢，你也就没必要自作多情了。"

小武子终于面露喜色，说："好主意啊！兄弟，我欠你一顿重庆小面。等我从加拿大回来请你。"

单子说："说好了啊。"

"一定，一定，"小武子答应着，高兴地起身出去了。

鹿太太进来问："小武子怎么那么高兴，炒股又赚了？"

单子说："没有。我给他解决了个大问题。"

"什么问题？"鹿太太问道。

单子说："好象他不想和那个 Hispanic girl（老墨女孩）好了。"

"哦，早知道了，"鹿太太说。

单子继续看报纸，说："看来这拼体育咱华人的孩子是没戏，拼字也没戏，只能拼命往前十名里挤了。"

鹿太太说："丽丽要拼 golf（高尔夫）、挣奖学金。"

"有多大把握？"单子问。

"不管多大，"鹿太太说："这可是我们华人孩子最有把握的啦。其它的都比不过别人。"

单子问："那滑冰、跳水和体操呢？"

"好象也有戏啊，"鹿太太说："不过那得回国去受训，不方便。滑冰的竞争太激烈、太危险，要挨打的。"单子问是不是教练打人。鹿太太说："不是，是 Tonya Harding（一个雇人殴打队友的花样滑冰运动员）。"

"哦，"单子说："其实也没必要和别人挤那华山一条路了。汉人和白人不擅长歌舞竞技是有原因的，所以只能努力当领导。"

鹿太太听不懂也不好意思再问。

鹿群的一个以前国内的同事马卫建来美国短期进修，要去纽约开会。鹿群盛情邀请，所以，他从加州去纽约的途中故意安排路过静水城来访问一下。鹿群是想保持和国内的关系。

鹿群在后院烤肉，来款待这位同事。每次烤肉，几乎每个人都忍不住要去动一动那炭火。鹿太太让鹿群和他的同事去后院的阳台上坐镇，不要让孩子们玩那炭火，还可以继续聊天儿、喝酒。"你们总这么吃啊？"马卫建问。

"没有，"鹿群说："但几乎每家都有个烤肉架。人多的时候用一下，平时自己也不用。烧一次炭火就两、三个人不值得，也没那个气氛。"

鹿群拨弄着炭火，又说："这 diet（食谱）肉太多，不太适合我们华人，我们大多是草食动物。"

鹿太太正好出来给他们送些坚果当下酒菜，就对马卫建说："幸亏是你来，这 BBQ（烤肉）炉子他总不给我们用。"

鹿群说："我太太例外啊，她是肉食的。"

两个人大笑。鹿太太不解，问笑什么，鹿群说没什么。

马卫建说："我们小时候在野地里烧烤过玉米、土豆、红薯、麻雀，还有麦子。"

鹿群说："我们下乡的时候也烤过麦子，很好吃的。看看，还是以草食为主吧？"

"不是，"马卫建说："那是因为没有肉啊，不是不想烤肉。当时也没什么架子，只是找些柴火点上就行。"

鹿群说："对，那时虽然贫寒，但也不乏快乐。"

"唉，"马卫建建议道："我们抓几只麻雀烤一下？"

"好呀！"鹿群转念一想，说："不行。我没有 hunting license（打猎执照），给抓住了可不好。"

马卫建不解道："谁会告呀？"

"You never know（肯定会有），"鹿群换话题说："不行啦，老啦。这眼帘已经开始下垂了，总象是困了似的。"

马卫建说："是地球吸引力太大而已。你比我们这些在国内的看上去年轻多了。"

鹿群接着唠叨："这不该长毛儿的地方是不停地长，该长的地方都快成沙漠了。"

"不是沙漠，应该叫谢幕，"小马说："有手术，可以搞得满意呀。"

鹿群悄悄说："不行，谁有那闲钱？连房事也是偶尔为之了。"

"两个人高兴就行，那事儿其实是无所谓的，"马卫建也悄悄说。

鹿群笑笑说："倒是有药，可妻子怎么办？那药不是制造家庭矛盾吗？要造也得男女都有呀。这药只让那小家伙不安分，也不相应地提高其它方面的体能，让人瘁死了怎么办？"

马卫建笑了，说："说不准这是人家的目的之一，否则人活那么长还不把 social security（社会保险）和 medicare（老年医疗保险）给 bankrupt（破产）掉呀？"

"嗨，"鹿群站起来说："来美国这么多年还没干过什么出格儿的事儿呢，今天就来它一次，抓鸟！对！有主意了，"鹿群接着说："我们就说是教孩子们野外生存技巧。"

于是，两个人去车库里去翻箱倒柜地找东西、做抓鸟的装置。孩子们也起劲儿地跟着问这问那。看着孩子们那笨手笨脚的可爱样子，鹿群自言自语道："这 computer（计算机）倒是越来越发达了，需要用脑子记的东西却越来越少了。你看孩子们的动手能力也退步了。好象计算机的功能越强，他们在上面浪费的时间就越多。长此下去，人类的记忆力和动手能力是会衰退的。"

"没错儿，"马卫建说："如果进化论对的话，use it or lose it（不用就丢）。不过那得上百万年后才能看出来呢。"

"用不了那么长，"鹿群说："这 New Orleans（新奥尔良）出个 hurricane（飓风），人们不就只会喊着让 government（政府）送东西吗？人的惰性和依赖性是很容易培养的。"

搞好那个抓鸟装置后，他们把它放在后院。没过半小时，他们就抓住两只小鸟。孩子们高兴地奔走相告。最后一共抓住七只小鸟，孩子们把这些鸟放在那个狗笼子里。鹿群和宋卫建高兴地说今天晚上可以尝鲜了，然后继续在阳台上聊天儿。

过了十几分钟，他们要教孩子们怎么烤那几只鸟，孩子们不干了。跑进去哭诉着说他们要吃那七个小矮人（Seven little dwarfs）。鹿太太问："什么乱七八糟的？不许哭、慢慢说。"原来，孩子们已经给那几只鸟起好名字了，就是那七个小矮人的名字。

看来这次肯定是吃不成了。鹿群和马卫建感叹道："对不住啊，这不管是什么动物只要起个人名，就不方便吃了。"

"没关系，没关系，只要孩子们高兴就行，"马卫建说。

鹿群说："这一点还是英文好，动物名字和肉的名字基本上是分开的。比如：pig（猪）和 pork（猪肉），goat（羊）和 mutton（羊肉），deer（鹿）venison（鹿肉），cow（牛）beef（牛肉）；而我们中文里就相对简单，就是猪马牛羊肉。"

"好象也只有哺乳类的分开叫，"马卫建说："都是掩耳盗铃。饿的时候什么都不管，这只是不饿的时候撒娇而已。"

鹿群说："精辟！"

"不敢，不敢，"马卫建说："你看啊，我们年轻的时候总觉得吃不饱也不挑剔；年纪大了才发觉这好吃的越来越少，最后也就是自己做的那几个菜。"

"那可是精华呀，"鹿群接着说："现在外面的东西不光是贵得出奇，吃了还给人索然无味的感觉，更担心他们收拾得干净不干净。现在除非是在万不得已，一般是不会出去吃的，或者为 social（社交）才出去吃。"

"你看，"马卫建说："咱国内这方面又落后了，国内现在请客多是去饭店。"

鹿群说："我们从小在国内就很少去饭店，所以对国内的饭店反而不太了解，也怕不干净。现在国内国外的差别也小了，让小孩子高兴都是去 McDonold（麦当劳）。"

马卫建问："国内的 KFC（肯德鸡）那么热。不知道为什么在这儿 McDonold 比 KFC 热。"

"不知道，"鹿群说："有可能是 KFC 在这儿被 McDonold 挤得没办法，所以率先进军中国了？"

"其实呀，"马卫建说："国内高档的还是些传统的中餐，不是西餐。那些外国的东西只能骗年轻人的钱。"

"还是媚外，"鹿群说："不过这中西餐在风味上还是各有千秋。现在的问题是不知道喜欢吃什么了。"

"已经尝遍天下美味了，"马卫建说。

"不敢，不敢，"鹿群笑着说："只是老了、味蕾退化，也不需要那么多热量了。真正好吃的还是在家里做的。"

鹿群又问："听说国内对文章数量的要求也上去了。"

"也就最近一两年的事儿，"马卫建说："可能是留学回去的那些人照搬这儿的吧？现在他们占多数，而且领导对他们几乎是言听计从，还是媚外。"

"没办法，"鹿群说："在这儿也一样，吹得不到位就拿不到 funding（经费）。这么多年才发现，这发表文章的关键是，你编得能不能把编辑们给糊弄住、或者镇住了。当然，人际关系更重要，我们在这儿没机会和能力跟人家拉关系，人家根本不认咱。这方面只能仰仗老板了。"

马卫建说："我们沈先生可不是这么教我们的啊。"

"先生教的没错，"鹿群说："这只是竞争激烈，生活所迫嘛。跟你说实话吧。据我的观察，这好一点儿的是实验结果是真的，其它都是艺术性的延伸和发挥；当然无中生有的也很多，前一阵子不是有个搞物理的 Bell（一位学术上作假的科学家）和个韩国搞克隆的一位教授给揪出来了。"

马卫建问："这抓出来可怎么办呢？"

"又能怎么样？"鹿群接着说："可能只是以观后效吧？我们国人的本事是吃苦耐劳、工作认真。出结果后让别人编去吧。说实话，有时候读了最后的稿子自己都脸红。"

马卫建安慰道："也不必脸红，可能这 game（游戏）就是这么 play（玩）的嘛，大家都这样？"

"可还是编不过印度人和中东人，"鹿群接着说："当然这也得有技巧和策略。如果编得引起举世关注，那被揭发的日子就不远了；要编就得编那些云里雾里、不疼不痒、不着边际、没多少人关注的课题，既安全又能凑数儿。这叫科学的艺术，或者是艺术的科学。"

"别提印度人，"马卫建说。鹿群问怎么了。他接着说："我刚来的第一个月就给刺激过。"

"怎么了？"鹿群问。

马卫建说："一个印度人看到我在办公室里的椅子上坐着午休，就告了老板，还拉了个目击者作证。真毒啊，她是成心要置我于死地呀。幸亏我拿的是国内资助，否则就给当场 fire（开除）掉了。"

"是得小心，"鹿群说："别光骂了，得好好学。我们国人讲的是嫉恶如仇、划清界限、誓不两立。可在这儿要是不跟人家印度人学，也没法子立足呀。"

"真的？" 马卫建问。

"当然啦，"鹿群说："不过还是有一定的难度的。虽然我们知道他们那套，但一，可能做不出来；二，硬学来的也不如人家天生的看上去自然，所以还是斗不过人家。"

"不提那事儿啦，"马卫建接着说："你说那文章每年都是成千上万的，根本没法子读过来。可真正能解决问题的能有几个？这和我们上大学时候的理想相差太远了。"

鹿群说："其实这文章讲得是质和量，而不是质量，得分开来讲。"

"什么？"马卫建没听明白。

"你看啊，"鹿群说："我们国人的误区是质量是一起的。在这儿，得和人家印度人、中东人学那量。要都是质还不把人累死？都是量呢又出不了名，所以这两方面都得下功夫。"

"质是不是指含金量？"马卫建问。

"对！"鹿群说："这质呢，指的是纯金的，量是镀金的、涂成金色的文章，凑数用的。"

马卫建说："要是按花的钱来看，应该比纯金的都贵。砸多少钱才能出一篇那十几页的文章呀？"

鹿群想了想，说："对呀，这政府可真是冤大头呀。不对，是我们这些 tax payer（纳税人）是冤大头。无所谓啦，就当买 lottery（彩票）了，万一中了，不就得 Nobel（诺贝尔奖）、造福人类啦？"

"让你这么一说，"马卫建笑着说："那我们这些出来镀金的不就白来了？"

"怎么会白来呢？"鹿群告诫道："你是来学人家的门道的。你回去当了老板可得留心呀，如果某个人总有爆炸性的发现，一定有猫腻，管不好迟早得漏馅儿。"

马卫建疑惑地说："我是因为那个实验室有两个 post doc（博士后）去年不到一年就各自发了四、五篇文章，才选的加州那个实验室来进修的。"

"你没选错呀，"鹿群说："不就是来学人家门道嘛。只是 lucky for them（算他们运气），还没漏馅儿。和那些吃禁药运动员的一样。如果只是他们突飞猛进，肯定有问题，除非他们是上帝的儿子。"

马卫建问："也许是他们的手段太先进、太高明了，没人能查出来？"

"行，"鹿群笑着说："你已经入门了，学着点儿吧，这也是这儿先进的地方。"

"怎么听上去像是古代的术士呢？"马卫建糊涂了。

"没错儿呀，"鹿群说："古时候的术士就是那个时代的科学家嘛。大同小异，只是现在的手段更科学、高明。一千年后的人类肯定觉得我们现在做的都是些江湖术士的小把戏。"

看着马卫建那一脸茫然的样子，鹿群拍拍他的肩膀说："无所谓啦，那些文章都是 story（故事）。和在大学的时候不一样，那时候是那个年代的理想，现在是谋生。"

马卫建笑着说："不行，不行，怎么越聊越消沉呢？"

鹿群笑道："那是因为还没喝够，再喝点儿就行了，来来来。"

两个人碰杯随意喝着。

鹿群说："在国内是说'干，'在这儿可是随意，我可不劝酒啊。"

这时，鹿太太把腌好的肉拿了出来，让他们看火候到了就开始烤。两个人又去弄那炭火。鹿群说："真后悔没学工。"

马卫建笑道："别这山望着那山高，可能都一样。你看那电影教父里，他们努力要告别黑社会进入上流社会，结果还不一样？我那些学工的高中同学也是不停地抱怨呢。"

"没别的意思，"鹿群说："我只是说学工会实际一些，能做些有益的事情。理科见效太慢。"

马卫建说："国内好象要有新政策出来，听说以后不只看文章的数量了。"

"那倒是好，"鹿群说："不过要搞出一个能鼓励诚实搞学问的环境来可不容易，需要很长时间的摸索。不过话又说回来了，在这儿也好混。好好做实验，编的时候胆大心细别让人给抓住就行了。"

马卫建笑着问："你说得怎么是象变魔术呢？"

鹿群笑道："对呀，有时候觉得好象也没什么两样嘛。"

两个人哈哈大笑了起来。

"还是没办法，"鹿群说："终究搞不过那些无中生有的。人家不需要花钱和用人去做实验，经费都用到公关上了。不过美国人的一个说法好，大概意思是上帝不会饶恕他们的。"

"信教是有好处啊，"马卫建附和道。

鹿群喝着酒说："没好处政府能允许吗？可那些人混得人五人六、煞有介事的。"

"不必羡慕，"马卫建安慰他说："他们可能也心虚，那些架势都是摆出来唬人的。"

"也不是羡慕，"鹿群说："只是讨厌他们顶着专家学者、科学家的光环，满世界的去招摇撞骗、蒙吃喝。不过话又说回来了，要是都像我们这样，谁给 funding（经费）呀？"

　　马卫建说："所以你们是狼狈为奸喽。"

　　他们又是哈哈大笑。

　　肉烤好了。大家开始拿盘子自己吃。鹿群说："还是小时候好，都是无犹无虑的快乐。今天对不住啊，没有让你尝到美国的麻雀。那几只可能也不是麻雀吧？"

　　"没事儿，"马卫建说："等你回国我作东。我们吃麻雀可不需要什么执照，也不需要自己去抓。"

　　鹿群说："国内倒是需要这 license（执照）制度，对保护动物有好处。你看总是有 something good come out of this，right（总有好东西出来，对吧）？"

　　马卫建说："您说的是什么文呀，怎么听不懂呀？"

　　"是你喝多了，"鹿群说。

　　"弟妹呀，"马卫建问鹿太太："来美国这么多年，感觉变化大吗？"

　　鹿太太说："当然啦，刚来美国的时候那油价也就是一块左右，最便宜一次是七毛钱一 gallon（加仑），现在都三块五左右了。其实还是国内变化大，你们的工资都涨了快五十倍了吧？"

　　"还是不够，"马卫建说："现在房子得自己买了。其实那都不是房子，只是公寓。"

　　"也是，"鹿群说："年纪大了吃上的花销少了，其它费用又上来了。你们是房子问题，我们是孩子的问题，他们也开始谈婚论嫁了。不知不觉地我们也开始考虑退休的事了。"

　　这时，周末去钓鱼的那两家人回来了。他们抓了一大堆河里的鱼虾。鹿群问同事："吃河鲜，怎么样？"

　　马卫建问："是人家抓的，行吗？"

　　"没事儿，"鹿群说："我们管 cook（烹饪）和出啤酒就可以参加了。"

　　接着他就问老张今天的钓鱼旅行（fishing trip）如何。老张说："有个 Park Ranger（公园警察）管闲事。一条一条地量，差一点儿就给 fine（罚款）了。幸亏今天的鱼都挺大。"

443

"挺好，"鹿群说："有惊无险。大家吃，够吗？"

"没问题，"老张太太说："上次抓的还有好些在 free-zer（冻箱）里呢。正好大家今天把他们消灭掉，满好！我们更喜欢吃你烤的肉，现在钓上来的都是鲤鱼，刺儿太多。"

"你已经变修了，"鹿群笑着和她说，又转头和马卫建说："不错，今天没有吃到天上的，咱吃水里的。刚才你说的那麻雀可是个 raincheck（欠条）啊。"

"Raincheck？"马卫建问。

"就是欠条，"老张照旧抢着答道。

这时，鹿群接到同学王图京的电话。他说已经顺利回到他在巴吞鲁日（Baton Rouge）的公寓了。其实他根本就没出那个城市。鹿群问他不是要来俄克拉何马州吗。王图京说："嗨！别提了。那天一出来就卡在那 traffic（交通阻塞）里了。没走多远、还能看见我的 apartment（公寓）呢。这一 stuck（阻塞）就是十几个小时，手机都没电了。"

"回去睡觉不就行了？"鹿群问。

"哪儿敢呀，"王图京说："要是不看着我那车，可能第二天就只剩下个空壳子了。"

"是得小心，"鹿群说："那怎么办呢？"

"没办法，"王图京说："只好坚持着呀。还好第二天下午，好不容易能动了，前面的几辆车又没油了。原来是那些美国佬怕热，虽然那两辆车子没动地方但空调没停下来，就把油给用光了。你看这帮家伙糊涂吧？"

"那可怎么办呢？"鹿群关切地问。

王图京说："我看这没办法了。他们不动，后面的车都动不了呀，就跟他们说我的车里有油但不知道怎么弄出来。前面那车里的一个黑小伙儿好像早准备好了、就等我这句话似的，拿着管子和油桶就过来把我车里的 gas（汽油）给吸出来了。他们来回三、四趟就把我车里的油给搞得差不多了。我一看这油也不多了，还是不要和他们同路了吧，太危险了。就掉头开回来了。不管怎么，回来还是有水喝的呀。"

鹿群略微惋惜地说："蛮好早点儿出发呢。"

"嗨，"王图京说："都是一个美国同事，他说他经历得多了，没事儿。现在这家伙也没招儿了，只能抱怨政府应该用男人的名字命名那些 hurricane（飓风），说用女人的名字容易让人产生错觉和误判。"

"为什么？"鹿群不明白。

王图京说："他说 female（女性）容易让人觉得她们不会造成多大伤害。你要是说吴娇巧要来了肯定不如说李云龙要来了让人紧张，对吧？"

"哦，"鹿群明白了，说："难怪我们 Chinese（中国人）反应那么强烈呢？可能一来没见识过，二来那些英文名字对我们来讲也不 click（一点就通）。"

"可能是那么回事儿，"王图京说。

"真可惜，"鹿群问："这次你不能来了。现在你那儿的情况怎么样了？"

"还行，"王图京说："我在实验室值班呢。住的地方虽然没水、没电，可我们有炭，现在用 BBQ（烤肉架）炉子烤东西吃。"

"那可得注意安全，"鹿群叮嘱道："这么热的天儿，别再吃坏了肚子。"

"谢谢啊，"王图京说："我们注意着呐。这儿有专人负责食品安全。"

"噢？"鹿群问："不错呀，你们那州政府还管这些？"

"什么呀，"王图京说："是我们周围的几家中国人自发组织的互助小组。出这么大的事儿只能靠自己了，是个学食品保鲜的哥们在给大家把关。"

"行，"鹿群说："那你注意安全啊。下次再有 hurricane（飓风），一定要来我这儿啊。"

"别，别，"王图京说："你吓唬人呢？不过我是得考虑换个地方了。"

"没有，没有，"鹿群笑道："我是说以后有机会，一定要来我这儿玩儿。不过这事儿也该结束了吧？连我们这儿都受不了了。"

"你们那儿怎么了？和这儿有什么关系？"王图京问道。

鹿群笑了，说："我是说，看不到其它 news（新闻）了。都是你们那儿的事儿。"

王图京在电话那边儿哈哈大笑了起来。

第二天，小武子和鹿群这位同事都走了。鹿群坐在后院的阳台上认真检讨了一下自己是否有言过有失之处，因为他希望能保持和国内原单位的联系，以防日后有用。

这时，老张太太过来和鹿太太说，不能让小潘的那个男的再来了，她说："这给国人丢脸是一说，她和鬼子的那腻歪样儿也太恶心了。咱这儿还有孩子呢啊。她那样子在国内都可以算是流氓，要给严打了。"鹿太太只是敷衍着，心想，小潘也应该搬出去了，因为她和那个美国越战老兵好象谈得还不错。她也不敢为这事儿说小潘，因为涉及到了老美，属于外事。

那七只鸟被孩子们又养了两天，有一只鸟死了。大家七嘴八舌地说："这野生的动物是不能家养的，当心禽流感，赶紧把它们给放了吧，"然后大家去后院放生。

看着天空里正在飞远的那几只小鸟，鹿太太心里说："这算是积大德了。"

35，成功人士

新搬来的周丽蓉是从大连出来的山东人。她在一个实验室作实验员，她美丽、顺从、工作认真。每天她都把自己住的房间收拾得干净整洁，被鹿群夫妇誉为历年来的最模范房客。

她的同事肇吉明在国内的时候是一个医学院的院长办公室主任。他先是举家移民去了加拿大，现在又拿了加拿大政府的奖学金来美国工作。他个性开朗、合群，很会来事儿。只可惜是在美国，如果还在中国混的话，一定很吃得开。他注意锻炼和饮食，每天都是精神抖擞地忙碌着。他还敢和老板据理力争，但也没什么用，因为在这里是老板说了算。

他们的老板叫王宗可，被当地华人们简称为王总。他是个工农兵学员、留美博士、终身教授。前两年去加州的硅谷开了个公司，那个公司没开下去就又回来继续当教授。王总的这些业绩至少在本城的华埠里是家喻户晓、无不佩服的。他应该是这个小城中的，和他那个行当里的，华人的名人之一。

此人胆大心细，尤其在人际关系上特别精明。唯一不足的是，实验上被抓出过两次问题，结果是那两个有关的博士后走人了事，他自己还算安全。

这位王总还是个麻将迷，是这个小城华埠里数一数二的高手。如果不出差，每个周末的必修课必须包括一桌儿麻将。他还嗜烟如命，他老婆不让他在家抽烟，说是会把孩子们带坏、把房子熏坏，所以他得经常出去抽烟休息（Cigarette break），很是不便。

老丁的棋牌技艺也了得，在本城华埠里小有名气，所以常常被王总拉去凑数。老丁觉得这也太麻烦啦，陪他玩还得浪费汽油钱和磨损轮胎，因为王总家是在郊外的富人区里。老丁又不想因小失大得罪此人，所以就拉他来了鹿家阳台上的那个烟民俱乐部。他想反正王总是不会在乎那点儿油钱的。

王总家是唯一住在郊区那个富人区里的华人家庭，这个小区里主要的住户是这所大学的官员、教授和几个当地名人、商人。他也是为了和那些当地显贵们有些共同语言、拉关系才下决心举贷入住的。

这个小城里的华人都很羡慕他。他却有难言之隐，有一次他义愤填膺地和老丁说，住那儿好个屁，因为那个小区的人们对他家的歧视还是比较明显的。刚入住的时候只要他一出去遛弯儿就是那阵势：狗不停地叫，然后就会有两、三个警察过来询问是怎么回事，跟鬼子进村似的。

老丁安慰他说："不会的，不会的，您是武工队来了。"

王总气得说："可能告我的那些人跟那些狗一样有神经病、或者太闲了。反正他们觉得只有他们才适合住那儿、其他人等只配去那儿干坏事、打零工。"

其实，还有个原因可能是他出去遛弯儿的时候的衣着是我们国人的休闲装，太扎眼了。王总现在是尽量去那个运动中心锻炼身体，只是开车进出那小区，再也不出门转悠了。害得他有时都觉得住那儿相当于把自己软禁了。

小武子知道后，总结道："在这儿穿着要 blend in（混进去），不要 standout（脱颖而出），还要多参加人家的活动。"

鹿群说：“谁有时间呀？人家可能觉得我们的 presence（存在）就有碍人家的观瞻，还是去 rec center（运动中心）省心。”

老丁感叹道：“警察对富人区的反应也太快了吧？难怪平时找不到他们呢，原来人家是着重服务富人区了。这也太歧视了吧？”

老张说：“不应该算歧视？人家富人交的税多呀，据说美国是百分之二十五的人交百分之八十的税，不让人家多用些服务不就不公平了吗？”

小武子开玩笑说：“那他们还买那么大的房子干什么呀？去住监狱得了，那可都是用 tax（税）造的呀。”

几个人哈哈大笑了起来。

王总来了一次鹿家的麻将桌儿，觉得真好，跟在国内一样，吃、喝、抽、侃都自由。其他人也想和他拉关系，一来是为以后找工作方便、二来呢，是想知道这人为什么这么成功。王总总是维持着一种老成持重的神秘感。即使喝高了，也仅仅是这种神秘感略微消减一点儿而已。

这天，鹿家的阳台上又有一桌麻将。鹿群去加班了。鹿太太就带着丽丽去图书馆了。

近来，她觉得他们年纪大了，想让孩子近早读完书，所以想让孩子跳级。她去学校问了以后，才知道没那么简单。她家这个学区的规定是，申请者要考上上一年级的期中考试，每门课必须得九十五分以上；还要考核孩子心理素质和是否足够成熟；考虑升级对孩子是否真的好、是否有空位等等。

气得鹿太太骂：“这想少上点儿学也给搞得这么难，不管上不上学，这学区税还不是都得照样交吗！？”看来今年不行了，只能认真准备下次再来。

为了提高孩子的阅读能力，鹿太太一有时间就带孩子去图书馆，读一堆堆的书。每个城市都有几个公共图书馆。在里面的工作人员多是中老年妇女。里面大多数的服务是免费的，只有象征性的还书晚了的一点儿罚款。图书馆的其它功能还有选举、社区活动、供人避寒躲暑。

图书馆平时还有很多小孩子的活动，一些孩子基本上是在图书馆里泡大的，以后学习好也就不稀奇了。旁边那个高中里的学生们也常常一放学就从校园直接走到图书馆去学习、结伴聊天儿（hangout）。高中生们还去图书馆做自愿者，据说对申请好的大学和奖学金有帮助。

在图书馆里，女人们依旧是见面就问名字、留电话，好像是阔别的发小似的。把孩子们放羊，她们就找个沙发坐在一起、大声聊天儿，或者上网看节目（show）、买东西。常有动静太大的华人被工作人员善意提醒，白人只是看着他们无奈地摇头、苦笑。

大多数华人和印度人是这些图书馆的用户，他们经常是三代同堂、全家出动，去图书馆。那阵势肯定让其他人觉得华人和印度人都出自书香门第，读书好也就再自然不过了。

今天也不例外，祖父母们为自己的孙子辈儿抢占好计算机，然后就去旁边的沙发上打盹儿去了。睡好后，他们也不看书，只是背着手在里头到处遛达。又有一位华人老人不小心，把紧急出口的警报搞响了。图书馆的工作人员赶紧去处理这个紧急状况。

鹿太太安排好丽丽读书，正准备和另外几个华人妇女开聊，她就接到个电话。房客小资说她需要马上回去一下。鹿太太悄悄问："有什么事？"

"听不清，"小资说："你声音大一点儿啊。是你们那个保险公司的 appraiser（评估员）来了。"

原来，前一周的一个临晨有一场冰雹。屋顶和车顶都有不同程度的损伤，尤其是车子，因为那车库太小放不下，大家的车子都停在路边，所以车顶上都给砸得坑坑洼洼的。

鹿太太赶快回家去接待那个评估员。那是个慈眉善目的中年白人妇女。她笑眯眯地听着鹿太太的介绍，然后跟着她去看那些有损失的地方，还不停地在个表格上记着。到了阳台她们还和那几个打麻将的酱油（将友，一起打麻将的朋友）点头打招呼。

巡察完毕，她和鹿太太说没关系，他们会把那些都修好的，然后就让鹿太太在张纸上签字。

虽然鹿太太平时总爱开玩笑声称自己不是英文专业的，这回她可真晕了。那密密麻麻五、六页纸的小字，也不分个段落什么的，根本别想在短时间内给读明白了。她只好问那个评估员刚才看过的那些损失都写在哪儿啦。那个评估员耐心地一一给她指出。鹿太太这才放心、签完字、说再见,把她送走了。

王总总是赢。大家为了稳住他,前两次几个人联起来作弊,赢了他几次。这个麻将桌儿一下成了个挑战了,王总从此乐此不疲。周末一有时间就约麻将,这个人好像是越输越起劲儿。这不,今天他精神抖擞地又来了。这次大家没有作弊,他又开始赢了。他这才放松、高兴了起来,说:"这逆境可真是锻炼人呐。"

大家不解地问:"你还有逆境?"

可能已经喝高了,他开始说起了自己的逆境。

原来,他出身不好,在郑州上中学时连红卫兵都不让入,最后是他第一个坚决要求去新疆插队,才破格入了红卫兵。到了新疆的生产建设兵团,明明是什么都好就是不他让入团,最后是和几个知青合伙抓了个苏修特务才得以破格入团。然后是被推荐上大学、在北农大争入党和争出国名额。每一步都是破格。这来美国后又和美国人争经费。最后,他总结道:"我这每个 stage(阶段)都有 crises(危机)。一辈子到现在,每天都感觉象是在打仗。只有这打麻将既能锻炼又可以放松。"

大家恭维说:"您干脆叫王破格得了。破格王更好听、更霸气。"

老丁不失时机地问道:"那您这成功的诀窍是什么?"

"也简单,"破格王说:"诀窍就是狐假虎威。你看这名义上我是独立的,实际上一直靠着个 dean(院长)。"

大实话问:"您说的是中文里的腔还是英文里的 dean。"

"啊?"破格王没听明白。

大实话说:"那肯定是 both(都是)。"

其他人哈哈哈地笑。

大家羡慕他干得好。他笑笑说:"不管怎么说吧,就是要站在别人的肩膀上。要尽量把自己搞得 strong(强壮)一点。比如说,我根本不喜欢这牛仔靴,不光重而且还又闷又热。但它能让我看上去高上两 inch(英寸)呀,也让他们感觉我和他们是一伙儿的。在美国,这 look(外表)是很重要的。国人的误区是能出活就行,到最后不就只能给人家打工吗?"

老丁说:"难怪总看你穿那靴子,还以为你是摆阔呢。"

"没有，"破格王说："这牛仔裤和牛仔靴可以让腿显得长一些。言归正传啊，不管干什么，其实都一样啦。往上看都是 butt（屁股），往下看都是笑脸。"看大家不明白，他就接着解释说："你想象在一个猴山上，满山都是要往上爬的猴子。从上往下看都是脸，从下往上看都是 butt（屁股）。"

大家哈哈大笑道："真形象。"

"别羡慕啦，"王总说："爬得高的，摔下来更惨，所以得拼命保证不能摔下来。"

大家问他：在美国什么时候才能有个稳定的工作呀？这年年申请签证和 funding（经费）的 renew（延长）。多烦人呀？

破格王说："国内多稳定呀，你们不安分，非要出来；这儿不稳定，你们又抱怨。其实大家都一样，我不也得天天申请 funding 吗？这连总统也只能坐个四年、八年的。"

"可人家退休后不仅无忧无虑，还那么气派，"大家说。

大实话说："可能这就是他们争当总统的部分原因吧？"

老张说："不是！是历史机遇，和利益集团的推举。"

"这方面您是权威，"大实话说。

鹿太太过来插话说："我们不是还有 social security（社会保险）吗？"

破格王说："到我们退休的时候，有没有还是问题呢。"

小武子说："所以呀，能交得起税的移民只会增加，不可能减少。"

"你们不要不知足了，"破格王说："任何一个行当里的 sales person（推销员）都是最累的，生产容易。Faculty（终身教授）管推销，其他人管生产。不过如果哪天能碰到一个有用的、真的结果，那可就有 Nobel（诺贝尔奖）的希望了。到那时候就算到了那猴山的顶上了，可以悠闲地喝茶看戏了。"

众人羡慕地看着他，他说："行了，今天就到这儿了。老鹿，把钱给算算吧。"

"不急、不急，"鹿群说。

"怎么不急呀？那可是我的钱呀，"破格王说。

鹿群笑笑说："怎么？连我你都不信？"

破格王举着手里的那张票子，说："不是不信你，是这上头写着不让信。"

451

"写的什么？"鹿群问。

破格王说："In God We Trust（我们信仰上帝）呀。钱这事儿只能信上帝。"

"啊？"鹿群说："有你这么理解的吗？"

"小心总没错了啦，大家又不是动物，"破格王笑着说。

众人问什么意思，破格王说："动物从来不 care（在乎）钱。"

大家哈哈大笑了起来。

破格王走后，鹿群和老张在阳台上黑灯瞎火地继续聊着。鹿群说："国人现在把博士后也当学位了。"

"是啊，"老张说："他们还羡慕我都读上博士后啦，可在美国这都是 cheap labor（廉价劳动力）呀。我们这些卡在博士后的一定都是有苦说不出。上 faculty（终身教授）和自古华山一条道儿似的，大多数都给挤下去了。"

鹿群说："上 faculty（终身教授）需要胆大心细，比如说，这位破格。最近才明白，这学术界是个人有多大胆地有多大产的地方。当然机会也得合适，破格的老板当年退休，手上的东西没人接，只好让他暂管一下。不过，这小子还是抓住这个机会了。听说他好象已经开始走下坡路了，他那实验室已经是个名符其实的夫妻老婆店了。"

"或者是个 strategy（策略），"老张说。

"怎么讲？"鹿群问。

老张说："明摆着的嘛，这样外人就不知道他那实验室的底细了。不过他的英文还是挺好的，这写文章可不容易。"

鹿群说："英文过得去就可以了。当了老板可以雇个 ABC（American born Chinese，美国生的华人）帮你写。他不就雇了个 ABC 专门写吗？这家伙是聪明，别人雇实验员干活，他雇个人全职写东西。"

老张说："那可能也是他的无奈，真有点儿象鲤鱼跳龙门了。"

"Exactly（没错儿），"鹿群应道。

这两周以来，不停地有人来敲门要求帮他们修车顶、屋顶。当地的工匠们纷纷上电视、广播提醒和呼吁大家一定要用本地的服务，说那些外地来的没有信用和保修服务，而且他们会和蝗虫一样吃完就走。

期间，已经有几家保险公司的评估员先后来过鹿家，好象结果还行。他们都说，可以让他们修；也可以自己找人修；或者自己修他们按损失给钱。前两个选项都没问题，只有第三个选项总出问题。主要是评估员们对那些损失评估得太低，所以给不了几个钱。自己的评估又不算数，但那些评估员对损失的估计连实际损失的十分之一都不到。

大家开始义愤填膺地声讨这些黑心的保险公司。一时间，总有人在电话上和保险公司争论不休。旁边总有几个人给他出主意、写字条让打电话的人看。那厨房、客厅成了大家开会讨论、研究战略、战术的场所，最后演变成批判会了。

鹿群申述不满后，那个保险公司说没关系，可以请人仲裁，但仲裁结果是一次性和最终（Final）的，而且谁输谁得负责那仲裁费用。众人抱怨这简直是太麻烦、太不讲理了。大实话说："算了，我们是争不过他们的。人家做的还算是合理，要有损失他们全管，要想占便宜，休想！"

"不服不行啊，"老丁说："美国这儿管的很细，不大可能有什么漏洞的。再说啦，如果不这么麻烦那不就鼓励我们和他们闹吗？"

其他人说老丁的车都可以当老爷车了，所以他闹最合算，说不定可以搞辆新点儿的车回来。老丁说："别 daydreaming（白日做梦）了。想要什么还得靠自己的双手。那些评估员可不是吃素的。"老丁说完就去计算机上开始查询老爷车的行情了。

"也对，"小武子说："我要是保险公司也一定要 hire（雇用）这种人。谁也不想当冤大头呀。"

鹿群他们屋顶上被砸的坑也被评估得很少，看样子，如果修也超不过一千美金，还没那个保险的可扣除部分（deducti-ble）多呢，所以只好作罢。回想这几周以来大家的表现，鹿群和妻子说："我们都是刁民呀。"

妻子纠正道："不，我们是属老鼠的，见洞就钻。"

夫妻俩哈哈大笑了起来。

周丽蓉下班回来和鹿太太在厨房做饭、聊天儿。她说："看来我们华人只能好好学习了。回来的路上听广播上讲 good looking（好看、漂亮）是决定一生中能否成功的 No. 1（第一）重要的因素。"

"你挺漂亮的，有什么好担心的？"鹿太太问。

"别拿我寻开心了，"小周说："咱亚洲人再漂亮也比不过人家呀。最大的问题是腿太短。"

大实话过来插话说："穿高跟鞋不就行了？有个年轻的女 ABC（美国生的华人）推销员每天穿着至少十 inch（英寸）高的高跟鞋在校园里转悠。"

"那不累死呀？"小周问。

鹿太太说："习惯了就好了。据说高跟鞋还能让小腿更漂亮呢。"

"那我们男的怎么办呢？"大实话问。

小周笑了，说："现成的，穿牛仔靴呀，我那老板天天都是牛仔靴。唉，你担心什么呀？"

"没什么，只是爱美之心人皆有之，"大实话笑着说："我说的爱美可不是指爱美国人啊。好象是指美国人也错不到哪儿去。"

"你在那儿瞎绕什么呢？"鹿太太说："其实，归根结蒂是要招人喜欢。漂亮的人是占便宜，但要是人不好，时间长了也没用。"

"太谢谢了啊，"大实话说："那我就不用置办牛仔靴了。挺贵的，一、两百块钱呢。我还是做好人得了。"

两位妇女看看他就大笑了起来。大实话问怎么了。她们说，他还是应该去破费一下，别指望着当好人了。

后来，小周的老板王总在校园里的一个学术会议里和个华人打招呼。那个华人叫了他一声破格 king（王），开始他还以为那人说的是 Burger King（汉堡包王，一个连锁快餐店）。搞清楚后，他不由得打了个冷颤。他觉得自己那天可能言过有失，鹿家的麻将桌让人太放松了，他再也不敢去了。

不久，破格王搞了个周末麻将俱乐部，地点就在学校的一个小会议室里。他这是一举两得，不仅又多了个头衔，还满足了自己的这个嗜好。好多年后，他才知道自己又得了个外号，Burger King（汉堡包王）。

这几天，电视上一直报道着一位名叫安娜的女的的新闻。她以前是位花花公子女郎，后来嫁了个非常年长而富有的人。那人寿终正寝后，她继承了大笔财产。过了几年，她意外离世了，留下一个孩子。

几个男的开始争夺这个孩子、争当这个孩子的生父。结果，闹上了法庭。老张看着电视说："这美国也太乱了，怎么一下子这么多人出来争着当爹呀？这些男的可真是 shameless（没廉耻）。"

老张太太说："人家都喜欢那孩子呀。"

"根本不是，"鹿群说："只是那遗产太 spectacular（巨大、美妙）了！"

"哦，"老张太太应了一声。

这时，小武子从加拿大出差回来了。他高兴地在客厅和大家分享他拍的照片和带回来的零食。他和阿丽雅娜基本上算是散了，已经有两个多月没联系了。小武子终于轻松了，他已经和一个刚来的大陆女的开始交往了。

好景不长，没过一周，阿丽雅娜就来了，她告诉小武子她怀孕了。小武子立刻就傻眼了。

把她送走后，略微神情恍惚的小武子把鹿群硬拉出来遛弯儿，告诉了他这个情况。鹿群高兴地恭喜他。小武子哭笑不得地应着。他悄悄和他说："按说不应该呀，我每次都是至少两层 raincoat（雨衣）啊，怎么会吗？"

"什么 raincoat？"鹿群问。

"这都不懂？就是 condom（避孕套），"小武子说。

"哦，"鹿群笑着说："你小子，还挺会享受啊。"

"您就别拿我寻开心了，"小武子说："净往歪处想了。我那是为安全起见。"

"哦，"鹿群说："以前一直以为只是个笑话，现在看来，你倒是真能 sue（控告）那个 condom company（避孕套公司）呀。那质量也太差了吧？"

"您就别开玩笑了，"小武子急了，问："这眼下可怎么办呢？"

"哦，你不想要这孩子？"鹿群认真地问。

"怎么？不行啊？"小武子问。

鹿群不解地问："您这是逃婚呢、还是逃孩子呀？"

"Both（都是），"小武子答道。

"嗨，"鹿群说："说你是 gay（同性恋）不就行了？"

"试了，"小武子有气无力地说："人家不在乎。她说只要孩子有个爹就行。"

"看你这事儿惹得！？"鹿群严肃地跟小武子说："不管怎么说啊，男子汉大丈夫，得敢做敢当呀。你还想跑啊？"

"我没想跑，"小武子说："可从时间上看，那孩子不应该是我的。"

"什么！？"鹿群惊讶了。

"您帮我分析，分析，"小武子解释道："现在脑子都乱了。我出差三个月，前后加起来有四个多月没跟她在一起了。可那孩子现在好象只有两个月大。"

"哦。哦？"鹿群认真和他说："那你得和她说清楚。"

"哪儿敢啊？"小武子说："她那些亲戚有几个像 mafia（黑帮）。"

"看你这事儿惹得！？"鹿群看着他，无奈地摇头。

小武子有气无力地说："没办法，只好看看再说了。别跟嫂子她们讲啊。"

"没用吧？"鹿群说："Aliana（阿丽雅娜）那张嘴，ladies（女士们）可能已经知道了。"

"哦，"小武子同意了、沉默了。

鹿群问："你们没考虑一下 abortion（流产）？"

"不可能，"小武子说："她是 die hard Catholic（铁杆儿天主教徒）。这可怎么办呢？"

"Die hard Catholic？"鹿群说："那她怎么和你。。。"

"您就先别矫情这些啦，"小武子急了。

"别急，别急，"鹿群安慰他说："我们再想想办法。"

众人都恭喜着小武子。老张建议他来个双喜临门，把婚也结了得了。小武子表面上没什么反应，可心里气得都想踢他。

小武子现在是能拖就拖，他和阿丽雅娜解释说，没有父母在场，中国人是不能结婚的，而且现在没钱办担保、办签证。阿丽雅娜也没钱担保，所以结婚的事儿就只好暂时作罢了。

小武子尽心尽力地照顾着阿丽雅娜。时间一长，他下意识地慢慢开始接受这个现实了，每天乐哈哈的，准备当爹了。

阿丽雅娜和平时一样地忙这忙那，也不注意调养。鹿家的女士们都责备小武子不好好照顾孕妇。小武子说，只有咱中国人才那么娇气呢，人家老美根本不把这事儿当回事儿。

于是，住在鹿家的女士们各显神通，把自己知道的伺候孕妇的招儿都使了出来，主动给阿丽雅娜提供了地道的中式的孕妇服务。阿丽雅娜感激不已，觉得做中国人的媳妇真幸福。结果是把阿丽雅娜又喂大了一圈儿。

没料想，几个月后，阿丽雅娜还是不幸早产了，小武子和老张送她去了医院。众女士都怪小武子服侍孕妇不认真，导致了早产。

在医院里，阿丽雅娜生下个深肤色、卷发的男婴。老张赶快回来提醒大家，见到小武子千万不要说恭喜，因为那孩子的来路可能有问题。

谁知道，小武子是异常兴奋地跑着回来的，一进门就高声向大家宣告了那个孩子不是他的的这个好消息。众人都傻眼了，感叹这世上真是无奇不有，怀疑他是已经给气疯了。

众人小心翼翼地去恭喜他，小武子乐呵呵地接受着，好象真的喜得贵子似的，他觉得大家是在恭喜他这孩子不是他的，众人可能只是恭喜他，在这样的挫折下还能这么高兴吧？

大实话质问小武子："你乐个啥？不嫌脏啊？"

"怎么了？"小武子问。

"还怎么了？"大实话说："你那是相当于跟那么多男人干呢。"

小武子看看他，赶紧跑进厕所，呕吐了起来。

鹿群再次抱怨大实话没分寸，说人家小武子挺注意的。鹿群把小武子拉出去遛弯儿，问他这是怎么了。小武子兴奋地说："和我没关系啦！Absolutely（绝对）没关系啦！"

鹿群明白了，问他："不怕 mafia（黑帮）啦？"

"怕啥？"小武子自信地说："是她不对呀！我这是成人之美呀。"

"可别掉以轻心啊，"鹿群说："我劝你呀，得来个欲纵故擒。"

"什么意思？"小武子问。

"你想啊，"鹿群说："你要是走了，Aliana（阿丽雅娜）现在靠谁去呀？你还这么兴高采烈的，人家还不赖上你？你要是假装愤怒，兴师问罪，她还不得动用那 mafia 亲戚让你 go away（离开）吗？"

小武子恍然大悟道："对呀。高啊，实在是高。"

当天下午，小武子就假装愤怒去和阿丽雅娜摊牌，要求她交待和还钱。阿丽雅娜哭诉，那只是一夜情（one night stand），她还是爱他的。小武子坚持她得还钱。

阿丽雅娜只好请自己的亲戚出面把小武子摆平了。被摆平了的小武子回来后，把自己关在房间里暗暗落泪了。

事后，鹿家的女士们悄悄议论着阿丽雅娜一个人可怎么带孩子。鹿太太说："要真是小武子的那该多好啊，我们还能帮帮他们。"显然，她们和阿丽雅娜处得还不错。小穆过来跟她们说："别担心啦，可能没关系，那个男的和小武子一样，是她的同学，现在和她一起带那孩子呢。"

女士们放心了。鹿太太说："人家美国人还是大度。"

"您糊涂了？"老张太太说："是小武子给欺负了。不过我们老张说小武子也是因祸得福。"

"什么意思？"小李问。

"他不是早想跟人家分手了吗？"老张太太神秘兮兮地低下声来说："还有就是，老张说好象那个阿丽雅娜是那儿的常客，她和那医院里的人可熟了。"

"不管怎么说吧，"小李说："我们都难受，这小武子是怎么回事？还能高兴得出来。乐极生悲？不，悲极生乐？"

"可不？"鹿太太说："可惜了了。心思都白费了。连坐月子的东西都给她备好了。"

小穆说："不会白费。就当为培养下一代 tax payer（纳税人）出力了。"

"做梦吧你！"老张太太说："不把那 tax（税）给用完就烧高香了。"

这天，老张在在客厅里看电视，他哈哈大笑了起来。小易问怎么了。老张笑着说："看这普丁和梅杰把这民主选举制度给糟塌的，那些西方国家现在肯定是哭笑不得的。"小易问怎么了。老张说："这两个给来了个轮流坐庄。"

小易说："大同小异，在这儿是美国党的共和派和民主派两个轮流坐庄。"

"依我看呀，"大实话说："这可能是那休克疗法的后遗症？"

老张换了个频道看新闻，他和大实话说："Aliana（阿丽雅娜）要是和这位 former playboy girl（前花花公子女郎）一样有钱，小武子就不会跑回来了，肯定正和那哥们儿 fight（斗争），争着当爹呢。"

大实话说："不用 fight，我给他们 test（测试）一下DNA 就行了。"

"小武子这次可真够悬的，"鹿群说："要是那女的真想赖上他，他还真没辙。据说那女的有八分之一的黑人血统，即使是和小武子也有可能生个黑 baby（婴儿）出来。"

"不会给赖上的，"大实话说："这都什么年代了，测一下 DNA 不就得了？"

过了一段时间，阿丽雅娜又来和小武子联系了。她想请小武子做那孩子的 Godfather（教父），他不知道那是什么意思就说容他考虑一下。

房东、房客们也不懂这教父是什么意思，只知道美国黑帮里有教父。他们感叹阿丽雅娜她家是真的看中小武子了。鹿群问小武子："Aliana 家的 mafia（黑帮）应该已经有 Godfather了吧？你跟她交往这么长时间就不知道谁是 Godfather？"

"我哪知道呀，那应该是个 secret（秘密）吧？"小武子说。

小武子问了一个美国同事这教父是什么意思。人家告诉他这是天主教徒的一个习俗，给孩子找个父母特别敬重的、德高望重的人当教父，以便给孩子成长提供便利和榜样，也就是个荣誉称号，在孩子的洗礼仪式上需要有一位教父。

小武子长出了一口气，心想，难怪阿丽雅娜敢这么明目张胆地给那孩子征召教父呢。这也说明阿丽雅娜对他还是相当敬重的。于是，他就同意了，还出席了那个孩子的洗礼。

两个月后的一天，小武子西装革履、油头粉面地进来、上楼去了。一反常态，他都没和在客厅里看电视的房客们打招呼。小穆来找鹿群，担心地问："小武子是不是真的给阿丽雅娜家当 Godfather（教父）了？"

鹿群说："当了，怎么了？"

"还怎么了？"小穆焦急地说："我们怎么能和个黑帮头子住一块儿呢？万一哪天他们火并、人家来 whack（灭）他，我们不也跟着遭殃吗？他们可都是用 gun（枪）呀，有时候还是 machine gun（机枪）。唉？他现在都是 Godfather 了，怎么还住这儿呀？"

鹿群糊涂了，问："我们说的不是一回事儿吧？他只是 Aliana（阿丽雅娜）的孩子的 Godfather。"

"什么呀？"小穆说："就刚才他那行头、扮相，要是配上 music（音乐），整个儿就是个地道的 mafia（黑帮）的 God-father。"

"好好，"鹿群说："我去看看。"过了一会儿，他回来和小穆说："放心吧。他去参加朋友的婚礼去了。"

"那他怎么那么 gloomy（阴沉）呀？"小穆问。

"不知道，"鹿群猜测道："可能他自己还是单身，不高兴吧？"

"他不差点儿连爹都当上了？"小穆轻松了。

鹿群用手指挡着自己的嘴，对小穆说："嘘。。。"

一位熟人搬家了。他们有个很大的热浴盆（hot tub），运走不合算，也不方便，所以就请小武子帮忙给卖掉。他找了几个人把那浴盆给小武子运了过来、放在后院的阳台上。众房客去参观、跃跃欲试。

小武子把那浴盆收拾好了。他心里琢磨着找个什么借口能和樱桃一起泡个澡。终于想好了，他开车出去买蜡烛和泡泡澡（bubble bath）的东西。在路上还为自己的设计叫好，双手来了个击掌庆贺（high five）。

满心欢喜的小武子回来就发现，这一个没留神儿，那个浴盆就让另外三位女房客给率先享用了。她们看到他拿回来的东西就夸他想得真周到、抓过去就开始用了。小武子直着眼看着她们，马上就被那三位说回来了，她们笑他是个花痴。

小武子心里说，这几位也太自信了，他只是觉得她们这一泡搞得他都没欲望再去用了。

回到客厅的小武子气得和大实话抱怨，说这些女的也太没礼貌了，怎么也不问一下呢。大实话说："你还真打算用那东西呀？多恶心呀！？Germ（病菌）就别说了，光那些 pee（尿）、poop（粪）、sweat（汗）还不把人恶心死了？真不知道那些有钱人是图的个什么。"

小武子看看他、无奈地摇摇头、笑着说："你这张嘴呀。。。"

36，老丁搬家

老丁的儿子，丁聪，想学英语专业，其它的课程也不好好学，还说在美国学什么不一样呀？他爹说："是没关系，You just prepare to be poor（你准备受穷就行了）。"他就闭嘴了，听从老丁、去学工程。

没过几天，小丁又提出要去打工，老丁反对，喝道："你的任务是好成绩、上名校、找好的 job（工作），光宗耀祖。明白啦！？"

这天，小丁的一句不知深浅的玩笑话深深地刺痛了老丁，因为他笑话老丁不知道 buck 在美国口语里也有美元的意思。老丁气得脸色铁青，骂道："老子是不知道！可还给你小子挣那么多 buck 呢。孔方兄你知道吗？那比 buck 有讲头多了。老子的英文是不好，但你小子一定要保证你的英文要比老子的中文好！"

小丁吓得低下了头，因为这是老丁头一次对儿子发火。老丁看着儿子那可怜样儿，马上就心疼了，安慰他说："别害怕，没事儿，我知道你也是为爹好。"小丁哇地一声就哭出来了。这下又该轮到老丁不知所措了。

丁聪来美国后很想他的妈妈，毕竟是在他妈的呵护下长大的，所以反复要求老丁把他妈接来。老丁没办法，最后只好决定，为了儿子把太太接出来。他还事先安排老婆把国内单位分的房子搞定、租出去、托个亲戚帮忙管着。

就这样，老丁太太要来，而且儿子又是最后两年的高中了，老丁忙碌了一个多月后，一天晚上，他过来告诉鹿群，他和儿子要搬出去了。

大家知道后都问他是怎么回事，老丁和大家说是想让孩子在英语环境里好好锻炼锻炼，因为很快就要上大学了。大家要帮他搬家，他坚辞不让。他是怕漏富，而大家以为他可能有什么难言之隐也就算了，没有再坚持。

老丁搬走后，没过三天，小武子这位消息灵通人士就听人说老丁不是搬到别的公寓去了，而是买了个房子。他实在按捺不住自己的好奇心，就打电话给老丁坚决而热情地要求登门拜访。老丁则是百般推辞。老丁越这样，小武子就越想知道到底是怎么回事。

周末没什么事儿，小武子拐弯抹角地打听到了老丁的新住处。他开车过去从外面看了一下。那幢房子的规模和款式和鹿家的差不多，只是看上去很新，占地明显地小了许多。门前的那两棵橡树也还嫩小，所以他判断应该是幢新房子。

周一上班，小武子去化学系找到老丁，和他拉近乎，提议他开个暖房聚会（Warm house party）。老丁先是不肯花那个钱，后来，小武子跟他说了说这个聚会的讲究。总而言之，和结婚、过年一样，越排场、越热闹越好。小武子又劝道："其实也就热闹一下，图个吉利。大家还要送礼，你不会亏的。"

小武子走后，老丁问了他上班那儿的美国同事。听上去好象也是那么个意思，所以他决定大出血、热热闹闹地办它一次，来美国这么多年还从来没有扬眉吐气过呢。他马上开始后悔没让大家出力帮忙搬家，还是避免不了这个漏富，心里开始埋怨小武子为什么不早点儿提这事儿。

随后的周六晚上，在老丁的新房子里，暖房聚会七点半正式开始。来的人还挺多，有老丁的同事、鹿家的房东、房客、还有他儿子的几个同学。老丁还免费雇了他儿子高中里的一个厨艺爱好者俱乐部的三位高中生，所以菜肴搞得不仅多样、丰富，而且相当考究。这三位该俱乐部的创始人急于找机会展示自己的厨艺，所以也没要出场费。

大家都赞叹老丁干事儿真地道。酒足饭饱，最后的节目是在后院燃放鞭炮焰火。都快晚上十一点半了，这突如其来的焰火折腾出的动静可能有点儿太大。有邻居报警了，没过两分钟，警察就来上门问询。

老丁的一位美国同事去帮着解释、还带着警察到后院看了看。那位警察建议他们尽量声音小点儿和提醒他们最近少雨，放焰火不安全。最后，他还过来和老丁说："Congratulations（恭喜），it is beautiful house（这是幢漂亮的房子）。"

老丁打开后院的灯让儿子和他的同学们把剩下的焰火和没响的焰火都归拢一下，放到车库里，说等过春节的时候再放。

当晚快十二点，这暖房聚会才结束。客人们走后，精疲力竭的老丁跌坐在沙发里。他看着那里里外外的一片片狼藉，心里盘算着这次损失得多大。最后看看那一大堆礼物，就笑笑，安慰自己说："不就是图个吉利嘛，值！"然后起身收拾家，让儿子快去睡，因为他明天还得早起、上学呢。老丁现在是儿子第一、理财第二、上班第三。

他收拾好后也赶紧去睡觉了。入睡不久，他就梦到了当年的民兵大比武，自己当神射手的那个光荣场面。那靶场里回响着阵阵的、乒乒乓乓的枪声。正在聚精会神瞄准的他被突如其来的炮声给打搅了。他回头正准备问他的队长，是谁没事儿干，怎么打起炮来了呢。。。他就被又一声更响的炮声震得连手里的步枪都脱手了。

原来，他被儿子推醒了。小丁吓得脸色刷白、浑身发抖，说："爸！你听！你听！出什么事啦！？"

完全清醒了的老丁马上听到了外面劈里啪啦、彤彤的响声。他赶忙戴上眼镜，到门口打开门廊的灯往外看。他发现自己家的车库冒烟了，那响声也好象是从车库里传出来的。

老丁赶紧赤脚冲了出去，同时回头大喊一声，命令小丁："你是预备队，不许出来！"他不许儿子出来以免给伤着，还让他监视事态发展，以防自己出事了没人管。

他打开车库门，一团浓厚的烟雾一下就滚了出来，把他包裹了起来。他跳出来，咳嗽着，跑去拉水管子，开开水龙头就往车库里喷。儿子要出来帮忙，老丁大喊道："还不是时候！go back（回去）！"

　　老丁冲了大概三分钟，那响声就消失了，烟雾也淡薄了下来。他进去打开车库的灯看，透过那薄薄的烟雾看到了满地的焰火残余，和车库的地上、墙上、天花板上那些形状大小都不均一的、火药燃烧过的、斑斑点点的痕迹。还好，车库里暂时还没放什么东西，他一时还舍不得让那辆旧卡车享用这崭新的车库。

　　老丁欲哭无泪地检查着，看还有无明火。他感叹着，不得不佩服人家老美这建筑材料，这么多焰火都没给点着。

　　那位警察又给招回来了。他停车后、一脸不高兴地大步走过来，质问老丁是怎么回事，还强调刚才不是不让他放了吗。他以为老丁是非放不可。老丁解释说应该是个焰火事故，因为他把没响的和没来得及放的收进了一个纸盒子，放到车库里了，那个纸盒子和焰火现在都找不到了。那位警察用怀疑的目光看着他，听着他的解释。

　　老丁接着就理直气壮地迁就于那位警察，骂他太多事，气愤地吼道："都是你他妈的多事儿，如果不是你干预，老子把焰火都放了，不就不会出这事故了！？这幸亏没出更大的事儿，否则老子非告警察局不可！"看着那位警察那一脸的困惑，老丁才意识到是自己已经气糊涂了，冲人家喊了一通中文。

　　他接着就把那他妈的和老子去掉，把那意思用英文表达了一下。那位警察被搞得有点儿丈二和尚摸不着头脑，气得说："What，what，what？I have to respond to citizens' complaints（什么、什么、什么？我必须回应大家的举报）。"然后，他和老丁、小丁一起把那车库认真地检查了一遍才放心地走了。

　　老丁再次安排儿子回去睡觉，自己继续检查和清理那满地的碎屑。他清理地很仔细，一直忙活到了天亮。他一来是心疼自己这新房子、二来是怕睡了又要出什么事情、三是不停地后悔听了小武子的这馊点子。后来，他想到这个暖房聚会这么热闹应该是个好兆头，这才停止了在心里对小武子的谩骂。

他收拾好后，进去洗了个澡，给儿子做好早饭，然后又给老板发个电子邮件说自己病了，需要休息一天。他计划用这个白天先补个觉，然后再粉刷一下这个新车库。

又过了两天，老丁用现款买大房子的新闻就传遍了这个小城市里每一户华人家庭。鹿家的房东、房客们更是惊讶得目瞪口呆。谁都无法相信他能一下拿出三十多万美金来卖房子。他毕竟才来美国不到七年呀，就是不吃、不喝、不住也不行呀。除非是有来路不明的钱，比如说，在国内贪污的赃款，可他也不是官儿呀。

大家决定让小武子出面把他请回来，轮流给他灌点儿 Samuel Adams（一种啤酒），一定要问出个究竟来，因为他实在是太不可思议了。

紧跟着的那个周五下午，老丁不请自来。大家都很惊讶，赶快拉他坐下。老张赶紧用 Samuel Adams 伺候着老丁。大家和老丁说，一定吃好晚饭再走。其实，老丁是想念那条狗和孩子们了，大家还以为小武子本事挺大，到底还是把他请来了。老丁从不贪吃，是绝不会吃不明白的饭的。他的行事风格是不欠别人的，但要赚别人的。

晚饭刚开始，老丁就已经喝得半醒了。几句话的工夫就被诱导着开始给大家讲述他那三十多万是从哪儿来的。面色扉红的他说："首先我得辟个谣啊。我可不是百分之百地现金买房，还是借了一些 money（钱）的。"

"借了多少？"大家问。

"让我想想，"老丁说："大概借了百分之十五吧。"

"好家伙！"老张说："您这和正常人正好倒过来呀，大多数人是出百分之十到二十的 down pay（首付）。您怎么会有那么多 cash（现金）？"

"计划好就行，"老丁说："我平时有个每周的明细表，经常要检讨一下，看是不是还有能省钱的地方。现在用 Excel 搞这个表了，有空我就打开研究研究。其次，除了上班我还要打两份工。记住啊，one penny saved（节省一分钱）就是 one penny earned（挣了一分钱）。平时注意收集 coupon（减价卷），到哪儿买东西都要讲价。"

"哪你是怎么发现在哪儿都能讲价儿的？"小武子问。

喝着啤酒的老丁回答："It does not hurt to ask，right（问问也没什么坏处，对吧）？"大家佩服地点头。老丁说，别忘了最后一招，那就是用付现金再砍一笔。周围的人认真地看着他、听着。喝了口酒，他接着说："由于工作认真负责，老板要给我 promotion（提职），提了好几次都给我一口拒绝了，因为现在管管仪器清闲自在，仪器不出问题我就没事儿，空余的时间多，可以再去赚钱。那些仪器上报废了的零件还可以当 scrap metal（废金属）卖掉。"

"那行吗？你就不怕给抓住？"小武子问他。

"没关系，"老丁说："当然得先放在个没人注意的角落里，放它个半年左右。等所有相关的 paperwork（文件）都 go through（通过）了，再拿去卖呀。再说啦，只要那些仪器的壳子都在不就行了？"

"那你就不怕那些收废铁的 report（举报）你？"小易问道。

"不会的，"老丁说："他们可没少从我这儿占便宜，都盼着我去呢。况且这儿的讲究是不 burn bridge（过河拆桥），没事儿。"

"真是功夫不负有心人呐，"鹿群感叹着说："难怪平时很难见到你呀，那一定很累吧？"

老丁点头说："资本的原始积累阶段嘛，能不累吗？其实说白了，也不算太累，就当锻炼身体了。总比你们那没日没夜地拱猪好吧？"大家看着他，不停地点头，似乎在鼓励他接着说下去。老丁接着说："再把那些 stock（股票）卖了，剩下的那一半不就够了吗？今天我算了算，好象还够在后院盖一个厨房呢。你们知道，我最讨厌油烟味儿了。"

"Wow（哇嗷）！"众人羡慕不已："在后院搞一个 kitchen（厨房）的确是个好主意。以后油烟再多你也不用跳楼了。"

小武子挠着头皮问："你什么时候炒的？我们炒股的时候你没参加呀。"

"炒了，"老丁说："和你们一起炒的呀。那时候你们每天开会开到半夜，我就在楼上躺床上，开着房门听着呢。后来就跟着你们做了几笔。我这忙得也没时间管就放那儿没动，没想到它们涨得还挺好。"

大家感叹道："您真是深不可测呀。做这么好也不带着大家一起赚点儿？"

"不是啊！"老丁说："这可不是 selfish（自私）啊，不是！我是跟着你们做的。你们开那么多次会，怎么就没搞清楚呢？干股票这买卖，不管输赢都是不能张扬的，不吉利的。况且我们又不是华尔街的大佬，谁知道哪笔能赚呀？这赢了当然皆大欢喜；输了呢？你们还不天天堵上门地骂我呀？"

"不会的，"大家说："那怎么会呢？"

小易接着问："那人家炒得好的怎么还要出书、到处做报告、搞 seminar（讲座）呢？"

"那还不简单？"老丁说："需要钱嘛。象练枪法需要子弹一样，我们当过兵的都知道，子弹不够是出不了神枪手的。否则他在家每天成千上万地挣着，哪还有时间写书、做报告呀？不要忘了，现在这世道 follow the money（顺着钱看）就什么都清楚了。"

众人纷纷点头称是。

小武子问："你还当过兵？"

"当然，"老丁答："基干民兵。"大家笑了。老丁喝了口啤酒，接着说："周末我还忙着帮人修车，出租我的人和卡车给人搬家、运东西。的确是 no time（没时间）呀。"

"老丁呀，"小武子说："你还是亏了。你要是不卖那些股票，估计现在又得多出几万来。你看最近涨得多好。"

老丁瞪着小武子，大声问道："真的？"

"别别，"小武子不自觉地往后躲了一下，说："你要吃了我呀你？别后悔啦，你已经赚得够意思了。我们这儿还亏着呐。"

"可惜了，可惜了了，"老丁说："当时只是觉得儿子可能申请不到 scholarship（奖学金）了，所以一急就都卖了，用来买这房子了。"

鹿太太把最后一个菜炒好端了上来，看到那些已经上了的菜一个都没动，便问："怎么回事，这些菜哪儿不对呀？"众人才意识到刚才听得太聚精会神了，连吃饭、尝菜都忘了。他们赶紧夸鹿太太的手艺好，开始动筷子，吃喝了起来。

小巩拉着鹿太太说:"只是我们老丁太神了。你也坐下来听听呀。"

鹿太太长出了一口气,说:"我说得呢,孩子们那边儿吃得热火朝天的,你们连筷子都不动。我们老丁又有什么丰功伟绩呀?"大家七嘴八舌地把老丁的奇迹又叙述了一遍。鹿太太看看老丁,问:"你家祖上是干什么的?"

老丁一边低头吃菜、一边回答:"在县城开当铺的。"

鹿太太心里暗暗自叹不如,说:"哦,原来你这些本事敢情都是遗传的呀。"

老丁还是低着头,说:"可我这还是对不起祖宗啊。想当年,我祖爷爷把我们县城的整个北大街都买下来了。要不是那该死的日本鬼子,我们家现在。。。嗨!别提了,"一仰头,把手里那半瓶啤酒送下去了。

大家都劝他:"都什么年月的事儿了?别难受了。你已经都是咱这饭局里的首富了。"

大家正式开始吃喝了。

其实,鹿群夫妇图的是热闹,和有人情味儿的生活。他们还经常接济房客、帮他们带孩子、做饭,对那几个拖欠房租、水电费的,最后也只能不了了之。因为一来自己没那个精力和时间去追踪,其次,那金额也没大到律师和法庭感兴趣的地步。老丁呢,是个地地道道的生意人。他平时不给旁人什么好处,有用的信息只留给自己,有好处的事儿还劝别人别去。

每次得手,他就劝别人,没关系,吃亏是福。终于有一天,小李看不过,质问他:"凭什么每次都是我们'是福'呀!?什么时候您也给咱'是福'一次呀?"老丁这才停止了用"吃亏是福"去宽慰他的那些受害者们。

又过了两周,静水城的华埠里又传说老丁受伤了,都给送急诊了。鹿群夫妇打听清楚后赶紧去医院看望。

在医院的病房里,包扎着半个肩膀的老丁躺在病床上接见了他们,但精神还挺好。鹿群夫妇赶紧询问伤势、问需要什么帮助。老丁说没什么事儿,只是点儿皮肉伤。这时,一位医生进来说,取出那个钉子后,一周左右就会好的。

那医生走后,老丁讲了发生的事。鹿群夫妇这才知道,老丁前天雇了两个在 Homedepot(一个卖与归置房子有关的供应店）外面等零工的老墨，他们利用晚上的时间在他的后院搭建他说的那个独立厨房。可能是由于他们三个都是打好几份工，以至于过度劳累，再加上当时天色太晚，开工的第二天，老丁就被一个老墨的钉子枪不慎击中了。幸亏是肩膀肉厚的地方中钉，所以他暂无大碍。

又有几位鹿家的房客赶来探望。大家知道这个情况后都舒了一口气，纷纷劝他得悠着点儿、别逞强、别什么都要自己干，毕竟已经是这把年纪了。

养伤是个事儿，现在他还有个官司需要等伤好了以后去法庭解决。老丁现在被指控：非法雇用非法移民，付低于最低工资限制的薪酬，无许可证开建，违反建筑安全规定。老丁不服气地说："我这可是 charity（慈善）呀！人家老墨要是不给人干活，那去哪儿挣钱养家呀？"

大家笑了，老张说："你就好好接着编吧。让这儿 judge（法官）信可能没这么容易吧？"

"Police（警察）是怎么知道的？"小武子问。

老丁说："当时的情况太危急了，我一急就让他们 call（拨打）了 911。"

"那两个老墨呢？"鹿群问。

"嗨！好人真是作不得呀，"老丁气愤地说："其中一个跑了，另一个一直等到救护车和警车来了才准备离开，结果被警察抓走了。"

众人感叹，好人应该有好报。

"老丁呀，"小武子说："你姓丁，怎么还敢玩钉子呢？不吉利呀。你好好养伤。等能动了，我陪你去法庭，我不信他们还能把你吃了？"

老丁感叹道："美国也太不自由了。我在我自己的地里干什么都得他们批准。他们不就是贪图那点儿 fee（手续费）吗？连从地里挖出来的东西都不是我的，这还是我的地吗！？"

"是你的，"鹿群说："你要是买了 mineral right（矿产权），从地里挖出来的东西就是你的了。其实，也没地方去买，因为都是些大公司和政府拥有 mineral right。如果哪天他们发现有矿藏、宝藏，需要开采的话，他们会把你赶走的。"

老丁失望地："啊！？"

469

"行了，"鹿群说："那矿产权也是为大家好，否则不就是满地陷阱和地道了？也有可能是怕把你累着、还能保护地基，是好事儿。你好好休息吧。这里头的门道多着呢，以后有机会我们再聊。"

　　在回家的路上，妻子突然对鹿群讲："你现在有没有觉得老丁其实还是挺可爱的？"

　　鹿群看着前面的路应着："啊？"

　　妻子接着说："他就像一个基本上吃不到糖的小孩子，一下进了一个免费的 candy store（糖果店），实在是无法控制自己呀。像他这样的人出国可真是出对了。"

　　"对，"鹿群答道："他在国内的那些年一定把他给憋屈坏了。不过国内现在也自由了，他要是回去发展一定是大有作为呀。只要把他那一套用上一半儿就可以了。"

　　"那可不一定，"妻子反驳到："国内靠的都是关系。没有关系可什么都玩儿不转。咱要是在国内，即使能搞到房子，出租恐怕也是搞不成的。像我们这样的老百姓还是在美国做生意方便些，因为那些规矩虽然多，但都是摆在桌面上的，没关系也行。我就觉得这儿特适合我们这种平头百姓创业了。"

　　鹿群一边开车一边答："哦，也是。"

　　是夜拱猪。老张问："让老丁这么一说，我都纳闷这在美国买了房子和地真的是自己的吗？"

　　鹿群答道："只要能交得起每年的 tax（税）就是你的。不交 tax，得立马走人。"

　　"你走了，那房子和地是谁的呢？"小易问。

　　"政府的呀，"鹿群说。

　　"那不就和国内一样，土地是国家的？"小易问。

　　"说的也是，"鹿群说："其实都一样，就当是和政府租的。Tax（税）就是租金。"

　　"不是说，"小易表示异议："如果你在一个地方住够十年那就是你的吗？"

　　"什么？"老张说："你那是什么时候的黄历了？听说那是早年针对印第安人的。那时候白人随便到哪儿一住就不走了。如果在头十年里没人 challenge（提出异议），那他圈的地就是他的啦，然后就一代一代地这么传下来了。懂了吧？这就叫grandfathered in（祖传）。"

"也是啊，"鹿群说："这 law（法律）也有点儿太欺负人了。你想啊，这印第安人给折腾的和濒临灭绝的大熊猫似的，给圈养在那些零星的保护区里。哪敢出来提异议呀？就是想提也提不过来呀！这移来的白人太多了、美国也太大了。不过这话又说回来了，即使把地给他们，他们也交不起 tax，最后也得还给人家政府。"

"所以呀，"老张说："那个 law 只是那个历史时期的一个小把戏。现在在美国不管住哪儿，要是不交 tax 都会有人来收拾你的。"

小易问："那十年以后也得交税？"

鹿群看看他，说："容我粗鲁一下，让你清醒清醒，"他大喊一声："废话！"

小易说："那还是国内的七十年使用期听上去更好点儿，至少这辈子不用担心了。不象这儿，年年跟你收租子。"

"快别羡慕了，"老张说："国内迟早也会变的，国人那么媚外崇美。再说了，哪个政府都不会放过这每年涨税的机会呀。对吧？"

"政府倒是想，老百姓是不会乐意的，"鹿群说："国内的老百姓可是很倔的，不按他的意思办就没完没了地上访。"

小易笑着说："倒是很难想象国内和美国一样，年年评估和征收财产和房产税。"

"我敢肯定地说，"老张说："到时候那些政府的 tax appraisers（税务评估员）不是腐败得都给枪毙了，就是给打得进不了 neighborhood（居民区），做不了那年度评估。"

鹿群接岔儿说："或者是揭竿而起了。我们的民族可是有这传统的，历史上的那些农民起义可都是因为税赋过重啊。"

"但愿别闹，"老张说："遭殃的历来都是老百姓。这才消停了几年呀？"

小易看着老张出的牌，说："对。唉，不对，你那出的是什么呀？"

老张低头看看牌，说："哦，只顾聊天儿。看错了。"

这时，电话铃响了。鹿群跑过去接电话，还说，这么晚了，会是谁呢？

鹿群接电话："哦，是老丁啊。好点儿了吗？"

"不必了吧？"

"好好，后天晚上都去你家。"

鹿群回到牌桌，说："老丁诚挚邀请我们后天去他家共进晚餐。"

大家都纳闷，小易问："出什么事儿啦？不会是吃完就让我们给他去那后院挖东西吧？"

"挖什么？"鹿群问。

"你们没听说呀？"大实话说："有一家人在他们的 property（地产）上挖出了很多以前印第安人用的东西，应该算是古董。"

老张说："那好象不合法吧？买了地不是只能用用地皮吗？管他呢，先打牌，先打牌。"

原来，老丁是要感谢大家对他的关心和爱护，他也实在不想欠大家的那个人情。

当晚在卧室里，鹿群纳闷地问妻子："老丁平时那么小气，今天这是怎么回事？"

"怎么了？"妻子说："人家想感谢大家一下，不行呀？现在可是感恩节呀。"她接着说："再说人家也没小气呀。上次老丁出上万美金给儿子在国内出书；半年前又捐了一千多块给他儿子的学校让他儿子当那个 club（俱乐部）的领导，否则他儿子能被哈佛录取呀？当然那孩子也真争气。不光成绩好还和老丁特配合，他爸让他干啥就干啥。不象在这儿长大的中国孩子，他们身上美国人的毛病还真不少。"

鹿群说："老丁还真是敢做敢为呀，连捐官也敢？"

"问过老丁了，"妻子说："他说了，没什么大不了的，自古以来就这样。他家祖上的官位就都是捐来的。"

"哦，"鹿群应道。

第十二章

37，张依和武子

天天的青春美丽疙瘩豆开始变得不那么容易控制了。鹿太太和天天妈在厨房商议有什么办法。鹿太太说："别担心，肯定有办法治。你看电视上的那些小演员不都没有吗？"

天天妈说："嗨，那些演员都是二、三十左右的人了。当然没有了。"

大家又开始看篮球了。前年姚明的再次受伤和退役让鹿家阳台上的篮球聚会暂停了一段时间。最近纽约的林书豪像焰火般的突然喷发一下子抓住了华人们的眼球。不可避免地两岸又开始了新一轮的民间论战，连林书豪在台湾的老奶奶都出来呐喊，林书豪是台湾人不是中国人。

在上班吃饭的地方，老张教训着他的台湾同事，说："你们台湾人真是缺脑子呀！好不容易出个林书豪，又让你们给搞得乌烟瘴气的。"

"我们怎么了？"这位台胞问。

"我问你，"老张说："是大陆的市场大还是台湾的市场大呀？你们瞎喊林书豪是台湾人不是中国人，我相信他心里也在骂你们这帮笨蛋，诚心要坏他的好事。"

"哦，"这位台胞说："可他是我们台湾出来的耶。"

"什么台湾出来的？"老张不依不饶地说："他是美国生、美国长的。"

"不管怎么说，他也是跟台湾近、离中国远耶？"这位台胞不服。

"真是呆胞呀，"老张说："逻辑上得先要搞清楚啊。我问你：你现在是在 Oklahoma（俄克拉何马州）、还是在 USA（美国）？"

这位台胞看看他就走开了。

还好，没过两个月，林书豪那奇迹般的喷发和他台湾亲人们的鼓噪就都熄火了。只有老张还关注此事，这天，看完网上的新闻出来对大家说："算他们识相，但也晚了。"众人不知道他在说什么，其实也不感兴趣，因为老张关心的一般都是些和日常生活不搭界的问题，所以常常是只有老张独自一人得意洋洋，或者杞人忧天。

鹿太太以前的一个同事来和她结伴出去买东西。她听到客厅里人声吵杂，就问："他们在吵什么呢？"

鹿太太说："没事儿。我们走。可能又在打台湾呢吧？"

那个同事笑着说："难怪还没打下来？敢情是有劲儿用错地方了。"

两个人哈哈哈地笑着出门去了。

在客厅里，毛文清在说："中美七九年断交。。。"

小穆打断他说："你搞错了吧？是七九年建交，没断过交啊，否则我们怎么能在这儿呢？"

毛文清说："我说的是民国。"

"哦，"小穆说："确实是麻烦，容易出误会，还是统一了好。"

"所以呀，"鹿群说："归根结底，现在的分配还是比较合理的，你们只适合作岛主。两岸开展友谊比赛、增强体质。有一天顺势统一了，用大陆的政权和民国的版图，岂不皆大欢喜？"

小武子回来了。他是个屡战屡败、越战越勇的情场老手。有几次他几乎成功却都被突发事件给搅了。他还有个缺点是：总是看着别人的老婆、女友改自己的主意；更要命的是他内心里真正喜欢的总是当红的、年轻的女明星。

他先后经历了：谢丽儿，她是看不上他那不务正业的样子，小武子又忘了给 ride（搭便车），两次把她给晾那儿，其中一次还让她淋了个落汤鸡。

樱桃是追求者太多，自己也昏头了。给他留了一句："不是不喜欢你，只是我的标准比较高。"可多年后她还来电话询问小武子的情况。

阿丽雅娜的问题是双方都是暂时的生理需要。虽然也曾到了谈婚论嫁的阶段，但这段经历让小武子着实地担惊受怕了一阵子，唯一的收获是成了个墨西哥餐的爱好者。

他和羞蜜的问题是年龄差距大，她家里不同意。好不容易有一次有戏了却让她的一个屁给搅了，都是那豆子太多的墨西哥餐给闹得。那次小武子也不太伤心，因为他知道自己的动机不纯，只是听说小女人很特别，自己非常感兴趣。

和布兰尼是不超过十分钟的一面之缘，不光是不知道人家的真名，连张照片都没有，那只是个可梦而不可及的心中偶像而已。

对网上那两位电子女友是期望值过高，所以一见面就觉得反差太大、无法接受。

还有一个几乎成功。可不知道是怎么回事，有一天，三位前女友齐来发难。现任的那位一看那阵势就打退堂鼓了。

张依大学毕业后分配回了家乡哈尔滨的一个研究所。在家人撮合下，她和一位市政府的不大不小的官员结婚了。在外人眼里，他们两个人很般配，可他们自己好象从来没有过什么火花和激情。两个人似乎都在忙事业和工作，也无瑕要孩子。

她在那个研究所里很快从技术员升到了助理研究员。隔年又去复旦大学进修了半年。期间，她和一个复旦的大四学生碰撞出了火花。后来，这个小伙子要自费留美缺一笔钱。张依慷慨解囊相助，还和她哥哥借了几万人民币，帮助这个学生如愿以偿赴美求学了。

那个学生和她说好当年夏天就回国和她结婚，然后一起出国。随之而来的却是和张依的联系越来越少，直到他赴美三个月后的完全停止联系。其实，那个学生在那个暑假是回来了，而且也的确结婚了，但他是和另外的一个女的结的婚，然后双双赴美了。

张依当时非常绝望因为给人骗了个人财两空，而且她在复旦的那个研究所里的名声也坏掉了。极度消沉了一个月后，她开始发愤投入学业和工作。有了一些成就后，就争取到了公费去英国进修半年的机会。回国工作了一年后，她又得到了这个来美进修半年的资助。本来，她想追到美国当面谴责那个复旦学子，出来后才发觉这世界好大，那个人一下变得索然无味，好象和她没什么关连了。

来美国半年后，张依在国内的一位痴心的追求者竟然追到了美国。这个人还问了鹿群夫妇和房客们有关张依的近况，以便对症下药。可他来鹿群家住了快一个月了，张依对他还是没什么感觉。实在没办法，这位只好先去加州的那个学校报到、求学去了。不过，他能因此努力出来读书，也算是好事。

张依在心里按照鹿群的标准找，又找不到。也可以理解，男女都一样，好的不会到这把年龄还单身的。追她的那几个老美实在是扶不上墙。正巧，她收到了国内丈夫寄来的离婚协议。她看了一下、签好，就给寄回去了。她那段不为多少人知的婚姻就这样悄悄地结束了。

张依的一个高中同学，年轻时很漂亮，但一直找不到合意的配偶。一不留神儿就步入了中年了，她的外貌、体形变得很大。她自己只好一气之下，发誓终身不嫁了。张依也怕自己会是同样的结局，所以工作之余就开始在网上聊天儿、交友。

谁知道，她约会了两个男的才发觉人家都是为性而来的。其中一位更露骨，吃饭的时候就说吃完就去他定的那个汽车旅馆的房间。张依气得大喊一声："No（不）！"那人也干脆，面无表情地看看她、就起身走了，连 excuse me（对不起）都没说。

张依以为那人是上厕所去了。等了一会儿，她才意识到人家已经不辞而别了。可能那人还约了另外几个以便今天不落空。她当时气得没法子继续吃喝了。只好付钱和叫服务员打包，拿回来给那条狗吃。打那儿以后她只是看看那些求性者的网上来函，一率不予回复。

日久天长，张依和小武子一见面就习惯性地互相调侃和交流经验。这天，她穿着高跟鞋进来了，小武子看看她的高跟鞋，问："我又做错什么了？"

"什么？"张依问。看张依不明白，小武子就指了指她的高跟鞋。张依说："这又碍着你什么事儿了？"接着又问："您又是成功它妈了吗？找女友要求别太高嘛。"

"没有啊。只要是漂亮、育龄、处女就行，"小武子说。

"这要求还不高啊？"张依笑道："这是在美国呀。可能现在在国内都不易了。"

小武子也劝她，说："您对男的要求也别太高啊。"

"不高啊，"张依说："只要是 rich，athletic looking doctor（富足，看上去像运动员的医生），或者和 Gates（盖辞）差不多就行了。"

"你们 lab（实验室）的那个 technician（技术员）？"小武子问。

"什么呀？"张依说："Bill Gates（比尔 盖辞）。"

"哦，"武子开玩笑说："我和他差不多嘛。"

"怎么讲？"张依喝着水，问。

"四肢健全、男的，还比他年轻呢，"看张依做着数钞票的手势，小武子接着说："我们的是少了点儿，但也有优势呀，数得清楚啊。活得也比他轻松自在，不需要保镖，也没人追着要钱。"

在旁边看报的老张笑着说："一看你们俩呀，就是一对儿冤家。你们干脆拜个难姐难弟得了。"

大家一阵起哄、玩笑后，两个人成了难姐难弟。小武子尊称她，一姐；张依戏称他，二弟。

这天，张依看到一条网上来函说想见个面。以前和这个自称华男兀的网友聊过几次，好象还挺聊得来。于是，就告诉了她所在的城市。这华男兀即刻回函说太好了，问能不能这个周六下午在那个商城（Mall）的餐厅（Cafeteria）见个面。张依看自己也没什么事，那个时间和地点也算安全，因为比较安全的约会场所有：图书馆、商城、星吧客，所以她就说了可以。

这个周六下午，张依提前到达。她买了一杯 Pena Colada（南美的一种牛奶水果饮料），一边喝、一边读着 Macys（一个大商场）的广告。

不一会儿，有人敲了一下她手里那张广告，把她吓了一跳。抬头一看是小武子，她就怒问："你这是干什么！？"

小武子笑着说："对不起啊，一姐，吓着您啦？正好路过这儿，见你在这儿就过来打个招呼。"

"你来这儿干什么？"张依假装不经意地问道。

"嗨，"小武子说："不想做饭了，买个 burritos（面卷包），这样晚饭都有了。你呢？"

"等人，"张依说完就后悔说漏嘴了。

小武子不经意地顺口问："等什么人呀？"

477

张依不耐烦地看着小武子说："关你什么事儿啊？"

"没有，没有，"小武子赶紧说："只是顺口问一下。好，那我得去排队去了啊，你想要点儿什么我给你顺便带来？"

张依挥挥手说："行了，行了。快去忙你的去吧。"

她心里盘算着这小子最好能早点儿离开，要让他知道了，再传话给鹿群夫妇和那些房客们，那该有多尴尬呀。

小武子一边排队、一边不时地往张依这边看着，心里盘算着张依什么时候离开，可不能让她知道他这事儿。买好他的牛肉面卷包（beef burritos）后，他就找了一个很远的桌子坐下，拿了一份免费报纸看着。

看了一会儿，有人把他的报纸哗啦地一下子抽走了，他抬头一看是张依。张依质问道："你不是说买好就走吗？怎么还在这儿啊？"

"怎么了？"小武子说："没碍着您什么事儿吧？我在等车呢。你要走啊？"

张依说："对，不等了。你去那儿？我给你一个 ride（搭便车）。"

"哦，"小武子说："谢谢，谢谢。不用了，我那 ride 一会儿就到，"他低头看看手表又说："我可能也得走了。你要去哪儿？我给你个 ride。"

张依一副你没吃错药吧的那种表情，问道："你没吃错药吧？你刚刚说在等 ride，现在又要给我 ride。"

"对不起，对不起，"小武子不好意思地说："搞错了，搞错了。我不是已经习惯给你 ride 了吗？"

"别想再糊弄我啦，"张依说："你肯定有事儿，从实招来吧。"

小武子看混不过去了，只好说："我在等人。"

"等谁呀？"张依小心地问。

小武子说："我也不知道，是网上聊天儿认识的。"张依立刻怔住了。小武子看着她的样子就关切地问："这是怎么了，一姐？"

张依打岔儿说："没事儿。可能是有点儿饿了。"

小武子起身、拉好椅子对张依说："那你快坐下，吃点儿 burritos，还热着呢。"

张依只好坐下了。小武子跑步去拿了塑料刀叉，回来打开 burritos（面卷包）的 wrap（包裹用的锡箔），从中间切开，给了张依一半。张依也忘了客气，一边吃着、一边问小武子这等人是怎么回事。小武子说："没什么，只是没事儿干，就约了一个在网上聊天儿认识的来这儿见个面。这不，到点儿了还没来。"

张依谨慎地问他："你不是说不认识吗？怎么能知道人家没来呢？"

"啊呀，"小武子恍然大悟道："忘了把这暗号拿出来了。都是你在这儿给搅的！"他一边说、一边从裤兜里拿出一顶红色的 Ping Golf（高尔夫）帽戴在了头上。对面的张依一下子就目瞪口呆地傻眼了。小武子见状赶紧起身跑到那个柜台，要了一杯水回来。他不停地道歉说："对不起，对不起。忘了 drink（饮料）了，把您给噎着了。"

张依低头喝水，用那杯子挡着自己的脸，不自然地说："没事儿，没事儿。"

小武子看张依没事儿了，就不好意思地指指头上的帽子说："一姐，您别介意啊。我得去旁边的桌子去等。"

张依不置可否地应着："好好。"

张依看着隔着几张桌子的小武子开始仔细琢磨起来。小武子的那些荒唐事开始浮现在她的眼前。奇怪的是，那些事情今天一下子变得不那么荒唐了，相反还给人几分可爱的感觉。

小武子不时地朝她这边笑笑、招招手。张依看着、看着开始有点儿不好意思了。就这样，又过了快十五分钟。张依包好那半个牛肉面卷包，起身走到小武子面前说："嘿，你的 date（约的人）不会来了吧？"

小武子叹了口气，说："唉，网上的更不靠谱儿啊。"

"那你下午没事儿啦？"张依笑着问。

小武子有气无力地说："那当然。"

"看你可怜的，"张依说："一姐陪你出去透透气去。"

小武子说："Okay（行），悉听尊便，"然后就起身、低头跟着张依出去了。

他们二人开车一前一后去了这所大学的一个公园。下车找了个树荫，把剩下的面卷包摆在草地上。两个人坐下，看着公园里的成群的鸭子、在石头上晒太阳的乌龟、跑步遛弯儿的人们，还有远处起伏的山峦，开始聊天儿了。

这好象是他们头一次有条有理的对话而不是从前的那种叫劲儿、抬杠。两个人一直聊到天黑，都没注意到他们的面包卷早已被蚂蚁攻取了，所以他们去了家牛排店吃晚饭。

之后，他们又去看了一场不是卡通，不是限制级的电影"阳光小小姐（Little Miss Sunshine）。"两个人都觉得这部电影拍得真好。

张依的保密功夫很老道。小武子一辈子都不知道张依就是他那天要等的人。

过了两周，小武子和鹿群夫妇说再过一个月想要搬出去了。鹿群问为什么，说："你可是我们家房客里的元老啦，我们没做错什么吧？"

"瞧您说的，"小武子开心地笑着说："没有。我只是该从您这儿毕业了嘛。"

其实是他和张依进展顺利而迅速。张依嫌来这里和去她那里都不太方便，所以两个人一起租了一套独立产权公寓（Condo），过两周就要搬过去了。

周末，鹿群夫妇带大家去竹园吃晚饭欢送小武子。只有张依说正好出差不能来。

两个月后，鹿群夫妇从老丁那儿知道此事的缘由。他们衷心地为张、武二人高兴，这个张依终于有着落了，否则再晚上五年，连孩子都不敢要了。

这天，鹿太太提醒丈夫说："小武子过去可是劣迹斑斑啊，你要不要提醒你那依妹一下呀？"

鹿群想想说："他好像也没胡乱来什么吧？去 New Orleans（新奥尔良）的那几次也是去找 Brittany（布兰妮）。这还证明他很痴情，应该算是优点吧？"

妻子说："提醒一下没坏处。万一以后出什么事，你这当大哥的怎么能心安理得吗？"

"好好，"鹿群说："那明天我和张依说一下。"

张依其实早知道了。好象两个人都是过来人了，很成熟、理性地看待那些事情。小武子分析自己当时怜香惜玉的比例很大，况且只见过布兰尼那一次，以后几次去新奥尔良就再也没有见到她，也没把自己搞脏。

几个月后，张、武二人先后赶赴香港城市大学工作。又过了半年，鹿群夫妇接到他们两个的邀请信，请他们如果方便的话，趁暑假之际去哈尔滨参加他们的婚礼。

鹿群夫妇觉得丽丽大了，也应该带她回去转转了。于是，全家紧锣密鼓地准备回国休假。他们计划还是请老丁找时间过来帮忙看家。经历了那么多事儿，他出事儿的可能性也越来越小了。鹿群夫妇准备吃完饭就打电话给老丁说这事儿。

这时，房客苗志国跑进来，喊道："不好啦。老丁疯了，老丁疯了。"

"坐下慢慢说，"大家抬头看着他："怎么回事儿？你没病吧？他怎么会疯呢？"

"我听说，"小苗说："昨天他家被抢了。那几个 robber（歹徒）让他撞见了。他一开始都跑出来了，不知道为什么又回去跟人家交涉去了。结果就被打了。"

"不可能吧？"鹿太太说："这也太邪虎了，他没什么病吧？这才搬出去多长时间呀？"

"别急，"鹿群说："我去打听一下。打听好了我们就去看看他到底是怎么样了。他应该知道美国的规矩呀？"

"什么规矩？"小苗问道。

鹿群说："Just listen to the one with a gun（听持枪的人的话）。"

鹿群夫妇打听清楚后就去看望老丁。见他挺高兴的，只是左脸颊上有点儿淤血，就和他说了想请他每天抽空儿帮忙去看一下他们的房子。老丁说没问题，他还说也接到小武子的邀请了，只是太忙，脱不开身。

原来，有三个假装是修东西的，看那条街上没人就开始从老丁家往他们的卡车上搬东西了。老丁正好提前下班，回家忙点儿私事儿。他们彼此在门廊里给撞个正着。短暂的震惊后，歹徒们和老丁都往反方向跑。老丁跑了出来，站在街上想了一下，就又大踏步地开门、回去了。

他这么从容倒让那三个歹徒不知所措了。他们试图绕开老丁跑出去。老丁右手一举、大喝一声："Stop（且慢）！"

那三个人被他这嘹亮的一嗓子给震住了。他们以为老丁有枪，否则底气怎么会这么足呢？所以就都老老实实地原地站住了。

老丁走过来，和气地说："Do not be scared. I just have a proposal（别怕，我只是有个提议）。"

那三个人愣愣地看着老丁。老丁接着说："This is a win win situation. You can drive away with whatever in your truck，and I can file a claim to the insurance company（这是双赢，你们可以把那卡车上的东西拉走，我可以向保险公司申报我的损失）。"

那三个人互相看着，不明白，好象在问天下有这等好事？其中一个试探着问："So we can go now（那我们可以走了）？"

"Of course（当然），"老丁爽快地继续说："after you leave your name and number（留下名字和号码后就可以）。"

"Are you out of your mind（你说什么胡话呢）？Are you sick（你病啦）？"其中一个喊道。

老丁镇静地说："No，no，I just want to make friends，maybe we can do some business in future（不，不，我只是想交个朋友，将来我们可能做些生意）。"

那三个彻底糊涂了，哪有这样的受害者呀？其中一个好象明白了，或者是想赶快走就说："Okay，my number is 834-4859，can we go now（好，我的号码是 834-4859，我们能走了吗）？"

老丁赶紧把那电话号码写下来。另外两个歹徒瞪着那个给电话号码的，大喊了起来："What! Are you idiot（什么！白痴啊你）！？"

"Be cool（冷静），"那个给号码的说："He is worse，he is committing an insurance fraud，we are okay（我们没事儿，他更坏，他正在犯欺诈保险公司的罪呢）。"他们准备往外走。

老丁看他们说完、想走，就很客气地说："Wait，you need to hit me first，please（等等，请你得先打我一下）。"

其中一个不耐烦地过来挥手就是一拳。老丁捂着脸蹲下了，那三个人跑了。

那三个人离开后，老丁去照镜子看伤势如何。又思考了一阵子，觉得好象天衣无缝，就给警察打电话报案。警察来了就问询、取证、登记，离开前告诉他等结果就行了。

　　警察们走后，老丁打电话给保险公司询问赔偿问题。保险公司说不需要证人只需要警察的报告。老丁觉得亏了，就按照那个电话号码在网上查地址，还真找到了。

　　接下来他明察暗访了两天，还真在那个地址看到了其中一个歹徒。他考虑周全后就去报告警察，说他今天碰巧看到了其中的一个歹徒，就跟踪到了他的住址，还叮嘱警察不要说是他告的，因为怕报复。

　　没两天，那三个歹徒就给抓了。他们也不知道是他们的哪笔生意出了问题。可能根本想不到会是老丁，因为老丁他自己也不干净，他犯了欺诈保险公司的罪。其实，即使有一天他们知道是老丁，输在老丁手上也不应该算是丢人。

　　让那三个人拉走的东西又被拉回来了。这事儿还上了当地的晚间新闻，因为警察们终于能在短时间内破案了。这可给静水城的警力长脸了，连警长都在电视上讲话了。保险公司还许诺赔偿其余的损失，也就是老丁多报的那些。

　　这一系列的事情风平浪静后的一天，老丁躺在沙发里喝着Samuel Adams（一种啤酒），回想着这一切，看是否还有什么漏洞。他想："事实胜于雄辩。即使那三个告他，也是死无对证。况且谁会相信 criminal（罪犯）的话呢？"

　　他告诉儿子这是连环计，先是苦肉计，然后是过河拆桥。小丁对他老爸的谋略是佩服得五体投地。为了庆祝，爷俩儿决定可以开始吃猪肉，暂时结束了那只吃鸡蛋的省钱行动。

　　又过了一个月，鹿群夫妇带着丽丽回国了。他们先飞到哈尔滨去参加那个婚礼。张依和小武子结婚的日子是八月二十九日。婚礼上的那个司仪揭开了这个日子的秘密，原来那是鹿家的门牌号：鹰林湾 829 号（829 Falcon Forest Cove），是纪念他们第一次见面的地方。

　　小武子他们是因为张依的父母年纪大了不便长途旅行，所以才选在哈尔滨办这事儿的。鹿太太察觉出张依已经怀孕就悄悄地恭喜他们俩。

之后，鹿群借机和国内的一些相关的单位联系了一下。原单位的老领导们和老熟人们大都已经离休，或者退休了。现任所长是位刚刚留美归国，比他还小十多岁的一个小个子男子。

　　鹿群感觉他对自己是热情有余而诚意不足，所以那个面见得也不是滋味。鹿群去看望自己的老导师的时候还说起这事儿。老导师跟他说："没办法，现在的人都是这样。况且想回来的人太多了，难免他不摆架子。你当年要是抓住那个机会，你们俩现在的位置不就倒过来了吗？"

　　"为孩子，没办法，"鹿群应着，心想那位所长是在武大郎开店，自己是绝不会那样做的。

　　鹿群他们还顺便去看望了一些亲戚、同事、校友。几天下来，全家不得不在家休息和应付发烧和拉肚子。鹿太太问："看这全家给折腾的！你每天不是喝多了就是发烧、闹肚子。你还想回来？"

　　"没事儿的，"鹿群安慰妻子说："适应了就好了。别说，这不知不觉地还变修了、变娇气了。当年在临汾的时候吃什么都没事儿啊。"

　　妻子又问："那丽丽怎么办？"

　　鹿群说："上大学回去就是了。反正是住 dorm（宿舍）。有事儿就找去她哥哥。我们也可以经常回去看他们嘛。先别担心呢，这回来工作还不知道行不行呢。我们这恢复国籍也还不知道该怎么办呢。"

　　那两个星期下来让他们不时地感慨国内变化之大，必须眼见为实。以前国人是站着排队夹三儿，现在阔了，都改开着车去夹三儿了。他们也是的确想回来，因为在美国这么多年了可总还是那种做客的感觉，可能是第一代移民的通病吧。

　　他们的身份证还有效，所以去什么地方和干什么都比较方便。全家从临汾插队的那个村子回来后，又去新疆玩了一趟。一个亲戚已经官至旅长，他的热情款待让他们体验了祖国的西域风情。

　　他们途经的那几个国内机场，和记忆中、以前国内的苏联飞机和老旧机场是天壤之别。所有的设施都是崭新的，设计也很合理、摩登，里面还有孩子们的小型运动场（Playground）。丽丽玩得都不要上飞机了。

国内飞机上的空姐都太年轻、太漂亮、服务太周到。鹿群夫妇感叹真是浪费资源呀，美国的空姐都是些中老年妇女。在国内航班上，好象也没有多少人要吃飞机上的食物了，所以造成那些免费食物剩余太多。在飞机降落前，两个姑娘推着车子问谁还想要，这和美国的航班是正好相反。

丽丽玩累了就嚷嚷着要回俄克拉何马。两个人只好干什么都带着她。鹿太太很羡慕最近流行的结婚照。硬是拉着鹿群偷偷出去找了一家店去补拍了一套结婚照。他们原来的结婚照是一张黑白的，明明是上世纪七十年代的，可看上去怎么都象是那个世纪五十年代的。

那个照相铺子知道他们的来历后，非要让他们给做个广告，也就是把他们的照片摆在那临街的橱窗里。因为那个老板想把这个店说成誉满全球，老人们不仅喜欢他们这个店，而且还是不远万里地慕名从美国而来的。鹿群夫妇觉得把照片在那橱窗里摆一摆就八折，挺合算的，就同意了。

临回美国前，他们把那套照片取回来，两个人都看着脸红，说这也有点儿太夸张了。鹿太太马上想到不能让那照相铺子展览他们的照片了。鹿群想了想，说："没关系吧？我们都认不出来，别人就更不知道是谁了。咱先藏它几年，说不定再看就顺眼了。不管怎么说，丽丽的那几张可以先挂起来呀。

三天后，在回美国的飞机上，鹿群觉得好象飞机上的气氛有点儿不对，因为他记得第一次出国时，飞机上的华人们都是兴高采烈的，现在好象都比较沉闷。他还发现经济舱的座位怎么那么挤，就悄悄和妻子说："以前没觉得这么挤呀？也没听说这椅子变 small（小）了呀。我们没长胖吧？"

"没长胖，"妻子说："有可能是你的新鲜劲儿过了？"

在他们前排靠走廊的座位上是一位三、四十岁戴眼镜的华人男子。他一上飞机，就把他那个座位的后背放到最后仰的位置，躺着吃喝、翻阅杂志，搞得鹿群全家进出特别不方便。除了丽丽能踩着座垫进出，其他人都得吸紧肚子才能挤过去。

鹿群客气地请那人把椅子收一下。那人不耐烦地白了他一眼，稍稍收起，等他们一过去，又马上一路地放了下去。那椅子背就直指着鹿群的鼻子。那人好象几天没洗头似的，醺得鹿群够呛。

485

不知道是从哪排座位来的一个中老年华人男旅客，非要把他的一个大号的尼龙袋塞进鹿群他们头顶上的行李舱内。他大声喊着："这是谁的东西？"鹿群说是他的。那人说："我柏侬挪一下好哇啦？我得把这个摆进去呀。"那人没等鹿群同意就踩着前排那个油头男放到的椅子背上，在上头折腾起那里头的行李来了。

前排的那油头男突然腾得一下站了起来，怒目圆睁，瞪着踩他椅子背的那个人。两个人开始高声地理论起来了。那人折腾半天也放不进去。一位乘务员过来把他的那个大包拿走放到前面地上了。那人紧跟着那个乘务员到前面看是否满意。

鹿群试着把自己的座位往后仰了一点儿，好躲开那油头。他后面那位乘客马上抗议。他赶紧说对不起，只好把座椅的后背收回继续被那油头熏陶着。后来实在受不了了，他只好叫乘务员来调停一下。那油头太凶了，鹿群不想和他交涉什么事儿。那油头倒是很听那位空姨的话，还笑眯眯地说了声："Yes, ma'am（是，女士）。"

鹿群心里骂道："妈的！好脸儿只给老外呀？洋奴啊！"

鹿太太看完这些悄悄和丈夫说："怎么还不如国内航班上的人呢？象以前火车上的似的。"

"可能和我们一样，都是美籍华人，"鹿群悄悄猜测道："大家也有可能是气儿不顺、心理不平衡吧？回去突然发现还不如国人气派、阔绰，回来又不得不对老美低眉顺眼。也有可能是后悔出国了。"

在旧金山过海关，美国公民和永久居民入关的队伍最长，外国人的队伍反而短了。这和十几年前他们头一次出国正好相反。那位油头男也在美国公民和永久居民的队伍里，他在吃惊地张着大嘴、探出头来，看着排在他前后的华人们。

出关后，他们赶上了下一个航班。这个国内航班上只免费提供饮料和花生米，如果要吃饭，也就是个干吧吧的汉堡包，得花五块钱买。

丽丽非说自己饿了。鹿太太只好给她买了一份。丽丽吃了一口就再也不要吃了。鹿太太拿过来咬了一口，咧咧嘴就递给了鹿群。鹿群拿过来吃了一口也不想再碰那汉堡包了，心想如果斑斑还在就又得有劳它了。

486

紧接着，一位乘务员又让大家花钱买耳机，因为要放电影了。幸亏他们从那个国际航班上带回来一副耳机让丽丽当玩具玩才不至于又花钱。鹿群和妻子说："这些个节约措施除了让人不高兴，他们能省几个钱？"

妻子说："这可能就是电视上讲是那两个公司合并以后，新 CEO（主席执行官）的那三把火之一吧。不管怎么说也算是个业绩呗。"

鹿群转话题说："国内除了人多和空气、水质有待改进，其它还可以啊。"

"这还不够？"妻子说："孩子的教育还是这儿好。要迷糊一会了，你也休息一下吧，待会儿下了飞机还要开车呢。"

两个人都闭眼休息了一会儿。丽丽在旁边玩她从国内带回来的玩具。

下飞机后，他们等到行李，然后去租车，开快一个多小时就回到了他们的这个小城市。远远地看见那个大水塔，鹿群夫妇顿时有一种略微激动、不好意思说的亲切感。

很快，他们就回到了自己家的那条街上，又看到了那夕阳下的草坪、鸭子和房子。丽丽跳下车、欢快地在草坪上跑着、喊着："回家喽，回家喽。。。"

鹿太太在车里看着外面的这一切，问丈夫："真的 give up（放弃）这些回国啊？"

鹿群也微笑着看着这一切，沉思不语。

38，生日快乐

一年前，房客文立起帮国内一个亲戚的孩子古志超办手续，来这儿的一个语言学校学英语。这可是很贵的，以前只看到那些来自日本、南韩、台湾、新加坡这亚洲四小龙的不肖子孙们来花那冤枉钱。大陆人还是很少问津的，一来经济能力有限、二来感觉象是冤大头。他们家的古志超是这座小城大陆人里第一个来就读这个语言学校的。

文立起在国内的表哥和他说好可以百分之百资助的，并把第一年的费用一次性地寄来了。可一年后，他这位表哥出了问题、陷入了困境，国内卖房子也支持不下去了。文立起只好尽其所能把那漏洞给补上，总不能把孩子赶回去吧。他自己家也住不起那比较贵的公寓了。无奈，他们全家只好挤进了鹿群家的两个房间里。

尽管如此，这位独子还真有点儿民国初年那八旗子弟的气派。都一年多了，他从那语言学校毕业还是遥遥无期。他倒是无所谓，一天到晚该干什么就干什么，整天乐哈哈的。也是，生来就衣食无忧嘛。

于是，大家给他起了个外号：超八旗。那孩子不知道是不懂，还是真的什么都无所谓，只是问："怎么叫我全名呀，我做错什么了吗？"因为在美国的习惯是，只有非常严肃认真的时候才叫全名。大家哭笑不得，只好简称他，八旗。

这天，老文把八旗送到学校，回来跟其他房客诉苦："他倒是自在，就那么个烂语言学校，还那么费劲。那毕不了业可是他的事呀。我们倒象给判了个无期似的。"

鹿群同情地说："这孩子如果是块学习的料，来美国还可以，否则来这儿可真是受罪呀。"

这时，房客封立德进来告诉鹿群夫妇，老丁又上静水城的华埠新闻了。

原来，老丁卖给别人的一个旧的 GPS（全球定位卫星）比 Ebay 上的都贵了许多。买主邓文福发现后和他理论，说："这都是一个楼面上的，你好意思吗！？"老丁没办法，只好许诺请他吃一顿、补偿一下。

其实，他是借花献佛。过了几天他带邓文福去听他系里的一个学术报告和吃那免费的会议午餐，就当请过了。那会议期间还只许听、不许说话，可把这小邓给憋坏了。

会议结束后，走出来的邓文福追上老丁，和他说这可不能算他许诺的那个请吃。老丁坚持是，他说："没有我带你，你能进去吗？"

邓文福愣了一下，就气得跳脚骂："什么人呢这是？美国怎么这么糊涂呀，什么人都要！？像你这种人渣怎么也能拿到 visa（签证）呢！？"

老丁只是大度地看着他，笑笑而已。搞得这位邓文福逢华人就讲这事儿，像个祥林嫂似的。

知道老丁底细的人们都安慰他，说老丁是这方面的知名人士，他一向这样，而且还没听说有什么人能斗得过他呢。有人还佩服邓文福胆子大，老丁的旧货也能买、也敢买。老丁曾经送东西去回收再利用（recycle），人家拒收，说他那些东西应该是垃圾不能 recycle。邓文福说自己懂 GPS（全球定位卫星），不会吃亏。

一个月后，邓文福带着全家开车去堪萨斯（Kansas）游玩。他们在座大山里正玩得开心的时候，那个 GPS 罢工了。由于过于依赖 GPS，传统的纸地图他都没带。更不巧是，手机信号也没了。他开得油都快没了也没能找到开出去的路，不敢再开了。他们全家惊恐地在那山里被困了大半天。

期间，他和老婆吵了起来，彼此多年来的积怨喷发了。小邓气得跳下车、狠踹着路边的小松树。马上就被个路过的公园警察发现了。这位警察过来问他是怎么回事。小邓哭诉了自己的境遇，这位警察很同情。他警告了小邓不许破坏州里的财产后，才带他们开出了那个困境。

邓文福回来后，气得要去找老丁拼命，被他老婆拉住了。他改为发大量的电子邮件，名义上是提醒大家注意骗子，实际上是个控诉老丁的恶劣行径的广告。

鹿太太听完后说这不稀奇，哪天要是老丁吃了亏那才算新闻呢，还说那人也太大意了。

老丁的儿子对他是言听计从。最近国内发展不错，他们全家回乡探亲。老丁的主要目的是考察商机，和寻找与当地权贵联姻的机会，以重振丁家上个世纪初、民国时期的辉煌。

他儿子毕竟是年轻人，想法也开始比较西化了起来，所以除了让自己献身之外什么都可以。老丁也疼儿子，所以回去探亲的前两周他有点儿一愁莫展。

天无绝人之路，碰巧他们乡里有一位年近六旬的妇女是当地首富之一，而且独身一人。老丁和自己的太太一商议就一致决定马上悄悄离婚，让老丁舍身联姻以便回国投资当地的房地产和开办个英语学校。那位妇女也乐意，可能是因为老丁祖上的荣光，和他现在美国绿卡和高学历的身份。

就这样，老丁的儿子回纽约继续攻读法律。原配夫人陪读、照顾儿子。他自己则是两边跑着忙生意和安抚现配和原配这两位妇人。

让人惊奇的是，好象连他们的儿子都不反对老丁夫妇的这个安排。事实是，小丁刚知道老丁的这个作为时，气得和老丁几乎打了起来，因为他特别护着自己的妈妈。他妈妈把他们爷俩拉开，然后悄悄地和儿子讲了她和老丁的战略考量。小丁心领神会就从此闭嘴了。

老丁全家统一口径说是老丁的表姐每年都要来休假一下，因为国内的污染太严重了。老丁说服那位老妇人让她自称是老丁的表姐，因为他说自己在这静水城已经小有名气，已经经不起离婚这类丑闻的冲击了。

那女士也通情达理，和气生财嘛。她也顺势让老丁在国内他们乡里自称是她的表弟，她也怕丢人和亲戚们来找麻烦，因为她的这次再婚涉及到了她们家的资产分配问题，掌控不好会很棘手。

又要过生日了，鹿群有点儿压抑。这都五十五了，自己的事业离当年的那个目标还差的太远，这生日也根本快乐不起来了。正巧，房客又用坏了那个烘干机，鹿群过来修。房客贾禄说："这该换就换嘛，别让老鹿再忙活啦，这累坏了身体也不合算呀。"

鹿太太说："行啊，从下个月开始涨 rent（房租）啊。"

"我们是说用您赚的钱，"贾禄强调道。

鹿太太说："我们退休的钱还没谱儿呢。这么低的房租，还有那么多拖欠的，去哪儿赚钱呀？早没余粮了，"接着她又劝贾禄："新旧无所谓。只要整洁、function（能用）就可以了。"

鹿群继续专心致志地修那个烘干机，以此来躲避那不开心的生日话题。其实，鹿太太明白丈夫的心思，也认真劝过他几次，说："想当教授还不容易。咱回国，你不就是教授啦？上次来的你那个同事比你差远了，不也是研究员了吗？"

这天傍晚，胡序来了。他在鹿家的房客里发展了个下线，所以又成了这里的常客了。他听说今天是鹿群的生日就鼓动着大家一起起哄，怂恿着鹿群夫妇带大家去饭店吃饭庆祝。鹿太太看着他们，想了想，也就同意了。于是，大家分头开车前往竹园自助餐店共进晚餐。

竹园童老板听说是鹿群的生日，也过来道贺，还送了一瓶当地的墨尔乐（merlot，一种红葡萄酒），好象是因为鹿群他们是那里多年的老主顾、老朋友了。

这种当地的葡萄酒正在闯牌子，在超市里也就卖两块多一瓶。童老板见多识广，觉得这酒很好，就以一块钱一瓶买了三千瓶，暂时存放在地窖里。他准备把这些酒倒回大陆去，那利润可是百分之两、三千呀，比贩毒都来钱快，还没那风险。

现任老板娘的家人负责在国内的推销。可大陆人只认法国牌子的葡萄酒，觉得这种没名气的酒是送人拿不出手，自己喝又太贵。结果，除了送人，第一批运回去的那两百瓶中的百分之九十是被自己家人消费了。

这酒的确不错，国内家人要求再给运一批。童老板乐了，以为这次又压对了。知道真相后，他只好推说走私不合法所以拒绝再运送。

还好，葡萄酒不怕买不掉，而且存的时间越长越值钱。于是，他订制了酒架，把自己家的地窖改造成酒库了。他在饭店里也放了十几瓶，以便找准机会送人、做广告，好让这个牌子的酒尽快地时髦起来。

大家快吃完了，都在磨蹭水果。率先吃完的胡序和童老板开玩笑说："您也太实在啦，做的这么好吃，这不又吃多了？应该做得不好吃才对呀。"

童老板没听懂，问："什么？为什么？"

胡序说："这么好吃，还不把你吃垮了？"

"没事儿，放心吃吧，"童老板悄悄说："每人至少吃满满十盘子肉，这店才会开不下去呢。"

胡序若有所思地点着头、微笑着。

鹿太太说她要说几句，她说："谢谢大家来捧场。我们公司的胡 VP（副总裁）对下线们非常好，他非要付今天的饭钱，他说下线的家属也算，所以今天的 surprise（惊喜）是，"她随手把账单推给了胡 VP。

胡序兴高采烈地接过去说："谢天谢地呀！好不容易盼到了。首先呢，我得感谢大哥、大嫂今天能成全我。我这是费了多少口舌才争取到这个机会的呀。一言为定啊，下个月六号是 Shyme（羞蜜）的 birthday（生日），也来这儿。大家一定要赏脸呀。"

鹿太太暗叹这家伙真厉害，真是脸不变色心不跳，把这突如其来的尴尬给糊弄得这么天衣无缝。其实这算什么呀？这胡 VP（副总裁）见过的大风大浪多了去了。鹿太太在心里告诫自己不能让他再去家里了，这个人太厉害了。

大家高兴地散了。在回家的路上，鹿群说："别说，这胡序还行啊。"

"他不得不行，"妻子冷笑着说。

鹿群看着路，问："什么意思？"

"没什么。"妻子说完，心里还在想："这次算是饶了他了。本想一人再送两瓶茅台，让他回家去跪搓板儿。"

当夜临晨两点多，鹿太太开始呕吐、拉肚子。她坐在马桶上自言自语："报应啊，再也不能折腾人了。"

鹿群闻讯起来，过来说："这都提醒你几次了，少吃点儿嘛。都这么大年纪了，也该注意了。又不是 bear（狗熊），要 hibernate（冬眠）。"

"你才是狗熊呢，"妻子说："快去睡吧。这和多少没关系，可能是那生蚝不干净。"

"我也吃了，没事儿呀，"鹿群摸着自己的肚子说。

妻子说："你吃得不多嘛。"

"还是吃多了吧？"鹿群说："也不注意一点儿。好象也不应该是 oyster（生蚝）的问题，怎么就你一个人有事？"

妻子说："烦不烦呀你，人家难受着呢。"

鹿群赶紧去厨房给她倒了杯水，让她漱口。

第二天，不服老的鹿群出去和一帮年轻人踢球，受伤了。他只好由妻子接送，天天挂着拐仗上下班。妻子说他应该有自知之明，顺应自然。听得鹿群是心里一片的酸楚。

打那以后，鹿群对胡序的要求尽量满足，真把胡 VP 当哥们了。传销活动又在他们的客厅里轰轰烈烈地展开了。鹿太太后悔不已，怨自己不该出那个气，反而让人家顺势又进来了。

有一次，鹿群叫胡 VP 一起去打高尔夫。可他好象不知道着装规定、穿着个大背心就去了，结果被人家拒之门外。可他跟鹿群说自己有七、八年的高尔夫球龄了。鹿群这才暗暗确认胡 VP 是个河豚，不光样子能唬人，而且可能还有毒，所以开始暗地里处处提防着胡 VP 了。

胡序在美国和大陆都有传销业务。他近来借回国之际参与了蓝莓（Blueberry）的炒作。近年来，国人的收入有大幅度的提高。从九十年代初的每月二十到五十美元上升到了今天的每月两百到五百美元。再加上国人本来在教育孩子和老弱保健上花钱就有大手大脚传统习惯，由此产生了巨大的英文教学、留学中介、推销老年人保健品的商机。

对自己在美国混得还不满意的几个旅美大陆人，看到这个商机、率先投入。他们创办的留学中介把美欧的学校按国人容易理解的路数给分成了三六九等，也分出了重点中学和重点大学，美其名曰：爬藤。

其实，多数美国人更看重专业，学校差不多就可以了。如果没有使、领馆签证这个限速步骤，这些中介可能已经把美国、欧洲的学校给撑破了。

保健品生意更好做，因为老人的退休金总得有个去处呀，都留给那些不孝子孙也太不合情理。此举还有助于减少中国和其它国家的贸易顺差，所以在国家层面上应该也不会有太大的阻力。

他们的技巧也简单，只要是国内还没有的东西就被说得是好处无限。那些买主们也不看看，他们这些推销的人有的还是顺便回国治病、找偏方呢。况且他们也都变老了，也没能永远健康、长生不老呀？

当然，他们选的产品有一条标准是可以保证的，那就是吃了肯定没有马上的、明显的坏处。其实，多数人心情一好可能也就治了病了，因为大多数的药品研究里的替代品（Placebos）还有治病的功效呢，更何况是这维生素 C 和抗氧化剂含量本来就高的蓝莓呢？

这天，胡序的一个直接下线在北京的一个会场举手，要求发言。他说吃了蓝莓，大便是黑的，所以肯定是还有排毒功能了。老胡微笑着默许或者不默许，他心里想："还是国人厉害，连这都能编出来。当然话又说回来了，虽然有色素的问题，但只要不是胃出血，也没有证据说这不是排毒呀。"

他在国内的业务进展不错，现在又开始炒西洋参和脑白金了。这跟炒股票是一个道理，低价进货，然后炒高了再卖。西洋参除了开胃、提神，好象也就没有别的了。其实这就够了，保健品里多少加点人参只会更好卖。

　　小李要回国探亲，说国内家人都让她回国时带些与蓝莓有关的产品。她跑了一个周末买回一堆有关的产品，堆在那乒乓台餐桌上，以便整理、装箱。

　　大家围上来一边看、一边议论着："你真行，淘回这么多种来。"

　　"嗨，"小李说："都是在 Chinatown（中国城）那个出国人员服务部买的。"

　　房客小邓看着那些瓶子说："你得给家里人翻译好了，否则就给摆在家里显眼的地方准备当古董了。"

　　房客周喜英也翻看着那堆瓶瓶罐罐，问道："国人真认为这能治百病和预防百病？"

　　"对呀，"小李说："不过也没听说 American Indian（美洲印第安人）长命百岁呀。"

　　"这不是强人所难吗？" 房客老薄说："人家的人口基数那么小，看不出来嘛。况且人家现在的主食是 burger（汉堡包），他们身体上的毛病比其它人种都多。"

　　小邓问："连美国的医生都不知道，那些推销的人怎么能知道呢？"

　　"别媚外啊，"老薄说："在这儿那些装模做样、滥竽充数的医生多了去了。他们除了想赚钱，其它的知道个屁！"

　　小邓说："不装模作样的也不知道 blueberry（蓝莓）的那些神奇功效呀。"

　　"明白了，"小易说："不知道是哪个王八蛋又在忽悠我们国人了。"

　　"有一点可以肯定，"小邓说："吃了可能会像 grizzly bear（棕熊）一样壮实。"

　　"拉倒吧，"房客小周说："要有那作用，谁还偷吃禁药呀？"

　　小邓说："人家美国人吃禁药的还是少。"

"别胡说啊，"小周笑着说："可能那是因为他们用的药太先进，别人还不知道，也不知道怎么查呢。"

"对！"老薄说："美国跑步的、打棒球的和骑自行车的都有给揪出来嘛。"

小周说："其他人也真应该学会美国佬那一套了。给抓住以后，一定要绝对地矢口否认，实在不行了就痛哭流涕，请求上帝和公众的原谅和帮助。"

"你们胡说什么呀！"小李喊道："这可和禁药没关系啊。只是太多了，不好带，容易超重。"

鹿太太说："这些东西吃了又没什么坏处，还不用你琢磨到底该带什么回国了，多省心呀！"

小李说："也是。"

当晚，鹿群夫妇照例睡前一聊。鹿群说："其实，看看人家外国人基本不用那些东西，也就不该给忽悠了。"

"当然，"妻子说："外来的和尚好念经嘛。我们的针灸在一些美国人眼里不是还挺神奇的？"

"也是，"鹿群说："国人也太好骗了。人家美国网站上介绍西洋参的时候就指出，东方人认为这个有奇效。"

妻子说："出国的人毕竟还是少数啦。国内推销员的口头禅是，人家国外的人天天用、人人用、人手一个等等。"

"上网一查不就知道了？"鹿群说："你说的那天天用什么的，咱国人倒是在行。就象是文革时期的天天讲、月月讲、年年讲，时间一长，没准儿连那些推销的人都会信以为真，被自己说服了。"

妻子问："你打过鸡血吗？"

"没有，"鹿群说："只喝过红茶菌。家里有个亲戚身子弱，好象都给她打了。"

"大家都是想长寿呗，"妻子说。

"那也不能乱吃呀，"鹿群说："这长寿的秘诀主要是心态平和、与世无争、山清水秀、体力劳动，还有就是一辈子基本不动窝儿。其实，像我们这样满世界跑的，给自己的身体添加了很多不必要的 stress（压力）。我们倒是应该补补了。"

"那我们也买点儿吃？"妻子问。

"未尝不可，"鹿群想想说："如果 blueberry（蓝莓）有用，就应该吃 the berry（这个莓果），不要吃什么有关的产品。让人一加工就不知道又要多出什么负作用了。还有就是，什么东西吃多了都不好。"

"行，"妻子说："那我明天就先买点儿尝尝。"

鹿群过来抱着妻子，说："好好。来，先让我尝尝。"

"干什么？"妻子严肃地说："这么晚了，节制点儿啊，当心把你 neuter（阉割）掉啊。"

"那我先把你 spay（骟，切除卵巢）掉，"鹿群又说："我可舍不得。"

妻子问："你在说什么呀？"

"没什么？"鹿群说："还没合适的中文呢。等明天查好了再给你讲。可能对你来讲也没那个必要了。"

"你胡说什么呀？"妻子问道。

"没什么，"鹿群说完就接着在心里琢磨："这男的 neuter（阉割）了是太监，女的 spay（骟）了又该叫什么呢？"

功夫不负有心人。三年后，童老板投资的那些酒在超市里已经涨到十几块一瓶了。他不时地为自己深邃的战略眼光和高贵而高超的葡萄酒品味倍感自豪，觉得那些存货在自己退休的时候可能将会是珍藏品了，都可以算是自己退休基金的一部分了。

不幸的是，有一天，他的大陆儿媳妇来告状，他才知道自己的儿子和儿媳妇不知道什么时候养成了酗酒的习惯，而且酒量很大，两口子都是一次喝两瓶不在话下。幸亏他儿子有喝高就打老婆的恶习，否则他可能一直都会被蒙在鼓里。

童老板去地窖里一检查，发现只剩十几瓶酒了，其余的被他儿子给换装成水了。他儿子心疼他，说："不要翻啦。这边是水、这边是酒。不会错的了啦。"

"你！？"童老板叫道。

他儿子说："这还不是怕把您累着吗？"

童老板直眼儿了。这下，他那珍贵的收藏就只剩价值两百多块的酒和两千多瓶陈旧的自来水了。这一下子就把他的心脏给急出了问题，又住院了。

496

不久，他儿子戴罪立功，去南京开了个葡萄酒、雪茄专卖店，经营得还有声有色的。

39，房客少了

时光如箭、日月如梭，转眼又是几年过去了。

近年来，静水城里的华人不仅越来越多，而且越来越年轻了。这个小城还有了一份以广告为主的免费中文报纸，和少林武馆、空手道武馆各一家。

在这个小城市也开始能收到俄克拉何马城的那个中文广播电台了。像鹿群夫妇他们这老一辈的留学生还真得适应一下。很多年来已经熟悉的英文词汇，让广播里的港台人士们给翻译成了港台混合式的中英文了，再加上那地道的民国国语，有时候还真听不懂那广播里的广告词到底在说什么。他们也不好意思问别人，只好自己猜。

那些新出来、来这儿就读的大陆留学生也很少来问讯租房事宜了。好象这些新来的学生一来就都喜欢住，而且住得起那些豪华的学生公寓。所以，鹿群夫妇现在找房客的标准也被迫不拘一格为：能付得起房租的即可。

有两、三位大陆中学生来住。他们不光是随地扔东西，连马桶都不冲。好象和鹿群他们不知道有多少条代沟似的，交流都困难，更别说一起娱乐了。鹿群夫妇和他们的关系也成了纯粹的房东、房客了。

小李走的时候送给鹿太太一个手刻的木头牌子，挂在厨房的门上，上面刻着：调馅重地、闲人免入。可现在的房客们好象对做饭根本没兴趣，更别说进来揉和调馅儿了。

以前大家还常聚在一起在客厅看电视，特别是春晚、热门的电视剧、体育比赛。现在是一人一台电脑，各看各的，也不交流看了些什么。害得鹿太太时不常地叨唠，这科技进步总有一天要把人都给搞得自闭了。

这天，鹿太太看着镜子里的自己，又感叹道："年纪大了，眼角也开始耷拉了。"

497

鹿群安慰妻子说："没老呢，是 gravity is too much（地心引力太大）。"

"胡说吧，"妻子接着说："这世道变得也太快了。我们当年那都是勤工助学、勤工俭学出来的。只要是安全和卫生上过得去，哪儿便宜就住哪儿啊。这帮独生子真让人担忧呀。"

"可不是嘛，"鹿群安慰她说："你看咱丽丽都是个 teenager（少年）了。能不快吗？记得我读书时候经常熬夜冲胶卷、印照片，现在的年轻人恐怕连底片和相纸都不知道是怎么回事了。"

鹿群他们还得经常教育那些小皇帝们，不断地提醒他们不要羡慕那些人所谓的自由和潇洒，得先忙正事，否则到老了会后悔的。对面沙发里坐着的那两位小皇帝总是直着眼，好象听不懂鹿群在说什么。

这天，鹿群接着教育他们说："年轻人呀，太自由了不好，生活态度会不认真的。人家有 affirmative actions（美国的优惠政策），我们华人可什么优惠都没有啊，只能靠自己的打拼。"看着对面沙发里那两位依旧呆若木鸡的样子，鹿群只好作罢。

"广播里说的真没错儿，"他回到厨房和妻子说："这 cell phone（手机）真是个 portable brain（便携大脑），smart phones make stupid people（智能手机让人变笨）。年轻人真应该去学学工农兵。知道了生活的艰辛，才会认真努力呀。"

"对呀，"妻子问："怎么说起这事了？"

"我那同学不是让我帮她盯着点儿那孩子嘛，"鹿群接着说："他上次给他妈打电话还哭诉这里的学校不自由，作业多得没法子睡够。可那孩子一有时间就上网、成绩不行、也不运动，幸亏不是咱孩子。都说我们上山下乡的一代是给耽误了的一代，可我们更知道珍惜和负责呀。倒是现在的独生子女这几代人让人担心。国家要是到了他们手里还不给糟蹋了？"

"瞎操心，"妻子说："他们这不是来糟塌美国来了吗？将来让国内的农村孩子主政不就行了？"

"不行吧？"鹿群说："那大多数还是独生子女呀。咱只能 keep our fingers crossed（希望好的事情发生的一个手势）啦。"

"行了，"妻子说："你就别隔着地球忧国忧民啦。还是先想法子把那两个 room（房间）给 rent（租）出去吧。"

鹿群不说话了。

晚上，鹿家去竹园吃饭。丽丽不吃蔬菜。鹿群说，如果再不吃的话，人家旁边的人会盯着她看的。丽丽只好就范了。

过了一会儿，他们发现童老板不见了，而且服务和食物也今非昔比了。原来，竹园老板的第三任大陆太太洪美丽过于招摇，可能本性就是水性杨花。她和年轻的服务员们搞得太近乎，把童老板给气得天天头疼。没出一个月，他就无奈出逃了。

这洪美丽开始还挺得意，没几天就发现自己根本不会经营，所以亏损得受不了。万般无奈，她只好把店盘给了房地产推销员南希。但这个饭店的文件上只有那个老板的名字，她卖这个店是非法的，所以被告了。吓得她不知道跑哪儿去了。那个饭店只好暂时关门。于是，新开张的全城第二家中餐自助餐馆又成了本城唯一的了。

因为必须有童老板的签名才能卖那个店，那时的南希成了这座城市里最着急上火的华人了。她转弯抹角打听到了童老板的下落。她终于在新墨西哥州（New Mexico）的一个印第安人保护区里找到了童老板。

向来是理工科目好的童老板在前一段的游荡历程中，意外地发现自己在制作印第安人的一种手工艺品上很有天赋。他正在和个印第安人中年妇女亲密合作着。

不知道又经历了多少千难万险，这个饭店才得以在半年后重新开张。现在的南希既得张罗这个饭店，还得兼职推销房地产。她听说鹿群夫妇要卖房子，就发誓要好好卖他们的房子。说起这饭店的事，南希义愤填膺地说："还不都是被你们中国，哦，不，大陆人害的！？"

"不对吧？"鹿太太问："那童老板不是台湾人吗？"

"可那三个女的都是你们大陆的呀，"南希气愤地说："你们大陆人也是的，以前的都蛮好的。怎么最近出来的都这么不要脸呀？"

"改革开放也有负作用嘛，"鹿太太和着稀泥，心里想："谁让那老板休原配呢！"

鹿群笑着说："那你还得感谢人家呀。"

"为什么？"南希糊涂了。

鹿群说："没她那么闹，你能拿到这个店吗？"

"也对，你们好好吃啊，"南希说完就去招呼其他客人去了。

晚饭回来后，鹿群和老房客们打电话议论此事，都感到凡事不能贪便宜，这南希的钱不是给压进去了？老丁说："早听说这事儿了。他们台湾人就喜欢占别人的便宜。那南希是只看见便宜了。世上哪有那么好的事呀？在美国，这便宜的东西可都是 bait（诱饵）呀。那童老板也糊涂，那样的女的也敢要？还接连三个，整个一个猪脑子、没记性。可能是被那一闷棍给打糊涂了，或者是还没给打明白。"

鹿群说："嘿，还别说，他还真有可能是被那一闷棍给打成艺术家了。据说童老板现在和个印第安女人混一块儿了。"

"啊！"老丁问："他这是 for better（为了更好）还是 for worse（为了更坏）呀？"

"应该是 better 吧？"鹿群接着说："听说那女的是个中老年土著艺术家。"

"我看未必，"老丁解释道："印第安人也是早年从我们亚洲 migrate（迁徙）过来的。虽然这童老板也长了点儿记性了，但还是不太靠谱儿。"

"怎么了？"鹿群问。

"明摆的嘛，"老丁说："这中老年还行，但艺术家还是不太稳吧？"

鹿群同意道："也是，他是得小心点儿。"

打完几个电话后，鹿群两口子接着发愁那两间没租出去的房间该怎么办。

电话铃响了，原来是个国内来的电话。那人问清楚后，和鹿群说再过一周，将会有三个中学生去静水城的那个语言学校就读，问能否住他们这儿。鹿群问清楚所以然后才知道，原来是以前住这儿的那位"八旗。"

八旗不知道从哪儿搞了个学位前年就回去了。他在老家昆明开了个英语学校，自己当上校长了。现在，他推荐自己的学生来这儿住。鹿群说没问题，又聊了一会儿彼此的近况，然后就去厨房告诉妻子这个好消息。

妻子得悉后先是非常高兴，立刻又不无顾虑地说："他那不是误人子弟吗？"

"不一定，"鹿群说："每个人都有自己的 niche（契机），找到就行了。估计他都不需要教，只要管理的好就行了。"

房客孔经纬说："那他的假文凭要给人告了不就完了？"

"估计没事儿吧？"鹿群想了想，接着说："没几个人知道他在这儿的事。看他以前样子，估计以后也不会是什么名人的，所以也不会有谁吃饱撑得去折腾他啦。给媒体折腾的那几个人，可能都忘了：偷来的锣鼓敲不得的这条古训了。"

鹿太太高兴地说自己这是好人有好报。

近年来，鹿群总觉得在这儿干得没劲儿，因为总是给别人打工。他自己有很多想法急于一试。如果在这儿试，出的结果都是老板的，自己顶多能在文章上挂个名。

经过一年多年的努力，鹿群终于找到浙江的一个百人计划里的位置，准备去杭州的一所大学工作一段时间。

鹿太太也觉得在美国存点儿钱太不容易了，国内的亲朋好友家里动辄就是上百万的存款，她觉得鹿群回去他们也能多存些钱。但还是有点儿不理解，她问丈夫："你看人家年轻人在美国多安心，你们这些人是怎么了？"

"Normal（正常），"鹿群笑着答道："等他们到了我们这个年龄也会和我们一样的。都是先图个新鲜，新鲜劲儿过了就困惑，困惑完了就要找机会回国了。毕竟不是自己的国家嘛。跟你说实话吧，本来也就是特别羡慕人家美国佬能天天开着车上下班。那个得诺贝尔奖的不就说，是在海边儿开车的时候得到的那个 idea（灵感）的吗？其实，现在又有点儿羡慕国人不用开车上下班了。现在国内那么多车，骑车上下班可能更便当吧？"

"国情不同嘛，"妻子说："听说现在在国内搞个车还是比较麻烦的，开车也不象在美国这么容易，先得学会挤。以前是挤公交车，现在是开车挤马路。"

鹿家的这幢房子已经很老了，需要经常性的维修。好处是房产税低了一些。鹿群的业余高尔夫爱好也被这些给房子的修修补补代替了。妻子一人在这儿也不可能对付这么频繁的修理法儿。于是，鹿群安排妻子在这儿换幢新点儿的小房子，陪着丽丽读书。如果有什么急事，离这里二百英里的鹿丹可以赶回来帮忙。

鹿太太又回学校找了个实验室的工作。鹿群决心自己一个人回国闯荡一下。他觉得这多年来在静水城的不乏诗意而恬静的生活，容易让人误判形势和不进取。但好处是现在是朋友遍天下，到哪儿都有熟人。他也意识到了，如果没有和房客们这么多年的相处，可能他老早就受不了、回国了。

鹿群全家开始紧锣密鼓地准备卖房回国。他们按南希的要求收拾好房子。南希已经是本城华人房地产推销员四份子之一了。她抱怨童老板的现配洪美丽，说如果不是她那一折腾，她也应该有自己的房地产事务所了。她自己在上海浦东买了一套公寓，准备再干几年就和老公一起回去养老。明显瘦了一些的南希和鹿太太唠叨着说："像我们这些外省人还是回大陆安心一些，反正我们是美国公民去哪儿都没关系。"

"那你这饭店怎么办呢？"鹿太太问。

南希说："胡序说他想要。"

鹿太太不信，就问："他现在的生意那么舒服、风光，怎么会想到干饭店呢？"

"他说他更喜欢做饭，"南希答道。

南希走后，收拾房子的鹿太太抱怨着南希："这南希也真是的，我们买的时候她把这 house（房子）吹得天花乱坠的。怎么现在给我们找出这么多问题来呀？"

"人家也是想帮我们尽快卖掉这房子嘛？"丈夫回道。

"废话！"鹿太太还是没好气地说："不卖掉，她去哪儿赚这钱去呀？"

房子上市后，鹿太太天天都得带着孩子去商城、公园和图书馆消磨时间，因为看房子的人太多，主人在家里不方便。南希告诉他们有一些出价的（Offers），可不是砍价太大，就是修缮要求太多，因为这房子也的确是老了一些。

鹿群夫妇接连几天一愁莫展。鹿群劝妻子不要着急，再等几周，因为每年那时候都会有很多学生家长来看房。果然，又过了几天南希来电话说："好消息呀！有个人要买这个房子，我都没让他还价和提什么修缮的要求，他就同意了耶。"

鹿群夫妇高兴地跳了起来，丽丽也夹在他们中间跟着跳着、叫着。他们心里的这块石头终于落了地。

在随后的两周里，他们处理一些家俱、工具，还把那两辆旧汽车抵价购物（trade in），给妻子换了一辆新车。

周末，鹿群给以前的房客、朋友们打电话，告诉他们自己要回国一段时间。大家商议着趁着这个劳动节（Labor Day）的长周末都回来聚一下，因为他这一走、房子一卖，再聚就没有那个特殊意义了。

比以前沉稳了许多的小武子正好回美国开会说要过来小住，所以还是小武子负责联系，和大家商议聚会事宜。

鹿群夫妇问他，张依怎么样了。小武子说都挺好，只是她自从生完老二后，似乎有点儿产后忧郁症。鹿太太羡慕地说："Wow（哇嗷），这么洋气呢？"

"还别说，"小武子说："真有可能是那几年的美国水土给搞得。其实问题也不大，只是经常莫明其妙地哭上一通。"

鹿群安慰说："能哭出来就问题不大。这忧郁症好象是激素的大幅度起落引起的，听说是有药可治的。"

"不用，不用，"小武子说："她的情况还算好啦。这药都不是什么好东西。现在有她父母和亲戚们照顾着，应该问题不大。"

老张已经在一年多前回国开了个公司，终于如愿以偿当上了张主席（President），只可惜是自封的而且和政治无关。不过他还是有信心的，因为通过在美国这么多年的观察，他发现钱多了是可以影响政治的，还没任期的限制。他打过电话，邀请鹿群回去加盟他的公司。

小穆和小李在洛杉矶工作。因为儿子正好有高尔夫邀请赛，所以这次他们不能来。小李说等七四（July 4th，美国独立节）他们再回来看望大家。鹿太太问丈夫："他们怎么还让虎子学那个 Tiger（老虎 乌孜）呀？那人多恶心呀。"这位高尔夫球手最近的性丑闻不仅太多，而且还太离谱儿。

"虎子就是 Tiger 呀，"丈夫说："谁知道他是不是故意的呢？别忘了，名人越臭越值钱。人家都是安排好了的，一般是在球艺下滑的时候，丑闻就开始冒出来了。让虎子挑着学就行了。最近这华人孩子打 golf（高尔夫）的越来越多了。"

天天妈拿了博士学位后，宁愿当个技术员和给龟田当贤内助也不愿意再在学术上花力气、发展了。上个月，她跟着丈夫去日本的福岛大学工作去了。谢贵添终于如愿以偿地重返东瀛了。天天一个人在这儿攻读商学院的硕士学位，经常来鹿家打打牙祭。

大实话也在加州工作。他用业余时间创建了个宗教，一有机会他就推销自己的宗教。他到加州后的第二年就回国找了个女朋友结婚了。三年后就离婚了，还好，他们有个儿子，现在跟着那个女的过。

这几天，静水城华埠的头条新闻是，那个前系学生会主席赛腾飞出事了。半年前他回国做了深圳一所大学的兼职教授，并且随即就堕落了。他前几天回来要和原配离婚。他的太太不同意，两口子吵起来了，他就动手了。结果，他们的儿子打911把警察给招来了。他被指控家暴，还给关了一天，接着是交保、释放，现在在家里候审呢。

樱桃毕业后，先在波士顿的一家大公司供职。工作三年后，她回国给这个公司当国内的代理之一。

在家人撮合下，她嫁了个国内的高官加大款。可那位生活不检点、又贪污，后来被双规了。幸亏在这之前，樱桃就和他痛苦地离婚了，才没被牵连。

此劫后，她还打电话回来问小武子的情况。鹿群曾经感叹："这完美、般配的婚姻和爱情蒙蔽了多少年轻人呀？随机和不完美在多数时候情况下是爱情的福音呐。两个人不完全般配是好的，因为有更大的目标。如果 Cherry（樱桃）当初和小武子好了，结果可能还挺好。"

樱桃来了个电子邮件说这个周末要去香港找张依玩。小武子知道后一语不发，有点儿若有所思。鹿群安慰他说："你们都老夫老妻了，没必要 worry（担心）嘛。"

小武子说："得有个思想准备呀。女人们在一起容易无事生非。"

劳动节那天，王萌义全家从旧金山回来了。他也要回绍兴，去接他父亲的班。他们的大儿子和同学去欧洲旅游所以不能来。他们家又添了一个虎头虎脑的儿子，叫大牛。大家连忙问这名字是英文的还是中文的。王萌义笑着回答："当然是中文的啦。"

大家接着问："那英文名字呢？"

已经从谢肉变成谢肉肉了的小巩说："我们的大名叫 Tony Xie Wang（王谢逗尼）。"

鹿群在旁边笑着想："这全名要是让上海人叫，听上去就成：Tony 蟹黄，了。"

大家都跟着叫逗你，逗你，逗着孩子玩。鹿太太觉得好象有什么不对，就问："这名字怎么拼写呀？"

小巩说："就是逗尼（Tony），ＴＯＮＹ 呀。"

鹿太太说："那不是该发'偷你'吗？"

王萌义过来说："这个名字来自意大利语，应该发：逗尼，不是'偷尼'。"

"真无奈呀，"鹿太太说："这要回国了才发觉还是不太懂 English（英文）呀。到底是逗人的逗还是偷人的偷？"

"哦，"小巩恍然大悟道："你们又要拿我们儿子的 name（名字）寻开心呀？小心我们叫斗你，批斗的斗。"

大家又是一阵开怀欢笑。

笑完，鹿太太说："其实像我们这样的还是挺尴尬的。"众人问什么意思。"多简单呀，"鹿太太说："两边儿都觉得我们是土老帽儿、洋经邦。我们现在是中文不如国人好，英文不如美国人好。"

"没必要，"小武子笑着说："太悲观了。应该是中文比美国人好，英文比国人好。其实在哪儿都一样，好好过日子就行了。别忘了，国内的方言您可是都能来两句的呀。"

这时，老丁和他的原配夫人拖着个小行李箱进来了。他精打细算、经营有方，虽然还是以前的衣着和发型，只是鬓角多了些白发，他已经是这个小城市华人里的首富之一了。

他进来和大家寒喧、送名片。众人发现除了房东，他的名片上还写着，他同时兼职留学顾问、投资理财顾问。大家惊讶。小武子问："怎么不把你那 Texas hold'em（德州扑克）和麻将庄家放上去呀？唉，你什么时候成留学顾问啦？"

原来，老丁把儿子申请大学的那段经历适当地、艺术化地加工好，在国内出了一本类似小册子一样的书，书名叫：哈佛攻略。没想到，卖得还挺好，他还回去搞了几个签字售书，他也就顺势就成了这个留学顾问了。他还顺便得了个外号，哈佛爸爸（Harvard dad）。

大家传看着那本书里的插图，说："我们老丁没上成哈佛，倒当上哈佛他爹了啊。"

"别起哄啊，"老丁说："那都是国内的人瞎联系。他们问我那 T-shirt（T-恤衫）上写的是什么，我这一翻译就成哈佛他爹了。我反复给他们解释说：'这只是说，我是我儿子这个哈佛毕业生的爹的意思，'可就是没人理我那个喳儿呀。人家哈佛只有一个爹呀，再怎么招也不可能是咱 Chinese（中国人）呀？"

大家纷纷同意道："这 T-shirt 每年成千上万的卖，都是爹还不乱了。"

"这当个哈佛毕业生不容易，可当这哈佛他爹就简单了，十几块就行。"

"不止哈佛他爹，他妈、他爷爷奶奶、他七大姑八大姨，也都是十几块就行。"

大家开怀大笑了起来。

"那你怎么给人家选专业呢？"鹿群关切地问。

"简单呀，"老丁说："我就建议他们在 Top 10（最好的十个专业）里选个他们自己能学好的就行了，因为第一重要的还是谋生嘛。"

众人称是。

"你们可能不知道，"老丁接着说："现在国人是钱多人傻，这生意还来得好做。你说，帮他们搞一个 I-20（留学中介们管这个叫：录取通知书）就可以收几万人民币。这不是比炒股、贩毒还来得快、还稳得多吗？"

小武子说："这是不是也太黑了？一个 I-20 的手续费也就两、三百美金。"

老丁摇头道："这生意上的事儿都是一个愿买、一个愿卖，有什么黑不黑的？你得随行就市呀。你要不那么做，不就砸别人的饭碗吗？那'潜伏'里不是说过吗，你要是断人家的财路，人家会断你的生路的。况且过了这村儿就没这店儿了，你们学着点儿吧。"

众人笑着说，老丁可算找到个知音了。老丁和他的原配以为那原配和新配的事情漏馅儿了，就略微紧张地，赶紧问众人说的是什么知音。小易说："别紧张呀，大家是说那'潜伏'里的谢若林是您的 soul mate（知音）。"

老丁放松了，说："哦，是这样啊。"

大家问老丁今天来咋还带个箱子。老丁的原配笑着和大家说："我们得准备好搬回来呀。"

众人糊涂了，问："还没喝多呢吧？这房子已经卖了。你们自己那么多房子还要回来作房客？"

老丁的原配笑道："不是作房客，是当房东。我们把这个房子买了。"

大家哗然。赶紧叫鹿群夫妇过来。一番忙乱后，众人才搞明白，原来老丁就是那个买主。其实，他自己已经是衣食无忧了。他是想打点好这个生意，好给这原配找条在美国的生路。反正最后都是他们儿子的，所以他做得相当用心。

老丁和大家说："幸亏别人买这房子的时候漫天要价，还要求换这换那的，要不我就错过这个机会了。我可什么都不要求换，而且还不还价。多够意思呀？"

大家感叹道："老丁能这样做，真是不易。你从来都是事事要 bargain（讨价还价）的。"

"这还得感谢老鹿夫妇，"老丁说："是他们教会了我应该怎样生活，和把生意和生活分开。不然怎么会成功呢？"他喝着 Samuel Adams（一种啤酒），接着说："明说了吧，我如此慷慨就相当于交 tuition（学费）了。"

"什么呀？"小巩笑道："人家交的是学费。你交的可是给老师们的精神损失费呀。你当年的那抠门劲儿，把老师们折磨得、严重得都要到影响精神和信仰的地步了。"

大家哈哈大笑。

"所以呀，鹿妹子，"老丁说："今天你不要再在厨房里忙活了。这多少年都是你给大家忙里忙外的。今天我们 order（点）了 Mexican restaurant（墨西哥饭店）的 catering（外卖），一会儿就到。"

大家又是一阵的感慨和感谢。

老丁说："没事儿，没事儿。我这次出血是值得的。最近这广告费也太高了。大家这次大团圆都来自各地，所以我这广告做得值，也是图个吉利、破财免灾。对吧，小武子？"

"当然对了，"小武子问："老丁你现在都这么富了，怎么还和以前一样节俭呀，行头也不换一下？"

老丁说："现在是。。。资本原始积累的第二阶段嘛。"

大家又哈哈大笑了起来。

这时，老张从国内来电话问候大家。本来他还在悄悄探索着从政途径，可惜回国不久就在东莞被腐败了，还被当地的派出所抓了。他从政的奢望应该从那时候起就彻底结束了。幸亏当时他没有供出他要请的那位同学，是那位同学救了他，才避免了更大的尴尬。鹿群好心地劝道："既然有那个理想，你就别犯那错呀。你以为自己是 Schwarzenegger（施瓦辛格，演员，前加州州长，此刻也是性丑闻缠身）呐？"

"嗨，"老张说："人非圣贤，殊能无过？还是美国好啊。你看人家 Clinton（克林顿），不还是到处演讲、露面、赚大钱吗？咱中国不给人机会。美国的政客出点儿丑闻，还有助于他们进军娱乐界呢。可国内的政客要是出点儿类似的丑闻，基本就 over（完）了。"

鹿群顺着他说："可能是因为能人太多了吧？"

"也不是，"老张不服地说："都是下级折腾上级，否则怎么能上去呀？所以呀，最后能当领导的大多是老奸巨猾的主儿。怎么，你什么时候回来呀？"

"倒是可以考虑，"鹿群说："估计长期回去是不会了，现在回去也太晚了吧？谁能像老兄你呀，事事都捷足先登。"

老张说："不行，不行，我也晚了。这肝儿啦、胃啦、还有嗓子都不行了。"

"肯定比我们的行。你感觉国内现在到底怎么样？"鹿群附和着说。

"除了有钱了，其它的也没什么两样。现在国内的崇洋媚外还是很盛行的，"老张说。

"不会吧？"鹿群说："国内那么有钱了，都有外国人去打工了？"

"有钱也没用，"老张说："骨子里还是媚外。你看有了钱的都要争先恐后地把钱送到国外来，旅游、留学、买名牌。我们当年是拼学习、拼工作出国，现在是拼钱，比我们以前可愣多了。"

　　"不至于吧？"鹿群问。

　　"怎么不至于？"老张说："举个例子啊，你看，国人现在都时髦喝外国红葡萄酒，特别是法国的。连喝红酒的时候都只给杯子倒五分之一满。问了他们，他们都说不知道为什么，只是看着人家老外和我们假洋鬼子们都那么做。你看看，稀里糊涂地把我们那浅茶满酒的悠久传统就给费了。一帮糊涂蛋！自己的 tradition（传统）重要，还是崇洋媚外重要啊？"

　　鹿群说："是怕 spill（洒）了嘛。这儿的 party（聚会），都是拿着酒杯到处走的；有可能是不多喝、意思一下的意思？人家可是反对 binge drinking（酗酒，豪饮）的啊。当然，也有可能是为了碰杯。你看，首先人家这儿不能碰空杯子，但要是满上了，碰杯的声音就不清脆，也容易碰碎。当然，我们国内都是坐着吃，所以还是应该满上，图个吉利嘛。"

　　"就是嘛！"老张说："他们怎么不学学人家老外不强迫劝酒呀？还有，最近我去一家去吃饭，不能空手去呀，就送了他们一套刀叉。他们也不怎么用刀叉，可能也不会用，可就知道要 heavy（重）的。"

　　"你是不是送人家的那套太轻了？"鹿群笑着问道。

　　"谁知道啊？"老张说："我也不懂什么样子的是好的。反正和我们自己家用的是一样的。他们这方面怎么不学人家老外呢？得等客人走了再打开看那礼物看呀。"老张停顿一下，接着说："所以呀，我们这些假洋鬼子在以后的一段时间里还是会有市场的。"

　　"其实也不奇怪，"鹿群说："美国都强大这么多年了，欧洲人来美国也是很被崇拜和受欢迎的。我认识的一个法国小伙子，他告诉我，他勾美国女的太简单啦，只需要用法国式的英语说句 'I am from France（我从法国来），' 就成了。"

　　老张说："所以呀，赶快回来吧。"

　　"好好，到时候可是要多多请教啊，"鹿群说。

"没问题，"老张突然换话题说："我说林书豪不行吧。可能连 Rockets（火箭队）的高层也不明白，为什么林不能和姚一样带来利益，其实是台湾人给那汤里扔死耗子。"

"哦，"鹿群不置可否，或者是没跟上他这思维的跳跃。

老张问："你办公民了吗？"

"没呢，"鹿群撒了个谎。

"还是你聪明！"老张说："现在这签证也太不方便啦，我总得回去搞。这回还得住你那儿啊。"

"那你得问老丁了，"鹿群笑着说。

那边的老张不解地喊道："What（什么）！？你说什么？"

鹿群好一阵子的解释，也没什么用。最后，只好把老丁叫来和老张磨牙了。

接完电话，老丁过来和小易聊天儿，说："有个新闻里讲我们中国人在飞机上要这要那的，真没素质！"

小易说："不会吧，可能是太稀罕了、想都体验一下？其实也是五十步笑百步而已，美国人也一样。我就知道一位，不管多忙也要去享受一下 first class lodge（头等舱候机室），连上厕所都专门进去一下，也是觉得不用就亏了。"

"至于吗？"老丁问："不都是一样的厕所吗？"

"当然啦，"小易说："人家那是 show off（显摆）一下自己的 status symbol（地位、身份的标识），象名车、名表一类的。"

"不过还是人家洋气、上档次，"老丁笑着说，他接着问小易那宝贝现在在哪儿。小易说那把宝剑已经让更识货的给淘走了。老丁问是怎么回事。小易诡秘地一笑，说："出口转内销。"

大家哈哈大笑，说他："啊？你蒙国人呀你。"

"没有，没有，"小易解释道："我可是如实地给那买主讲述了我是如何找到那个宝贝的呀，只是把那个 tag（标签）拿掉了。"

大家笑道："那还是骗人家了。"

"不能算 cheat（骗）吧？再说那胶纸也不黏了，"小易辩解道："话又说回来了，本来那标签就有可能是那哥们老丰给贴上去的。那人是姓丰吧？"

"谁知道呀？"大家追问道："卖了多少钱？"

"无可奉告，"小易笑道："唉，你们这国人的陋习怎么还没改呀？白在美国呆这么多年了？"

大家又哈哈大笑。

鹿群夸赞他："不错，不错，物归原处，你这算是积大德了。"

老丁不无忧虑地问道："不会哪天又被当古董给鼓捣到美国来吧？"

"估计不会，"小易说："那买主像是个玩家。不管怎么说我是不会上当了。"

"为什么？"鹿群问。

小易说："我给那上面做了个小记号。"

"什么记号？"老丁问。

"再次无可奉告，"小易说："别这么 nosy（爱追问）呀，你又碰不到。"

"这可保不准，it is a small world afterall（毕竟世界很小），"老丁又说："言归正传啊，我是从老鹿和鹿妹子那里学到了很多人情味儿的管理经验。说句真心话，我得感谢他们和大家，我今天的成功也是你们的，是你们成全了我，你们是我的 mentor（辅导老师）。"

鹿太太看着老丁说："我们老丁今天已经是个 candy store（糖果店）的大老板了。"

大家欢快地跟着笑着。

老丁不解地问："你们笑什么？什么 candy store？我对那个可不感兴趣啊。"

大家又是一阵阵的欢笑。

这时，小武子遛弯儿从外面回来了。他问老丁怎么还是那辆大卡车、怎么也不换一辆。老丁高兴地说："才不换呢。你猜这车现在值多少？"

"不知道，"小武子因为担心着樱桃和张依下周的那个聚会，所以也懒得猜就如实回答了。

老丁兴奋地说："前几天在 Walmart parking lot（沃尔玛停车场），又有个老美过来和我说想买这车，他说出六千。"

"Wow（哇噢）！"小易说："我记得以前有人只出三、四百，就那还是很勉强的呢，对吧？"

"对呀，"老丁得意地说："它现在是位名符其实的老爷车了，越老越值钱，快是个金不换了。现在每年的 insurance（保险）还不到一百块。另一方面是感情上过不去，它跟我这么多年，舍不得了，况且现在开得还挺好，没必要换。还有就是，现在的新车都没意思，到处都是 chips（芯片），根本没法子修。"

鹿群夸赞老丁，说："我们老丁如今已经是步入上流社会了，玩儿起老爷车来了。"

"不敢，不敢，"老丁摆摆手，说："我这也是瞎猫碰到个死耗子。"

小武子说："还是我们老丁能耐大，硬是把个死耗子给摆弄得复活了。"

大家都高兴地笑了。

"言归正传啊，"老丁说："我还给大家准备了一份 gift（礼物）。"

大家惊讶，都过来看。原来是他当年日记的复印件，里面纪录了过去十几年里，很多在这幢房子里发生过的事情。老丁给大家分发着，说："这是我今天交给老师们的论文，就叫它'留美密籍。'怎么样？"

大家叫好，纷纷开始翻阅和寻找和自己有关的内容，客厅里不时地响起哈哈哈的笑声。

小易一边看、一边说："老丁啊，你真应该去当个特务，记得这么详细。不过话又说回来了，这真是一篇好论文。鹿太太，你们回去找个剧作家把它改编一下，没准儿是部好戏。"

"那怎么能行？"鹿群认真地说："这是人家老丁的东西呀。"

"没关系，"老丁笑着说："小易的主意挺好。不过这些经历是大家的，不全是我个人的。要想改编，还得有个东西才行。"众人问是什么东西。老丁说："老鹿的那个'房客公约'呀。"

众人纷纷同意说，是得加上，那就齐活了。

老丁高兴地说：“我今天用个老词儿啊，年轻人可能会不太明白。我们这可是实实在在的一次'集体创作。'”

众人喊好、鼓掌。

天天已经是个大画家了，还得了几次本地的画展大奖。她的作品也能卖钱了。大家让她画一张关于众人在这里生活的作品。天天说她倒是有个想法，但不知能不能画在墙上，因为她很想练壁画（mural）可一直没机会。

她跑过来问鹿群夫妇是否可以。鹿太太说：“我们没问题。但这事儿现在得去问你丁伯伯了。”

老丁听完，对天天爽快地说：“no problem（没问题）。随便画吧，反正要拆了。”

大伙儿错愕，问是什么意思。老丁只好说明原委。

众人原以为老丁今天来的目的之一是让大家小心点儿，别弄坏什么东西，因为再过一个星期他就是这儿的主人了。其实不然，老丁是看上这块地了。他要把这老房子推倒，建一个三层楼的小型公寓群（Apartment complex），目的是给他的原配安排一个相对稳定的收入。

马上，大家对这幢房子更加依依不舍了，到处拍照、录像，其乐融融。

这时，门铃响了，老丁点的外卖来了。两个身着墨西哥传统服饰的老墨抬了五个自助餐盒（buffet tray）进来了。鹿群指挥，让他们把食物摆在了客厅里的那个乒乓台餐桌上。把杯子、盘子、刀叉准备好后，他们就开始给大家供应食物和饮料了。

这时，丽丽跑过来叫大家去看天天的画。大家说，这么快，纷纷放下食物，起身上楼去看天天的作品。那是一幅在走廊墙壁上巨大的简笔漫画，上面的每个人都是维妙维肖的。

大家都说这是个精品但收藏是个问题，因为太大了。这过几天给砸掉也太可惜了，所以纷纷拍照、合影留念。鹿群把那两个老墨叫上来给大家合了个影。

鹿群说他倒是有个现成的作品可以配这幅画，就去找出来让天天他们给抄写上去。

你我的依旧

一样的你我在一样的星星月亮下依旧暇想惆怅
一样的童趣夹杂着一样的喜怒哀乐伴随着一样的执着追梦
一样的柴米油盐带来了一样的风光无限和斑白了的发线
一样的天空任你我一样的热泪流淌和激情荡漾的尽情放纵

众人在那壁画上面签名。老丁签完后，又仔细地看过天天的大作，然后跟大家说："这个我收了。" 他又和天天说："我们得签个 contract（合同）啊，明天我去找你谈谈。我们至少可以出一本小人书。"

"什么小人书？"天天问。

大家笑了："天天呀，你可不能忘本呀。小人书就是 comic（连环画）。"

小武子说："都说学画画不赚钱。我们天天这十几分钟的作品，不但已经卖了，而且还带来了进一步的商机。"

鹿群说："那是因为有内涵。是大家在这里生活的结晶，和我们能 click（心有灵犀一点通）。如果没有了这个背景，可能就不那么容易了吧？"

这时，楼下突然传来了非常响亮的南美萨尔萨音乐（Salsa music）。鹿群以为是自己刚才摆弄的那个录影机出了什么问题，喊了一声啊呀，就快步冲了下去。有几位前房客想知道出什么事儿了，也跟了下来。

客厅里，那两位墨兄墨弟一个吹号、一个弹吉它，正对着那个空空的客厅，奋力地唱着、演奏着。

老丁赶紧过去用西班牙语和那两位交流了一下。他回来和众人说："没关系。他们说，这是 part of the service（是这个服务的一部分）；他们今晚还有几场，所以得赶紧演完。"

"不得了啊！老丁，"鹿群羡慕地问："你，你这 Spanish（西班牙语）是什么时候学的？"

"嗨！"老丁笑道："我那哪是什么 Spanish（西班牙语）呀？是没办法、生活所迫，不学点儿怎么找人干活呀？其实也就是连滚带爬地瞎凑合，只是会说这么几句，还得带上手脚比划。"

众人纷纷赞叹老丁的敬业精神。

当晚，很多前房客选择就在这儿过夜了。众人热闹到临晨两、三点才陆续入睡。

几天后，在这幢房子里的最后一个晚上，妻子搂着鹿群又问如果当年不是她给他送那个录取通知书，会怎么样呢。鹿群照例开玩笑说："一样啊，只要不是 male（男的）就行。"

妻子使劲推他一把说："你认真点儿啊。"

"好好，"鹿群躺好后，认真地说："其实，我从第一次见到你就喜欢上你了。对你一直是垂涎欲滴的，那时候的春梦里都是和你在一起，只是当时前途未卜不敢和你说。"

妻子问："那现在呢？"

"现在更是啦！"鹿群说："每次 dream（梦）到的都是我们的那片玉米地。"

妻子放心了，搂着他说："这还差不多。"

"唉，百炼成钢啊，"鹿群闭着眼睛，心里琢磨着："她那 menopause（更年期）怎么没什么感觉就过去了？是还没来？过了更年期是不是男女就一样了？应该是，因为都不太分泌激素了。那不和孩童时期一样了？只是手脚不那么利索了。不管怎么说应该是好事，大家都返老还童了。。。"

鹿群夫妇相拥入梦。他们的梦境由彩色的画面慢慢变成了黑白的，是由远而近、那墙壁上、前几天天天创作的那幅黑白简笔漫画。

www.ingramcontent.com/pod-product-compliance
Lightning Source LLC
Chambersburg PA
CBHW072345030726
47505CB00015B/1951